Im Fadenkreuz der Domäne

G-man Jerry Cotton

Der Kriminalroman, von dem die Welt spricht

Im Fadenkreuz der Domäne

Sechs FBI-Krimis in einem Band

Weltbild

Besuchen Sie uns im Internet:
www.weltbild.de

Lizenzausgabe für Verlagsgruppe Weltbild GmbH,
Steinerne Furt, 86167 Augsburg, mit freundlicher Genehmigung der
Verlagsgruppe Lübbe GmbH & Co. KG

Copyright der Originalausgabe:
G-man Jerry Cotton
Ich rechnete mit dem Teufel ab (Band 2321)
Im Fadenkreuz der Domäne (Band 2334)
"Du wirst nie wieder G-man sein" (Band 2364)
Phil Deckers Höllenjob (Band 2365)
Operation "Atlantis" (Band 2373)
Ich und der falsche Mr. High (Band 2374)
© 2000 / 2001 / 2002 by Bastei Verlag, Bergisch Gladbach

Umschlaggestaltung: Jarzina Kommunikations-Design, Köln
Umschlagmotiv: Bastei Verlag, Bergisch-Gladbach
Gesamtherstellung: CPI Moravia Books s.r.o., Pohorelice
Printed in the EU

ISBN 978-3-8289-9128-6

2010   2009   2008   2007
Die letzte Jahreszahl gibt die aktuelle Lizenzausgabe an.

Ich rechne mit dem Teufel ab

Weltbild

»Schöne Worte«, erwiderte der Mann im Halbdunkel. »Aber wirst du auch halten können, was du uns versprichst? Erinnere dich – schon vor ein paar Wochen wolltest du Cotton und Decker in die Falle locken, und sie sind dir nicht nur entwischt, sondern hätten dich um ein Haar auch noch gefasst!«

Jon Bent nickte düster.

Wäre der Mann, der ihm gegenüber saß, ein Untergebener gewesen, hätte er ihn scharf zurechtgewiesen, ihn vielleicht sogar mit dem Tod bestraft.

Er mochte es nicht, an die Niederlage erinnert zu werden, die er vor ein paar Wochen erlitten hatte. Gezielt hatte er seine Erzfeinde, die G-men Jerry Cotton und Phil Decker vom New Yorker FBI, auf eine Insel in der Karibik gelockt – jene Insel, die früher einst sein Stützpunkt gewesen war. Hier hatte er seine beiden ärgsten Widersacher ein für alle Mal aus dem Verkehr ziehen wollen, doch wieder einmal waren sie ihm entwischt.

Und was noch schlimmer war: Er hatte sich ihnen offenbart, und so hatten sie erfahren, dass er, Jon Bent, noch am Leben war, dass er seine Hinrichtung durch die Todesspritze überlebt hatte. Das Überraschungsmoment war damit verspielt, war nutzlos vergeudet worden.

Nein, an diese Ereignisse wurde er wahrlich nicht gerne erinnert. Und jeder Untergebene, der es trotzdem tat, musste dafür büßen. Bei diesem Manne aber blieb Bent nichts, als schuldbewusst das Haupt zu senken und zu nicken.

Denn der Mann, der vor ihm saß, war einer der »Alphas«.

Einer der geheimnisvollen Anführer jener kriminellen Organisation, die Bent damals vor dem Hinrichtungstod bewahrt und der er sich daraufhin geschlossen hatte.

Der »Domäne«.

»Ich weiß jetzt, was ich falsch gemacht habe«, sagte der Hightech-

Terrorist leise. »Ich habe den Fehler gemacht, meine Feinde zu unterschätzen, habe zu sehr auf die Technik vertraut. Cotton und Decker hingegen waren beseelt von dem Wunsch, mein Erbe zu vernichten und dem Terror auf der Insel ein Ende zu setzen. Deshalb waren sie mir überlegen.«

»Du gestehst also deine Fehler ein, mein Sohn«, sagte der Mann im Halbdunkeln. »Das ist gut. Denn aus Fehlern lernt man. Was also schlägst du nun vor? Was willst du tun, um deine Feinde und die der Domäne zu vernichten und sie uns endgültig vom Hals zu schaffen?«

»Ich werde ein neues Szenario entwerfen«, sagte Bent. »Eine neue Ausgeburt meiner Fantasie, ein neues Gespinst von Lüge, Intrige und Verrat, in das sich Cotton und Decker verstricken werden. Und dieses Mal wird es kein Entrinnen für die beiden geben.«

»Vielleicht«, konterte der Mann im Halbdunklen und nippte erneut an seinem Cognac. »Vielleicht wird dein neuen Plan aber auch wie alle anderen scheitern. Denn schon jetzt hat er etwas gemeinsam mit allen anderen Plänen und Intrigen, die du jemals gesponnen hast und mit denen du deine Feinde verderben wolltest.«

»Und das wäre?«

»Er ist künstlich. Nur ausgedacht. Ein Konstrukt deiner Fantasie.«

»Ein Konstrukt meiner tödlichen Fantasie«, verbesserte Bent und gestikulierte mit der mechanischen Prothese, die seinen linken Arm ersetzte. »Schon mehrmals wären Cotton und Decker beinahe von meinen Lügen zu Fall gebracht worden, wären ihnen meine Szenarien fast zum Verhängnis geworden.«

»Fast«, räumte Bents mächtiges Gegenüber ein. »Aber eben nur fast. Stets hat es eine Unvollkommenheit in deinem Plan gegeben, irgendetwas, anhand dessen die G-men die Falle durchschauen konnten.«

»Wie auch immer«, erwiderte Bent ein wenig gereizt. »Diesmal wird es keine Unvollkommenheit geben. Die Falle, in die ich Cotton und Decker diesmal locken werde, wird für sie nicht zu durchschauen sein. Es wird ein neuer, ein genialer Plan sein, ein neues Spiel.«

»Kein Spiel diesmal«, sagte der Mann, dessen Gesicht in dem abgedunkelten Raum nicht zu erkennen war. »Diesmal wird es ernst. Cotton und Decker werden aus einem einfachen Grund keine Chance haben, deine Falle als eine Täuschung zu enttarnen – denn es wird keine Täuschung sein. So oft hast du die beiden G-men erfolglos mit Hilfe der Lüge bekämpft, diesmal jedoch wird deine Waffe die Wahrheit sein.«

»Die Wahrheit?« Bents kalte Augen wurden groß. »Die Wahrheit worüber?«

»Über dich, mein Sohn. Über dich.«

»Aber ich ... ich ...«

»Du kennst die Wahrheit selbst nicht«, sagte der Mann im Dunkel. »Du kennst sie nicht, weil du dich nicht erinnern kannst.«

»Das ... ist wahr«, erwiderte Jon Bent einigermaßen verblüfft.

Es war nicht einfach, den abgebrühten Terroristen mit irgendetwas zu überraschen, doch der Mann, der ihm nun gegenübersaß, schaffte es immer wieder.

»Die Wahrheit«, echote Bent leise, während ihm die Genialität des Plans zu dämmern begann.

Diesmal würde es kein *erdachtes* Szenario sein, keine bewusste *Täuschung*, um Cotton und Decker hinters Licht zu führen, sondern die Wahrheit. Sie war nicht zu durchschauen, weil es nichts zu durchschauen gab. Sie war die perfekte Falle. Diesmal würde es kein Spiel sein, das Jon Bent mit seinen Erzfeinden trieb. Diesmal würden sie mit der blutigen, grausamen Realität konfrontiert werden!

»Ich werde sie mit der Wahrheit ködern«, sagte er versonnen. »Und in dem Augenblick, in dem Cotton und Decker glauben, die Wahrheit zu kennen, werde ich erbarmungslos zuschlagen.«

»Die Wahrheit ist die stärkste Waffe von allen. Mächtiger als alle anderen.«

»Und aus diesem Grund werde ich diesmal siegen«, orakelte Jon Bent.

»Ich werde dir also das Geheimnis deiner Herkunft offenbaren«, versprach sein unheimliches Gegenüber, »aber es gibt etwas, das du vorher wissen solltest.«

»Und das wäre?«

»Du darfst niemals vergessen, dass wir alle Teil eines großen Ganzen sind. Das Wohl der Domäne steht in jedem Fall über deinem. Du wirst nichts unternehmen, was unsere Organisation in irgendeiner Weise gefährden könnte. Und sollte ich entscheiden müssen zwischen dir und der Domäne, so wird meine Loyalität immer der Domäne gehören.«

»Das weiß ich«, erwiderte Bent ohne Zögern. »Wie steht es jetzt mit der Wahrheit? Wann werde ich sie erfahren?«

»Du hast lange genug darauf warten müssen. Die Zeit des Wartens ist jetzt zu Ende, mein Sohn.« Der Mann im Dunkel leerte sein Glas, stellte es dann geräuschvoll zur Seite. »Hast du dich eigentlich nie gefragt, weshalb ich dich so nenne – mein Sohn?«

»Nein«, erwiderte Bent. »Ich habe es für eine Marotte gehalten. Und um die Wahrheit zu sagen, es war mir gleichgültig.«

»Du hast keinen Familiensinn«, stellte der andere bedauernd fest. »Weshalb auch? Dieses Konzept ist dir fremd, wurde dir nie beigebracht. Dennoch hat es einen ganz einfachen Grund, warum ich dich gerne so nenne, Jon – denn du bist mein Sohn!«

*

Die Reifen des Jaguar quietschten, als ich in die Eisen trat.

Abrupt kam der knallrote Sportwagen zum Stehen, unmittelbar vor dem Eingang eines zwielichtigen Nachtclubs mit Namen »Deuce«.

Eilig lösten mein Partner Phil Decker und ich die Gurte und stürmten aus dem roten Flitzer. Mit der einen Hand riss ich die P226 aus meinem Gürtelholster, mit der anderen aktivierte ich das kleine Funkgerät.

»Les! Joe! Hier sind Phil und Jerry! Wir sind jetzt am Vordereingang.«

»Verstanden, Jerry«, drang die Stimme unseres Kollegen Joe Brandenburg gedämpft aus dem Gerät. »Wir haben nur auf euch gewartet.«

»All right«, sagte ich, während wir uns der Eingangstür des Clubs näherten, unsere Dienstwaffen in den Fäusten. »Zugriff in drei, zwei …«

Zu beiden Seiten der Tür bezogen Phil und ich Stellung, darauf gefasst, dass uns auf der anderen Seite bewaffnete Posten empfangen wurden. » ... eins, null. Jetzt!«

Phil explodierte in einer plötzlichen Bewegung.

Blitzschnell kreiselte mein Partner um seine Achse und riss sein rechtes Bein empor, trat damit wuchtig gegen die Tür.

Jede Eingangstür in Upper Manhattan hätte eine solche Attacke wahrscheinlich lächelnd weggesteckt, doch in der miesen Gegend, in der sich der Club befand, war so ziemlich alles schäbig und heruntergekommen – auch das Holz, aus dem die Tür gefertigt war.

Die Tür wurde von Phils kräftigem Tritt geradezu aus den Angeln gesprengt. Sofort setzten wir nach, sprangen in die Dunkelheit, uns dabei gegenseitig sichernd. Das Erste, was ich im Halbdunkel erkannte, war eine hünenhafte Gestalt, die sich mit geballten Fäusten auf mich zuwälzte.

»Für Bullen kein Zutritt«, knurrte er, »geschlossene Veranstalt ...«

Weiter kam er nicht.

Mein rechter Fuß schnellte in die Höhe und rammte in seinen Bauch. Keuchend ging der Hüne zu Boden – ein kurzer Hieb mit dem Lauf der SIG löste ihm ein Ticket ins Reich der Träume.

»Nachlässiges Personal hier«, murmelte Phil, während wir weiter den Gang hinabhuschten. »Die lassen wirklich jeden rein!«

Wir erreichten eine Wendeltreppe, die in die Tiefe führte. Von unten drang lärmende, hämmernde Techno-Musik.

Ich huschte lautlos die Stufen hinab, und Phil folgte mir.

Dann hatten wir den eigentlichen Gastraum des Clubs erreicht. Wir fanden uns wieder inmitten eines Infernos aus hämmernder Musik, künstlichem Nebel und flackerndem Licht, das aus Dutzenden an der Decke montierten Stroboskopen drang.

Auf der Tanzfläche tummelten sich Gestalten, die bizarre Verrenkungen vollführten, sich im hektischen Rhythmus wogten. Andere kauerten entlang der Wände des großen, unmöblierten Kellergewölbes und gefielen sich darin, unendlich dämlich auszusehen – es war offensichtlich, dass sie sich ein paar Tabletten eingeworfen hatten, und jetzt lief ihr Denkapparat auf Sparflamme.

»Na wunderbar«, knurrte ich.

Zeit, die Party ein wenig zu stören.

Ich bedeutete Phil, die Treppe zu bewachen, während ich selbst zielstrebig zu dem Podest ging, auf dem ein dunkelhäutiger DJ für Stimmung sorgte und Platten scratchte, während das Volk auf der Tanzfläche zu ihm aufblickte wie Sektenmitglieder zu ihrem Guru.

Ohne mich um die verzückt dreinblickenden Tanzenden zu kümmern, bestieg ich das Podest, griff an den Verstärker.

»Hey, Mann«, fuhr mich der DJ über das Lärmen der Musik hinweg an. »Hast du sie noch alle? Du kannst doch nicht ...«

Ich konnte.

Mit einem einzigen Handgriff brachte ich die Boxen zum Schweigen, die hämmernden Beats erstarben. Auch das Flackern der Stroboskope setzte aus.

Die Gesellschaft schien wie aus tiefer Trance zu erwachen, stand geschockt auf der Tanzfläche.

»Hey, Mann!«, fuhr mich der Discjockey wieder an. »Wer bist du, dass du hier so einfach reinspazierst und uns die Stimmung killst?«

»Mein Name ist Jerry Cotton«, stellte ich mich vor. »Special Agent Jerry Cotton vom ...«

»Kein Wort weiter!«, schrie der DJ jammernd. »Ich habe schon genug gehört!«

Und plötzlich zauberte er eine Schrotflinte hervor, presste mir den abgesägten Doppellauf gegen die Stirn.

»Kein Wort weiter!«, wiederholte der Mann mit bebender Stimme. »Ich will gar nicht wissen, wer du bist. Tatsache ist, dass du hier störst, Mann! Und dass du und dein Kumpel schnell wieder verschwinden solltet. Habt ihr verstanden? Andernfalls werde ich ...«

Der DJ kam nicht dazu, mir auseinanderzusetzen, was er mit mir anstellen würde, wenn ich seinen Ratschlag nicht beherzigte – denn im nächsten Moment trat mein Kollege Joe Brandenburg von hinten an ihn heran und presste ihm den klobigen Lauf seiner Magnum an den Kopf.

Zusammen mit seinem Partner Les Bedell war Joe wie vereinbart durch den Hintereingang reingekommen.

»Wirst du was, du halbe Portion?«, fragte Joe drohend. »Keine falsche Bewegung – oder ich puste dir den Schädel weg! Wird mich übrigens nicht viel Überwindung kosten, wenn ich sehe, was du den armen Schallplatten da antust. Wenn ich da an meine alten Police-Scheiben denke …«

»Schon gut, Mann«, flüsterte der DJ, dessen Stirn plötzlich feucht glänzte.

Rasch entwaffnete ich den Knaben und nahm seine Schrotflinte an mich.

»Was wollt ihr eigentlich?«, fragte der DJ, während Joe ihn wegen Widerstands gegen die Staatsgewalt in Eisen legte.

»Ganz einfach«, verriet ich. »Wir suchen einen Mann namens Webber Nichols. Angeblich gehört er zu den Stammgästen hier.«

»Das ist alles?«, fragte der DJ kreischend. »Ihr seid wegen Webber hier? Nicht etwa meinetwegen?«

»Nein, mein Junge«, versicherte ich. »Ich weiß nicht, was du ausgefressen hast – aber mit deiner Vorstellung von eben hast du es auf jeden Fall zum Thema gemacht.«

»Oh, verdammte Scheiße!«, entfuhr es dem jungen Mann – und ein ganzer Schwall höchst unanständiger Verwünschungen kam ihm über die Lippen.

»Wir können uns aber auch auf einen Handel einigen«, flüsterte Joe ihm ins Ohr. »Wenn du uns zeigst, welche von den traurigen Figuren hier im Raum Webber Nichols ist, lassen wir dich laufen.«

»O-okay«, stammelte der DJ. Er schaute auf, ließ einen suchenden Blick über die Reihen der Gäste schweifen.

Einige der Partybesucher wurden bereits unruhig, forderten lautstark, dass wieder Musik gespielt werden solle. Andere ließen sich erschöpft zu Boden fallen, sahen aus wie Marionetten, deren Fäden man durchgeschnitten hatte. Nur der hämmernde Rhythmus der Musik schien sie am Leben gehalten zu haben. Ich verfluchte diese verdammten Designerdrogen, denn ich wusste, dass die Kids diesen Scheißdreck völlig unterschätzten.

Ein paar Einzelne drängten zu den Ausgängen, wurden von Phil und Les zurückgewiesen, die ihnen ihre Marken unter die Nase hielten. Die Falle war zugeschnappt, hier kam keiner mehr raus. Und mit etwas Glück befand sich unter den Clubbesuchern auch jener Mann, nach dem wir seit zwei Wochen fahndeten, obwohl wir nicht einmal ein Foto von ihm hatten.

Webber Nichols.

Es war nicht so, dass Nichols ein besonders gefährlicher Ganove war. Nur eben einer von der Sorte, die schnell abtauchten und dann für Monate unauffindbar waren. Und er hatte einst für den Erzterroristen Jon Bent gearbeitet, was ihn von einem gewissen Standpunkt aus zu unserem besten Freund machte.

»Also?«, wandte ich mich ungeduldig an den DJ. »Wo ist Webber? Spuck's schon aus, Kumpel!«

Mit starren Blicken schaute sich der Schwarze um, schien aber den Gesuchten nicht zu entdecken.

»E-er ist nicht hier«, verkündete er mit heiserer Stimme.

»Bist du sicher?«

»A-aber wenn ich's euch doch sage«, versicherte er.

In seinen Zügen zuckte es unruhig. Man konnte ihm förmlich ansehen, dass er log. Aus irgendeinem Grund schien er nicht gewillt zu sein, mit uns zu kooperieren.

»Na schön«, meinte ich. »Phil – ruf die Zentrale an. Sie sollen die Bereitschaft schicken.«

»Was wird das denn jetzt?«, fragte der DJ aufgebracht.

»Ganz einfach – wenn Nichols nicht zu uns kommt, holen wir ihn uns eben. Wir werden eine Einheit von G-men anfordern, die den Laden hier auf den Kopf stellen und alle Gäste vorläufig festnehmen wird. Anschließend fahren wir alle zusammen ins Field Office und nehmen die Personalien und Fingerabdrücke eines jeden Gastes auf. Dann werden wir schon sehen, ob Webber Nichols hier ist oder nicht.«

»Aber das ... das könnt Ihr nicht machen! Der Laden hier gehört mir! Wenn sich herumspricht, dass die Bullen hier aus- und einmarschieren, kann ich dichtmachen.«

»Das ist dein Problem, Freundchen«, beschied ich schulterzuckend. »Ist nicht so, als ob du nicht die Wahl gehabt hättest.«

»Verdammt!«, rief der junge Kerl und wand sich in Joes Griff. »So eine verdammte Scheiße!«

»Bist du fertig?«, fragte ich. »Dann bringt ihn schon mal nach oben. Die Kollegen werden gleich da sein.«

»Nein!«, sagte der DJ schnell. »Bitte nicht! Das ist nicht nötig! Ich meine, ihr könnt euch die Mühe sparen ...«

»Weshalb?« Ich hob eine Braue. »Sollte dir inzwischen doch eingefallen sein, wer von den Typen hier Webber Nichols ist?«

»Ja«, erwiderte der schwarze DJ kleinlaut und senkte seinen Blick. »*Ich* bin es!«

Ich muss gestehen, dass ich überrascht war – aus irgendeinem Grund hatte ich mir Webber Nichols, den Mann, der schon mit Jon Bent zusammengearbeitet hatte, anders vorgestellt.

»Webber Nichols?«, fragte ich.

»Das sagte ich doch gerade, oder nicht?«, fuhr mich der junge Kerl an.

»Sieh an«, meinte Joe. »Ich muss zugeben, fast wäre ich drauf reingefallen.«

»Ich auch«, gestand ich grinsend, »aber nun hat sich das Missverständnis ja aufgeklärt.«

»Verdammt, was wollt ihr von mir?«, fauchte Webber. »Ich hab euch doch gesagt, dass ich nichts ausgefressen hab!«

»Jedenfalls nicht in letzter Zeit«, räumte ich ein. »Was die Zeit davor betrifft, bin ich mir allerdings nicht so sicher – sagt dir der Name Jon Bent etwas?«

Seine dunkle Haut wurde schlagartig um ein paar Nuancen blasser.

»Wer soll das sein?«, fragte er mit zitternder Stimme. »Ich kenne niemanden, der so heißt. Nie von ihm gehört.«

»Wirklich nicht? Unsere Informationen sind anders. Es heißt, du hättest für ihn gearbeitet, hättest für ihn den Laufburschen gespielt bei einer Erpressungsgeschichte unten in Charleston.«

Unsere gute Freundin Lara King hatte uns diese Informationen besorgt. Seit wir wussten, dass Jon Bent noch lebte, hatte auch die CIA die Jagd wieder auf ihn eröffnet. Lara war Top-Agentin der CIA, und in dieser Sache zogen wir an einem Strang.

»Das ... das ist nicht wahr!«, wehrte sich der junge Mann gegen die Anschuldigungen. »Das könnt ihr mir nicht anhängen, ihr verdammten ...«

»Wir brauchen dir nichts anzuhängen, Kleiner«, versicherte ich, »denn es gibt einen Zeugen in dieser Sache. Jemanden, der in der Lage ist, deine Visage zu identifizieren.«

»Ich sage nichts!«, blieb Webber hart.

»Einen hübschen Laden hast du hier«, meinte ich beiläufig und blickte mich um. »Dieser ganze technische Schnickschnack dürfte ein hübsches Sümmchen Geld verschlungen haben.«

»Was willst du damit sagen?«

»Ganz einfach.« Ich packte ihn am Kragen seines weiten T-Shirts und zog ihn an mich heran. »Ich will damit sagen, dass wir uns von dir nicht auf den Arm nehmen lassen, klar? Ein armer Schlucker wie du hätte im Leben nicht das Geld, um sich einen Laden wie diesen einzurichten, und ich kenne keine Bank in der Stadt, die an Typen deines Schlages Geld verleihen würde. Also dürfte ziemlich klar sein, woher du das Geld dafür bekommen hast!«

Mit vor Schreck geweiteten Augen starrte Webber mich an – und lenkte schließlich ein.

»Also schön«, sagte er leise. »Sie haben mich erwischt. Aber ich hatte nichts mit dieser Sache zu tun, das müssen Sie mir glauben. Es war lediglich ein Job …«

»Ein verdammt gut bezahlter Job«, konstatierte ich.

»Trotzdem nur ein Job.«

»Hör zu, Jungchen«, knurrte ich, »bei deinem Job kamen damals fünf unschuldige Menschen ums Leben. Obwohl das Lösegeld bezahlt wurde, hat Bent die Geiseln kaltblütig umgebracht.«

»Davon weiß ich nichts. Und einen Typen namens Bent kenne ich nicht.«

»Und wenn schon. Der Umstand, dass du an der Sache beteiligt warst, bringt dich wegen Mittäterschaft für mindestens fünfzehn Jahre hinter Gitter.«

»Fünfzehn Jahre?« Webbers Stimme überschlug sich.

»Allerdings«, bekräftigte Joe. »Wenn du wieder aus dem Knast bist, ist deine Krachmusik hier mindestens so veraltet wie meine Police-Scheiben. Und dein Sexualleben ist – wie soll ich es ausdrücken? – sicher nicht mehr das, was es mal war …«

Wir beide konnten sehen, wie sich Panik auf den Zügen des jungen Schwarzen ausbreitete.

»Was wollt ihr wissen?«, fragte er schnell.

»Alles«, erwiderte ich schlicht. »Alles über Jon Bent. Über seine Gewohnheiten, seine Schlupfwinkel, seine Komplizen. Einfach alles.«

»Aber ich sagte euch doch schon, dass ich diesen Kerl nicht kenne. Es war nur ein Job ...«
»Du hast für ihn gearbeitet, oder nicht? Und das macht dich zu unserem Kronzeugen Nummer eins.«

*

Jon Bent konnte es nicht fassen.

So oft hatte er sich Gedanken über seine Herkunft gemacht, hatte versucht, etwas darüber in Erfahrung zu bringen – doch stets waren alle Bemühungen in diese Richtung vergebens gewesen.

Da klaffte ein dunkles Loch in seiner Vergangenheit.

Bent konnte sich an nichts erinnern, das länger zurücklag als sechsunddreißig Jahre.

Der 28. Mai 1965 war ein bedeutungsvolles Datum in seinem Leben.

Es war der erste Tag, an den er sich erinnern konnte, wenn auch nur verschwommen.

Er erinnerte sich an eine dunkle Gestalt, an einen Wagen, in den er stieg und der über eine neblige, abgelegene Straße fuhr, zu einem Ort, der inmitten dunkler Gassen lag.

Hier erst setzte seine Erinnerung ein, zaghaft und ganz allmählich. Seine Jugend in einem städtischen Waisenhaus. Seine Ausbildung an einer staatlichen Akademie.

Seine Lehrer waren stolz auf ihn gewesen, waren davon überzeugt gewesen, dass einst etwas Besonderes aus ihm werden würde. Wie Recht sie behalten hatten!

Bent musste bei diesem Gedanken grinsen, während er weiter in dem alten, in Leder geschlagenen Buch blätterte, dessen Seiten mit gut leserlicher Handschrift beschrieben waren.

Nun endlich, nach all den Jahren, erfuhr er, was damals wirklich geschehen war, woher er wirklich stammte. Es war, als würde der dichte Vorhang, der stets über seiner Vergangenheit gelegen hatte, plötzlich beiseite gezogen. Und endlich offenbarte sich ihm die Wahrheit.

Nicht alles, was er las, gefiel Bent. Manches amüsierte ihn, anderes erschütterte ihn, machte ihn in seinem Innersten betroffen.

So also hing alles zusammen.

Wie oft schon hatte er versucht, seine Vergangenheit zu ergründen, dem Geheimnis seiner Herkunft auf die Spur zu kommen, doch jedes Mal war er dabei gescheitert.

Nun jedoch erfuhr er die Wahrheit.

Eine Wahrheit, hinter der es keine weiteren Wahrheiten mehr gab. Die reine, unveräußerliche Wahrheit.

Fast hatte Bent befürchtet, enttäuscht zu sein, wenn er die Wahrheit erfuhr. Im Laufe der Jahre hatte er sich seine eigene Version der Wahrheit zurecht gezimmert, hatte sich dabei stets als etwas Besonderes gefühlt. Vielleicht war es sogar die fehlende Kenntnis seiner Herkunft gewesen, die ihn zu dem gemacht hatte, was er war, die ihn hatte glauben lassen, dass er vom Schicksal zu etwas Großem bestimmt war.

Dazu bestimmt, über andere Menschen zu triumphieren.

Ihnen seinen Willen aufzuzwingen.

Sie zu manipulieren, wie es ihm beliebte.

Das Geheimnis, das ihn stets umgab, hatte ihn in seinen Augen zu etwas Besserem gemacht. Wer waren all diese gewöhnlichen Subjekte da draußen, die genau wussten, wer sie waren und woher sie kamen? Die eine Familie ihr Eigen nannten? Die einen festen Platz hatten, wohin sie gehörten?

Bent hatte solch traurige Anhänglichkeiten stets als Schwäche betrachtet. Sein Zuhause war die ganze Welt, eine Familie hatte er nie gebraucht – bis er in die Dienste der Domäne getreten war.

Hier hatte er erstmals erkannt, was es bedeutete, Verbündete zu haben, im Kampf gegen seine Feinde nicht allein zu stehen.

Eine Familie zu haben …

Der Erzverbrecher musste schlucken.

So sehr er ihn einerseits herbeigesehnt hatte, stets hatte er den Tag andererseits auch gefürchtet, an dem sich sein Geheimnis aufklären, an dem er Antwort auf all seine Fragen erhalten würde. Denn es würde der Tag sein, an dem er aufhörte, etwas Besonderes zu sein, an dem er ein gewöhnlicher Mensch werden würde.

Doch nun, als Bent in den tiefen, dunklen Kellern des Archivs saß und das Buch studierte, das der Alpha ihm gegeben hatte, erkannte er, dass all seine Befürchtungen unbegründet waren.

Denn die Antwort war noch fantastischer als die Frage, die Lösung noch aufregender als das Rätsel, die Wahrheit um vieles spektakulärer als jede Vision.

Immer wieder las Bent die handgeschriebenen Berichte, starrte auf die vergilbten Fotos und ging die wissenschaftlichen Aufzeichnungen durch. Sein Pulsschlag hämmerte, Adrenalin pulsierte kribbelnd durch seine Adern.

Dies also war die Wahrheit.

Er hatte es gewusst, all die Jahre. Vielleicht, weil es in seinem Unterbewusstsein fest verankert gewesen war.

Nun schlug er das Buch zu, drehte es um und betrachtete erneut das goldgeprägte Signet auf dem Umschlag.

Es war ein Siegel, das eine stilisierte Faust zeigte. Rings herum war das in lateinischer Sprache abgefasste Motto zu lesen:

Superior erit homo et superabit adversarios.

Es war Latein, und murmelnd übersetzte Jon Bent:

»Überlegen wird der Mensch sein und über seine Feinde triumphieren ...«

*

Im Befragungsraum 2 des FBI Field Office an der Federal Plaza wurde Webber Nichols von Phil Decker in die Mangel genommen.

Im Grunde war es ein Armutszeichen für den FBI, dass man sich an einen kleinen Fisch wie Webber halten musste.

Von dem Augenblick an, da bekannt geworden war, dass Jon Bent, der von allen tot geglaubte Terrorist und Massenmörder, noch immer am Leben war und sich mit der Domäne verbündet hatte, einer der berüchtigtsten Terrororganisationen überhaupt, war eine landesweite Großfahndung ins Leben gerufen worden. Vor allem ging es darum, Spuren ausfindig zu machen, die Bent in der Zeit nach seiner vermeintlichen Hinrichtung hinterlassen hatte.

Doch wie es schien, waren Bent und seine neuen Verbündeten äußerst gerissen zu Werke gegangen und sehr geschickt darin, ihre Spuren zu verwischen. Nicht weniger als sechzehn Fälle von Sabotage, Mord und Erpressung, die sich während der letzten sechs Monate ereignet hatten, wurden aufgrund verschiedener Indizien

Bent zugeschrieben, jedoch gab es in keinem einzigen dieser Fälle Beweise, geschweige denn einen Zeugen dafür, dass Bent tatsächlich darin verwickelt gewesen war.

Erst nach wochenlanger Recherche war Lara King von der CIA auf einen Namen gestoßen. Den Namen eines Boten, den Bent bei einem Erpressungsfall im Südosten der USA angeblich eingesetzt haben sollte.

Webber Nichols.

Es hatte CIA und FBI einige Mühe gekostet, den Aufenthaltsort von Nichols ausfindig zu machen. Dann hatten wir erfahren, dass der Kleinganove, der bei der Erpressungsgeschichte offenbar ebenfalls absahnte, sich dazu entschlossen hatte, das Geld im Big Apple auszugeben.

Wir hatten unseren V-Mann Hank Hogan auf die Sache angesetzt, und der hatte uns den Tipp gegeben mit diesem versifften Techno-Club in Harlem – und Phil war nun wild entschlossen, dafür zu sorgen, dass all diese Mühen nicht umsonst gewesen waren …

»Na komm schon, Jungchen!«, schrie er Webber an, der auf einem Stuhl in der Mitte des kleinen Raumes saß. »Spuck's schon aus! Wie viel hat dir Bent dafür bezahlt, dass du für ihn den Boten gespielt hast?«

»Wie ich schon sagte – ich kenne niemanden, der so heißt.«

»Erzähl keinen Blödsinn!« Phil stach auf den jungen Mann zu, blieb dicht vor ihm stehen, blitzte ihn zornig an. »Mit deinem dämlichen Gequatsche hast du dich ohnehin bereits ins Kittchen geredet. Jetzt wird es Zeit, dass du dir mal was Gutes tust. Also: Wie viel war's? Fünfzigtausend?«

»Keine Ahnung, worüber Sie reden, Mann!«

Phil schnaubte. »Was weißt du über Jon Bent?«

»Nichts. Ich kenne diesen Typen nicht, das habe ich euch doch schon gesagt!«

»Ach nein? Aber du warst bei der Sache in Charleston dabei, oder nicht?«

»Wie ich schon sagte, es war …«

»… nur ein Job«, knurrte Phil grimmig, »ich weiß. Aber irgendjemand muss dir den Job doch verschafft haben, verdammt!«

Nichols schwieg.

»Ich würde dir raten, scharf nachzudenken, mein Junge. Ist nicht so, dass wir beim Richter nicht ein gutes Wort für dich einsetzen könnten. Also lass dir die Sache noch mal durch den Kopf gehen. Was ist mit Jon Bent?«

»Bent, Bent!« echote der Gefangene. »Ich höre nur immer Bent! Ist das nicht der Kerl, der vor ein paar Monaten hingerichtet wurde?«

»So, jetzt reicht's!«, rief Phil aus. Breitbeinig postierte er sich vor dem Gefangenen, blickte grimmig auf ihn hinab. »Hör zu, Kleiner, von mir aus kannst du hier erzählen, was du willst – es ist dein Arsch, der für die nächsten fünfzehn Jahre hinter Gitter wandert. Aber versuch nicht, mich für blöd zu verkaufen, okay?«

»Okay«, antwortete Nichols schulterzuckend.

»Du wurdest gesehen. Man hat deine Visage unten in Charleston gesehen, erst vor ein paar Monaten. Und das war definitiv nach Bents Hinrichtung!«

»Wie kann er dann dabei gewesen sein?«, fragte Nichols grinsend. »Wirklich – ihr Bullen redet manchmal 'ne Scheiße …«

»Bent ist nicht tot!«, herrschte Phil ihn an.

»Ach wirklich?«

»Tu nicht so, als ob du es nicht wüsstest! Bent lebt, hat uns alle angeschmiert! So wie er auch dich anschmieren wird, mein Junge. Egal, was er dir erzählt hat! Und unabhängig von, wie viel er dir bezahlt haben mag! Er ist ein verdammter Scheißkerl, dem einfach nicht zu trauen ist!«

»Okay«, erwiderte Webber gleichgültig, »ich hab's kapiert. Kann ich dann jetzt wieder gehen?«

»Nein, verdammt! Du bleibst so lange, bis du uns alles über dein Zusammentreffen mit Bent erzählt hast. Ich will wissen, wie er aussah, wo ihr euch getroffen habt, was er gesagt hat! Einfach alles, hörst du?«

»Aber ich kenne ihn doch gar nicht«, versicherte Nichols gereizt. »Ich habe nur …«

»Was?«, hakte Phil nach.

»Nichts«, entgegnete Nichols schnell. Um ein Haar hätte er etwas gesagt, was er nicht hatte sagen wollen.

»Nur heraus damit«, forderte Phil. »Was wolltest du mir sagen?

Dass du Bent nicht persönlich getroffen hast? Dass es ein Mittelsmann war? Nur weiter, Söhnchen! Sprich dich ruhig aus. Wie war der Name des Typen?«

»Es gab keinen Mittelsmann«, behauptete Webber Nichols steif. »Und ich bezweifle auch, dass es einen Zeugen gibt, sonst hätte der euch nämlich eine Beschreibung von mir gegeben – und ihr dämlichen Bullen wusstet ja noch nicht mal, wie ich aussehe!«

Phil schnaubte, wusste nicht, was er darauf erwidern sollte.

Sosehr es ihm widerstrebte, es zuzugeben – der Junge hatte Recht.

Im Grunde basierte Webber Nichols' Festnahme auf reiner Mutmaßung, ebenso wie die Annahme, dass Bent an dem Erpressungsfall in Charleston beteiligt gewesen war. Alles, was FBI und CIA bislang hatten, waren eine Hand voll wüster Vermutungen, Verdächtigungen und Theorien. Es war zum Davonlaufen.

Phil Decker atmete tief durch, zwang sich zur Ruhe.

Erst vor ein paar Wochen hatten Jerry und er erfahren, dass Bent noch am Leben war.

Eine Expedition zu Bents ehemaligem Schlupfwinkel auf der »Isla del muerte« hatte Aufschluss darüber geben sollen, ob Bents ehemalige Komplizen noch aktiv waren. Stattdessen hatte sich herausgestellt, dass Bent selbst noch unter den Lebenden weilte. Und was beinahe noch schlimmer war: Er hatte sich mit der Domäne verbündet, dieser unheimlichen Verbrecherorganisation, die das Land seit einiger Zeit bedrohte.

Die beiden schlimmsten Feinde des FBI machten gemeinsame Sache – und alles, was die G-men gegen sie in der Hand hatten, waren haltlose Theorien und wilde Vermutungen.

Und einen miesen kleinen Verdächtigen namens Webber Nichols.

»Hör zu, mein Junge«, sagte Phil seufzend, »ich kann verstehen, dass dir das hier keinen Spaß macht. Und ich weiß auch, dass du eine Scheißangst hast und viel darum geben würdest, diesen Raum wieder zu verlassen. Aber aus irgendeinem Grund hat es das Schicksal so gewollt, dass du unser einziger Zeuge bist. Also streng dich verdammt noch mal an und bemühe deine grauen Zellen oder ich schwöre dir, du kommst eine sehr, sehr lange Zeit nicht mehr hier raus!«

*

»Er schüchtert den Gefangenen ein«, stellte die junge Frau, die neben mir hinter der verspiegelten Glasscheibe stand, mit missbilligender Stimme fest.

Der kleine Lautsprecher, der über dem Fenster montiert war, übertrug den Ton aus Vernehmungsraum 2.

»Egal, was du gehört haben magst oder was Jon Bent dir angedroht haben mag für den Fall, dass du singst«, konnte man Phil sagen hören, »ich schwöre dir, dass ich noch um vieles ungemütlicher werden kann als er!«

»Das ist nicht zulässig«, sagte die junge Frau wieder, die ihr rotblondes Haar zu einem strengen Dutt hochgesteckt hatte und einige Einträge in ihr Notizbuch vornahm. »Agent Decker sollte mal wieder einen Kurs in angewandter Psychologie absolvieren. Die würde nämlich mehr bringen, als mit plumper Gewalt zu drohen.«

Special Agent Gillian Baxter war vom Washingtoner FBI-Hauptquartier nach New York geschickt worden. Sie war Psychologin und arbeitete an einer Feldstudie über die Verhörmethoden der Mitarbeiter in den einzelnen Feldbüros, die ihrer Ansicht nach noch aus dem finstersten Mittelalter stammten. Einschüchterungen und Drohungen, so wurde sie nie müde zu behaupten, widersprächen der modernen Polizeiarbeit und würden den FBI nur in Verruf bringen.

Ich holte Luft, gönnte mir einen abgrundtiefen Seufzer. Nicht nur, dass die Fahndung nach Jon Bent und die Ermittlungen in einigen anderen Fällen uns in den letzten Wochen nur sehr wenig hatten zur Ruhe kommen lassen. Nicht genug damit, dass sich unsere schlimmsten Erzfeinde verbündet hatten und vermutlich just in diesem Augenblick einen gemeinsamen Schlag gegen uns planten.

Nun hatte uns das Hauptquartier auch noch eine diplomierte Nervensäge geschickt, die nichts Besseres zu tun hatte, als unsere Arbeitsweise in einem fort zu kritisieren.

»Agent Decker setzt den Gefangenen viel zu sehr unter Druck«, stellte Agent Baxter fest und machte sich erneut Notizen. »Das wird nichts. Dieses Verhör ist von vornherein zum Scheitern verdammt.«

Das war's. Ich konnte nicht mehr, musste irgendetwas erwidern.

»Agent Baxter …«, begann ich langsam.

»Gillian«, sagte sie.

»Also schön, Gillian«, begann ich erneut. »Ich weiß ja nicht, woher Sie all ihre Weisheit und Ihre Kenntnisse über FBI-Arbeit und Verhörmethoden nehmen, aber ich versichere Ihnen, dass das, was mein Kollege da gerade tut, der einzig gangbare Weg ist, um an Informationen zu kommen.«

»Indem Sie den Gefangenen einschüchtern?« Aus ihrem Mund klang es, als hätten wir versucht, Webber von der Brooklyn Bridge zu stoßen.

»Nein«, hielt ich dagegen. »Indem wir ihm die Konsequenzen seines Schweigens vor Augen führen – und zwar so, dass er es kapiert. Sehen Sie, diese Jungs wachsen in den Straßen auf. Mit zehn begehen sie ihren ersten Diebstahl, mit vierzehn ihren ersten richtigen Bruch. Die sind verdammt abgebrüht, Gillian – die bringt man nicht zum Sprechen, in dem man ihnen 'ne Dr.-Pepper-Cola spendiert.«

»Das hatte ich auch nicht angenommen«, gab die Psychologin ein wenig gereizt zurück. »Nur glaube ich nicht, dass Ihr Partner mit dieser Strategie mehr Erfolg haben wird.«

»Was macht Sie so sicher?«

»Ganz einfach, Jerry«, erwiderte Gillian und deutete durch das Fensterglas, das von der anderen Seite wie ein ganz normaler Spiegel aussah. »Weil dieser Mann nichts weiß, deshalb.«

»Da täuschen Sie sich gewaltig!« Ich schüttelte den Kopf. »Webber Nichols hat für Jon Bent den Boten gespielt, da bin ich mir sicher.«

»Das sagt die CIA.«

»Richtig«, bestätigte ich.

»Und woher wissen die das?«

»Keine Ahnung, aber ...«

»Woher wollen Sie dann wissen, dass es der Wahrheit entspricht?«

»Na hören Sie mal! Wir sprechen hier immerhin vom amerikanischen Geheimdienst, und ...«

Ich unterbrach mich, denn ich war lauter geworden, als ich beabsichtigt hatte.

Einmal mehr merkte ich, dass meine Nerven blank lagen. Der Umstand, dass Jon Bent noch immer am Leben war und auf freiem Fuß, setzte mir mehr zu, als ich zugeben wollte.

»Dieser Mann weiß nichts«, sagte Gillian Baxter. »Der einzige Grund, warum Sie ihn noch immer festhalten, ist der, dass er Ihre einzige Verbindung zu Bent ist. Wenn Sie ihn frei ließen, müssten Sie zugeben, dass Sie nichts, aber auch gar nichts in dieser Sache haben.«

Ich schaute der Psychologin fest ins Gesicht.

Hatte sie am Ende Recht?

Nein.

Lara King war CIA-Top-Agentin und hatte herausgefunden, dass Nichols in die Erpressungssache in Charleston verwickelt gewesen war. Vielleicht war er Bent ja tatsächlich nie persönlich begegnet, vielleicht hatte er nicht einmal gewusst, dass Bent es war, der hinter allem steckte.

Aber er war dabei gewesen, wusste irgendetwas, und wenn es nur in seinem Unterbewusstsein verborgen war. Mit der Zeit würde es Phil und mir schon gelingen, es aus ihm herauszukitzeln – mochte diese Psycho-Tante sagen, was sie wollte …

*

Gegen fünf Uhr, als für die meisten anderen Beamten im Field Office New York die Glocke zum Dienstschluss läutete, bestellte uns Mr. High in sein Büro zum Rapport.

Unser Chef hatte auf die Nachricht, dass Bent noch am Leben war, ebenso bestürzt reagiert wie wir. Obwohl er uns in den letzten Wochen gerne freie Hand gelassen hätte, um nach Bent zu fahnden, hatte es dennoch einige andere dringende Fälle gegeben, mit denen wir uns zu beschäftigen hatten, zumal es die ganze Zeit über noch keine konkrete Spur von Bent gegeben hatte.

Webber Nichols war die erste Spur, die wir hatten – wenn man es überhaupt so nennen konnte …

»Und?«, erkundigte sich Mr. High, nachdem wir uns in die Besuchersessel hatten fallen lassen, müde und erschöpft. »Hat die Befragung von Nichols etwas ergeben?«

»Wie man's nimmt, Sir«, erwiderte ich. »Ich denke, dass Lara auf jeden Fall Recht hat – Nichols war auf die eine oder andere Art in die Sache in Charleston verwickelt. Allerdings scheint er nicht halb so viel über Bent zu wissen, wie wir gehofft hatten.«

»Wir hatten ihn den ganzen Nachmittag über in der Mangel«, berichtete Phil. »Zuerst ich, dann Jerry, zuletzt wir beide zusammen. Aber Nichols bleibt fest bei seiner Behauptung, Bent nicht persönlich zu kennen. Immerhin hat er irgendwann zugegeben, für ihn gearbeitet zu haben.«

»Das bringt uns noch nicht sehr viel weiter«, meinte Mr. High. »Vor Ihrem Besuch auf Bents Insel wäre diese Enthüllung eine Sensation gewesen, aber nachdem wir bereits wissen, dass Bent noch unter den Lebenden weilt …«

»Nichols war nur ein Bote«, sagte ich. »Er ist nur ein kleiner Fisch. Es war nicht anzunehmen, dass er sehr viel wissen würde. Immerhin konnten wir ihm am Ende wenigstens einen Namen entlocken.«

»Einen Namen?«

»Ja, Sir«, sagte Phil. »Den Namen des Mittelsmannes, der ihm den Job in Charleston angeblich angetragen hat. Von ihm hat er auch den Zaster bekommen, nachdem die Sache erledigt war.«

»Hm«, machte unser Vorgesetzter. »Und wer ist dieser Mann?«

»Ein gewisser Garret Masonne«, sagte ich. »Wir haben bereits Erkundigungen über ihn eingezogen. Er ist Frankokanadier und wird wegen diverser Delikte gesucht, unter anderem wegen Raubüberfalls und tätlicher Erpressung. Bislang wussten wir nicht, dass er ebenfalls in die Charleston-Sache verwickelt war.«

»Dann«, meinte Mr. High hoffnungsvoll, »könnte es sein, dass Masonne das nächste Glied in der Kette ist. Wenn Nichols von ihm sein Geld bekommen hat, könnte Masonne in direktem Kontakt zu Bent gestanden haben.«

»Das ist richtig, Sir«, erwiderte ich. »Deshalb werden wir als nächstes Masonne einen Besuch abstatten. Die Spur ist noch immer dünn, aber sie ist besser als nichts.«

»Einverstanden, Jerry«, sagte unser Chef. »Haben Sie schon eine Ahnung, wo Sie diesen Masonne finden können?«

»Das ist das Beste, Sir«, eröffnete ich. »Man mag es kaum glauben – aber Masonne wurde vor nicht ganz einer Stunde verhaftet.«

»Was?«

»Ja«, bestätigte Phil, »in einer Bar oben in Hartford. Die örtliche Polizei bekam einen Tipp, dass Masonne einen groß angelegten Versicherungsbetrug planen würde. Bei einer Razzia in einem Hotel haben sie ihn geschnappt.«

»Das ist ein äußerst glücklicher Zufall«, sagte Mr. High. »Sie beide sollten sofort nach Hartford fliegen und mit diesem Masonne sprechen. Bieten Sie ihm einen Handel an für den Fall, dass er uns mehr über Bent sagen kann.«

»Verstanden, Sir«, erwiderte ich – wir hatten schon damit gerechnet, dass unser Chef uns umgehend nach Connecticut schicken würde. So wie die Dinge lagen, mussten wir uns an jeden Strohhalm klammern, der sich uns bot.

»Nur noch eine Kleinigkeit, meine Herren«, meinte der SAC, als wir bereits aufstehen wollten.

»Ja?«

»Agent Baxter, die im Auftrag des Washingtoner Hauptquartiers diese Studie verfolgt …«

»Was ist mit ihr?«, fragte ich, Böses ahnend.

»Sie hat darum gebeten, Ihnen beiden zugeteilt zu werden«, eröffnete Mr. High.

»Uns?« Phil fiel aus allen Wolken. »Warum, in aller Welt, ausgerechnet uns? Ich gerate mit diesem Weibsbild schon in Streit, sobald ich sie sehe!«

»Um ehrlich zu sein, es geht mir nicht viel besser, Sir«, gestand ich. »Lässt sich keine Möglichkeit finden, um das zu vermeiden?«

»Leider nein, meine Herren«, sagte Mr. High. »Das Washingtoner Hauptquartier hat ihrer Bitte bereits entsprochen. Gillian Baxter ist eine voll ausgebildete Agentin und darf damit an jedem Einsatz teilnehmen. Die Entscheidung in dieser Sache ist also bereits gefällt.«

»Aber Sir, wir …«

»Es ist nicht so, als ob wir die Wahl hätten, Jerry«, unterbrach mich Mr. High. »Agent Baxter wird Ihnen nicht nur zur Seite gestellt, um ihre Studien fortzusetzen, sondern auch, um Sie zu unterstützen.«

»Weshalb?«, fragte Phil. »Ist man in Washington der Ansicht, dass wir die Dinge allein nicht mehr geregelt kriegen?«

Unser Chef seufzte. »Für Diskussionen dieser Art ist nicht der richtige Zeitpunkt, Phil«, sagte er ruhig, aber bestimmt. »Die Nachricht, dass Jon Bent noch lebt, hat sich wie ein Lauffeuer in der Unterwelt verbreitet. Die Tatsache, dass wir nichts davon haben nach außen dringen lassen, lässt vermuten, dass er selbst es war, der die Neuigkeit hat verbreiten lassen.«

»Verdammt«, knirschte ich.

Mr. High fuhr fort: »Nun wird es nicht mehr lange dauern, bis auch die Presse davon Wind bekommt. Dann stehen wir wie Idioten da. Und vergessen Sie nicht, wie viele Morde Bent begangen und welch schreckliche Katastrophen er absichtlich herbeiführte. Angst und Panik werden in der Bevölkerung dieses Landes um sich greifen. Im Augenblick können wir also jede Hilfe brauchen, die wir kriegen können, meine Herren. Ich denke, dass Sie das genauso sehen.«

Phil und ich schauten uns an.

Unser Chef hatte Recht, mit jedem einzelnen Wort.

Unsere Animositäten gegen Agent Baxter konnten wir ein anderes Mal ausleben. Im Augenblick ging es nur darum, dass Bent gefasst wurde, und dafür würden wir alle an einem Strang ziehen müssen.

»All right, Sir«, sagte ich deshalb. »Natürlich ist Agent Baxter eine willkommene Hilfe.«

Mr. High zeigte sich verständnisvoll. »Ich weiß, dass Sie beide unter großer Anspannung stehen, Jerry und Phil. Die Erlebnisse auf Bents Insel, die ergebnislose Fahndung – all das hat Ihnen zugesetzt. Hätten wir mehr Zeit, würde ich Ihnen für ein paar Tage frei geben und Sie auf Urlaub schicken, aber daran ist im Augenblick leider nicht zu denken.«

»Nein, Sir«, versprach Phil düster, »Urlaub machen wir erst wieder, wenn dieser Hundesohn bekommen hat, was er verdient.«

»Ich wünsche Ihnen viel Glück, Gentlemen.«

»Danke, Sir«, erwiderte ich.

Dann waren wir unterwegs.

*

Im Untersuchungsgefängnis von Hartford, Connecticut, saß ein Mann, der verdammt schlechter Laune war.

Sie hatten ihn geschnappt, einfach so.

Auf seinem Hotelzimmer.

Er war gerade aus der Dusche gekommen, hatte sich auf das Meeting vorbereitet, das am Abend hatte stattfinden sollen – als sie in sein Zimmer gestürmt waren.

Polizei, alle Mann schwer bewaffnet.

Sie hatten ihn genötigt, sich auf den Boden zu legen, hatten ihm Handschellen angelegt wie einem Schwerverbrecher.

Und sie hatten ihn festgenommen.

»Garret Masonne«, hatte der Lieutenant gesagt, der den Trupp angeführt hatte, »Sie sind hiermit verhaftet. Sie haben das Recht, die Aussage zu verweigern. Wenn Sie auf dieses Recht verzichten, kann alles, was Sie von nun an sagen, vor Gericht gegen Sie verwendet werden ...«

Garret Masonne.

Zunächst hatte er geglaubt, dass alles nur ein schlechter Scherz wäre, dass jeden Augenblick die Jungs mit der versteckten Kamera auftauchen würden, die im Fernsehen stetes solch derbe Späße trieben.

Aber es war kein Spaß gewesen, sondern bitterer Ernst.

Sie hatten ihn abgeführt und in ein Patrol Car verfrachtet, und sosehr er auch beteuert hatte, dass sein Name nicht Garret Masonne wäre, sondern Steven Warner und er ein Geschäftsreisender aus Chicago sei, sie hatte ihm nicht geglaubt.

Sie hatten seine Fingerabdrücke genommen und ihn fotografiert, ihn danach in diese Zelle gesteckt – ohne ihm überhaupt zu sagen, was ihm vorgeworfen wurde. Die ganze Zeit über hatten sie ihn mit »Masonne« angesprochen, und jeder Protest von seiner Seite war nutzlos gewesen.

Er hatte seinen Anwalt zu sprechen verlangt, und sie hatten ihm ein Telefongespräch zugebilligt.

Von dem Fernsprecher aus, der an der Wand des Zellenkorridors angebracht war, hatte er daraufhin versucht, seine Sekretärin zu erreichen.

Vergeblich.

Seither saß er wieder in seiner Zelle, ohne dass er sagen konnte, was eigentlich geschehen war.

Eine Verwechslung.

Es musste eine Verwechslung sein! Er hatte den Namen Garret Masonne noch nie zuvor gehört.

Aber wie war so etwas möglich? Wie konnte man im Zeitalter von Computerarchiven, digitalen Phantombildern und genetischen Fingerabdrücken noch verwechselt werden?

Es konnte nicht sein.

Es war ein verdammtes Missverständnis, und es würde sich aufklären, sobald er ein wenig energischer vorging. Diese idiotischen Bullen, die ihn verhaftet hatten, würden eine Menge zu erklären haben.

Entschlossen stand er auf und trat an das Gitter der Zelle.

»Hallo?«, rief er laut. »Ist da jemand?«

Es dauerte nur ein paar Sekunden, bis ein Polizist den Gang herabkam.

»Was wollen Sie?«

»Ich möchte Ihren Vorgesetzten sprechen, jetzt sofort!«

»Was Sie nicht sagen.«

»Bitte, es ist wichtig.«

»Keine Sorge, Masonne – Sie werden ihn noch früh genug zu sehen bekommen. Spätestens morgen, wenn Sie dem Haftrichter vorgeführt werden.«

»Dem Haftrichter?« Warner wurde blass. »Aber das ... das ist doch Unsinn! Mein Name ist Steven Warner. Ich bin ein unschuldiger Bürger, der durch einen dummen Zufall in diese Situation geraten ist!«

»Zufall, ja?« Der Polizist grinste und schüttelte den Kopf. »Wenn Sie wüssten, wie oft ich diese Scheiße zu hören bekomme. Ihr Kriminellen seid doch alle gleich!«

»Ich bin kein Krimineller«!, rief Warner entrüstet. »Sie haben mich verdammt noch mal mit jemandem verwechselt.«

»Wer's glaubt.«

»Hören Sie mir zu, Officer.« Der Gefangene atmete tief durch, zwang sich zur Ruhe. »Ich weiß, was Sie denken. Aber versuchen Sie sich nur mal für einen kurzen Moment vorzustellen, dass ich die Wahrheit sage. Nehmen wir mal an, das Ganze wäre eine Verwechslung und Sie hätten den falschen Mann eingelocht. Nicht Garret Masonne, den Verbrecher, sondern Steven Warner. Mich.«

»Ach, nun hören Sie doch auf!«

»Versuchen Sie nur mal, sich das für einen ganz kurzen Moment vorzustellen. Und dann stellen Sie sich vor, was mit Ihrem Job geschieht, wenn so etwas herauskäme.«

Der Polizist starrte ihn an.

»Bitte«, sagte Steven beschwörend. »Gehen Sie meine Sachen durch. Dort finden Sie meine Driving Licence und meine Sozialversicherungskarte.«

»So etwas lässt sich fälschen«, gab der Polizist achselzuckend zurück.

»Dann informieren Sie Ihren Vorgesetzten. Er soll im Archiv nachsehen und sich einen Ausdruck der Akte von Garret Masonne geben lassen oder wie immer der Knabe heißt. Ich versichere Ihnen, dann wird sich alles aufklären!«

Der Polizist starrte ihn noch immer an, musterte ihn von Kopf bis Fuß. »Also schön«, meinte er. »Aber ich warne Sie. Wenn das ein Trick ist, Masonne …«

»Warner«, verbesserte der Gefangene. »Es ist kein Trick, das verspreche ich Ihnen.«

Der Polizist knurrte eine Erwiderung, ging dann den Korridor hinab und ließ den Gefangenen allein in seiner Zelle zurück.

Erschöpft ließ sich Steven auf die karge Pritsche fallen. Angstschweiß trat ihm auf einmal prickelnd auf die Stirn. Denn zu seiner Entrüstung darüber, dass sich diese Nullen ganz offenbar den Falschen gegriffen hatten, gesellte sich nun auch Furcht.

Die Angst davor, dass sie herausbekommen haben könnten, woher er kam, über was für Fähigkeiten er verfügte.

Wenn sie anfingen, in seiner Vergangenheit herumzustochern, würden sie feststellen, dass dort ein dunkles Loch klaffte.

Die ersten zwölf Jahre von Steven Warners Leben waren ein unbeschriebenes Blatt. Er konnte sich an nichts erinnern, was vor 1965 geschehen war.

Weder wusste er, woher er kam, noch kannte er seinen richtigen Namen. Auf jeden Fall nicht den, den seine Eltern ihm gegeben hatten. Warner war der Name seiner Adoptiveltern, und Steven hatten sie ihn nach ihrem Sohn benannt, der in Korea gefallen war.

Der Häftling lachte freudlos.

Gewissermaßen war er also schon immer verwechselt worden …

Am Ende des Korridors waren plötzlich Schritte zu hören – hektische, laute Schritte, die irgendwie verärgert klangen. Der Lieutenant, der den Verhaftungstrupp befehligt hatte, erschien vor der Gittertür der Zelle, schaute Steven vorwurfsvoll an.

»Was gibt es?«, fragte der Lieutenant.

»Sir, ich bitte Sie, mir zu glauben, dass das alles nur ein Missverständnis ist. Mein Name ist Steven Warner, und durch eine kurze Überprüfung in Ihrem Archiv werden Sie sehr schnell feststellen, dass ...«

»Für wie dämlich halten Sie uns eigentlich, Masonne?«, kam die Frage scharf wie ein Rasiermesser.

»Dämlich? Wieso ...?«

»Das hier ist ein Ausdruck Ihrer Akte«, erwiderte der Lieutenant und streckte ihm durch die Gitterstäbe ein Stück Papier entgegen, das der Gefangene verwundert entgegennahm.

Sein Erstaunen schlug in blankes Entsetzen um, als er das Bild sah, das neben dem Namen Garret Julien Masonne abgebildet war.

Es war seines.

»Aber das – das ist unmöglich!«, keuchte er.

»Nein«, erwiderte der Lieutenant barsch. »Unmöglich ist das, was Sie hier abziehen, Masonne! Wie Sie versuchen, uns für dumm zu verkaufen. Meinen Sie, wir wären zu dämlich, unsere eigenen Akten zu lesen? Das da auf dem Blatt ist doch Ihre Visage, oder nicht?«

Steven konnte nicht anders, als zaghaft zu nicken.

»Und die Beschreibung trifft haargenau auf Sie zu, richtig? Auch die Fingerabdrücke sind Ihre, das haben wir bereits kontrolliert – auch wenn Sie damals offenbar noch ein Kind gewesen sind. Aber früh übt sich eben, was ein richtig mieser Schweinehund werden will, richtig?«

»Was – was sagen Sie da?«

»Sie sind kein unbeschriebenes Blatt, Masonne. Sie sitzen in dieser Zelle wegen des Verdachts des Raubmords, der tätlichen Erpressung sowie des vorsätzlichen Betrugs. Morgen, wenn Sie dem Haftrichter vorgeführt werden, können Sie ihm meinetwegen erzählen, was Sie wollen. Aber uns lassen Sie jetzt verdammt noch mal in Frieden!«

Damit wandten sich der Lieutenant und sein Begleiter um und ließen den Gefangenen mit sich allein.

Eine Weile lang stand Steven vor den Gitterstäben, apathisch vor sich hin starrend wie ein Boxer, der angezählt worden war.

Dann merkte er, wie ihm die Knie weich wurden, und er ließ sich auf die Pritsche sinken. Sein Pulsschlag raste.
Wie war so etwas möglich?
Ein purer Zufall?
Kaum.
Jemand musste die Polizei verständigt haben, ihr einen Tipp gegeben haben, dass er sich im Hotel aufhielt. Nur so war zu erklären, dass sie ihn dort geschnappt hatten.
Aber wie erklärte sich die Akte?
Versuchte jemand, ihn fertigzumachen?
Oder hatte es etwas mit den ersten zwölf Jahren seines Lebens zu tun, jenen Jahren, die im Dunkel der Vergangenheit lagen? Der Lieutenant hatte etwas von Fingerabdrücken gesagt, die offenbar noch aus seiner Kindheit stammten ...
Bestand eine Verbindung?
Steven Warner wusste es nicht zu sagen. Aber nicht zum ersten Mal in seinem Leben wünschte er sich zu wissen, was damals geschehen war ...

*

Ein Helikopter der FBI-Flugbereitschaft, der vom Dach des New Yorker Federal Building gestartet war, sollte uns nach Hartford bringen. Am Steuer saß John F. Harper, Chefpilot beim FBI.

»Tja, Gentleman«, meinte Gillian Baxter, die neben uns im Fond der Maschine saß, »da werde ich mich wohl bei Ihnen entschuldigen müssen. Offenbar wusste der Gefangene doch ein wenig mehr.«

»Was wird das denn jetzt?«, fragte Phil und schaute sie ungläubig von der Seite an. »Doch nicht etwa ein Friedensangebot?«

»Wenn ich einen Fehler mache, dann gebe ich ihn auch zu«, sagte Gillian. »Was allerdings nicht bedeutet, dass meine ganze Theorie falsch ist. Ihr Jungs könntet alle ein wenig mehr Kenntnisse in angewandter Psychologie gebrauchen.«

»Das will ich auch gar nicht bestreiten«, entgegnete ich.

»Immerhin haben wir jetzt ja Ihre Unterstützung«, fügte Phil mit etwas säuerlichem Grinsen hinzu.

»Allerdings.« Gillian lächelte, wurde dann aber sofort wieder ernst. »Hören Sie – ich kann mir vorstellen, dass es für Sie ein wenig seltsam sein muss, plötzlich eine neue Partnerin zu haben …«

»Ein wenig«, gab ich zu.

»Ich habe mich Ihnen nicht zuteilen lassen, weil ich der Ansicht bin, dass Sie mich brauchen. Im Gegenteil. Ich bin hier, weil ich das Gefühl habe, noch etwas von Ihnen lernen zu können.«

»Wie bitte?« Ich glaubte, nicht recht zu hören.

»Ich bin schon viel herumgekommen, glauben Sie mir. Ich kenne fast alle Offices, die der FBI in diesem Land unterhält, und es gibt nicht viel, das mich noch beeindrucken könnte. Sie beide bilden da die Ausnahme. Ihre Aufklärungsquote ist überaus eindrucksvoll, und außerdem haben Sie beide etwas, was ich an der heutigen Polizeiarbeit vermisse.«

»Und das wäre?«

»Instinkt«, gab Gillian zurück. »Gesunden, urtümlichen Instinkt. Er war es, der Ihnen gesagt hat, dass Webber Nichols tatsächlich etwas wusste. Ich an Ihrer Stelle hätte die Befragung abgebrochen. Sie sehen also, dass ich noch etwas von Ihnen lernen kann.«

»Das war doch nur Zufall«, meinte Phil bescheiden. »Wir sind eben sture Hunde. Es hätte auch genauso gut anders laufen können.«

»Ist es aber nicht«, erwiderte unsere Kollegin schlicht und schenkte uns ein verbindliches Lächeln, das uns angenehm überraschte.

Vielleicht, sagte ich mir, würde die Zusammenarbeit mit ihr doch ganz angenehm verlaufen.

»Hey, Leute«, meldete sich John F. über Bordfunk. »Seht ihr die Lichter da vorn? Das ist Hartford. Macht euch schon mal fertig, wir sind gleich da …«

*

Stimmengewirr, das plötzlich auf dem Gang zu hören war, riss Steven Warner aus seinen Gedanken.

Er schreckte hoch, erhob sich von der Pritsche, auf der er eine endlose Weile lang gekauert hatte, in trübes Sinnieren versunken. Er trat an die Gitterstäbe, konnte einzelne Gesprächsfetzen aufschnappen.

»… zu so später Stunde …«

»… andere Möglichkeit … Pflichtverteidiger …«

»… gerufen … mit Mandanten sprechen …«

Schritte näherten sich den Korridor herab, und Steven glaubte zu verstehen. Der Pflichtverteidiger, der ihm vom Gericht gestellt wurde, nachdem es ihm nicht gelungen war, seinen eigenen Anwalt zu verständigen, war endlich eingetroffen.

Ein Rechtsanwalt!

Ihm würde er alles sagen können. Der Anwalt würde dafür sorgen, dass sich dieses fürchterliche Missverständnis umgehend aufklärte …

Wenige Augenblicke später erschienen drei Männer vor seiner Zelle. Zwei davon kannte er bereits – es waren der Lieutenant und der Zellenwärter. Der dritte im Bunde war ein schlanker, sehniger Mann, der Ende vierzig sein mochte und damit etwa Stevens Alter hatte.

Er trug einen korrekten Anzug und hatte eine lederne Aktentasche bei sich. Der Blick, mit dem er Steven durch die Gläser einer Nickelbrille taxierte, wirkte ein wenig indigniert.

»Ist er das?«, fragte er, während er ein Taschentuch zog und sich affektiert die Nase wischte.

»Ja, Sir«, erwiderte der Lieutenant. »Das ist Garret Masonne.«

Alles in Steven wehrte sich dagegen, dass er so vorgestellt wurde, und am liebsten hätte er erneut protestiert. Aber er beschloss, dass es besser wäre, dies unter vier Augen mit dem Anwalt zu klären.

»Nun gut«, gab der Rechtsvertreter zurück. »Schließen Sie auf und lassen Sie mich in die Zelle. Ich möchte mit meinem Mandanten allein sein.«

»Äh, Sir«, meinte der Lieutenant zögernd, »dieser Mann ist ein gefährlicher Betrüger, der auch vor Mord nicht zurückschreckt. Ich denke, es wäre besser, wenn Sie …«

»Lieutenant«, sagte der Anwalt mit näselnder, aber energischer Stimme. »Ich schreibe Ihnen nicht vor, wie Sie Ihren Job zu machen haben, also tun Sie's auch nicht bei mir. Und wenn Sie mich schon zu so später Stunde noch herzitieren, dann lassen Sie mich wenigstens in Ruhe meine Arbeit erledigen.«

»Jawohl, Sir.« Der Lieutenant nickte dem Wärter zu, der daraufhin vortrat und die Zellentür öffnete. Mit pikiertem Blick trat der Anwalt ein, wartete ab, bis die Gittertür wieder verschlossen war und sich die beiden anderen Männer entfernt hatten.

Dann erst begrüßte er seinen Mandanten.

»Guten Abend, Mr. Masonne. Ich bin Lester Delton, der Pflichtverteidiger, der Ihnen vom Gericht gestellt wurde.«

»Äh, guten Abend«, erwiderte Steven ein wenig verunsichert. »Glauben Sie mir, es ist nicht so, dass ich mir keinen Anwalt leisten könnte, aber heute scheint wirklich alles schiefzugehen.«

»Solche Tage gibt es«, meinte der Anwalt ungerührt und öffnete seine Aktentasche, nahm einen Kugelschreiber und einen Notizblock zur Hand. »Ihnen wird vorgeworfen, einen Versicherungsbetrug im großen Stil geplant zu haben. Was haben Sie dazu zu sagen?«

»Das ist völliger Unsinn!«, versicherte Steven energisch. »Das alles ist nur eine Verwechslung. Ich bin Handlungsreisender und vertrete ein Chicagoer Finanzkonsortium. Ich bin in der Stadt, um Verhandlungen wegen der Übernahme eines Versicherungsunternehmens zu führen. Und mein Name ist auch nicht Masonne.«

»Ich weiß«, sagte der Anwalt nur, aber es klang so beiläufig, dass Steven es kaum hörte.

»Diese Polizisten haben mich völlig überrumpelt und mich am helllichten Nachmittag aus meinem Hotelzimmer gezerrt. Ich kam gerade vom Flughafen und hatte keine Ahnung, was eigentlich los ist. Später sagte man mir, ich wäre ein gesuchter Verbrecher namens Garret Masonne. Aber das ist Unsinn, Mr. Delton, das müssen Sie mir glauben. Mein Name ist Warner. Steven Warner.«

»Ich weiß«, sagte der Anwalt noch einmal – und diesmal drang die Bedeutung seiner Worte zu Steven durch.

»Sie wissen es?«, fragte er verblüfft. »Was soll das heißen? Ist das hier doch irgendeine dämliche Fernsehshow?«

»Nein«, antwortete der Anwalt, und ein seltsames Lächeln huschte dabei über seine Züge. »Es ist nur die Spitze des Eisbergs. Das sichtbare Zeichen dafür, dass noch mehr im Untergrund lauert. Dass nichts so scheint, wie es ist.«

»Haben Sie sie noch alle?« Steven war verwirrt. Die Sympathie, die er dem Anwalt zunächst entgegengebracht hatte, verpuffte.

»Ich weiß, dass Sie nicht Garret Masonne sind. Ihr wirklicher Name ist Steven Warner. Studium an der Universität von Harvard, Abschluss in Wirtschaftswissenschaften. Wohnhaft in Chicago seit 1987.«

»Das stimmt«, bestätigte Steven verblüfft. »Woher wissen Sie...?«

»Ich weiß noch mehr über Sie, Mr. Warner. Ich weiß, warum Sie in Harvard stets der Jahrgangsbeste waren. Weshalb Sie einer der wenigen waren, die einen Summa-cum-laude-Abschluss hatten und in der Leichtathletik-Auswahl vertreten waren. Ich weiß alles über Sie...«

»Wer sind Sie?«, wollte Steven wissen, während ihn eine Gänsehaut überkam.

»Sie hatten nie Probleme damit zu lernen«, fuhr der unheimliche Besucher fort, der allem Anschein nach nicht das war, wofür er sich ausgab. »Alles schien Ihnen zuzufliegen, und Ihr Intellekt war dem Ihrer Mitschüler und Kommilitonen um ein Vielfaches überlegen. Nicht anders verhielt es sich im Sport. Ihre athletischen Leistungen ragten aus der Masse heraus und hätten Sie für ein Stipendium an jeder beliebigen Universität qualifiziert.«

»Verdammt noch mal«, knurrte Steven gereizt. »Woher wissen Sie das alles?«

Der Besucher überging die Frage. »Sie hätten alles tun, alles haben können«, fuhr er fort, »aber Sie entschlossen sich dazu, Ihre Talente zu verraten. Sie haben Ihren Abschluss gemacht und sich in den Dienst des Apparates gestellt, haben sich zum Diener der Gesellschaft gemacht, obwohl Sie dafür prädestiniert waren, zu herrschen. Ein törichtes, einfaches Leben.«

»Ein erfülltes Leben!«, konterte Steven.

»Nicht so erfüllt, wie Sie es gerne hätten«, erwiderte der andere. »Denn in Ihrem Leben klafft Leere, Steven. Es gibt einen Punkt, einen ganzen Abschnitt in Ihrer Vergangenheit, an den Sie sich nicht erinnern können, der im Dunkel verborgen ist...«

»Verdammt, jetzt reicht es!«, herrschte Steven den Besucher an. »Sagen Sie mir sofort, wer Sie sind, oder ich rufe nach dem Wärter und lasse Sie rauswerfen!«

»Ich bin deine Vergangenheit, Steven«, gab der Besucher zurück und trat näher auf ihn zu. »Ich weiß genau, wie du fühlst. Ich weiß, wie es ist, mit einem Loch in seiner Vergangenheit zu leben. Ich kenne die Leere, die davon ausgeht. An manchen Tagen droht sie dich fast aufzufressen.«

»Das ... ist wahr«, sagte Steven leise.

»Die Leere kann dich verzehren«, fuhr der Besucher fort, »aber sie verschafft dir auch Möglichkeiten. Chancen, wie du sie dir nie erträumt hast.«

»Wovon sprechen Sie?«

»Hast du dir nie gewünscht, das Kind reicher Eltern zu sein, Steven? Vielleicht ein Königssohn, der als Kind ausgesetzt worden ist? Oder der Spross von Außerirdischen, die dich auf der Erde zurückgelassen haben? All das ist möglich, wenn du nicht weißt, wer du bist.«

»Sie sind ja verrückt«, sagte Steven angewidert. »Was soll das ganze Gerede?«

»Ich versuche, dir klarzumachen, dass du etwas Besonderes bist, Steven Warner. Das Schicksal hat dir eine Gabe verliehen, dich zu Höherem ausersehen. Aber du hast die Sünde begangen, die Wahrheit zu leugnen, die Gabe nicht anzuerkennen. Du bist so gewöhnlich geworden, so verabscheuungswürdig ...«

»Was soll das alles?«, fragte Steve eingeschüchtert. »Stecken Sie etwa hinter all dem? Sind Sie dafür verantwortlich, dass ich eingelocht wurde wie ein verdammter Verbrecher?«

»Dein Intellekt spricht für dich«, sagte der unheimliche Besucher. »Obwohl ich enttäuscht von dir bin. Ich an deiner Stelle wäre schon früher darauf gekommen.«

»Aber was ... was soll das alles?« Steven Warner wurde blass. Jäh dämmerte ihm, dass der Mann, der ihm in der Abgeschiedenheit der Zelle gegenüberstand, wahnsinnig war – und dass er ihm rettungslos ausgeliefert war.

Er merkte, wie sich seine Nackenhaare sträubten, seine Hände begannen zu zittern, während er vor dem Mann zurückwich, der ihm so fremd war ...

... und gleichzeitig auch so vertraut.

Fast fürchtete er sich davor, es sich einzugestehen – aber etwas an dem Fremden kam ihm bekannt vor!

Eine Täuschung?

Möglich, aber vielleicht hatte es auch etwas mit früher zu tun. Mit den dunklen Jahren, mit denen zu leben er im Lauf der Zeit gelernt hatte.

Eine kindliche Amnesie hatten die Ärzte seinen Zustand genannt, ausgelöst durch ein traumatisches Ereignis. Ein Ereignis, das sich jetzt zu wiederholen drohte ...

»Du erinnerst dich nicht, nicht wahr?«, fragte der andere. »Ebenso wenig wie ich mich erinnert habe. Du weißt nicht, wer du bist und zu welchem Zweck du existierst.«

»Sie sind verrückt!«, stieß Steven hervor. »Ich werde jetzt die Wache rufen!«

»Nein, das wirst du nicht. Ich bedaure.«

»So? Und warum nicht?«

»Weil du in wenigen Augenblicken nicht mehr am Leben sein wirst.«

Der Fremde sagte es sachlich, fast beiläufig. Doch seine unbarmherzige Miene ließ nur einen Schluss zu: dass er es ernst meinte!

Steven wich noch weiter vor ihm zurück, bis er gegen die gekalkte Rückwand der Gefängniszelle stieß. Der Besucher kam auf ihn zu. Mit vor Schrecken weit aufgerissenen Augen sah Steven, dass der Kugelschreiber des Anwalts kein gewöhnlicher Kugelschreiber war. Eine feine Nadel stach daraus hervor!

»Nein«, flehte er und schüttelte heftig den Kopf. »Was tun Sie? Was soll das?«

»Es ist notwendig«, erwiderte der andere schlicht.

»Wozu?«

»Weil ich dich als Köder brauche, Steven.«

»Als Köder? Ich verstehe nicht ...«

»Wieder ein Beweis dafür, dass deine intellektuellen Fähigkeiten weit unter meinen liegen«, stellte der andere mitleidig fest. »Unser Vater hatte Recht.«

»Unser Vater?« Steven schnappte nach Luft.

»Mein Vater«, verbesserte sich der Besucher – und machte eine unerwartet schnelle Bewegung.

Mit einem Satz sprang er auf Steven zu und packte ihn, drehte ihm brutal den Arm auf den Rücken.

Verzweifelt versuchte Steven, sich zur Wehr zu setzen – doch gegen den eisernen Griff seines Widersachers hatte er nicht die geringste Chance.

»Bitte nicht!« Das war alles, was er noch hervor brachte – dann spürte er den spitzen, heißen Einstich der Nadel.

Er konnte fühlen, wie das Serum – was immer es war – in seine Adern floss, sich in Windeseile in seinem ganzen Körper ausbreitete. Fast gleichzeitig überkam ihn der Schwindel.

Der andere ließ ihn los. Apathisch und schwerfällig wankte Steven zu der Pritsche, ließ sich darauf nieder.

»Was ...?«, hauchte er leise.

»Ein schnell wirkendes Gift«, beschied ihm der andere bereitwillig. »Es wirkt innerhalb von wenigen Minuten und führt nach krampfartigen Schmerzen zum Herzstillstand. Das Beste aber ist, dass es nicht die geringsten Spuren hinterlässt. Jedermann wird glauben, du seist an Herzversagen gestorben – kein Wunder, wenn man bedenkt, was dir angetan wurde ...«

»Du ...«, keuchte der Häftling atemlos.

»Ja, ich. Ich war es, der die Akte von Garret Masonne manipuliert hat, der die Daten ausgetauscht und dein Bild und deine Fingerabdrücke ins Spiel gebracht hat.«

»Aber ... warum ...?«

»Wie ich schon sagte, Steve. Du bist mein Köder. Mein Köder bei meinem größten und besten Plan.«

»Welcher ... Plan ...?«

»Rache«, erwiderte der andere nur.

»Wer ...?«

»Was nützt dir jetzt noch mein Name? Deine Neugier ist wirklich Mitleid erregend. Aber weil du es bist, Bruder – mein Name ist Jon Bent. Vielleicht hast du ja schon mal von mir gehört.«

Steven hatte.

Seine Augen weiteten sich, ein lautloser Schrei entrang sich seiner Kehle, die bereits zu keiner Artikulation mehr fähig war.

»Ich werde jetzt gehen«, sagte Bent. »Wir sehen uns beim Projekt Brooklyn ...«

Damit wandte sich der falsche Anwalt ab.

»Wärter!«, rief er laut – und schon kamen Schritte den Gang herab. Steven Warner ballte die Fäuste, wollte seinen unheimlichen Mörder aufhalten – doch seine Kräfte hatten ihn bereits verlassen. Er hatte nicht mehr die Energie, von der Pritsche aufzustehen, geschweige denn, sich auf Jon Bent zu stürzen. Stattdessen blieb er liegen, und die Augen fielen ihm zu.

Der Wärter kam den Korridor herab und öffnete die Zellentür. Bent ging hinaus, streifte den reglos auf der Pritsche liegenden Häftling mit einem Seitenblick.

»Mr. Masonne hat es vorgezogen, sich etwas Schlaf zu gönnen«, erklärte er schlicht. »Schließlich hat er einen anstrengenden Tag vor sich.«

Damit ging er den Korridor hinab, die Zellentür wurde hinter ihm geschlossen.

Steven Warner blieb allein zurück.

Mit dem Tode ringend.

*

»Die Versicherungshauptstadt der Welt«, meinte Phil mit einer Mischung aus Abscheu und Bewunderung, als sich der FBI-Hubschrauber auf das Dach des Polizeigebäudes niedersenkte.

Ringsum waren wir von turmhohen Bürohäusern umgeben, und die alle waren hell beleuchtet. In den meisten der Gebäude befanden sich tatsächlich Niederlassungen von Versicherungen – nirgendwo in den Staaten hatten so viele Versicherungen ihren Hauptsitz wie hier in Hartford, Connecticut.

Sanft setzte die Maschine auf der Landeplattform auf. Ein uniformierter Polizist kam, um uns abzuholen. Über Funk hatten wir unser Kommen angekündigt, hatten mitgeteilt, dass wir den Untersuchungshäftling Garret Masonne zu sprechen wünschten, der erst am Abend bei einer Razzia in einem Hotel verhaftet worden war.

Gegenwärtig wurde Masonne in einer der U-Zellen festgehalten, die sich im Kellergeschoss des Polizeigebäudes befanden. Gleich am Morgen sollte er dem Haftrichter zur Festlegung der Kaution vorgeführt werden.

Vorher jedoch wollten wir ein paar Takte mit ihm plaudern.

Laut Webber Nichols' Aussage war Masonne derjenige gewesen, der ihm den Job in Charleston verschafft hatte und von dem er nach getaner Arbeit auch sein Geld erhalten hatte. Mit etwas Glück würde uns Masonne etwas über Jon Bent und seinen Verbleib berichten können ...

Der Lieutenant begrüßte uns, führte uns dann durch das Dachhaus ins Innere des Polizeigebäudes. Ein Lift brachte uns hinab, auf die Ebene, auf der sich die Zellen befanden.

Ein Officer empfing uns, prüfte kurz unsere Ausweise und führte uns dann durch den langen Korridor.

Nur wenige der Zellen waren belegt. Offenbar war es eine vergleichsweise ruhige Nacht. Polizeibeamte des NYPD hätten viel dafür bezahlt, nur einmal in ihrer Dienstzeit eine Nacht wie diese zu erleben.

Vor der Gittertür einer Zelle blieb der Officer stehen, schlug mit seinem Schlagstock gegen das Metallgitter.

»Hey, Masonne! Aufwachen, hier ist Besuch für dich!«

Auf der Pritsche, die an der kargen Zellenwand befestigt war, lag ein Mann, der sich zusammengekrümmt hatte wie ein Kleinkind und uns den Rücken zuwandte.

Auf den ersten Blick sah es so aus, als ob er schliefe – bei näherer Betrachtung jedoch erkannte ich, dass er am ganzen Leib bebte. Wie ein Drogensüchtiger auf Entzug.

»Hey, Masonne!«, brüllte der Wärter. »Was soll das Theater? Ich sagte, hier ist Besuch für dich! Leute vom FBI, die mit dir sprechen wollen!«

Als das Wort »FBI« fiel, zuckte Masonne noch mehr zusammen. Mit einem Ruck warf er sich auf der Pritsche herum, starrte uns an – und wir erschraken.

Der Häftling sah fürchterlich aus.

Seine Züge waren blau angelaufen, seine Augen weit aus den Höhlen gequollen und Speichel troff ihm aus den Mundwinkeln. Man konnte sehen, dass er sich auf der Pritsche übergeben hatte.

»Verdammt!«, entfuhr es Phil. »Das ist ernst!«

»Öffnen Sie sofort die Zellentür!«, forderte ich den Officer auf. »Und verständigen Sie einen Arzt!«

»Jawohl, Sir!«

Rasch schloss der Mann die Tür auf. Phil und ich stürmten in die Zelle.

»Masonne, was ist mit Ihnen?«

Der Häftling keuchte, riss den Mund weit auf und schien keine Luft zu bekommen. Er schlug wild mit den Armen, vollführte abstruse Gesten, während er nach Sauerstoff schnappte.

»Verdammt, was ist mit ihm?«, fragte Phil.

Masonne schlug wild um sich, keuchte und spuckte, zitterte am ganzen Körper.

Dann, plötzlich, fiel er zurück, schlug mit dem Hinterkopf gegen die gekalkte Wand.

»Der Arzt!«, rief Phil laut. »Verdammt noch mal, wo bleibt der Arzt?«

Masonne schlug wieder mit den Armen um sich, machte erneut eine Geste, während er uns aus weit aufgerissenen Augen anstarrte. Er war nicht in der Lage, ein einziges Wort zu sprechen.

Fassungslos schaute ich ihn an. Dann endlich begriff ich, was die fahrige Geste mit der rechten Hand zu bedeuten hatte.

»Ein Stift!«, rief ich laut. »Er will einen Stift!«

Rasch griff Phil in die Innentasche meiner Jacke, holte einen Kugelschreiber hervor.

Masonne nahm ihn entgegen und begann, mit zitternder Hand auf die weiß gekalkte Wand zu schreiben.

»P«, las ich laut mit. »R …«

Masonne schrieb weiter, seine Bewegungen wurden immer unpräziser, während sein Körper von immer neuen Krämpfen geschüttelt wurde.

Er keuchte, zuckte auf der Pritsche hin und her.

Dann fiel sein Oberkörper wieder zurück. Er wäre von der Pritsche gefallen, hätten Phil und ich ihn nicht aufgefangen.

Noch einmal bäumte sich der Körper des Häftlings auf.

Dann entkrampfte er sich plötzlich.

Es war vorbei.

Jetzt waren hektische Schritte auf dem Gang zu hören. Jemand rannte den Korridor herab. Ein weiß gekleideter Arzt erschien in der Zellentür, erfasste die Situation mit einem Blick. Sofort gesellte er sich zu uns, untersuchte den nun reglosen Häftling.

Dann begann er mit Reanimierungsmaßnahmen, versuchte es mit Herzmassage und Beatmung.

Vergeblich.

Nach etwa fünf Minuten stellte der Doktor seine Bemühungen ein. »Nichts zu machen«, stellte er fest und schüttelte den Kopf. »Da kommt jede Hilfe zu spät.«

»Was hatte er?«, fragte Phil.

Der Doc sah uns an. »Ich würde auf Herzversagen tippen. Das ist keineswegs selten bei Häftlingen. Der psychische Druck, das Gefühl des Eingesperrtseins, eine Attacke von Klaustrophobie ...«

»Ich weiß nicht.« Ich schüttelte den Kopf. »Dieser Mann war schon öfter im Knast. Er war ein verdammt harter Bursche. Schwer zu glauben, dass ihm das so zugesetzt haben soll.«

»Jedenfalls sieht es danach aus«, erwiderte der Arzt. »Um Genaueres zu sagen, müsste man eine Obduktion vornehmen. Aber ich nehme nicht an ...«

»Nein.« Ich schüttelte erneut den Kopf. »Trotzdem danke, Doc.«

Ich stemmte die Fäuste in die Hüften, blickte hinauf an die Decke.

Was für ein böser, unglücklicher Zufall.

Mit Webber Nichols hatten wir unsere erste vage Spur bei der Suche nach Jon Bent gehabt. Und schon beim nächsten Informanten endete sie wieder, ausgerechnet in dem Moment, als wir ihn befragen wollten.

Konnte das wirklich Zufall sein?

»Jerry«, sagte Gillian Baxter, die außerhalb der Zelle geblieben war. »Sehen Sie sich das an!«

Ich wandte meinen Blick, schaute in die Richtung, die die Psychologin mir bedeutete – und erstarrte.

Die Worte, die Masonne kurz vor seinem Tod an die Zellenwand gekritzelt hatte – in der Aufregung hatte ich sie ganz vergessen.

Nun jedoch hatten sie wieder meine ganze Aufmerksamkeit.

Den Anfang konnte man noch gut lesen. Spätestens beim zweiten Wort wurde es schwierig, weil Masonne zu sehr gezittert hatte.

Aber mit etwas Fantasie konnte man noch entziffern, was da stand.

Projekt Brooklyn.

»Was bedeutet das?«, fragte Phil, der nicht weniger überrascht war als ich. »Was wollte Masonne uns damit sagen?«

»Das weiß ich nicht, Alter«, gab ich zurück. »Ich weiß nur, dass es wichtig sein muss. Masonne war richtig versessen darauf, einen Stift in seine Finger zu bekommen.«

»Klingt irgendwie geheimnisvoll«, meinte Gillian. »Vielleicht ein Codename für einen neuen Coup.«

»Vielleicht«, murmelte ich, obwohl ich eigentlich nicht daran glaubte.

Etwas in mir – vielleicht jener Instinkt, den unsere Kollegin vorhin noch so gelobt hatte – sagte mir, dass mehr hinter dieser Sache steckte.

Viel mehr ...

»Hat irgendjemand außer uns diese Zelle betreten?«, fragte ich schnell. »Hatte Masonne in der letzten Stunde irgendwelchen Besuch?«

»Sein Anwalt war hier«, bejaht der Wächter.

»Wie heißt der Kerl?«

»Lester Delton. Er ist Pflichtverteidiger am Strafgericht hier in Hartford. Delton ist ein komischer Kauz, aber er ist über jeden Verdacht erhaben.«

Ich schürzte die Lippen. Das wäre auch zu einfach gewesen. Andererseits ließ mir die Tatsache keine Ruhe, dass Masonne just in dem Augenblick starb, in dem wir ihn zu Jon Bent befragen wollten.

In unserer Dienstzeit hatten Phil und ich schon allerhand seltsame Zufälle erlebt, aber dieser war für meinen Geschmack etwas zu seltsam.

Wie auch immer, es gab nur eine Möglichkeit, der Wahrheit auf den Grund zu gehen ...

»Doc«, rief ich den Mediziner, der sich bereits zum Gehen gewandt hatte. »Bitte veranlassen Sie, dass Masonnes Leichnam ins FBI-Quartier nach New York überstellt wird. Wir werden doch eine Obduktion durchführen lassen ...«

*

Jon Bent lächelte.

Er konnte sich gut vorstellen, was genau in diesem Augenblick vor sich ging.

Jerry Cotton und seine Kollegen rätselten darüber, wie der Häftling gestorben war und wie alles zusammenhing. Der Zufall, dass der vermeintliche Garret Masonne ausgerechnet jetzt das Zeitliche gesegnet hatte, war doch zumindest verdächtig, und vielleicht hatte der Häftling ihnen auch noch den einen oder anderen Hinweis geben können.

Das war das Prickelnde bei Spielen wie diesen.

Man wusste nicht genau, was die Gegenseite unternahm, war darauf angewiesen, zu improvisieren.

Es war wie beim Schachspiel, wenn man ein Manöver vollzog und eine Figur opferte, um damit das eigentliche Manöver zu tarnen.

Bent hatte einen Bauern geopfert, um seine Gegner zu ködern, um sie in die Richtung zu locken, in der er sie haben wollte.

Dabei konnte nichts schiefgehen.

Bei all den anderen Szenarien, die der Terrorist entworfen hatte, um seine Gegner zu verwirren und ins Verderben zu führen, hatte er darauf achten müssen, dass sie glaubwürdig blieben.

Diesmal jedoch brauchte er sich darum nicht zu kümmern. Denn das Fundament, auf dem sein Szenario diesmal stand, war die Wahrheit.

Nach allem, was sie schon erlebt hatten, würden Cotton und Decker misstrauisch sein, aber sie würden auch erkennen, dass sie es diesmal mit der Wahrheit zu tun hatten, und ihm ein letztes Mal folgen.

Mehr war nicht nötig, denn dann würde sich sein Racheplan wie von selbst vollenden …

*

Ein Eilantrag aus dem New Yorker FBI-Quartier sorgte dafür, dass die Formalitäten für eine Überstellung von Masonnes Leichnam zügig bearbeitet wurden.

Noch in der Nacht wurde er nach New York gebracht, wo sich Doc Reiser, den Mr. High aus dem Bett geklingelt hatte, sofort daran machte, den Toten zu untersuchen.

Währenddessen statteten wir noch einmal Webber Nichols einen Besuch ab, der inzwischen in Untersuchungshaft saß. Als wir ihm berichteten, was geschehen war, und ihm die Bilder zeigten, die die Polizei in Hartford von Masonne gemacht hatte, erlebten wir die nächste Überraschung.

»Das – das ist nicht Masonne!«, rief Nichols und schaute uns an, als wollten wir ihm einen Bären aufbinden. »Soll das irgendwie 'ne Verarsche werden oder so?«

»Was meinen Sie damit?«, fragte ich verblüfft.

»Das ist nicht der Kerl, den ich in Charleston getroffen habe.«

»Wirklich nicht? Sind Sie ganz sicher?«

»Na hört mal – in meiner Branche ist es wichtig, dass man sich Gesichter gut einprägen kann, sonst kann man übel auf die Schnauze fallen. Also ganz ehrlich: Dieser Typ da ist nie und nimmer Masonne. Der echte Masonne ist ein paar Jährchen jünger und hat dunkles Haar. Irgendjemand hat euch da kräftig verladen.«

»Sieht ganz so aus«, sagte ich tonlos.

Was hatte das zu bedeuten?

Log Nichols uns etwas vor? Waren wir hinter dem falschen Mann her gewesen? Gab es noch einen weiteren Ganoven, der Garret Masonne hieß?

Phil und ich schauten uns ratlos an. Wir wussten uns beide keinen rechten Reim auf diese neue Enthüllung zu machen. Sie brachte nur abermals Verwirrung in diesen ohnehin schon undurchschaubaren Fall.

Nach Jon Bent zu fahnden, das war ungefähr so, als versuchte man, einem Fisch im Meer zu folgen. Er hinterließ keine Spuren ...

In diesem Moment meldete sich plötzlich mein Handy. Ich pflückte das kleine Gerät vom Gürtel und schaltete auf Empfang.

»Hier Cotton!«

»Sir, hier ist noch mal Lieutenant Harley vom Police Department in Hartford.«

»Ich höre.«

»Sir, wir haben gerade eine Entdeckung gemacht, die Sie bestimmt interessieren wird. Erinnern Sie sich noch, dass wir Ihnen sagten, Masonne hätte kurz vor seinem Tod Besuch von seinem Anwalt gehabt?«

»Natürlich«, antwortete ich. »Und?«

»Nun – vor wenigen Augenblicken hat unsere Zentrale eine Meldung von einem unserer Streifenfahrzeuge empfangen. Die Beamten haben in einem abgestellten Taxi einen Leichnam gefunden. Es ist Lester Delton – und allem Anschein nach ist er schon länger tot.«

»Was?« Ich hatte das Gefühl, als würde mir der Boden unter den Füßen weggezogen.

»Delton wurde ermordet, Sir«, berichtete der Lieutenant weiter. »Durch zwei Schüsse in den Kopf. Wenn Sie mich fragen, waren da eiskalte Profis am Werk. Und außerdem ergibt sich daraus noch ein anderer Schluss, nämlich dass wer immer Masonne in seiner Zelle besucht hat …«

»… nicht wirklich Lester Delton war«, vervollständigte ich.

»Ist das nicht seltsam, Sir? Ich meine, ich weiß nicht, wie es Ihnen geht, aber ich finde das ziemlich unheimlich. Offenbar hat jemand Delton aus dem Verkehr gezogen und sich ungeheuer geschickt verkleidet, um Masonne in seiner Zelle besuchen zu können. Ein Fall wie dieser ist mir noch niemals untergekommen.«

»Mir schon, Lieutenant«, erwiderte ich mit matter Stimme. »Mir schon.«

»Was sollen wir tun, Sir?«

»Gibt es Videoaufzeichnungen, auf denen der falsche Lester Delton zu sehen ist?«

»Na ja, unsere Überwachungsanlage hier ist nicht gerade auf dem neuesten Stand. Aber vorn an der Pforte gibt es eine Kamera, die der Kerl passiert haben muss.«

»Schicken Sie uns diese Bilder auf dem schnellsten Weg mittels digitaler Datenübertragung.«

»Verstanden, Sir.«

»Und kein Wort zu irgendjemandem. Ich vermute, dass unser Problem größer ist, als uns bislang klar war.«

»Verstanden, Sir«, sagte der Lieutenant noch einmal, dann unterbrach er die Verbindung.

Ich war ziemlich blass um die Nase, als ich das Handy abschaltete und es wieder zurück an meinen Gürtel steckte.

»Alles in Ordnung?«, erkundigte sich Phil besorgt.

Ich brauchte nur ein Wort zu sagen, um meinem Partner klarzumachen, dass ganz und gar nichts in Ordnung war und wir auf dem besten Weg waren, schon wieder nach allen Regeln der Kunst manipuliert zu werden.

»Bent.«

*

Wenig später traf die Videoaufzeichnung ein, die uns unsere Kollegen aus Hartford auf digitalem Weg übermittelten.

Im Videoraum des Field Office riefen wir die Aufzeichnung ab, nahmen sie dabei gleichzeitig auf Band auf, um sie beliebig oft wieder abspielen zu können.

Das Bild war nur schwarz-weiß und verschwommen – eine Aufnahme in der üblichen Qualität, wie Kontrollkameras sie lieferten.

Die eingeblendete Zeitanzeige lautete 6.58 p.m., als sich plötzlich ein hoch gewachsener, sehniger Mann der Pforte des Polizeiquartiers näherte. Er trat an die Glasscheibe, hinter der der Pförtner saß, und ließ seinen Ausweis sehen, passierte danach die Schranke.

Einen Herzschlag später ging er unmittelbar unter der Kamera hindurch – und wir hatten freien Blick auf ihn.

»Noch mal!«, verlangte ich, als er an der Kamera vorbei war.

Phil spulte die Aufzeichnung zurück.

Wieder sahen wir den geheimnisvollen Fremden, von dem wir wussten, dass er nicht Lester Delton war – aber wer war er dann?

Er trug einen korrekten Anzug und hatte eine Aktentasche bei sich. Die Nickelbrille auf seiner Nase verlieh ihm etwas Intellektuelles. Sein Haar war schütter, sein Teint leicht gebräunt.

Ich ging davon aus, dass er eine Maske trug. Eine perfekte Gesichtsmaske, denn jeder hatte ihn für Les Delton gehalten.

Wer aber verbarg sich hinter dieser Maske?

Immer wieder schauten wir uns die kurze Aufnahme an. Je öfter ich sie sah, desto mehr gelangte ich zu der Erkenntnis, dass diese Haltung, diese Art sich zu bewegen, mir bekannt vorkam. Und dann sah ich plötzlich etwas, dass mich stutzig machte.

»Stopp!«, rief ich laut.

Phil hielt das Bild an, die Aufnahme auf dem Bildschirm fror ein.

»Fahr ein bisschen zurück«, bat ich. »Nur ein paar Bilder ...«

Phil drehte am Einstellknopf des Videogeräts, fuhr die Aufnahme nur um ein paar Bilder zurück.

Und da war es wieder.

»Da!«, rief ich aus. »Siehst du das?«

»Nein, was denn?«

»Dieser Blick«, sagte ich und deutete auf den Bildschirm. »Kurz bevor der Typ die Kamera passiert, schaut er kurz zu ihr hoch. Er wusste, dass er gefilmt wird, und es war ihm völlig egal. Vielleicht hat er es sogar gewollt.«

»Ja und?«

»Das ist Bent, Phil!«, sagte ich entschieden. »Er und kein anderer!«

»Bist du sicher?«

»So sicher, wie man überhaupt sein kann. Die Art, wie er sich bewegt, wie er in die Kamera schaut, um uns zu provozieren – das alles deutet auf ihn hin.«

»Dieser Schweinehund«, knurrte Phil. »Der will es wirklich wissen, was?«

»Er weiß, dass wir ihm auf der Spur sind, und er setzt alles daran, seine Fährte zu verwischen. Das ist wohl der Grund, warum der falsche Masonne sterben musste.«

»Dieser verdammte Mistkerl!«, wetterte Phil. »Wie kommt es, dass Bent uns immer einen Schritt voraus ist?«

»Ich weiß es nicht, Alter – vielleicht ist sein Riecher besser als unserer. Vielleicht hat er aber auch einfach die besseren Verbindungen.«

»Du meinst die Domäne?«

Ich nickte. »Seit sich Bent mit der Domäne verbündet hat, ist er noch um vieles gefährlicher geworden. Alleine die Tatsache, dass er offenbar in das Stammarchiv der Polizei eindringen und Masonnes Akte fälschen konnte, zeigt, dass seine Möglichkeiten noch gewachsen sind.«

Es war wirklich zum Haareraufen.

Nach allem, was wir bislang über die Domäne wussten, war sie eine weit verzweigte Organisation, die ihre Finger in beinahe allen Bereichen des öffentlichen Lebens hatte. Wirtschaft, Politik und Wissenschaft waren teilweise von ihr unterwandert, aber das wirkliche Ausmaß ihrer Aktivitäten konnten wir nur erahnen.

Wir wussten, dass es der Domäne gelungen war, einige wichtige Führungspositionen in Politik und Wirtschaft durch Doppelgänger zu ersetzen: Menschen, die durch plastische Chirurgie zu perfekten Ebenbildern geformt worden waren, die aber in Wirklichkeit willige Diener der Domäne waren. Die »Originale« hatte die Organisation kaltblütig ermorden lassen.

Das waren sie, die neuen Verbündeten, mit denen sich Bent umgeben hatte. Unser Einsatz auf der »Insel des Todes« hatte uns einen Vorgeschmack davon gegeben, wie mörderisch das Bündnis zwischen Bent und der Domäne war. Fast fürchtete ich mich davor, was der Erzverbrecher und seine neuen Partner noch alles gemeinsam anrichten konnten ...

Plötzlich klingelte das Telefon im Archivraum.

»Hier Cotton«, meldete ich mich.

»Jerry«, drang Doc Reisers Stimme aufgeregt aus dem Hörer. »Man hat mir gesagt, dass du und Phil im Archiv seid.«

»Was ist los, Doc? Stimmt was nicht?«

»Na ja, ich – ich habe die Untersuchung des Leichnams abgeschlossen. Die Ergebnisse ...«

»Schick uns den Bericht bitte in unser Büro.«

»Äh, Jerry – vielleicht solltest du und Phil kurz persönlich hier runterkommen. Es gibt da ein paar Dinge, die ich euch zu erklären habe ...«

»Sind schon unterwegs«, erwiderte ich und legte auf.

*

Doc Reisers Reich lag in einem der Tiefgeschosse des FBI-Gebäudes – ein Laboratorium, das mit seiner grellen Neonbeleuchtung und seinem Formalingeruch eine Aura eisiger Kälte verströmte. Boden und Wände waren gekachelt. Schon unzählige Male hatte ich mich gefragt, wie der Doc es hier unten aushielt, ohne depressiv zu werden, aber ihm schien die Umgebung nichts auszumachen.

Als Phil und ich aus dem Aufzug traten und den Korridor hinabgingen, waren wir gespannt darauf, was der Doc uns zu sagen hatte. So aufgeregt wie eben am Telefon hatte ich den Mediziner, der sonst eher der besonnene Wissenschaftler war, noch selten erlebt.

Was hatte er herausgefunden, das so wichtig war, dass er es uns persönlich sagen wollte?

»Ups«, sagte Phil, als wir den Durchgang zu einem der Laboratorien passierten und uns der beißende Gestank von Chemikalien in die Nase stieg.

Ich muss gestehen, dass mir angesichts der vorgerückten Stunde der Geruch von Parfüm auch lieber gewesen wäre …

Wir erreichten das kleine Büro des Doc und traten ein. Im Inneren sah es wie immer ziemlich chaotisch aus. Die Regale barsten aus allen Nähten, waren überfüllt mit Ordnern und Akten. Auf dem Schreibtisch türmten sich haufenweise Berichte. Irgendwo aus dem Stapel lugte die Miene von Doc Reiser hervor. Und ich hatte den Eindruck, dass sie ein wenig blasser war als sonst.

»Hier sind wir, Doc«, sagte ich. »Was gibt es?«

»Setzt euch!«, bat der Mediziner und nahm einen braunen Umschlag zur Hand, zog einen dicken Stapel Notizen hervor. »Ich bin noch nicht dazu gekommen, den offiziellen Bericht zu tippen, aber ich dachte, das würde euch schon vorab interessieren.«

»Schieß los!«, forderte ich.

»Also: Zunächst ist festzuhalten, dass Nichols Recht hatte. Der Mann, der in der Gefängniszelle in Hartford gestorben ist, war nicht Garret Masonne.«

»Scheiße«, knurrte Phil.

»Die Todesursache war Herzversagen«, erklärte Doc Reiser. »Wie es allerdings dazu gekommen ist, ist unmöglich zu rekonstruieren. Immerhin habe ich einen Einstich gefunden, der von einer Spritze stammen könnte. Die Injektion wurde ihm kurz vor seinem Tod verabreicht.«

»Du meinst eine Giftspritze?«

»Mehr oder weniger. Es gibt eine ganze Reihe von Substanzen, die zum Tod führen, jedoch anschließend nicht im Körper nachgewiesen werden können.«

»Wie wir inzwischen herausgefunden haben, hatte er kurz vor seinem Tod Besuch von Jon Bent«, berichtete ich. »Es wäre also möglich, dass Bent ihm eine Todesspritze verabreicht hat?«

»Es wäre möglich«, bestätigte der Doc. »Leider lässt es sich nicht beweisen.«

»Ich verstehe. Also sind wir genau so schlau wie zuvor. Wir haben einen Leichnam, aber weder eine Spur noch einen Täter. Ich danke dir trotzdem für deine Mühe, Doc. Tut mir leid, dass wir dich mitten in der Nacht aus dem Bett geworfen haben …«

Schon wollten Phil und ich uns zum Gehen wenden – doch Doc Reiser hielt uns zurück.

»Einen Augenblick noch, Gentlemen!«, rief er. »Ich bin noch nicht fertig mit meinem Bericht!«

»Nein?«

»Setzt euch wieder hin!«, forderte er uns auf. »Andernfalls könnte euch das, was ihr gleich zu hören bekommen werdet, glatt aus den Latschen hauen.«

Phil und ich setzten uns wieder, gespannt, was uns der Doc noch zu sagen hatte. Irgendetwas an seiner Stimme sagte mir, dass es uns nicht gefallen würde.

»Ich habe bei der Leiche eine erweiterte Obduktion vorgenommen. Das heißt, dass zu den sonst üblichen Sichtprüfungen auch einige Labortests hinzukommen, die wir in aller Eile durchgeführt haben.«

»Und?«, fragte ich.

»Das Ergebnis ist – um es vorsichtig auszudrücken – erstaunlich, Jerry. Aufgrund seiner äußeren Merkmale würden wir den Verstorbenen auf knapp fünfzig Jahre schätzen, nicht wahr?«

»So ungefähr«, bestätigte Phil.

»Schön. Seine Blutwerte liegen jedoch an die zehn Jahre dahinter.«

»Was soll das heißen?«, fragte ich.

»Ganz einfach – dass der Verstorbene trotz seines fortgeschrittenen Alters die Leistungsfähigkeit eines Vierzigjährigen hatte.«

»Und so etwas kannst du allein aufgrund einer Blutuntersuchung ableiten?«

»Natürlich nicht. Die Medizin ist in erster Linie eine statistische Wissenschaft, und es gibt immer wieder Ausreißer, die zwar verblüffend sind, aber noch keine wissenschaftliche Sensation darstellen. Bei diesem Mann hingegen kommen mehrere Faktoren zusammen – zu viele, als dass ich als Wissenschaftler leugnen könnte, dass wir es hier mit einem besonderen Phänomen zu tun haben. Sein Knochenbau, seine Muskulatur, sein Herz-Kreislauf-System – all das ist wesentlich besser in Schuss als bei jedem anderen Mann seines Alters. Ich habe fünfzigjährige gesehen, die den New-York-Marathon mitgemacht haben und nicht annähernd so robust waren. Im Körper jedes Menschen lassen sich Spuren überstandener Krankheiten nachweisen, Abwehrkörper, die im Lauf der Zeit gebildet wurden. Bei diesem hier – Fehlanzeige. Nach medizinischem Ermessen hätte er ohne entwickelte Antikörper niemals so alt werden können. Dass er es doch geworden ist, lässt nur einen Schluss zu: Dieser Mann ist noch niemals in seinem Leben krank gewesen.«

»Und dann stirbt er an Herzversagen?«, fragte Phil verblüfft. »Höchst verdächtig.«

»Das sehe ich auch so«, stimmte Doc Reiser zu. »Hinzu kommt, dass sich der Leichnam in einem etwas verzögerten Zustand des Verfalls zu befinden scheint, was ebenfalls auf einen außerordentlich gesunden Organismus hindeutet. Man hat derlei Dinge schon beobachtet – bei Kindern, die in isolierten Umgebungen aufgewachsen sind. Außerhalb idealer Rahmenbedingungen war so etwas bislang undenkbar. Es ist, als hätte die Umwelt keinerlei Einflüsse auf diesen Körper gehabt.«

»Schön«, sagte ich. »Und was folgern wir daraus, Doc?«

»Ich weiß es nicht, Jerry. Offen gestanden, stehe ich selbst vor einem Rätsel. Es ist bedauerlich, dass wir seine Gehirnaktivität keiner Untersuchung mehr unterziehen können. Ich möchte wetten, dass wir dabei auf ein ähnliches Ergebnis stoßen würden. Ein extrem leistungsfähiges Gehirn mit außerordentlich hoher neuraler Kapazität.«

»Das klingt, als würdest du über die neueste Computerfestplatte reden, Doc«, meinte Phil sarkastisch.

»Ich bitte um Entschuldigung, wenn sich das pietätlos anhören sollte, aber wir Mediziner neigen nun mal dazu, die Dinge beim Namen zu nennen. Und Tatsache ist, dass dieser Leichnam ein Phänomen ist. Ein besonderes medizinisches Phänomen, wie es mir in dreißig Jahren Berufspraxis noch nicht untergekommen ist.«

»Moment mal, Doc«, sagte Phil völlig verwirrt. »Willst du uns jetzt erzählen, dass du Superman auf dem Seziertisch hattest?«

»So ungefähr«, entgegnete Doc Reiser. »Auf jeden Fall einen Menschen mit einer sehr außergewöhnlichen Physis. Und ich würde meinen Ruf als Wissenschaftler verwetten, dass auch seine intellektuellen Fähigkeiten weit über dem Durchschnitt waren.«

Phil und ich schauten uns an und atmeten tief durch. Wir mussten das erst mal verdauen.

Das war wirklich starker Tobak, den uns Doc Reiser da auftischte. Und natürlich fragten wir uns, wie all diese verwirrenden Puzzlestücke zusammenpassen mochten.

Webber Nichols, Garret Masonne, Jon Bents Täuschungsmanöver – und nun das?

Worin bestand der Zusammenhang? Was für einen teuflischen Plan hatte der Erzverbrecher diesmal wieder ausgeklügelt?

Ich spürte eine böse Ahnung …

*

»Was hat das alles zu bedeuten?« Gillian Baxter, die auf dem Besucherstuhl in unserem Büro saß, blickte uns fragend an. »Ich meine, das alles ergibt doch keinen Sinn, oder?«

»Unter normalen Umständen würde ich Ihnen Recht geben, Gillian«, räumte ich ein, »aber hier haben wir es mit Jon Bent zu tun. Und Bent ist bekannt für seine Spielchen, für seine Tricks und Manipulationen. Er liebt es, falsche Fährten zu legen und uns zu verwirren, etwas vorzutäuschen, während er in Wirklichkeit etwas ganz anderes tut. Und doch ist es diesmal irgendwie anders.«

»Inwiefern?«

»Ich weiß nicht. Bent zeigt persönlich Flagge. Das tut er gewöhnlich nur dann, wenn es um etwas wirklich Wichtiges geht. Und noch etwas ist seltsam an dieser Geschichte …«

»Nämlich?«

»Na ja.« Ich kratzte mich ein wenig verlegen am Hinterkopf. »Doc Reiser zufolge ist der Unbekannte, den wir in Garret Masonnes Zelle gefunden haben, so eine Art Übermensch – jedenfalls ein Mensch mit außergewöhnlicher physischer wie intellektueller Substanz. Das weckt unangenehme Erinnerungen.«

»Allerdings«, stimmte Phil mir zu. »Wissen Sie, Gillian – Bent hat Jerry und mich schon einmal mit so einer Geschichte verladen.

Das war, als er in der Todeszelle saß und seine Hinrichtung verhindern wollte. Damals sah es so aus, als wäre er ein ehemaliger Regierungsagent namens Joe Benares und hätte einem Geheimprojekt namens ›Hector‹ angehört, das zum Ziel hatte, eine Art Supersoldaten herzustellen.«

»Und? Hat sich das als wahr herausgestellt?«

»Das wissen wir bis heute nicht«, gestand ich offen. »Ein alter General glaubte Benares damals in Bent erkannt zu haben. Leider beging er Selbstmord, ehe er uns noch mehr sagen konnte. An der Geschichte selbst schien etwas dran zu sein. Ob es wirklich etwas mit Bent zu tun hatte, bezweifle ich allerdings.«

»Etwas hat es auf jeden Fall mit ihm zu tun«, meinte Gillian. »Bent scheint eine Schwäche zu haben für diese Thematik. Das Thema einer überlegenen Herrenrasse fasziniert ihn offenbar auf eigenartige Weise.«

»Leider nicht nur ihn«, sagte Phil und seufzte. »Überall auf der Welt gibt es Idioten, die sich für etwas Besseres halten und auf andere Kulturen herunterschauen.«

»Bei Bent ist es anders. Sein Chauvinismus ist nicht ideologischer Natur, sondern rein egoistisch motiviert. Bent hält sich selbst für etwas Besseres, das ist der Unterschied.«

»Worauf wollen Sie hinaus, Gillian?«

»Na ja – wissen Sie, was ein freudscher Familienroman ist?«

»Ein freudscher was?«, fragte Phil verblüfft. »Also wissen Sie, werte Kollegin – ich meine, ich weiß, was ein freudscher Versprecher ist, aber …«

»Wie ich schon sagte – Ihr Jungs könntet ein wenig Nachhilfe in Psychologie durchaus brauchen.«

»Was hat es damit auf sich?«, fragte ich. »Ich meine, mit diesem Familienroman.«

»Der Begriff geht auf Sigmund Freud zurück, den Vater der modernen Psychoanalyse«, erklärte Gillian. »In diversen Untersuchungen hat er herausgefunden, dass Waisen, die ohne Elternhaus aufwachsen, dazu neigen, sich selbst eine Herkunft anzudichten, die sie nach ihren Wünschen und Sehnsüchten gestalten.«

»Und?«, fragte ich.

»Nun – kein Waise zu sein, bedeutet nicht, dass wir diese Wünsche und Sehnsüchte nicht ebenfalls hätten. Oder haben Sie sich als Kind niemals insgeheim gewünscht, der Spross eines alten Königsgeschlechts zu sein? Oder eines Raumfahrers? Oder eines Geheimagenten? So etwas nennt Freud einen selbst erdachten ›Familienroman‹.«

»Schön und gut, Doc«, meinte Phil, »aber was hat das mit uns und Jon Bent zu tun?«

»Ich glaube, ich weiß, worauf sie hinaus will, Alter«, sagte ich. »Gillian glaubt, dass sich Bent ebenfalls so einen Familienroman ersponnen hat.«

»Genau so ist es.« Die Psychologin nickte. »Wir alle wissen, dass Jon Bent übergeschnappt ist. Wäre doch möglich, dass er insgeheim davon träumt, ein Übermensch zu sein, so eine Art Supermann. Nach Freuds alter Lehre lässt der Familienroman Rückschlüsse auf die Psyche seines Erfinders zu. Die moderne Psychologie hat diesen Ansatz immer wieder bestritten, aber ich neige dazu, Dr. Freud in dieser Hinsicht zuzustimmen.«

»Nun«, meinte ich, »und was würden Sie über jemanden sagen, der davon träumt, der so genannten Herrenrasse anzugehören?«

»Ganz einfach, Jerry – wir haben es mit einem außerordentlich gefährlichen und skrupellosen Menschen zu tun. Der Hauptantrieb von Bents Handeln liegt darin, dass er sich für etwas Besseres hält. Um das zu beweisen, schreckt er vor keiner Untat zurück. Und es erklärt auch, weshalb er weder Gnade noch Skrupel kennt.«

»Weil er alle anderen Menschen für minderwertig erachtet«, sagte ich angewidert. »Aber das erklärt noch nicht, weshalb Bent den vermeintlichen Garret Masonne ermordet hat, oder?«

»Im Grunde gibt es nur zwei Möglichkeiten«, antwortete unsere Kollegin. »Entweder, es ging Bent darum, den Mann zum Schweigen zu bringen …«

»Unwahrscheinlich«, sagte ich. »Zum einen hätte er sich dazu nicht selbst die Hände schmutzig zu machen brauchen, zum anderen hat er sich sehr viel Mühe gegeben, sein Opfer bei der Polizei anzuschwärzen. Wozu das alles?«

»… oder er wusste bereits, dass wir auftauchen würden«, führte Gillian die zweite Möglichkeit aus. »Es wäre doch möglich, dass Bent uns auf eine Fährte lenken will.«

»Allerdings«, schnaubte Phil. »So etwas würde dem alten Schlitzohr ähnlich sehen. Er hat uns schon viel zu oft mit seinen Geschichten verladen.«

»Diesmal ist es keine Verlade«, sagte ich hart. »Unser anonymes Opfer weist ganz offensichtliche physische Veränderungen auf, die Doc Reiser festgestellt hat und die wissenschaftlich verifizierbar sind.«

»Und?«, fragte Phil. »Was heißt das schon? Bent hat uns schon oft hinters Licht geführt.«

»Mag sein, aber nicht dieses Mal.« Ich schüttelte den Kopf. »Ich denke, diesmal spielt er mit offenen Karten.«

»Was macht dich so sicher?«

»Ihm läuft die Zeit davon. Ich könnte mir vorstellen, dass er seit den Vorfällen auf seiner Insel bei der Domäne unter Druck geraten ist und einen schnellen Erfolg vorweisen muss. Ich denke, dass Bent irgendeine große Sache verfolgt – und irgendwie habe ich das Gefühl, dass er selbst nicht genau weiß, worum es dabei geht. Gillian hat Recht, Bent ist besessen von dieser Supermenschen-Geschichte, sonst würde er nicht immer wieder darauf zurückkommen. Irgendetwas scheint dran zu sein – und ich habe das Gefühl, dass es mit diesem ›Projekt Brooklyn‹ zu tun hat.«

»Du meinst dieses Gekritzel, das der Sterbende an die Zellenwand geschmiert hat?«

Ich nickte. »Irgendwas muss dran sein, sonst hätte er nicht die letzten Sekunden seines Lebens damit verschwendet, es uns mitzuteilen.«

»Schön«, sagte Gillian achselzuckend. »Und was könnte das sein?«

»Ich habe keine Ahnung«, gestand ich offen, »aber ich kenne jemanden, der uns in dieser Sache vielleicht weiterhelfen könnte. Es ist eine Kollegin von uns, und wenn ich es recht bedenke, Gillian, hat sie sogar ein wenig Ähnlichkeit mit Ihnen …«

*

Als das Telefon in ihrem Apartment klingelte, konnte Lara King es kaum glauben.

Nach einem feuchtfröhlichen Abend, den sie in den Nachtclubs von Washington D.C. verbracht hatten, waren Greg und sie gerade dabei, die höchsten Gipfel der Lüste zu erklimmen – als der verdammte Apparat lauthals zu schrillen begann.

»Verdammt«, keuchte der junge, ungemein gut gebaute Mann, den Lara vor ein paar Wochen kennen gelernt hatte – und sie merkte, wie seine Bereitschaft, sie für einige Augenblicke zur glücklichsten Frau der Welt zu machen, schlagartig nachließ.

»Shit!«, entfuhr es ihr, und sie wälzte sich von ihrem Liebhaber, ging splitternackt, wie sie war, zum Telefon.

»Ja doch!«, meldete sie sich entnervt, nachdem sie den Hörer frustriert abgenommen hatte.

»Hi, Lara! Hier ist Jerry«, drang eine vertraute Stimme aus dem Hörer.

Lara King konnte es nicht fassen.

»Jerry Cotton!«, fauchte sie in den Hörer. »Bist du übergeschnappt? Haben du und dein debiler Partner jetzt völlig den Verstand verloren? Es ist mitten in der Nacht!«

»Ich weiß«, kam die Antwort einigermaßen zerknirscht, »auch hier in New York haben wir Uhren. Tut mir leid, wenn ich dich geweckt habe.«

Geweckt, dachte Lara wehmütig. Das wäre nicht weiter schlimm gewesen …

»Schon gut«, entgegnete sie barsch, »vergiss es einfach, okay? Warum rufst du mich an?«

»Weil ich deine Hilfe brauche.«

»Und das hat nicht bis morgen früh Zeit?« Die junge Agentin konnte es kaum fassen. War ihr nicht mal eine einzige heiße Nacht vergönnt?

»Es geht um Jon Bent.«

Allein die Nennung des Namens genügte, um Lara King am ganzen Körper zusammenzucken zu lassen.

Mit einer Hand griff sie nach dem Morgenmantel, der neben der Tür an einem Haken hing, und schlüpfte hinein. Ihr Aufzug erschien ihr unpassend, nun, da es dienstlich wurde.

»Schieß los, Jerry!«, verlangte sie. »Ich werde euch helfen, so gut ich kann.«

»Ich wusste, dass wir auf dich zählen können. Was wir brauchen, sind Informationen über ein Geheimprojekt mit dem Namen ›Brooklyn‹ ...«

*

Jon Bent war stumm vor Staunen.

Hier also war es gewesen, hier war es passiert.

Seit er die Wahrheit kannte, hatte Bent sich diesen Ort mehrmals vorzustellen versucht. Nun, da er hier war, übertraf dieser Ort alle seine Vorstellungen um ein Vielfaches.

Eine Gänsehaut überfiel den Erzverbrecher, während er weiter in das ihn umgebende Halbdunkel starrte und die schemenhaften Formen betrachtete, die sich zu beiden Seiten aus der Düsternis der Schatten schälten. Hier, an diesem Ort, hatte es einst begonnen – und hier würde es auch enden.

Hier würde ein neuer Mensch aus ihm werden.

Nach fast einem halben Jahrhundert würde sich der Kreis endlich schließen. Alles fügte sich zusammen und ergab plötzlich Sinn. Jenen Sinn, nachdem Bent so lange gesucht hatte.

Die Einsamkeit war zu Ende.

»Wie gefällt es dir, mein Sohn?«, fragte eine Stimme hinter ihm.

Bent wandte sich um, sah die gedrungene Silhouette des Mannes, der im Rollstuhl saß. Das Licht, das vom Korridor hereindrang, umgab ihn wie eine Aura, als wolle es die Macht sichtbar machen, die von diesem Mann ausging.

»Es ist das Schönste, was ich je gesehen habe«, sagte Bent und fühlte sich einen kurzen, unschuldigen Augenblick lang wie ein kleines Kind.

Dann ergriff wieder die alte Bosheit von ihm Besitz, und sein ganzes Streben galt seiner Rache.

»Es ist perfekt«, sagte er. »Der einzig wahre Ort, um es zu Ende zu bringen.«

»Der einzig wahre«, bestätigte der andere. »Werden sie kommen?«

»Sie werden. Sie haben gar keine andere Wahl. Ich kenne Cotton und Decker. Ich weiß, wie sie funktionieren. Sie werden weiter nachforschen, Schritt für Schritt, werden die Teile des Puzzles zusammensetzen – und am Ende wird es sie hierher führen.«

»Du hast diesmal alles sorgsam durchdacht. Du bist ein guter Schüler, Jon. Das warst du schon immer.«

»Der Plan kann nicht fehlgehen. Unser Spion beim FBI hat mir Informationen über den neuesten Stand der Ermittlungen mitgeteilt. Jerry Cotton hat inzwischen die CIA eingeschaltet. Es wird nicht mehr lange dauern, dann hat er alle Informationen, die er benötigt. Dann wird er hierher kommen, um mich zu finden – und ich werde ihn erwarten!«

Damit verfiel der Erzverbrecher in schallendes Gelächter, das von der hohen Decke des Gewölbes zurückgeworfen wurde – und in das sein ruchloser Mentor mit einfiel.

*

Den Rest der Nacht hatten Gillian, Phil und ich damit zugebracht, die letzten Einträge der Akte Jon Bent durchzusehen und einige Vermisstenanzeigen durchzuarbeiten – vielleicht wurde irgendwo ein Mann namens Steven Warner vermisst.

Auch hier Fehlanzeige – wir fischten weiter im Trüben.

Als die Dämmerung im Osten heraufzog und die Wolkenkratzer von Manhattan aufglühen ließ, waren wir noch immer nicht schlauer als auch vor zwölf Stunden.

Nur sehr viel müder.

»Okay, Jungs«, sagte Gillian. »Ich werde jetzt für eine Weile rüber ins Hotel fahren und mich ein wenig aufs Ohr hauen. Sagt mir Bescheid, sobald sich etwas tut, ja?«

»Wird gemacht«, antwortete ich, während ich weiter über meinem Terminal brütete und die Vermisstenkartei von Jersey City durchging.

»Ich werde meine Dienststelle anrufen«, schlug Gillian vor. »Vielleicht können die uns mit ein paar zusätzlichen Informationen aushelfen.«

»Nur zu«, meinte Phil, der unrasiert und mit dunklen Rändern unter den Augen einen ziemlich desolaten Anblick bot. »Wie's aussieht, können wir hier wirklich jede Hilfe gebrauchen.«

»Dann bis später.«

»Bis später«, sagten wir wie aus einem Munde und blickten Gillian nach, wie sie unser Büro verließ.

»Komisch«, meinte ich nachdenklich. »Noch gestern Abend hätte ich diese Frau am liebsten in die nächste Rakete gesetzt und auf den Mond geschossen – und jetzt finde ich sie sogar ganz nett.«

»Unsinn«, sagte Phil und grinste. »Du bist überarbeitet, das ist alles …«

*

Gillian Baxter ging zu Fuß zu ihrem Hotel, das sich nur zwei Blocks entfernt von der Federal Plaza befand.

Sie brauchte dringend eine Dusche und ein, zwei Stunden Schlaf. Danach würde sie ihren beiden Kollegen wieder mit Rat und Tat zur Seite stehen.

Es war schon seltsam.

Noch vor zwölf Stunden hätte sie Jerry Cotton und Phil Decker am liebsten in die nächste Rakete gesetzt und auf den Mond geschossen – jetzt fand sie die beiden sogar schon ganz sympathisch.

Vielleicht lag es aber auch nur daran, dass sie überarbeitet war. Gemeinsam an einem Fall zu arbeiten, das hatte schließlich nichts mit Sympathie oder Antipathie zu tun. Und als Psychologin, die sich viel mit diesen Dingen auseinandergesetzt hatte, wusste sie schließlich ganz genau, dass Teamwork bei einem gemeinsam zu bearbeitenden Fall von Kollegen oft mit Freundschaft verwechselt wurde.

Das war der Grund, warum sich Polizisten in ihrer Freizeit meist nur mit Polizisten umgaben …

Die junge FBI-Agentin durchquerte die Lobby des Hotels, nahm den Lift hinauf zu ihrem Zimmer. Für die Dauer ihrer Zeit in New York wohnte sie hier. Die Kosten übernahm das Hauptquartier, das sich als überaus spendabel zeigte.

Im Aufzug lief eine säuselnde Melodie, die sich durch Gillians Gehörgänge in ihr Bewusstsein schlich und dort festsetzte.

»If you could read my mind«

Leise vor sich hin summend trat sie aus dem Aufzug und ging

den Gang hinab, zückte das Plastikkärtchen, das als Schlüssel diente, und schob es in den Schlitz ihrer Zimmertür.

Es klickte leise, die Diode sprang von Rot auf Grün. Gillian trat ein. Angenehm kühle Luft strömte ihr aus dem klimatisierten Raum entgegen. Jetzt eine Dusche und etwas Schlaf, dann war sie wieder ganz die Alte …

»If you could read my mind«

Weiter vor sich hin summend, ging sie in den Schlafraum, von dessen Fenster aus sich ein hübscher Blick auf Midtown Manhattan bot. Sie legte ihre Jacke und die Handtasche ab. Danach ging sie hinüber ins Badezimmer, löste den Haarknoten und schüttelte die lange rote Mähne aus, die daraufhin ihr zart geschnittenes Gesicht umrahmte.

Danach stieg sie aus den Schuhen, streifte die Hose ihres Kostümanzugs ab und öffnete die Knöpfe ihrer weißen Bluse.

»If you could read my mind«

Sie legte den seidigen Stoff ab und betrachtete sich im Spiegel. Sie fand, dass sie ziemlich erschöpft und müde aussah. Gerade wollte sie sich auch des Rests ihrer Kleidung entledigen und in die Duschkabine steigen – als sie hinter sich plötzlich eine Bewegung wahrnahm.

Im nächsten Moment sah sie im Spiegel eine dunkle Gestalt auftauchen. Ein Gesicht erschien über ihren Schultern, dessen harte, erbarmungslose Züge ihr nur zu gut bekannt waren.

Es gehörte Jon Bent.

»Hallo, meine Süße«, sagte der Erzverbrecher hämisch, während er sie mit lüsternen Blicken betrachtete. »Wird höchste Zeit, dass du kommst. Ich habe schon auf dich gewartet.«

Einen Augenblick stand Gillian starr vor Schreck und Entsetzen. Dann erinnerte sie sich an das, was ihr an der FBI-Akademie beigebracht worden war. Sie explodierte in einer plötzlichen Bewegung, kreiselte herum, um Bent mit einem harten Karatehieb außer Gefecht zu setzen – doch der Schurke reagierte augenblicklich.

Mit einer eleganten Bewegung blockte er den Schlag ab und riss sie brutal zu Boden.

Die Agentin gab einen spitzen Schrei von sich.

Im nächsten Moment spürte sie die Klinge eines Messers an ihrer Kehle.

»Keinen Mucks mehr, verstanden?«, zischte Bent hier ins Ohr. »Ich habe noch viel vor mit dir, mein Schätzchen – aber wenn du nicht willst, können wir es auch hier und jetzt zu Ende bringen. Willst du das?«

Er verstärkte den Druck der Klinge an ihrem Hals. Gillian blieb nichts, als hilflos den Kopf zu schütteln, während ihr die Augen feucht wurden vor Furcht und Zorn.

»Sehr gut.« Bent grinste breit. »Alles läuft genau nach Plan …«

*

Als das Telefon in unserem Office schrillte, kam ich gerade aus dem Waschraum zurück, wo ich mir ein paar Ladungen kaltes Wasser ins Gesicht geschaufelt hatte, um meine Lebensgeister wieder zu wecken.

Hastig stürzte ich zu meinem Schreibtisch, riss den Hörer ans Ohr.

»Cotton!«, blaffte ich hinein.

»Hi, Jerry! Hier ist Lara«, meldete sich unsere Kollegin von der CIA, die in der Nacht so geklungen hatte, als hätte ich sie bei etwas sehr, sehr Wichtigem gestört. »Ich habe Informationen für euch.«

»Wirklich?«, fragte ich hoffnungsvoll. Unsere Freundin vom Geheimdienst kann bisweilen eine ziemliche Nervensäge sein, aber sie ist auch die Verlässlichkeit in Person und die verdammt beste Agentin, die man sich vorstellen kann.

»Passt auf, Jungs – offenbar seid ihr da an einer ziemlich heißen Sache dran. ›Projekt Brooklyn‹ ist tatsächlich die Bezeichnung für ein Geheimprojekt des Verteidigungsministeriums, das allerdings ziemlich alt zu sein scheint. Euer ›Projekt Brooklyn‹ hat schon an die sechzig Jahre auf dem Buckel und noch immer ist es als topsecret eingestuft. Leider reicht meine Befugnis nicht aus, um an die Daten heranzukommen.«

»Verdammt«, knurrte ich. »Aber Bent ist offenbar irgendwie an genau diese Daten herangekommen.«

»Was hat Projekt Brooklyn mit Bent zu tun?«

»Ich wünschte, das wüsste ich, Lara. Alles, was wir haben, ist dieser Hinweis. Was dahintersteckt, können wir im Augenblick nicht sagen.«

»Hm«, machte die CIA-Agentin nachdenklich. »Hört zu, Jungs, ich habe einen Freund in der Archivverwaltung, der mir geraten hat, möglichst die Finger von dieser Sache zu lassen. Der Grund, weshalb Projekt Brooklyn noch immer der höchsten Geheimhaltungsstufe unterliegt, ist wohl der, dass es für die Regierung wenig schmeichelhaft wäre, wenn Details darüber an die Öffentlichkeit dringen würden.«

»Ich verstehe«, erwiderte ich. Mit anderen Worten: Wenn wir versuchten, an die Aufzeichnungen heranzukommen, würden wir es nicht nur mit Bent, sondern vermutlich auch noch mit den Geheimdiensten zu tun bekommen. Keine sehr erheiternde Aussicht …

»Ich würde euch also raten, es gar nicht erst auf dem offiziellen Weg zu versuchen. Man würde euch den Fall sofort entziehen.«

»Gibt es eine Alternative?«, fragte ich zweifelnd. »Wir müssen wissen, worum es sich bei diesem Projekt handelt, was es damit auf sich hat. Anders kommen wir an Bent nicht heran.«

»Mein Freund aus dem Archiv hat mir einen Namen genannt. Es ist der Name eines Arztes, der am St. Charles Hospital arbeitet. Angeblich ist er die einzige Zivilperson, die jemals mit ›Projekt Brooklyn‹ in Verbindung kam. Vielleicht kann er euch etwas sagen.«

»Und wie heißt dieser Mann? Wo können wir ihn finden?«

»Am besten, ihr besucht ihn im Krankenhaus. Er ist der Leiter der chirurgischen Abteilung, Professor Roman Barenzy.«

»Verstanden«, sagte ich und notierte mir den Namen.

»Ich wünsche euch viel Glück, Jungs. Nagelt diesen Mistkerl von Bent ein für alle Mal fest.«

»Wir geben unser Bestes«, versprach ich.

Dann war das Telefonat zu Ende – und Phil und ich auf dem Weg zur Tiefgarage.

*

Das St. Charles Hospital liegt auf der anderen Seite des East River, zwischen Garden Place und Hicks Street.

Während der Fahrt über die Manhattan Bridge und durch Brooklyn Heights informierte ich Phil über alles, was Lara mir berichtet hatte. Die Miene meines Partners wurde mit jedem Wort, das ich sprach, finsterer.

»Gillian scheint Recht zu haben«, murrte er verdrießlich. »Wenn bei der Sache schon wieder der Geheimdienst und das Pentagon ihre Finger im Spiel haben, könnte das durchaus bedeuten, dass es wieder um so ein Supersoldaten-Projekt geht. Mir wird jetzt noch ganz schlecht, wenn ich an diese Hector-Sache denke.«

»Ja«, stimmte ich zu. »Irgendwas scheint dran zu sein an dieser Geschichte. Vielleicht kann uns dieser Professor Barenzy mehr darüber erzählen.«

»Hoffentlich.« Phil seufzte. »Ich weiß langsam nicht mehr, wo mir der Kopf steht. Ich komme mir vor wie in einem verdammten Labyrinth. Welche Spuren, die Bent gelegt hat, führen in die Irre und welche nicht? Was ist Wahrheit und was nicht? Ganz ehrlich, Jerry – ich blicke allmählich nicht mehr durch.«

»Das ist Bents Absicht, Phil. Es geht ihm nur darum, uns zu verwirren, damit er dann ganz unerwartet zuschlagen kann – und im Grunde bleibt uns nichts anderes übrig, als sein Spielchen mitzumachen.«

Endlich tauchte vor uns der mächtige Bau des Krankenhauses auf. Wir passierten die Parkplatzschranke, indem wir unsere Ausweise sehen ließen, und stellten den Jaguar nahe dem Eingang ab. Ein hilfsbereiter Pförtner brachte uns hinauf in den vierten Stock, geradewegs in das Vorzimmer von Professor Barenzys Büro, wo eine beleibte Dame mit blondiertem Haar saß, die mit mäßiger Eile einen handschriftlichen Bericht abtippte.

»Was kann ich für Sie tun, meine Herren?«, erkundigte sie sich, ohne den Blick vom Computerbildschirm zu nehmen.

»Ich bin Special Agent Jerry Cotton vom FBI«, stellte ich mich vor. »Das hier ist mein Partner, Special Agent Decker. Wir würden gerne Professor Barenzy sprechen – jetzt gleich!«

»Jetzt gleich?« Nichts von dem, was ich gesagt hatte, schien die Sekretärin zu verwundern. Erst meine letzten Worte brachten sie dazu, den Kopf zu heben und uns mit einer Mischung aus Unglauben und Amüsiertheit anzublicken.

»Wenn es sich machen lässt«, fügte ich hinzu.

»Auf gar keinen Fall.« Sie schüttelte den Kopf. »Professor Barenzy hat heute Morgen eine wichtige Besprechung, auf die er sich eingehend vorbereiten muss. Er ist für niemanden zu sprechen – auch nicht für Sie, Gentlemen.«

»Hören Sie, Lady.« Phil beugte sich zu ihr vor, machte ein grimmiges Gesicht. »Nur für den Fall, dass Sie es nicht mitbekommen haben sollten: Wir sind nicht vom Finanzamt und auch keine Hausierer. Also wuchten Sie jetzt bitte Ihren Hintern aus dem Sessel und sagen Sie dem Professor, dass wir ihn zu sprechen wünschen – aber ein bisschen fix!«

Mein Partner war ziemlich energisch geworden – so energisch, dass es das ohnehin nicht sehr aufrichtige Lächeln aus den Zügen der Frau ausknipste.

Hölzern und unendlich träge erhob sie sich, ging mit gravitätischer Miene zu der Tür, die zum Büro des Professors führte.

»In welcher Sache?«, fragte sie pikiert.

»Sagen Sie dem Professor, dass es um ein Projekt namens ›Brooklyn‹ geht«, trug ich ihr auf.

»Aber ich denke nicht, dass der Professor für Sie Zeit haben wird. Er ist ein viel beschäftigter Mann!«

Sie klopfte und verschwand dann hinter der Tür. Keine fünf Sekunden später war sie schon wieder zurück, im Gesicht rot wie eine Tomate.

»Der Professor empfängt Sie«, erklärte sie.

»Und streichen Sie alle anderen Termine für heute Morgen!«, drang eine angenehm weiche Stimme aus dem Büro.

»Sehr wohl, Herr Professor. Wie Sie wünschen.« Die Sekretärin wandte sich zu uns um und ließ uns passieren. Dabei sah sie aus, als hätte sie uns am liebsten gefressen.

»Vielen Dank auch«, meinte Phil mit wölfischem Grinsen.

Dann waren wir im Büro des Professors.

Der Raum war nüchtern eingerichtet. Die Regale waren mit medizinischen Fachbüchern gefüllt, und ein Modell eines menschlichen Skeletts stand in der Ecke.

Hinter dem Schreibtisch saß ein ältlich wirkender Mann mit grauem Kraushaar und Vollbart. Durch die Gläser seiner Nickelbrille blickte er uns mit einer Mischung aus Bestürzung und Erstaunen entgegen.

»Professor Barenzy?«, fragte ich.

»Ganz richtig.« Er erhob sich, um uns zu begrüßen, und erneut stellten Phil und ich uns vor und zeigten unsere Ausweise.

»Bitte, Gentlemen, setzen Sie sich«, bat uns Barenzy. »Womit kann ich Ihnen helfen?«

Der Chefarzt der chirurgischen Abteilung gab sich offen und hilfsbereit, aber es hatten sich Schweißperlen auf seiner Stirn gebildet. Dieser Mann war nervös, hatte vielleicht sogar Angst.

Wovor?

»Wie wir Ihrer Sekretärin schon sagten, geht es um das ›Projekt Brooklyn‹«, eröffnete ich. »Wir möchten Sie bitten, uns alles zu sagen, was Sie darüber wissen.«

»Wozu?«, fragte Barenzy. »Alles, was ich wusste, habe ich damals bereits zu Protokoll gegeben. Oder glauben Sie, in den letzten fast vierzig Jahren sind irgendwelche neuen Erkenntnisse hinzugekommen?«

Phil und ich tauschten einen flüchtigen Blick. Wovon, in aller Welt, sprach der Mann?

»Was damals war, interessiert uns nicht«, erklärte ich ausweichend. »Wir wollen die Informationen aus Ihrem Munde hören. Was wissen Sie über Projekt Brooklyn?«

»Nichts weiter«, versicherte Barenzy sichtlich nervös. »Was soll das werden? Eine verdammte Überprüfung? Ist es wegen der Forschungsgelder, die ich beantragt habe? Haben Sie vor, mir irgendwelche Knüppel zwischen die Beine zu werfen?«

Ich konnte die Angst des Mediziners förmlich spüren. Irgendetwas stimmte hier nicht, das stand fest. Ein paar Dinge schienen hier zu laufen, die uns mit Sicherheit nicht gefallen konnten.

»Bitte glauben Sie uns, Professor«, sagte ich beschwichtigend. »Es geht hier weder darum, Ihnen Knüppel zwischen die Beine zu werfen, noch darum, Ihnen sonst in irgendeiner Weise zu schaden. Alles, was mein Partner und ich brauchen, sind Informationen. Informationen, die nur Sie uns geben können.«

»Das ist alles?«, fragte er skeptisch.

»Das ist alles«, erwiderte ich. »Sie sagen uns, was Sie über diese Projekt wissen. Und wir werden wieder verschwinden. Mein Wort drauf.«

»Also gut.« Der Professor nickte. Die Aussicht, uns möglichst rasch wieder loszuwerden, schien ihn zu erleichtern. »Es – es war 1963 ... Kurz bevor Kennedy ermordet wurde ...«, begann er zögerlich zu berichten. »Ich – ich war noch ein sehr junger Arzt damals. Und ich war gerade erst aus der Sowjetunion in die Staaten gekommen, als sich eines Nachts ein sehr seltsamer Vorfall ereignete ...«

»Erzählen Sie weiter«, forderte ich.

»Ich war noch neu an diesem Hospital, hatte erst meine zweite oder dritte Nachtschicht. Und mit Ihrer Sprache hatte ich auch noch meine Probleme. Da wurde in der Notaufnahme ein kleiner Junge eingeliefert. Er war etwa zehn Jahre alt und hatte einen Unfall gehabt. Er war auf der Fulton Street von einem Auto angefahren worden.«

Barenzy unterbrach sich, und ein rätselhaftes Lächeln umspielte seine Züge, während er sich zu erinnern schien.

»Ich weiß es noch, als wäre es heute gewesen. Jedes andere Kind hätte einen solchen Unfall vermutlich nicht überlebt – aber dieser Junge ...« Der Professor schüttelte den Kopf.

»Was war mit ihm?«, fragte ich.

»Er hatte nur ein paar Kratzer und Hautabschürfungen abbekommen«, sagte Barenzy. Er sandte uns einen Blick, der uns kalte Schauer über den Rücken jagte. »Da er das Bewusstsein verloren hatte, behielten wir ihn jedoch natürlich hier. Außerdem waren weder sein Name noch seine Adresse bekannt. Noch in der gleichen Nacht erhielten wir Besuch von ein paar sehr, sehr wichtig aussehenden Männern.«

»Lassen Sie mich raten«, bat Phil. »Geheimdienst, richtig?«

»CIA«, bestätigte Barenzy. »Vier grimmige, eiskalte Burschen, die mir alle möglichen Fragen stellten. Ich kam mir vor, als wäre ich noch immer in der Sowjetunion. Und noch ein fünfter Mann war dabei, der allerdings in einem Rollstuhl saß.«

»In einem Rollstuhl?« Ich hob die Brauen.

»Ja, er schien ziemlich wichtig zu sein, er erteilte den anderen immerzu Befehle. Damals konnte ich wie gesagt Ihre Sprache noch nicht besonders gut, aber ich bin mir sicher, dass er einen nordeuropäischen Akzent hatte. Skandinavisch. Vielleicht auch Deutsch.«

»Was wollten diese Typen vom CIA?«, fragte Phil.

»Die stellten mir allerhand Fragen über den Jungen, wollten wissen, welche Art von Untersuchungen ich an ihm vorgenommen hatte. Als ich sagte, dass es nur darum gegangen sei, festzustellen, ob er Frakturen oder innere Verletzungen erlitten habe, schienen sie irgendwie erleichtert. Sie schärften mir ein, alles zu vergessen, was mit dem Jungen zu tun hatte. Dann gingen sie – den Jungen nahmen sie mit.«

»Und, Professor?«, fragte ich. »Haben Sie alles vergessen?«

Barenzy lachte freudlos und schüttelte den Kopf.

»Hören Sie, Mr. Cotton – kein Mediziner könnte jemals vergessen, was ich in dieser Nacht gesehen habe. Es hat sich unauslöschlich in mein Gedächtnis eingebrannt.«

»Nämlich?«

Wir schauten den Mediziner erwartungsvoll an, doch Barenzy zögerte. »Es ... es ist lange her«, sagte er leise, »und in all den Jahren habe ich niemandem etwas davon erzählt aus Furcht, diese unheimlichen Kerle könnten wieder auftauchen.«

»Aber jetzt ist es an der Zeit, alles zu erzählen«, sagte ich fordernd.

Er schluckte, war sichtlich nervös, ruckte unruhig in seinem Sessel hin und her, ehe er sich vorbeugte und wieder zu sprechen begann, mit leiser Stimme diesmal.

»Es war unglaublich«, flüsterte er. »Dieser Junge war in einer Art und Weise kerngesund, wie ich es nie zuvor bei einem Mensch gesehen habe. Seine Knochen waren außerordentlich stabil, alle Werte absolut perfekt. Er kam mir vor wie ein Modell, wie ein lebendig gewordenes Schaubild aus einem medizinischen Handbuch.«

»Haben Sie das auch den Typen vom Geheimdienst erzählt?«, fragte ich.

»Sind Sie verrückt? Die hätten mich doch auf der Stelle mitgenommen und verschwinden lassen. Die wollten nicht, dass irgendjemand erfährt, was sie da haben.«

»Aber Sie haben es erfahren.«

»Durch Zufall«, sagte der Professor. »Jahre später – die Sache hat mir einfach keine Ruhe gelassen – hatte ich einen Freund, der als Gutachter für das Pentagon arbeitete. Ihn habe ich auf die Sache angesetzt, natürlich ohne Einzelheiten zu erzählen.«

»Und?«, fragte ich. »Hat er etwas herausgefunden?«

»Nicht viel«, sagte Barenzy leise. »Aber das wenige, das ich erfahren habe, genügte, um mir klar zu machen, dass ich keine weiteren Nachforschungen anstellen durfte. Und dass es kein Land auf der Erde gibt, das wirklich frei und demokratisch ist.«

»Und was haben Sie damals erfahren?«, fragte ich.

»Nicht viel, wie ich schon sagte. Nur, dass der Junge Teil eines streng geheimen Experiments gewesen ist, dem man den Codenamen ›Projekt Brooklyn‹ gegeben hatte. Ein Experiment, bei dem man versucht hat, das menschliche Erbgut zu verbessern.«

»Verdammt«, sagte Phil nur – und auch meine Begeisterung über diesen krankhaften Forscherdrang der Wissenschaft hielt sich in Grenzen.

»Wie?«, wollte ich wissen. »Mittels genetischer Manipulation?«

»Nein«, widersprach Barenzy, »dazu verfügte man damals weder über die nötigen wissenschaftlichen Erkenntnisse noch über das notwendige technische Equipment. Wenn es stimmt, was ich damals erfahren habe, müssen sie irgendeinen anderen Weg gefunden haben, wenngleich ich mir nicht denken kann, welchen.«

Nachdenklich nickte ich. Die Sache gefiel mir immer weniger.

»Professor Barenzy«, fragte ich, »sagt Ihnen der Name Steven Warner etwas?«

»Nein, sorry.«

»Haben Sie sonst noch eine Info für uns?«

»Das war leider schon so ziemlich alles, was ich Ihnen über die ganze Sache erzählen kann – bis auf das hier …«

Er erhob sich aus seinem Schreibtischsessel, ging hinüber zur Wand und schlug eines der Plakate, die Skizzen der menschlichen Anatomie zeigten, beiseite. Darunter kam ein kleiner Wandtresor zum Vorschein, den der Mediziner rasch öffnete. Aus dem Stapel Unterlagen, der darin lag, zog Barenzy einen unscheinbaren braunen Umschlag hervor, den er nachdenklich betrachtete. Nachdem er den Tresor geschlossen hatte, gab er uns den Umschlag.

»Was ist das?«, fragte ich.

»Machen Sie ihn auf.«

Phil und ich wechselten einen Blick. Ich kam der Aufforderung nach, öffnete den Umschlag.

Eine vergilbte Schwarz-Weiß-Fotografie kam zum Vorschein. Sie zeigte eine schmale Straße, die zu beiden Seiten von hohen Backsteinmauern begrenzt wurde. In einer der Mauern klaffte ein dunkles Tor, das jedoch verschlossen war.

»Was ist das?«, fragte ich noch einmal.

»Dieser Freund, von dem ich vorhin sprach«, erklärte Barenzy mit matter Stimme, »hat weiter in der Sache herumgestochert und dieses Bild gemacht, das er mir schickte. Die Fotografie ist irgendwo in New York entstanden. Es war das Letzte, was ich jemals von ihm hörte.«

»Wie meinen Sie das?«

»Kurz darauf war mein Freund spurlos verschwunden. Man hat nie wieder etwas von ihm gehört. Aber ich denke, Sie und ich wissen sehr gut, was mit ihm geschehen ist.«

Ich nickte betroffen, blickte dann wieder auf das Foto.

»Dieses Bild hat Miroslav mir geschickt, kurz bevor er verschwand. Wenn seine Mörder wüssten, dass es sich in meinem Besitz befindet, wäre ich längst nicht mehr am Leben.«

»Was ist so Wichtiges darauf zu sehen?«

»Sie werden lachen, Agent Cotton«, sagte der Professor mit bitterem Lächeln. »Ich weiß es bis heute nicht.«

Wieder betrachtete ich das Bild.

Es zeigte einen typischen New Yorker Straßenzug, vielleicht irgendwo in SoHo oder in Brooklyn. Aber was genau war darauf zu sehen? Was, das so brisant war, dass derjenige, der dieses Foto schoss, vom Geheimdienst kassiert worden war?

Ich wollte nicht so weit gehen wie Barenzy und behaupten, dass die CIA den Fotografen ermordet hatte, aber das Gegenteil beweisen konnte ich auch nicht. In den frühen 60er-Jahren war der Kalte Krieg weit unter dem Gefrierpunkt gewesen. Ich dachte da nur an die Kuba-Krise.

Ratlos reichte ich das Foto an Phil weiter, der es ebenfalls eingehend betrachtete, sich dabei sicherlich die gleichen Fragen stellen mochte wie ich.

»Professor«, sagte ich, »würde es Ihnen etwas ausmachen, uns dieses Bild zu überlassen?«

»Nur zu, nehmen Sie es mit«, forderte Barenzy uns auf. »Um die Wahrheit zu sagen, bin ich froh, wenn ich es nach all den Jahren endlich los bin.«

»Sehr gut«, sagte ich mit freudlosem Grinsen, »und wir haben eine neue Spur ...«

*

Wir fuhren ins FBI-Gebäude an der Federal Plaza zurück und übergaben die Fotografie unseren Kollegen vom Innendienst. Da sich alles um ein »Projekt Brooklyn« drehte, gingen wir davon aus, dass die Straße auf dem Foto in eben diesem Stadtteil lag. Die Kollegen würden es herausfinden, indem sie altes Bildmaterial mit dem Foto verglichen.

Um die Wartezeit zu überbrücken, unternahmen Phil und ich einen Spaziergang zu Gillians Hotel, das gleich um die Ecke lag. Schließlich hatten wir versprochen, unserer Kollegin Bescheid zu sagen, wenn sich in unserem Fall eine neue Wendung ergeben sollte.

Mit dem Lift fuhren wir hinauf zu ihrem Zimmer und klopften an – doch niemand öffnete.

»Da hast du's«, frotzelte Phil. »Während wir im Schweiße unseres Angesichts schuften, schlummert unsere Kollegin den süßen Schlaf der Gerechten.«

»Nicht mehr lange«, entgegnete ich grinsend und klopfte noch einmal an die Tür, diesmal schon energischer – aber wieder öffnete niemand. Dafür schnappte die Zimmertür mit leisem Klicken auf.

»Unverschlossen«, stellte ich verblüfft fest. Die Tür schwang ein Stück auf.

»Da hat sich jemand am Schloss zu schaffen gemacht«, erkannte Phil.

Mein Partner und ich wechselten nur einen Blick, dann hatten wir schon unsere Dienstwaffen in der Hand.

Lautlos schlichen wir in die Suite, die P226 im Anschlag und uns gegenseitig sichernd.

Offenbar hatte hier ein Kampf stattgefunden!

Stühle lagen umgestürzt am Boden, eine Vase war zerbrochen.

»Phil?«, fragte ich nur.

Mein Partner, der kurz das Badezimmer gecheckt und sich vergewissert hatte, dass wir allein in dem verwüsteten Hotelzimmer waren, trat auf mich zu.

»Scheißspiel, Jerry«, knurrt er.

Ich zückte mein Handy, wählte rasch die Nummer von Gillians Mobiltelefon – und war nicht überrascht, als eine mechanische Stimme mir mitteilte, dass der gewünschte Teilnehmer nicht erreichbar wäre.

Die Indizien sprachen für sich.

Gillian war entführt worden, geradewegs aus ihrem Hotelzimmer. So wie es aussah, hatte sich unsere Kollegin heftig gewehrt, aber ihre Entführer – wer immer sie gewesen waren – hatten sie gewaltsam verschleppt. Ich konnte mir eigentlich nur eine Person denken, die dahinterstecken konnte. Einen Mann, der über genug Abgebrühtheit verfügte, um eine FBI-Agentin zu kidnappen.

»Es war …«

»Bent«, nahm mir Phil das Wort aus dem Mund. »Du hattest Recht, Jerry. Dieser verdammte Schweinehund spielt schon wieder mit uns. Aber diesmal ist er zu weit gegangen.«

In diesem Moment meldete sich mein Handy.

»Cotton«, knurrte ich in das kleine Gerät.

»Jerry, hier ist Sid Lomax«, meldete sich unser Kollege aus dem Innendienst. »Wir wissen jetzt, welche Straße das Foto zeigt. Die Kollegen haben es sich einfach gemacht und Old Neville aus dem Ruhestand getrommelt.«

Dass wir nicht selbst darauf gekommen waren! Keiner kannte sich im alten New York so gut aus wie unser ehemaliger Kollege Old Neville, der inzwischen allerdings in den Ruhestand getreten war.

»Euer Foto«, sagte Sid, »zeigt die Proctor Street.«

»Proctor Street«, echote ich.

Phil und ich schauten uns an, dachten in diesem Augenblick beide das Gleiche.

Proctor Street – dorthin war bestimmt auch Gillian gebracht worden …

*

Die Proctor Street war eine jener schmalen Straßen im Herzen von Brooklyn, die im Zuge der Umstrukturierung Anfang der 70er-Jahre umbenannt worden waren und heute nur mehr eine Nummer besaß.

1963 jedoch, als das Foto entstanden war, war die schmale Straße noch die Proctor Street gewesen. Das Haus mit der Nummer 7780 lag an ihrem äußersten Ende, inmitten einer Gruppe alter Fabrik- und Lagerhallen, wie sie einst das Bild des Stadtteils jenseits des East River bestimmt hatten.

Phil und ich hatten darauf verzichtet, Verstärkung anzufordern. Wir hatten Mr. High kurz telefonisch über den Stand der Dinge in Kenntnis gesetzt, und unser Chef hatte – wenn auch schweren Herzens – zugestimmt, dass wir die Sache allein regelten. Schließlich war das Leben einer Kollegin in Gefahr, und ich zweifelte nicht daran, dass der Erzschurke Jon Bent die FBI-Agentin ohne Zögern umgebracht hätte, wenn wir mit einem einsatzstarken Bereitschaftstrupp aufmarschiert wären.

So blieb uns also nichts, als uns allein der Gefahr zu stellen.

7780 Proctor Street.

Aus irgendeinem Grund wollte uns Bent hierher locken. Um Gillian zu retten, mussten wir auf sein Spielchen eingehen.

Wir stoppten den Jaguar unmittelbar vor dem Haus, unweit des großen, dunklen Tors, das auch auf dem Foto zu sehen war.

Obwohl fast vierzig Jahre verstrichen waren, sah die Straße noch fast genauso aus wie auf dem Foto – mit der Ausnahme, dass die Lagerhallen ringsum verfallen und die Fabriken längst stillgelegt worden waren. Einzig das Haus mit der Nummer 7780 schien noch bewohnt zu sein – und barg tief in seinem Inneren ein Geheimnis ...

Vorsichtig bewegten Phil und ich uns darauf zu, unsere Hände an den Griffen der Waffen. Wir erreichten das Tor und stellten wenig überrascht fest, dass die Tür darin einen Spalt offen stand. Es war gerade so, als hätte Bent den roten Teppich für uns ausgerollt.

Vorsichtig pirschten wir uns ins Halbdunkel, das jenseits des Tores herrschte. Feuchter, modriger Geruch schlug uns entgegen, der uns fast den Atem nahm. Durch die schmutzigen Scheiben der hohen Fenster fiel spärliches Licht. Uns eng an den feuchten Wänden haltend, bewegten wir uns weiter voran und gelangten in ein schmales Treppenhaus.

»Was sollen wir tun?«, fragte Phil – die Treppe führte sowohl nach oben als auch nach unten.

»Wir trennen uns«, schlug ich vor. Uns beiden war klar, dass Bent uns in eine Falle locken wollte, also mussten wir versuchen, ihn innerhalb unserer beschränkten Möglichkeiten zu überraschen.

»Einverstanden«, erwiderte Phil und machte sich daran, die steinernen Stufen zum nächsthöheren Stockwerk zu erklimmen, während ich mir den Keller vornehmen wollte.

Je tiefer ich kam, desto kühler und feuchter wurde es – und desto dunkler. Ich erwog, die kleine Kugelschreiberleuchte zu benutzen, die ich bei mir trug, ließ es aber bleiben, um mich nicht zu verraten.

Ich verharrte einen Augenblick und lauschte in die Dunkelheit. Dann ging ich langsam weiter, tastete mich in den Korridor, der sich unterhalb der Treppe erstreckte – um plötzlich gegen eine Mauer zu stoßen.

Es war aber keine Mauer aus Stein, sondern aus gleißend hellem Licht, die urplötzlich vor mir stand.

Mehrere Scheinwerfer waren aufgeflammt und blendeten mich. Reflexartig riss ich die Linke vors Gesicht, um meine Augen zu schirmen, während die Rechte die SIG Sauer hielt und unsicher in die blendende Helligkeit zielte.

Ich hörte das Ratschen von Maschinenpistolen, die durchgeladen wurden.

Dutzendfach.

Dann, endlich, konnte ich wieder etwas sehen. Meine Augen hatten sich etwas an die Helligkeit gewöhnt, und ich sah die schwarz vermummten Gestalten, die neben und vor den Scheinwerfer standen und ihre MPis auf mich gerichtet hatten.

Sie sprachen kein Wort. Die schussbereiten Waffen in ihren Händen waren Drohung genug. Ich wusste, dass jeder Widerstand zwecklos war, dass ich mich ergeben musste, wenn mir mein Leben lieb war. Noch ehe ich auch nur einen Schuss abgab, würden die Projektile der Killer mich zerfetzt haben.

Also legte ich meine Waffe langsam zu Boden.

Im nächsten Moment erklang schallendes Gelächter. Eine Stimme, die ich nur zu gut kannte, begrüßte mich. »Hallo, Cotton«, rief sie hämisch. »Ich wusste, dass du kommen würdest ...«

*

»Bent«, sagte ich. Es klang wie eine Verwünschung.

Mein letztes Treffen mit dem Erzganoven, den wir über Monate hinweg für tot gehalten und der sich als so überaus lebendig erwiesen hatte, lag ein paar Wochen zurück – dennoch hatte ich das Gefühl, diese Stimme, dieses schadenfrohe Gelächter erst gestern gehört zu haben. Jon Bent hatte diese widerliche Eigenschaft, sich wie ein Parasit im Gedächtnis festzubeißen ...

»Endlich, Cotton«, sagte der Schurke, während er durch die Reihen seiner vermummten Killer trat und sich mir näherte. »Endlich bist du hier. Ich dachte schon, du würdest gar nicht mehr kommen. Du hast lange gebraucht, um mein Rätsel zu lösen.«

»Welches Rätsel, Bent?«, fragte ich. »Dass Sie noch immer irgendwelchen Allmachtsfantasien nachrennen wie irgendein x-beliebiger Irrer?«

»Du hast es noch nicht begriffen, was?«, sagte der Schurke, und es klang ein wenig enttäuscht. »Schade. Ich hätte gedacht, du wärst schlauer, Cotton.«

»Was gibt es da schon zu begreifen? Sie sind ein kranker Bastard, Bent, daran wird sich nichts ändern. Weshalb musste Steven Warner sterben?«

»Um dich zu mir zu führen«, erklärte mir der Verbrecher. »Ich musste doch einen Vorwand finden, dich hierher zu locken. Andernfalls hätte ich dich wohl nie dazu bewegen können.«

»Was soll das Theater?«, wollte ich wissen. »Warum das Versteckspiel? Wo sind wir hier überhaupt? Was hat es mit diesem Ort auf sich? Und wo, verdammt noch mal, befindet sich Gilian Baxter?«

»Fragen über Fragen.« Bent schüttelte den Kopf. »Du wirst dich niemals ändern, Cotton, was? Dabei hatte ich dich wirklich für schlauer gehalten. Ich hätte dir durchaus zugetraut, zumindest den einen oder anderen Teil des Rätsels zu lösen.«

»Sie können mich mal, Bent!«, erwiderte ich hart. »Ich habe es satt, von Ihnen manipuliert und an der Nase herumgeführt zu werden. Wissen Sie, wohin Sie sich Ihre Rätsel stecken können?«

»Starke Worte«, entgegnete der Terrorist höhnisch. »Die gehen dir leicht von den Lippen, nicht wahr? Du hoffst auf deinen Partner, der sich hier irgendwo herumtreibt. Du baust darauf, dass er dich im rechten Augenblick heraushauen wird, wie schon so oft. Aber daraus wird nichts, Cotton. Nicht dieses Mal!«

Der Erzverbrecher gab ein Zeichen, und mehrere hünenhafte, ebenfalls schwarz vermummte Kerle kamen den Korridor herab. In ihrer Mitte hatten sie Phil, der ziemlich mitgenommen aussah. Die miesen Kerle hatten ihn zusammengeschlagen.

Als sie ihn losließen, klappte er zusammen und fiel ächzend auf die Knie.

»Du siehst, auf deinen Partner ist kein Verlass«, höhnte Jon Bent. »Wenn du wissen willst, was hier vor sich geht, wirst du dich also schon an mich halten müssen!«

»Also schön, Bent«, knurrte ich und hatte Mühe, mich zur Ruhe zu zwingen. »Dann sagen Sie mir, was hier vor sich geht. Was soll der ganze Zirkus? Und warum haben Sie Gillian Baxter entführt?«

»Weil ich sie brauche«, antwortete der Ganove. »Aber komm doch einfach mit. Ich werde dir zeigen, worum es hier geht. Nur so viel kann ich dir jetzt schon verraten: Der Kreis wird sich schließen. Und für Decker und dich wird diese Geschichte böse enden!«

Zwei der vermummten Schergen, die offenbar der Domäne angehörten, traten an mich heran und packten mich, führten mich ab. Auch Phil wurde ergriffen und davongeschleppt.

Es war eine merkwürdige Prozession: Bent schritt voraus, grinsend, wähnte sich am Ziel seiner Wünsche und Träume. Wir, seine Erzfeinde, befanden uns endlich in seiner Gewalt. Er glaubte sich kurz davor, seine Rache am FBI zu vollenden.

Phil und ich folgten ihm wie gefangene Barbaren beim Triumphzug eines römischen Feldherrn – besiegt, geschlagen. Unsanft bugsierten uns Bents Schergen durch die Gänge, immer tiefer hinein in das unterirdische Labyrinth, das sich unter dem Bau mit der Nummer 7780 erstreckte.

Schließlich erreichten wir ein schweres Metallschott, das durch eine mehrfache Nummernkombination gesichert war. Mit traumwandlerischer Sicherheit gab Bent sie ein.

Langsam schwang das Schott auf, und wir traten hindurch. Was wir auf der anderen Seite vorfanden, versetzte uns gleichermaßen in Erstaunen wie in Entsetzen.

Es war eine große Halle, die aussah wie die Dekoration eines Science-Fiction-Films aus den 60er-Jahren: Terminals mit altertümlichen Rechenmaschinen standen umher, dazwischen OP-Liegen mit allerlei Geräten. Verschiedene Gegenstände, die ich erblickte, erinnerten mehr an ein Laboratorium, andere mehr an ein Krankenhaus.

An der Stirnseite des Raums verlief eine Balustrade. Sie wurde zu beiden Seiten von gläsernen Zylindern gesäumt, die groß genug waren, um einen erwachsenen Menschen aufzunehmen.

Auf einem Podest war eine Art OP-Tisch montiert, und auf ihm lag Gillian Baxter, einen sterilen Operationskittel am ansonsten nackten Leib!

*

»Jerry! Phil!«, rief unsere Kollegin, als sie uns erblickte.

»Gillian!« Ich wollte mich von meinen Häschern losreißen und zu ihr laufen, doch meine Bewacher hielten mich mit der Unnachgiebigkeit von Schraubstöcken fest.

»Alles in Ordnung?«, rief ich ihr hilflos zu.

Gilians Antwort hing in Bents dröhnendem Gelächter unter. »Also, das muss man dir lassen, Cotton!«, blökte er. »Du bist manchmal wirklich witzig. Deine Kollegen und du, ihr befindet euch alle drei in meiner Gewalt, und du fragst tatsächlich, ob alles in Ordnung sei!«

»Was wollen Sie von uns, Bent?«, fragte ich genervt. »Wenn Sie uns umbringen wollen, dann tun Sie's hier und jetzt. Bringen Sie's endlich hinter sich! Aber hören Sie auf, Ihren Spott über uns auszuschütten!«

»Ach, das gefällt dir nicht, nein?«, fragte der Erzverbrecher grinsend. »Dabei habe ich das Gefühl, dass ich das verdammt noch mal verdient habe nach allem, was du mir angetan hast.«

Damit schlug er den linken Ärmel seines Overalls zurück und präsentierte mir den mechanischen Greifer, der seinen linken Arm ersetzte, den er bei einer Explosion verloren hatte.

Gillian gab einen spitzen Schrei von sich, Phil und ich blieben unbeeindruckt.

»Ich habe es Ihnen schon einmal gesagt, Bent«, knurrte ich. »An dem, was geschehen ist, tragen ganz allein Sie selbst die Schuld und niemand sonst!«

»Klugscheißer!«, fuhr Bent mich an. »Aber das wird dir schon noch vergehen. Wenn ich mit euch G-men fertig bin, werdet ihr mir nicht mehr auf die Nerven gehen, ganz im Gegenteil.«

Damit gab er seinen Leuten einen Wink, und man brachte Phil und mich zu den beiden Pritschen, die zur Rechten und zur Linken der eigenwilligen Anordnung aufgestellt waren. Unsanft bettete man uns darauf und schnallte uns fest, ohne dass wir Gegenwehr leisten konnten.

»Seht ihr das?«, fragte der Schurke, auf die sonderbaren Instrumente und Schläuche deutend, die über uns von der hohen Decke hingen. »Das sind die Werkzeuge, deren Bekanntschaft ihr bald machen werdet. Was wisst ihr schon von meinen Plänen und Möglichkeiten? Wahrscheinlich würden sie euren beschränkten Verstand absolut überfordern – nicht wahr, Vater?«

»Du hast Recht, mein Sohn.«

Die Stimme, die antwortete, kam von irgendwo über uns.

Phil, Gillian und ich wandten die Köpfe und sahen den ungeheuer beleibten Mann, der plötzlich auf der Balustrade aufgetaucht war. Der elektrisch angetriebene Rollstuhl, in dem er saß, gab ein leises Summen von sich, als er bis an die Brüstung fuhr und auf uns herabblickte.

Ein Rollstuhl!, fuhr es mir durch den Kopf. Barenzy hatte etwas von einem Kerl im Rollstuhl erzählt, der die CIA-Agenten damals begleitet hatte!

»Wer sind Sie?«, fragte ich mit keuchender Stimme.

»Das braucht Sie nicht zu interessieren, Agent Cotton«, erwiderte der Fleischberg, dessen Akzent ich zweifelsfrei als deutsch identifizierte. Auch das passte zu Barenzys Beschreibung. Aber was hatte dieser Kerl mit der ganzen Sache zu tun?

Der Mann im Rollstuhl war nicht zu identifizieren – er trug wie die Killer der Domäne eine schwarze Maske mit Augenschlitzen. Ich vermutete, dass er ebenfalls zur Domäne gehörte und vielleicht sogar einen recht hohen Rang bekleidete.

»Was wollen Sie von uns?«, fragte ich. »Und wieso nennen Sie Bent Sohn?«

»Ich kann mir denken, dass Sie jetzt viele Fragen haben«, erwiderte der Koloss, der seiner Stimme nach schon älter sein musste – siebzig, vielleicht achtzig Jahre. »Da ich nicht verantworten will, dass Sie und Ihr Partner ahnungslos sterben, Mr. Cotton, werde ich Sie in unser kleines Geheimnis einweihen. Willkommen bei Projekt Brooklyn«, sagte er mit einer Stimme, die mich erschaudern ließ.

*

Sosehr ich auch um uns selbst besorgt war, so begierig war ich auch darauf zu erfahren, was es mit der ganzen Sache auf sich hatte. Wozu das Versteckspiel? Weshalb hatte uns Bent hierher gelockt? Was führten dieser skrupellose Verbrecher im Schilde? Würden wir jetzt endlich die Wahrheit erfahren?

»Die Ursprünge des Projekts«, fuhr der vermummte Mann im Rollstuhl fort, »reichen zurück bis ins Jahr 1944. Deutsche Wissenschaftler begannen damals, an einer – wie soll ich es nennen? – Verbesserung der menschlichen Rasse zu arbeiten. Aus Berlin war der Befehl gekommen, den gehobenen Ansprüchen einer Herrenrasse dort nachzuhelfen, wo die Natur nur unzureichend gearbeitet hatte, und ein Team von Spezialisten begann sich an die Arbeit zu machen.«

»Spezialisten! Pah!«, rief Phil aus. »KZ-Ärzte waren das, nichts weiter! Kranke, Psychopathen, gewissenlose Verbrecher, die der Natur ins Handwerk pfuschen wollten!«

»Ich gebe Ihnen Recht, Agent Decker«, stimmte ihm der Vermummte ungerührt zu. »Die Bemühungen jener Leute waren tatsächlich nur Pfuscherei im Vergleich zu dem, was nach Kriegsende erreicht wurde – und zwar mit amerikanischer Hilfe. Ihr Geheimdienst war nämlich keineswegs so abgestoßen von unserem Projekt wie Sie. Immerhin wurde es als förderungswürdig eingestuft. Man erhoffte sich wohl, eine Art Supersoldat züchten zu können. Vielleicht hatten die Verantwortlichen auch nur zu viele Comics gelesen. Es gab damals mehrere Projekte dieser Art, die miteinander konkurrierten.«

»Ja«, knurrte ich. »Das Projekt ›Hector‹ zum Beispiel.«

»Hector war das Forschungsprojekt einer Wissenschaftsgruppe, die durch die Verabreichung von Drogen und Steroiden Supersoldaten zu erschaffen versuchte. Ein wenig verheißungsvoller Ansatz, wenn Sie mich fragen. Unser Ansatz war ein ganz anderer.«

»Sie waren bei dieser Schweinerei dabei?«

»Das war ich, Agent Cotton – zusammen mit einigen amerikanischen Kollegen. Unser Labor wurde mit Fördergeldern des Pentagon hier in Brooklyn eingerichtet, und analog zu einem anderen streng geheimen Forschungsprojekt wurde es ›Projekt Brooklyn‹ genannt.«

»Projekt Manhattan«, folgerte ich. »Die Entwicklung der Atombombe …«

»Ganz richtig, Agent Cotton. Offenbar war man im Pentagon der Ansicht, dass unsere Entwicklung zu einer ähnlich effektiven Waffe werden könnte wie die Arbeit unserer Kollegen, also wurden wir aus allen möglichen Töpfen gefördert. Das Ziel unserer Arbeit war nicht mehr und nicht weniger als die Erschaffung eines neuen Typus Mensch: des Homo superior.«

»Sie sind ja verrückt!«, rief ich aus, gleichermaßen wütend und beschämt darüber, dass mein Land eine solche Schweinerei mitgetragen haben sollte. Aber warum sollte der Vermummte mich belügen? Er hatte viel mehr davon, wenn er mir die traurige Wahrheit ins Gesicht schleuderte, denn so konnte er sich an meiner hilflosen Wut erfreuen.

»Wir waren nicht verrückt«, widersprach der Unbekannte. »Was wir hatten, war eine Vision, die wir mit aller Härte verfolgten. Und wir hatten Erfolge!«

»Wie?«, wollte Gillian wissen. »Sie konnten zu dieser Zeit unmöglich schon über Kenntnisse in angewandter Genetik verfügen.«

»Genetik!«, rief der Mann im Rollstuhl voller Verachtung aus. »Wir erforschten den Bauplan des Menschen, lange bevor sich die Welt dafür interessierte. Unsere Methoden jedoch waren andere. Wir haben nicht manipuliert. Wir haben gezüchtet.«

»Ich verstehe«, erwiderte ich voller Abscheu. »Sie haben Embryos herangezogen wie ein verdammter Pferdezüchter. Es ging ihnen darum, das bestmögliche Ergebnis zu erzielen, die vielversprechendste Kreuzung.«

»Genau so ist es«, bestätigte dieses vermummte Monstrum im Rollstuhl. »Dank der Erfahrungen, die wir durch unsere Forschungen in Deutschland sammeln konnten, ist es uns gelungen, fehlerhafte Erbinformationen auszusondieren und mittels zielgerichteter Zeugung neues, perfekteres Leben zu schaffen. In der ersten Generation machten sich die Vorzüge noch nicht so stark bemerkbar, aber in der zweiten traten sie unübersehbar zutage. Noch eine oder zwei Generationen mehr und wir hätten unser Ziel erreicht: den perfekten Menschen, ein Wesen von höchster Leistungsfähigkeit.«

»Hätten?«, fragte ich.

»Unglücklicherweise wurden unsere Versuche eingestellt. Von einem Präsidenten, der unsere Visionen nicht verstand. Er hat sich viele Feinde gemacht, als er unser Projekt beendete, so dass es kein Wunder war, dass seine Amtszeit vorzeitig endete.«

»Kennedy?«, fragte Phil fassungslos. »Ihr verdammten Mistkerle habt Kennedy umgebracht?«

»Sie sollten nicht zu viel spekulieren«, sagte der Fleischberg im Rollstuhl, »das treibt nur Ihren Puls in die Höhe, Agent Decker. Und wir brauchen Sie in Bestform.«

»Diese zweite Generation von Supermännern«, wollte ich wissen, »was ist aus ihnen geworden, als das Projekt eingestellt wurde?«

»Wir bezeichneten sie als homines progressi – fortgeschrittene Menschen, noch nicht perfekt, aber fast. Als das Projekt eingestellt wurde, waren sie gerade zwölf Jahre alt. Sie wurden in den gesamten Vereinigten Staaten in die Obhut von Pflegeeltern gegeben, die von allem nichts wussten. Die Erinnerung an alles, was davor war, wurde den Jungen genommen.«

»Nur Jungen?«, fragte Gillian. »Keine Mädchen?«

»Das war 1963, Agent Baxter«, beschied der Vermummte ihr hämisch. »Vor der Frauenrechtsbewegung.«

»Was ist mit den Kindern passiert?«, wollte ich wissen.

»Sie sind aufgewachsen und erwachsen geworden. Einige von

ihnen haben es aufgrund ihrer überlegenen Fähigkeiten zu etwas gebracht, andere nicht.«

»War Steven Warner einer von ihnen?«, fragte ich.

»Allerdings.«

»Und?« Ich fürchtete mich fast zu fragen. »Was ist mit Bent?«

»Bravo, Cotton!«, rief Jon Bent, der Terrorist, böse, der nicht weit von mir entfernt stand und dem Vortrag des Vermummten andächtig gelauscht hatte. »Ich sehe, du begreifst allmählich.«

»Vor allem verstehe ich jetzt, warum Sie ihn Vater nennen«, gab ich bissig zurück. »Dieser Kerl hat Sie gezüchtet. Er hat das Reagenzglas gehalten, aus dem Sie gekrochen sind.«

»Nicht ganz«, widersprach der alte Wissenschaftler. »Jon wurde auf völlig natürliche Weise ausgetragen und geboren, natürlich von einer speziell ausgewählten Mutter. Nur die Befruchtung fand unter künstlichen Bedingungen statt – und zwar genau hier, Agent Cotton. Vor ziemlich genau einem halben Jahrhundert.«

»Der Kreis schließt sich«, sagte Bent mit loderndem Blick. »Hier, wo alles begonnen hat, wird es auch enden – jedenfalls für dich, Cotton. Aber sei nicht traurig, denn etwas von dir wird weiterleben!«

»Was haben Sie vor?«, fragte ich, Böses ahnend.

»Nun – dank der Erkenntnisse, die uns die Genforschung zwischenzeitlich beschert hat, sind wir in der Lage, embryonische Stammzellen zu manipulieren«, erklärte Bents »Vater«. »Unter Benutzung dieser Technik werden wir ein Zwillingspaar züchten, das Ihre Gene enthält, Gentlemen – kleine Cotton-Decker-Klone, wenn Sie so wollen. Diese beiden Kinder wird Agent Baxter für uns austragen. Sie war so freundlich, sich dafür bereit zu erklären.«

»Was?« Gillian bäumte sich in ihren Fesseln auf, Zornesröte schoss ihr ins Gesicht – doch die ledernen Bänder, mit denen sie an den OP-Tisch geschnallt war, hielten sie unnachgiebig fest. »Sie sind ja wahnsinnig!«, schrie sie außer sich. »Vollkommen übergeschnappt!«

»Genial ist das richtige Wort, du kleine Schlampe«, zischte Bent. »Eure Kinder werden in meiner Obhut aufwachsen. Ich werde ihr Vater sein und sie alles lehren, was sie wissen müssen, um den FBI eines Tages das Fürchten zu lehren und auf der Welt Angst und Schrecken zu verbreiten. Sie werden meine Erben sein – in jeder Hinsicht!«

*

»Du elender, kranker Bastard!«, schrie Phil, während ich nicht einmal mehr in der Lage war, meinem Entsetzen und meiner Wut Ausdruck zu verleihen.

Wir alle hatten gewusst, wie irrsinnig und von Bosheit zerfressen Jon Bent war. Vielleicht war es eine Folge seiner Herkunft. Doch dieser infame Plan stellte alles in den Schatten, was der Verbrecher jemals ausgekocht hatte. Kein Szenario, das er sich jemals zuvor ausgedacht hatte, war so grausam, so verwerflich gewesen wie dieses …

Der Schurke grinste, während er auf mich herabstarrte und dann sagte: »Das wird meine Rache sein, Cotton. Eure Nachkommen werden meine Sklaven sein. Und Decker und du« – er deutete auf die zylindrischen Behälter, die zu beiden Seiten der Balustrade aufgestellt waren – »werdet hier sein. Eingelegt in Formalin, auf alle Zeiten konserviert für die Nachwelt.«

Er begann schallend zu lachen, während Gillian schrie und Phil und ich von Entsetzen gepackt an unseren Fesseln rissen. Nicht nur, dass dieser Ba████ vorhatte, uns als genetische Ersatzteillager zu missbrauchen – er wollte uns auch noch präparieren wie eine Trophäe, uns in konservierender Flüssigkeit ertränken …

»Was sagst du nun, Cotton?«, wollte Jon Bent wissen. »Du bist besiegt und geschlagen!«

»Von wegen«, entgegnete ich trotzig. »Sie können Phil und mich umbringen, aber man wird nach uns suchen. Unsere Kollegen werden uns nicht ungerächt lassen, Bent, und eines Tages werden sie Sie finden und Sie büßen lassen für das, was Sie getan haben!«

»Das denke ich nicht«, mischte sich sein »Vater« wieder ein, »denn niemand wird merken, dass Sie beide verschwunden sind. Durch plastische Chirurgie entworfene Doppelgänger werden Ihre Plätze beim FBI einnehmen, ohne dass es jemand bemerken wird.«

»Das wird nicht funktionieren!«, rief Phil.

»O doch, das wird es. Wie Sie wissen, hat es bereits funktioniert, G-men!«

Ich biss mir auf die Lippen schluckte meinen Zorn hinunter. Das Dumme war, dass der Kerl Recht hatte. Wie wir wussten, war es der Domäne bereits in einigen Fällen gelungen, perfekte Doppelgänger einzuschleusen, die jetzt an wer weiß wie vielen Schaltstellen der Macht saßen. Wenn es diesen Schweinehunden nun gelang, Phil und mich durch zwei weitere Marionetten zu ersetzen, hatte sie auch Handlanger beim FBI.

Ich bezweifelte zwar, dass Mr. High lange auf den faulen Zauber hereinfallen würde, aber selbst wenn er nur ein paar Wochen dafür brauchte, die Wahrheit herauszufinden, würden unsere Doppelgänger in dieser Zeit bösen Schaden anrichten können.

»Schauen Sie nicht so verdrießlich, Mr. Cotton«, forderte mich der Fleischberg im Rollstuhl auf. »Im Grunde haben Sie doch immer gewusst, dass Sie die Domäne nicht schlagen können, oder?«

»Wer sind Sie?«, wollte ich mit vor Wut und Frustration bebender Stimme wissen. »Sind Sie die Domäne?«

»Ein Teil davon«, antwortete der Maskierte im Rollstuhl. »Wenn Sie glauben, dass eine einzelne Person hinter der Domäne stehen könnte, dann haben Sie noch lange nicht begriffen, wie mächtig unsere Organisation wirklich ist, Mr. Cotton. Und ich fürchte, Sie werden es auch nicht mehr begreifen – denn das Experiment beginnt jetzt!«

Die letzten Worte hatte er lauter gesprochen und plötzlich traten ein halbes Dutzend Männer und Frauen auf, die weiße OP-Kittel trugen und deren Gesichter hinter OP-Masken verborgen waren.

Die Ärzte, die das frevlerische Experiment durchführen sollten.

»Viel Spaß, G-men!«, rief Jon Bent, dann stieg er die schmale Wendeltreppe zur Balustrade empor und gesellte sich zu seinem geistigen Vater. Beide blickten böse auf uns herab.

Drei der Ärzte – der Postur nach zwei Männer und eine Frau traten auf Phil zu, nahmen einige Einstellungen an den Geräten vor, die neben seiner Liege installiert waren. Daraufhin begannen sich die Schläuche, die unterhalb der Decke befestigt waren, langsam herabzusenken. Sie hatten vor, ihm das Blut abzuzapfen …

»Ihr verdammten Sauhunde!«, rief mein Partner außer sich und zerrte an seinen Fesseln. »Nehmt eure Dreckspfoten von mir!«

Doch die verbrecherischen Mediziner achteten nicht auf Phils Gezeter und setzten stoisch ihre Arbeit fort.

»Bent!«, rief ich mit scharfem Ton zur Balustrade hinauf. »Hören Sie auf damit! Stoppen Sie das – oder Sie werden es bereuen!«

»Was du nicht sagst, Cotton«, quäkte der Ganove. Sein Ziehvater lachte.

Eine Abteilung Ärzte kam auf mich zu, während sich eine andere Gruppe an Gillian zu schaffen machte. Ich hörte unsere Kollegin aus Leibeskräften schreien.

»Kein Grund, sich aufzuregen, Miss Baxter«, beschied ihr der Mann im Rollstuhl. »Meine Kollegen werden Ihnen lediglich einige Spritzen verabreichen und Ihren Körper schon mal auf das vorbereiten, was von ihm verlangt wird.«

»Sie kranker, schmieriger Bastard!«, rief Gillian. »Ich werde für Sie nicht den Brutkasten spielen, hören Sie? Ich nicht!«

»Ich fürchte, es wird Ihnen nichts anderes übrig bleiben«, erwiderte der Schurke leichthin. »Keiner von Ihnen hat mehr eine Wahl ...«

Die Ärzte traten zu mir, betätigten den Mechanismus der Absauganlage. Mit leisem Summen senkte die Maschine ihre Schläuche auf mich herab, deren Enden in dicke Kanülen ausliefen. Sie würden auch mir das Blut absaugen, um meine DNS zu gewinnen, und ich bezweifelte, dass sie es bei ein paar Millilitern bewenden lassen würden ...

Sollte dies das Ende sein? Der Augenblick, in dem das Verbrechen triumphieren würde?

War dies mein Schicksal, das Opfer eines menschenverachtenden Experiments zu werden?

Nein!

Ich konnte und wollte mich nicht damit abfinden, dass Bent und sein ruchloser Ziehvater den Sieg davontragen sollten. Wie sehr sie auch im Vorteil sein mochten, unabhängig davon, wie exakt sie ihren Plan vorbereitet haben mochten – ich würde mich nicht kampflos ergeben.

Niemals!

Gebannt sah ich, wie sich die Schläuche mit den Kanülen auf mich herabsenkten, und ich begann erneut, an meinen Fesseln zu zerren –

nicht unkontrolliert und voller Wut wie noch zuvor, sondern konzentriert und mit dem festen Entschluss, nicht eher aufzugeben, als bis ich eine Hand frei hatte ...

Ich biss die Zähne zusammen, versuchte, meine Hand durch die Lederschlaufe zu ziehen – doch mein Daumenknochen hinderte mich daran.

Ich zog und zerrte weiter. Der Schmerz wurde heftig, aber es half nichts. Wenn ich jetzt nicht handelte, würde ich nie wieder eine Chance dazu bekommen.

Die Kanülen hatten mich fast erreicht. Die Ärzte griffen danach, schickten sich an, mir die Nadeln in die Adern zu rammen.

Jetzt oder nie!

In einem letztem verzweifelten Versuch riss ich mit aller Kraft an meiner rechten Hand – und mit einem hässlichen Knacken sprang der Daumenknochen aus dem Gelenk!

*

Der Schmerz, der mich durchzuckte, war so heftig, dass ich einen lauten Schrei von mir gab, der die Ärzte zurückzucken ließ.

Im nächsten Augenblick hatte ich meine Rechte frei, und obwohl mein Daumen schlaff und ich unfähig war, ihn zu bewegen, reichte es aus, um die Faust zu ballen und dem Arzt, der mir am nächsten stand, einen satten Schlag ins Gesicht zu versetzen.

Die OP-Maske färbte sich blutig rot, der Kerl sank nieder.

Gleichzeitig setzte einer seiner Kollegen vor, wollte eine der Kanülen anbringen – doch ich war schneller. Mit einer blitzschnellen Bewegung griff ich danach und packte den Schlauch, rammte die Nadel dem verbrecherischen Mediziner in die Schulter.

Der Mann ächzte und sank auf die Knie, starrte entsetzt auf den durchsichtigen Schlauch, der sich langsam mit Blut zu füllen begann – seinem Blut!

Die übrigen Ärzte wichen eingeschüchtert zurück – und noch ehe sie mitbekamen, was genau vor sich ging, hatte ich mich von den restlichen Fesseln befreit.

Einen weiteren Weißkittel, der sich mir in den Weg stellte, beförderte ich mit einer linken Geraden zu Boden. Das Adrenalin, das durch meine Adern pumpte, ließ mich wüten wie einen Berserker.

Dann hatte ich freie Bahn, rannte quer durch die Halle, hinüber zu Phil.

»Jerry!«, schrie mein Partner laut.

Sie hatten ihm die Kanülen bereits angesetzt, die das Leben aus ihm heraussaugen sollten. Sein Blut wanderte bereits aus seinem Körper in den stampfenden Zylinder der Pumpe.

Wie ein Footballspieler beim Angriff rammte ich die Weißkittel, die Phils Pritsche umstanden, beiseite, öffnete mit fahrigen Handgriffen die ledernen Fesseln meines Partners.

»Danke Kumpel«, raunte Phil mir zu, riss sich im nächsten Moment die Kanülen aus dem Leib und befreite sich vollends, während ich in ein heftiges Handgemenge mit den Ärzten verwickelt wurde.

Irgendwo blitzte ein Skalpell, das auf mich niederging. Ich wehrte die Waffe ab, trat und schlug um mich, hielt mir die Meute mit der Wut der Verzweiflung vom Leib.

Dann stürmte Bents schwarz uniformierte Garde heran und eröffnete das Feuer aus ihren MPis. Zwei Garben knatterten und die Projektile nagelten auf den Boden, jaulten mir dann als Querschläger um die Ohren.

Zwei Ärzte wurden getroffen und sanken blutüberströmt zu Boden.

»Halt!«, schrie der vermummte Mann im Rollstuhl von der Balustrade herab. »Seid ihr wahnsinnig? Nicht schießen – die Anlage darf nicht beschädigt werden!«

Im nächsten Moment hatte Phil sich befreit, schlug zwei der Ärzte nieder, die geniale Wissenschaftler sein mochten, aber lausige Faustkämpfer. Dann versetzte Phil der Pritsche, auf der er gelegen hatte, einen Stoß. Sie rollte den angreifenden Wachen entgegen, stieß zwei von ihnen um.

»Kümmere du dich um Gillian!«, rief ich meinem Partner zu. »Ich schnappe mir Bent!«

Phil rief eine knappe Bestätigung, dann war er schon unterwegs zu unserer Kollegin.

Ich fuhr herum und eilte zu der Wendeltreppe, hastete die metallenen Stufen hinauf – an deren oberem Ende mich ein vermummter Posten erwartete, seine MPi im Anschlag!

*

Ich hörte ein hämisches Lachen, sah, wie sich der Finger des Killers am Abzug krümmen wollte – und mein rechtes Bein schoss gestreckt in die Höhe, trat dem Kerl die Waffe aus der Hand.

Noch ehe er recht wusste, wie ihm geschah, hatte ich ihn schon gepackt und über das Geländer der Balustrade gestoßen.

Die MPi schnappte ich mir. Die konnte ich jetzt gut brauchen!

Rasch eilte ich weiter, gab im Laufen ein paar Garben über den Rand der Balustrade ab, um die vermummten Domäne-Schergen in Deckung zu zwingen, die Phil und Gillian bedrängten. Zwei der Kerle erwischte ich, die anderen verkrochen sich eingeschüchtert.

Dann hatte ich die Stirnwand der Halle erreicht, stand genau dort, wo Bent und sein Vater vorhin gewesen waren – doch die beiden waren spurlos verschwunden!

Ich hörte schallendes Gelächter und fuhr herum!

Und dann sah ich, wie sich ein Panzerschott, das in die Wand eingelassen war, langsam schloss – und ich sah auch Bent und den Vermummten im Rollstuhl.

Wenn sich das Panzerschott schloss, würde ihnen die Flucht gelingen!

»Bent!«, brüllte ich zornig und aus Leibeskräften. »Du entkommst mir nicht!«

Blitzschnell riss ich die MPi wieder in Anschlag und sprang vor, feuerte im Laufen.

Es geschah wie in Zeitlupe.

Die Maschinenpistole zuckte, mein ausgerenkter Daumen schmerzte, als würde er mir ausgerissen, Flammen flackerten aus dem Lauf der Waffe – und eine glühende Garbe fegte durch das sich schließende Schott.

Bent stieß einen gellenden Schrei aus – ein schriller Laut, der tief aus seinem Innersten kam und den ich nie vergessen werde. Vielleicht war es der einzige wahrhaftige Laut, den der Schurke jemals in seinem Leben von sich gegeben hatte.

Sein Overall explodierte in grellem Rot!

Er stürzte gekrümmt unter dem sich schließenden Schott hervor, strauchelte und fiel – um sich gleich im nächsten Moment wieder hochzustemmen, eine Pistole in der Faust, mit der er auf mich zielte!

»Cotton«, knurrte er, während Blut aus seinen Mundwinkeln rann. »Bringen wir es endlich hinter uns, du verdammter Hundesohn! Du hast mir … zu oft … in die Suppe … gespuckt …«

Sein Atem ging keuchend und stoßweise. Blutbesudelt wankte er auf mich zu, sich nur mehr mühsam auf den Beinen haltend, während sich der Schott hinter ihm donnernd geschlossen hatte.

Ich wollte nicht feuern. Es widerstrebte mir, auf einen Mann zu schießen, der derart schwer verwundet war, selbst wenn dieser Mann Jon Bent hieß.

Doch der Schurke ließ mir keine andere Wahl.

Ich sah, wie sich sein Finger am Abzug der Pistole krümmte, wusste in diesem Augenblick, dass nur einer von uns beiden diesen grauenhaften Tag der Entscheidung überleben würde.

Und ich drückte ab.

Erneut rüttelte die MPi in meinen Händen, schickte eine weitere Garbe tödlicher Projektile auf Reisen, die mit furchtbarer Wucht in Jon Bents Brust nagelte.

Die Wucht der Einschläge riss den Erzverbrecher zurück.

Er geriet ins Straucheln und ruderte mit den Armen, versuchte verzweifelt, sich auf den Beinen zu halten.

Im nächsten Moment stieß er rücklings gegen das Geländer, bekam das Übergewicht und kippte darüber hinweg.

Er stürzte kopfüber in die Tiefe – geradewegs in einen der mit Formalin gefüllten Tanks, dessen gläsernen Deckel er mit seinem Körpergewicht durchschlug.

Ich fuhr herum, wollte zum Schott eilen, um mich um Bents verbrecherischen »Vater« zu kümmern – doch die stählernen Panzertür hatte sich bereits geschlossen, und ich fand keinen Mechanismus, mit dem sie sich öffnen ließ.

Daraufhin kehrte ich zu Phil und Gillian zurück, die im Erdgeschoss mit erbeuteten Waffen wild um sich geschossen hatten. Die vermummten Schergen waren getürmt oder lagen tot am Boden. Es war eine wilde Schießerei gewesen.

Erschöpft und fassungslos standen wir vor dem Tank mit der konservierenden Flüssigkeit.

Dort schwamm Jon Bent, leblos und von Kugeln durchlöchert, das Gesicht vor Entsetzen verzerrt. Das Schicksal, das der Erzganove uns zugedacht hatte, war ihm nun selbst zuteil geworden.

»Und diesmal«, sagte Phil leise und voller Genugtuung, »wird er nicht zurückkehren ...«

*

Eine Razzia des FBI sorgte dafür, dass das alte Lagerhaus in Brooklyn geräumt wurde. Nachdem man die ganze Anlage erfolglos nach Spuren abgesucht hatte, wurde sie auf Anweisung des Justizministeriums zerstört, das Gebäude abgerissen – nichts sollte mehr an dieses wenig rühmliche Kapitel der jüngeren US-amerikanischen Geschichte erinnern.

Ein paar Tage, nachdem alles überstanden war, gab es in »Sandy's Bar« eine kleine Feier. Zu feiern gab es schließlich genug. Nicht nur, dass der Fall Jon Bent endgültig zu den Akten gelegt werden konnte – nach all den Fährnissen, die hinter uns lagen, hatten Phil, Gillian und ich allen Anlass, einen zweiten Geburtstag zu feiern.

Unsere Kollegen hatten alles für uns organisiert. Les Bedell saß am Klavier und klimperte alte Gassenhauer, Phil, Gillian und die anderen grölten lauthals die alten Lieder. Nur ich saß allein an der Bar, drehte das Glas mit Bourbon nachdenklich in der linken Hand, denn meine rechte Hand war noch immer nicht wieder ganz okay.

Plötzlich merkte ich, wie sich jemand neben mich setzte. Ich brauchte nicht hinzusehen, um zu wissen, dass es Mr. High war.

»Keine Lust zum Feiern?«, fragte mein Chef, der nur höchst selten mal bei »Sandy's« vorbeischaute. »Obwohl Ihr Erzfeind ein für alle Mal besiegt ist?«

Ich schüttelte den Kopf.

»Ich fühle mich leer, Sir«, sagte ich leise. »Richtig ausgebrannt und leer. Als hätte man mir etwas genommen.«

»Der Fall Jon Bent hat Sie lange beschäftigt, Jerry«, meinte Mr. High. »Es ist normal, dass Sie sich innerlich leer und ausgebrannt fühlen, jetzt, da er nicht mehr am Leben ist.«

Ich schüttelte den Kopf. »Ich bin nicht der Ansicht, dass es vorbei ist. Ich denke, dass es niemals zu Ende sein wird. Da draußen sind noch unzählige weitere Jon Bents. Bent hat Erben, dass ist so sicher wie die Nacht nach dem Tag. Von der Domäne ganz zu schweigen.«

»Es wird in Zukunft nicht leichter werden, nur weil Bent nicht mehr am Leben ist«, räumte Mr. High ein. »Aber das ändert nichts daran, dass Sie diesem skrupellosen Verbrecher das Handwerk gelegt haben, ein für alle Mal. Eine schreckliche Gefahr ist dank Ihres beherzten Eingreifens gebannt. Also gönnen Sie sich einen Schluck. Feiern Sie, Jerry. Sie haben es sich verdient.«

Ich nickte, rang mir ein Lächeln ab.

»Das ist schon besser«, lobte Mr. High.

»Wissen Sie, was seltsam ist, Sir?«

»Was?«

»Na ja – wir alle haben Bent nur als Scheusal gekannt, als miesen, bösartigen Verbrecher. Er war ein Wahnsinniger, der von Geburt an manipuliert wurde, genau wie er selbst später die Menschen manipulierte. Hass und Mordlust waren seine ständigen Triebfedern. Aber kurz vor seinem Tod muss er etwas anderes empfunden haben. Es steht nicht in meinem Bericht, aber mir war es, als habe er sich in die Kugeln geworfen, um den Mann zu retten, den er seinen Vater nannte. Ist das nicht eigenartig?«

Mr. High schaute mich lange an, dann winkte er Sandy zu sich und bestellte sich ebenfalls einen Bourbon.

Schweigend tranken wir und starrten vor uns hin, hingen unseren Gedanken nach – bis die anderen kamen und sich zu uns gesellten, uns daran erinnerten, dass das Leben weiterging.

Ohne Jon Bent.

*

Der Mann, den Jon Bent seinen Vater genannt hatte, saß reglos im Halbdunkel seines Büros. Seine fleischigen Hände zu Fäusten geballt, saß er da und sinnierte still vor sich hin.

Eine Träne löste sich aus seinem Augenwinkel und rann über seine faltige Wange.

Jon Bent war tot.

Sein Sohn, seine Schöpfung, war nicht mehr am Leben, war ermordet worden von einem G-man des FBI.

In diesem Augenblick schwor der Mann im Rollstuhl bittere Rache. Von jetzt an würde die Domäne noch härter und erbarmungsloser vorgehen als jemals zuvor – und Jerry Cotton und der FBI würden ihre bevorzugten Ziele sein.

Bis zum Sieg ...

ENDE

Im Fadenkreuz der Domäne

Weltbild

Die Frau rannte so schnell ihre schmerzenden Glieder sie trugen. Immer wieder befühlte sie auch ihr Gesicht, konnte, wollte es nicht glauben.

Sie hatte keine Ahnung, wo sie sich befand, wusste noch nicht einmal, *wann* sie sich befand. Sie hatte jedes Gefühl für Zeit verloren. Ihre Sinne drehten sich im Kreis, sie war nicht in der Lage, einen klaren Gedanken zu fassen.

Nur eines wusste sie: dass sie weg wollte, nur weg ...

Getrieben von Furcht und von Grauen setzte sie einen Fuß vor den anderen, irrte immer weiter durch die trostlose Landschaft aus Stein und Staub, die sich nach allen Seiten erstreckte.

Die halbe Nacht war sie gelaufen, hatte sich nur kurze Pausen gegönnt, um ihre wilde Flucht dann wieder fortzusetzen, angetrieben von der Panik, die sie erfüllte.

Sie vermochte sich nicht mehr zu erinnern, wie sie entkommen war. Alles, woran sie sich erinnerte, war, dass sie losgelaufen war, immer weiter. Und sie erinnerte sich an den Schock, den sie verspürt hatte, als sie in den Spiegel geblickt hatte.

Was davor und danach gewesen war, war in ihrem Gedächtnis wie ausgelöscht, nur dieser eine Moment stand ihr mit schrecklicher Klarheit vor Augen.

Ein schrecklicher Moment, der sie fast in den Wahnsinn getrieben hatte. Sie wollte, konnte es nicht glauben, und während ihr Verstand verzweifelt nach einer Lösung suchte, rannte sie winselnd immer weiter.

Sie konnte nicht mehr.

Ihre Glieder schmerzten, jeder einzelne Muskel und Knochen in ihrem Leib tat ihr weh, von den offenen Wunden an ihren nackten Füßen ganz zu schweigen.

Dennoch musste sie weiterlaufen, immer weiter ...

Ob sie nach ihr suchen würden?

Natürlich.

Vielleicht hatten sie bereits ihre Verfolgung aufgenommen, hatten die Spur von Blut gesehen, die sie hinterließ, ohne etwas dagegen unternehmen zu können.

Panisch blickte sie zum Horizont. Die Sonne stand bislang nur eine Handbreit über der zerklüfteten Landschaft, aber es war bereits sehr warm. In wenigen Stunden würde es in der Wüste so unerträglich heiß werden, dass jeder Schritt zur Qual werden würde.

Aber das war ihr egal.

Sie rannte immer weiter, die Furcht trieb sie an.

Ihre Kehle fühlte sich an wie ausgedörrt, und sie hätte alles gegeben für einen Schluck Wasser. Wenn nichts geschah, würde sie jämmerlich verdursten, aber das war immer noch besser, als zurückzukehren an jenen Ort, von dem sie geflohen war.

Jenen Ort, an dem der namenlose Schrecken hauste.

Mit schweren, wankenden Schritten durchmaß die Frau eine Senke, die vor vielen Jahren ein Flussbett gewesen sein mochte, jetzt aber nur mehr Sand und Steine barg.

Auf der anderen Seite erhob sich eine Anhöhe, die die Frau hinaufkletterte. Dabei verlor sie im rieselnden Sand den Halt und stürzte. So ging es nicht, sie musste sich auf den Knien den Hang hinauf kämpfen.

»Ich ... muss ... weiter ...«

Tränen der Verzweiflung schossen in ihre Augen, doch trotz ihres geschwächten Zustands erreichte sie die Hügelkuppe.

Der Anblick, der sie oben erwartete, entlohnte sie für die Mühe.

Als sie die Straße erblickte, die auf der anderen Seite des Hügels verlief, konnte sie es zunächst nicht glauben, war der sicheren Ansicht, einer Täuschung zu erliegen. Als sie dann auch noch die beiden Gebäude erblickte, die sich auf der anderen Seite des schnurgeraden Asphaltbandes erhoben, konnte sie ihr Glück vollends nicht mehr fassen.

Eine Tankstelle!

Häuser ... Zivilisation!

Sie war gerettet!

Jetzt endlich würde sie Gewissheit erhalten, würde sie endlich herausfinden, was es mit ihr auf sich hatte. War alles nur eine Täuschung gewesen? Eine furchtbare, schreckliche Halluzination?

Sie wusste es nicht mehr zu sagen, wusste nicht, was Realität war und was Einbildung.

Auf zitternden Beinen erhob sie sich und lief taumelnd den Hang hinab. Dabei gaben ihre Knie vor Erschöpfung nach, und sie brach auf beiden Beinen ein, stürzte in den Sand und überschlug sich mehrmals.

Es war ihr gleichgültig.

Am Fuß des Hangs erhob sie sich, spuckte den Sand aus, den sie im Mund hatte, rang keuchend nach Atem. Ihr Kleid war voller Sand, aber sie kümmerte sich nicht darum, hatte nur den einen Wunsch, das flache Gebäude der Tankstelle zu erreichen.

Im Laden brannte Licht, es war also jemand dort. Schwerfällig setzte sie sich in Bewegung, überquerte auf zitternden Beinen die Straße. Autos waren weit und breit nicht zu sehen, es war wohl noch zu früh.

Endlich erreichte sie die andere Straßenseite, passierte die Zapfsäulen und trat auf das kleine Gebäude zu, platzte benommen durch die gläserne Eingangstür …

*

»Was …?«

Mike Bovine blickte von seiner Zeitung auf, als die Tür plötzlich aufgerissen wurde.

Eine junge Frau stürmte in seinen Laden, gebeugt und schwerfällig.

»Miss! Um Himmels willen!«

Hilfsbereit stürmte der stämmige, dunkelhäutige Tankstellenbesitzer, der einen beigefarbenen Mechanikeranzug trug, hinter dem Ladentisch hervor.

Die Frau starrte ihm ausdruckslos entgegen, schien mehr tot zu sein als lebendig.

Sie war barfuß, und ihre Füße waren blutig und wund, das Kleid, das sie trug, war wenig mehr als ein schmutziger, an manchen Stellen mit Blut besudelter Fetzen. Sie hatte kein Haar auf dem Kopf, statt dessen glaubte Mike mehrere kleine Narben und Nähte zu erkennen. Die Züge der Frau waren seltsam starr und unbewegt, auch dann, als sie ihren Mund öffnete und etwas sagte.

»Haben Sie ... einen Spiegel?«

Mike blieb wie angewurzelt stehen.

Er hätte es verstanden, wenn die Frau nach Wasser verlangt hätte oder nach einem Arzt oder wenn sie ihn um Hilfe gebeten hätte. Aber ein Spiegel ...?

»Ganz ruhig, Miss«, sagte Mike und hob beschwichtigend die Hände. Er wusste nicht, was mit der Frau geschehen war, aber ganz offensichtlich stand sie unter Schock. Vielleicht hatte es unten am Highway einen Unfall gegeben oder ...

»Ein Spiegel!«, herrschte sie ihn an. Ihre Augen, aus denen sie ihn starrend anblickte, waren blutunterlaufen. »Ich brauche sofort einen Spiegel!«

»Okay, okay«, sagte Mike beschwichtigend. »Dort drüben an dem Ständer, okay? Wo's die Sonnenbrillen zu kaufen gibt ...«

Die Frau wandte sich um, blickte in die Richtung, die der Tankstellenbesitzer ihr bedeutet hatte. Dann setzte sie sich schwerfällig und mit schleppenden Schritten in Bewegung, wankte auf den Ständer mit Sonnenbrillen zu, über dem ein kleiner Spiegel angebracht war.

Mike, der atemlos dabei stand, stellte befremdet fest, dass die Frau regelrecht Angst vor dem Spiegel zu haben schien, denn sie näherte sich ihm mit äußerster Vorsicht. Was, in aller Welt, war nur mit ihr los ...?

Die Fremde trat auf den Spiegel zu, starrte aus ihren blutunterlaufenen Augen hinein.

Der Anblick schien sie über alle Maßen zu entsetzen.

»Nein«, flüsterte sie, während Tränen über ihre fahlen Wangen rannen und sich ihre Augen sich immer mehr weiteten. Dann lauter, durchdringend: »Neeeein!«

Im nächsten Moment brach sie zusammen.

»Miss! Verdammt, was ...?«

Mike eilte zu ihr hin und beugte sich zu ihr hinab. Mit raschen Blicken untersuchte er sie, fühlte ihren Puls, der kaum mehr zu spüren war.

»Miss! Kommen Sie wieder zu sich!«

Keine Reaktion. Wie leblos lag die Frau in seinen Armen.

»Verdammter Mist!«

Mike brauchte einen Arzt, so viel stand fest. Das Problem war nur, dass der nächste Arzt fünfzig Meilen entfernt war. Bis er hier sein würde, würde es vielleicht schon zu spät sein ...

Der Tankstellenbesitzer merkte, wie ihm Adrenalin in die Adern schoss. Ihm wurde heiß und kalt, während er sich einen Reim auf das alles zu machen versuchte.

Inzwischen glaubte er nicht mehr, dass die Frau einen Unfall gehabt hatte. Sie hatte kaum Kleider an und war barfuß – das passte nicht zusammen. Mit ihrem kränklichen, elenden Aussehen machte sie schon viel eher den Eindruck von jemandem, der aus einem Krankenhaus kam.

Ein schrecklicher Gedanke nach dem anderen jagte Mike durch den Kopf.

Die Frau hatte völlig zusammenhangloses Zeug gemurmelt. Was, wenn sie eine Psychopathin war, die aus einer Anstalt geflüchtet war? Eine *gefährliche* Psychopathin vielleicht?

Oder noch schlimmer, wenn sie einen gefährlichen Virus in sich trug und aus einer geheimen Forschungsstation des Militärs geflohen war?

Der Tankstellenbesitzer schüttelte den Kopf.

Er las entschieden zu viel Romane und saß zu lange vor der Glotze. Die Frau war krank, und was sie brauchte, war keine Panik, sondern schnelle Hilfe.

Entschlossen stand Mike auf und wollte zurück zum Ladentisch eilen, um das Krankenhaus in Portales anzurufen. Mit dem Helikopter würde es nicht allzu lange dauern, bis ein Arzt eintraf.

Plötzlich hörte der Tankstellenbesitzer von draußen ein Geräusch.

Ein tiefes Brummen, das vom Wind herangetragen wurde. Zunächst schien es aus weiter Ferne zu kommen, aber es kam rasch näher.

Das Geräusch von Motoren – aber es kam nicht von der Straße ...

Mike verharrte, trat durch die gläserne Schwingtür hinaus.

In der Ferne konnte er sie sehen.

Mehrere Staubwolken, die direkt aus der Wüste kamen, genau auf ihn zu.

Der Tankstellenbesitzer vermochte nicht zu sagen, wieso, doch der Anblick erfüllte ihn mit Furcht. Einen Augenblick lang erwog er, hinüber ins Wohnhaus zu laufen und die Schrotflinte zu holen, nur um ganz sicher zu gehen.

Aber er rief sich zur Vernunft. Dies war schließlich nicht der Wilde Westen, sondern das Amerika des 21. Jahrhunderts. Was immer diese Staubwolken zu bedeuten hatten, es gab sicher eine ganz normale Erklärung dafür.

Aus den Staubwolken schälten sich mehrere Fahrzeuge, die sich rasch näherten.

Mike erkannte vier Geländefahrzeuge, wie die Armee sie benutzte, allesamt schwarz und über und über mit Staub bedeckt. Die Scheiben der Fahrzeuge waren verspiegelt, so dass es unmöglich war, ins Innere zu blicken.

»Wer, in aller Welt, sind diese Kerle?«, murmelte Mike zu sich selbst. »Offenbar vom Militär ...«

Für einen Augenblick beschlich ihn die Befürchtung, er könnte mit seiner Virus-Theorie doch richtig gelegen haben. Plötzlich war er sich nicht mehr sicher, ob er den Doktor verständigen sollte. Vielleicht war es besser, zunächst abzuwarten ...

Augenblicke später waren die Fahrzeuge heran. Sie kamen in einer Wolke von Staub zum Stehen. Die Türen flogen auf, und mehrere Kerle sprangen heraus, die schwarze Kampfanzüge und dazu passende Helme trugen und deren Gesichter von Sturmmasken verhüllt waren. In ihren Händen hielten sie kurzläufige Maschinenpistolen.

»Tag auch«, rief Mike ihnen entgegen, während er unwillkürlich zurückwich. »Darf man fragen, wer Sie sind?«

Er erhielt keine Antwort. Die Kerle stürmten an ihm vorbei in seinen Laden, packten kurzerhand die bewusstlos am Boden liegende Frau und schleppten sie mit sich fort.

»Hey!«, rief Mike. »Das könnt ihr nicht einfach machen! Diese Frau ist in meinen Laden gekommen, sie hat mich um Hilfe gebeten ...«

Wieder erhielt er keine Antwort. Die Vermummten taten so, als wäre er gar nicht da.

»Verdammt noch mal, Leute! Lasst mich wenigstens einen Ausweis sehen!«

Jetzt drehte sich einer der Kerle zu ihm um, musterte ihn mit geringschätzigem Blick – und richtete seine Maschinenpistole auf ihn.

»Hey, Jungs, was soll das?«, rief Mike aus. »Wir können doch über alles reden ...«

Der Vermummte erwiderte nichts.

Entsetzt starrte Mike in die dunkle, hässliche Mündung der Waffe – die im nächsten Augenblick Feuer spie ...

*

New York City
Dienstag, 8.58 p.m.

Eine beißende Mischung aus Nikotingestank und dem Geruch von billigem Alkohol empfing Linus B. Potter, als er die Bar an der 127. Straße betrat.

Normalerweise hasste er es, sich in Pinten wie diese zu begeben, fühlte sich wohler, wenn er bei sich zu Hause war, sich mit seinem Computer oder seinen Büchern beschäftigen konnte. Aber es gab Tage, an denen es sich nicht vermeiden ließ.

So wie heute.

Malcolms Anruf hatte ihn erreicht, als Linus gerade auf dem Klo gesessen hatte und dabei gewesen war, das feurige Chili zu verfluchen, das er zu Mittag gehabt hatte. Linus gehörte zu den Leuten, die ihr Handy niemals abstellten, denn schließlich wusste man nie, welch wichtige Informationen man verpasste, wenn man für einen Augenblick nicht erreichbar war.

Und Informationen waren alles in dieser Welt.

Einfach alles ...

Malcolm hatte behauptet, ein paar große Sachen in petto zu haben, etwas, was Linus' Ohren zum Klingeln bringen würde.

Nun war es nicht so, dass Malcolm ein durch und durch verlässlicher Informant war, und mitunter waren die Nachrichten, die er anschleppte, so haarsträubend, dass vermutlich nicht mal ein drittklassiger Hollywood-Produzent daran Freude gehabt hätte. Aber hin und wieder fand auch ein blindes Huhn ein Korn, und nach den Andeutungen, die der Informant am Telefon hatte fallen lassen, hatte Linus keine andere Wahl gehabt, als sich mit ihm zu verabreden.

An dem großen, bulligen Türsteher vorbei zwängte sich Linus

ins Innere des Lokals. Er war nicht sehr groß, eher schmächtig, und das, obwohl er jeden verdammten Tag mit Hanteltraining begann. Seine Haut war blass und seine Nase spitz und die Hornbrille, die darauf thronte, schon vor Jahren ein Auslaufmodell gewesen.

Aber Linus war es nie darum gegangen, Modetrends zu setzen – im Gegenteil. Er war überzeugt davon, dass der Konsumdruck, der über die Modebranche auf die Bevölkerung ausgeübt wurde, ein Instrument bewusster Manipulation war, das in einer infamen Kooperation zwischen Wirtschaft und Regierung eingesetzt wurde, um dem amerikanischen Bürger nach allen Regeln der Kunst das Geld aus der Tasche zu ziehen.

Aber nicht mit ihm!

Der kleinwüchsige Mann nickte grimmig, musste sich auf die Zehenspitzen stellen, um sich in der um diese Zeit voll besetzten Bar umzublicken. Überall an den Tischen hockten dunkle Gestalten, die miteinander palaverten. Einige von ihnen warfen Linus misstraurische Blicke zu, denn ein Typ wie er passte in so eine Kneipe wie ein Operettensänger in einen Techno-Club. Doch Linus ließ sich nicht beirren.

An einem Tisch im hintersten Winkel des Lokals konnte er Malcolm ausmachen. Offenbar hatte sich der Informant entschlossen, sich möglichst unauffällig zu geben, denn er trug einen langen, weiten Trenchcoat, den er auch am Tisch nicht abgelegt hatte, und hatte den Kragen hochgeschlagen.

Verstohlen blickte er sich um, als er Linus auf sich zukommen sah.

»Hallo Malcolm«, sagte Linus, als er den Tisch seines Informanten erreichte.

»Hallo Linus«, erwiderte der andere – ein dunkelhäutiger Mann mit Kraushaar, der mit seinem Trenchcoat aussah wie die afroamerikanische Variante von Columbo.

»Wie ist das Wetter in Memphis?«, wollte Linus wissen.

»Hä?« Malcolm schaute ihn fragend an. »Woher soll ich das wissen? Ich meine, können wir diesen Scheiß nicht lassen? Ich bin's, Malcolm. Siehst du doch.«

»Das Wetter in Memphis?«, verlangte Linus unnachgiebig.

»Heiter bis wolkig, und manchmal fällt Schnee«, leierte Malcolm genervt die Parole herunter, worauf ein erleichtertes Lächeln auf Linus' Zügen erschien und er sich setzte.

»Du trinkst Bier?«, fragte er mit vorwurfsvollem Blick auf die halb leere Flasche, die auf dem kleinen Tisch stand.

»Ja«, meinte Malcolm verblüfft. »Was dagegen?«

»Du weißt, dass sie da Zeug reinmischen, um uns zu manipulieren.«

»Das ist nicht erwiesen«, gab Malcolm zurück und schüttelte den Kopf.

»Also schön, Mal«, sagte Linus, jetzt betont locker und überlegen. »Du hast Informationen für mich.«

»Allerdings, Potter. Du wirst staunen.«

»Das ist jetzt aber nicht wieder so was wie mit den Kobolden, die man nicht nach Mitternacht füttern darf?«, erkundigte sich Linus skeptisch. »Oder mit dem Jungen aus England, der angeblich magische Fähigkeiten besitzt und mit mir verwandt sein soll?«

»Hey!« Malcolm hob abwehrend die Hände, schaute sein Gegenüber vorwurfsvoll an. »Jeder landet mal 'ne Pleite, okay? Ich muss dir das nicht erzählen, okay?«

»Schon gut«, meinte Linus. »Lass hören.«

»Also gut.« Malcolm nickte und beugte sich so weit vor, dass sein Gesicht dicht vor dem von Linus schwebte. »Es gibt eine neue Meldung«, erklärte er dann mit Verschwörerstimme.

»Eine Sichtung?«

Malcolm nickte.

»Wo?«

»Drüben in Montana. Ein Wildhüter will drei Lichter am Himmel gesehen haben.«

»Drei Lichter?« Linus hob die Brauen. »Im Dreieck angeordnet?«

Malcolm nickte.

»Also ein Triangulus«, hauchte Linus atemlos. »Das ist die vierte UFO-Sichtung dieser Art in diesem Jahr.«

»Ich weiß«, sagte Malcolm grinsend, »und das ist noch nicht alles. Auf einer Farm in Kansas ist es erneut zu Verstümmelungen gekommen.«

»Verstümmelungen? An Rindern?«

»Du sagst es. Zehn der Viecher hat es erwischt, und die County Police tappt völlig im Dunkeln.«

»Typisch«, knurrte Linus. »Wann werden sie endlich erkennen, womit sie es hier zu tun haben?«

»Die Frage ist doch vielmehr, ob sie es überhaupt erkennen *wollen*«, wandte Malcolm ein.

»Irgendwann werden sie es einsehen müssen«, meine Linus. »Und wenn ich persönlich dafür sorgen muss. Hast du noch was für mich?«

»Ja, etwas noch. Obwohl es nur ein Gerücht ist …«

»Lass hören«, verlangte Linus neugierig.

»Sag bloß, du hast noch nichts von dieser Frau mitbekommen.«

»Welche Frau?«

»Na ja, ich habe da eine Quelle, die behauptet, es hätte einen Zwischenfall in New Mexico gegeben. Eine Tankstelle ist dort in die Luft geflogen, der Besitzer dabei ums Leben gekommen.«

»Und weiter?«

»Das ist die *offizielle* Version«, gebrauchte Linus das Wort, das Malcolm mehr verabscheute als alles andere. »Inoffiziell heißt es, der Mann sei schon vorher tot gewesen.«

»Schon vorher?« Linus verstand kein Wort. »Und was hat das mit der Frau zu tun?«

»Na ja – meine Quelle behauptet, die Frau sei auf der Flucht gewesen.«

»Auf der Flucht? Von wo?«

»Wenn wir das wüssten, wären wir alle schlauer. Offenbar von einem geheimen Ort.«

»Militär?«, fragte Linus nur.

»Schwer zu sagen. Vielleicht. Jedenfalls nimmt sich unter diesem Gesichtspunkt der Unfall bei der Tankstelle ganz anders aus. Nehmen wir doch mal an, es ist in Wirklichkeit ganz anders gewesen. Nehmen wir an, die Frau sei tatsächlich geflüchtet. Bei ihrer Flucht durch die Wüste stößt sie zufällig auf diese Tankstelle. Der Besitzer will sich um sie kümmern, aber noch ehe er dazu kommt, taucht plötzlich ein Killertrupp auf, der die Frau wieder einfangen soll. Damit es keine Zeugen gibt, wird der Mann erschossen. Und um die Spuren zu verwischen …«

»…hat man die Tankstelle gesprengt«, führte Linus Malcolms abenteuerliches Hirngespinst atemlos zu Ende.

»Genau«, stimmte Malcolm zu. »Keine Spuren, keine Untersuchung. Kein Aufsehen.«

»Das ist ungeheuerlich«, meinte Linus, dessen Nase jetzt zu zucken begann, wie immer, wenn er einer aufregenden Sache auf der Spur war. Die Hornbrille auf seiner Nase begann, Berg- und Talbahn zu spielen. »Wurde die Sache an die Polizei gemeldet?«

»Natürlich. Die Bullen denken, dass es ein Unfall war.«

»Hm«, machte Linus. »Und was hatte es mit dieser Frau auf sich? Ich meine, warum musste der Mann sterben?«

»Das weiß ich nicht, Potter. Nur so viel: Es muss mehr dahinterstecken, sonst würden sie nicht so offen zuschlagen.«

»Du meinst…?«, fragte Linus und starrte Malcolm durch die Gläser seiner Hornbrille an.

»Genau das, Sherlock«, gab Malcolm zurück und hob seine Flasche, um sie auszutrinken.

Linus hielt es keinen Augenblick länger auf seinem Sitz.

Wie von der Tarantel gestochen, schoss er hoch, wandte sich zum Gehen.

»Was ist los?«, wollte Malcolm wissen.

»Da fragst du noch? Ich muss nach Hause, sofort. Diese Sache muss raus, noch heute Nacht …!«

*

Linus B. Potter bewohnte ein schäbiges kleines Apartment in Brooklyn.

Sein Zuhause war eine wirre Ansammlung von Büchern, Aktenordnern und Videokassetten, mit denen die Regale vollgestopft waren. Wo der Platz in den Regalen nicht mehr ausgereicht hatte, stapelten sie sich auf dem Boden, zusammen mit leer gefutterten Pizzaschachteln, verbeulten Getränkedosen und Kleidungsstücken, die überall umherlagen.

Inmitten des ganzen Chaos thronte ein großer Schreibtisch, auf dem – anders als in dem ganzen Durcheinander – peinliche Ordnung herrschte. Ein Computerterminal stand dort, mit einem großen Monitor und einem Server, der unentwegt schnurrte.

Atemlos stürzte Linus zur Tür herein, warf seine Jacke achtlos in die Ecke. Er sperrte zweimal zu, schlug die vier Sicherheitsbolzen ein, die er hatte anbringen lassen, und legte die Sicherheitskette vor. Anschließend huschte er zu den Fenstern und ließ die Jalousien herab.

Dann erst machte er Licht, ging zum Kühlschrank, um sich eine Dose Cola zu greifen. Danach wandte er sich dem Terminal zu und fuhr seine Station hoch.

Es dauerte eine Weile, bis er alle Codewörter eingegeben hatte, um die Schranken zu überbrücken, die sein Arbeitssystem vom Server trennten – schließlich wollte er nicht, dass man von außen auf seiner Festplatte herumschnüffeln konnte. Eilig rief Linus das Programm auf, mit dem sich seine Internet-Seite bearbeiten ließ.

Die Linus B. Potter Homepage.

Jene Seite, auf der Linus die Wahrheit ans Licht zu bringen versuchte, auf der er der Welt klarzumachen versuchte, dass sie das Opfer großangelegter Verschwörungen war, dass die Menschen manipuliert und beeinflusst wurden, dass man wichtige Informationen vor ihnen verheimlichte.

Auf seine Art war Linus B. Potter ein Freiheitskämpfer, sah sich in der Tradition von Washington und Jefferson.

Es war seine Pflicht, das amerikanische Volk über die Wahrheit ins Kenntnis zu setzen. Mit dem Unterschied, dass er nicht mit herkömmlichen Waffen kämpfte. Seine Waffe war das Internet, seine Munition die Wahrheit.

Zumindest das, was er dafür hielt ...

Hastig überflog Potter die Einstiegsseite seiner Homepage, die wie eine herkömmliche Zeitung aufgemacht war. Nur die Schlagzeilen nahmen sich anders aus.

»*Popmusik – werden wir heimlich hypnotisiert?*«
»*Augenzeugen berichten von UFO-Landung!*«
»*Das Rätsel von Loch Ness – neue Fakten*«
»*Bier – eine aufschlussreiche Analyse*«

Diese und noch viele andere Schlagzeilen fanden sich auf der Homepage, und wenn man die entsprechenden Überschriften anklickte, erhielt man jeweils die ausführlichen Artikel auf den Bildschirm, die Linus von anderen Internet-Seiten und natürlich von Informanten wie Malcolm zusammengetragen hatte.

Nun jedoch war es Zeit für eine neue Schlagzeile.

Linus' Hände zitterten, als er in den Bearbeitungsmodus wechselte und anfing, einen weiteren Artikel zu schreiben, der wiederum interessante Enthüllungen offenlegen würde. Schon wenige Sekunden nach seiner Fertigstellung würde der Artikel auf seinem Server verfügbar und von überall auf der Welt abrufbar sein von all jenen, die Linus' Internet-Seite besuchten. Sie alle würden die Wahrheit erfahren ...

Der Verschwörungstheoretiker brauchte nicht lange nachzudenken, bis er eine geeignete Schlagzeile gefunden hatte.

»*Mord in New Mexico*«, tippte er kühn in die Tastatur. »*Was offizielle Stellen uns verheimlichen möchten.*«

Linus gönnte sich ein zufriedenes Lächeln, so glücklich war er über seine Wortwahl. Dann begann er, die Informationen, die Malcolm ihm gegeben hat, niederzuschreiben. Die Welt musste erfahren, was in New Mexico geschehen war, denn es war die einzige Möglichkeit, die Verschwörung aufzudecken.

Wie immer, wenn er einen seiner Enthüllungsartikel schrieb, steigerte sich Linus' Pulsschlag.

Er vermochte nicht zu sagen, woran es lag, aber er hatte das Gefühl, dass er diesmal auf etwas ganz Besonderes gestoßen war.

Er ahnte nicht, wie Recht er mit dieser Vermutung hatte ...

*

Zwei Männerstimmen, die sich am Telefon miteinander unterhielten.

Die eine alt und abgeklärt. Unverhohlene Macht und Bosheit sprachen aus ihr.

Die andere agiler, aber nicht weniger heimtückisch.

Nicht nur Tausende von Meilen trennten die beiden Gesprächspartner, sondern auch hochmoderne Chiffrierungstechnik, die es einem Dritten unmöglich machte, das Gespräch auch nur ansatzweise zu belauschen.

»Sie hatten ein Problem?«, erkundigte sich die tiefere, ältere Stimme lauernd.

»Geringfügig«, antwortete die andere Stimme leichtfertig.

»Sie sollten Vorfälle wie diesen nicht auf die leichte Schulter nehmen, Delta 10«, sagte der ältere Mann mahnend.

»Was ist schon geschehen? Wir hatten einen Fluchtversuch, na und? Meine Leute haben die flüchtige Person eingefangen, noch ehe sie irgendwelchen Schaden anrichten konnte. Und wir haben alle Spuren beseitigt.«

»Ich wünschte, es wäre so.«

»Was denn? Wollen Sie behaupten, es gäbe Spuren?«

»Allerdings. Unsere Datenabteilung hat eine Homepage im Internet entdeckt, auf der der Vorfall haarklein ausgebreitet wird.«

»Aber ... das ist nicht möglich! Wir haben alles durchsucht! Es gab keine Zeugen dort, niemanden, der von den Vorfällen hätte berichten können ...«

»Offenbar doch. Jedenfalls finden sich auf dieser Seite detaillierte Hinweise auf das, was in New Mexico geschehen ist.«

»Aber das ... das kann doch nicht sein!«, stöhnte der andere entsetzt. »Es tut mir leid, Sir. Wenn ich gewusst hätte, dass ...«

»Schon gut, Delta 10. Sie trifft keine Schuld. Allerdings werde ich ein oder zwei Mitglieder Ihres Sicherheitsteams exekutieren lassen, um ein Exempel zu statuieren.«

»Tun Sie das, Sir. Das wird den Männern deutlich machen, worum es bei unserer Sache geht.«

»Die Domäne duldet kein Versagen, Delta 10, das wissen Sie.«

»Ja, Sir.«

»Machen Sie Fortschritte?«

»Allerdings, Sir. Jene Patientin, die uns unglücklicherweise entkommen ist, war eine unserer Versuchspersonen. Ich denke, wir können mit Fug und Recht behaupten, dass wir kurz vor dem Durchbruch stehen.«

»Sehr gut. Lassen Sie sich durch nichts in Ihrer Arbeit stören, Delta 10. Ihre Forschungen haben oberste Priorität.«

»Jawohl, Sir. Und was den Zwischenfall betrifft ...«

»Darum werden wir uns kümmern. Wir müssen rasch handeln, damit diese Datenseite möglichst rasch wieder aus dem Internet verschwindet, ehe immer mehr davon erfahren. Der Urheber dieser Seite muss sterben ...«

*

Linus B. Potters Schlaf war unruhig.

Sehr unruhig sogar.

Es war nicht so, dass der kleine Mann, dessen Gedanken sich bevorzugt um UFOs, Außerirdische und Regierungsverschwörungen drehten, jemals wirklich *gut* geschlafen hätte, denn gewöhnlich verfolgten ihn seine Theorien auch bei Nacht, dann meist zu schrecklichen Albträumen gesteigert.

In dieser Nacht jedoch war Linus so gut wie kein Schlaf vergönnt.

Vier Stunden war es her, dass er sich ins Bett gelegt hatte, und noch immer warf er sich ruhelos umher. Er fand, wenn überhaupt, dann jeweils nur für ein paar Minuten Schlaf.

Zu viel ging ihm im Kopf herum, als dass er hätte zur Ruhe kommen können.

Diese Tierverstümmelungen in Kansas ... Inzwischen sah es Linus als erwiesen an, dass die Tabakindustrie damit zu tun hatte. Mit Hilfe außerirdischer Technik war es den Chemikern gelungen, den grausam abgeschlachteten Rindern Stresshormone zu entziehen, die dem Tabak beigemischt wurden, um die beruhigende Wirkung des Nikotins zu unterdrücken. Die Folge war, dass immer mehr geraucht und immer mehr Zigaretten am Markt umgesetzt wurden.

Die Regierung deckte diese Schweinereien. Nicht nur, weil dadurch die Einnahmen durch die Tabaksteuer erhöht wurden, man versprach sich dadurch auch einen zusätzlichen Effekt. Denn die Außerirdischen, die die Erde seit einigen Jahren regelmäßig besuchten, auch wenn dies von offiziellen Stellen nach wie vor dementiert wurde, atmeten ein anderes Luftgemisch als die Menschen, das aus einem wesentlich höheren Stickstoffanteil bestand.

Indem man die Bevölkerung zum Rauchen erzog, davon war Linus überzeugt, bereitete man im Stillen die Ankunft der Aliens vor, die über die Technik verfügten, um das Luftgemisch auf der Erde zu ihren Gunsten zu verändern. Wer bis dahin von den Menschen nicht Raucher geworden war, hatte ein ziemlich schweres Los erwischt ...

Die Rede, die Senator Spencer im vergangenen Frühjahr gehalten hatte ... Die Schadensersatzforderungen, zu denen die Tabakindustrie verurteilt worden war ... Die Prophezeiungen des römischen Sehers Augurus aus dem Jahr 75 vor Christi ... Schließlich der Text des Liedes »I can't get no satisfaction« von den Stones ... All das fügte sich zu einem geschlossenen Gesamtbild zusammen.

Und nun kam noch die Sache in New Mexico dazu.

Linus war sicher, dass sich auch dieses Puzzleteil irgendwie ins Gesamtbild fügen würde. Er stand kurz vor dem Durchbruch, das spürte er deutlich, war nahe daran, die große, alles umfassende Verschwörung zwischen Regierung, Außerirdischen, organisiertem Verbrechen und Kommunisten aufzudecken. Nur noch ein paar Hinweise fehlten ihm, dann würde er über genügend Beweise verfügen, um alles zu enthüllen.

Schon bald ...

Plötzlich hörte Linus ein knackendes Geräusch draußen auf dem Hausgang und war sofort hellwach.

Pfeilschnell schoss er in die Höhe, jeder Anflug von Müdigkeit war verschwunden.

Dieses Geräusch – es hatte wie das Knarzen von Bodendielen geklungen. Ganz so, als ob dort draußen auf dem Flur jemand herumschlich ...

Linus' Pulsschlag beschleunigte sich. Mit zitternder Hand tastete er nach seiner Brille, die er auf dem Nachttischchen abgelegt hatte, und setzte sie auf, warf gehetzte Blicke umher.

Durch den Spalt unter der Apartmenttür konnte er mehrere Schatten erkennen, die offenbar vor seiner Tür standen. Dunkle, bedrohlich aussehende Schatten waren es für ihn.

Linus hielt es keinen Augenblick länger in seinem Bett. Eine jähe Ahnung sagte ihm, dass es besser war, sofort zu verschwinden.

Der kleinwüchsige Computerfreak wäre kein Verschwörungstheoretiker gewesen, hätte er sich in seiner Paranoia nicht auch auf diesen speziellen Fall vorbereitet.

Natürlich hatte er geahnt, dass die Feinde der Wahrheit irgendwann vor seiner Tür stehen würden, um ihn zu holen. Für Fälle wie diesen hatte er sich einen Fluchtplan zurechtgelegt.

Er nahm sich nicht die Zeit, sich umzuziehen. In seinem gestreiften Flanellpyjama schlich Linus auf leisen Sohlen durch den Raum und ins angrenzende Badezimmer. Vorsichtig stieg er auf den wackeligen Schemel, der dort stand, und griff zur Zimmerdecke hinauf, löste die ohnehin nur locker eingedrehten Schrauben des Lüftungsgitters.

In diesem Augenblick stieß etwas mit furchtbarer Gewalt gegen die Apartmenttür ...

*

Es waren fünf.

Fünf von Kopf bis Fuß vermummte Kämpfer in schwarzen Overalls, die mit schallgedämpften Pistolen bewaffnet waren. Durch die Sehschlitze der Masken blickten Augen, die vor Mordlust funkelten und die weder Nachsicht noch Erbarmen kannten. Sie hatten nur das eine Ziel – ihren Auftrag auszuführen und Linus B. Potter zu töten.

Die fünf Killer verständigten sich lautlos mit Blicken und Handzeichen. Dann warf sich einer von ihnen mit Wucht gegen die Tür des Apartments, die sofort nachgab.

Das Schloss brach aus dem Holz, und die Tür flog auf.

Sofort setzten die Killer in das Halbdunkel, das sich dahinter erstreckte, schwärmten aus.

Doch zu ihrer Verblüffung mussten die Männer feststellen, dass sich niemand in dem bis unter den Rand mit Ordnern und Büchern vollgestopften Raum aufhielt. Auch die Couch, die zu einer kargen Schlafstatt ausgezogen worden war, war leer.

Der Anführer des Trupps wollte eine heisere Verwünschung von sich geben – als plötzlich ein gedämpfter Schrei aus dem kleinen Badezimmer drang. Sofort stürmten die anderen Vermummten hin. Drinnen sahen sie, wie einer ihrer Kumpane hinauf zur Decke deutete.

Dort klaffte eine Öffnung von etwa vierzig Zentimetern im Quadrat – der Lüftungsschacht. Das Gitter war entfernt worden und lag auf dem Boden, und aus dem Schacht war ein leises Rumpeln zu hören.

Das konnte nur eines bedeuten: Potter hatte sich abgesetzt.

Jetzt endlich ließ der Truppführer seinen bitteren Fluch vernehmen. Die Öffnung war zu klein, um einen ausgewachsenen Mann hindurchschlüpfen zu lassen. Wenn sie Potter erwischen wollten, mussten sie dort auf ihn warten, wo der Lüftungsschacht endete – im Keller!

Der Anführer schnauzte ein paar kehlige Anweisungen, und seine Leute setzten sich in Bewegung. Drei von ihnen eilten davon, während zwei zurückblieben, um sich um das Computerterminal zu kümmern.

Linus B. Potter war die längste Zeit online gewesen ...

*

Linus hörte das Pochen seines eigenen Herzens, das in der Enge des Lüftungsschachtes noch lauter zu schlagen schien als sonst.

Bäuchlings lag er im Schacht und zwängte sich hindurch, kriechend wie ein Reptil. Dass er nicht der Mutigste war und mitunter zu Anfällen von Klaustrophobie neigte, hatte er für den Augenblick glatt vergessen, denn die Vorstellung, von den Bluthunden der Regierung zur Strecke gebracht zu werden, entsetzte ihn ungleich mehr.

In fieberhafter Eile arbeitete er sich voran, biss die Zähne zusammen, als er sich durch eine besonders enge Stelle zwängen musste.

Dann, endlich, hatte er den Hauptschacht erreicht, der im Durchmesser etwa doppelt so groß war wie jener, durch den er hergekommen war.

Der Schacht fiel senkrecht in die Tiefe, von unten drang zugige Luft herauf, die ein wenig nach Kanalisation und Heizöl roch, aber auch Rettung verhieß. Wenn Linus es schaffte, dort hinabzuklettern, konnte er durch den Keller entkommen.

Mit zitternden Händen griff er nach den Sprossen, die an der Innenseite des Schachts angebracht waren, und stieg hastig in die Tiefe, gab sich dabei Mühe, kein unnötiges Geräusch zu verursachen.

Immer weiter kletterte er in der fast völligen Dunkelheit hinab, während sein Herz heftig pochte und zu seinem Hals hinaus zu wollen schien.

Wer waren die Kerle? Tatsächlich Agenten der Regierung? Bezahlte Killer? Alles war möglich.

Linus hatte gewusst, dass sie eines Tages auf seiner Matte stehen würden, er hatte es gewusst!

In Gedanken versunken, wäre der Verschwörungstheoretiker beinahe abgestürzt, er konnte sich aber im letzten Moment noch an den Sprossen festhalten.

Sein Pulsschlag steigerte sich zu hämmerndem Stakkato, und er beschloss, mit seinen Gedanken bei der Sache zu bleiben. Konzentriert stieg er weiter hinab, dem Keller entgegen. Schon konnte er das leise Wummern der Lüftung hören, und der Luftzug wurde stärker. Bald würde er es geschafft haben …

Plötzlich schoss ihm ein schrecklicher Gedanke durch den Kopf.

Was, wenn seine Verfolger im Keller auf ihn warteten?

Er war ja nicht mehr dazu gekommen, das Lüftungsgitter wieder zu befestigen, und deshalb würden sie schnell darauf kommen, wohin er sich geflüchtet hatte. Da gehörte es nicht viel dazu, sich auszurechnen, dass er versuchen würde, sich durch den Keller abzusetzen.

Nein! Linus schüttelte entschieden den Kopf. Wenn er weiterkletterte, stieg er seinen Häschern geradewegs in die Falle. Er musste schlauer sein als sie, musste sie austricksen, wenn er am Leben bleiben wollte …

Gerade passierte er den Schacht, der den ersten Stock des Miethauses mit Frischluft versorgte.

Kurz entschlossen ließ er die Sprossen los und zwängte sich kopfüber in die schmale Öffnung und wand sich erneut wie eine Schlange hindurch. An einer scharfen Kante blieb er mit seinem Pyjama hängen und riss sich ein Loch hinein. Kondenswasser, das in kleinen Pfützen im Schacht stand, drang durch seine Kleidung.

Linus biss die Zähne zusammen und arbeitete sich immer weiter voran, folgte einer Biegung, bis er weiter vorn plötzlich Licht erblickte, das von unten heraufdrang. Dazu hörte er leisen Gesang. Eine Frauenstimme …

Linus verstärkte seine Bemühungen und robbte noch schneller

durch den Schacht, dem Gitter entgegen, durch das warmes, gelbes Licht sickerte. Der Gesang wurde lauter, und Linus hegte einen bestimmten Verdacht, gepaart mit stiller Hoffnung.

Einen Augenblick später hatte er das Gitter erreicht und blickte verstohlen hinab.

Vor Überraschung hätte er beinahe einen lauten Schrei von sich gegeben. Der Lüftungsschacht endete in einem Badezimmer, unmittelbar über der Wanne, in der sich eine splitternackte junge Frau räkelte.

Und es war nicht irgendeine Frau.

Es war Cassy O'Brien, die atemberaubende Rothaarige aus dem ersten Stock, die Linus schon seit Monaten im Stillen anhimmelte. Einmal hatte er gewagt, sie ins Kino einzuladen, aber Cassy hatte nur die Nase gerümpft.

Jetzt war er ihr näher, als er sich das je hätte erträumen lassen.

Ausgestreckt lag Cassy in der Wanne, hatte die Augen geschlossen und summte leise vor sich hin.

Linus' Augen drohten fast aus ihren Höhlen zu fallen, während er hinabstarrte auf ihren vollendeten Körper. Schlank war die junge Frau, aber im Schaum erhoben sich ihre großen, prächtigen Brüste wie zwei Berge. Deutlich zu erkennen waren die Nippel, die spitz emporstanden, und die Beine hatte sie leicht angewinkelt, so dass er auch ihre wohl geformten schlanken Schenkel sehen konnte. Die Haut ihrer Beine und der Brüste glänzten vor Nässe, und der Schaum lief daran hinab.

Für einen Augenblick hatte Linus seine Verfolger völlig vergessen, den Grund dafür, weshalb er bäuchlings in diesem Lüftungsschacht lag – als ihn ein hässliches Knirschen plötzlich wieder jäh in die Realität zurückbrachte.

Ein metallisches Knacken, ein reißendes Geräusch – und entsetzt registrierte Linus, wie der Boden unter ihm einbrach.

Die Röhre, in der er lag, gab unter seinem Gewicht nach, die dünne Spanplatte, mit der die Decke verkleidet war, brach – und kopfüber stürzte Linus hinab, geradewegs in die Wanne, in der die holde Cassy lag.

Alarmiert durch das knackende Geräusch, riss die junge Frau die Augen auf und gab ein durchdringendes Kreischen von sich.

Im nächsten Augenblick stürzte etwas von der Decke herab und landete spritzend in der Wanne, genau zwischen ihren Beinen.

Einen Augenblick war Cassy gelähmt vor Entsetzen. Dann, plötzlich, regte sich das fremde Etwas und tauchte auf, und zu ihrem Entsetzen erkannte die junge Frau das blasse, spitznäsige Gesicht von Linus B. Potter zwischen ihren Schenkeln.

»Hi, Cassy«, begann Linus verlegen – weiter kam er nicht.

Denn im nächsten Moment zuckte die Faust der jungen Frau vor und traf ihn genau auf die Nase.

»Potter!«, keifte sie ihn an. »Diesmal bist du zu weit gegangen, du elender Lüstling!«

»Aber Cassy, ich ...«

»Raus!«, herrschte sie ihn an, während er sich seine blutende Nase hielt. »Sofort raus, oder ich rufe die Polizei!«

»Nur das nicht!«, rief Linus entsetzt und sprang nass, wie er war, aus der Wanne. Als Cassy sah, dass er nur seinen Schlafanzug trug, gab sie erneut ein entsetztes Kreischen von sich, bedeckte schützend ihre Blöße.

»Lustmolch!«, keifte sie. »Elender Wüstling!«

Linus sah ein, dass es keinen Unsinn haben würde, seine Unschuld zu beteuern, denn die Situation war einfach zu verfänglich. Benommen von dem Schlag, den sie ihm versetzt hatte, wankte er zur Tür des Badezimmers und stürmte hinaus, eine triefende Spur auf dem Teppich hinterlassend.

»Und komm niemals wieder!«, tönte es ihm aus dem Badezimmer hinterher.

Durch den kurzen Flur von Cassys Apartment erreichte Potter die Wohnungstür und riss sie auf, stürzte hinaus auf den Hausflur – um sich unvermittelt einer dunklen Gestalt gegenüber zu sehen, die am Ende des Korridors lauerte.

Schwarz, mit Helm und Maske, eine schallgedämpfte Pistole in der Hand.

»Da ist er!«, rief die Gestalt heiser – und Linus wusste, dass er um sein Leben rennen musste.

Offenbar waren seine Verfolger nicht ganz so einfältig, wie er angenommen hatte ...

Der Verschwörungstheoretiker nahm seine Beine in die Hand und begann zu laufen, und obwohl er kein sehr trainierter Sportler war, entwickelte er ein beachtliches Tempo.

In Windeseile stürmte er zur Eingangstür und platzte hindurch, setzte hinaus auf die nächtliche Straße, in der um diese Zeit kaum etwas los war. Kurzerhand entschied sich Linus für eine Richtung und begann zu laufen, so schnell er konnte.

Leider war es die falsche Richtung.

Schon nach wenigen Metern trat plötzlich ein hünenhafter Schatten aus der Eingangsnische eines Hauses und stellte sich ihm entgegen.

»Stehen bleiben!«, knurrte der Vermummte, der ebenfalls eine Pistole in der Rechten hielt.

Linus dachte nicht daran. Er wusste, dass sein Leben in dem Augenblick vorbei sein würde, in dem er sich diesen Typen stellte. Wer immer sie waren, Kerle wie diese kannten kein Erbarmen, das wusste man aus dem Kino.

Der kleine Mann biss die Zähne zusammen, rannte weiter auf den Hünen zu, der nicht mehr dazu kam, zu feuern. Im letzten Moment ließ sich Linus auf die Knie fallen und krabbelte zwischen den gegrätschten Beinen des Riesen hindurch, um dann sofort wieder aufzuspringen und weiterzulaufen.

Der Vermummte gab ein verärgertes Grunzen von sich und fuhr herum, und Linus hörte das heisere Geräusch, als die schallgedämpfte Waffe leises Verderben spie.

Instinktiv schlug Linus wilde Haken, merkte, wie die Projektile rings um ihn durch die Luft zischten. Mit pochendem Herzen rannte er weiter, konnte nur darauf hoffen, dass keine der Kugeln ihr Ziel fand. Dann, endlich, hatte er die nächste Kreuzung erreicht und bog um die Ecke, war aus dem Schussfeld des Killers verschwunden.

Atemlos lief er weiter, suchte fieberhaft nach einer Möglichkeit zu verschwinden. Hinter sich konnte er hektische Schritte hören, die aufgeregten Stimmen seiner Verfolger. Sie blieben ihm auf den Fersen, setzten offenbar alles daran, ihn aus dem Verkehr zu ziehen.

Mit fliegenden Blicken schaute sich Linus um, gewahrte eine Gasse, in der mehrere Müllcontainer nebeneinander aufgereiht standen.

Das ideale Versteck!, schoss es ihm durch den Kopf, und er überquerte die Straße, lief die schmale Gasse hinab. Er nahm nicht den ersten Container und auch nicht den zweiten. Beim Dritten blieb er stehen, zog den schweren Deckel auf und sprang hinein, landete zwischen leeren Konservendosen, Plastikkanistern und fauligen Resten von Essen.

Rasch zog er den Deckel zu und verharrte in der völligen Dunkelheit.

Sekunden lang hörte er nichts als seinen eigenen, hektischen Atem, das Pochen seines Herzens.

Dann waren von draußen Schritte zu hören.

Und Stimmen ...

»Er muss hier irgendwo stecken.«

»Sucht alles ab, er kann nicht weit sein.«

»Vielleicht hat sich der Bastard in einem der Container verkrochen.«

»Alles durchsuchen – er kann nicht weit sein ...«

Schon hörte Linus, wie der erste der Container quietschend geöffnet wurde. Sein Herzschlag wollte fast aussetzen, als er hörte, wie die schallgedämpften Waffen mehrmals heiseres Blei spuckten. Diese Kerle feuerten einfach in den Müll, um ganz sicherzugehen. Wenn sie beim dritten Container angelangt waren, war er geliefert.

Der Verschwörungstheoretiker gab eine Verwünschung von sich, schalt sich einen Narren, dass er sich dieses Versteck ausgesucht hatte. War es nicht klar gewesen, dass die Kerle hier als Erstes nach ihm suchen würden?

Skriiietsch!

Der zweite Container wurde geöffnet. Wieder wühlten die Killer im Müll herum und feuerten anschließend blindlings hinein. Jeden Augenblick würden sie bei ihm sein, würden den Deckel öffnen und ihn entdecken. Was dann geschah, war Linus nur zu klar ...

Zitternd vor Angst, schloss der kleine Mann die Augen, presste sie fest zusammen, als könnten die Killer ihn nicht sehen, wenn er sie nicht sah. Schon hörte er, wie ihre Schritte näher kamen.

Gleich, jeden Augenblick ...

Plötzlich war ein tiefes Grollen zu vernehmen, das Brummen eines mächtigen Truck-Motors.

Eine Hupe wurde betätigt, und jemand stieß eine Verwünschung aus. Dann hektische Schritte. Das Brummen wurde lauter, und plötzlich merkte Linus, wie der Container, in dem er saß, von irgendetwas gepackt wurde.

Ein Schrei des Entsetzens entfuhr ihm, weil er glaubte, dass es jetzt so weit sei und die Killer ihn gefunden hätten. Im nächsten Moment hatte er jedoch das Gefühl, hochgehoben zu werden, und noch ehe er sich darüber klar wurde, was mit ihm geschah, stand plötzlich die Welt für ihn auf dem Kopf.

Der Deckel des Containers öffnete sich, und in einem Schwall von Müll stürzte Linus hinaus, landete auf einem ganzen Berg von Unrat, in dem er versank.

Der Verschwörungstheoretiker hatte Mühe, den Kopf oben zu behalten, damit er im Müll nicht erstickte. Erst dann wurde ihm klar, was geschehen war.

Ein Lastwagen der Müllabfuhr war gekommen und hatte die Container geleert – und ihm damit das Leben gerettet. Die Killer hatten sich verzogen, hatten die Flucht ergriffen, denn niemand sollte sie sehen.

Er war gerettet!

Noch ein Container wurde geleert, und erneut ging eine ganze Lawine von Müll auf Linus nieder. Zwei oder drei Minuten später gab der Fahrer des Trucks Gas, und der Laster verließ die Gasse und fuhr davon.

Auf der Ladefläche hockte Linus B. Potter im Müll, verdreckt und stinkend – aber glücklich.

*

Mittwoch, 7.37 a.m.
Federal Building, Manhattan

Es war Routinearbeit – jene Art von Papierkram, um die auch ein G-man des FBI nicht herumkommt. Akten sichten und ordnen, Formulare ausfüllen, Berichte tippen.

Eine ganze Weile lang hatten mein Partner Phil Decker und ich uns erfolgreich vor dieser Art von Innendienst gedrückt, in dem festen Wissen, dass es sich irgendwann nicht vermeiden lassen würde, das Liegengebliebene aufzuarbeiten.

Dieser Tag war unglücklicherweise heute.

Ich hatte Phil schon früh an unserer Ecke abgeholt, und wir hatten unseren Dienst eher als sonst angetreten. Wenn wir einen ganzen Tag lang damit zubrachten, den verhassten Papierkrieg zu führen, würden wir gegen Abend in der Lage sein, zumindest einen Waffenstillstand zu schließen – dann hatten wir für die nächsten Wochen wieder Ruhe.

Angestrengt saßen wir an den Schreibtischen in unserem kleinen Büro, brüteten über Berichten und Formularen, die es auszufüllen galt.

»Nun sieh dir das an«, stöhnte Phil und hielt eines der unzähligen Formulare hoch, die die Bürokratie des Justizministeriums eigens für den Gebrauch beim FBI ersonnen hatte. »Die verlangen doch tatsächlich, dass ich eine Stellungnahme darüber abgebe, weshalb mein durchschnittlicher Munitionsverbrauch in den letzten beiden Jahren stetig gestiegen ist. Was kann ich dafür, wenn die schweren Jungs immer rabiater werden?«

»Ganz ruhig, Alter«, erwiderte ich. »Ist nur für statistische Zwecke.«

»Statistische Zwecke«, frotzelte Phil. »Demnächst müssen wir darüber Rechenschaft ablegen, wie viel Toilettenpapier wir verbrauchen. Apropos – weißt du, warum beim FBI das Klopapier drei Lagen hat?«

»Weshalb?«, fragte ich.

»Ganz einfach«, erwiderte Phil mit spitzbübischem Grinsen, »weil man bei diesem Verein für jeden Scheiß zwei Durchschläge braucht.«

Ich musste laut lachen.

Für mich mochte der Innendienst am Schreibtisch *langweilig* sein – für Phil war er eine regelrechte *Qual*.

»Ehrlich, Jerry«, stöhnte mein Partner. »Dafür bin ich einfach nicht gemacht. Ich wünschte, wir würden einen neuen Fall bekommen. Dann bräuchten wir wenigstens nicht hier zu sitzen und ...«

Es gibt bei uns in den Staaten eine alte Weisheit, derzufolge man vorsichtig sein sollte mit dem, was man sich wünscht – denn allzu schnell könnte es in Erfüllung gehen ...

Als das Telefon auf meinem Schreibtisch anschlug, dachte ich zunächst nicht an diese alte Weisheit. Gedankenverloren nahm ich ab, während ich ein weiteres Formular sichtete, das eingeordnet werden musste.

»Hier Cotton!«

»Hallo Jerry, hier ist die Zentrale«, drang der sonore Alt unserer Cheftelefonistin Myrna Sanders aus dem Hörer. »Ich habe da einen Anrufer in der Leitung, der dich unbedingt sprechen möchte.«

»Wer ist es?«

»Das war nicht aus ihm rauszukriegen, Jerry. Er weigert sich beharrlich, seinen Namen zu nennen, und er besteht darauf, dich persönlich zu sprechen.«

»Mich? Persönlich?«

»Soll ich den Kerl aus der Leitung werfen?«, fragte Myrna.

»Nein, warte. Sagte er, worum es ging?«

»Nein. Nur, dass es sehr wichtig wäre.«

»Das ist es meistens.« Ich seufzte. »Okay, Myrna«, entschied ich, im Grunde dankbar für die Ablenkung, »stell durch.«

Immerhin, so dachte ich, war ein Telefonat mit irgendeinem Wichtigtuer immer noch besser, als Formulare zu sortieren und Berichte zu schreiben. Ich ahnte nicht, was ich damit heraufbeschwor ...

»Hallo?«, fragte ich, nachdem es in der Leitung geklickt hatte.

»Ist dort Jerry Cotton?«, erklang eine heisere Stimme, die sich ziemlich gehetzt anhörte. »G-man Jerry Cotton?«

»Ja«, bestätigte ich. »Wer ist da?«

Der Anrufer holte Luft, um zu antworten, überlegte es sich dann aber anders. »Ist diese Leitung auch sicher?«, fragte er ängstlich.

Ich schüttelte fassungslos den Kopf. Wahrscheinlich hatte Myrna Recht gehabt. Wir hatten es mit irgendeinem Narren zu tun, den man besser sofort aus der Leitung geworfen hätte.

»Diese Leitung wird abgehört, nicht wahr? Natürlich, jedes anonyme Gespräch, das beim FBI eingeht, wird automatisch aufgezeichnet ...«

»Wer sind Sie, Sir?«, fragte ich noch einmal. Seiner Stimme nach konnte der Anrufer nicht viel älter als dreißig sein, und er hatte eine seltsam näselnde Aussprache.

»Also gut«, murmelte er, wohl mehr zu sich selbst als zu mir, »mir bleibt wohl keine andere Wahl, als Ihnen zu vertrauen.«

»So ist es«, stimmte ich zu. »Denn wenn Sie mir jetzt nicht augenblicklich sagen, wer Sie sind und was Sie wollen, werde ich auflegen und dieses Gespräch beenden, verstanden? Also ...«

»Nein, warten Sie!«, rief der andere schnell. »Mein Name ist Linus B. Potter.«

»Na also, geht doch«, lobte ich, hin- und hergerissen zwischen Amüsiertheit und Ärger. »Was kann ich für Sie tun, Mr. Potter?«

»Sie müssen mich beschützen!«, platzte es aus dem Anrufer heraus. »Schließlich haben Sie einen Eid geschworen, die Bürger dieses Landes zu schützen, oder nicht? Wenngleich wir natürlich beide wissen, was von diesem Eid zu halten ist ...«

»Was?« Ich verstand kein Wort von dem, was der Knilch sagte.

»Ich rufe Sie an, weil ich Ihre Hilfe brauche, Agent Cotton«, sagte der andere. »Dringend, hören Sie? Diese Kerle sind hinter mir her, die wollen mir ans Leder ...«

»Welche Kerle? Wovon reden Sie?«

»Ich werde verfolgt, Agent Cotton. Es ist ein Wunder, dass ich überhaupt noch am Leben bin.«

»Vom wem?«

»Das spielt doch im Augenblick gar keine Rolle. Sie müssen kommen und mich holen!«

»Hören Sie, Mr. Potter. Was immer Ihr Problem ist, es scheint mir doch eher ein Fall für die Kollegen des NYPD zu sein. Warum rufen Sie nicht dort an? Vielleicht schickt man Ihnen eine Streife.«

»Weil ich verdammt noch mal niemandem trauen kann, verstehen Sie? Der Polizei nicht und den meisten anderen Behörden ebenfalls nicht.«

»Aber dem FBI vertrauen Sie«, konstatierte ich.

»Ich vertraue *Ihnen*«, sagte Potter. »Ich weiß, wer Sie sind, ich kenne Sie aus der Zeitung. Sie haben einen Ruf zu verlieren. Sie können nicht einfach abtauchen. Also kommen Sie jetzt endlich und holen mich ab!«

»Hm«, machte ich nur.

Auch ich hatte den Eindruck, dass der seltsame Anrufer, der sich als Linus B. Potter vorgestellt hatte, abgeholt werden musste – allerdings dachte ich dabei mehr an die Männer in den weißen Kitteln ...

»Bitte, Cotton!«, brüllte der andere in den Hörer, und zum ersten Mal konnte ich hören, dass echte Furcht und Panik in seiner

Stimme mit schwangen. Entweder, dieser Typ war völlig durchgedreht, oder er verspürte tatsächlich Todesangst.

»Wo sind Sie im Augenblick, Mr. Potter?«, erkundigte ich mich.

»Ich kann Ihnen das nicht sagen, weil sie sonst kommen und mich schnappen. Die haben ihre Ohren doch überall.«

»Wer?«, wollte ich erneut wissen.

»Na, diese Killer! Diese Typen, die hinter mir her sind! Ich konnte ihre Gesichter nicht sehen, weil sie alle vermummt waren und Masken trugen. Sie hatten Kampfanzüge und Helme an, waren von Kopf bis Fuß in tiefstes Schwarz gekleidet.«

»Was sagen Sie da?« Von einem Augenblick zum anderen hatte Linus B. Potter meine ganze Aufmerksamkeit.

Ich warf den Kugelschreiber weg, mit dem ich gelangweilt kleine Männchen auf ein Blatt Papier gekritzelt hatte. Phil schaute mich überrascht an.

»Ich sagte, diese Typen waren schwarz gekleidet, schwarz wie die Nacht. Und sie waren bewaffnet, verstehen Sie? Die haben mich in meinem Apartment überrascht und wollten mich kaltblütig umlegen.«

»Ich verstehe«, sagte ich nur.

Die Beschreibung, die Potter von seinen Häschern gab, weckte in mir unangenehme Erinnerungen.

Denn Killer, die vermummt waren und von Kopf bis Fuß in schwarzen Kampfanzügen steckten, wurden nach unseren Erkenntnissen nur von einer Verbrechensorganisation eingesetzt. Gewissermaßen waren sie sogar zu ihrem Markenzeichen geworden.

Die Domäne.

Schon mehrfach hatten Phil und ich mit dieser ominösen Organisation zu tun gehabt. Die Domäne war eine der gefährlichsten Gruppierungen des organisierten Verbrechens, obwohl wir ihre wahren Ausmaße und Verstrickungen bislang nur ansatzweise erahnen konnten.

Wir wussten, dass es zum Plan der Domäne gehörte, weite Teile unserer Wirtschaft und Gesellschaft zu unterwandern. Hierzu war ihr jedes Mittel recht, und die Mitglieder der Domäne schreckten weder vor Mord noch vor Bestechung zurück. Die Domäne hatte das Ziel verfolgt, führende Persönlichkeiten in Politik und Wirtschaft durch Doppelgänger zu ersetzen. Glücklicherweise hatten Phil und ich diesen Plan vereiteln können, auch wenn wir nicht wussten, wie viele Agenten die Domäne noch immer unterhielt.

Auch der Hightech-Terrorist Jon Bent hatte dieser geheimnisvollen Gruppierung angehört. Seit seinem Tod war es um die Domäne verdächtig still geworden. Sollten wir nun plötzlich wieder von ihr hören?

»Mr. Potter«, sagte ich tonlos, »wir werden kommen und Sie holen. Bleiben Sie, wo Sie sind.«

»Kunststück«, klang es kläglich aus dem Hörer. »Von dort, wo ich bin, kann ich ohnehin nicht mehr weg.«

»Okay«, meinte ich. »Und wo sind Sie?«

»Das erfahren Sie früh genug. Kommen Sie einfach an die Kreuzung 51. und 2nd Avenue. Dort gibt es ein öffentliches Telefon. Alles Weitere erfahren Sie dann.«

»Aber wir ...«

Es klickte in der Leitung, das Gespräch war beendet.

Ich legte den Hörer auf, machte dabei wohl ein ziemlich betroffenes Gesicht.

»Was ist los, Jerry?«, erkundigte sich Phil.

»Ärger, Partner. Mächtig viel Ärger ...«

*

8.08 a.m.
Die Kreuzung 51./2nd Avenue, die Linus Potter mir am Telefon genannt hatte, liegt im belebten Midtown. Dass sich der geheimnisvolle Anrufer ausgerechnet diese Ecke ausgesucht hatte, wunderte mich, denn auf mich hatte er eher den Eindruck eines menschenscheuen Einzelgängers gemacht.

Unterwegs hatte ich Phil von dem seltsamen Telefonat erzählt, und obwohl mein Partner ebenso skeptisch war wie ich, hatte er mir zugestimmt, dass es besser war, sich den Burschen mal anzusehen. Außerdem stand auch Phil einer Abwechslung vom drögen Innendienst nicht abgeneigt gegenüber ...

Wir parkten den Jaguar am Straßenrand und stiegen aus.

Während Phil beim Wagen blieb, um die Situation aus einiger Entfernung im Überblick zu behalten und mir notfalls den Rücken zu decken, wechselte ich hinüber auf die andere Straßenseite, wo eine Phonebooth stand.

Das Telefon, von dem Potter gesprochen hatte.

Natürlich hatten wir noch vor unserer Abfahrt Erkundigungen über Linus B. Potter eingezogen.

Linus B. Potter, wohnhaft in Brooklyn, geboren 1972, war in kriminalistischer Hinsicht ein unbeschriebenes Blatt. Keine Vorstrafen, keine Einträge, nicht mal ein Ticket wegen Falschparkens.

Als ich mich nun der Telefonzelle näherte, begann der Apparat zu klingeln, und ich hegte keinen Zweifel daran, dass das Gespräch für mich war.

»Ja?«, meldete ich mich, nachdem ich den Hörer aufgenommen hatte.

»Agent Cotton?«, fragte jene Stimme, die ich bereits kannte.

»So ist es.«

»Heben Sie den rechten Arm, damit ich sehen kann, dass auch wirklich Sie es sind, der am Fernsprecher steht.«

Ich seufzte, kam der Aufforderung aber nach. Dieser Linus Potter war wirklich ein misstrauischer Knabe.

»Okay«, meinte ich darauf leicht indigniert. »Reicht das?«

»Nein, noch nicht. Schließlich könnte das grade auch ein Zufall gewesen sein. Ich will, dass Sie das rechte Bein heben und ...«

»Schluss jetzt, Potter!«, schnauzte ich in den Hörer, denn allmählich hatte ich genug von diesen Spielchen. »Sagen sie mir jetzt endlich, wo Sie stecken, oder ich verschwinde und das war's!«

»Also gut«, drang es resignierend aus dem Hörer. »Schätze, ich habe keine andere Wahl. Sehen Sie nach unten.«

Ein wenig verwirrt blickte ich mich um.

»Weiter unten«, sagte Potter. »Sehen Sie den Kanaldeckel?«

Ich sah ihn. Ein schweres, gusseisernes Ding. Ich legte auf und ging darauf zu, bückte mich hinab.

»Potter? Sind Sie das?«

»Ja«, tönte es kläglich von unten.

Ich warf einen Blick zur anderen Straßenseite hinüber und winkte Phil heran, der mir sogleich zur Hilfe kam. Gemeinsam schafften wir es, den schweren Deckel anzuheben und aufzustemmen.

Sobald ein wenig Licht in den Kanalschacht fiel, aus dem erbärmlicher Gestank an die Oberfläche stieg, gewahrten wir unten eine ziemlich bemitleidenswert aussehende Gestalt, die zu uns emporblickte, ein Funktelefon in der Hand.

»Mr. Linus Potter?«, fragte ich.

Ein zaghaftes Nicken.

»Ich bin Special Agent Cotton, Mr. Potter. Das ist mein Partner, Special Agent Phil Decker.«

»Bitte«, sagte die Gestalt, »holen Sie mich raus.«

Obwohl ich für den verdreckten Zeitgenossen, der dort unten am Fuß der Leiter stand, Mitleid empfand, konnte ich mir doch ein Grinsen nicht verkneifen.

Linus B. Potter war ein kleines Männchen, blass und dürr, mit einer spitzen Nase im Gesicht, auf der eine altmodische Hornbrille ruhte.

Umständlich schickte er sich an, zu uns heraufzuklettern, dabei sahen wir, dass er nichts als einen verdreckten Schlafanzug am Leib trug. Offenbar war er schon eine ganze Weile dort unten gewesen.

»Alle Achtung, Potter.« Phil schnitt eine Grimasse. »Sie haben ein Talent für dramatische Auftritte, das muss man Ihnen lassen.«

»Ich könnte gut darauf verzichten, glauben Sie mir«, lamentierte der kleine Mann. »Außerdem sollten Sie nicht mir zuschauen, sondern lieber sehen, ob die Luft dort oben rein ist.«

»Wieso sollte sie das nicht sein?«, fragte ich.

»Ganz einfach – weil diese Kerle immer noch dort draußen sein könnten und auf mich lauern.«

»Die vermummten Killer?«

»Genau die, Mr. Cotton.« Linus Potter langte am oberen Ende des Schachtes an und mit ihm eine Wolke von durchdringendem Gestank.

»Gut«, meinte ich und wollte mir gar nicht ausmalen, was für eine Duftnote dieser übel riechende Zeitgenosse in meinem Jaguar hinterlassen würde. »Kommen Sie mit, Mr. Potter. Wir haben einige Fragen an Sie.«

»Kann ich mir denken«, versetzte Potter und stieg vollends aus dem Schacht.

Rasch rückten wir den Kanaldeckel in seine Versenkung zurück, nahmen unseren übel riechenden Schützling dann zwischen uns und führten ihn zum Wagen. Der Gestank war fast unerträglich.

»Also«, meinte Phil, nachdem wir im Jaguar Platz genommen hatten, »und nun rücken Sie mal raus mit der Sprache, Potter. Was soll das ganze Theater? Sie rufen am frühem Morgen beim FBI an und setzen Himmel und Hölle in Bewegung, um meinen Partner zu sprechen. Und dann ziehen Sie eine Show ab, die …«

»Show?«, rief Potter mit sich überschlagender Stimme, während er uns mit großen Augen durch die Gläser seiner Hornbrille anstarrte. »Sie denken, das war nur Show?«

»Das wird sich herausstellen«, sagte ich ruhig. »Auf jeden Fall war Ihr Auftritt ziemlich unkonventionell, das müssen Sie zugeben.«

»Unkonventionell«, echote Potter schnippisch. »Kein Wunder, dass ihr Typen vom FBI nicht schnallt, was in diesem Land los ist. Wenn ihr das schon unkonventionell findet …«

»Was sollen wir nicht schnallen?«

»Einfach alles«, antwortete Potter mit einer ausladenden Geste. »Ihr wisst nichts von den Substanzen, die ins Bier gekippt werden und in die Milch der Kinder. Von den Aliens und von der Verschwörung, von den Machenschaften der Tabakindustrie und den Spielzeugläden …«

Phil und ich tauschten einen Blick, und wir müssen dabei ziemlich entgeistert ausgesehen haben, denn Potter erriet sofort unseren Gedanken.

»Sie glauben, ich wär verrückt«, stellte er fest. »Aber das bin ich nicht, hören Sie? Ich weiß sehr gut, was in diesem Land los ist, vielleicht besser als jeder andere. Wir werden alle kontrolliert und manipuliert. Auch der FBI …«

»Moment mal«, unterbrach ihn Phil. »Sie sind doch nicht etwa einer von diesen Verrückten? Einer von diesen Verschwörungstheoretikern, die glauben, dass Präsident Kennedy von Aliens umgebracht wurde und …«

»Natürlich nicht«, fiel Potter ihm entrüstet ins Wort. »Wofür halten Sie mich? Die Aliens alleine wären nie zu so etwas imstande gewesen. Es war der CIA *in Kooperation* mit den Aliens.«

Das genügte.

Phil und ich verständigten uns mit einem Blick, und wir waren uns beide ziemlich klar darüber, was wir von Linus Potter zu halten hatten.

Der Mann war offensichtlich ein Exzentriker, und vielleicht war auch das noch zu milde ausgedrückt. Vermutlich hatte er sich nur wichtig machen wollen, als er beim FBI angerufen hatte. Oder er hatte einen schlimmen Traum gehabt, den er versehentlich für die Realität gehalten hatte. In jedem Fall stand für mich fest, dass dieser Mann nichts über die Domäne wissen konnte. Das mit den schwarz gewandeten Killern war wohl nur purer Zufall gewesen.

Einerseits war ich verärgert darüber, dass ich die Sache nicht sofort durchschaut hatte, andererseits verspürte ich Erleichterung, weil es sich offenbar um falschen Alarm handelte. Alles, worum es jetzt ging, war Schadensbegrenzung – wir würden Linus Potter nach Hause bringen, und ich würde anschließend den Jaguar gründlich reinigen lassen.

Ich drehte den Zündschlüssel herum und ließ den Motor an, fuhr in den fließenden Verkehr ein.

»Was tun wir?«, fragte Potter wie beiläufig. »Fahren wir ins FBI-Quartier?«

»Nein«, gab ich gleichmütig zurück, »nach Hause.«

»Sie wollen mich bei Ihnen zu Hause verstecken?« Potter nickte grimmig. »Gute Idee – dort werden diese Typen am wenigsten nach mir suchen.«

»Zu *Ihnen* nach Hause«, stellte ich mit bebender Stimme klar – Potters Art konnte einem wirklich auf die Nerven gehen.

»Zu mir nach Hause? Sind Sie verrückt? Dort werden diese Leute doch als Erstes nach mir suchen!«

»Welche Leute?«, stöhnte ich.

»Na die Killer, von denen ich Ihnen erzählt habe. Die Vermummten.«

»Mr. Potter«, sagte ich, mich zur Ruhe zwingend, »versuchen Sie mal, einen Augenblick lang ehrlich zu sein, okay? Diese Killer existieren nicht, ebenso wenig wie die Aliens, die Präsident Kennedy ermordet haben sollen.«

»Natürlich existieren sie!«, kam die entrüstete Antwort. »Sie sind mitten unter uns! Und sie sind hinter mir her! Oder glauben Sie, ich bin aus purer Lust und Tollerei in die Kanalisation gestiegen?«

»Ehrlich gesagt weiß ich nicht, was ich denken soll«, gestand ich.

»Ich auch nicht«, pflichtete Phil mir bei, während er sich die Nase zuhielt. »Potter, Ihre Story stinkt zum Himmel.«

»Sie sind sehr witzig, Decker, wissen Sie das? Ein richtiger Komiker. Wenn Sie mich fragen, haben Sie Ihren Beruf verfehlt.«

»Jetzt ist es genug, Potter!«, wies ich ihn streng zurecht. »Agent Decker hat nicht gezögert, Ihnen zur Hilfe zu kommen, also seien Sie gefälligst etwas dankbarer. In Anbetracht der Lügengeschichten, die Sie verbreiten, können Sie froh sein, wenn gegen Sie keine Anzeige erhoben wird.«

»Anzeige? Sie wollen *mich* anzeigen? Linus B. Potter? Das ist doch die Höhe! Ich arbeite im Dienst der Wahrheit, und ich dachte, Sie wären auf meiner Seite! Aber ich habe mich wohl geirrt. Offenbar ist auch der FBI nicht mehr das, was er einmal war. Offenbar hat der Apparat der Korruption auch den FBI schon verschlungen.«

»Vorsicht«, warnte ich. »Sie bewegen sich auf sehr dünnem Eis.«

»Und wenn schon«, zeterte Potter. »Ich habe schließlich nichts mehr zu verlieren. Verdammt, ich hätte es wissen müssen. Ich hätte wissen müssen, dass die Bullen alle unter einer Decke stecken. Ich hätte Sie niemals anrufen dürfen! Ich bin so ein Idiot! Als ob einer von euch schon jemals …«

Weiter kam der Verschwörungstheoretiker nicht, denn im nächsten Moment erhielt der Jaguar einen harten Stoß und wurde kräftig durchgeschüttelt.

»Verdammt«, stieß Phil hervor, »was …?«

Ich brauchte nur in den Rückspiegel zu blicken, um zu sehen, was los war: Ein schwarzer Van hatte unvermittelt die Spur gewechselt und uns dabei gerammt.

Ein Van, dessen Fenster ringsum verspiegelt waren …

»Wir haben Gesellschaft!«

Ich stieg aufs Gaspedal.

Der Jaguar beschleunigte, und der Lieferwagen, der mein bestes Stück gerammt hatte, setzte hinterher.

»Das sind sie!«, rief Linus Potter panisch aus, wie gebannt durch die Heckscheibe starrend. »Das sind die Killer, ganz sicher.«

»Was Sie nicht sagen«, knurrte ich.

Phil und ich hatten mit diesen Lieferwagen mir den rundum verspiegelten Scheiben schon öfter zu tun gehabt.

Sie gehörten zur Domäne, tauchten wie Phantome auf, um dann ebenso schnell und absolut spurlos wieder zu verschwinden.

Ich trat das Gaspedal tief durch und scherte aus.

Der Jaguar machte einen Satz auf den Mittelstreifen, schloss zum nächsten Wagen auf, wechselte dann erneut die Spur. Auf diese Weise schlängelten wir uns durch den morgendlichen Berufsverkehr – doch der Van blieb uns dicht auf den Fersen.

»Mist«, knurrte Phil mit einem Blick zurück. »Ich glaube, die haben es wirklich auf unseren Fahrgast abgesehen.«

»Das sagte ich Ihnen doch!«, rief Potter in einer Mischung aus Genugtuung und Bestürzung aus. »Ich sagte Ihnen doch, dass die hinter mir her sind!«

»Schon gut«, beschwichtigte ich – das Letzte, was ich jetzt noch brauchen konnte, war ein lamentierender Verschwörungstheoretiker auf dem Rücksitz meines Wagens.

Ein Stück voraus hatte ich ein Hindernis ausgemacht, das mir Kopfzerbrechen bereitete: Die Ampel stand auf Rot, und der Verkehr auf der Avenue staute sich. Wenn wir anhalten mussten, waren wir für die Killer der Domäne – wenn sie es denn waren – ein leichtes Opfer. Und eine Schießerei auf offener Straße konnte und wollte ich in Anbetracht der vielen Zivilisten nicht riskieren.

Es blieb nur ein Ausweg – wir mussten verschwinden.

Ich spähte eine Lücke im fließenden Verkehr aus, setzte den Blinker nach rechts – und bog jäh nach links ab.

Über zwei Spuren zog ich hinweg und zwang einige Autofahrer zu harten Bremsmanövern. Wütend wurde gehupt, während wir quer über die breite Fahrbahn in die 24. Straße abbogen, in der Hoffnung, den Van damit abzuschütteln.

Unsere Hoffnungen wurden enttäuscht.

Der Fahrer des Van blieb uns auf den Fersen, vollführte ebenfalls mein waghalsiges Manöver, doch dabei kam ihm ein Taxi in die Quere.

Der Fahrer des Cab hupte, was das Zeug hielt, als er den Lieferwagen heranschießen sah. Doch der Fahrer des Van dachte nicht daran, zu bremsen.

Im nächsten Moment krachte er frontal in die Seite des Taxis, boxte es brutal aus seiner Fahrbahn.

Trudelnd schlitterte das Cab davon, rammte noch zwei andere Wagen, ehe es auf einen Hydranten traf und ihn umriss. Einen Augenblick später schoss dort, wo noch eben der Hydrant gestanden hatte, eine Fontäne von Wasser in die Höhe, entfesselte einen Platzregen und verwandelte die Kreuzung in ein einziges Chaos.

»Wow!«, rief Potter begeistert aus, während ich den Jaguar die weniger befahrene 24th Street hinunterlenkte. »Haben Sie das gesehen? Das sah aus wie in einem Actionfilm.«

Wir hatten keine Zeit, auf die kindischen Kommentare unseres Schützlings einzugehen. Während ich damit beschäftigt war, immer wieder hektisch in den Rückspiegel zu blicken, und den Jaguar XKR über die Fahrbahn hetzte, riss Phil das Funkmikro aus der Halterung.

»Achtung, Zentrale! Hier Special Agent Decker! Befinden uns auf der 24. Straße Richtung Osten. Haben Schutzperson im Wagen und werden von schwarzem Van verfolgt. Verstärkung dringend erbeten. Ich wiederhole: Verstärkung dringend erbeten ...«

»Tut mir leid, Phil«, ließ sich Myrnas Stimme schnarrend vernehmen. »In der Stadt hat es ein paar Unfälle gegeben. Einige Kreuzungen sind verstopft. Im Moment ist kein Durchkommen möglich.«

»Verstehe«, sagte Phil resigniert und beendete die Verbindung. »Sorry, Partner«, rief er mir dann zu. »Die Kavallerie kommt heute nicht. Wir werden allein mit dem Problem fertig werden müssen.«

»Okay«, entgegnete ich und trat das Gaspedal wieder tiefer, passierte eine Kreuzung bei Dunkelgelb. Der Van, der uns ohne Zögern folgte, schoss bei Rot über die Kreuzung, zwang einige Autofahrer dazu, scharf zu bremsen.

Fieberhaft überlegte ich, was zu tun war.

Mit Verstärkung wäre es kein Problem gewesen, den Van zu stellen und seine Besatzung hochzunehmen. So jedoch hatten wir kaum eine Chance. In Fällen wie diesem hat der Schutz der bedrohten Person absoluten Vorrang, so dass wir zusehen mussten, dass wir zuerst Linus Potter in Sicherheit brachten. Da war die Festnahme der Besatzung des Van zweitrangig.

Ich bog in eine Seitenstraße ab, folgte einer Reihe kleinerer und weniger befahrener Straßen Richtung East River. Einerseits musste es unser Ziel sein, Potter zu retten, andererseits durften dadurch nicht andere Bürger gefährdet werden. Der Beruf eines G-man erfordert jeden Tag unzählige Entscheidungen, und keine davon sollte falsch sein, weil im Zweifelsfall Menschenleben davon abhängen.

Endlich hatten wir den Roosevelt Drive erreicht, jene Straße, die sich im Osten Manhattans von Harlem bis hinunter zum Financial District zieht.

Der Jaguar schoss unter dem mächtigen Viadukt hindurch, passierte die mächtigen Betonsäulen, in deren Irrgarten ich den Van abzuhängen hoffte.

Dass diese Gefahr bestand, registrierten offenbar auch unsere Verfolger, denn plötzlich erschien einer von ihnen in der offenen Dachluke des Van. Ein schwarz vermummter Killer, der ein Sturmgewehr in den Anschlag brachte und dann das Feuer auf uns eröffnete.

»Runter!«, brüllte ich, als ich im Rückspiegel die gelben Mündungsflammen aus dem Lauf der Waffe züngeln sah. Phil wandte sich um und zerrte Potter, der fasziniert durch die Heckscheibe gestarrt hatte, in Deckung.

Die Garbe war schlecht gezielt. Die Geschosse nagelten in die umgebenden Betonpfeiler, andere rissen den Asphalt auf.

»Sehen Sie?«, rief Potter aus. »Die schießen auf uns!«

»Was Sie nicht sagen«, knurrte ich und riss das Steuer hin und her, beschrieb einen wilden Slalomkurs zwischen den Säulen, die die Fahrbahn des Roosevelt Drive tragen. Ich musste noch zusätzlich aufpassen, weil vereinzelt Fahrzeugen dazwischen geparkt standen.

In der Ferne konnte ich vor uns bereits die vielen bunten Masten des Jachthafens erkennen. Dorthin durften wir auf keinen Fall, denn dort gab es zu viele Menschen, die durch uns gefährdet werden würden.

»Was hältst du davon, wenn ich diesen Mistkerlen ein paar hübsche Grüße schicke?«, fragte mich Phil, der seine SIG Sauer gezückt hatte.

»Gute Idee«, erwiderte ich. »Vielleicht überlegen sie es sich dann anders.«

Phil nickte grimmig, ließ das Seitenfenster hinunter und beugte sich hinaus. Im nächsten Moment erhob seine Dienstwaffe lauthals lärmend ihre Stimme.

Mehrmals bellte Phils SIG auf. Die Kugeln stachen in Richtung des Verfolgerfahrzeugs. Immerhin wurde der Schütze dadurch daran gehindert, erneut auf uns zu feuern.

Ein Stück vor uns begann das Gelände der Manhattan Marina.

Abrupt stieg ich in die Eisen und zog zusätzlich die Handbremse, ließ das Steuer in meiner Hand herumkreisen.

Die Reifen des Jaguar kreischten und qualmten, auf rauchendem Gummi vollführte der Wagen eine Wendung um 180 Grad. Jetzt schossen wir geradewegs auf den schwarzen Van zu. Mit atemberaubendem Tempo näherten sich die beiden Wagen einander – wie zwei Ritter bei einem mittelalterlichen Turnier.

»Bullshit!«, stieß Phil hervor. »Der Kerl will uns rammen!«

Ich presste die Lippen zusammen.

Die Killer schienen den Auftrag zu haben, uns um jeden Preis zu kriegen und Linus Potter zu erledigen, anders ließ sich ihre Beharrlichkeit nicht erklären. Selbst ihr eigenes Leben schien ihnen gleichgültig zu sein, wenn sie nur ihren Auftrag erfüllten. Fanatismus, wie er typisch war für die Schergen der Domäne.

»Phil?«, fragte ich nur.

»Schon zur Stelle, Jerry«, versicherte mein Partner, der seine SIG bereithielt.

Die Wagen schossen aufeinander zu, spielten das alte, idiotische Angsthasenspiel.

Gleichzeitig begann der Schütze wieder zu feuern, und uns stachen feurige Garben entgegen.

Ich reagierte blitzschnell und ließ den Jaguar zur Seite ausbrechen. Die Garbe stach ins Leere, doch der Fahrer des Van reagierte prompt, schien es um jeden Preis darauf anzulegen, uns zu rammen. Der Schütze in der Dachluke hantierte an seinem M 16-Gewehr, das offenbar Ladehemmung hatte.

Unsere Chance.

»Jetzt, Partner!«, rief ich und riss noch einmal am Lenkrad, drehte den Jaguar so, dass Phil freies Schussfeld bekam. Die beiden Fahrzeuge waren jetzt nur mehr zwanzig Yards voneinander entfernt, jeder Schuss musste sitzen.

Phil biss die Zähne zusammen und feuerte.

Die Waffe ruckte in seiner Hand und schickte ihre Projektile auf Reisen, die sich einen Lidschlag später in einen der Vorderreifen des Van bohrten und ihn zerfetzten.

Es gab einen lauten Knall, und der Lieferwagen brach zur Seite aus. Haarscharf schrammte das Fahrzeuge an meinem Jaguar vorbei und verfehlte uns nur knapp.

Wie ein dunkler Schatten wischte das bullige schwarze Gefährt mit den verspiegelten Scheiben an uns vorbei.

»Woooow!«, kommentierte Linus Potter atemlos.

Im Rückspiegel sah ich, wie der Van ins Schlingern geriet und einen der mächtigen Betonpfeiler des Viadukts streifte. Von dort prallte der Wagen wie eine Billardkugel ab, schoss quer über den freien Platz, rammte dabei einige Fahrzeuge, die dort geparkt standen – und durchbrach schließlich den mannshohen Maschenzaun, der das Gelände von der Uferböschung des East River trennte.

Mit Urgewalt und noch immer fast unvermindertem Tempo schoss der Wagen über die Böschung, schien einen Augenblick lang schnurgerade weiterfliegen zu wollen.

Dann senkte sich die plumpe Schnauze des Gefährts – und inmitten einer gischtenden Woge tauchte es in die dunklen Fluten des Flusses ein, in dem es sofort versank.

Ich brachte den Jaguar XKR mit quietschenden Reifen zum Stehen.

»Sie bleiben hier, Potter!«, wies ich unseren Schützling an. »Rühren Sie sich nicht von der Stelle!«

Rasch stiegen Phil und ich aus, eilten dorthin, wo der Wagen den Zaun durchbrochen hatte. Im Laufen riss Phil sein Handy hervor und rief ein Bergungsteam und eine Ambulanz.

Atemlos blickten wir aufs Wasser, sahen dort, wo der Van versunken war, nur mehr Luftblasen aufsteigen. Wir zückten unsere Waffen, um die Killer sofort gebührend in Empfang zu nehmen, wenn sie sich aus dem Wrack ihres Fahrzeugs retteten.

Doch es kam niemand an die Oberfläche.

Nichts war zu sehen außer den Blasen, die allmählich weniger wurden, und schließlich deutete auf der sich kräuselnden, dunklen Wasseroberfläche nichts mehr darauf hin, was sich hier soeben ereignet hatte.

»Seltsam«, meinte Phil, und ich konnte ihm nur beipflichten.

Wir kehrten zum Jaguar zurück, wo Linus Potter bereits ungeduldig auf uns wartete. Das Rettungsteam, das Phil verständigt hatte, würde sich um die Bergung des Van kümmern. Von der Besatzung des Van – das ahnte ich – würde dabei nichts gefunden werden ...

»Na?«, fragte Linus Potter triumphierend, als wir wieder bei ihm anlangten. »Wie sieht es aus, Gentlemen? Glauben Sie mir *jetzt*?«

Phil und ich tauschten einen missmutigen Blick.

Was blieb uns anderes, als schweigend zu nicken?

*

Die beiden Männer telefonierten erneut miteinander. Es war jene ältere Stimme, deren sonores Timbre bestimmt war von Autorität und Machtgefühl, und die andere Stimme, deren anfängliche Unbekümmertheit inzwischen gewichen war und ernste Sorge verriet.

»Und? Konnten Sie den Fehler ausmerzen?«

»Zu meinem Bedauern – nein«, gab der ältere Mann zurück, und zum ersten Mal hatte der Jüngere das Gefühl, in seiner Stimme einen Hauch von Unsicherheit zu hören. »Eine neue Größe ist auf den Plan getreten und wirkt in diesem Spiel mit. Eine Größe, mit der wir nicht gerechnet hatten. Der FBI.«

»FBI«, wiederholte sein Gesprächspartner, und seine Stimme vibrierte vor Hass. Mit den Agenten des Federal Bureau of Investigation hatte auch er noch eine Rechnung offen, die er irgendwann zu begleichen gedachte.

»Die Zielperson hat sich an den FBI gewandt und um Schutz gebeten«, berichtete der Ältere mit leicht indignierter Stimme. »Und offensichtlich wurde sie ihm gewährt. Mit Hilfe zweier G-men ist er unseren Leuten entkommen.«

»Zweier G-men?« Der andere schnappte nach Luft. »Doch nicht etwa ...?«

»Doch, genau diese beiden, Delta 10«, gab der Ältere zurück.

»Wer vermag zu sagen, warum unsere Wege und die von Agent Cotton und Agent Decker sich immer wieder kreuzen? Es scheint unser Schicksal zu sein.«

Der andere Mann, der seit seinem Beitritt zur »Domäne« den Codenamen »Delta 10« trug, schnaufte.

Cotton und Decker waren diejenigen gewesen, die alles zum Einsturz gebracht hatten, was er sich aufgebaut hatte, die alle seine Pläne zerstört hatten. Die Aussicht, sich irgendwann an ihnen rächen zu können, war einer der Gründe gewesen, derentwegen er der Domäne beigetreten war. Dass sich ihre Pfade jedoch schon so bald wieder kreuzen würden, hatte er nicht gedacht.

»Cotton und Decker«, sagte er nur.

»Ich weiß, dass Sie mit den beiden noch eine Rechnung offen haben«, sagte die ältere Stimme, »genau wie ich. Aber der Zeitpunkt unserer Rache ist nicht gekommen. Noch nicht, Delta 10, verstehen Sie?«

»Ich verstehe«, sagte sein Gesprächspartner widerstrebend.

»Zunächst ist es wichtig, dass Sie Ihre Forschungen zu einem erfolgreichen Ende bringen. Das ist wichtiger als alles andere. Davon hängt der weitere Erfolg unserer Organisation ab – und unsere Rache an Cotton und Decker.«

»Ich … verstehe, Sir.«

»Unsere Leute waren nicht erfolgreich und konnten das Risiko nicht ausschalten, aber das bedeutet nicht, dass wir entdeckt sind! Der FBI weiß nichts von unseren Plänen, ahnt nichts von Ihren Forschungen. Und unsere Spionageabteilung wird dafür sorgen, dass dies auch so bleibt. Unsere Leute werden einen zweiten Versuch starten, die Risikoperson auszuschalten. Und bis dahin werden wir alles daransetzen, dass der FBI seinem Zeugen keinen Glauben schenkt …«

*

9.38 a.m.

Wir brachten Linus B. Potter ins FBI-Gebäude.

Was für große Augen unser Schützling machte, als er die geheiligten Hallen des Federal Building zum ersten Mal betrat, brauche ich wohl nicht extra zu erwähnen. Und auch nicht, was für Augen die Beamtin vom Sicherheitsdienst erst machte, als sie den stinkenden, über und über verdreckten Mann im Pyjama erblickte.

Unser erster Weg führte uns in den Bereitschaftsraum, wo es ein kleines Bad gibt. Als Erstes verordneten wir Linus eine ausgiebige Körperreinigung und verpassten ihm auch eine Hose und ein T-Shirt aus der FBI-Garnitur. So ausgestattet, sah der kleine Mann mit der Brille immerhin wieder wie ein zivilisierter Mensch aus, und wir konnten uns um alles Weitere kümmern.

Unsere Fragen beantwortete Linus Potter bereitwillig. Es dauerte keine halbe Stunde, bis wir über seine aktuellen Lebensumstände Bescheid wussten und uns ein Bild machen konnten.

Potter war das, was man als »ewigen Studenten« bezeichnet. Im Laufe von stolzen acht Jahren hatte er nicht weniger als zehn verschiedene Studiengänge begonnen, darunter Fächer wie Mathematik, Medizin, Philosophie und Geschichte. Die Folge war, dass Potter zu allen Themen etwas zu sagen hatte und von allem etwas zu wissen schien, dafür jedoch von keinem Fach besonders viel.

Er bewohnte ein kleines Apartment in Brooklyn, das offenbar aus Fördergeldern diverser Vereine finanziert wurde, denen er angehörte. Zum Beispiel der »Gesellschaft zur Abwehr paranormaler Umtriebe« (PDS) sowie der »Gegen-Verschwörungs-Initiative« (CCI).

Potters Passion – neben seinem jeweils aktuellen Studienfach – gehörte einer Internet-Homepage, die er selbst erstellt hatte und die er von zu Hause aus betreute.

Die Linus B. Potter Homepage.

Eine Seite, auf der Potter – wie er selbst behauptete – die großen Verschwörungen unserer Zeit enttarnte und die Wahrheit verbreitete.

Nachdem eine Überprüfung von Potters sozialem Umfeld keine Auffälligkeiten ergeben hatte – weder er noch irgendeiner seiner Freunde war vorbestraft oder sonst irgendwie aufgefallen –, beschlossen Phil und ich, uns Potters Internet-Seite einmal anzusehen. So skeptisch wir waren, was die Hirngespinste des Linus B. Potter betraf, dass wir von Killern der Domäne gejagt worden waren, wies darauf hin, dass irgendetwas an Potter wichtig war.

Es musste eine Verbindung geben zwischen der Verbrecherorganisation und Linus Potter. Hatte möglicherweise diese Internet-Seite etwas damit zu tun?

Wir loggten uns über meinen Computer in das weltweite Datennetz ein, tippten Potters Internet-Adresse in die Tasten und wollten uns die Daten auf den Bildschirm geben lassen.

Doch es passierte nichts.

Schließlich erschien eine Meldung, dass die Daten des Servers nicht mehr verfügbar wären.

»Nein!«, rief Potter entsetzt und raufte sich sein wirres Haar. »Das darf nicht wahr sein!«

»Was?«, wollte ich wissen. »Was darf nicht wahr sein?«

»Diese verdammten Schweine! Die haben meinen Computer vom Netz genommen!«

»Wer?«, fragte Phil.

»Na, diese Killer! Die Kerle, die in meiner Wohnung waren! Wenn der Server nicht mehr reagiert, heißt das, sie haben ihn lahmgelegt, nachdem ich geflüchtet bin.«

»Apropos geflüchtet«, meinte ich. »Ich habe vorhin beim NYPD nachgefragt. In dem Haus, in dem Sie wohnen, hat es vergangene Nacht mehrere Meldungen von Einbrüchen gegeben. Ein Hausbewohner will dunkle Gestalten beobachtet haben.«

»Na also!«, rief Potter. »Das bestätigt meine Aussage, oder nicht?«

»Schon«, räumte ich ein. »Dabei war allerdings auch eine junge Frau, die sich beschwert hat, dass ein offensichtlich Perverser namens Linus Potter zu ihr in die Badewanne gestiegen sei. Sie wissen nicht zufällig etwas darüber, oder?«

Eine Antwort erübrigte sich, denn Potters Gesicht wurde rot wie eine Tomate.

»Es – es war ein Versehen«, brachte er leise hervor.

»Sie sind vor diesen Killern geflohen und sind auf der Flucht *versehentlich* in der Badewanne einer jungen Frau gelandet?«, fragte ich verblüfft. »Und trotz aller Hektik haben Sie noch daran gedacht, Ihr Handy mitzunehmen? Sie müssen zugeben, dass das sonderbar klingt.«

»Mein Handy trage ich immer am Mann, Tag und Nacht«, gab Potter bekannt. »Und was diesen Zwischenfall betrifft ... Wie ich schon sagte, es war ein Versehen.«

»Ein Versehen«, echote ich, und Phil und ich tauschten einen viel sagenden Blick. Trotz der Verfolgungsjagd quer durch Central Manhattan beschlichen uns gewisse Zweifel, was die Lauterkeit unseres Zeugen betraf.

»Was soll das?«, fragte Linus gereizt. »Wieso schauen Sie mich so an? Glauben Sie, dass ich Ihnen das alles nur vorgelogen habe? Dass sich jemand so eine haarsträubende Geschichte einfach ausgedacht haben könnte?«

Wieder wechselten Phil und ich einen Blick.

Im Grunde hatte Potter Recht. Eine Geschichte, wie er sie uns auftischte, würde sich kein Ganove jemals ausdenken, um sich bei uns einzuschleichen. Außerdem waren die Kugeln, mit denen auf uns geschossen worden war, fraglos echt gewesen.

»Hören Sie, Linus«, sagte ich deshalb, »es ist nicht so, dass wir Ihnen nicht glauben wollen. Aber bislang haben wir so gut wie keinen Anhaltspunkt. Wenn wir wenigstens die Daten von Ihrer Homepage hätten, könnten wir …«

»Wenn's weiter nichts ist. Das sollte kein Problem sein.«

»Was?«

»Das Zauberwort heißt Spiegelseite«, sagte der kleine Mann und blickte uns durch die dicken Gläser seiner Hornbrille an. »Es kommt immer wieder vor, dass einzelne Internet-Seiten aus diesem oder jenem Grund ausfallen. Manchmal sind es auch offizielle Stellen, die unsere Seiten sperren lassen. Aus diesem Grund gibt es auch noch andere Server, auf denen die Daten meiner Homepage gespeichert sind. Allerdings sind sie nicht ganz auf dem neuesten Stand. Das letzte Update war am Montag.«

»Soll uns recht sein«, meinte ich. »Holen Sie uns die Daten auf den Schirm, Mr. Potter. Vielleicht ergibt sich daraus ein Hinweis.«

»Wird gemacht.«

Fieberhaft hackte der Verschwörungstheoretiker auf das Tastenfeld meines Computers ein, und wir hatten Glück. Eine der Spiegelseiten von Potters Homepage war noch verfügbar und erschien auf dem Schirm.

»Und?«, fragte er. »Was sagen Sie nun?«

»Gute Arbeit«, lobte ich und erhoffte mir einen Moment lang tatsächlich einigen Aufschluss von Potters Homepage, die er groß und breit als die beste Enthüllungsseite des Landes angepriesen hatte.

Als Phil und ich allerdings die Überschriften lasen, wurde uns sehr schnell klar, dass wir auf dieser Seite wohl nicht fündig werden würden.

»Die Atombombe – eine außerirdische Erfindung?«
»Warum Ratten bald herrschen werden«
»Ist unsere Wirklichkeit virtuell?«
»Was wirklich in Roswell, New Mexico geschehen ist«

Diese Schlagzeilen und noch viele mehr waren auf dem Bildschirm zu lesen, eine davon haarsträubender als die andere.

»Mann«, stöhnte Phil ungläubig. »Und Sie glauben das alles wirklich?«

»Natürlich«, sagte Potter im Brustton der Überzeugung. »Und zweifellos ist diese Seite auch der Grund dafür, weshalb ich von diesen Killern gejagt werde. Der größte Feind jeder Verschwörung ist die Wahrheit, und diese Leute wissen das. Bei mir finden Sie die Wahrheit zu nahezu allen Ereignissen der jüngeren Geschichte: zum Kennedy-Attentat, zum Krieg in Vietnam, zur Watergate-Affäre. Und natürlich zum letzten Superbowl.«

»Tatsächlich«, staunte Phil mit schwachem Lächeln. »Mir persönlich gefällt diese Schlagzeile am besten: *Die Mondlandung fand nicht 1969 statt.*«

»Natürlich nicht«, meinte Potter beiläufig, »wussten Sie das nicht? In Wirklichkeit war die NASA bereits drei Jahre früher auf dem Mond. Was man in jener Nacht im Fernsehen zu sehen bekam, war eine Fälschung. Material, das zu diesem Zeitpunkt schon drei Jahre alt war.«

»Mann«, sagte Phil wieder und sandte mir einen bedeutsamen Blick.

Ich verstand nur zu gut, was mein Partner meinte. Es war schwer vorstellbar, dass diese Ansammlung von Fantastereien, die Potter als »Enthüllungen« bezeichnete, die Aufmerksamkeit der Domäne erregt haben sollte. Noch schwerer war zu begreifen, dass die Organisation ihm deswegen ihre Killer auf den Hals gehetzt und riskiert haben sollte, dabei geschnappt zu werden.

Aber Phil und ich waren dabei gewesen.

Wir hatten den Van gesehen, und uns waren die Kugeln um die Ohren geflogen, und wenn ich auch so ziemlich alles bezweifelte, was auf Linus Potters Seite zu lesen war – zumindest *das* entsprach der Realität.

Die Frage war, wie alles zusammenhing ...

»Verstehen Sie denn nicht?«, fragte Potter, dem der Zweifel in unseren Blicken nicht entging. »Diese Organisation, von der Sie andauernd sprechen, die Domäne, ist wahrscheinlich Teil dieser Verschwörung. Ich habe schon vor Jahren herausgefunden, dass auch einige Syndikate daran beteiligt sind. Ich habe der Polizei schon mehrfach meine Mitarbeit angeboten, aber man wollte sie nicht.«

Phil seufzte laut, aber er enthielt sich eines Kommentars, was wahrscheinlich auch besser war. Ich hätte nicht dabei sein wollen, wenn Potter erst anfing, seine haarsträubenden Theorien zu verteidigen.

Wieder auf den Bildschirm blickend, überlegte ich, wie alles zusammenhängen konnte.

Obwohl uns ihre Strukturen noch weitgehend unbekannt waren und vieles über sie noch im Dunkeln lag, schien mir die Domäne doch eine Organisation zu sein, die mit beiden Beinen fest auf dem Boden stand. Die beiden Säulen, auf denen sie ruhte, waren Geld und Einfluss. Für UFOs, Außerirdische oder andere Fantastereien blieb da kein Platz.

Wie also passten Potters Homepage und die Attentatsversuche durch die Domäne zusammen? Hatten wir vielleicht etwas übersehen?

Wieder überflog ich die Überschriften, fühlte mich dabei an die Schlagzeilen der Boulevardpresse erinnert.

Und dann, plötzlich, kam mir ein Gedanke.

Wie jeder wusste, bargen die Storys der Yellow Press stets einen gewissen Wahrheitsgehalt, der mal höher und mal niedriger war. Als Faustregel galt: Zog man achtzig Prozent von dem, was da geschrieben wurde, ab, hatte man in ungefähr das, was andere Zeitungsredaktionen als verbürgte Wahrheit bezeichnet hätten.

Auch Linus Potter strickte seine Schlagzeilen fraglos nach diesem Muster. Man nahm ein Ereignis, das auf den ersten Blick unerklärbar erschien, und bastelte daraus eine Verschwörungsgeschichte mit UFOs, den »Men in Black« und korrupten Geheimdiensten.

Aus einem Licht am Himmel wurde ein UFO.

Aus einem Unfall in einer Chemiefabrik ein Anschlag durch Außerirdische.

Aus der Bruchlandung eines Flugzeugs der Absturz eines fremden Raumschiffs.

Vielleicht, so sagte ich mir, war Linus bei seinen Recherchen auf irgendetwas gestoßen, das mit der Domäne zu tun hatte. Vielleicht verbarg sich hinter all diesen haarsträubenden Schlagzeilen irgendwo ein Körnchen Wahrheit, etwas, dessen Entdeckung der Domäne gefährlich werden konnte. Sicher war es nicht auf den ersten Blick zu entdecken, doch die Bedrohung musste höchst real sein, wenn die Domäne dafür ihre Killer ins Feld schickte …

»Wissen Sie, Mr. Potter«, begann ich zögerlich, denn ich wollte unserem Zeugen meine Theorie schonend beibringen, »vielleicht verbirgt sich irgendwo in Ihren Nachrichten ein Hinweis. Etwas, das nicht an die Außenwelt dringen sollte …«

»Aber ja, davon spreche ich ja die ganze Zeit!«, pflichtete Potter mir eifrig nickend bei. »Alle meine Storys werden von den Machthabern unter Verschluss gehalten. Denken Sie nur an die Sache mit den Alien-Babys. Ich bin mir sicher, dass die Mafia tief in diese Sache verstrickt ist, gerade wegen dieses Vorfalls in Italien, der …«

»So meinte ich es nicht«, unterbrach ich ihn. »Ich nehme an, dass sich vielleicht in einer Ihrer Meldungen ein Hinweis verbirgt. Etwas, worüber Sie zufällig gestoßen sind und das der Domäne nun ein Dorn im Auge ist.«

»Genau«, sagte Phil und drückte es weit weniger diplomatisch aus, als er erklärte: »Auch ein blindes Huhn findet bekanntlich ab und zu mal ein Korn.«

Erneut wurde Potters Gesicht rot, diesmal vor Zorn.

»Sie glauben mir nicht«, stellte er vorwurfsvoll fest. »Sie schenken meinen Theorien ebenso wenig Glauben wie alle anderen offiziellen Stellen. Sie sind keinen Deut besser!«

»Tatsache ist, Mr. Potter«, sagte ich, »dass es nicht einen Beweis gibt für die Existenz von UFOs oder Außerirdischen. Die Bedrohung durch die Domäne jedoch ist sehr, sehr real. Diese Leute scheren sich nicht um Menschenleben, und es ist ihnen auch gleichgültig, was irgendein Verschwörungstheoretiker schreibt – bis zu dem Augenblick, wo ihre eigenen Interessen davon betroffen sind. Offensichtlich sind Sie auf etwas gestoßen, was die Domäne beunruhigt hat, Mr. Potter. Irgendwo auf Ihren Seiten findet sich möglicherweise ein Hinweis auf ein geplantes Verbrechen der Domäne.«

»Aber – aber meine Theorien?«, stammelte Linus verzweifelt. »Ich habe nach bestem Wissen und Gewissen recherchiert.«

»Das bezweifle ich nicht«, beschwichtigte ich mit ruhiger Stimme, »und bei Ihren Recherchen sind Sie offenbar auf etwas gestoßen, das hätte verborgen bleiben sollen. Mit Ihrer Arbeit haben Sie sich selbst ins Fadenkreuz der Domäne gebracht, Mr. Potter. An uns liegt es nun, herauszufinden, was genau die Aufmerksamkeit dieser Verbrecherorganisation erregt hat. Nur wenn uns das gelingt, können Sie wieder ein sicheres Leben führen.«

*

Drei Stunden später waren die Bergungsarbeiten am East River abgeschlossen. Sofort nach Eingang des Berichts der forensischen Abteilung bestellte uns Mr. High zum Briefing in sein Büro.

Wir nahmen Linus Potter mit.

Zum einen, weil wir ihn dabeihaben wollten, falls sich irgendwelche Fragen ergaben. Zum anderen auch deshalb, weil wir ihn ungern im FBI-Gebäude allein lassen wollten. Wer vermochte zu sagen, was der Verschwörungstheoretiker anstellen würde, sobald wir ihn aus den Augen ließen?

»Da sind Sie ja, Gentlemen«, begrüßte uns Mr. High, nachdem wir das Vorzimmer seines Büros durchquert hatten, wobei Linus Potter ungeniert in den Ausschnitt von Mr. Highs junger und attraktiver Sekretärin Helen gestarrt hatte. »Bitte, nehmen Sie Platz. Sie auch, Mr. Potter.«

Unser Chef setzte ein joviales Lächeln auf und wollte unseren Gast per Handschlag begrüßen. Potter jedoch behielt die Hände in seinen Hosentaschen.

»Entschuldigen Sie«, sagte er verdrießlich, »aber ich würde es vorziehen, Ihnen nicht die Hand geben zu müssen. Jeder weiß doch, dass die Führungsebene des FBI längst mit diesen elektronischen Dingern ausgestattet ist, die einen bei Berührung vom Scheitel bis zur Sohle scannen. Das verstößt gegen die Verfassung. Ich bin kein gläserner Bürger, merken Sie sich das.«

Mr. High machte ein langes Gesicht, warf Phil und mir einen verständnislosen Blick zu.

Wir konnten nicht anders, als hilflos mit den Schultern zu zucken, denn solch wirres Zeug mussten wir uns schließlich schon den ganzen Morgen über anhören.

»Nun, Mr. Potter«, meinte unser Chef, nachdem wir auf den Besucherstühlen Platz genommen hatten, »ich – äh … – darf Ihnen versichern, dass in unserer Dienststelle alles mit rechten Dingen zugeht. Es gibt hier nichts, wovor Sie sich fürchten müssten.«

»Das behaupten sie alle«, entgegnete Potter, der sich im Büro unseres Chefs sichtlich unwohl zu fühlen schien. Gehetzt flogen seine Blicke zwischen der US-Fahne in der Ecke und dem großen New Yorker Stadtplan an der Wand hin und her, und er wirkte verdammt nervös.

»All right, Gentlemen«, wandte sich der SAC an Phil und mich, »kommen wir also zur Sache. Die Bergung und eine erste Untersuchung des Fahrzeugs des Killerkommandos sind abgeschlossen.«

»Und?«, fragte Phil ungeduldig.

»Nach allem, was wir bislang sagen können, haben Sie mit Ihrer Vermutung Recht. Es handelt sich um eines der typischen Einsatzfahrzeuge der Domäne. Die Fahrgestellnummer und sämtliche anderen Charakteristika, anhand derer sich die Herkunft des Lieferwagens zurückverfolgen ließen, wurden entfernt.«

»Typisch«, meinte ich. »Was ist mit der Besatzung?«

»Fehlanzeige, Jerry. Die Taucher des Bergungsteams fanden keine Leichen, was bedeuten muss, dass die Ganoven aus dem Wagen rauskamen und geflüchtet sind.«

Ich kann nicht sagen, dass ich überrascht gewesen wäre.

Nur in den seltensten Fällen lassen Domäne-Agenten gefallene Kumpane zurück. Die Gefahr, dadurch Spuren zu hinterlassen, war ihnen zu groß. Einen Domäne-Schergen lebend zu fangen war noch ungleich schwieriger, und wenn man ihm hatte, war selten etwas aus ihm herauszubekommen.

»Inzwischen wurde der Wagen mit einem Kran aus dem Fluss gezogen«, fuhr Mr. High fort. »Die Kollegen von der Forensik untersuchen ihn gegenwärtig auf weitere Spuren, aber wir gehen nicht davon aus, dass dabei noch etwas gefunden werden wird. Sie wissen ja, wie diese Verbrecher arbeiteten.«

Phil und ich nickten. Wir wussten es in der Tat.

Die Domäne arbeitete präzise wie ein Uhrwerk. Fehler wurden nur selten gemacht, Spuren so gut wie nie hinterlassen. Wir konnten von Glück sagen, dass wir so glimpflich davongekommen waren.

»Die Frage ist nun also, wie es weitergeht«, sagte der SAC. »Immerhin wissen wir jetzt, dass wir es mit der Domäne zu tun haben. Was wir uns als Nächstes fragen sollten, ist wohl, weshalb die Domäne Mr. Potter aus dem Weg schaffen will.«

»Wir haben eine Theorie, Sir«, eröffnete ich. »Noch sind es nur Vermutungen, wir können noch nichts beweisen. Aber wir gehen davon aus, dass Mr. Potter auf einer von ihm betreuten Internet-Seite versehentlich Informationen veröffentlicht hat, die die Sicherheitsinteressen der Domäne berühren.«

»*Versehentlich?*«, eiferte sich Linus protestierend. »Was heißt versehentlich? Ich habe mein ganzes Leben der Suche nach der Wahrheit gewidmet, die ich auf meiner Homepage auch kundtue! Wenn diese Strolche durch mich nervös geworden sind, dann war das kein Zufall!«

»Sie haben die Mordbrigade der Domäne *mit Absicht* auf sich gelenkt, junger Freund?«, fragte Mr. High mit abschätzigem Blick. »In diesem Fall müsste ich allerdings an Ihrem Verstand zweifeln.«

»Ich weiß nicht viel über die Domäne«, räumte Linus ein, »nur das, was Ihre G-men mir erklärt haben. Aber ich könnte mir durchaus vorstellen, dass sie mit den Rinderverstümmelungen im Mittelwesten zu tun hat. Wussten Sie, das die Tabakwarenindustrie daraus Vorteile zieht?«

Mr. Highs Blick war so verstört, dass ich mich genötigt sah, in das Gespräch einzugreifen. »Wie auch immer«, sagte ich schnell, »wir sollten alles daransetzen, herauszufinden, welche von Mr. Potters *Wahrheiten* die Domäne so in Unruhe versetzt hat. Möglicherweise plant die Organisation einen großen Coup, den wir auf diese Weise vereiteln können.«

»Sehr gut, Jerry«, erwiderte Mr. High. »Wie wir wissen, handelt die Domäne niemals unbedacht oder ohne großen Plan. Wenn sie also ihre Killer schickt, muss es sich fraglos um etwas Größeres handeln. – Phil?«

»Ja, Sir?«

»Sie haben sich bereits mit Mr. Potters Homepage befasst und sind in den Fall eingearbeitet.«

»Na ja«, meinte mein Partner einigermaßen verdrießlich, »geht so.«

»Ich möchte, dass Sie alle Inhalte von Mr. Potters Internet-Seite mit den Einträgen im FBI-Archiv vergleichen. Übereinstimmungen könnten auf tatsächlich relevante Fälle hindeuten und Spuren ergeben, die wir weiterverfolgen sollten.«

»Tatsächlich relevante Fälle, Sir?«, fragte Linus aufgebracht. »Wollen Sie damit sagen, dass es auf meiner Homepage Informationen gibt, die *nicht* relevant sind?«

»Genau das, Mr. Potter.« Mr. High sandte dem Verschwörungstheoretiker einen ungewohnt scharfen Blick. »Und wenn Sie jetzt nur noch einen Ton sagen, werde ich Sie in Schutzhaft nehmen und für die nächsten drei Monate auf Riker's Island gefangen setzen.«

»Aber ich ...«

Die schlohweißen Brauen unseres Chefs zogen sich düster zusammen, und die Autorität, die er in diesem Moment ausstrahlte, ließ sogar Linus Potter verstummen.

»Was wird meine Aufgabe sein, Sir?«, erkundigte ich mich, nachdem der Störenfried verstummt war. »Soll ich mich nicht am Durchforsten der Datensätze beteiligen?«

»Nein, Jerry.« Mr. High schüttelte den Kopf. »Der Überfall von heute Morgen hat gezeigt, dass Mr. Potter in der Stadt nicht mehr sicher ist. Die Domäne will seinen Tod, und Sie wissen, wie beharrlich diese Leute ihre Ziele verfolgen.«

»Allerdings.«

»Sie werden also mit Mr. Potter eines unserer Zeugenverstecke außerhalb der Stadt aufsuchen. Fahren Sie hinauf nach Adirondack und tauchen Sie für die nächsten Tage dort unter. Wenigstens so lange, bis Phil herausgefunden hat, was es mit Mr. Potters Homepage auf sich hat.«

»Aber diese Sache könnte gefährlich werden, Sir«, wandte Phil ein. »Sollte ich nicht lieber bei Jerry bleiben? Ich meine ...«

»Ich weiß, dass keiner von Ihnen gerne ohne den anderen arbeitet, aber es lässt sich leider nicht vermeiden. Ich habe nicht genügend Agenten zur Verfügung, um diese Sache so verfolgen zu lassen, wie sie es vielleicht verdient. Wie Sie wissen, herrscht noch immer Alarmzustand hier im FBI District New York wegen der Umtriebe islamischer Fundamentalisten – wobei die Verwendung dieses Begriffs für diese feigen Mörder und Terroristen schon eine Beleidigung für den Islam darstellt.«

»Ich verstehe, Sir«, meinte ich und nickte.

»Bringen Sie Mr. Potter in Sicherheit. Und Sie, Phil, bringen mir ein paar Hinweise, mit denen wir arbeiten können. Dann sehen wir weiter. Das ist vorerst alles, Gentlemen.«

Mein Partner und ich tauschten einen Blick, dann erhoben wir uns aus den Besucherstühlen und wandten uns zum Gehen.

»Viel Glück, Jerry und Phil«, rief uns Mr. High nach, als wir schon auf der Schwelle waren. »Auch Ihnen, Mr. Potter.«

Unser nervender Schützling zögerte, blieb stehen. Dann wandte er sich um.

»Danke, Sir«, sagte er leise.

*

Beim nächsten Anruf hörte sich die ältere Stimme nicht mehr verunsichert an wie beim letzten Mal, sondern hatte wieder den alten Klang von Machtgefühl und von an Arroganz grenzender Selbstsicherheit.

»Der Mann, dem wir diese Internet-Seite verdanken, heißt Linus B. Potter. Er ist ein Verschwörungstheoretiker.«

»Er ist ... *was*?«

»Einer von diesen Kerlen, die sich einbilden, dass die Regierung Außerirdische versteckt und dergleichen Blödsinn mehr. Dass es geheimnisvolle Kartelle gibt, die die Geschicke der Menschheit manipulieren und lenken. Eine geheime Verschwörung in höchsten Kreisen ...«

»Sieh an«, meinte der andere Gesprächsteilnehmer. »Was das betrifft, hat er gar nicht mal so Unrecht.«

»Potter ist nur ein kleiner Fisch. Aber aus irgendeinem Grund ist er auf den Vorfall in New Mexico gestoßen und hat Details darüber auf seiner Homepage veröffentlicht. Inzwischen haben wir seinen Server vom Netz genommen und vernichtet, so dass die Daten nicht mehr verfügbar sind. Die G-men tappen völlig im Dunkeln, denn sie haben nur eine veraltete Version der Homepage von einer Spiegelseite, auf der die Angelegenheit nicht erwähnt wird.«

»Also ist wieder alles in Ordnung?«, fragte Delta 10 hoffnungsvoll.

»Nein, denn Potter ist noch am Leben, und solange er lebt, lebt auch das Risiko. Die G-men ahnen, dass er etwas weiß, deswegen lassen sie ihn nicht aus den Augen. Sie wollen ihn außerhalb der Stadt verstecken, wo er für uns nicht greifbar ist, um ihn später vielleicht als Zeugen gegen uns einzusetzen.«

»Woher wissen Sie das alles, Sir?«, erkundigte sich der andere Mann verblüfft. »Ich nehme nicht an, dass der FBI diese Informationen an die große Glocke gehängt hat, oder?«

»Das ist richtig, Delta 10«, erwiderte die ältere Stimme voller Genugtuung. »Nur eine Hand voll Eingeweihter weiß darüber Bescheid – und wir, mein Freund. Vielleicht habe ich es ja vergessen zu erwähnen, aber die Domäne unterhält einen Informanten beim FBI. Einen Spion, der uns zu jeder Zeit über das Vorgehen unserer Feinde informiert. Aus diesem Grund wissen wir ganz genau, wo der FBI Potter versteckt. Und deshalb werden wir auch zuschlagen können – und die Sache aus der Welt räumen …«

*

5.47 p.m.
Die Adirondack Mountains sind ein State Park im Bundesstaat New York, der ungefähr vier Autostunden vom Big Apple entfernt liegt.

Viele New Yorker fahren an den Wochenenden dorthin, um sich zu erholen – im Winter, um auf den ausgedehnten Pisten des Parks Schi zu laufen, in den übrigen Jahreszeiten, um zu wandern, zu kampieren oder auf den zahllosen Seen mit dem Kanu zu fahren.

Der FBI unterhält mehrere Zeugenverstecke in den Adirondack-

Bergen, je nach Sicherheitsstufe. Mit Linus Potter stieg ich in einem Motel am Fuß einer Gebirgskette ab, unweit vom Besucherzentrum des Parks. Schon früher hatten wir wiederholt Zeugen hier untergebracht, denn das Motel war unauffällig genug, um keinen Verdacht zu erregen, dazu war das umgebende Gelände sehr übersichtlich.

Nur eines war es nicht – es war keine Luxusherberge, wie Linus sofort feststellte, als ich den Dienstwagen auf den Parkplatz steuerte. Auf den Einsatz des Jaguars hatte ich verzichtet. Mein roter Flitzer wäre für einen Einsatz wie diesen einfach zu auffällig gewesen, außerdem hatte er bei der Verfolgungsjagd ein paar böse Dellen nd Schrammen abgekriegt und befand sich in Reparatur.

»Hilfe!«, rief Linus Potter aus. »Sagen Sie nicht, dass das unsere Unterkunft ist?«

»Doch«, bestätigte ich genervt. »Was dagegen?«

»Ob ich …?« Potter schnappte nach Luft. »Das ist eine Absteige! Eine Katastrophe! Ein verdammtes Stundenmotel!«

»Es ist ein ganz *stinknormales* Motel, klar?«, erwiderte ich. »Was hatten Sie erwartet, Potter? Das Waldorf Astoria?«

»Nun, aus den Filmen weiß ich, dass FBI-Zeugen durchweg in guten Hotels untergebracht werden. Das hier ist aber kein Hotel, sondern ein mieses Loch, klar?«

»Hören Sie«, sagte ich, mich selbst zur Ruhe zwingend. Die ganze Fahrt von New York bis hierher hatte mein Beifahrer mich mit nervenden Geschichten und Verschwörungstheorien vollgeschwallt, und allmählich näherte sich meine Geduld ihrem Ende. »Erstens: Sie sitzen zu viel vor der Glotze, Potter. Und zweitens: Für jemanden, der die letzte Nacht in der Kanalisation verbracht hat, *ist* dies hier das Waldorf Astoria. Noch irgendwelche Fragen?«

Ich wartete nicht erst ab, stieg einfach aus.

Potter kam mir hinterher, holte tief Luft, um sich weiter zu beschweren.

»Noch ein Wort«, sagte ich grimmig und hob warnend meinen Zeigefinger. »Noch ein Wort, Potter, und ich setze Sie in den Wagen und fahre Sie augenblicklich zurück nach New York City.«

»Das dürfen Sie nicht! Dort will man mich umbringen, wie Sie wissen.«

»Wenn Sie so weitermachen, Potter, wird es auch hier draußen bald jemanden geben, der Sie umbringen möchte.«

Das saß.

Ich weiß nicht, wie ernst Linus Potter meine Drohung nahm. Auf jeden Fall verstummte er, und ich ging in die Lobby des Motels, um einzuchecken und die Schlüssel des reservierten Zimmers entgegenzunehmen.

Anschließend holten wir unser Gepäck aus dem Kofferraum und suchten unsere geräumige Unterkunft auf, die aus einem Wohnraum und einem angrenzenden Schlafzimmer bestand, in dem Potter sich häuslich einrichten durfte. Ich selbst würde es mir im Ohrensessel im Wohnraum bequem machen, von dem aus ich die Tür im Auge behalten konnte.

Rasch zog ich alle Vorhänge zu, erst dann machte ich Licht. Schließlich sollten wir von draußen nicht gesehen werden.

Es war später Nachmittag, und es wurde rasch dunkel. In meinem Magen breitete sich ein Hungergefühl aus, und ich griff nach den Speisekarten, die auf einem Tischchen lagen.

»Wonach steht Ihnen der Sinn, Potter?«, erkundigte ich mich. »Chinesisch oder Italienisch?«

»Italienisch«, entschied mein Schützling für uns beide, und schon zwanzig Minuten, nachdem ich uns zwei Pizzas bestellt hatte, saßen wir im Wohnzimmer und knabberten an den große, belegten Teigfladen herum.

»Wissen Sie«, meinte Potter, der schmatzend auf dem Sofa saß und an dessen Hornbrille rote Tomatensoße klebte, »eigentlich ist es gar nicht so schlecht hier.«

»Was Sie nicht sagen.«

»Erinnert mich an eine Story, an der ich mal dran war. Es ging um einen Typen unten in Memphis, der Schwierigkeiten mit den örtlichen Behörden hatte, weil er illegal eingereist war – jedenfalls dachten das alle. In Wirklichkeit war er ein ehemaliger CIA-Agent, der von der Sache mit Elvis erfahren hatte. Die Polizei war hinter ihm her, und er versteckte sich in einem Motel, ähnlich wie wir jetzt. Was jedoch keiner wusste, war, dass der King of Rock'n'Roll noch lebte und dass ...«

Ich muss gestehen, dass ich irgendwann den Faden verlor.

Wer den lieben langen Tag von nichts anderem hört als von Verschwörungen, Aliens und anderem Unfug, der glaubt irgendwann entweder selbst daran oder schaltet die Ohren einfach auf Durchzug.

Bei mir war Letzteres der Fall, und nicht zum ersten Mal an diesem Tag wünschte ich mir, mit Phil Streichhölzer gezogen zu haben, denn dann hätte zumindest eine 50:50-Chance bestanden, nicht auf diese Mission geschickt zu werden und Linus B. Potters verbaler Sparringspartner zu sein. Sogar das Bearbeiten von Einsatzberichten und das Ausfüllen von Formularen hatte wieder einen gewissen Reiz für mich gewonnen.

Wehmütig dachte ich an New York und an mein Büro, und unwillkürlich fragte ich mich, was Phil gerade machte ...

*

6.14 p.m.
Phil Decker hatte sich ins FBI-Datenarchiv eingeloggt und war dabei, die »Informationen« von Linus Potters Homepage mit denen des Zentralcomputers zu vergleichen. Dabei kam er sich vor, als ob er einen Gebrauchtwagen kaufen wollte und verzweifelt versuchte, aus dem Redefluss des Verkäufers das Quäntchen Wahrheit zu ermitteln.

Einigermaßen verzweifelt versuchte Phil, Potters haarsträubende Geschichten auf ihren Wahrheitsgehalt hin abzuklopfen. Hier ein Unfall mit tödlichem Ausgang, dort ein Überfall auf einen Militärtransport. Die Zusammenhänge, in die Potter diese Vorfälle brachte, waren mit gesundem Menschenverstand nicht zu halten, aber immerhin ließ sich überprüfen, ob sie wirklich stattgefunden hatten, und vielleicht ließ sich daraus ja ein Zusammenhang zur Domäne feststellen.

Mit Hilfe eines Rasterprogramms, das die einzelnen Informationen miteinander verglich und sie sortierte, ging der G-man Meldung für Meldung durch. Eine zeitraubende und anstrengende Tätigkeit war das, denn immer wieder brachte das Programm Erfolgsmeldungen auf den Schirm, die Phil dann entweder verwarf oder weiterverfolgte.

Wenn das so weiterging, würde er sich mit diesem Job die ganze Nacht um die Ohren schlagen und morgen früh noch immer so schlau sein wie jetzt.

Dennoch – Jerry und Mr. High hatten Recht.

Irgendwo auf Potters Homepage musste sich eine Information verbergen, die die Domäne derart beunruhigt hatte, dass sie versuchte, den Verschwörungstheoretiker aus dem Weg zu räumen.

Und diese Information musste Phil finden.

Es war die Suche nach der berühmten Stecknadel im Heuhaufen ...

*

8.26 p.m.

Es war draußen dunkel geworden.

Nur mehr wenige Autos fuhren die Straße entlang, und nur hin und wieder bog eins davon ab, um das Motel anzusteuern, in dem auch wir abgestiegen waren.

Immer wieder spähte ich durch einen Spalt im Vorhang hinaus, und draußen schien alles ruhig zu sein. Das Motel war in dieser Nacht nur halb belegt, was die Situation ein wenig überschaubarer machte.

Soweit das möglich war, hatten Linus Potter und ich es uns in unserer Unterkunft gemütlich gemacht. Die eine Frage war, wie lange wir würden hier bleiben müssen, bis Phil und die Forensiker auf einen Hinweis stießen.

Die andere, wie lange ich es in Linus B. Potters Gesellschaft *aushalten* würde ...

»...und dann ist da noch die andere Sache, die mir keine Ruhe lässt, Agent Cotton«, meinte der Verschwörungstheoretiker, der die Gabe zu besitzen schien, ohne Unterlass sprechen zu können, und das auch noch, ohne dabei Luft holen zu müssen.

»Welche Sache?«, fragte ich.

»Das Raketenabwehrprogramm«, sagte Linus so beiläufig, als spreche er über die Football-Ergebnisse der zurückliegenden Saison.

»Was soll damit sein?«, erkundigte ich mich und seufzte. Ich hatte ganz auf Durchzug geschaltet, während Linus mir seine Theorien offenlegte. Offenbar hatte er sich vorgenommen, mich ebenfalls zu einem Verschwörungsjünger zu erziehen, der an fortgeschrittener Paranoia litt.

»Das Raketenabwehrprogramm, mit dem die amerikanische Regierung einen Schutzschild über dem amerikanischen Kontinent errichten will«, erklärte Linus unbeirrt.

»Und?«

»Laserkanonen, funktionierende Frühwarnsysteme – das alles gibt es bereits, Agent Cotton. Man hat es mit Hilfe außerirdischer Technik errichtet.«

»O Potter«, stöhnte ich und schüttelte den Kopf. »Woher haben Sie das alles? Ich meine, wann hat das bei Ihnen angefangen? Wann haben Sie damit begonnen, sich für Verschwörungen und Außerirdische zu interessieren?«

»Wollen Sie das wirklich wissen?«, erkundigte sich mein Zimmergenosse mit Verschwörerstimme.

»Unbedingt«, log ich in der Hoffnung, dass das weitere Gespräch ein wenig erdgebundener verlaufen würde.

»Dann hören Sie zu.« Linus beugte sich weit über den kleinen Couchtisch, damit er noch leiser sprechen konnte. »Ich habe diese Geschichte bislang erst einmal in meinem Leben erzählt – damals, als es um die Aufnahme in die Gesellschaft zur Abwehr paranormaler Umtriebe ging.«

»Also?«

»Ich war etwa sechs Jahre alt, als ich mein erstes paranormales Erlebnis hatte. Es war in einer kalten Winternacht, als ich plötzlich aufwachte und zum Fenster meines Zimmers ging. Ich schaute hinaus, und was ich da sah, war nicht etwa der Weihnachtsmann mit seinem Schlitten. Es war ein UFO, Agent Cotton. Ein echtes UFO.«

»Sie waren noch ein Kind«, meinte ich skeptisch. Schließlich war allgemein bekannt, dass mit Kindern hin und wieder die Fantasie durchging.

Doch Potter ließ sich nicht beirren. »Ich weiß, was ich gesehen habe«, versicherte er. »Es war ein UFO. Drei Lichter am Himmel, die ein exaktes Dreieck bildeten. Einen Augenblick lang waren sie da, schwebten genau über unserem Haus – dann, plötzlich, waren sie weg, so schnell, dass ich ihnen mit meinen Blicken nicht folgen konnte.«

Ein wehmütiges Lächeln huschte über seine blassen Züge.

»Natürlich wollte mir niemand glauben, was ich gesehen hatte«, fuhr er fort. »Schon damals stieß ich auf jene Mauer des Schweigens und der Ignoranz, die ich bis auf den heutigen Tag einzureißen versuche. Wo immer es möglich war, habe ich von meinem Erlebnis berichtet. Auf Schulveranstaltungen. Im Laden meiner Eltern. Sogar bei der Polizei.«

»Wie haben die Menschen darauf reagiert?«

»Na ja – der Ort, aus dem ich stamme, ist ein kleines Kaff in Milwaukee. Die Leute dort sind nicht sehr aufgeschlossen gegenüber unerklärlichen Phänomenen. Man begann, mich für ein kleines Monster zu halten, für einen Verrückten. Ich durfte nicht mehr mit anderen Kindern spielen und flog von der Schule. Schließlich blieb meinen Eltern nichts anderes übrig, als mit mir in eine andere Stadt zu ziehen.«

»Aber Sie haben nicht aufgehört«, sagte ich.

»Wo denken Sie hin? Natürlich nicht, ich hatte ja gerade erst angefangen. Kaum dass ich richtig lesen konnte, begann ich, mir einschlägige Literatur zu beschaffen und mir alles über UFOs und Aliens anzueignen. Jene eine Nacht hat mein Leben für immer verändert. Sie hat sich unauslöschlich in mein Gedächtnis eingebrannt. Irgendwann – ich war sechzehn, glaube ich – entdeckte ich in einer Zeitschrift die Anzeige der PDS …«

»Der *Paranormal Defence Society*«, sagte ich.

»Genau. Auf einmal erkannte ich, dass es noch mehr Menschen gibt, die ähnliche Erlebnisse wie ich hatten, und dass sie alle Außenseiter waren, genau wie ich. Was also lag näher, als mich mit ihnen zusammenzuschließen? Ich trat der PDS bei, drei Jahre später dann der CCI.«

»Der *Counter-Conspiracy Initiative*«, erinnerte ich mich an den vollen Namen der vom FBI zwar als harmlos, aber höchst unseriös eingestuften Vereinigung.

»So ist es. Hier fand ich endlich Zugang zu Leuten, die die gleichen Erfahrungen gemacht hatten wie ich, die genauso dachten und fühlten wie ich – und die genauso darauf brannten, die Wahrheit endlich ans Licht zu bringen wie ich. Die Wahrheit über die UFOs, die Außerirdischen und die Verschwörung.«

»Ich verstehe«, meinte ich. Mit anderen Worten: Potter war auf eine Hand voll gleichgesinnter Spinner gestoßen, deren Weltbild ebenso schief hing wie seines und die ihre Ideen und Theorien ebenso fanatisch verfolgten wie er.

»Ich verließ Milwaukee und ging nach New York, um zu studieren. Paranormale Wissenschaften gab es nicht als Fach, also versuchte ich mich in so ziemlich allem, was irgendwie mit der Materie zu tun hatte – Physik, Mathematik, Psychologie, Geschichte …«

»Nur einen Abschluss haben Sie in keinem dieser Fächer gemacht«, versetzte ich ein wenig spitz.

»Nein«, räumte Linus ein, »aber das war auch nie Sinn und Zweck meiner Studien. Ich möchte schließlich nicht selbst Teil des Apparates werden, der die Bevölkerung für dumm verkauft und Wahrheiten für sich behält.«

»Nein«, murmelte ich, »natürlich nicht.«

»Sie mögen mich nicht, oder?«, fragte mich Linus Potter auf den Kopf zu, und einen Moment lang wusste ich nicht, was ich darauf erwidern sollte.

»Ich habe nichts gegen Sie persönlich, wenn Sie das meinen«, sagte ich schließlich, »aber Ihre Theorien gehen mir – gelinde gesagt – auf die Nerven. Und meinem Partner geht es ebenso.«

»Sie mögen mich nicht«, beharrte Linus und blickte betreten vor sich hin. Sein Gesicht wurde lang und länger, und hinter den dicken Gläsern seiner Brille glaubte ich gar, es feucht aufblitzen zu sehen.

»So ist es immer gewesen«, sagte er leise. »Schon als ich ein Kind war. Man hänselte mich, man hat mich von der Schule geworfen – und das alles nur, weil ich mich weigere zu glauben, was alle glauben.«

»Das ist es nicht«, widersprach ich. »Dies ist ein freies Land, hier darf jeder glauben, was er will. Die Frage ist, ob er seinen Mitmenschen damit permanent auf die Nerven fällt oder nicht.«

»Ich gehe Ihnen auf die Nerven«, stellte der Verschwörungstheoretiker betrübt fest. »Dabei dachte ich, dass wenigstens Sie mich verstehen würden. Der große Jerry Cotton.«

Er blickte auf, schaute mich mit einer Mischung aus Vorwurf und Enttäuschung an.

»Wissen Sie, ich habe in der Zeitung über Sie gelesen, G-man Cotton. Ich habe Sie immer bewundert. Ich dachte, dass Sie anders seien, nicht so ignorant wie die anderen. Deshalb wollte ich unbedingt zu Ihnen. Ich habe Ihnen vertraut. Doch wie ich sehe, bin ich allein. Ganz allein. Und ich werde von Leuten gejagt, die mir ans Leben wollen.«

»Sie sind nicht allein«, versicherte ich, denn jetzt trat mir mein Schützling beinahe leid. »Auch wenn wir mit Ihnen nicht übereinstimmen, so können Sie sich doch darauf verlassen, dass der FBI Sie beschützen wird.«

»Ehrlich?«, fragte er mit bebender Stimme.

»Natürlich«, versicherte ich.

Linus nickte, nahm die Brille ab, wischte sich über die Augen und schien sich ein wenig zu beruhigen.

»Darf ich Sie Jerry nennen?«, fragte er dann.

»Von mir aus.«

Ein Lächeln glitt über seine blassen Züge. »Ich bin Linus …«

*

10.16 p.m.

Fred Deluge war der Besitzer des Motels, das sich am Fuß der Adirondack Mountains befand.

An diesem Abend war nicht sehr viel los im Motel. Erst zum Wochenende hin, wenn die Großstädter den State Park wieder stürmen würden, ausgehungert nach frischer Luft, würde das Motel wieder voll besetzt sein. Bis dahin konnte Fred eine ruhige Kugel schieben und in aller Ruhe sein Sportmagazin lesen.

»Ist das zu fassen?«, murmelte er vor sich hin. »Die Yankees haben schon wieder verloren. Das zweite Mal in dieser Saison! Was ist nur los mit den Jungs …?«

Deluge war so in die Lektüre seiner Zeitschrift vertieft, dass er den schwarzen Lieferwagen nicht bemerkte, der mit ausgeschalteten Scheinwerfern draußen vorfuhr. Mehrere dunkle Gestalten sprangen aus dem Wagen und traten in die Lobby ein, hinter deren Desk Deluge saß.

Plötzlich ging das Licht aus.

»Verdammt!«, stieß der Motelbesitzer hervor und blickte auf. »Was …?«

Erst jetzt merkte er, dass er nicht alleine war.

Mehrere unheimliche, schwarz vermummte Gestalten standen vor ihm, deren Silhouetten er nur undeutlich gegen das Licht der Parkplatzbeleuchtung ausmachen konnte, die durch das Fenster hereinfiel.

»W-wer sind Sie …?«

Die dunklen Gestalten, deren Gesichter, wie er jetzt erkannte, mit Sturmhauben vermummt waren, sprachen kein Wort. Dafür kamen sie auf ihn zu, griffen über den Tisch und packten ihn.

»Hey, was soll das?«, rief er aus. »Seid ihr verrückt geworden?«

Eine mächtige Pranke schoss aus dem Halbdunkel heran und versiegelte seinen Mund. Gleichzeitig fühlte er, wie er von unwiderstehlicher Kraft hochgerissen wurde.

Der Motelbesitzer wehrte sich nach Kräften, doch gegen die rohe Gewalt des anderen hatte er nichts auszurichten. Kraftvoll wurde er hochgehoben und rücklings auf den Tresen geknallt, dass seine Knochen knackten.

»Wo ist er?«, zischte eine Stimme in sein Ohr. »Wo ist Cotton abgestiegen? Auf welchem Zimmer?«

»Ich w-weiß es nicht«, presste Deluge hervor, als sein Mund wieder freigegeben wurde. »Ich kenne niemanden, der so heißt.«

»Erzähl keinen Mist, Alter. Wir wissen, dass sie hier sind. Zwei Männer. Der eine groß und dunkelhaarig, der andere klein, schmächtig und mit Brille.«

Deluges Augen rollten gehetzt in ihren Höhlen umher. »Ich erinnere mich«, flüsterte er mit zitternder Stimme. »Sie sind heute Nachmittag hier angekommen. Zwei Vertreter für Sportartikel aus New York …«

»Das müssen sie sein. Wie lautet ihre Zimmernummer?«

»Das darf ich … Ihnen nicht sagen.«

»Spuck's aus, Alter, oder ich schwöre dir, das war dein letzter Fehler!«

Plötzlich spürte Sam den kalten, schallgedämpften Lauf einer Pistole an seiner Schläfe. Und in dem Augenpaar, das über ihm in der Dunkelheit blitzte, war zu lesen, dass der Besitzer der Waffe keine Skrupel haben würde, abzudrücken.

»Zi-Zimmer 26«, stammelte er.

»Sehr gut«, lobte der andere.

Ein kurzer Augenblick, in dem Sam Deluge glaubte, mit dem Leben davonzukommen.

Dann drückte der Vermummte ab.

»Los«, sagte der Vermummte tonlos, während er sich von dem reglos auf dem Tresen liegenden Leichnam abwandte. »Holen wir sie uns ...«

*

Noch immer saß Phil an der Analyse der Datensätze, als plötzlich die Tür seines Büros aufflog und Sidney Lomax von der Fahndungsabteilung auf der Schwelle stand.

»Hallo, Phil!«, grüßte er. »Na, was Neues?«

»Hi, Sid. Leider nicht. Ehrlich gesagt trete ich auf der Stelle. Zwischen all diesen Fantastereien nach einem Körnchen Wahrheit zu suchen, das ist fast so, als versuche man, in der Bronx eine Bar zu finden, in der der Whisky nicht gepanscht ist.«

»Kann ich mir vorstellen.« Sid schnitt eine Grimasse. »Hör zu, Phil – meine Jungs und ich haben etwas herausgefunden. Etwas, das dich interessieren dürfte ...«

Er reichte Phil ein Blatt Papier, das dieser verwundert entgegennahm.

»Was ist das?«

»Ein Fax. Es kam gerade von der State Police in Milwaukee.«

»Milwaukee«, murmelte Phil und überflog die Zeilen – um einen verblüfften Laut von sich zu geben. »Das gibt's doch nicht!«

»Leider doch«, meinte Sid.

»Linus Potter ist vorbestraft?«

»Mehrfach«, bestätigte Sid. »Unter anderem wegen tätlichen Angriffs, Widerstands gegen die Staatsgewalt und vorsätzlichen Betrugs. Sieht so aus, als hätten wir es mit einem notorischen Lügner zu tun.«

»O Mann!«, stöhnte Phil. »Das darf doch nicht wahr sein! Und wieso enthielt der FBI-Computer keinen Eintrag über ihn?«

»Tja, seltsame Geschichte. Du weißt, jede Datenbank ist nur so gut wie die Leute, die sie füttern. Offenbar haben es die Kollegen in Milwaukee versäumt, Potters Daten an den FBI weiterzugeben. Das ist schon öfter vorgekommen, deshalb habe ich eine routinemäßige Nachfrage bei der zuständigen Behörde gestartet. Und – voilà!«

»Nicht zu fassen!« Gedankenverloren blickte Phil auf das Blatt Papier in seinen Händen. Die Information, die so unvermittelt aufgetaucht war, gab dem Fall eine völlig neue Wendung, ließ alles in einem anderen Licht erscheinen.

Linus Potter war vorbestraft, was ihn als Zeugen nicht nur unglaubwürdig, sondern im Falle einer Gerichtsverhandlung sogar wertlos machte.

Phil fühlte ohnmächtige Wut, namenlose Frustration. Am liebsten hätte er Sid seine Meinung über die schlampige Recherche der Fahndungsabteilung gestoßen, aber das wäre maßlos ungerecht gewesen.

Sidney Lomax war die Zuverlässigkeit in Person.

Als Phil einst entführt worden war und für tot gehalten wurde, war Sid aus Atlanta nach New York beordert worden, um Jerrys neuer Partner zu werden. Nach Phils Rückkehr war er zur Fahndungsabteilung versetzt worden, wo er mustergültige Arbeit leistete.

Sid war der ehrgeizigste und korrekteste G-man, den man sich vorstellen konnte – ein Fehler wie dieser ärgerte ihn selbst vermutlich noch mehr als Phil.

»Hör zu, Phil«, meinte Sid, »unter diesen Voraussetzungen sollte es mich nicht wundern, wenn der Fall in Wirklichkeit ganz anders läge. Potter hat euch etwas vorgelogen. Er hat euch vorsätzlich getäuscht.«

»Du meinst …?«

Sid nickte. »Gut möglich, dass er selbst auf der Gehaltsliste der Domäne steht.«

»Verdammt noch mal.« Phil ballte die Hände zu Fäusten, und er kam sich vor wie ein Idiot. Er versuchte, diese neuen Informationen in ein geordnetes Ganzes zu fügen.

Sollte es wirklich möglich sein, dass Jerry und er nur verladen worden waren? Dass der Anschlag nur fingiert gewesen war und Potter in Wahrheit ein Agent der Domäne war?

Warum nicht?

So blass, unscheinbar und verrückt, wie Potter wirkte, erregte er am wenigsten Verdacht – und gerade das machte ihn jetzt ganz besonders verdächtig.

»Ich muss sofort Jerry anrufen«, entschied Phil. »Er muss davon erfahren.«

Er griff nach dem Telefonhörer, tippte die Nummer ein und wartete.

Seine Nackenhaare sträubten sich, als sich Jerry nicht meldete.

*

Ich hörte mein Handy klingeln, das ich auf den Tisch gelegt hatte, aber ich hatte keine Zeit ranzugehen.

Gerade hatte ich draußen etwas gehört, unmittelbar vor unserer Tür. Ein Geräusch, das ich …

Im nächsten Moment barst mit lautem Klirren die Fensterscheibe, der Vorhang wölbte sich – und mehrere dunkle Schatten sprangen in den Wohnraum, vermummt und mit schallgedämpften Pistolen im Anschlag.

Killer der Domäne!

Ich reagierte augenblicklich.

»In Deckung, Linus!«, brüllte ich und packte den Couchtisch, riss ihn hoch, so dass er den vermummten Typen entgegenkippte, die in diesem Augenblick feuerten.

Heiser spuckten die schallgedämpften Läufe ihrer Waffen Blei, und mit dumpfem Pochen bohrten sich die Projektile in die Tischplatte.

Ich nutzte die Deckung, die mir das Möbelstück verschaffte, um meine Dienstwaffe herauszureißen und in Anschlag zu bringen. Zweimal ruckte die SIG Sauer in meiner Hand und bellte laut auf.

Derjenige der Killer, der mir am nächsten stand, taumelte zurück, als die Geschosse in seine Brust einschlugen. Das Schwarz seines

Kampfanzugs explodierte in grellem Rot, er taumelte seinen Kumpanen entgegen, die ihr Feuer für einen Moment aussetzten.

Mit einem Satz sprang ich hinüber zu Linus und packte ihn, riss ihn auf die Beine und mit mir fort. Der Weg nach draußen sowie die Tür in den Schlafraum waren uns versperrt. Blieb nur das Badezimmer.

»Die Tür zu!«, rief ich, und Potter reagierte, indem er die Tür zuschlug.

Schon im nächsten Moment konnte man hören, wie die Projektile der Angreifer ins Holz der Tür schlugen.

Hastig sperrte Linus die Türe ab, wich furchtsam zurück, während es von der anderen Seite dumpf dagegen polterte.

»Die versuchen, die Tür aufzubrechen!«, schrie Linus panisch. »Die werden es jeden Augenblick geschafft haben! Wir sind verloren!«

»Immer mit der Ruhe«, knurrte ich.

Mit raschen Blicken hatte ich die Wand des fensterlosen Badezimmers abgesucht, hatte hier und dort dagegengeklopft, um zu vermeiden, dass ich versehentlich einen Balken der Konstruktion erwischte. Dann, als ich mir halbwegs sicher war, nahm ich meine SIG in Anschlag – und feuerte kurzerhand auf die geflieste Wand.

Potter gab einen schrillen Schrei von sich und presste sich die Hände auf die Ohren.

Meine Kugeln durchschlugen die Wand, sprengten Fliesen und Putz weg.

Ich sprang vor, trat mit Wucht in die Mitte des groben Kreises, den ich mit meinen Kugeln gestanzt hatte – und prompt gab die Gipskartonplatte der Wand nach.

Etwa zehn Zentimeter dahinter befand sich eine zweite Platte, die mit Isoliermaterial verstärkt worden war. Meinem Fußtritt hatte jedoch auch sie wenig entgegenzusetzen.

Knirschend brach die Wand, kalte Abendluft, strömte von draußen herein.

Ich rang mir ein schiefes Grinsen ab. »Es geht doch nichts über nordamerikanische Baukunst …«

Ich beseitigte einen großen Gipskartonfetzen, der uns noch den Weg versperrte, und im nächsten Moment war unser Fluchtweg frei.

Ich konnte wirklich froh darüber sein, wie meine amerikanischen Landsleute ihre Häuser zu bauen pflegten. Oft genug halte ich mich auch in Europa oder in osteuropäischen Ländern auf, zuletzt sogar in Russlands Hauptstadt Moskau. Da wäre so etwas nicht möglich gewesen, denn dort bestanden die meisten Häuser aus Stein und Beton.

Bei uns in den USA ist das zumeist anders, und das erlaubte es mir, diese Wand zu durchbrechen.

»Kommen Sie, Linus!«, rief ich, während ich den verblüfften Verschwörungstheoretiker bereits nach draußen schob.

Noch ein flüchtiger Blick zur Tür – die in diesem Augenblick nachgab und aus den Angeln platzte.

Rasch schlüpfte ich nach draußen.

Dunkelheit und kühle Nachtluft hießen mich willkommen – und das verschreckte Gesicht von Linus B. Potter, das gleichermaßen Verblüffung wie Erleichterung verriet.

Von drinnen hörten wir das aufgebracht Geschrei der Killer, die feststellen mussten, dass wir uns verkrümelt hatten. Doch noch waren wir ihnen nicht entkommen.

»Zum Wagen, schnell!«, rief ich Linus zu – und wir nahmen die Beine in die Hand und begannen zu laufen …

*

»Verdammt!«, rief einer der Killer, als sie in das kleine Bad des Motelzimmers gestürmt waren und das Loch in der Wand erblickten, durch das sich Cotton und Potter verabschiedet hatten. Frustriert gab der Mann eine Folge von Schüssen aus seiner schallgedämpften Waffe ab, die die Wand noch mehr durchlöcherten.

»Lass den Unsinn!«, führ ihn der Truppführer an. »Wir ziehen uns zurück!«

»Uns zurückziehen? Aber dann werden sie uns entkommen!«

»Keine Sorge«, versicherte der Anführer des Killertrupps, während er sein Funkgerät zückte. »Die werden nicht weit kommen …«

*

Hals über Kopf rannten wir zum Dienstwagen.

Schon im Laufen riss ich die Wagenschlüssel heraus, öffnete Potter die Tür, damit er sich sofort im Wagen in Sicherheit bringen konnte. Nachdem ich mich mit einem Rundumblick vergewissert hatte, dass uns nicht noch mehr Killer auflauerten, warf ich mich auf den Fahrersitz und ließ den Motor an, rammte den Rückwärtsgang ein.

Mit einem Satz sprang der Wagen zurück.

Ich riss am Steuer und ließ ihn herumkreisen, gab dann Gas, dass die Reifen zunächst durchdrehten.

Pfeilschnell schoss der Dienstwagen quer über den Parkplatz und hinaus auf die Straße, auf der um diese späte Stunde so gut wie kein Verkehr mehr war.

Da ich mein Handy im Motelzimmer gelassen hatte, blieb mir nur das Funkgerät im Wagen, um Kontakt zur örtlichen Polizei aufzunehmen, die wiederum den FBI verständigen sollte.

Doch kaum hatte ich das Mikro aus der Halterung gepflückt, als sich eine böse Überraschung aus dem Himmel auf uns herabsenkte – in Gestalt eines pechschwarzen Helikopters, der auf der schnurgeraden Straße direkt auf uns zufegte.

Hatten Linus und ich einen Augenblick lang die Hoffnung gehegt, den Domäne-Killern entkommen zu sein, wurde diese Hoffnung nun brutal vernichtet, als die Bord-MGs, die an beiden Kufen des Helikopters montiert waren, Feuer und tödliches Blei zu speien begannen.

Erneut schrie Linus wie eine Heulboje auf, und mit vor Schreck geweiteten Augen sah ich, wie sich die Garben des Helikopters auf uns zufraßen, den Asphalt der Straße dabei aufrissen.

Mir blieb nichts, als blitzschnell auszuweichen.

Mit kreischenden Reifen brach das Fahrzeug zur Seite aus, kam dann von der Straße ab und polterte die Böschung hinab.

Im nächsten Moment vollführten wir eine wilde Fahrt durchs Gelände, rasten schaukelnd über eine von hohem Gras bedeckte Wiese.

»Scheiße! Scheiße!«, rief Linus Potter, während im Scheinwerferlicht Gras und Bäume an uns vorüberwischten und wir kräftig durchgeschüttelt wurden. Weiter hinten waren im fahlen Mondlicht die Berge zu sehen, und wir hielten genau darauf zu.

Der Helikopter der Killer hatte den Kurswechsel mit Leichtigkeit nachvollzogen. Im Rückspiegel konnte ich sehen, dass er uns auf den Fersen war und natürlich rasch aufholte. Nicht lange, und er würde uns erreicht haben ...

Schon flammten die Mündungen der beiden Bord-MGs wieder auf. Eine Garbe schlug ins Heck des Dienstwagens, und ich begann, einen irrwitzigen Slalomkurs zu vollführen, um den vernichtenden Garben zu entgehen.

Linus kauerte vor Angst wie gelähmt neben mir auf dem Beifahrersitz. Im Lichtkegel der Scheinwerfer tauchten einige Bäume auf, der Rand eines Waldes. Wenn es mir gelang, die Bäume zu erreichen, waren wir ins Sicherheit, denn der Helikopter würde uns nicht durch den Wald folgen können, und vielleicht verlor er in der Dunkelheit unsere Spur.

Entschlossen trat ich das Gaspedal tiefer, schickte den Dienstwagen über eine Bodenwelle hinweg, so dass wir kräftig durchgeschüttelt wurden.

Ein Blick aus dem Seitenfenster – eine Fontäne von Dreck und Erdreich spritzte auf, als eine der Garben dicht neben uns einschlug.

Rasch steuerte ich zur anderen Seite, und der Wagen entging der zweiten Garbe, wenn auch nur knapp.

Der Waldrand kam näher, und im nächsten Moment hatten wir ihn erreicht.

Mit ungebremsten achtzig Sachen raste der Wagen ins Unterholz, mähte Farne und kleinere Büsche nieder, und dann befanden wir uns unter einem schützenden Dach aus Zweigen und Ästen.

Ein harter Schlag durchlief den Wagen, als er über eine große Wurzel sprang. Ich stieg in die Eisen, um eine Vollbremsung hinzulegen, doch es war zu spät.

Ein dicker Baumstamm raste aus der Dunkelheit auf uns zu, und ausweichen konnte ich auch nicht mehr. In einem letzten Reflex riss ich noch am Steuer – vergeblich.

Frontal prallte der Dienstwagen gegen den Stamm, und unsere rasante Flucht fand ein jähes Ende.

Schmerzhaft wurden wir in die Gurte gerissen. Metall wurde kreischend und krachend eingedrückt, Glas zerklirrte, das Röhren des Motors erstarb und wich dem Zischen von entweichendem Dampf.

Einen Augenblick lang war ich benommen.

Dann stellte erleichtert fest, dass ich meine Knochen noch alle beisammen hatte.

»Alles in Ordnung, Linus?«, erkundigte ich mich bei meinem Schützling, der ebenfalls unversehrt zu sein schien.

»Denke schon ...«

»Dann nichts wie raus hier! Die werden nach uns suchen!«

Ich warf mich gegen die Wagentür, die sich beim Aufprall verklemmt hatte, schaffte es, sie aufzustemmen, und sprang aus dem Wagen. Auch Linus kletterte ins Freie. Der Verschwörungstheoretiker war noch um einiges blasser geworden, seine Knie waren weich wie Butter.

Taumelnd rannte er mir hinterher durch das Gebüsch, während wir über uns das Knattern der Rotoren hörten. Wie ein riesiger Raubvogel, der nur darauf wartete, dass seine Beute sich wieder zeigte, schwebte der Helikopter über dem Wald. Das grelle Licht eines Suchscheinwerfers glitt über die Baumkronen hinweg und blinzelte immer wieder durch Zweige und Geäst.

Im Schutz der Bäume entfernten wir uns vom Wrack unseres Wagens, denn ich war sicher, dass der Killertrupp, der uns im Motel aufgelauert hatte, in wenigen Minuten eintreffen würde, um den Wald nach uns zu durchkämmen. Bis dahin mussten wir möglichst viel Strecke zwischen uns und den Wagen gebracht haben.

Das Gelände wurde steiler, führte immer weiter bergauf. Trotz des Schocks, unter dem wir wohl beide standen, rannten wir immer weiter, hielten uns dabei stets im Schutz der Bäume.

Bald war das Knattern des Helikopters weiter von uns entfernt, dann war es wieder näher, und hin und wieder konnten wir auch den Suchscheinwerfer aufblitzen sehen. Es gab nur eine Chance: weiter, immer weiter laufen und darauf hoffen, dass wir keinem Killertrupp in die Arme liefen.

Die Nacht war kühl und frisch, dennoch war unsere Kleidung schon bald durchgeschwitzt, während wir immer weiter stiegen und kletterten, immer weiter hinauf.

»Ich ... kann ... nicht ... mehr«, ließ sich Linus irgendwann keuchend vernehmen, und wir hielten in unserer Flucht inne.

Wir hatten ein gutes Stück Weg zurückgelegt, waren den Berg weit hinaufgestiegen, und das in Rekordtempo. Dabei hatte ich darauf gedachtet, dass wir keine allzu deutlichen Spuren hinterließen.

Mit etwas Glück hatten sie unsere Spur verloren, und hier oben gab es genügend Schlupfwinkel, in denen man sich die Nacht über verstecken konnte. Morgen früh würden wir dann weitersehen.

»Ich bin müde, Jerry«, stöhnte Linus heiser. »Ich bin völlig am Ende. Können wir nicht rasten? Bitte!«

Ich nickte, blickte mich dann im Halbdunkel nach einem Schlupfwinkel um. Ein Stück abseits gab es eine kleine Höhle im Fels, die uns für die Nacht Schutz bieten würde. Dort hinein zogen wir uns zurück.

»Ruhen Sie sich aus, Linus«, raunte ich meinem Schützling zu. »Schlafen Sie ein wenig, wenn Sie können. Ich werde am Eingang Wache halten.«

»Schlafen«, echote der Verschwörungstheoretiker mit freudlosem Grinsen. »Ist Ihnen entgangen, dass da draußen Typen rumschleichen, die mich umbringen wollen? Wie soll ich da schlafen …?«

Maulend zog er sich in den hintersten Winkel der Höhle zurück und machte es sich trotz allen Lamentierens auf dem nackten Fels bequem. Seine Jacke benutzte er dabei als Kopfkissen, und schon wenig später verrieten lange, gleichmäßige Atemzüge, dass er vor Erschöpfung doch eingeschlafen war.

Trotz der angespannten Lage konnte ich mir ein Lächeln nicht verkneifen.

Die SIG schussbereit in der Rechten, kauerte ich am Eingang der Höhle und spähte hinaus in die Nacht.

Irgendwo dort draußen lauerte eine Horde Killer, die uns umbringen wollten.

*

»Geh da runter, John! Auf den Parkplatz!«

Phil deutete durch das Kanzelglas des Helikopters, den John F. Harper, der Pilot der FBI-Flugbereitschaft, steuerte. Senkrecht sank die Maschine aus dem Himmel herab, setzte auf dem nur spärlich belegten Parkplatz vor dem Adirondack-Motel auf, in dem Jerry und Linus Potter abgestiegen waren.

Jerry Cotton hatte seinen Anruf nicht entgegengenommen, und da hatte Phil Decker nichts und niemand halten können. Offenbar spielte Linus Potter ein falsches Spiel, und die Tatsache, dass Jerry nicht mehr zu erreichen war und sich auch nicht meldete, verhieß nichts Gutes.

Während des gesamten Fluges von New York nach Adirondack hatte Phil immer wieder die Nummer seines Partners gewählt und versucht, ihn zu erreichen.

Vergeblich.

Als der Helikopter nun auf dem Parkplatz des Motels aufsetzte, sah Phil Decker seine schlimmsten Ahnungen bestätigt.

Polizei war vor Ort, mehrere Jeeps des Sheriffs und der Parkbehörde. Die Sanitäter einer Ambulanz trugen gerade einen menschlichen Körper aus der Lobby des Motels, der mit einer Plane bedeckt war.

»Verdammt!« Phil merkte, wie sich seine Nackenhaare sträubten. Kaum hatten die Kufen des Helikopters den Boden berührt, als der G-man auch schon aus dem Cockpit setzte und mit fliegenden Schritten hinüber zur Lobby rannte.

»Phil Decker, FBI!« Er hielte seine Marke hoch, während er rannte, und bahnte sich einen Weg zu den Sanitätern.

»Wer ist das?«, wollte er wissen. »Was ist hier passiert?«

Ein Mann mit angegrautem Haar und ältlichen Zügen, der die Uniform und das Abzeichen des Bezirkssheriffs trug, antwortete Phil. »Das ist Sam Deluge, der Besitzer des Motels. Jemand hat ihm in den Kopf geschossen. Verdammte Sauerei.«

Phil prallte zurück, schämte sich ein wenig dafür, dass er in diesem Augenblick tief in seinem Inneren Erleichterung verspürte. Für einen kurzen Moment hatte er schon geglaubt …

Er machte auf dem Absatz kehrt, rannte den einstöckigen Nordflügel der Motelanlage entlang, wo ein Zimmer neben dem anderen lag.

»Jerry!«, rief er laut. »Verdammt, Jerry, wo bist du?«

Bei Zimmer Nummer 26 blieb er stehen.

Glasscheiben auf dem Boden. Die Fensterscheibe war zertrümmert, die Tür stand halb offen, war aufgebrochen worden.

»Jerry …?«

Phil zückte seine Dienstwaffe und warf einen Blick durch die offene Tür. Seine Hand glitt hinein, berührte den Schalter, und er schaltete das Licht an. Dann setzte Phil hinein, seine SIG im Anschlag.

Der Anblick, der sich ihm bot, war niederschmetternd.

Es war offensichtlich, dass hier ein Kampf stattgefunden hatte.

Der Teppich war von Blut besudelt, die Wände von Kugeln durchlöchert. Am Boden lag Jerrys Handy …

»Verdammt, Partner!«, stieß Phil hervor.

Die SIG in der Rechten schlich er vorsichtig durch das Chaos, blickte auch in den angrenzenden Schlafraum. Aus dem Badezimmer hörte er ein seltsames Geräusch, schaute auch dort nach, doch von Jerry keine Spur.

Ein Loch war in die Außenwand gerissen, durch das die Geräusche von draußen hereindrangen.

Was war hier geschehen?

Hatte es eine Schießerei mit den Agenten der Domäne gegeben? Hatte Linus Potter Verrat geübt an Jerry Cotton? War Jerry durch dieses Loch in der Wand entkommen?

Der G-man biss sich auf die Lippen, während er auf die klaffende Öffnung starrte. Er bereute, dass er nicht an Jerrys Seite gewesen war, als dieser ihn gebraucht hatte, und er befürchtete das Schlimmste.

Andererseits musste er optimistisch denken. Nichts von Jerry zu finden war immerhin noch besser, als …

Phil schüttelte den Kopf, als könne er den Gedanken so loswerden. Angst um seinen Partner erfüllte ihn. Jerry war nicht nur sein Dienstpartner, sondern auch sein bester Freund. Der allerbeste Freund, den ein Mann sich wünschen konnte …

Eines war klar: Wenn Jerry jetzt irgendwo dort draußen war, brauchte er Hilfe.

Doch so sehr alles in Phil ihn dazu drängte, mit dem Helikopter aufzusteigen und mit der Suche nach Jerry Cotton zu beginnen, so war ihm doch klar, dass sie in der Dunkelheit keine Chance hatten, ihn zu finden. Es widerstrebte ihm, doch er würde bis Tagesanbruch damit warten müssen …

*

Donnerstag 5.42 a.m.

Der Morgen dämmerte über den Bergen herauf, und die Sonne brachte das Wolkenband im Osten in leuchtenden Farben zum Glühen. Ein sicheres Anzeichen dafür, dass schlechtes Wetter heraufzog. Eine Sturmfront kam auf uns zu, und das gleich in doppelter Hinsicht.

Die ganze Nacht über hatte ich am Eingang der Höhle Wache gehalten, während Linus den Schlaf der Gerechten geschlummert hatte.

Immer wieder war ich aufgeschreckt, weil mich ein plötzliches Geräusch alarmiert hatte, und ich hatte die SIG Sauer in Anschlag gerissen. Aber jedes Mal war es nur der Wind gewesen oder ein Tier, welches das umliegende Unterholz durchstreifte. Die Domäne-Killer hatten sich nicht mehr blicken lassen.

Es war kaum hell geworden, als ich Linus weckte. Wir mussten damit rechnen, dass die Killer unsere Verfolgung aufnehmen und unseren Spuren folgen würden. Je eher wir aufbrachen, desto besser.

Mein Plan sah vor, noch ein Stück weiter in die Wildnis vorzustoßen und den Gipfel des Berges zu umrunden. Auf der anderen Seite würden wir dann absteigen und ins Tal zurückkehren, um schleunigst das Office des Sheriff aufzusuchen.

Schneller wäre es gegangen, wenn wir den gleichen Weg zurückgenommen hätten, auf dem wir gekommen waren, zumal wir weder Proviant noch die richtige Ausrüstung für eine Trekking-Tour durch die Wildnis bei uns hatten. Doch das Risiko, dass wir unseren Henkern dabei direkt in die Arme liefen, war mir einfach zu groß.

Ich kannte die Domäne und wusste, wie hartnäckig die Killer dieser Organisation waren. Diese Männer führten jeden Befehl bis zum Schluss durch. Sie starben lieber, als zu versagen.

Ich schalt mich einen Narren dafür, dass ich mein Funktelefon hatte liegen lassen, mit dem es mir ein Leichtes gewesen wäre, beim FBI Hilfe anzufordern. Doch unten im Motel war alles zu schnell gegangen, als dass ich daran noch hätte denken können, und so waren wir jetzt auf uns allein gestellt.

Verschlafen hob Linus den Oberkörper und rieb sich die Augen.

Das Gesicht des Verschwörungstheoretikers überraschte mich jedes Mal mit noch blasseren, fahleren Nuancen.

Nachdem ich ihn kurz über unser weiteres Vorgehen in Kenntnis gesetzt hatte, verließen wir unsere Höhle und setzten unseren Weg fort.

Ganz entgegen seiner sonstigen Art beschwerte sich Linus nicht. Er hatte wohl begriffen, dass es um Leben und Tod ging. Auch darüber, dass er kein Frühstück bekommen hatte, beschwerte er sich nicht, anders als sein Magen, der mit lautem Knurren auf sich aufmerksam machte.

Wir folgten dem schmalen Pfad, der sich zwischen den Bäumen und Felsen hindurch weiter nach oben wand, durch die unberührte Wildnis der Adirondacks. Unter anderen Umständen hätte ich unseren Aufenthalt hier fraglos genossen, doch nun war ich damit beschäftigt, fortwährend die Umgebung im Auge zu behalten und das grüne Dickicht mit Argusaugen zu taxieren.

Nach einer Weile wurden die Bäume weniger, und unsere Umgebung wurde felsiger. Ein schmaler Pfad, den eine Laune der Natur in das Gestein gegraben hatte, führte an einer Felswand entlang in luftige Höhen.

Ein Blick hinauf zeigte mir, dass uns dieser Pfad Richtung Gipfel und um den Berg herum führen würde, also nahmen wir ihn. Eine andere Möglichkeit hatten wir nicht.

Linus ging voraus, ich stieg hinter ihm her, um ihn gegen mögliche Angriffe zu decken. Unser Schuhwerk war für eine Tour wie diese nur sehr bedingt geeignet. Vorsichtig setzten wir einen Fuß vor den anderen, mussten darauf achten, nicht abzurutschen. Denn zu unserer Linken klaffte eine Schlucht, und da war Vorsicht geboten.

Die Sonne stieg über den Horizont, und es wurde wärmer. Die Sonnenstrahlen vertrieben auch die klamme Kälte der Nacht aus meinen Gliedern, doch ich sah auch die Wolken, die sich als graue Front auf uns zuschoben.

Immer weiter führte unser Marsch an der Felswand entlang und um den Berg herum. In regelmäßigen Abständen boten sich uns dabei grandiose Ausblicke auf die urwüchsige Landschaft des State Parks.

Plötzlich hörten wir ein unbestimmtes Geräusch. Ein Knattern, das zwischen den Felswänden umher geworfen wurde. Dann, plötzlich, senkte sich ein riesiger Schatten über uns.

Erschrocken blickten wir hoch, um entsetzt festzustellen, dass ein großer, schwarz lackierter Helikopter über uns schwebte.

Die Killer der Domäne – sie hatten uns entdeckt!

Langsam schwebte die Maschine herab, bis ihr Cockpit unmittelbar vor der Felswand schwebte, uns genau gegenüber. Im nächsten Moment spuckten die Bord-MGs Feuer.

*

Das Stakkato der beiden Geschütze zerriss die Stille, die noch vor Augenblicken über der morgendlichen Wildnis gelegen hatte.

Ich konnte nichts tun, als Linus Potter an mich zu reißen und mich schützend über ihn zu beugen, während zu beiden Seiten die todbringenden Projektile einschlugen und Gestein aus dem Felsen rissen.

Der Lärm war ohrenbetäubend, Querschläger kreischten und flogen uns um die Ohren.

Ich riss meine SIG hervor und erwiderte das Feuer, doch ich kam mir fast lächerlich vor, mit meiner Zimmerflak gegen die mächtigen Bordkanonen der Killer anmotzen zu wollen.

Aber – meine Kugeln zeigten Wirkung.

Zwar traf ich keinen der Kerle, die hinter dem schwarzen Kanzelglas der Maschine hockten, doch schlug eines meiner Projektile ein Loch hinein, so dass der Pilot es vorzog, ein wenig mehr auf Distanz zu gehen.

Die Maschine machte einen Satz zurück und stieg danach auch ein wenig auf, das Sperrfeuer der Bordgeschütze setzte aus.

Ich richtete mich halb auf, verschaffte mir blitzschnell einen Überblick. Einen zweiten Angriff, darüber machte ich mir keine Illusionen, würden wir nicht überleben. Gleich, ob wir weiter hier kauerten oder versuchten, über den schmalen Felspfad zu entkommen – den Kugeln der Maschinengewehre waren wir schutzlos und ohne Deckung ausgeliefert.

Nur einen Ausweg gab es …

Ich riskierte einen Blick hinab in die Tiefe, und mir wurde fast schwindlig dabei. Die Kronen einiger hoher Föhren, die den Grund der Schlucht bewuchsen, reichten bis drei, vier Meter unterhalb des Pfades. Wo darunter der Boden war, konnte ich nur vermuten.

Dennoch – es war unsere einzige Chance.

»Springen Sie!«, schrie ich Potter an und deutete in die Tiefe.

In diesem Moment setzte der Helikopter erneut zum Angriff an.

»Was?« Potter starrte mich an, als hätte ich den Verstand verloren.

»Springen Sie!«, herrschte ich ihn an. »Die Äste der Bäume werden unseren Sturz abfangen.«

»Aber …«

»Los, spring, verdammt noch mal!«

Die MGs an den Kufen des Helikopters begannen zu hämmern, die Geschosse schlugen dicht neben uns in die Felswand, Gesteinssplitter spritzen uns um die Ohren, gefährliche Querschläger jaulten.

»Jetzt!«, brüllte ich aus Leibeskräften – und versetzte Potter kurzerhand einen Stoß, so dass er von der Felskante stürzte, kopfüber in das dichte Gewirr von Ästen und Zweigen, das sich unter uns ausbreitete.

Ohne zu überlegen sprang ich hinterher.

Die Projektile des Maschinengewehrs verfehlten mich nur um Haaresbreite und hämmerten mit schrecklicher Wucht dort in die Felswand, wo wir noch einen Augenblick zuvor gestanden hatten.

Ich stürzte hinab in die bodenlose Tiefe.

Doch mein Fall dauerte nur wenige Sekunden – dann hatte ich das Gefühl, als würde mich das grüne Dickicht des Waldes verschlucken. Ich merkte, wie mich Äste streiften und unter meinem Gewicht zerbrachen. Instinktiv krümmte ich den Rücken und schirmte mein Gesicht mit den Armen, erlitt unzählige Kratzer und Schürfungen, während ich immer weiter hinabfiel durch das berstende und knackende Geäst.

Dann, plötzlich, war es vorbei.

Die Baumkronen entließen mich aus ihrem dichten Geflecht, und ich stürzte kopfüber weiter nach unten.

Ich schrie gellend auf.

Und klatschte ins eiskalte Wasser eines Gebirgsflusses.

Ich riss meine Augen auf, die ich instinktiv geschlossen hatte. Wenn ich einen Augenblick lang bezweifelt hatte, noch am Leben zu sein – das eisig kalte Wasser ließ keinen Zweifel daran.

Ich spürte, wie die Strömung mich erfasste, und ich versuchte verzweifelt, an die Oberfläche zu gelangen. Endlich erreichte ich sie, schnappte gierig nach Luft. Dann schaute ich mich um.

Der Fluss war tief und zog sich durch die Schlucht. Das Wasser toste nicht, war eher ruhig, und Linus Potter kletterte bereits ächzend ans steinige Ufer. Seine Kleidung hing in Fetzen.

Mit schmerzenden Gliedern schwamm ich zu ihm, zog mich ebenfalls an Land. Erst jetzt, als der Schock, den ich durch das kalte Wasser erlitten hatte, nachließ, merkte ich, dass mein Hemd voller Blut war. Ich hatte mir üble Schürfungen zugezogen, und an einer Stelle war die Haut tief aufgerissen. Aber immerhin schien nichts gebrochen zu sein.

Linus, der sich auf allen vieren auf mich zubewegte, stand der Schreck noch ins Gesicht geschrieben. Aber wie durch ein Wunder schien er, abgesehen von ein paar blauen Flecken, ohne nennenswerte Blessuren davongekommen zu sein.

»Wow!«, rief er. »Das war ... einfach wahnsinnig!«

Ich kam nicht dazu, etwas darauf zu erwidern – denn in diesem Moment zog erneut ein dunkler Schatten über uns hinweg.

»Der Helikopter«, stieß ich hervor. »Die patrouillieren über den Bäumen ...«

Plötzlich ein helles Knattern – und im Fluss spritzte Wasser in die Höhe, als MG-Salven durch die Baumkronen hagelten und den Grund der Schlucht erreichten.

»Bloß weg hier!«, keuchte ich. »Die haben noch nicht aufgegeben ...«

Linus widersprach ausnahmsweise nicht. Gegenseitig halfen wir uns auf die Beine und traten die Flucht über die von Kies bedeckte Uferbank an. Zu beiden Seiten des Flusses ragten die Felswände fast senkrecht empor.

Unsere Muskeln schmerzten, und fast weigerten sich unsere Beine, uns weiterzutragen, aber wir stützten uns gegenseitig, wussten, dass es vorbei war, wenn wir uns jetzt nicht zusammennahmen.

Die Verzweiflung verlieh uns schier übermenschliche Kräfte.

Mit fliegenden Schritten rannten wir am Flussbett entlang, hofften, unseren fliegenden Verfolger abschütteln zu können – doch wie ein Phantom blieb uns das verdammte Ding auf den Fersen.

Der Baumbewuchs am Fluss wurde spärlicher, und die Insassen der Maschine entdeckten uns schließlich.

Wieder spuckten die mörderischen Bordwaffen Feuer, spritzte Wasser und Gestein in die Höhe, während wir weiterrannten. Wieder riss ich die SIG hervor. Im Laufen gab ich zwei Schüsse auf den Helikopter ab, die jedoch nicht trafen, denn ich hatte nicht richtig zielen können.

Dann hatte unsere Flucht ein Ende.

Wir hatten das Ende der Schlucht erreicht, wo sich der Baumbestand noch mehr lichtete und das Wasser des Flusses in einem silbern glitzernden Katarakt herabstürzte – und unser Fluchtweg vor einer Felswand endete.

Eine Sackgasse.

Aus.

Vorbei.

Linus und ich wirbelten herum, blickten dem Helikopter entgegen, der sich langsam näherte. Die Killer wussten, dass sie uns in der Falle hatten, und sie ließen sich jetzt Zeit.

Ganz langsam sank die Maschine herab, und der Bordschütze nahm uns ins Visier.

»Verdammt«, zischte ich leise und musste schlucken. Ich hatte in diesen Augenblicken seltsamerweise keine Angst vor dem eigenen Tod, sondern dachte nur an den Mann, dessen Leben mir anvertraut worden war und das ich nicht hatte schützen können.

Linus B. Potter.

Verdammt, ich hatte kläglich versagt!

»Tut mir leid, Linus«, sagte ich heiser.

Potter sandte mir einen aufrichtigen Blick.

»Es war mir eine Ehre, Jerry«, sagte er leise.

Es gab ein scharfes, metallisches Klicken, als sich die Bord-MGs automatisch nachluden.

Wie versteinert standen wir da, blickten unserem sicheren Ende entgegen …

Als plötzlich mehrere peitschende Schüsse fielen!

Ich sah, wie in das Kanzelglas des Helikopters mehrere Löcher gestanzt wurden, und im nächsten Moment machte die Maschine einen Satz fast senkrecht in die Luft. Dann kippte sie zur Seite, trudelte unkontrolliert in der Luft.

Dabei kam sie der Felswand zu nahe, die Rotorblätter berührten das Gestein und zersplitterten wie morsches Holz. Die Maschine, von der Trägheit ihrer eigenen Masse getrieben, rammte mit Wucht gegen den Felsen.

Das Kanzelglas splitterte, der Rumpf verformte sich, als die Maschine gegen das harte Gestein gedrückt wurde.

Dann wurde der Helikopter von einer grellen Explosion zerfetzt.

Ein Feuerball grollte an der Felswand empor und hinterließ eine pechschwarze Spur, brennende Trümmer flogen nach allen Seiten.

Ungläubig beobachteten wir, wie das verformte, brennende Etwas, das von dem Helikopter übrig geblieben war, zurück in die Schlucht stürzte und klatschend und zischend in den Fluss krachte. Von den Insassen hatte keiner überlebt.

Dann aber vernahmen wir wieder das Knattern von Rotoren. Wir wirbelten herum und sahen den zweiten Helikopter, der direkt auf uns zuhielt.

»Es ist ein FBI-Hubschrauber!«, rief ich, und Linus Poter brach in lauten Jubel aus.

Wir wurden an Bord genommen, und ich konnte nicht anders, als übers ganze Gesicht zu grinsen, als ich meinen Freund und Partner erblickte. Phil half mir in die Maschine.

»Danke Partner«, ächzte ich. »Das war verdammt knapp.«

»Ehrensache«, meinte Phil, und die Erleichterung stand ihm ebenso ins Gesicht geschrieben wie mir.

»Wie hast du uns gefunden?«

»Mit Glück«, erwiderte Phil schmunzelnd und hielt mein Handy hoch, das ich im Motel zurückgelassen hatte. »Du warst leider nicht erreichbar …«

Er schloss die Schiebetür und gab dem Piloten – es war unser Kollege und Freund John Harper – Anweisung, direkt nach New York City zu fliegen.

»Alles in Ordnung?«, erkundigte sich Phil mit besorgtem Blick auf mein blutiges Hemd.

Ich nickte. »Nur ein paar Kratzer. Kommt wieder in Ordnung.«

»Okay.« Phil nickte, griff wie beiläufig in seine Tasche und zog etwas daraus hervor. Erst als es metallisch klickte, merkte ich, dass es Handschellen waren, die er im Handumdrehen Linus Potter angelegt hatte.

»Hey!«, beschwerte sich Potter lauthals. »Was soll das?«

Auch ich war einigermaßen verwundert und wusste nicht, was mein Partner damit bezweckte.

»Schon gut, Potter«, knurrte Phil. »Reg dich ab, okay? Dein Spiel ist aus, wir haben dich durchschaut.«

»Durchschaut? Was …?«

»Lies«, forderte Phil und hielt dem sichtlich verwirrten Mann ein Schriftstück unter die Nase, das dieser mit hastigen Blicken überflog. Die Augen hinter seinen schmutzigen Brillengläsern wurden dabei größer und größer.

»Warum hast du uns nicht gesagt, dass du vorbestraft bist, Potter?«, fragte Phil scharf.

»Vorbestraft?« Ich glaubte, nicht recht zu hören. »Aber der FBI-Computer …«

»Die Daten waren nicht auf dem neuesten Stand«, setzte mich Phil in Kenntnis. »Linus ist vorbestraft wegen tätlichen Angriffs und Widerstands gegen die Staatsgewalt. Außerdem wegen vorsätzlichen Betrugs. Was sagst du jetzt, Potter? Hast du geglaubt, dass wir auf deine Tricks einfach so hereinfallen würden? Gib zu, dass du für die Domäne arbeitest. Dass du den Auftrag hattest, Jerry in die Falle zu locken!«

»Das … das ist nicht wahr«, eiferte sich Linus, und seine Stimme überschlug sich, während er gegen das Dröhnen der Maschine anschrie.

»Ach nein? Und wieso hast du dann gelogen?«

»Ich habe nicht gelogen! Ich bin nicht vorbestraft, okay? Ich weiß nicht, woher ihr das habt!«

»Aus dem Archiv der Polizei von Milwaukee.«

»Das ist Unsinn, absoluter Blödsinn! Jerry, bitte! Merkst du nicht, was hier läuft? Eine Verschwörung ist gegen mich im Gange, jawohl!

Eine hinterlistige Verschwörung mit dem Ziel, mich in Misskredit zu bringen.«

»Halt die Klappe, Potter«, knurrte Phil. »Erspar uns dieses Gequatsche. Es ist aus. Du kannst von Glück sagen, dass meinem Partner nichts passiert ist. Andernfalls hätte ich dich persönlich dafür zur Rechenschaft gezogen.«

»Aber ich … ich weiß von nichts, ehrlich«, beteuerte der kleine Mann. »Ich meine, es stimmt, dass ich ein sonderbarer Kauz bin, aber ich habe noch nie in meinem Leben Schwierigkeiten mit der Polizei gehabt!«

»Ist das wahr?«, fragte ich ihn streng. Ich wusste einfach nicht mehr, was ich denken sollte. Phils Neuigkeiten hatten mich ziemlich unvorbereitet getroffen.

»Mein Ehrenwort, Jerry. Ich meine, wir haben beide da oben gestanden auf diesem Fels, oder nicht?«

»Das stimmt«, räumte ich ein.

»Und die Kugeln, die sie auf uns gefeuert haben, waren echt, oder nicht? Ich hätte mir bei dem Sprung genauso das Genick brechen können wie du. Glaubst du wirklich, ich hätte mich in diese Gefahr begeben, wenn ich für die Gegenseite arbeiten würde?«

»Schwer zu sagen«, erwiderte ich. »Die Domäne ist eine Organisation, die auch selbstmörderische Fanatiker in ihren Reihen führt. Für die ist nicht mal das eigene Leben heilig.«

»Dann denk an unser Gespräch im Motel. Hast du den Eindruck, dass ich dich belogen hätte? Dass ich dir was vorgemacht habe? Linus B. Potter lügt nicht, Leute – das ist der Grund, warum mich so viele nicht leiden können.«

Phil und ich tauschten einen langen Blick – und zum ersten Mal in den letzten vierundzwanzig Stunden hatten wir das Gefühl, dass Linus B. Potters Argumente wirklich schlagkräftig waren.

»Na schön«, meinte Phil. »Wir werden die Sache noch mal nachprüfen, sobald wir zurück ins New York sind. Solange bleiben die Handschellen an deinen Handgelenken. Und sollte sich herausstellen, dass du uns was vorgelogen hast …«

»Schon gut«, meinte Linus, jetzt wieder ein wenig versöhnlicher. »Wisst ihr, das alles hier erinnerte mich an eine Sache, an der ich mal dran war. Es ging dabei um einen Mann aus Illinois, der behauptete, eine Begegnung mit einem Werwolf gehabt zu haben. Keiner wollte ihm glauben, bis …«

Es wurde ein langer Flug zurück nach New York …

*

Als sein Handy dudelte, ahnte er, dass es seine Auftraggeber waren. Die Domäne.

»Ja?«, meldete er sich mit matter Stimme.

»Die Aktion war ein Fehlschlag, Omega 187«, sagte eine kalte, emotionslose Stimme. »Potter ist unseren Leuten entkommen. Wir haben einen Hubschrauber und vier Mann bei der Aktion verloren.«

»Verdammt.« Er biss sich auf die Lippen, überlegte, welche Konsequenzen das für ihn haben mochte.

»Das ist eine unangenehme Situation für uns alle, Omega 187. Wir möchten, dass Sie alles abstreiten und leugnen. Sehen Sie zu, wie Sie sich aus der Sache herausreden. Es darf kein Verdacht an Ihnen haften bleiben.«

»Ich verstehe.«

»Es darf keine Verbindung geben zwischen Ihnen und uns. Andernfalls wäre unser ganzes Projekt gefährdet.«

»Ich habe verstanden«, sagte Sid Lomax – und beendete das Gespräch.

*

John Harper brachte uns alle zurück ins FBI-Quartier, wo sich Doc Reiser um unsere Blessuren kümmerte. Während Linus so gut wie nichts abbekommen hatte, musste bei mir eine Wunde genäht werden, doch schlimm war die Sache nicht.

Die erste Überraschung, die uns nach unserer Rückkehr erwartete, war unser Kollege Sid Lomax, der uns davon in Kenntnis setzte, dass seiner Abteilung ein bedauernswerter Irrtum unterlaufen war. Nicht Linus B. Potter, sondern ein gewisser Lionel B. Potter, mit dem unser Schützling weder verwandt noch verschwägert war, war 1986 in Milwaukee straffällig geworden.

Somit war Linus entlastet, und Phil nahm ihm sofort die Handschellen ab. Er entschuldigte sich vielmals bei dem Verschwörungstheoretiker, und ich hatte das Gefühl, dass Linus es durch und durch genoss.

Was am Ende blieb, waren Fragen.

Viele Fragen, auf die es kaum zufriedenstellende Antworten gab.

»Wisst ihr, was mich am meisten ärgert?«, sagte ich, als wir am Ende dieses ereignisreichen Tages in Mr. Highs Büro zusammensaßen. Wir hatten unserem Vorgesetzten einen ausführlichen Bericht erstattet. »Dass wir im Grunde so schlau sind wie zuvor. Alles, was wir wissen, ist, dass die Domäne Linus aus dem Weg räumen will, doch weshalb, das wissen wir noch immer nicht.«

»Die Überprüfung der Informationen von Linus' Homepage hat keine Ergebnisse gebracht«, resümierte Phil. »Auch die Untersuchung der Wrackteile des Helikopters brachte keine verwertbare Spur.«

»Kein Problem, Phil«, meinte Linus optimistisch. »Wenn ich wieder an meinem Computer sitze, werde ich mal meine Quellen anzapfen, und dann …«

»Bedaure, Mr. Potter.« Mr. High schüttelte den Kopf. »Wir werden Sie in unser Zeugenschutzprogramm aufnehmen müssen, um Sie vor den Killern der Domäne zu verbergen. Sie werden ein neues, ein anderes Leben beginnen und Ihre alten Gewohnheiten hinter sich lassen müssen.«

»Soll das heißen, kein Internet mehr?«, fragte Linus ungläubig.

»Alles, was auf Ihre wahre Identität schließen lässt, stellt eine Gefahr für Sie da. Deshalb wird es außer Agent Cotton, Agent Decker und mir niemanden geben, der über Ihre neue Identität Bescheid weiß.«

»Aber Sir, ich …«

»An deiner Stelle würde ich tun, was Mr. High sagt«, sagte Phil mahnend. »Die Agenten der Domäne haben ihre verdammten Lauscher überall. Und ich denke nicht, dass sie ihren Plan aufgegeben haben, dich umzubringen.«

»Das denke ich auch nicht«, pflichtete ich Phil bei. »Außerdem ist da noch etwas, das mich beunruhigt: Woher wussten die Killer der Domäne, wo sie uns zu suchen hatten? Nur eine Handvoll Leute wusste, wohin ich Linus bringen würde.«

Phil und Mr. High schauten mich an, und sie wussten genau, worauf ich hinauswollte. Schon zu früheren Gelegenheiten hatte es Anlass zu der Vermutung gegeben, dass es irgendwo im FBI-Gebäude eine undichte Stelle gab, durch die Informationen nach draußen drangen.

»Ich werde sämtliche Telefonanschlüsse überprüfen und die Büros durchsuchen lassen«, kündigte Mr. High an. »Falls es irgendwo Wanzen oder Abhöranlagen gibt, werden wir sie finden.«

»Und Sie sind sicher, dass das ausreicht, Sir?«, fragte Linus.

»Was meinen Sie, Mr. Potter?«

»Na ja«, meinte der Verschwörungstheoretiker schulterzuckend, »es wäre doch möglich, dass ...«

»O nein«, stöhnte Phil – wir alle ahnten, was folgen würde. Eine weitere abenteuerliche Verschwörungstheorie, die sich Linus B. Potter in den Windungen seines Gehirns zusammengebastelt hatte.

»Ich meine ja nur«, sagte der kleine Mann schulterzuckend, während wir alle den Kopf schüttelten. »Es könnte doch sein, dass wir alle manipuliert werden. Dass wir alle Teil einer großen Verschwörung sind, die bis in die höchsten Ebenen reicht. Dass Verräter unter uns sitzen, ohne dass wir es auch nur ahnen. Genau hier unter uns, in diesem Büro ...«

ENDE

Du wirst nie wieder G-man sein!

Weltbild

Sid Lomax saß in seinem Büro an der Federal Plaza und war in düsterer Stimmung.

Seine Dienstzeit beim New Yorker FBI jährte sich zum zweiten Mal.

Was hatte er in dieser Zeit erreicht?

Der G-man lachte bitter, als er daran denken musste, mit welchen Illusionen er einst vom Field Office Atlanta nach New York gekommen war.

Man hatte ihm in Aussicht gestellt, der Partner des berühmtesten aller G-men zu werden – eine Position, die seinem Ehrgeiz und seinen Fähigkeiten entsprochen hatte.

Schon immer hatte Sidney Lomax versucht, der Beste zu sein.

Auf der High School.

Im Studium.

An der FBI-Akademie.

In seiner Dienststelle in Atlanta hatte er sich mit seiner korrekten Art nicht nur Freunde gemacht – die Kollegen hatten in ihm einen Eisenfresser gesehen, einen Hundertfünfzigprozentigen, dem die Vorschrift über alles ging.

Auch darüber konnte Sid Lomax rückblickend nur müde lächeln.

Was für ein Narr er gewesen war!

Er hatte sich eingebildet, mit Fleiß und Korrektheit alles erreichen zu können, hatte geglaubt, dass es genügen würde, der Beste zu sein, um ganz nach oben gekommen.

Er hatte sich geirrt.

Zwar hatten ihm seine Strebsamkeit und seine tadellose Dienstführung die Versetzung nach New York eingetragen. Und für ein paar Tage hatte es auch so ausgesehen, als ob alles in Erfüllung gehen würde, was er sich je erträumt hatte.

Doch das Ende des Traums hatte nicht lange auf sich warten lassen.

Wie durch ein Wunder war Phil Decker von den Toten zurückgekehrt, und natürlich hatte Jerry Cotton seinen alten Partner wieder zurückhaben wollen.

Das war das Ende der steilen Laufbahn von Sid Lomax gewesen.

Das Ende seiner viel versprechenden, aber äußerst kurzen Zeit als Jerry Cottons Partner.

Jerry Cotton …

Wie er ihn verabscheute, diesen aufgeblasenen Wichtigtuer, diesen Saubermann, für den alle im Bureau eine ausgeprägte Schwäche zu haben schienen.

Decker, Dillaggio, Brandenburg und wie sie alle hießen – sie merkten nicht, dass dieser Cotton im Grunde nur ein Blender war. Ein G-man, der ein paarmal verdammtes Glück gehabt hatte bei der Aufklärung seiner Fälle und dem seither der Nimbus des Supermanns anhaftete.

Einfach lächerlich.

Er, Sid Lomax, wusste es besser.

Viel besser.

Er wusste, was man brauchte, um ein erstklassiger G-man zu sein. Das und nichts anderes war sein Ziel gewesen, als er in die FBI-Akademie eingetreten war.

Er hatte der Beste sein wollen.

So wie es ihm beigebracht worden war.

So wie er es immer gewesen war.

Sein Ziel war es gewesen, der beste G-man aller Zeiten zu werden und selbst den großen Jerry Cotton, den er einst so bewundert hatte, noch zu übertrumpfen.

Doch wie hatte man ihm seinen Ehrgeiz gedankt?

Man hatte ihn zur Fahndungsabteilung versetzt, ihn regelrecht degradiert. Lomax hatte förmlich hören können, wie sie hinter seinem Rücken getuschelt hatten, wie sie sich heimlich darüber lustig gemacht hatten, dass der alte John D. High, der Cotton hörig war wie kaum ein Zweiter in diesem verdammten Laden, ihn zum Innendienst verdonnert hatte.

Es war eine verdammte Schmach gewesen, die sie ihm angetan hatten – doch Sidney Lomax hatte diese Schmach nicht einfach hingenommen.

Er hatte sich zur Wehr gesetzt.

Auf die einzige Art, die seinem gekränkten Stolz auch nur annähernd Genugtuung hatte verschaffen können.

Er hatte die Seiten gewechselt.

Dem Gesetz und den Bürgern dieser Stadt und dieses Landes zu dienen war für ihn ohnehin stets nur eine Nebensächlichkeit gewesen – ihm war es nur darum gegangen, der Beste zu sein, seinen Ehrgeiz auszuleben.

Beim FBI hatte man diesem Ehrgeiz enge Grenzen gesteckt – seine neuen Auftraggeber jedoch hatten ihm signalisiert, dass seine Möglichkeiten nahezu unbegrenzt waren, wenn er sie nur nutzte.

Und Sidney Lomax hatte sie genutzt.

Er war der Domäne beigetreten.

Zunächst nur als Informant, der die Organisation über die Ermittlungen des FBI auf dem Laufenden gehalten hatte.

Später auch als Doppelagent, der die Ermittlungen seiner Kollegen – insbesondere die von Jerry Cotton und Phil Decker – bewusst manipuliert und durchkreuzt hatte, um Spuren zu verwischen oder Aktionen der Domäne zu tarnen.

Dass die Domäne eine verbrecherische Organisation war, deren Ziel die Unterwanderung des Staates und die Machtübernahme in Politik und Wirtschaft war, spielte für Sid Lomax nur eine untergeordnete Rolle. Die Ziele dieser Leute waren ehrgeizig, ebenso wie seine eigenen, deshalb passte die Domäne zu ihm wie der sprichwörtliche Deckel auf den Topf.

Der FBI hatte den Fehler begangen, seine Dienste zu verschmähen – nun musste er mit den Folgen zurechtkommen.

Sid Lomax lächelte wieder.

Zwei Jahre waren vergangen.

Zwei Jahre, in denen er beim FBI vom G-man zum Bürohengst degradiert worden war – und in denen er bei der Domäne vom Omega- zum Sigma-Status aufgestiegen war.

Damit stand ziemlich fest, wo seine Zukunft lag.

Sollten die anderen feiern, so lange sie wollten – wahren Grund zum Triumphieren hatte ohnehin nur er.

Und die Domäne, die am Ende herrschen würde ...

*

In Sandy's Bar herrschte ausgelassene Stimmung – und das aus gutem Grund.

Wir hatten Dario Langella, den berüchtigten Gangsterboss, der seine schmutzigen Finger im dreckigen Geschäft des internationalen Menschenhandels stecken hatte, aus dem Verkehr ziehen können. Ein hartes Stück Arbeit war das gewesen, doch wir hatten den mächtigen Mafia-Don schließlich überführen und verhaften können. Und auch seinen ehemaligen Komplizen, den Baulöwen Aldo Mattani, der von Langella illegale Arbeitssklaven bezogen hatte, die sich für ihn zu Tode geschuftet hatten, hatten wir dingfest gemacht.

Zum Schluss waren Langella und Mattani übereinander hergefallen, denn Mattanis irrer Sohn Luigi hatte sich an Langellas Tochter vergangen, hatte sie in seiner Raserei getötet, und das Gesetz der Blutrache, die Vendetta, hatte aus den beiden verbrecherischen Komplizen Todfeinde gemacht.

Jetzt saßen beide auf Riker's Island ...

»Ehrlich, Jungs«, sagte Steve Dillaggio mit bereits ein wenig schwerer Zunge und hob sein Bourbon-Glas, um Phil und mir zuzuprosten. »Ich sage das ganz ohne Hohn und Neid. Ihr beiden seid die Besten. Auf euch, Jungs!«

»Auf euch!«, fielen unsere Kollegen Zeerookah, Joe Brandenburg, Les Bedell, June Clark und Annie Geraldo ein und hoben ihre Gläser, und zum ungezählten Mal an diesem Abend benetzten wir unsere Kehlen mit Alkohol.

Im Grunde bin ich kein Freund großer Trinkgelage und der Ansicht, dass man Alkohol mehr in Maßen als in Massen zu sich nehmen sollte.

An diesem Abend jedoch gab es kein Halten – mit dem Abschluss des Langella-Falles war uns allen ein großer Stein vom Herzen gefallen, und wir wollten das Ereignis entsprechend begießen.

»Ist das nicht toll?«, fragte June ausgelassen. »Wann hatten wir das letzte Mal solchen Grund zum Feiern?«

»Daran kann ich mich noch gut erinnern«, beteuerte mein Freund und Kollege Phil Decker. »Das war, als ihr dachtet, der Sensenmann hätte mich erwischt, während ich noch putzmunter unter den Lebenden weilte.«

Ich schluckte, nahm noch einen Schluck Bourbon, um den Kloß hinunterzuspülen, der sich in meinem Hals gebildet hatte.

Die Erinnerung an jene Zeit, in der mein damaliger Erzfeind Jon Bent Phil entführt und zum willenlosen Killer gemacht hatte, gehören zu den düstersten in meinem Leben, die ich nicht gerne aufwärme. Noch heute danke ich meinem Schöpfer dafür, dass damals alles ein gutes Ende genommen hat.

»Seit damals arbeitet Sid Lomax in unserem Büro«, sagte Steve Dillaggio.

»Ja, genau«, pflichtete June bei. »Wo ist der Junge eigentlich?«

»Im Federal Building«, erwiderte Zeery. »So, wie es sein sollte – er hat Bereitschaftsdienst.«

»Schade«, kommentierte Joe Brandenburg, während er von Sandy, dem Barkeeper, einen neuen Drink entgegennahm. »Das hier hätte sogar ihm gefallen.«

»Da wäre ich mir nicht so sicher.« Phil schnitt eine Grimasse. »Du weißt doch, wie der gute Sidney ist. Der ist ein richtiger Hundertfuffziger.«

»Noch immer?«, fragte June. »Ich dachte, die beiden Jahre in New York hätten ihn ein bisschen lockerer werden lassen.«

»Von wegen.« Phil winkte ab. »Wahrscheinlich legt er seinen Schlips inzwischen ab, wenn er zu Bett geht – aber manchmal frage ich mich, ob in dem gestärkten Kragen tatsächlich ein Mensch aus Fleisch und Blut steckt.«

»Och, nun komm aber!«, sagte June und versetzte Phil einen tadelnden Rippenstoß, der sie selbst ein wenig taumeln ließ. »So schlimm ist der gute Sid nun auch wieder nicht. Im Gegenteil – ehrlich gesagt finde ich ihn sogar ganz schnuckelig …«

»Schnuckelig?« Phil machte große Augen. »Du meinst, du findest diese lebende Paragraphensammlung schnuckelig?«

»Apropos schnuckelig«, sagte Steve, um das Thema zu wechseln. »Habt ihr diese Wahnsinnsbraut gesehen?«

»Welche?«, fragten Joe und Les wie aus einem Munde und reckten die Hälse.

»Na, die dort drüben, auf der anderen Seite der Bar. Die starrt schon die ganze Zeit zu uns herüber.«

»Schwerenöter!«, wetterte Annie, was uns Männer jedoch nicht davon abhalten konnte, uns nach der geheimnisvollen Schönen umzudrehen, die unser Kollege ausgemacht hatte.

Ich muss zugeben, dass Steve keinen schlechten Geschmack hatte. Die Lady, die dort auf der anderen Seite des Tresens saß und auffordernd zu uns herüberblickte, war tatsächlich atemberaubend.

Ihre Züge waren fein geschnitten und bildhübsch, ihr langes, blondes Haar war hochgesteckt, nur ein paar kecke Locken fielen ihr ins Gesicht. Ihr atemberaubend geformter Körper steckte in einem glitzernden Abendkleid, dessen Ausschnitt so tief war, dass Les und Joe beinahe hineingefallen wären.

»Hey, Jungs«, mahnte uns June energisch. »Könnt ihr euch bitte etwas mehr beherrschen? Das ist ja peinlich!«

»Mir nicht«, versicherte Joe Brandenburg dickfellig und starrte weiter.

Die schöne Blonde merkte sehr wohl, dass sie unsere Aufmerksamkeit erregt hatte – und sie dachte nicht daran, in eine andere Richtung zu blicken. Stattdessen setzte sie das verführerischste Lächeln auf, das mir in den zurückliegenden Monaten untergekommen war.

Und offenbar nicht nur mir ...

»Donnerwetter«, ächzte Phil. »Da scheint es jemand darauf anzulegen, unsere Bekanntschaft zu machen.«

»Was heißt hier *unsere* Bekanntschaft?«, fragte Steve grinsend. »Du meinst wohl meine Bekanntschaft.«

»Von wegen«, widersprach Joe entschieden. »Sie hat zu mir gesehen.«

»Nein, zu mir. Ich habe italienische Vorfahren, die romantische Ader ist mir also gewissermaßen in die Wiege gelegt.«

»Deine Wiege in allen Ehren, Kollege«, sagte June grinsend. »Aber ich fürchte, ihr werdet heute beide leer ausgehen. Die Dame scheint es auf Jerry abgesehen zu haben.«

»Was?«

Entsetzt schauten Steve und Joe zu ihrer Angebeteten hinüber – nur um festzustellen, dass June Recht hatte!

Die Schöne hatte ihre Blicke konkretisiert und lächelte mir jetzt auffordernd zu. Und als ob dies an Eindeutigkeit noch zu wünschen übrig ließe, machte sie mit dem Kopf eine leichte Bewegung, die auf den Barhocker deutete, der neben ihr am Tresen noch frei war.

»Nun sieh sich einer das an«, ächzte Steve. »Da stellt sich mir doch die Frage, was du hast, was wir nicht haben.«

»Schluck's runter, Steve.« Phil winkte ab. »Diese Frage stelle ich mir seit Jahren.«

»Was ist, Jerry? Willst du nicht rübergehen und die Lady kennen lernen?«

»Warum nicht?« Ich setzte ein schiefes Grinsen auf. »Da sie *mich* unbedingt kennen lernen will …«

»Das ändert sich«, prophezeite Phil. »Sobald sie merkt, dass du einen Zacken in der Krone hast, ist es vorbei, glaub mir.«

»Wetten, dass nicht?«

»Die Wette halte ich.«

»Jungs!«, entrüstete sich June. »Sagt mir, dass das nicht euer Ernst ist! Ihr wollt nicht wirklich wetten, ob Jerry die Lady ins Bett kriegt, oder?«

»Der Gentleman schweigt über die Details«, erklärte Phil grinsend. »Wenn die Blonde das Lokal zusammen mit Jerry verlässt, hat er gewonnen. Wenn nicht, gewinne ich, und er zahlt die nächste Runde.«

»Einverstanden«, sagte Steve schnell. »Klingt für mich nach einem sehr vernünftigen Einsatz.«

»Idioten«, war alles, was June dazu einfiel, während sich Annie vor Lachen kaum halten konnte.

Die anderen griffen eilig in ihre Taschen. Dollarscheine wurden auf den Tresen gelegt, und die »Buchmacher« gingen ihrer Arbeit nach und setzten die Quoten fest. Von einigen Seiten wurde mir aufmunternd auf die Schulter geklopft, während andere mir eine peinliche Pleite prophezeiten.

Ich blieb dennoch ruhig.

In aller Ruhe blieb ich sitzen und leerte mein Glas. Dann rutschte ich vom Barhocker, sandte Phil und den anderen einen viel sagenden Blick und umrundete den u-förmigen Tresen, ging langsam auf die Blonde zu.

Die Frau, die aus der Nähe noch ungleich attraktiver wirkte als aus der Ferne, lächelte mir zu. Mit aufreizend übereinandergeschlagenen Beinen saß sie auf dem Barhocker, hatte einen exotischen Cocktail in der Hand, aus dessen Strohhalm sie ab und zu nippte.

»Hallo, Miss«, sagte ich.

»Hallo«, erwiderte sie. »Ehrlich gesagt dachte ich schon, Ihre Freunde würden Sie niemals gehen lassen.«

Ich blickte zur anderen Seite des Tresens, von wo Phil, Steve und die anderen herüberstarrten, als wären sie Zuschauer beim Baseball.

»Sie müssen meine Kollegen entschuldigen«, bat ich. »Die Jungs und Mädels haben allesamt zu viel getankt.«

»Und Sie?«, wollte sie wissen.

»Es geht«, wich ich aus und setzte mich auf den freien Platz, den sie mir anbot. »Jerry«, stellte ich mich vor. »Und Sie sind …?«

»Jill«, gab sie zurück und setzte wieder dieses Lächeln auf, das einen Mann halb um den Verstand bringen konnte.

»Freut mich, Jill.«

»Mich freut es auch, Jerry. Ich finde nur die Gesellschaft Ihrer Freunde etwas … störend.«

Erneut warf ich einen Blick zur gegenüberliegenden Seite des Tresens. Jill hatte Recht – Phil und die anderen führten sich auf wie eine Horde pubertierender Pennäler.

»Möchten Sie lieber woanders hingehen?«, fragte ich.

»Gerne«, erwiderte sie – und ich wusste, dass ich meine Wette gewonnen hatte.

Während Jill vom Hocker rutschte und mich bat, ihren Mantel zu holen, wechselten auf der anderen Seite der Bar eifrig Geldscheine ihre Besitzer.

Ich spürte die neidvollen Blicke meiner Freunde und Kollegen in meinem Nacken, als ich Sandy's Bar verließ, in Begleitung von Jill, der geheimnisvollen Schönen …

*

»Wie macht er das nur? Wie, in aller Welt, macht er das nur?«

Phil Decker stand vor dem Spiegel in seinem Badezimmer und bedachte das zerknitterte, ziemlich mitgenommen aussehende Gesicht, das ihm entgegenstarrte, mit fragenden Blicken.

»Ich meine, was stimmt denn nicht mit mir? Ich bin ledig, gut aussehend, habe einen coolen Job – aber die Ladys wollen immer nur Jerry ...«

Der G-man grinste schief und schaufelte sich eine Ladung eiskalten Wassers ins Gesicht.

Es war eine lange Nacht gewesen.

Verdammt lang.

An den Ausgang des feuchtfröhlichen Abends hatte er keine konkrete Erinnerung mehr. Alles, woran er sich entsinnen konnte, war, dass Sandy ein Yellow Cab bestellt hatte, das Phil, Steve und Joe Brandenburg nach Hause kutschiert hatte.

Der Rest war ziemlich verschwommen – die erste konkrete Erinnerung, die Phil danach hatte, waren die Kopfschmerzen, die er verspürt hatte, als er vorhin aufgewacht war.

»Verdammter Whisky«, stöhnte er und versuchte es nochmals mit klarem Wasser. Seine mitgenommenen Züge glätteten sich daraufhin ein wenig – aber die Hammerschmiede, die in seinem Kopf dröhnte und schmetterte, stellte ihre Arbeit nicht ein.

»Bullshit«, murmelte Phil und angelte sich ein Handtuch. »Ich hätte mich auch von einer Blondine abschleppen lassen sollen. Dann hätte ich jetzt wenigstens keine Schädelschmerzen. Mann, ich brauche dringend 'n Aspirin ...«

Wankend kam der G-man aus dem kleinen Badezimmer seines Apartments. Als der Wecker vorhin gerappelt hatte, hatte er nicht glauben wollen, dass die Nacht schon vorüber war. Aber die Zeiger logen nicht ...

»Nur 'ne Tablette und 'n Schluck Kaffee. Danach bin ich wieder wie neu«, versuchte sich Phil selbst Mut zu machen, was ihm jedoch nicht recht gelingen wollte. Noch immer halb benommen torkelte er in die kleine Küche, als plötzlich sein Handy trillerte.

»Oh, verdammt ...«

Es dauerte eine Weile, bis es ihm gelang, das kleine Gerät aus seinen Klamotten zu fischen, die am Boden verstreut lagen. Zu ausgiebiger Toilette war er offenbar nicht mehr in der Lage gewesen, als er nach Hause gekommen war.

»Ja?«, knurrte er heiser, als er das Handy endlich gefunden hatte.

»Phil, hier ist John High«, drang die Stimme seines Chefs aus dem Gerät. Sie war ruhig und beherrscht wie immer, und doch merkte Phil ihr sofort an, dass etwas nicht stimmte.

»Sir«, sagte er und war auf einen Schlag hellwach, »was gibt es?«

»Ich möchte, dass Sie sofort zur Federal Plaza kommen, Phil. Jetzt gleich.«

»N-natürlich, Sir«, versicherte Phil, während er sich verzweifelt fragte, wo er unterwegs einen starken Kaffee herbekommen konnte. »Ich werde Jerry sofort Bescheid sagen, dass er mich an unserer Ecke …«

»Nein«, sagte der SAC des New Yorker Field Office. »Nehmen Sie sich ein Taxi und kommen Sie gleich zu mir ins Büro.«

»Sir?« Aus Phils Stimme sprach Unverständnis – schließlich traten Jerry und er stets gemeinsam ihren Dienst an.

Es geht um Jerry, Phil«, sagte Mr. High nur – und das genügte, um bei Phil die Geister der Benommenheit endgültig zu vertreiben.

*

Der Gang durch das New Yorker Field Office glich einem Spießrutenlauf.

Wie es ihm aufgetragen worden war, hatte sich Phil ein Cab gerufen und war zur Federal Plaza gefahren. Unterwegs hatte er sich gefragt, was dahinterstecken mochte.

Es geht um Jerry, hatte Mr. High gesagt. Was, in aller Welt, hatte er damit gemeint?

War sein Freund und Partner in irgendwelchen Schwierigkeiten? Nein, so etwas war bei Jerry undenkbar.

Einfach lächerlich …

Doch die gedrückte Stimmung, die im Field Office zu herrschen schien, war nicht zu leugnen.

Normalerweise wäre dies Phils freier Tag gewesen – Mr. High hatte ihm und Jerry wegen des erfolgreichen Abschlusses des Langella-Falles einen Tag Sonderurlaub gewährt. Doch jetzt sah es so aus, als würde dieser Tag alles andere als erholsam werden …

Phil bemerkte die verstohlenen Blicke, die man ihm schickte. Einige der Kollegen, die er auf den Gängen des Field Office traf, blieben stehen, als sie ihn erblickten, andere mieden demonstrativ seinen Blick.

Verdammt, was sollte das alles?

Hatte er irgendetwas verpasst?

Endlich erreichte Phil das Vorzimmer von Mr. Highs Büro. Froh darüber, die Durstrecke hinter sich gelassen zu haben, trat er ein. Zumindest Helen, Mr. Highs nimmermüde Sekretärin und die beste Kaffeeköchin der Welt, würde ihn mit einem freundlichen Lächeln empfangen.

Doch auch hier irrte Phil.

Helens Züge waren blass und traurig, und wenn sich der G-man nicht sehr irrte, hatte sie geweint. Ihre Augen waren gerötet.

»Guten Morgen, Phil«, begrüßte sie ihn verhalten. »Mr. High erwartet dich bereits.«

»Danke«, sagte der G-man, den jetzt ein wirklich mieses Gefühl zu beschleichen begann. »Kann mir vielleicht jemand sagen, was hier los ist?«

»Mr. High wird dir alles erklären«, versicherte Helen. »Geh zu ihm ...«

»Na schön.« Phil straffte sich, fuhr sich mit der Hand übers Gesicht, um die letzten Spuren der durchzechten Nacht zu verwischen. Dann trat er durch die lederbeschlagene Tür ins Büro des SAC.

»Da sind Sie ja, Phil.«

Mr. Highs Begrüßung nahm sich nicht anders aus als sonst. Lediglich an den Zügen des leitenden Special Agent des New Yorker Büros konnte Phil erkennen, dass etwas vorgefallen sein musste.

»'n Morgen, Sir«, erwiderte er. »Würden Sie mir bitte sagen, was hier los ist? Dort draußen auf den Korridoren herrscht eine ziemlich miese Stimmung. Und wo ist Jerry?«

»Setzen Sie sich, Phil«, bat Mr. High, der an seinem Schreibtisch noch damit beschäftigt war, einige Unterlagen zu ordnen. »Ich werde Sie sofort über alles informieren.«

»Sir, ist ... ist Jerry etwas zugestoßen?«, fragte Phil. Seine Stimme bebte dabei, und er fürchtete sich vor der Antwort. Mr. Highs Kopfschütteln nahm er mit unsagbarer Erleichterung zur Kenntnis.

»Nein, Phil«, versicherte der SAC, »das nicht. Aber es ist auch so schlimm genug. Setzen Sie sich.«

Endlich folgte Phil der Aufforderung seines Vorgesetzten und nahm in einem der beiden Besuchersessel Platz. Dass der andere Sessel leer blieb, fiel ihm an diesem seltsamen Morgen ganz besonders auf.

Mr. High legte die Unterlagen, die er sortiert hatte, auf einen Stapel. Über die Fläche seines mächtigen Schreibtisches blickte er Phil einen endlos scheinenden Augenblick lang an, ehe er fragte: »Phil, wann haben Sie Jerry zum letzten Mal gesehen.«

Phil schluckte hart.

Was der SAC da fragte, klang nicht gut. Klang überhaupt nicht gut. Schon viel zu oft hatte er selbst solche Fragen stellen müssen …

»Das war gestern Abend, Sir«, gab der G-man zurück. »Wir waren in Sandy's Bar, um den erfolgreichen Abschluss des Juarez-Falles zu feiern. Sie hatten uns ja frei gegeben.«

»Ich verstehe«, sagte der SAC sachlich. »Wann hat Jerry die Bar verlassen?«

»Das dürfte so gegen Mitternacht gewesen sein. Er hatte die Bekanntschaft einer ziemlich attraktiven Lady gemacht. Er wechselte ein paar Worte mit ihr, danach verließen sie das Lokal.«

»Hm«, machte Mr. High. »Phil«, sagte er dann, »der Name dieser Frau ist Jill Webster.«

»Wo-woher kennen Sie Ihren Namen, Sir?«, fragte Phil verblüfft.

»Aus dem Polizeibericht. Gegen drei Uhr morgens hat Miss Webster auf dem 72. Revier in Manhattan angerufen. Sie sagte, sie befinde sich in ihrer Wohnung, wo ein betrunkener Mann versucht hätte, sie zu vergewaltigen.«

»Was?« Phils Stirn zerknitterte sich. Er verstand nicht, was Mr. High ihm damit sagen wollte.

»Als die Streife des NYPD bei Miss Websters Wohnung eintraf, fand sie dort tatsächlich einen betrunkenen Mann vor, und alles in der Wohnung deutete darauf hin, dass ein Kampf stattgefunden hatte.«

»Und?«, fragte Phil, der noch immer nicht begriff.

»Phil«, sagte Mr. High düster, »der betrunkene Mann war Jerry.«

Einen Augenblick lang war es im Büro des SAC so still, dass man eine Stecknadel fallen gehört hätte.

»Was?«, fragte Phil schließlich leise.

»Miss Webster sagt, dass sie und Jerry etwas zusammen getrunken hätten. Danach sei es zum Austausch von Zärtlichkeiten gekommen. Als er ihr für ihren Geschmack zu aufdringlich wurde, forderte sie ihn auf, zu gehen. Aber Jerry hörte nicht auf sie. Stattdessen stürzte er sich auf sie und versuchte sie zu ...«

Der SAC unterbrach sich, überließ es Phil, sich den Rest dazuzudenken.

»Das ist lächerlich!«, platzte der G-man heraus. »Einfach lächerlich, und das wissen Sie, Sir! Jerry würde so etwas nie tun!«

»Er war in Miss Websters Wohnung«, sagte Mr. High. »Er war sturzbetrunken. Und Miss Websters Aussage deckt sich mit dem, was die Beamten vor Ort vorgefunden haben.«

»Und?«, fragte Phil aufgebracht. »Das kann doch alles Mögliche bedeuten. Jedenfalls heißt es nicht zwangsläufig, dass Jerry getan hat, was ihm vorgeworfen wird.«

»Phil«, sagte Mr. High, »ich kann verstehen, dass Sie auf Jerrys Seite sind. Auch ich will diesen Anschuldigungen nicht glauben. Aber als Angehörige dieser Behörde dürfen wir unseren Blick nicht durch persönliche Sympathien trüben lassen, das wissen Sie genau. Wir haben diese Sachlage nur aufgrund der Fakten zu beurteilen, die sich uns darstellen. Würde es sich nicht um Jerry handeln, sondern um irgendeinen anderen Bürger dieser Stadt, würden wir vermutlich nicht einmal lange nachdenken.«

»Zugegeben, Sir. Aber es handelt sich nun einmal nicht um einen x-beliebigen Bürger, sondern um Jerry. Meinen Partner! Unseren Freund! Und ich kann nicht glauben, dass er so etwas getan haben soll! Nicht Jerry!«

»Ich verstehe Ihre Empörung gut«, versicherte Mr. High, »und ich muss gestehen, dass auch ich zunächst so gedacht habe. Aber dann kam mir in den Sinn, dass Jerry in letzter Zeit unter großem Druck gestanden hat. Bronco Belucci, der ›Indio‹, tauchte wieder aus der Versenkung auf, kidnappte mich und versuchte, Jerry und Sie zu töten, und Ihre Freundin Marion Kingsley kam dabei ums Leben, Phil. Das war für Sie eine harte Zeit, Phil, aber ebenso für Jerry, denn er musste befürchten, Sie als Partner erneut zu verlieren. Dann der Kampf gegen die Bombenterroristen der Al-Quaida, die

Sie und Jerry ganz oben auf die Abschussliste gesetzt haben. Und nicht zuletzt die Ermittlungen im Langella-Fall. Dazwischen gab es noch andere Fälle, die nicht weniger nervenaufreibend waren. Sie selbst wissen am besten, wie brandgefährlich Ihr Job in den letzten Wochen und Monaten gewesen ist. Und Sie wissen, dass Jerry getrunken hatte ...«

»Schon«, räumte Phil ein, »aber nicht so viel, dass er nicht mehr gewusst hätte, was er tat.«

»Als die Streife ihn fand, war er kaum ansprechbar.«

»Ich verstehe das nicht.« Phil schüttelte den Kopf. »So etwas passt überhaupt nicht zu Jerry. Sich von Zeit zu Zeit zuzuschütten, bis der Arzt kommt, ist ganz bestimmt nicht seine Art.«

»Ich gebe Ihnen Recht. Aber wie oft haben wir in unserem Job schon erlebt, dass Menschen Dinge tun, die man niemals von ihnen erwartet hätte? Dass Männer, die noch am Tag zuvor vorbildliche Bürger waren, plötzlich straffällig werden? Sie selbst wissen gut genug, was Stress und Alkohol bei einem Menschen bewirken können.«

Phil machte den Mund auf und wollte etwas erwidern, seinem Chef gehörig widersprechen.

Aber wenn er ehrlich zu sich selbst war, konnte er das nicht. Was Mr. High sagte, war völlig korrekt, und auch die Argumentation des SAC war schlüssig.

Aber verdammt nochmal, hier handelte es sich um Jerry! Und Phil war nicht bereit, seinen Freund und Partner zu verurteilen, nur weil ein paar Indizien gegen ihn standen.

Niemals!

»Sir«, sagte er leise, »ich verstehe, was Sie mir sagen wollen, und ich verstehe auch, dass Sie als Leiter dieser Behörde neutral bleiben müssen ...«

»Das muss ich«, bestätigte Mr. High, »und Sie können mir glauben, dass es mir in dieser Sache nicht leicht fällt.«

»Das weiß ich, Sir. Aber ich bin Jerrys Partner, und als solcher ist es mein Recht, in dieser Sache einige Nachforschungen anzustellen. Möglicherweise ist dies auch ein abgekartetes Spiel. Vielleicht will irgendjemand Jerry diese Sache in die Schuhe schieben.«

»Zu welchem Zweck?«

»Um ihn in Misskredit zu bringen. Um seine Stellung beim FBI zu schwächen. Sie wissen, dass Jerry genügend Feinde hat, die zu so etwas fähig wären.«

»Zweifellos – aber die meisten von ihnen sitzen hinter Gittern oder werden von uns beobachtet.«

»Wie auch immer.« Phil schüttelte trotzig den Kopf. »Wir können das nicht einfach so hinnehmen. Wir müssen den Fall genauer untersuchen.«

»*Wir* können überhaupt nichts tun, Phil«, verbesserte Mr. High. »Die Ermittlungen liegen nicht in unseren Händen, die Dienstaufsichtsbehörde des FBI wurde in die Sache eingeschaltet.«

»Aber wir könnten uns doch zumindest ein wenig umhören! Wir sollten diese Miss Webster aufsuchen und einer erneuten Befragung unterziehen. Und wir sollten …«

»Miss Webster wurde nach dem Vorfall von vergangener Nacht ins Goldwater Memorial Hospital gebracht, Phil, wo sie sowohl medizinisch als auch psychologisch betreut wird. Sie hat mehrere Schürfungen und Prellungen davongetragen und ist völlig verängstigt. Die Staatsanwaltschaft hat dafür gesorgt, dass sie nach außen abgeriegelt wird. Denken Sie nicht, dass es einen ziemlich seltsamen Eindruck machen würde, wenn ausgerechnet der Partner ihres angeblichen Peinigers sie befragen will?«

»Zugegeben«, sagte Phil kleinlaut.

»Ich habe strikte Order aus Washington, dass wir uns keinesfalls in die Ermittlungen einmischen. Das Gebot der Neutralität unserer Behörde hat in diesem Fall oberste Priorität, Phil. Ich hoffe, Sie verstehen das, so bitter es für uns alle ist.«

»Natürlich, Sir«, sagte Phil zerknirscht. »Und ich hoffe, dass Sie verstehen, dass ich das nicht einfach so schlucken kann. Ich muss zumindest mit Jerry sprechen.«

»Ich habe nichts anderes erwartet.« Um Mr. Highs Züge spielt ein mildes Lächeln.

»Wo kann ich Jerry finden?«

»In der Ausnüchterungszelle des 72. Reviers. Lieutenant Morris kümmert sich persönlich um ihn.«

»Auch das noch.« Phil erhob sich aus dem Besuchersessel und wandte sich zum Gehen.

»Reden Sie mit Jerry«, sagte Mr. High. »Sprechen Sie ihm Mut zu und bestellen Sie ihm Grüße von mir. Aber denken Sie daran, dass auch Sie neutral bleiben müssen.«

»Das werde ich, Sir«, versicherte Phil und verließ das Büro seines Vorgesetzten.

Draußen begegneten ihm die gleichen betretenen Blicke wie vorhin.

Jetzt kannte er zumindest den Grund dafür ...

*

Ich saß im Knast.

In einer Ausnüchterungszelle des 72. Reviers, zusammen mit den anderen Betrunkenen, Pennern, Randalierern und Muggern, die die Nacht über auf den Straßen von Manhattan aufgelesen worden waren und bis zur Anhörung vor Gericht hier untergebracht wurden. Eine Sammelstelle für menschlichen Abschaum – und genauso fühlte ich mich.

Mein Anzug, den ich am Abend getragen hatte, war fleckig und zerschlissen, stank nach Schnaps und Whisky. Mein Haar stand wirr und zerzaust, und ich hätte etwas darum gegeben, eine Dusche nehmen zu dürfen.

Doch daran war nicht zu denken.

Die Bleibe, die man mir zugedacht hatte, maß gerade mal zwei mal zwei Meter. Sie war nach einer Seite vergittert, die übrigen Wände bestanden aus von Schimmel überzogenem Backstein. Eine karge Holzpritsche und eine verdreckte Toilettenschüssel waren meine einzigen Zimmergenossen.

Kein Zweifel – ich war tief gesunken ...

»Na, Cotton?«

Zum ungezählten Mal an diesem Morgen schaute Morris bei mir vorbei.

Morris war Lieutenant im 72. Revier – ein arroganter, ungehobelter Klotz, der den FBI für eine überflüssige Verschwendung von Steuergeldern hielt. Schon wenn wir bei Ermittlungen aufeinandertrafen, machte Morris kein Hehl daraus, dass er uns nicht leiden konnte. Einen der verhassten G-man in einer seiner Zellen eingelocht zu sehen, bescherte ihm jedoch ein geradezu königliches Vergnügen.

»Haben Sie es auch bequem, Cotton?«, erkundigte er sich grinsend. »Oder soll ich Ihnen etwas aufs Zimmer kommen lassen? Kaffee vielleicht? Ich weiß, ihr Jungs vom FBI habt es gerne komfortabel.«

»Nein danke«, sagte ich zerknirscht. Natürlich hätte ich noch ganz andere Dinge zu sagen gewusst, aber ich musste mich vorsehen. Meine Marke und meine Dienstwaffe hatte man mir abgenommen. Ich genoss keine Sonderrechte, war ein Gefangener wie jeder andere, der hier einsaß.

»So was! Wer hätte das gedacht«, tönte Morris weiter. »Als ich heute Morgen meinen Dienst antrat und die Kollegen mir sagten, dass ein waschechter G-man bei uns einsitzt, hielt ich es zunächst für einen dämlichen Scherz. Aber stellen Sie sich meine Überraschung vor, als ich feststellen musste, dass es tatsächlich so ist!«

»Schön für Sie«, knurrte ich.

»Ein G-man! Ein echter G-man hier bei uns!«, rief Morris aus. »Ich kann es noch immer nicht glauben ...«

Dass der Polizist die Sache so laut herausposaunte, hatte natürlich seinen Grund. Die anderen Häftlinge, die im Revier einsaßen, sollten hören, dass ein FBI-Beamter hier einsaß. Unserem Ansehen war das nicht gerade zuträglich, aber das war Morris egal. Hämisches Gelächter drang aus den anderen Zellen, und der arrogante Lieutenant hatte erreicht, was er wollte.

»Hier drin nützen Ihnen Ihre Privilegien nichts, Cotton«, sagte er gehässig. »Hier drin gibt es keine Sonderzulagen, und auch Orden werden hier nur äußerst selten verteilt. Hier sind Sie nichts als ein stinknormaler Untersuchungshäftling wie jeder andere auch. Und das freut mich wirklich sehr.«

»Schön, wenn ich Ihnen eine Freude machen konnte«, konnte ich mir eine bissige Bemerkung nicht verkneifen. »Ich hoffe, Sie erweisen uns bald die Freude eines Gegenbesuchs.«

»Kaum«, kam die humorlose Antwort. »Und wenn ich ehrlich sein soll, Cotton, bezweifle ich, dass Sie jemals wieder jemanden im Field Office begrüßen werden bei dem, was Sie sich geleistet haben.«

»Seien Sie vorsichtig mit dem, was Sie sagen, Lieutenant!«, scholl plötzlich eine andere Stimme den Zellengang herab. »In diesem Land gilt ein Verdächtiger so lange als unschuldig, bis seine Schuld zweifelsfrei bewiesen ist!«

Ich atmete innerlich auf, als ich Phils Stimme erkannte. Mein Partner erschien jenseits der Zellentür und hielt Morris seinen Ausweis unter die Nase.

»Nur fürs Protokoll«, sagte er. »Es soll ja keiner behaupten, es ginge beim FBI nicht mit rechten Dingen zu. Und jetzt lassen Sie mich mit dem Verdächtigen allein, Morris. Die Fragen, die ich ihm zu stellen haben, betreffen eine FBI-interne Ermittlung.«

»Von wegen, Decker!« Der Lieutenant lachte auf. »Hören Sie auf, solchen Blödsinn zu verzapfen! Sie wollen sich mit Ihrem Partner darüber unterhalten, wie Sie ihn möglichst schnell wieder hier rauskriegen können!«

»Ich bin nicht sein Partner, Morris«, erwiderte ich grinsend. »Sagten Sie nicht vorhin selbst, dass ich ein stinknormaler Häftling bin genau wie jeder andere hier?«

»So ist es«, pflichtete Phil mir bei. »Und als solchen darf ich ihn jederzeit unter vier Augen verhören. Steht so in Ihrer Dienstvorschrift.«

Einen Moment lang stand Morris unbewegt. Dabei schnaubte der blasshäutige Polizist wie ein Walross.

»Macht doch, was ihr wollt«, schnauzte er, »nützen wird es euch diesmal nichts.«

Damit wandte er sich ab und stach den Gang hinab davon, ließ uns endlich in Ruhe.

»Danke, Alter«, sagte ich. »Sein Gequatsche fing an, mir auf die Nerven zu gehen.«

»Dafür hat der Gute ein ausgeprägtes Talent«, murmelte Phil und setzte ein freudloses Grinsen auf, das jedoch schon einen Augenblick später wieder verschwunden war. »Verdammt, Jerry«, sagte er. »Was machst du für Sachen?«

»Ich weiß es nicht, Phil.« Ich schüttelte den Kopf. »Ich weiß es wirklich nicht mehr. Mein Schädel fühlt sich an wie ein leerer Ballon. Und ich kann mich an so gut wie nichts erinnern.«

»Du weißt, was dir zur Last gelegt wird?«

Ich nickte.

»Okay«, murmelte mein Partner, »dann sag mir jetzt, was du weißt. Woran kannst du dich erinnern?«

»An die Bar«, gab ich zurück. »An die Wette, die wir abgeschlossen haben. Und natürlich an Jill.«

»Kunststück«, knurrte Phil. »Die Lady ist auch schwer zu vergessen. Was ist geschehen, nachdem ihr Sandy's Bar verlassen hattet?«

»Wir nahmen uns ein Taxi.«

»Wohin seid ihr gefahren?«

»Zu einer Bar. Ecke Broadway/48th Street.«

»Hat man euch dort gesehen?«

»Das nehme ich an.«

»Gut. Was geschah dann?«

»Wir haben uns unterhalten, belangloses Zeug. Aber es war offensichtlich, dass wir uns zueinander hingezogen fühlten. Gegen halb zwei oder so haben wir die Bar verlassen und sind zu Jills Wohnung gefahren.«

»Und dann?« Phils Gesichtsausdruck verriet, dass es ihm peinlich war, danach zu fragen.

»Wir haben noch was getrunken«, antwortete ich.

»Wie viel hattest du zu diesem Zeitpunkt?«

»Ich weiß nicht, Partner.« Ich zuckte mit den Schultern. »Wir hatten schon bei Sandy's ziemlich getankt, wie du weißt.«

»Allerdings. Was ist dann passiert, Jerry?«

»Wir kamen uns näher. Wir küssten uns, und Jill begann, sich auszuziehen. Wir hatten beide getrunken, und es war alles ziemlich verrückt. Und dann, plötzlich, sagte sie, ich solle gehen.«

»Ein Scherz?«, fragte Phil.

»Das dachte ich zuerst auch. Aber sie schien es ernst zu meinen. Halb nackt, wie sie war, stand sie vor mir und verlangte, dass ich jetzt gehen solle.«

»Und was hast du getan?« Phils Tonfall verriet, dass er diese Frage nicht gerne stellte.

»Ich weiß es nicht mehr, Partner.« Ich zuckte wieder mit den Schultern. »Das Nächste, woran ich mich entsinne, ist, dass ich in dieser Zelle aufgewacht bin.«

»Jill Webster sagt, dass du versucht hättest, sie zu vergewaltigen.«

»Ich weiß.«

»Und was sagst du dazu?«

»Dass ich mich an nichts erinnern kann. Das Schlimme ist, Phil ...«, ich blickte auf, starrte meinen Partner durch die Gitterstäbe der Zellentür an, »...dass ich es tatsächlich getan haben könnte. Alle Indizien sprechen dafür.«

»Aber – das ist doch Unsinn! Verdammt, Jerry, du würdest so etwas nie tun!«

»Wirklich nicht? Ich war sturzbesoffen, wie du weißt.«

»Wir alle hatten gestern zu viel getankt, aber das bedeutet nicht, dass wir deswegen alles vergessen, was unsere Mama uns beigebracht hat.«

»Und wenn doch?«, fragte ich leise.

»Verdammter Mist.« Phil fuhr sich mit der Hand übers Gesicht und massierte seine Schläfen – auch er schien an den Nachwehen der vergangenen Nacht noch zu beißen zu haben.

»Hör zu, Partner«, sagte er dann. »Ich kann das einfach nicht glauben, okay? Ich gebe zu, dass du es getan haben *könntest*, aber da es bislang keine Beweise und nur die Aussage von Jill Webster gibt, ist zumindest Skepsis angebracht. Ich werde meine Nase in diese Sache stecken und mich umhören.«

»Nett von dir.« Ich lächelte schwach. »Aber das wird nicht nötig sein.«

»Was? Wieso nicht?«

»Weil ich an das Rechtssystem dieses Landes glaube, Phil, deshalb. Auch wenn ich Lieutenant Morris für einen arroganten Bastard halte – er ist ein guter Polizist. Wenn ich unschuldig bin, wird es sich herausstellen, und all das wird bald vergessen bin. Wenn ich es hingegen wirklich getan habe, dann will ich auch dafür bezahlen. Du weißt, wie sehr ich diese Schweine verabscheue, die so etwas tun.«

»Sicher Jerry, aber ... es kann doch nicht deine ernste Absicht sein, hier zu sitzen und nichts zu tun!«

»Na ja«, meinte ich, auf die Gitterstäbe deutend, »es sieht nicht so aus, als ob ich eine andere Wahl hätte, oder?«

»In ein paar Stunden wirst du auf freiem Fuß sein. Die Anhörung vor Gericht ist für zehn Uhr angesetzt, danach wird Kaution gestellt und ...«

»Nein«, sagte ich.

»Was?«

»Ich habe mit Mr. High telefoniert. Ich habe ihm gesagt, dass ich keinen Antrag auf Kaution stellen werde.«

»Aber ... Ich verstehe nicht ...«

»Das Letzte, was ich will, ist dem Ansehen des FBI schaden, Phil. Wenn ich Kaution beantrage und auf freien Fuß gesetzt werde, wird die Sache publik. Wie lange wird es dann dauern, bis die ersten Pressefritzen behaupten, der FBI hätte bei meinem Fall nachgeholfen und würde versuchen, die Sache zu vertuschen? Nein, Phil – ich will, dass alles mit rechten Dingen zugeht. Ich habe diese Sache alleine zu verantworten, also werde ich sie auch alleine ausbaden. Ich werde so lange in Untersuchungshaft bleiben, bis der Fall eindeutig geklärt ist, so oder so. Alles andere hätte keinen Sinn.«

»Du meinst, es hätte keinen Sinn? Verdammt, Jerry! Hast du eine Ahnung, worum es hier geht? Einfach um alles! Um deine Karriere, deinen guten Ruf – alles!«

»Ich weiß«, erwiderte leise.

»Ach ja? Dann verstehe ich nicht, wie du so verdammt passiv sein kannst. Ich meine, diese Braut versucht, dir so ziemlich das Schlimmste anzuhängen, was man von einem Kerl behaupten kann, und du ...«

»Wir wissen nicht, ob sie es mir anhängen will. Wenn ja, wird es herauskommen. Wenn nicht, habe ich es nicht besser verdient.«

»Tut mir leid.« Phil schüttelte heftig den Kopf. »Aber das kann ich so einfach nicht akzeptieren. Wo ist dein Kampfgeist geblieben? Du weißt, dass auch die Justiz dieses Landes bisweilen Fehler macht – hast du vor, das Opfer eines Justizirrtums zu werden? Dir ist doch klar, dass die Leute oft das glauben, was sie glauben wollen.«

Ich hielt dem Blick stand, den Phil mir durch die Gitterstäbe sandte, sagte aber nichts.

»Mach, was du willst«, knurrte mein Partner und wandte sich zum Gehen. »Ich werde nicht tatenlos zusehen, wie du unter die Räder kommst. No, Sir – nicht mit mir.«

Damit ging Phil und pflügte schnaubend den Gang hinab, fast so wie Morris vorhin.

Ich trat an das Gitter, blickte ihm sorgenvoll hinterher.

Ich konnte nur hoffen, dass sich mein Partner in dieser Sache nicht verrannte ...

*

Sidney Lomax' Laune an diesem Morgen war glänzend.

Von der düsteren Stimmung, in der der G-man noch am Abend zuvor gewesen war, war nichts mehr zu spüren.

Im Gegenteil.

Die Euphorie, die ihn erfüllte, war fast grenzenlos. Sie rührte von der erfreulichen Erkenntnis her, dass es doch etwas wie ausgleichende Gerechtigkeit geben musste.

Sids Bereitschaftsdienst war gerade zu Ende gewesen, als er von der Sache erfahren hatte.

Jerry Cotton – verhaftet wegen versuchter Vergewaltigung!

Das war in der Tat eine Nachricht, die ihn in Begeisterung versetzte und sein schadenfrohes Herz vor Freude jubeln ließ.

Natürlich hatte er sich seine Euphorie nicht anmerken lassen dürfen, hatte Betroffenheit heucheln müssen, solange er sich im FBI-Büro aufgehalten hatte. Doch nun endlich, da er sich in der Abgeschiedenheit seines Apartments befand, brauchte er seine Häme nicht mehr länger zu verstecken.

Lomax ging zum Kühlschrank, griff nach einer Flasche Sekt, die er für eine besondere Gelegenheit kalt gestellt hatte, und ließ den Korken knallen.

Wenn das kein Grund zum Feiern war, dann gab es keinen!

Jerry Cotton, der arrogante Wichtigtuer vom New Yorker FBI, saß hinter Gittern. Die makellose Bilderbuchkarriere des G-man war damit zu Ende – denn egal, was geschehen würde, ein Makel würde für immer auf Cottons blütenreiner Weste zurückbleiben.

Es war zu schön, um wahr zu sein!

In seiner Begeisterung trank Lomax entgegen seiner sonstigen Gewohnheit aus der Flasche, nahm ein paar kräftige Schlucke von dem prickelnden Getränk – als plötzlich das Telefon klingelte.

In seinem Überschwang ging der G-man ran und meldete sich. Er verschluckte sich fast, als er am anderen Ende die Stimme des Mittelsmannes erkannte.

Des Mittelsmannes der Domäne.

Wie immer klang die Stimme weit entfernt und seltsam verzerrt. Die Domäne besaß ihr eigenes Satellitensystem und eine spezielle Codierungstechnik, die es unmöglich machte, ihre Anrufe zu entschlüsseln oder gar zurückzuverfolgen.

»Hier Sigma 187«, meldete sich Lomax mit seinem Codenamen. »Wie kann ich Ihnen behilflich sein?«

»Haben Sie von dem jüngsten Vorfall beim FBI gehört, Agent Lomax?«, erkundigte sich die Stimme.

»Allerdings.« Sid grinste breit. »Und es sollte mich doch sehr wundern, wenn diese für uns so günstige Entwicklung zufällig eingetreten wäre. Ihre Abteilung für verdeckte Operationen hat hervorragende Arbeit geleistet.«

»Danke«, sagte die Stimme, »aber ich fürchte, dieses Kompliment kann ich nicht für uns in Anspruch nehmen, Sigma 187.«

»Was heißt das?«

»Das heißt, dass unsere Organisation nichts mit den jüngsten Entwicklungen zu tun hat«, wurde der Mittelsmann deutlicher.

»Aber das ... das würde bedeuten, dass Cotton wirklich etwas ausgefressen hat«, sagte Lomax fassungslos.

»Oder dass es eine neue Partei im Spiel um die Macht gibt«, sagte die Stimme aus dem Telefon.

»Eine neue Partei?« Sid Lomax merkte, wie sich seine Nackenhaare sträubten.

»Dies ist der Grund für unseren Anruf, Sigma 187«, sagte der Mittelsmann. »Zweifellos wird der FBI Ermittlungen anstellen, was die Sache Cotton angeht. Schalten Sie sich in diese Ermittlungen ein und finden Sie heraus, was es mit dieser Sache auf sich hat. Die Domäne ist nicht daran beteiligt – möglicherweise gibt es eine neue Macht in dieser Stadt, die es darauf anlegt, dem FBI zu schaden ...«

*

»Denkst du, dass du mir helfen kannst?«

Eine Stimme am anderen Ende der Telefonverbindung brummte: »Kein Problem. Ich bin schließlich keiner von euch Schlipsträgern und kann mich umsehen, wo's mir gefällt. Außerdem schulde ich Jerry noch ungefähr ein Dutzend Gefallen.«

»Klingt gut«, sagte Phil und war froh, dass er Hank angerufen hatte.

Hank Hogan arbeitete als V-Mann für den FBI. Der hünenhafte Riese, der hervorragende Informationsquellen besaß, was die New Yorker Unterwelt betraf, war Jerry und Phil schon oft eine wertvolle Hilfe gewesen, zuletzt im Fall Dario Langella; er hatte mitgeholfen, den skrupellosen Menschenhändler aus dem Verkehr zu ziehen, und dafür auch einiges riskiert.

Wenn es jemanden gab, der auch in diese mysteriöse Sache ein wenig Licht bringen konnte, dann war es Hank Hogan.

Phil hatte gehofft, dass Hank ihm bei seinen Ermittlungen ein wenig zur Hand gehen würde, und allem Anschein nach hatte er sich nicht geirrt …

»Wie heißt die Braut? Und wo wohnt sie?«, wollte Hank in seiner gewohnt rauen Manier wissen.

»Ihr Name ist Jill Webster«, antwortete Phil und gab die Adresse durch, ein Apartmenthaus in der Upper Westside.

»Schön«, sagte Hank. »Es wäre gut, wenn du mir ein Foto von ihr faxen könntest.«

»Kein Problem.«

»Ich werde mich ein wenig umhören, was ich über die Dame herausfinden kann.«

»Aber ganz unauffällig. Und lass den FBI dabei aus dem Spiel, okay?«

»Hey, ich mach das schon.« Hank lachte kehlig. »Was ist los mit dir, Decker? Bist du nervös?«

»Kann man wohl sagen. Ich weiß nicht, Hank, die Sache gefällt mir nicht. Für mich stinkt das zum Himmel. Sieht ganz so aus, als versuchte jemand, Jerry was anzuhängen.«

»Wenn's so ist, werde ich es rausfinden«, versprach der hünenhafte V-Mann. »Ich verstehe nur nicht, warum du dich nicht selbst in der Sache schlau machst.«

»Hab ich versucht. Aber über Jill Webster liegen keine polizeilichen Einträge vor. Und Ermittlungen außerhalb des Bureau dürfen wir aus Gründen der Neutralität nicht durchführen.«

»Aus Gründen der Neutralität?« Hank schnaubte. »Was ist denn das für 'ne Scheiße? Wenn ein Kollege in der Klemme steckt, dann hilft man ihm da raus, ist doch klar.«

»Normalerweise schon, aber in diesem Fall ist es anders. Jerry *will* nicht, dass man ihm hilft.«

»Was?«

»Er will sich der Justiz anvertrauen, damit kein schlechtes Licht auf den FBI fällt.«

»Löblich«, knurrte Hank, der der geborene Pragmatiker war, »aber ziemlich dumm. Wenn es tatsächlich jemand darauf anlegt, ihm zu schaden, liefert er sich damit selbst ans Messer.«

»Genau das ist auch meine Meinung. Das ist der Grund, warum ich dich angerufen habe, Hank.«

»Keine Sorge. Du kannst dich auf mich verlassen.«

»Das weiß ich«, versicherte Phil. »Vielen Dank, Hank. Du hast was gut bei mir.«

»Ich werde über diese Frau ein paar Informationen sammeln. Wenn wir nicht an sie herankommen, um sie zu vernehmen, müssen wir uns eben anders behelfen. Was wirst du in der Zwischenzeit tun?«

»Ich muss zum Gericht«, sagte Phil mit einem flüchtigen Blick auf seine Armbanduhr. »Jerrys Anhörung wurde für zehn Uhr angesetzt ...«

*

»Der nächste Fall, der vor diesem Gericht verhandelt wird, hat das Aktenzeichen XF13/427 – der Staat New York gegen Jerry Cotton, Special Agent beim Federal Bureau of Investigation. Ihm wird vorsätzliche Körperverletzung und versuchte Vergewaltigung an Miss Jill Webster zur Last gelegt, wohnhaft in ...«

Der Gerichtsdiener rasselte die Daten des Falles herunter, zu dem ich über Nacht geworden war.

Ich stand wie ein armer Sünder vor der Anklagebank und ließ alles wortlos über mich ergehen.

Bei uns in den Staaten ist es üblich, kurz nach der Verhaftung einen Anhörungstermin vor Gericht anzusetzen, in dem über die

Schwere des zur Last gelegten Verbrechens befunden und die Höhe der Kaution festgesetzt wird, gegen die der Angeklagte das Gefängnis verlassen darf.

Diese Anhörungen werden im Fließbandverfahren durchgeführt und nehmen bisweilen ziemlich groteske Formen an, wenn Anwalt und Staatsanwalt dem Richter ihre Argumente an den Kopf werfen.

»Die Anklage beruht auf einer einzigen Aussage, Euer Ehren!«, rief der Rechtsverdreher, der mir vom Gericht zugeteilt worden war – einen anderen Beistand als einen Pflichtverteidiger hatte ich nicht gewollt, um nicht den Anschein zu erwecken, dass sich der FBI in meiner Sache besonders engagierte. Deshalb hatte ich mir auch ausbedungen, dass weder Mr. High noch einer meiner Kollegen zum Anhörungstermin erschien ...

»Aufgrund des makellosen Lebenslaufs von Mr. Cotton und seiner Eigenschaft als Mitglied des Federal Bureau of Investigation beantrage ich die sofortige Einstellung des Verfahrens«, sagte mein Verteidiger forsch.

»Einspruch«, plärrte der Staatsanwalt. »Trotz der Position und des unbestrittenen Leumunds Ihres Mandanten besteht noch immer die Aussage von Miss Webster.«

»Stattgegeben«, entschied der Richter kurzerhand. »Wollen Sie für Ihren Klienten eine Kaution beantragen?«

»Nein«, erwiderte mein Verteidiger ein wenig kleinlaut und sandte mir einen ziemlich missmutigen Blick. »Entgegen meinem Anraten verzichtet Mr. Cotton darauf, gegen Kaution auf freien Fuß gesetzt zu werden. Er möchte damit sein Vertrauen in die Justiz zum Ausdruck bringen.«

»Ich verstehe«, konstatierte der Richter ungerührt. »Wie lange braucht die Staatsanwaltschaft, um in dieser Sache zu ermitteln?«

»Unsere Beweisaufnahme ist fast abgeschlossen, Euer Ehren.«

»Schön. Dann wird der Verhandlungstermin für kommende Woche angesetzt.« Mit dumpfem Pochen ging der kleine Holzhammer des Richters nieder, und die Sache war erledigt.

Fast ...

Denn gerade, als der Gerichtsdiener den nächsten Fall aufrufen wollte, platzte die Tür des Verhandlungssaales auf, und kein anderer als Phil stürmte herein.

»Einspruch!«, rief er laut, ohne überhaupt zu wissen, was los war.
»Wer sind Sie?«, verlangte er Richter konsterniert zu wissen.
»Phil Decker, FBI, Euer Ehren«, antwortete Phil und ließ seine Marke blitzen. »Ich beantrage eine kurze Unterbrechung der Anhörung und bitte, kurz mit Agent Cotton sprechen zu dürfen.«
»Lass gut sein, Alter«, beschwichtigte ich. »Die Sache ist schon über die Bühne.«
»Was?« Phil starrte mich entsetzt an.
»Es ist schon vorbei«, erklärte mein Anwalt, der sichtlich enttäuscht war. »Mr. Cotton hat auf die Stellung einer Kaution verzichtet.«
»Und das haben Sie zugelassen?«
»Nun – es war sein ausdrücklicher Wunsch …«
»Mann, was für ein Anwalt sind Sie eigentlich? Hat man Ihnen nicht gesagt, dass Sie sich um das Wohl Ihres Mandanten zu kümmern haben?«
»Schon gut, Phil.« Ich nickte meinem Partner zu und versuchte, ihn mit einem Lächeln zu beruhigen. »Mach dir keine Sorgen. Es ist alles in Ordnung, okay?«
»Verdammt, Jerry, was ist los mit dir? Hast du den Verstand verloren? Die wollen dich fertigmachen, merkst du das nicht?«
»Es kommt alles in Ordnung«, sagte ich, während zwei Uniformierte kamen, um mich abzuholen und in meine Zelle im Untersuchungsgefängnis zu bringen.
Phil wollte noch etwas erwidern, ließ es aber bleiben. Mit weit aufgerissenem Mund stand er da und sah zu, wie man mir Handschellen anlegte und ich abgeführt wurde, während vor Gericht bereits der nächste Fall verhandelt wurde.
Routine …
Ich sandte meinem Partner einen bedauernden Blick.
So sehr es mich freute, dass er gekommen war, um mir beizustehen, so leid tat es mir, dass ihn diese Sache so mitnahm.
Ich hatte damit gerechnet, dass die Ereignisse meinem Partner zusetzen würden, aber ihn so zu sehen, überraschte mich doch. Ich hoffte nur, dass er keine Dummheit machen würde …

*

»Diese Idioten! Diese blinden, unfähigen Idioten! Und Jerry ist so unvorsichtig, sich ihnen anzuvertrauen.«

Wütend vor sich hin murmelnd stach Phil durch die Korridore des Untersuchungsgerichts, das dem FBI-Gebäude gegenüberliegt, auf der anderen Seite der Federal Plaza. Frustriert rammte er eine der gläsernen Eingangstüren auf und trat hinaus unter das von Säulen getragene Portal – wo er sich plötzlich einem bekannten Gesicht gegenübersah.

Es gehörte Sidney Lomax.

»Phil!«, sagte der G-man, als er Phil gewahrte, und kam auf ihn zu. »Wie ist es gelaufen? Mr. High sagte mir, dass ich dich hier finden würde.«

»Wie es gelaufen ist?«, schnaubte Phil. »Beschissen, würde ich sagen. Wirklich beschissen. Jerry hat auf die Stellung einer Kaution verzichtet, und der Staatsanwalt ist scheinbar wild entschlossen, kurzen Prozess mit ihm zu machen. Die Verhandlung ist nächste Woche.«

»Aber das … das ist ja schrecklich! Das hat Jerry nicht verdient.«

»Ja«, knurrte Phil. »Sag ihm das. Der dumme Kerl ist so verunsichert, dass er selbst nicht weiß, was er getan hat und was nicht.«

»Was heißt das?«

»Das heißt, dass sich Jerry nicht erinnern kann. Er weiß nicht, was in dieser verdammten Nacht passiert ist, und ich habe das miese Gefühl, dass sich die Jungs von der Abteilung Innere Angelegenheiten nicht die allergrößte Mühe geben werden, es herauszufinden. Und dann diese Oberpfeife Morris – der würde sich doch vor Lachen nicht mehr einkriegen, wenn Jerry für ein paar Jahre in den Knast wandert.«

»Dann sollten wir uns in die Ermittlungen einschalten«, schlug Sid vor, während sie gemeinsam zurück zum FBI-Gebäude gingen.

»Guter Vorschlag. Aber Mr. High hat uns untersagt, uns in die Sache einzumischen. Er meint, das könnte nach außen zu sehr nach Vetternwirtschaft aussehen, und das Dumme ist, dass er auch noch Recht hat damit.«

»Also soll Jerry bei dieser Sache völlig auf sich allein gestellt sein?«, fragte der rothaarige G-man fassungslos. »Wir lassen ihn einfach im Stich? Nach allem, was er für das Bureau getan hat?«

Phil blieb stehen, blickte Sid unverwandt ins Gesicht. »Ganz sicher nicht«, sagte er.

»Hast du einen Plan?«

»Einen Plan würde ich es nicht gerade nennen. Aber ich habe vor, inoffiziell ein wenig in der Sache rumzustochern. Immerhin habe ich eine Woche dafür Zeit.«

»Eine Woche ist nicht gerade lang. Du könntest Hilfe brauchen. Am besten von jemandem, der an den Informationsquellen sitzt. In der Fahndungsabteilung.«

»Ach!«, machte Phil. »Und an wen hattest du dabei gedacht? Doch nicht etwa an dich?«

Sid senkte den Blick. »Ich weiß, dass ich als Paragraphenreiter gelte«, sagte er leise. »Als Hundertfünfzigprozentiger, der seine Kollegen jederzeit an die Dienstaufsicht verpfeifen würde. Aber das ist nicht wahr, Phil. Ich meine, es stimmt, dass ich ehrgeizig bin und dass Disziplin für mich über alles geht. Aber ich weiß auch, was Loyalität bedeutet. Jerry war immer fair zu mir, und ich kann es gut beurteilen, denn ich war eine Zeit lang sein Partner.«

»Das stimmt.« Phil lächelte.

»Und deshalb wäre es mir eine Ehre. Ich möchte dich bitten, dir bei dieser Sache helfen zu dürfen. Ich weiß, dass wir in der Vergangenheit nicht immer einer Meinung waren und dass wir manche Dinge verschieden beurteilen. Aber Jerry zuliebe sollten wir unsere Meinungsverschiedenheiten vergessen und an einem Strang ziehen. Was meinst du?«

Lomax hielt Phil die Rechte hin und blickte ihn auffordernd an.

»Ist dir klar, was das heißt?«, fragte Phil. »Wir handeln gegen die eindeutige Anweisung unserer Dienststelle.«

»Ich weiß.«

»Also schön.« Phil ergriff die Hand seines Kollegen und drückte sie kräftig. »Wer weiß, Sid«, feixte er, »vielleicht wirst du mir doch noch ganz sympathisch …«

*

Jill Websters Wohnung war versiegelt worden.

Das Apartment, das in der Upper Westside von Manhattan lag,

war der Schauplatz eines mutmaßlichen Verbrechens geworden, und solange die Arbeit der Spurensicherung noch andauerte, durfte niemand die Wohnung betreten – selbst Jill Webster nicht, die die nächsten Tage noch im Goldwater Memorial verbringen würde.

Hank Hogan lächelte müde.

Für den V-Mann, der mit beiden Seiten des Gesetzes bestens vertraut war, stellte es kein Problem war, ein Polizeisiegel zu brechen und es nachher wieder so aussehen zu lassen, als wäre nichts passiert.

Kurzerhand machte sich der hünenhafte Mann an dem Klebeband zu schaffen und löste es. Mit seiner Kreditkarte und einem Satz von Dietrichen öffnete er anschließend die Tür.

Mit leisem Klicken sprang das Schloss auf, knarzend öffnete sich die Tür.

Dahinter lag die kurze Diele, die in den Wohn- und Schlafraum des Apartments führte.

Hank, der Handschuhe aus dünnem Latex trug, um keine Spuren zu hinterlassen, schloss die Tür hinter sich. Dann durchquerte er auf leisen Sohlen die Diele, warf einen Blick ins Wohnzimmer.

»Donnerwetter«, murmelte er – hier sah es aus, als hätte ein mittelschweres Unwetter gewütet.

Das Sofa war umgestürzt, die Glasplatte des kleinen Tisches zerbrochen. Stühle lagen am Boden, das Bett war zerwühlt, die Kissen lagen überall umher. Mehrere Vasen und Gefäße waren zerbrochen. Die Scherben übersäten den Boden, zusammen mit zahllosen kleinen Gegenständen, die in den Gefäßen gewesen waren.

»Himmel, Jerry«, murmelte Hank. »Wo bist du da nur reingeschlittert?«

Er bückte sich und schaute sich inmitten des Chaos um, nahm hier und dort einen Gegenstand genauer in Augenschein.

Natürlich wäre es einfacher gewesen, Jill Webster persönlich zu befragen, aber die Staatsanwaltschaft hütete sie wie ihren Augapfel mit dem Hinweis auf ihren angeschlagenen Gesundheitszustand. Fast konnte man den Eindruck gewinnen, als *wollten* die Jungs von der Staatsanwaltschaft nicht, dass die Kleine befragt wurde.

Aber das war auch nicht unbedingt nötig.

Schließlich gab es noch andere Möglichkeiten, um an Informationen zu gelangen – und Hank Hogan kannte sie alle.

Der V-Mann zückte die winzig kleine Kamera aus der Tasche seiner Jacke und schoss einige Bilder. Auf diese Weise würde es ihm möglich sein, den Hergang der Tat zu rekonstruieren. Vielleicht ergaben sich daraus Widersprüche zu Jill Websters Aussage ...

Was Hank Hogan von dieser ganzen Sache halten sollte, wusste er nicht.

Ein G-man, der sich wegen einer versuchten Vergewaltigung vor Gericht verantworten musste, war schon eine Klasse für sich. Aber wenn dieser G-man Jerry Cotton hieß, dann trat das wirklich dem Fass den Boden aus.

Bisweilen fragte sich Hank, ob in dieser verdammten Stadt überhaupt noch etwas so lief, wie es sollte. Manchmal hatte der hünenhafte V-Mann das Gefühl, dass hier alles vor die Hunde ging – und offenbar machte es auch nicht vor den Rechtschaffenen Halt.

Dass Cotton sich der kleinen Webster tatsächlich unsittlich genähert haben sollte, glaubte Hank keinen Augenblick – dafür kannte er Jerry zu lange und zu gut.

Schon viel eher war er geneigt, Deckers Version Glauben zu schenken. Vielleicht legte es ja jemand darauf an, Cotton aufs Kreuz zu legen. Und vielleicht hatte dieser Jemand ja vorgesorgt und ...

Hank unterbrach sich in seinem Gedankengang, als er aus dem Badezimmer ein Geräusch hörte.

Es war ein leises Quietschen, wie wenn ein Fenster geöffnet wurde.

Der V-Mann schoss in die Höhe. Sofort steckte er die Kamera weg und zückte stattdessen seinen Revolver.

Die Tür zum Badezimmer war angelehnt.

Hank hielt den Atem an.

Langsam näherte er sich ihr, den Smith & Wesson im Anschlag. Er hasste unliebsame Überraschungen.

Er erreichte die Tür, warf einen Blick durch den Spalt.

Niemand zu sehen ...

Mit dem Fuß versetzte Hank der Tür einen leichten Stoß, so dass sie knarzend aufschwang.

Ein mit rosafarbenen Fliesen gekacheltes Bad, ein Waschbecken, eine Toilette und eine Badewanne mit rosafarbenen Duschvorhängen – aber keine Menschenseele.

Dafür war das schmale Fenster in die Höhe geschoben und stand halb offen.

Seltsam für eine polizeilich versiegelte Wohnung …

Der Anblick des offenen Fensters gefiel Hank nicht – und dies umso weniger, da draußen eine der Feuerleitern verlief, die für diesen Teil der Stadt so typisch waren.

Er fasste den Griff des Revolvers fester und trat ans Fenster, riskierte einen vorsichtigen Blick.

Niemand zu sehen …

Hank wollte sichergehen.

Durch das schmale Fenster schlüpfte er nach draußen, erklomm die Plattform der Feuerleiter. Die Waffe in der Hand, blickte er hinab in den Hinterhof, doch dort war ebenfalls niemand zu sehen.

Gerade wollte er hinaufsehen, um die Plattform über sich in Augenschein zu nehmen, als er ihn gewahrte.

Den dunklen Schatten, der plötzlich heranwischte.

Hank fuhr herum, kam jedoch nicht mehr dazu, etwas zu unternehmen.

Der Schatten fegte auf ihn zu, und etwas traf ihn hart am Brustkorb.

Einen verblüfften Laut von sich gebend, taumelte Hank zurück und stieß gegen das rostige Geländer der Plattform. Alles, was er sah, war eine schwarze Gestalt, die sich mit katzenhafter Gewandtheit bewegte.

Im nächsten Moment bretterte ihr rechter Fuß gegen sein Handgelenk. Der V-Mann fühlte stechenden Schmerz, worauf er seine Waffe fallen ließ. Mit metallischem Geräusch fiel der Revolver zu Boden.

»Du verdammter …«, knurrte Hank – weiter kam er nicht.

Eine behandschuhte Faust zuckte heran und traf ihn genau auf den Punkt.

Von einem Augenblick zum anderen gingen bei Hank Hogan die Lichter aus, und er kippte von den Beinen.

Der Rest war Schwärze …

*

Meine Wohnsituation hatte sich verändert.

Nicht unbedingt zum Besseren.

Meine Zelle maß jetzt nicht mehr zwei mal zwei, sondern zwei mal eineinhalb Meter, und die Wände bestanden aus massivem Beton. Die Gitterstäbe waren noch wuchtiger und massiver, und statt meines zerschlissenen Anzugs trug ich jetzt einen orangeroten Overall, in dem ich mir vorkam wie ein Idiot.

Was erwartete ich?

Ich war Gast im Untersuchungsgefängnis, einer von vielen Hundert Häftlingen, die auf ihre Verhandlung warteten. Nur einen Unterschied gab es: Die meisten, die außer mir hier waren, saßen ein, weil sie das Geld für die Kaution nicht hatten aufbringen können oder weil man sie ihnen schlicht verweigert hatte.

Ich war wohl der Einzige, der darauf verzichtet hatte, gegen Kaution auf freien Fuß gesetzt zu werden. Die Folgen meiner Entscheidung waren nicht gerade angenehm, aber ich wollte nun einmal um keinen Preis, dass der FBI irgendwelchen Schaden bei dieser Sache nahm.

Das war allein mein Spiel ...

Auf der kargen Pritsche, die gleichzeitig Schlafstatt und das einzige Möbelstück war, hatte ich es mir leidlich bequem gemacht. Als ich Schritte vor meiner Zellentür hörte, blickte ich auf.

Dort stand Mr. High.

Der Blick, den er mir zuwarf, war schwer zu deuten.

Mitleid war darin zu lesen und ein gewisses Bedauern.

»Hallo, Sir«, grüßte ich und stand auf, trat an die Zellentür.

»Hallo, Jerry. Wie geht es Ihnen?«

Ich setzte ein schiefes Grinsen auf. »Wie man's nimmt, würde ich sagen.«

»Sind Sie noch immer sicher, dass Sie richtig entschieden haben?«

»Schwer zu sagen, Sir.« Ich zuckte mit den Schultern. »Aber ich denke schon. Wie läuft es draußen?«

»Ich bin zufrieden.« Der SAC nickte. »Washington hat uns jegliche Einmischung in den Fall verboten.«

»Wie zu erwarten war. Also bleibt uns nichts als abzuwarten.«

»Nicht ganz«, widersprach Mr. High, und ich hörte die Sorge in seiner Stimme.

»Was meinen Sie, Sir?«

»Es ist Phil«, eröffnete mir der SAC. »Er will sich mit der Sache nicht abfinden. Er setzt sich für Sie ein.«

»Der gute Phil.« Ich musste lächeln.

»Ich fürchte, Sie haben die Loyalität Ihres Freundes unterschätzt, Jerry. Phil wird den Teufel tun und tatenlos zusehen, wie Sie hier vor die Hunde gehen. Er ermittelt auf eigene Faust in der Sache.«

»Verdammt. Ich hatte ihn doch ausdrücklich gebeten, seine Finger davon zu lassen.«

»Was würden Sie tun, wenn es anders herum wäre?«, stellte Mr. High die entscheidende Frage – und ich blieb eine Antwort schuldig.

»Sie würden genauso handeln, Jerry«, war der SAC überzeugt. »Phil und Sie sind schon zu oft durch dick und dünn gegangen, als dass er Sie ausgerechnet jetzt im Stich lassen würde, da Sie seine Hilfe am meisten brauchen.«

»Sieht so aus«, gab ich zu.

Natürlich war ich davon ausgegangen, dass Phil die Sache in Rage bringen und dass er sich für mich einsetzen würde, aber ich hatte nicht erwartet, dass er sich einer direkten Anordnung Mr. Highs widersetzen würde.

»Er hat Hank Hogan eingeschaltet«, berichtete Mr. High weiter. »Hogan stellt Nachforschungen in der Sache an und hat in Jill Websters Wohnung herumgeschnüffelt.«

»Verdammt«, knurrte ich. »Phil meint es wirklich gut mit mir …«

»Ein wenig zu gut. Sie sollten ihm die Wahrheit sagen. Ihn in alles einweihen.«

»Nein.« Ich schüttelte entschieden den Kopf. »Wenn ich das tue, werde ich Phil mit in diese Sache reinziehen, und das möchte ich unter allen Umständen vermeiden. Wie ich Ihnen schon sagte, Sir – das ist mein Spiel. Wenn ich gewinne, gewinnen wir alle. Aber wenn ich verliere, verliere nur ich allein.«

»Der Preis, den Sie dafür zahlen könnten, ist hoch«, sagte Mr. High und musterte meine Sträflingskleidung von Kopf bis Fuß.

»Ich weiß, Sir. Aber ich habe mir das gut überlegt. Es ist der einzige Weg. Die einzige Möglichkeit.«

»Wie Sie meinen.«

»Ich will Phil aus dieser Sache raushalten, so lange es geht. Er soll nicht für meinen Fehler bezahlen, wenn es dazu kommt. Alles bleibt beim Alten.«

Mr. High schaute mich lange an, dann nickte er.

»Wie Sie wollen, Jerry«, sagte er, »es ist Ihre Entscheidung. Aber ich denke, Sie machen einen Fehler …«

*

Phil Decker hatte geglaubt, nicht richtig zu hören, als Hank Hogan ihn angerufen hatte.

Bei seiner Inspizierung der Wohnung von Jill Webster war Hank auf einen zweiten heimlichen Besucher gestoßen, der ihn angegriffen und kurzerhand niedergeschlagen hatte. Dabei war der V-Mann so unglücklich gestürzt, dass er sich den Arm gebrochen hatte.

»Ist ja 'n Ding«, entfuhr es Phil verblüfft, während er und Sid Lomax vor Hanks Krankenbett im Veterans Administration Hospital standen. Der hünenhafte V-Mann, für den das Bett viel zu klein zu sein schien, sah ziemlich elend aus. Er hatte Blessuren im Gesicht und trug seinen rechten Arm in Gips.

»Das kannst du laut sagen, Decker.« Hank schnitt eine Grimasse.

»Und du hast nicht gesehen, wer der Kerl war?«

»Wie denn? Der Typ trug schwarze Kleidung und war maskiert. Und er war so verdammt schnell, so dass ich keine Chance hatte, ihn zu packen. Obendrein hatte er einen wirklich üblen Schlag am Leibe – mein Schädel tut mir jetzt noch weh.«

»Tut mir wirklich leid.«

»Spar dir dein Mitgefühl, Decker, davon kann ich mir nichts kaufen.« Hank grinste freudlos. »Ich möchte nur wissen, wer der Mistkerl war, damit ich mich bei Gelegenheit mit einer eisenharten Geraden bei ihm revanchieren kann.«

Phil nickte. Um einen Koloss wie Hank mit einem Schlag ins Reich der Träume zu schicken, dazu gehört schon allerhand. Wer immer der Vermummte gewesen war, der Hank umgehauen hatte, er musste ein geübter Kämpfer gewesen sein.

»Das Verrückte ist nur, dass er mir offenbar nichts tun wollte«, berichtete Hank weiter. »Als ich aufwachte, lag ich auf der Feuerleiter, und meine Waffe lag neben mir. Weder hat er sie mitgenommen noch hat er mir damit das Lebenslicht ausgepustet, als er die Chance dazu hatte.«

»Ein Profi«, mutmaßte Sid, der ebenfalls mit zur Klinik gefahren war.

»Ja, es fragt sich nur, was für einer«, grübelte Phil. »Wer war der Kerl? Und was wollte er? Wollte er ebenfalls Spuren sammeln? Oder hat er nach etwas anderem gesucht? Und wer hat ihn geschickt?«

»Jedenfalls wissen wir jetzt, dass wir mit unserem Verdacht richtig liegen«, sagte Hank. »Irgendetwas stimmt nicht an dieser verdammten Sache. Außer uns und der Staatsanwaltschaft scheint es noch eine andere Partei zu geben, die ihre Finger im Spiel hat – denn soweit ich weiß, klettern staatliche Ermittler nicht durchs Fenster und tragen Masken.«

»Da gebe ich dir Recht«, erwiderte Phil. »Aber wer könnte der Kerl gewesen sein? Für wen könnte er arbeiten?«

»Die Liste der Möglichkeiten ist praktisch endlos«, sagte Sid. »Allein die Zahl derer, die ein Interesse daran haben könnten, Jerry in Misskredit zu bringen, geht in die Hunderte.«

»Oder es sind einfach nur irgendwelche Typen, die sich einen Vorteil davon versprechen«, vermutete Hank. »Vielleicht ein Versuch, den FBI zu erpressen.«

»Bislang haben wir keine Nachricht erhalten, die darauf schließen ließe«, sagte Phil. »So wie ich das sehe, bringt uns dieses Rätselraten nicht weiter. Alles, was wir tun können, ist, uns nicht vom Pfad abbringen zu lassen und weiterzumachen wie bisher.«

»Das sehe ich genauso«, stimmte Hank zu. »Sieh mal in die Tasche meiner Jacke. Da ist etwas, das ich in Jill Websters Wohnung gefunden habe, bevor ich so unsanft ins Reich der Träume befördert wurde.«

Phil tat, was der Hüne verlangt hatte, und beförderte einen kleinen Gegenstand zutage.

»Ein Streichholzbriefchen«, stellte er fest. »Von einer Bar in Spanish Harlem. Sie nennt sich Lonely Hearts.«

»Klingt viel versprechend, findest du nicht?«, fragte Hank mit schiefem Grinsen. »Offenbar ist Miss Webster dort öfter zu Gast. In ihrer Wohnung lag eine Menge von diesen Briefchen herum. Also werde ich mich dort als Nächstes umsehen, sobald ich hier raus bin.«

»Du wirst überhaupt nichts tun«, widersprach Phil entschieden. »In deinem Zustand ist es besser, du kurierst dich erstmal aus.«

»Unsinn, Decker, ich bin topfit. Meine Knochen wurden schon öfter geflickt, als du oder irgendjemand sonst sich das vorstellen kann. Ich …«

»Außerdem kennt die Gegenseite jetzt deine Visage«, beharrte Phil. »Tut mir leid, Hank – aber der Fall ist für dich beendet.«

»Verdammt«, knurrte der V-Mann. Er hatte Jerry so gerne helfen wollen, aber er sah ein, dass Phil Recht hatte.

Sie wussten jetzt, dass sie es mit einem Gegner zu tun hatten, aber weder wussten sie, wer er war, noch kannten sie seine tatsächliche Stärke. Äußerste Vorsicht war angebracht …

»Was also willst du tun?«, wollte Hank wissen.

»Es hilft nichts – ich werde mich wohl selbst in die Sache hineinknien müssen. Ich werde dieser Bar der einsamen Herzen mal einen Besuch abstatten und mich dort umschauen.«

»Du?«, fragte Sid und hob die Brauen. »Du meinst wohl wir.«

»Sid, du solltest dir das wirklich gut überlegen. Deine Dienstakte weist bis heute nicht einen einzigen Makel auf, und du könntest es noch weit bringen beim FBI. Eine Sache wie diese jedoch kann deine Chancen auf eine leitende Position ein für alle Mal zunichte machen.«

»Und?«, fragte Sid ungerührt. »Ich sagte es schon – ich will Jerry helfen. So wie ich das sehe, bin ich ihm das verdammt nochmal schuldig. Oder wie siehst du das?«

Phil blickte seinen Kollegen verblüfft an, wusste nicht, was er sagen sollte.

»Ich weiß nicht, Decker«, murmelte Hank, »aber für mich sieht es so aus, als ob du einen neuen Freund gewonnen hättest.«

»Kommt mir beinahe so vor«, erwiderte Phil grinsend. »Ich muss sagen, Sid – du wirst mir wirklich immer sympathischer …«

*

Das »Lonely Hearts« war eine kleine Bar an der 106th Street, im Herzen von Spanish Harlem.

Phil und Sid hatten bis zum späten Nachmittag gewartet, ehe sie dem Etablissement einen Besuch abstatteten – jetzt war es fünf Uhr, und aus den umliegenden Büros strömten die Angestellten in die Bar, um sich zum Feierabend einen Drink zu genehmigen. Und vielleicht auch, um den Abend nicht allein verbringen zu müssen …

»Mann, hier ist ja richtig was los«, stellte Sid fest, als sie in den von schummrigem Licht beleuchteten Schankraum traten, in dem heiße Salsa-Rhythmen aus verborgenen Lautsprechern dröhnten. »Ist das die Happy Hour?«

»In Läden wie diesen ist immer Happy Hour«, gab Phil zurück, und gemeinsam bahnten sie sich einen Weg zum Tresen.

Natürlich war es ihnen verboten, in dem Fall zu ermitteln – aber wer konnte ihnen schon verbieten, nach Dienstschluss einen kleinen Drink in einer Bar einzunehmen?

Dass das »Lonely Hearts« mehr war als nur eine gewöhnliche Bar, ging den G-men schon auf dem Weg zum Tresen auf. Die Mehrzahl der Gäste, die sich im Schankraum drängten und an exotischen Drinks nippten, waren Frauen. Nicht alle davon waren hübsch und die meisten nicht mehr ganz jung, aber alle hatten eines gemeinsam.

Sie waren allein.

Und die Blicke, mit denen sie Sid und Phil bedachten, verrieten deutlich, dass sie nicht vorhatten, die ganze Nacht allein zu bleiben …

»Wie ich schon sagte«, kommentierte Phil trocken, als sie am Tresen anlangten, »Happy Hour.«

»Ich verstehe, was du meinst«, erwiderte Sid. »Kauf einen Drink und du bekommst eine umsonst.«

Die beiden winkten den Barkeeper heran, einen südländischen Schönling mit langem Kraushaar und Dackelblick. Aus seinem blendend weißem Hemd quoll üppiges Brusthaar, und an seinem Handgelenk schlotterte ein glitzerndes Rolex-Imitat.

»Wie kann ich euch helfen, Jungs?«, erkundigte er sich mit jovialem Grinsen. »Ich bin Armando. Willkommen in meiner bescheidenen Höhle.«

»Danke, Armando«, sagte Phil und warf sich ein paar von den Erdnüssen ein, die in einer Schüssel auf dem Tresen standen.

»Also, Jungs? Soll ich euch einen Drink mixen? Oder wollt ihr lieber was Hartes schlucken?«

»Weder noch«, schmatzte Phil. »Eigentlich wollen wir vor allen Dingen eine Information.«

»Eine Information?« Armandos Dackelaugen wurden größer. »Was seid ihr? Bullen? Verdammt, ich habe es euch schon oft gesagt – dieser Laden hier ist sauber, okay? Was die Damen hier tun, tun sie freiwillig, keine lässt sich dafür bezahlen und ...«

»Hey«, fiel Sid ihm ins Wort, »reg dich wieder ab, Junge. Alles, was wir wollen, ist eine kleine Information. Was du in deinem Saftladen anstellst, geht uns nichts an, okay?«

»Okay«, gab Armando zurück. »Was wollt ihr wissen? Macht schnell, ich muss meine Gäste bedienen.«

»Ganz ruhig, Kumpel, so viel Zeit muss sein«, sagte Phil. »Was weißt du über eine Frau namens Jill Webster?«

»Jill Webster?«

»Genau.«

In Armandos dunklen Augen flackerte es unruhig. Dann wandte er nervös den Blick. »Tut mir leid, den Namen kenne ich nicht«, sagte er.

»Bist du dir da auch ganz sicher?«

»Völlig. Und selbst wenn – erwartet ihr, dass ich meine Kunden verrate?«, fragte der Südamerikaner mit unschuldigem Grinsen. »Und jetzt entschuldigt mich, Leute, ich habe zu tun ...«

Damit tauchte er hinter dem Tresen ab, um Augenblicke später wieder aufzutauchen, einen Plastikeimer mit Sangria in den Händen, aus dem mehrere lange Strohhalme ragten. Ein Rudel junger Frauen, die ein Stück abwärts an der Bar lagerten, verfiel in lauten Beifall, als er ihnen das stilvolle Getränk servierte.

Zähneknirschend blickte Phil Armando an.

Er war sich sicher, dass der Barkeeper log. Ganz offenbar kannte er Jill Webster, aber aus irgendeinem Grund war er nicht gewillt, den Mund aufzumachen.

Unter normalen Umständen hätte Phil nicht lange gefackelt, den Kerl verhaftet und ihn zur Vernehmung ins FBI-Quartier geschleppt – wenn sie erstmal im Untersuchungsraum saßen, wurden auch verstockte Jungs meist sehr gesprächig.

Aber in diesem Fall war das leider unmöglich, was Phil sehr bedauerte, denn schließlich war es ihm offiziell nicht gestattet, in der Sache zu ermitteln.

Sie würden also einen anderen Weg finden müssen, um an Informationen über Jill Webster zu gelangen ...

»Ihr sucht nach Jill?«, fragte plötzlich eine Stimme hinter ihnen.

Die G-men wandten sich um, sahen sich einer Frau Ende dreißig gegenüber, die glattes rotes Haar hatte und eine Brille trug. Ihrer Kleidung nach war sie Angestellte in einem Büro; sie trug ein Kostüm mit kurzem Rock. Die obersten Knöpfe ihrer Bluse hatte sie geöffnet, so dass ihre ohnehin schon recht beachtliche Oberweite noch betont wurde.

»Ja, Miss«, bestätigte Phil. »Kennen Sie Jill?«

»Natürlich«, versicherte die rothaarige Frau. »Jeder hier kennt Jill. Ich bin übrigens Sally. Mehr braucht ihr über mich nicht zu wissen.« Sie kicherte. »Nachnamen haben hier nichts verloren, versteht ihr?«

Phil nickte. »Ich bin Frank.«

»Hi, Frank.« Sie lächelte viel sagend und gab ihm die Hand. Eigentlich war sie ganz hübsch, hätte sie sich nicht so viel Schminke in ihr Gesicht gespachtelt. So hatte man mehr den Eindruck, als versuchte sie, die Verzweiflung zu übertünchen, die sich dort breitgemacht hatte, weil einfach kein Kerl bei ihr landen wollte.

»Sie kennen also Jill?«, kam Phil wieder auf das Thema zurück.

»Wie ich schon sagte, jeder hier kennt Jill. Soll ich Sie zu ihr bringen?«

»Sie – sie ist hier?« Phil staunte nicht schlecht, tauschte mit Sid einen verblüfften Blick.

Seinen letzten Informationen zufolge war Jill Webster noch immer im Krankenhaus und erholte sich von ihren Blessuren. Sollte sie inzwischen bereits entlassen worden sein?

»Ja, kommen Sie mit«, sagte Sally und machte eine fahrige Handbewegung, die verriet, dass sie ihren Cocktail ein wenig zu schnell getrunken hatte.

»Wohin?«, fragte Phil skeptisch.

»Nach oben«, erwiderte Sally lächelnd, auf die Treppe deutend, die vom hinteren Bereich des Lokals aus nach oben führte. »Dort gibt es Zimmer, wissen sie. Séparée sagt man, glaube ich, dazu.« Sie kicherte wieder, und Phil und Sid tauschten erneut einen Blick.

»Happy Hour«, sagten beide wie aus einem Munde, und während Sid am Tresen zurückblieb, folgte Phil der Lady durch die wogende Menge zur Treppe.

*

Gemeinsam gingen sie hinauf, und die Salsa-Klänge, die den Schankraum erfüllten, fielen hinter ihnen zurück. Vor ihnen lag ein schmaler Gang, auf den von beiden Seiten nummerierte Türen mündeten.

»Kommen Sie«, forderte die Lady Phil lächelnd auf und trat auf eine der Türen zu. Aus der Tasche ihres Kostüms zog sie einen Schlüssel und sperrte auf.

Die Tür schwang auf und gab den Blick auf ein kleines Zimmer frei. Das beherrschende Möbelstück war ein geradezu riesiges Bett. Phil hätte seine Marke verwettet, dass darin noch nie jemand *geschlafen* hatte ...

»Kommen Sie«, sagte Sally und schlüpfte ins Zimmer. Phil folgte ihr, neugierig, was nun kommen würde.

Von Jill Webster keine Spur.

»Moment«, sagte der G-man. »Hier liegt wohl ein Missverständnis vor. Ich wollte Jill sehen.«

»Sie wird gleich hier sein«, versicherte Sally. »Setzen Sie sich solange.«

Ein wenig widerwillig nahm Phil auf dem Bett Platz und schaute sich um. Spiegel an den Wänden, ein Beistelltischchen mit Champagner ...

»Nun?«, erkundigte sich Sally mit gekonntem Augenaufschlag. »Wie fühlen Sie sich?«

»Danke, ich kann nicht klagen. Noch besser würde ich mich allerdings fühlen, wenn Jill hier auftauchen würde.«

»Warten Sie's ab«, sagte Sally und löste die Spange, die ihr rotes Haar gehalten hatte, so dass die glatten roten Strähnen auf ihre schmalen Schultern fielen. Als Nächstes nahm sie ihre Brille ab. Dann legte sie ihre Jacke ab und begann, ihre Bluse weiter aufzuknöpfen.

»Äh ... Sally«, sagte Phil und räusperte sich. »Ich bin mir nicht sicher, ob ...«

»Aber ich bin mir sicher, Frank«, hauchte sie. Schon glitt die Bluse über ihre Schultern. Ihre prächtige Oberweite wurde von ihrem Büstenhalter nur mühsam gebändigt. »Wenn Sie erst mit mir zusammen waren, werden Sie nie mehr an Jill denken.«

Schon glitten ihre Hände hinab zum Bund ihres Rocks und lösten den Reißverschluss. Langsam, Stück für Stück, sank das Kleidungsstück zu Boden.

»Mo-Moment mal«, stammelte Phil. »Soll das heißen, dass Jill gar nicht hier ist? Dass Sie gar nicht vorhatten, mich zu ihr zu führen?«

»Jill?« Ein Paar Seidenstrümpfe flatterte ihm entgegen. »Wer ist Jill?«

»Aber Sie sagten doch vorhin ...«

Die Worte blieben Phil im Hals stecken. Sally beugte sich vor und griff in ihren Rücken, löste den Verschluss ihres Büstenhalters – was darunter hervorwogte, verschlug dem G-man tatsächlich für einen Augenblick die Sprache.

Rund und reif wie Obst, das nur darauf wartete, gepflückt zu werden, schwebten Sallys wohlgeformte Brüste vor seinen Augen, und es kostete ihn einige Überwindung, seinen Blick davon zu lösen.

»Augenblick!«, verlangte er energisch. »Sie haben also nur vorgegeben, Jill zu kennen, damit ich Ihnen auf Ihr verdammtes Zimmer folge?«

Sally hielt jäh in ihrem Striptease inne.

Halb nackt, wie sie war, stand sie vor Phil und ließ traurig den Kopf sinken.

»Bitte schimpfen Sie nicht mit mir, Frank«, bat sie. »Ich war so einsam. Und ich war überzeugt, dass Sie mich mögen würden.«

»So also ist das. Und Jill?«

»Ich weiß nicht, wo sie ist«, gab Sally zu. »Ich kenne sie nicht einmal.«

»Das war wenigstens ehrlich.« Phil erhob sich, griff nach dem Bettlaken und reichte es Sally, damit sie ihre Blöße damit bedecken konnte. »Ich suche Jill nicht, weil ich einsam bin, Sally, sondern weil ich sie etwas fragen muss«, erklärte er.

»Das sagen Sie nur, um mich zu trösten«, sagte sie enttäuscht.

»Sicher nicht, Sally. Und wenn ich Ihnen einen guten Rat geben darf – hören Sie damit auf, in Löchern wie diesem herumzuhängen und sich dem nächstbesten Kerl an den Hals zu werfen. Sie haben etwas Besseres verdient.«

»M-meinen Sie das wirklich?«

»Allerdings.«

Sally lächelte wieder, und diesmal röteten sich ihre Wangen dabei. »Danke«, sagte sie leise.

»Gern geschehen.« Phil erwiderte das Lächeln und wandte sich zum Gehen.

»Frank?«, rief sie ihn noch einmal zurück.

»Ja?«

»Wenn Sie diese Jill suchen – vielleicht sollten Sie Ihr Glück bei Ricardo versuchen.«

»Bei wem?«

»Ricardo. Sein Büro liegt am Ende des Ganges. Er ist für Partnervermittlungen zuständig.«

»Danke für den Tipp«, sagte der G-man und lächelte noch einmal. Dann verließ er Sallys Zimmer.

Partnervermittlungen.

Phil pfiff durch die Zähne – die Bar der einsamen Herzen machte ihrem Namen wirklich alle Ehre. Offenbar war der Schuppen nicht nur ein Treffpunkt für kontakthungrige Singles, sondern es wurden auch Treffen arrangiert.

Dass eine gezielte Vermittlung zum Zwecke sexueller Aktivität im Staat New York bereits als Prostitution ausgelegt werden konnte, war den Betreibern dabei offenbar bewusst. Es erklärte Armandos nervöse Reaktion auf Phils Fragen ...

*

Wie Sally ihm geraten hatte, ging Phil den Korridor hinab. Er passierte einige weitere Türen, die mit Nummern gekennzeichnet waren – und die Geräusche, die dahinter hervordrangen, verrieten, dass andere Damen in ihren Bemühungen erfolgreicher gewesen waren als Sally.

Der G-man erreichte das Ende des Korridors. Der Gang endete vor einer Tür, die die Aufschrift »Office – staff only« – »Büro – Zutritt nur für Angestellte« trug, was Phil jedoch nicht davon abhielt, energisch anzuklopfen.

»Ja?«, erklang eine genervte Stimme.

Phil drückte die Klinke und trat ein.

Süßlicher Zigarrengeruch strömte ihm entgegen. In einem von blauen Rauchschwaden durchzogenen Zimmer saß ein südländisch aussehender Typ hinter einem großen Schreibtisch, auf dem Telefone und ein Computerterminal standen. Auf der anderen Seite des Zimmers befanden sich mehrere Schränke, die mit Akten vollgestopft waren.

»Verdammt, was wollen Sie?«, knurrte der Mann, der etliche Pfunde zu viel auf den Rippen hatte. Das bunt gemusterte Hemd, das er trug, spannte sich über seinem Bauch. Sein spärliches schwarzes Haar hatte er mit so viel Gel zurechtzementiert, dass es für einen Ölwechsel beim ganzen FBI-Fuhrpark gereicht hätte. »Können Sie nicht lesen?«

»Sind Sie Ricardo?«, wollte Phil wissen, die Frage einfach überhörend.

»Ja, verdammt. Was wollen Sie?«

»Nur eine Antwort«, erwiderte Phil und trat ein, schloss die Tür hinter sich.

»Verdammt, Mann, ich habe keine Zeit. Ich …«

»Wetten, dass doch?«, fragte der G-man und ließ seine Marke sehen.

»Verdammt!« Das war alles, was Ricardo daraufhin noch einfiel.

»Was treiben Sie hier?«, wollte Phil wissen.

»Wonach sieht's denn aus? Ich betreibe eine Partnervermittlung.«

»Eine Partnervermittlung, was?« Der G-man grinste freudlos. »Passt auch gut zu Ihnen, so seriös, wie Sie aussehen.«

Ricardo paffte an seiner Zigarre. »Sind Sie gekommen, um mein Aussehen zu kritisieren?«

»Eigentlich nicht. Ich bin hier, um ein paar Erkundigungen einzuholen. Über eine Frau namens Jill Webster.«

»Über Jill?« Ricardo nahm die Havanna aus dem Mund und zog ein Gesicht, als hätte er in eine Zitrone gebissen. »Verdammt«, gebrauchte er wieder sein Lieblingswort. »Ich wusste, dass das Mädchen uns irgendwann Schwierigkeiten machen würde.«

»Inwiefern?«

»Hören Sie, G-man – ich hatte nichts damit zu tun, okay? Es war Armandos Idee, sie in unsere Kundenkartei aufzunehmen, obwohl er wusste, dass sie eine Professionelle ist.«

»Eine Pro …?« Phil unterbrach sich und musste sich alle Mühe geben, sich seine Überraschung nicht zu sehr anmerken zu lassen.

Jill Webster war eine Prostituierte?

Verdammt, wieso hatte das bislang niemand herausgefunden?

Mehr noch als zuvor hatte Phil jetzt das Gefühl, dass alles ein abgekartetes Spiel war. Die Art und Weise, wie Jill zu Jerry Kontakt aufgenommen hatte, wie sie ihn aus Sandy's Bar abgeschleppt hatte – all das kam ihm jetzt wie schlecht gespieltes Theater vor.

Jill hatte es ganz gezielt auf Jerry abgesehen gehabt. Offenbar hatte sie irgendjemand angemietet, damit sie ihm den Kopf verdrehte und ihn mit in ihre Wohnung nahm.

Phil schnaubte.

Die Sache stank, mehr noch als zuvor …

»Ich habe Armando gleich gesagt, dass es keine gute Idee ist, ein Callgirl zu engagieren. Aber er meinte, ein Mädchen, das es versteht, den Männern den Kopf zu verdrehen, könnte dafür sorgen, dass unser Laden so richtig in Schwung kommt.«

»Verstehe«, sagte Phil. »Jill sollte also für Sie die Werbetrommel rühren.«

»Kommen Sie, G-man!« Ricardo grinste jovial. »Ihnen brauche ich das doch nicht zu erklären! Sie sind ein Kerl! Und Sie wissen, worüber Kerle am liebsten reden – mit ihren Freunden, am Arbeitsplatz, wo auch immer. Was denken Sie, wie lange es gedauert hätte, bis sich herumgesprochen hätte, dass das Lonely Hearts die richtige Adresse ist, wenn man mal wieder richtig Spaß haben will?«

»Schon klar«, sagte Phil. »Und Sie verwalten die Adressen Ihrer spaßwilligen Gäste, richtig?«

»So ist es, G-man.« Der Südamerikaner lächelte unschuldig. »Dafür nehmen wir lediglich eine kleine Vermittlungsgebühr.«

»Sie wissen, dass das den Straftatbestand der Zuhälterei erfüllt?«, fragte Phil.

»Nicht doch! Die Leute tun das alles freiwillig. Wir stellen lediglich den Kontakt her. Was sie damit anfangen, ist ihre Sache – das hier ist schließlich ein freies Land, oder nicht?«

»Und was ist mit Jill?«

»Sie war unsere einzige Ausnahme. Unser einziges Vergehen, wenn Sie so wollen.« Ricardo legte seine Hand auf seine schwammige Brust, dorthin, wo sich unter Schichten von Fett und billigem Eau de Toilette sein Herz befinden musste, und schaute Phil treuherzig an. »Wollen Sie uns daraus etwa einen Strick drehen, G-man? Immerhin bin ich ehrlich zu Ihnen gewesen.«

»Rührend, wirklich.« Phil setzte die strengste Miene auf, zu der er imstande war. Hätte sein Gegenüber gewusst, dass er nur pokerte und nicht einmal das Recht hatte, sich dienstlich hier aufzuhalten, wäre es mit dem Respekt sofort vorbei gewesen …

»Hören Sie zu, Ricardo«, sagte der G-man großzügig, »ich mache Ihnen einen Vorschlag. Wenn Sie mir sagen, wer Jill gestern Abend gebucht hat, vergesse ich, was ich weiß, und Sie kommen ungeschoren davon.«

»Das … das kann ich nicht tun«, stammelte der Latino eingeschüchtert.

»Wieso nicht?«

»Diskretion«, erklärte Ricardo mit unsicherem Lächeln. »Wenn ich damit anfange, Kundengeheimnisse auszuplaudern, ist das schlecht fürs Geschäft. Wenn sich das herumspricht, können Armando und ich den Laden dichtmachen.«

»So«, schnaubte Phil, »und wenn ich euch Jungs auffliegen lasse, könnt ihr nicht nur den Laden dichtmachen, sondern auch noch die nächsten fünf Jahre beim Kartoffelschälen im Knast verbringen. Sie haben die Wahl, also überlegen Sie's sich!«

Der Blick, mit dem der G-man sein Gegenüber bedachte, war so kalt und drohend, dass Ricardo darunter klein und kleiner wurde.

Der feiste Südamerikaner wand sich wie ein Aal und rutschte unruhig in seinem Sessel hin und her – um im nächsten Moment in einer unerwarteten Bewegung zu explodieren.

Mit einer Behändigkeit, die Phil einem Mann von Ricardos Maßen und Gewicht nicht zugetraut hätte, schoss der Kleinganove in die Höhe und sprang mit einem Satz auf seinen Schreibtisch.

»Aus dem Weg!«, brüllte er – um schon im nächsten Moment wie ein Gummiball vom Tisch zu springen und Phil mit der ganzen Wucht seines massigen Körpers beiseite zu rammen.

Mit einem brutalen Körpercheck rammte Ricardo ihn aus dem Weg.

Dem G-man blieb die Luft weg. Er taumelte zurück und stürzte, schlug hart gegen einen der metallenen Aktenschränke. Phil hörte seine Knochen knacken.

Im nächsten Moment hatte Ricardo schon die Tür erreicht und riss sie auf, stürmte hinaus auf den Gang.

»Verdammt!«, stieß Phil hervor und wollte dem Flüchtigen hinterher – um schon im nächsten Moment verblüfft festzustellen, dass sich Ricardo zur Rückkehr entschlossen hatte.

Allerdings nicht ganz freiwillig.

Rückwärts und mit kleinen Schritten kam der untersetzte Latino in sein noch immer von Zigarrenrauch durchsetztes Büro zurück, die Augen geweitet und einen Ausdruck maßloser Überraschung im Gesicht.

Das Nächste, was Phil durch die Tür kommen sah, war eine Hand, die eine Pistole vom Typ SIG Sauer P226 hielt, in deren Mündung Ricardo starrte.

Die offizielle Dienstwaffe des FBI …

»Hi, Phil«, sagte Sid Lomax, als auch er ins Büro trat. »Gerade fing ich an, mir Sorgen um dich zu machen. Ich dachte mir, ich komme mal rauf und schaue nach dem Rechten. Wie's aussieht, bin ich genau rechtzeitig gekommen.«

»Kann man wohl sagen.« Phil, der noch immer auf dem Boden saß und sich vorkam wie ein Idiot, raffte sich auf. »Danke, Sid.«

»Gern geschehen.« Der rothaarige G-man grinste. »Und Ihnen, Mister, würde ich raten, nicht mit der Wimper zu zucken, denn dann wird dieses Baby heißes Blei spucken. Haben Sie verstanden?«

»Hm«, machte Ricardo nur und nickte krampfhaft, worauf Lomax seine Waffe sicherte und wegsteckte.

»Schön, dass wir uns einig sind«, knurrte Phil und streckte seine

Hände aus, um den wortkargen Barbetreiber am Kragen seines Hemdes zu packen. »Und jetzt würde ich Ihnen raten, auszuplaudern, was Sie wissen, Ricardo! Sonst könnte es sehr, sehr unangenehm für Sie werden.«

Die Züge des G-man hatten sich verfinstert, und diesmal war das keine Show. Phil war verdammt sauer.

Er hasste es, zum Narren gehalten zu werden.

Zuerst die Enthüllung, dass Jill Webster eine Professionelle war. Dann die versuchte Flucht ihres wortkargen Zuhälters. Allmählich war das Maß voll, und Phil ließ keinen Zweifel daran. Energisch packte er den stämmigen Südländer am Kragen und riss dessen Oberkörper auf die Schreibtischplatte.

»So«, schnaubte er, »und jetzt, Ricardo, werde ich Ihnen meine Frage noch einmal stellen, und Sie, mein Freund, werden antworten, verstanden?«

»J-ja ...«

»Also – wer hat Jill Webster gestern Abend gebucht?«

»Ich ... ich kenne seinen Namen nicht.«

»Falsche Antwort, Mann. Wer war es? Spucken Sie's aus! Oder schauen Sie in Ihrem verdammten Computer nach! Aber ich will eine Antwort, verstanden?«

»Ich kenne seinen Namen nicht, ehrlich.« Ricardos Stimme nahm einen weinerlichen Tonfall an. »Ich schwöre es Ihnen, G-man, ich weiß nicht, wer der Kerl war. Der Stimme nach war er so Mitte zwanzig, und er hatte diesen Westküsten-Slang, den die Typen aus Kalifornien pflegen.«

»Und weiter?«

»Weiter weiß ich nichts über ihn. Bis auf die Telefonnummer, die er mir gegeben hat.«

»Was für eine Nummer?«

»Lassen Sie mich los, dann werde ich für Sie nachsehen. Ist alles im Computer.«

Phil zögerte noch einen Augenblick, in dem er Ricardo mit eisigen Blicken musterte.

»Also schön«, knurrte er und löste seinen Griff. »Aber ich warne Sie, Ricardo – keine Tricks, sonst ...«

»Schon gut.« Ricardo richtete sich auf, strich sein zerknittertes

Hemd glatt, als wolle er sich noch einen letzten Rest von Würde bewahren.

Gemessenen Schrittes umrundete er den Schreibtisch, über den er vorhin in seiner Panik gesprungen war, und ließ sich ächzend in den Sessel fallen. Mit seinen dicken Fingern bearbeitete er die Tastatur des Terminals. Phil drehte den Monitor so, dass er ebenfalls einen Blick auf den Bildschirm werfen konnte.

»Das ist die Nummer«, verkündete Ricardo schließlich und deutete auf die Zahl, die auf dem Monitor erschienen war.

»Eine Handynummer«, setzte Phil Sid in Kenntnis, während er sie sich notierte. »Dürfte nicht einfach sein, sie zurückzuverfolgen.«

»Ich werde mein Bestes geben«, versprach Lomax. »Danke für die bereitwillige Auskunft.«

»Gern geschehen.« Der Latino lächelte matt. »Wenn Sie mich dafür nur in Ruhe lassen.«

»Das kommt ganz drauf an«, sagte Phil.

»Worauf?«

»Ob die Sache mit Jill Webster ein einmaliger Ausrutscher war oder ob Sie sich auch in Zukunft als Zuhälter betätigen wollen. Dann, mein Freund, werden wir uns nämlich wiedersehen, kapiert?«

»Ka-kapiert«, versicherte Ricardo ängstlich.

Die beiden G-man verließen sein Büro, und der feiste Latino sank in sich zusammen wie ein Schlauchboot, aus dem die Luft entwich.

Es war ein Fehler gewesen, sich mit dem FBI anzulegen ...

*

»Wer ist dort?«, fragte die Stimme am anderen Ende der Leitung, die wie immer kalt und abweisend klang.

»Hier Sigma 187«, meldete sich Sid Lomax mit seiner Domäne-Codierung.

»Was gibt's?«

»Die Aktion läuft wie vorgesehen. Ich habe mich unter dem Vorwand, Cotton helfen zu wollen, in Deckers Ermittlungen eingeklinkt.«

»Und?«

»Es funktioniert. Dieser naive Idiot hat mir tatsächlich abgenommen, dass ich mich Cotton gegenüber in der Schuld fühle. Wir haben gemeinsam in der Sache ermittelt, und er beginnt, mir zu vertrauen.«

»Gute Arbeit, Sigma 187. Haben Sie schon einen konkreten Verdacht, was unsere anonymen Mitspieler anbelangt?«

»Noch nicht. Aber wir ermitteln weiter.«

»Bleiben Sie an der Sache dran. Wir müssen unbedingt herausfinden, wer die neue Partei am Spieltisch ist ...«

*

»Hm«, machte John D. High nur, der hinter seinem Schreibtisch saß und vor sich hin sinnierte.

Phil, der in einem der beiden Besuchersessel hockte, kam sich vor wie ein Schuljunge, der ins Zimmer des Direktors gerufen worden war und der nun die große Schelte erwartete.

Nur dass es umgekehrt gewesen war.

Nicht Mr. High hatte Phil in sein Office bestellt, sondern der G-man war freiwillig zu ihm gegangen und hatte ihm alles gebeichtet.

Von Hank Hogan. Von dessen unerfreulicher Begegnung mit einem Maskierten in Jill Websters Apartment. Von der überraschenden Enthüllung, dass Jill Webster eine Prostituierte war. Und von dem anonymen Auftraggeber, der sie gebucht hatte und dessen Telefonnummer sie in Erfahrung gebracht hatten.

Zunächst hatte Phil Mr. High nichts über seine Nachforschungen erzählen wollen, die er heimlich angestellt hatte. Weil er Mr. High nicht in eine Zwickmühle bringen wollte, was seine Diensttreue gegenüber Washington und seine Loyalität gegenüber seinen Untergebenen betraf.

Nun jedoch, da es die ersten konkreten Anhaltspunkte gab, hielt Phil es nicht länger aus. Er konnte nicht anders, als Mr. High die Wahrheit zu sagen – schon deshalb, weil er sich wie ein Schuft dabei fühlte, etwas vor High zu verbergen.

Die Arbeit beim FBI funktionierte nur, wenn die Mitarbeiter des Büros einander blind vertrauen konnten. Und dazu gehörte auch, dass man nichts voreinander geheim hielt ...

»Hm«, machte Mr. High wieder, während er Phil weiter unverwandt musterte. »Sie haben also meine Anweisung missachtet.«

»Ja, Sir«, gestand Phil ohne Umschweife ein, »und ich bedaure das sehr. Aber ich hatte das Gefühl, dass meine Loyalität zu Jerry …«

»Als Special Agent dieser Behörde sind Sie in erster Linie dem Gesetz und Ihrem Diensteid verpflichtet, Phil«, sagte Mr. High streng. »Und beides verlangt äußerste Neutralität von Ihnen.«

»Ich weiß, Sir«, räumte Phil ein. »Aber in dieser Sache konnte ich nicht anders. Ich meine, es geht um Jerry, Sir, und er hat mich schon so oft aus brenzligen Situationen herausgehauen. Ich war ihm das einfach schuldig, verstehen Sie?«

Mr. High erwiderte nichts darauf, was nur zu deutlich zeigte, dass der leitende Special Agent des New Yorker FBI-Büros sehr wohl verstand. Schließlich war er lange genug selbst einfacher G-man gewesen, um zu wissen, was es bedeutete, wenn ein Partner in Schwierigkeiten war.

»Es tut mir leid, Sir«, sagte Phil. »Ich weiß, dass ich das nicht hätte tun dürfen, aber ich bin meinem Instinkt gefolgt. Und wie es aussieht, lag ich richtig mit meiner Vermutung.«

»Ich verstehe«, sagte Mr. High nur – und zu Phils Verblüffung schien das Thema für ihn damit erledigt zu sein. Keine Disziplinarmaßnahme, kein Eintrag in den Akten. Alles, was Mr. High zu interessieren schien, war der Stand der Ermittlungen.

»Diese Nummer, die Sie von diesem Ricardo bekommen haben …«

»Ja, Sir?«

»Konnten Sie sie schon zurückverfolgen?«

»Nein, Sir.« Phil schüttelte den Kopf. »Es handelt sich um eine Handynummer, aber seltsamerweise ist sie bei keiner national oder international operierenden Telefongesellschaft gespeichert.«

»Eine Geheimnummer?«

»Sozusagen. Sid Lomax hat versprochen, an der Sache dranzubleiben, aber bislang tappt er völlig im Dunkeln. Ich werte das als ein weiteres Zeichen dafür, dass etwas an dieser Sache einfach nicht stimmt.«

»Oder dafür, dass Sie auf dem Holzweg sind, Phil«, gab Mr. High zu bedenken.

»So sehe ich das nicht, Sir. Es ist doch offensichtlich, dass hier jemand versucht, Jerry was anzuhängen. Jemand, der diese Jill Webster engagiert hat, damit sie ihn aus der Bar abschleppt, ihn mit Alkohol abfüllt und nachher behauptet, er wäre über sie hergefallen.«

»Die Indizien sprechen eine andere Sprache«, wandte Mr. High ein. »Und selbst Jerry räumt ein, dass es so gewesen sein könnte.«

»Jerry kann sich an nichts erinnern, Sir«, widersprach Phil energisch. »Und das wundert mich auch nicht weiter bei all dem Zeug, das er intus hatte. Ich gebe zu, dass unsere Beweise noch ziemlich dünn sind. Aber wenn ich die Chance hätte, Miss Webster zu befragen, könnte ich …«

»Auf keinen Fall, Phil.« Mr. High schüttelte entschieden den Kopf. »Ich kann das nicht erlauben, und Sie wissen warum. Staatsanwaltschaft und Presse würde sich wie eine Meute ausgehungerter Geier darauf stürzen. Sie würden Jerry damit nicht helfen, sondern ihm nur noch mehr schaden.«

»Aber … Verdammt, Sir, wir müssen doch etwas für ihn tun!«

»Wir werden weiter an seine Unschuld glauben. Das ist es, was wir für ihn tun werden«, sagte der SAC. »Und wir werden der Justiz vertrauen, genau wie Jerry es tut. Aber was Ihre Ermittlungen angeht, Phil – lassen Sie es bleiben. Geben Sie es auf, bevor Sie sich in etwas verrennen, das Sie nicht mehr kontrollieren können.«

»Was soll das heißen, Sir?« Phils Gestalt straffte sich im Sessel. »Verbieten Sie mir, weiter in der Sache zu ermitteln?«

»Könnte ich das denn?« Mr. High lächelte matt. »Ich verstehe, was Sie fühlen, Phil, und Sie können mir glauben, dass diese Sache auch mir zusetzt. Ich kenne Jerry ebenso lange wie Sie, und es schmerzt mich, was er durchmachen muss. Aber wenn Sie ihm wirklich helfen wollen, dann geben Sie Ihre Ermittlungen auf.«

»Ist das ein Befehl, Sir?«, fragte Phil förmlich.

»Nein, Phil. Ein gut gemeinter Ratschlag. Unter Freunden.«

Noch einen Augenblick blieb Phil sitzen. Dann verhärteten sich seine Züge, und er erhob sich aus dem Besuchersessel, wandte sich zum Gehen.

»Tut mir leid, Sir«, sagte er steif. »Ich weiß nicht, ob ich diesen Ratschlag befolgen kann.«

Damit verließ er das Büro seines Vorgesetzten, schloss die dicke, mit gepolstertem Leder überzogene Tür hinter sich.

John D. High blieb an seinem Schreibtisch sitzen und blickte betroffen die Tür an.

»Sie hätten es ihm sagen sollen, Jerry«, murmelte er leise. »Sie hätten es ihm sagen sollen ...«

*

Die Nacht über hatte Phil nicht sehr gut geschlafen.

Zwischen den kurzen Phasen von Schlaf hatte er wach im Bett gelegen und über die Ereignisse des zurückliegenden Tages nachgedacht. Auch darüber, wie er Jerry wohl helfen konnte. Mr. Highs Worte waren ihm wieder und wieder durch den Sinn gegangen, und mehr als einmal hatte er sich gefragt, ob er dem Ratschlag des SAC nicht doch lieber folgen sollte.

Doch seine Freundschaft zu Jerry ließ das nicht zu.

Niemand konnte von ihm verlangen, dass er seelenruhig dasaß und die Hände in den Schoß legte, während sein Partner das Opfer einer Verleumdungskampagne wurde. Und dass es sich um eine solche handelte, daran hegte Phil nicht den geringsten Zweifel.

Die Frage war nur, wer der anonyme Gegner war, der Jerry an den Kragen wollte.

Sich auf die Ermittlungen des Police Department und der Abteilung für innere Angelegenheiten zu verlassen, fiel Phil nicht im Traum ein. Lieutenant Morris fand zu großen Gefallen an dem Gedanken, dass einer seiner verhassten Rivalen vom FBI die nächsten Jahre im Knast verbringen würde.

Also blieb nur, weiter in der Sache herumzustochern – und gegen Morgen, als Manhattan allmählich aus dem Dornröschenschlaf der Nacht erwachte, dämmerte Phil ein neuer Verdacht. Ein Verdacht, den er nach seiner Ankunft im FBI-Büro sofort mit Sid Lomax besprach ...

»Bei der Polizei?« Sid machte große Augen. »Du denkst, der Mistkerl, der Jerry an den Kragen will, könnte bei der Polizei sitzen?«

»Es wäre möglich. Denk doch nur mal nach, Sid: Wir haben eine

Handynummer, deren Besitzer sich nicht feststellen lässt. Was sagt uns das?«

»Nun – dass er offenbar über eine Möglichkeit verfügt, seine Nummer geheim zu halten.«

»Und zwar über einen Prioritätsschutz, der weit über den einer gewöhnlichen Geheimnummer hinausgeht«, sagte Phil, »sonst hätten wir nicht solche Mühe, ihn zu enttarnen.«

»Zugegeben«, räumte Sid ein. »Aber kommen dabei nicht noch einige andere Möglichkeiten in Frage? Ich meine, auch Politiker verfügen über solche codierten Nummern. Und natürlich der Geheimdienst. Außerdem Beamte im gehobenen Dienst. Und natürlich ...«

»Genau was ich meine«, pflichtete Phil mit verwegenem Grinsen bei. »Diese Kandidaten haben eines gemeinsam: Sie stehen allesamt im Staatsdienst. Was ich damit sagen will, ist, dass wir den Kreis unserer Verdächtigen erweitern sollten. Bislang haben wir nur auf der *anderen* Seite des Gesetzes nach Personen gesucht, die ein Interesse daran haben könnten, Jerry zu schaden. Versuchen wir's jetzt doch mal in *unseren* Reihen.«

»Du meinst, es könnte einen Verräter geben?«, entfuhr es Sid Lomax. »Aber das ... das ist doch verrückt!«

»Wirklich? Du brauchst dir doch nur diesen Armleuchter von Morris anzuschauen, um zu wissen, dass Jerry auch auf dieser Seite des Gesetzes Feinde hat. Was, wenn sie sich gegen ihn verschworen haben? Wenn hier irgendeine Schweinerei läuft, die zum Ziel hat, Jerry abzusägen?«

Sids Gesichtsausdruck zeigte maßlose Überraschung. »Wer sollte so etwas tun? Ich meine, wer könnte ein Interesse daran haben ...?«

»Jerry ist bekannt dafür, kein Blatt vor den Mund zu nehmen. Er sagt den Leuten die Wahrheit unverblümt ins Gesicht, ungeachtet ihres Standes und ihrer Position. Und es gibt eine ganze Reihe von Leuten, die so etwas unbequem finden. *Sehr* unbequem sogar ...«

Sid Lomax' Blick war kritisch. Aber der G-man von der Fahndungsabteilung widersprach nicht mehr. Offenbar war es Phil gelungen, auch in ihm die Saat des Zweifels auszubringen, die ihn selbst seit den frühen Morgenstunden quälte.

War das, was mit Jerry passiert war, in Wahrheit gar nicht das

Komplott irgendwelcher Krimineller? Saßen die wahren Drahtzieher irgendwo in den Führungsetagen von Justiz oder Polizei?

»Mann, Phil«, murmelte Sid düster, während es in seinen Augen unheilvoll blitzte, »falls du Recht haben solltest, dann ...«

Weiter kam er nicht.

Denn in diesem Augenblick machte Phils Handy trillernd auf sich aufmerksam.

»Ja?«, meldete sich der G-man, nachdem er das kleine Gerät hervorgezogen hatte.

»Phil, hier ist Hank«, meldete sich das rauhe Organ von Hank Hogan.

»Hank! Gut, von dir zu hören. Wie geht's deinem Arm?«

»Vergiss den Arm. Ich bin schon wieder raus.«

»Raus aus dem Krankenhaus?«

»Klar, was dachtest du denn? Heute morgen hab ich den Laden verlassen. Ich hab denen gesagt, dass sie mein Bett einem geben sollen, der es nötiger hat als ich.«

»Na prima.« Phil konnte sich ein Grinsen nicht verkneifen. »Und wo bist du jetzt?«

»Rat mal, Decker. Ich sitze in meinem Wagen, genau gegenüber von dem Haus, in dem Jill Webster wohnt.«

»Was?« Phil glaubte, nicht recht zu hören. »Hatten wir nicht abgemacht, dass der Fall für dich erledigt ist?«

»Du hattest das vielleicht abgemacht«, versetzte Hank, »aber ich nicht. Ich für meinen Teil habe vor, diesen Mistkerl, der mir das Ding verpasst hat, nicht ungeschoren davonkommen zu lassen.«

»Gratuliere«, knurrte Phil. »Dann sind wir schon zu dritt.«

»Möchtest du nicht wissen, warum ich dich anrufe, Decker?«, fragte Hank.

»Warum du ...? Sag bloß, du hast eine Spur!«

»So kann man es auch nennen. Wie ich schon sagte, ich sitze im Wagen gegenüber von Jill Websters Wohnung. Während ich mit dir quatsche, halte ich ein Fernglas vor die Augen. Und durch das Fernglas kann ich ganz deutlich sehen, wie ein maskierter Typ in Jill Websters Wohnung rumschleicht und sich dort umsieht.«

»Was?« Phil schnappte nach Luft. »Wieso hast du das nicht gleich gesagt?«

»Du lässt einen ja nicht aussprechen, Decker. Aber wenn ihr beide wollt, könnt ihr ruhig vorbeischauen und euch den Kerl schnappen. Ich bin leider ein wenig gehandikapt, wie du weißt.«

»Wir sind sofort da«, versicherte Phil – und im nächsten Moment waren Sid und er schon zur Tür hinaus.

*

Mit rotierendem Rotlicht und Karacho raste der blaue Chevy, der der Fahndungsabteilung als Bereitschaftsfahrzeug diente, den Broadway hinab.

Phil und Sid Lomax hatten keinen Augenblick gezögert, der heißen Spur nachzugehen, auf die Hank Hogan gestoßen war. Wenn der vermummte Kerl, der Hank bei seinem Besuch in Jill Websters Wohnung aufgelauert hatte, tatsächlich an den Tatort zurückgekehrt war, mussten sie ihn schnappen.

Auf diese Weise würden sie vielleicht endlich ein paar Antworten erhalten ...

Das Apartmenthaus, in dem Jill Webster wohnte, lag in einer der ruhigeren Gegenden der Upper Westside. Schon ein paar Blocks vorher schaltete Phil Rotlicht und Sirene ab, um den unbekannten »Besucher« nicht zu verschrecken. Schließlich wollten sie ihn auf frischer Tat erwischen ...

Phil bremste den Wagen, und Phil und Sid Lomax spritzen heraus, hasteten zum Eingang des Mietblocks.

Hank Hogan erwartete sie bereits. Den einen Arm trug er in der Schlinge in Gips, den anderen hielt er unter seiner Jacke verborgen – Phil war sicher, dass Hank seinen 38er in der Hand hatte, für alle Fälle.

»Er ist noch immer oben«, meldete Hank grußlos. »Der Bastard glaubt wohl, er hätte alle Zeit der Welt.«

»Umso besser für uns«, erwiderte Phil trocken. »Wenigstens werden wir ihn schnappen.«

»Am liebsten würde ich mitkommen, um dem Mistkerl in den Hintern zu treten.«

»Nichts da, du bleibst hier«, entschied Phil. »Du hast schon genug getan, Hank – und in deinem Zustand bist du mehr Risiko als Hilfe.«

Der bullige V-Mann erwiderte etwas Unverständliches, das sich wie leiser Protest anhörte, doch natürlich war ihm klar, dass Phil Recht hatte.

»Schön«, knurrte er, »ich werde hier bleiben. Aber wenn sich der Kerl hier unten sehen lässt, werde ich ihn gebührend empfangen.«

»Ich nehme die Feuerleiter«, gab Sid bekannt und deutete auf den Durchgang zum Hinterhof.

»Okay.« Phil nickte, während er bereits in Richtung Eingang hastete. »Ich komme durch den Vordereingang …«

Der G-man platzte durch die Tür, riss dabei seine SIG Sauer heraus. Eine ältere, mit Einkaufstaschen beladene Lady, der er im Eingang begegnete, gab einen schrillen Schrei von sich. Phil bedeutete ihr zu schweigen, hastete zum Aufzug und fuhr zu Jill Websters Apartment hinauf.

Er musste sich vorsehen.

Wer immer der Vermummte war, der sich so für Jill Websters Apartment interessierte, er durfte ihnen nicht entwischen. Möglicherweise war er die einzige Chance, ein wenig Licht ins Dunkel dieses verworrenen Falles zu bringen und Jerry damit aus der Klemme zu helfen …

Mit einem leisen Klingelgeräusch hielt der Lift an.

Einen endlos scheinenden Augenblick lang geschah nichts.

Dann, endlich, glitten die Türhälften auseinander, und Phil huschte hinaus in den Korridor. Den Kopf behielt der G-man dabei unten, bewegte sich vorsichtig und geschmeidig, die SIG im Anschlag.

Wie sehr hätte er sich gewünscht, dass Jerry an seiner Seite wäre, um ihn den Rücken freizuhalten. Doch Jerry war nicht hier. Phil musste selbst auf sich aufpassen, ob es ihm gefiel oder nicht …

Endlich erreichte Phil Jill Websters Apartment.

Zu seiner Überraschung stellte er fest, dass die Tür nur angelehnt war. Das Polizeisiegel war gebrochen worden.

»Na warte, du Spitzbube …«

Vorsichtig versetzte Phil der Tür einen Stoß.

Lautlos glitt sie auf und gewährte ihm einen Blick in Jill Websters Apartment.

Aus dem Wohnraum, der jenseits der kurzen Diele lag, drangen verdächtige Geräusche. Als ob jemand das Apartment durchwühlte.

Auf leisen Sohlen schlich Phil hinein, beide Hände am Griff seiner Waffe.

Ein vorsichtiger Blick zur Badezimmertür. Phil hatte nicht vergessen, was Hank erzählt hatte.

Dann hatte er den Wohnraum erreicht – und vor ihm, nur wenige Schritte von ihm entfernt, stand der Vermummte.

Der Kerl sah genauso aus, wie Hank ihn beschrieben hatte: schlank und athletisch, mit einem schwarzen Kampfanzug und einer Sturmhaube über dem Kopf, die seine Visage verhüllte.

Und er saß in der Falle.

Ein wölfisches Lächeln glitt über Phil Deckers Züge, während er langsam seine Dienstwaffe hob. Der Fremde hatte ihn noch nicht bemerkt.

Doch im selben Augenblick, in dem der G-man »FBI« rufen wollte, knackte plötzlich eine Glasscherbe unter seinem Fuß.

Alles ging blitzschnell.

Der Vermummte fuhr herum, und die Augen, die aus dem schmalen Sehschlitz stachen – und die Phil irgendwie bekannt vorkamen –, erfassten die Situation mit einem Blick.

In einer einzigen, fließenden Bewegung flog die rechte Hand des Fremden nach oben – und die Sporttasche, die er in der Hand gehalten hatte, flog Phil in hohem Bogen entgegen.

Der G-man feuerte instinktiv – die Kugel zuckte durch den Raum und traf die Tasche.

Der Vermummte zögerte keine Sekunde und setzte hinterher, und noch ehe Phil ein zweites Mal feuern oder sonst wie reagieren konnte, rammte der Fremde ihn bereits mit Urgewalt zur Seite.

Phil stöhnte, als pfeifend die Luft aus seinen Lungen wich. Er verlor das Gleichgewicht und geriet ins Taumeln, und im nächsten Moment war der Vermummte auch schon an ihm vorbei und ins Badezimmer gestürmt. Es klirrte laut, als der Kerl das Fenster eintrat, das hinaus auf die Feuerleiter führte und durch das er bereits einmal entkommen war.

»Sid!«, brüllte Phil aus Leibeskräften, während er sich wieder auf die Beine raffte. »Schnapp dir den Mistkerl!«

Einen Augenblick lang war nichts zu hören.

Dann erklangen Schüsse.

»Verdammt!« Fluchend riss Phil die Tür zum Badezimmer auf, setzte durch das zerbrochene Fenster nach draußen auf die Feuerleiter – um sich unvermittelt Sid Lomax gegenüberzusehen, der von unten emporgehetzt kam.

»Ich hab den Kerl gesehen!«, stieß der rothaarige G-man atemlos hervor. »Ich hab ihn aufgefordert, stehen zu bleiben, aber er wollte nicht hören, also hab ich gefeuert. Aber wie's aussieht, habe ich ihn verfehlt!«

Phil blickte hinauf – dorthin, wo er zwischen den metallenen Streben und Plattformen der Feuertreppe eine schwarze Gestalt verschwinden sah.

»Stehen bleiben!«, rief er laut. »FBI!«

Doch der Flüchtige dachte nicht daran, der Aufforderung nachzukommen. Im Gegenteil. Immer weiter stürmte er die metallenen Stufen der Feuerleiter hinauf, deren ganze Konstruktion unter seinen Tritten erbebte.

»Shit«, knurrte Phil, steckte seine Dienstwaffe weg, und im nächsten Moment hetzte auch er die Leiter empor. »Schnell hinterher, Sid. Der Mistkerl darf uns nicht entkommen!«

So schnell sie konnten, hetzten die beiden G-men die Feuerleiter empor. Dabei behielten sie die Köpfe zwischen den Schultern, waren jederzeit darauf gefasst, dass der Flüchtling das Feuer auf sie eröffnete.

Doch der Vermummte schien nur darauf aus zu sein, das Weite zu suchen.

Phil kletterte so schnell er konnte. Er keuchte, seine Lungen begannen zu pfeifen, und er schwor sich, das nächste Mal in Sandy's Bar weniger beherzt nach den Drinks zu greifen. Schließlich war er keine zwanzig mehr.

»Mensch, Jerry«, stieß er zwischen zwei heiseren Atemzügen hervor, »ich hoffe, du weißt zu schätzen, was ich für dich tue ...«

Sid hingegen schien die anstrengende Kletterpartie nicht das Geringste auszumachen. Der G-man, der ein Ausbund an Disziplin und athletischer Kraft war, rannte mit gleichbleibender Ausdauer und schien dabei noch nicht einmal zu schwitzen.

Der Vermummte über ihnen trat kurzerhand ein Fenster ein und kletterte ins Haus zurück.

Phil und Sid rissen ihre Dienstwaffen heraus und kletterten hinterher – um von einem wüsten, durchdringenden Schrei empfangen zu werden.

Eine halb nackte, pikiert aussehende Frau, die eine Duschhaube trug und ein Frotteehandtuch an sich gerissen hatte, um ihre Blöße zu bedecken, stand in dem Badezimmer, zu dem das Fenster gehörte.

»Keine Panik, Ma'am – FBI«, versuchte Phil, sie zu beruhigen, als ob das alles erklären würde, dann waren Sid und er auch schon durch das Badezimmer hindurch. Die Tür des Apartments stand offen, offenbar hatte sich der Vermummte in den Hausgang abgesetzt.

Mit fliegenden Blicken hielt Phil Umschau. Der Korridor verlief in zwei Richtungen – die eine führte zum Aufzug, die andere zu einer Tür mit der Aufschrift »Emergency only«.

»Der Aufzug!«, rief Sid und rannte los. »Er hat den Aufzug genommen!«

Phil war sich da nicht so sicher.

Während sein rothaariger Begleiter in die eine Richtung sprintete, rannte er selbst in die andere, auf die rostige Stahltür zu. Beim Näherkommen entdeckte er, dass die Plombe zerbrochen war.

»Verdammt, Sid!«, schrie Phil. »Der Typ hat sich aufs Dach abgesetzt!«

Atemlos langte Phil an der Stahltür an und riss sie auf. Die SIG Sauer flog in seine Rechte, mit ihrem Lauf taxierte der G-man das schmale Treppenhaus, das sich jenseits der Tür erstreckte und hinauf aufs Dach führte.

Niemand zu sehen ...

Mehrere Stufen führten steil nach oben, zu einer Tür aus Holz, durch deren Ritzen Tageslicht fiel.

Phil warf einen Blick zurück, sah, wie Sid den Gang heraufgestürmt kam. Phil konnte nicht auf ihn warten.

Kurz entschlossen hastete Phil die Stufen hinauf und erreichte die Tür. Mit dem Fuß stieß er sie auf, fahles Tageslicht flutete in den Aufgang.

Mit einem Hechtsprung setzte Phil hinaus aufs flache Dach des

Gebäudes. Geschmeidig rollte er sich ab und war sofort wieder auf den Beinen, kreiste um seine Achse, die Dienstwaffe im Anschlag.

Und er sah ihn.

Auf der anderen Seite des Daches, jenseits der Kamine, Dachhäuser und Lüftungsschächte gewahrte der G-man eine schwarz vermummte Gestalt, die rannte, so schnell ihre Füße sie trugen.

»Halt, verdammt! Bleiben Sie stehen!«

Phil gab zwei Schüsse in die Luft ab, dann nahm er die Beine in die Hand und begann erneut zu laufen. Sid Lomax, der jetzt ebenfalls auf dem Dach anlangte, schloss sich ihm an, und gemeinsam verfolgten die beiden die vermummte Gestalt, die bereits das Ende des Daches erreicht hatte.

»Jetzt sitzt er in der Falle!«, rief Sid triumphierend aus – doch der G-man hatte nicht mit der Ausdauer und dem Mut des Flüchtenden gerechnet.

Der Vermummte blieb kurz stehen und blickte sich um, taxierte seine Verfolger durch den schmalen Schlitz seiner Maske.

Dann stieg er auf die Balustrade, die das Gebäudedach umlief – und sprang!

»Neeein!«, brüllte Phil – doch es war zu spät.

Im nächsten Augenblick war der Fremde jenseits der Dachbrüstung verschwunden.

»So eine verdammte …«

Phil schrie seinen Ärger und seine Frustration laut hinaus, während er mit fliegenden Schritten weiterhetzte. Als er die Balustrade erreichte, verstummte er jedoch jäh.

Denn der Flüchtling hatte sich nicht etwa in die Tiefe gestürzt, wie der G-man für einen Augenblick befürchtet hatte, sondern er war vier Meter tiefer auf dem Dach des Nachbargebäudes gelandet.

Dazwischen verlief ein Graben von vielleicht zwei Metern Breite, auf dessen Grund eine schmale Gasse verlief.

»So ein Hund!«, wetterte Sid. »Er hat uns abgehängt. Er …«

Phil antwortete nicht. Er hatte den Flüchtigen nicht bis hierher verfolgt – um vor einem Hindernis wie diesem zu kapitulieren? Nicht, wenn es um so viel ging wie in diesem Fall!

Der G-man straffte seine Muskeln – und sprang!

Eine atemlose Sekunde lang sah er sich hoch über der abgrundtiefen Kluft – dann kam er vier Meter tiefer auf der anderen Seite der Gasse auf, rollte sich auf dem Dach ab und stand sofort wieder auf den Beinen.

»Sid?«, fragte er mit einem kurzen Blick zurück.

»Sorry, Phil«, lautete die betretene Antwort. Sid war nicht bereit, das Risiko einzugehen.

Phil ließ sich dadurch nicht beirren. Er wollte diesen Hundesohn festnageln, weil nur er ihm Auskunft darüber geben konnte, wer Jerry an den Kragen wollte.

Also weiter, G-man, sagte er sich und begann erneut zu laufen, dem Vermummten hinterher. Vielleicht, wenn er in eine günstige Schussposition kam, konnte er auf seine Beine zielen und …

Doch sein Gegner war mit allen Wassern gewaschen.

Als wüsste er genau, was Phil vorhatte, suchte er hinter einem Gewirr aus Antennen Zuflucht, die sich auf dem Dach erhoben und sorgfältiges Zielen unmöglich machten. Ein ganzer Wald der unförmigen Metallgebilde ragte auf dem Dach auf, und der Vermummte nutzte es, um den G-man am Schießen zu hindern.

Phil fluchte und rannte weiter – und er holte auf.

Mit eisernem Willen zwang er seine Muskeln zum Arbeiten, und die Distanz zwischen ihm und dem Vermummten verringerte sich.

Dann hatte der Vermummte erneut den Rand des Dachs erreicht und schwang sich darüber hinweg.

Diesmal gab es kein Nachbargebäude. Das Haus, auf dessen Dach sie waren, stand an der Ecke einer großen Straßenkreuzung.

Der Vermummte ließ sich dadurch dennoch nicht beirren – erneut setzte er über die Brüstung und verschwand. Sekunden später sah Phil, wohin sich der Kerl verkrümelt hatte: Die Straßenseiten des Eckgebäudes waren eingerüstet, denn es wurde gerade renoviert.

Offenbar hatte der Vermummte seinen Einsatzort sehr genau gescheckt und sich für alle Fälle einen Fluchtplan zurechtgelegt. Das bestätigte Phils Verdacht, dass sie es mit einem Profi zu tun hatten.

Mit einem Sprung setzte auch der G-man auf das Gerüst.

»Wo ist er hin?«, blaffte er zwei Bauarbeiter an, die auf den Brettern standen und Maurerkellen in den Händen hatten.

Die beiden erwiderten nichts, deuteten nur nach unten. Phil traute seinen Augen nicht. Der Vermummte war dabei, an der *Außenseite* des Gerüsts in die Tiefe zu klettern.

Er riskierte dabei Kopf und Kragen, denn wenn er nur einen Fehltritt machte, würde er vierzig, fünfzig Meter tief stürzen. Dann war es vorbei ...

Phil schauderte.

Eine solche Kletterpartie traute er sich nach der kräftezehrenden Rennerei nicht mehr zu. Wie aber konnte er sonst hoffen, den Vermummten doch noch einzuholen?

Fieberhaft blickte Phil sich um – und plötzlich fiel sein Blick auf den Lastenaufzug, der zur Versorgung mit Werkzeugen und Material eingerichtet worden war. Wenn das Ding dazu in der Lage war, Ziegelsteine und Mörtelwannen zu transportieren, warum dann nicht auch einen G-man?

»Platz da!«, rief Phil und rempelte die beiden Bauarbeiter zur Seite, die ihn mit wüsten Flüchen bedachten. Ein weiterer Arbeiter, ein Schwarzer mit zerschlissenem Baumwollhemd, stand am Aufzug, der aus wenig mehr als einer metallenen Plattform bestand, und war gerade dabei, ihn zu entladen.

Phil verlor keine Zeit.

Kurzerhand sprang er zu dem Schwarzen auf die Plattform und legte den Hebel auf der schwarz-gelb umrandeten Schalttafel um.

»Abwärts!«, rief er, und der Elektromotor sprang an und trug die beiden in die Tiefe.

»Hey«, beschwerte sich der Farbige. »Sind Sie bescheuert, Mann? Das können Sie nicht machen!« Plötzlich fiel sein Blick auf die Waffe in Phils Hand. »Andererseits – vielleicht können Sie's ja doch. Ist 'n guter Tag für 'ne kleine Sonderfahrt.«

»Finde ich auch«, sagte Phil grimmig und zückte seine Marke, ließ sie den Arbeiter kurz sehen, während er fieberhaft nach dem Vermummten Ausschau hielt, der mit der Behändigkeit eines Affen in die Tiefe kletterte.

»FBI?«, platzte der Arbeiter heraus. »Sie sind ein echter G-man? Ein waschechter G-man?«

»Allerdings, Junge. Und ich verfolge einen flüchtigen Straftäter.«

»Wow, das ist doch was! Wenn ich davon meinen Kumpels erzähle ...«

»Geht das verdammte Ding nicht schneller?«

»Tut mir leid, G-man. Das hier ist ein Lastenaufzug und kein Polizeiwagen. Ich bin davon überzeugt, dass Sie was Besseres gewöhnt sind, aber …«

»Schon gut«, wehrte Phil ab. Ihm blieb nichts anderes, als abzuwarten. Schießen konnte er nicht, auf der Straße waren zu viele Passanten, die er damit gefährdet hätte.

Tatenlos musste er zusehen, wie sein Gegner an dem Gerüst herunterkletterte und die letzten Meter in einem waghalsigen Sprung zurücklegte. Geschmeidig landete der Vermummte auf dem Bürgersteig und rollte sich ab, stand sofort wieder auf den Beinen und rannte davon.

»Verdammter Mist!« Ungeduldig harrte Phil aus, während der Vermummte um die Hausecke verschwand. Allzu langsam näherte sich der Lastenaufzug dem Boden, und Phil hielt es nicht mehr aus. Mit einer Flanke setzte er über das Schutzgitter hinweg und sprang hinab.

»Viel Glück, G-man!«, rief ihm der Bauarbeiter hinterher. »Hat mich sehr gefreut!«

Phil schnaubte, während er mit fliegenden Schritten hinab zur Ecke hastete. Glück konnte er jetzt tatsächlich brauchen …

Völlig außer Atem erreichte er die Ecke, blickte sich um – und wurde fast von einem Motorrad über den Haufen gefahren, das unversehens aus einer schmalen Ausfahrt schoss.

»Hey, was …?«

In einem schnellen Reflex sprang Phil zur Seite – und verfiel in eine Kanonade wüster Flüche, als er sah, dass es der Vermummte war, der die Maschine steuerte. Offenbar hatte er sie als Fluchtfahrzeug in diesem Hinterhof deponiert …

Hilflos musste Phil mit ansehen, wie sich die Maschine in den fließenden Verkehr einfädelte und darin verschwand.

Doch noch wollte der G-man nicht aufgeben.

Gerade wollte er sich nach einem Fortbewegungsmittel umsehen, das er auf die Schnelle beschlagnahmen konnte, als ein schrille Hupe erklang. Mit quietschenden Reifen kam ein alter Wagen am Straßenrand zum Stehen, den Phil sofort als Hank Hogans Rostlaube erkannte.

»Taxi gefällig?«, fragte Hank durch das offene Fenster.

Phil ließ sich nicht lange bitten.

Rasch stieg er ein und warf sich auf den Beifahrersitz, und Hank gab Gas.

Wie von einem Katapult geschleudert, stach der Wagen vom Straßenrand und hinein in den fließenden Verkehr, wo Hank einen wilden Slalomkurs hinlegte, um zu dem Motorrad aufzuschließen.

»Sollte ich nicht lieber fahren?«, erkundigte sich Phil mit besorgtem Blick auf Hanks eingegipsten Arm.

»Machst du Witze, Decker? Ich fahre einäugig und mit zwei Fingern besser als die meisten dieser Blindgänger, die in dieser Stadt unterwegs sind!«

Wie um es Phil zu beweisen, scherte Hank auf der mehrspurigen Straße plötzlich nach links aus und überholte mehrere Yellow Cabs, deren Fahrer zornig hupten.

»Ich habe den Mistkerl laufen sehen«, erklärte Hank. »Ich wusste, dass ich ihn zu Fuß nicht einholen konnte, also hab ich den Wagen geholt.«

»Gut gemacht«, lobte Phil und zückte seine Waffe, lud in aller Eile nach. »Dieser Typ darf uns auf keinen Fall entkommen. Er ist die beste Spur, die wir haben.«

»Er ist die *einzige* Spur, die wir haben«, verbesserte Hank mit freudlosem Grinsen und gab noch mehr Gas, um eine Lücke im fließenden Verkehr zu nutzen.

Sie hatten Glück im Unglück, dass die Rushhour noch nicht eingesetzt hatte. Zu den Stoßzeiten des Berufsverkehrs wäre es völlig unmöglich gewesen, ein Motorrad inmitten der Blechlawinen zu verfolgen, die sich dann durch die Hauptverkehrsadern Manhattans ergoss. Auch so war das Risiko, den Vermummten zu verlieren, noch groß genug.

»Wir müssen uns etwas einfallen lassen«, rief Phil, während er seine Augen wie gebannt auf die schwarz gekleidete Gestalt geheftet hielt, die ein Stück vor ihnen die Avenue hinabbrauste.

»Schön«, knurrte Hank. »Und an was hattest du gedacht? Willst du ihn anhalten und dir seinen Führerschein zeigen lassen?«

»Sehr witzig. Nein, es muss irgendetwas anderes geben … Wo sind wir hier?«

»Ecke Amsterdam/97.«, las Hank von dem Straßenschild vor, das mit atemberaubendem Tempo an ihnen vorüberwischte.

»Wunderbar!«, platzte Phil heraus. »Dann sind wir nicht weit von der Großbaustelle an der 94. entfernt.«

»Und?«

»Dort gibt es eine große Baugrube. Keine Menschen und keine Autos. Wenn es uns gelingt, ihn dorthin abzudrängen, haben wir ihn.«

»Verstehe, Decker.« Hank grinste breit. »Gar nicht mal schlecht für einen, der einen Schlips um den Hals hat ...«

Damit trat der V-Mann noch mehr auf die Tube. Der Motor des alten Wagens heulte auf, das Automatikgetriebe schaltete einen Gang zurück. Der bullige Wagen schloss zu dem Motorradfahrer auf, der jetzt hinter zwei Trucks herfuhr, an denen er nicht vorbeikam.

Bis zu der Baustelle, von der Phil gesprochen hatte, war es nur noch ein Häuserblock.

Die Trucks und der Motorradfahrer passierten die Kreuzung. Unmittelbar hinter ihnen schalteten die Ampeln auf Rot.

»Bedaure«, versetzte Hank, »heute bin ich farbenblind ...«

In Ermangelung einer Polizeisirene betätigte er die Hupe seines Wagens und fuhr mir Karacho über die Kreuzung. Die Autofahrer der Querstraße, die gerade hatten anfahren wollen, fielen in das Hupkonzert mit ein.

Dann war die Baustelle bereits in Sicht, und dank der Ampel hatten Phil und Hank freie Bahn. Hank trat das Gaspedal fast durchs Bodenblech seiner rostigen Schüssel und holte das Letzte aus dem altersschwachen Motor heraus. Noch einmal machte der Wagen einen Satz nach vorn und holte zu dem Motorradfahrer auf, der noch immer versuchte, an den Trucks vorbeizukommen.

Mit einem Blick über die Schulter sah er den Verfolgerwagen herankommen – Hank hielt genau auf ihn zu.

»Na warte!«, rief der hünenhafte V-Mann triumphierend. »Gleich haben wir dich!«

Dem Vermummten blieb nichts, als dem heranrasenden Wagen auszuweichen.

In einer blitzschnellen Reaktion ließ er sein Motorrad zur Seite ausbrechen und fuhr in eine mündende Ausfahrt ein – um sich einen

Herzschlag später auf der steilen Abfahrt zu einer riesigen Baugrube wiederzufinden.

»Jaaa!«, rief Phil begeistert und ballte die Hände zu Fäusten. »Jetzt haben wir ihn!«

Hank riss am Steuer und ließ seinen Wagen zur Seite ausbrechen, bog schlitternd in die Abfahrt zur Baugrube. Hier gab es keinen Teer oder Asphalt, nur gestampften Schotter, der den Wagen und seine beiden Insassen kräftig durchrüttelte – doch noch ungleich mehr hatte der Vermummte auf seinem Motorrad damit zu kämpfen.

Seine Maschine vollführte auf dem unebenen Boden mehrere wilde Sprünge, geriet schließlich ganz außer Kontrolle.

Der Vermummte kam noch dazu, eine Vollbremsung hinzulegen – dann warf ihn seine Maschine ab wie ein Wildpferd seinen Reiter.

In hohem Bogen flog der Kerl durch die Luft, landete auf einem Haufen Kies, der seinen Sturz milderte.

Mit Karacho fuhr Hank auf den Kieshaufen zu und trat im letzten Augenblick das Bremspedal. In einer Wolke von Staub und einer Fontäne von Kies und Erdreich kam der Wagen zum Stehen.

»Keine Bewegung, FBI!«, brüllte Phil aus Leibeskräften, nachdem er aus dem Wagen gesprungen war.

Der Vermummte auf dem Kieshaufen unternahm einen halbherzigen Versuch, die Flucht zu ergreifen, war jedoch zu benommen, um sich zu erheben.

»Rühr dich nicht, du halbe Portion!«, blaffte Phil ihn an, während er sich ihm vorsichtig näherte, die SIG Sauer im Anschlag. Der Vermummte gehorchte, sah wohl ein, dass seine wilde Flucht zu Ende war. Zaghaft hob er die Hände.

»So ist es gut«, rief Phil, während er die Maske des Fremden packte und sie ihm mit einem Ruck vom Kopf riss. »Jetzt werden wir endlich erfahren, wessen Visage sich unter …«

Er verstummte jäh, als er in das Gesicht blickte, das unter der Maske zum Vorschein kam.

Er kannte diese Züge …

»Verrate mir eins, Decker«, tönte es ihm großspurig entgegen. »Warum hast du nicht auf mich geschossen, als du die Gelegenheit dazu hattest? Ich an deiner Stelle hätte es schon längst getan!«

»Das glaube ich dir aufs Wort«, erwiderte Phil tonlos.
Er blickte in das Gesicht von – Will Cotton!

*

Die Identität des Vermummten war eine Überraschung, die Phil, Sid und Hank erst einmal zu verdauen hatten.

Betroffen fuhren sie zurück zum FBI-Büro, wo man Will Cotton durch die Tiefgarage ins Gebäude schleuste. Hank Hogan und Sid Lomax standen Schmiere, damit Phil den jungen G-man ungesehen ins Büro von Mr. High bringen konnte.

Will Cotton war Jerrys Neffe, der Sohn seines um einige Jahre älteren Bruders.

Wie Jerry hatte sich auch Will als junger Mann entschlossen, dem FBI beizutreten und den Kampf gegen Unrecht und Verbrechen aufzunehmen. Dabei war Jerry sein erklärtes Vorbild gewesen.

Doch sehr bald schon hatte Will Cotton begonnen, seine eigene Sicht der Dinge und seinen ganz eigenen Stil zu entwickeln. Während Jerry besonnen handelte und einer Auseinandersetzung zwar nicht aus dem Weg ging, sie aber auch nicht suchte, war Will jemand, der ständig auf Konfrontationskurs ging. Nicht nur mit der Unterwelt, sondern auch mit seinen Kollegen und Vorgesetzten.

Nach seiner Entlassung aus der FBI-Akademie von Quantico war Will ins FBI Field Office von Los Angeles bestellt worden, wo er zusammen mit seiner Partnerin Donna Sullivan im Dienst des Bureau tätig war – und das mit großem Erfolg. Denn trotz seiner eigenwilligen Vorgehensweise konnte Will Cotton die beste Aufklärungsquote seines Bezirks für sich verbuchen.

Die meiste Zeit über war Jerry froh, dass er seinen aufsässigen Neffen nicht um sich zu haben brauchte. In der Praxis jedoch hatte sich gezeigt, dass auch die dreitausend Meilen, die zwischen New York und Los Angeles lagen, nicht ausreichten, um die beiden dauerhaft zu trennen.

Immer wieder kam es dazu, dass sie gemeinsam an Fällen arbeiteten – zuletzt, als es darum gegangen war, dem verbrecherischen Dr. Ewigkeit das Handwerk zu legen, der sich an der ehrwürdigen Columbia-Universität eingenistet hatte.

Nun also war Will erneut nach New York zurückgekehrt, wenngleich sich Phil nicht zusammenreimen konnte, aus welchem Grund …

»Also, G-man«, wandte sich Mr. High an Will, der wie ein armer Sünder im Besuchersessel saß, während Phil, Sid und Hank ihn mit vor der Brust verschränkten Armen umstanden und vorwurfsvoll auf ihn herabblickten. »Ich schätze, Sie sind uns eine Erklärung schuldig. Was haben Sie sich dabei gedacht, nach New York zu kommen und Ihre Nase in einen Fall zu stecken, der Sie nicht das Geringste angeht?«

»Es … es tut mir leid, Sir«, stammelte Will ganz entgegen seiner sonst so selbstsicheren Art. »Aber … als ich hörte, was Jerry widerfahren war, da bin ich sofort nach New York gekommen. Inkognito, versteht sich – schließlich hätte man mir den Fall wegen persönlicher Befangenheit nie zugeteilt.«

»Das Problem kommt mir bekannt vor«, seufzte Mr. High und streifte Phil mit einem Seitenblick. »Wie konnten Sie so schnell in New York sein?«

»Ich hatte dienstlich in Atlantic City zu tun«, erklärte Will. »Als ich von Jerrys Verhaftung erfuhr, habe ich mir eine Maschine gemietet und bin nach New York gefahren, um mich ein wenig in der Sache umzuhören. Ganz ehrlich, Sir – das stinkt doch zum Himmel! Jerry würde niemals so etwas Bescheuertes tun!«

»Meine Worte«, versetzte Phil. »Wie hast du von der Sache erfahren?«

»Mr. High hat mich angerufen«, antwortete Will. »Er war der Ansicht, ich sollte es wissen.«

»Offenbar war das ein Fehler«, versetzte Mr. High. »Sie alle haben entgegen meinen Anweisungen gehandelt, Gentlemen. Was soll ich nur davon halten?«

»O nein, Meister«, meldete sich Hank Hogan zu Wort. »Ich nicht, okay? Ich meine, wir arbeiten gut zusammen, aber ich bin Ihnen und Ihrem Verein nicht verpflichtet, vergessen Sie das nicht. Und wir beide, Jungchen« – damit wandte er sich an Will und deutete auf seinen eingegipsten Arm – »haben noch ein Hühnchen miteinander zu rupfen.«

»Tut mir leid, diese Sache«, erwiderte Will und grinste schwach.

»Aber ich konnte ja nicht wissen, dass Sie zu den Guten gehören. Ich dachte, Sie wären einer von der Gegenseite. Jemand, der ein falsches Beweismittel in der Wohnung hinterlassen wollte, um Jerry blass aussehen zu lassen.«

»Ist ja 'n Ding!«, entfuhr es Hank. »Dasselbe dachte ich von dir, Kleiner.«

»Woran Sie sehen, dass Sie alle im Dunkeln tappen, Gentlemen«, versetzte Mr. High. »Ganz offenbar existiert die Verschwörung, die Sie alle vermuten, nur in Ihren Köpfen, und die Einzigen, die daran beteiligt sind, sind Jerrys übereifrige Freunde, die sich gegenseitig in die Quere kommen.«

Will, Hank, Sid und Phil tauschten betroffene Blicke, und man konnte zumindest dreien von ihnen ansehen, dass sie sich ziemlich dämlich vorkamen.

»Aber Sir«, versuchte Phil eine halbherzige Ehrenrettung, »wir haben doch …«

»Wie auch immer, Phil«, sagte Mr. High mit sanften Lächeln, »ich freue mich, Ihnen mitteilen zu können, dass Sie sich keine Sorgen mehr zu machen brauchen. Das Strafverfahren gegen Jerry wurde eingestellt.«

»Was?«

»Sie haben richtig gehört. Die Nachricht hat mich vorhin erreicht. Aufgrund mangelnder Beweise hat die Staatsanwaltschaft das laufende Verfahren eingestellt. Offenbar sind Widersprüche in Jill Websters Aussage aufgetreten.«

»Das … das heißt, es wird keine Verhandlung geben?«, fragte Phil ungläubig.

»Nein.«

»Dann … dann ist wieder alles in Ordnung? Jerry wird aus der U-Haft entlassen und zum FBI zurückkehren?«

»Die erste Frage kann ich bejahen«, erwiderte Mr. High, »was die zweite Sache betrifft, bin ich mir leider nicht so sicher.«

»Was – was heißt das?«

»Das heißt, dass trotz Jerrys Freispruch natürlich noch Fragen offen bleiben. Fragen, mit denen sich die Dienstaufsichtsbehörde auseinandersetzen wird. In einer Anhörung, die heute Nachmittag stattfinden wird.«

Phil schnappte nach Luft. »Heute schon?«

»Wozu die Aufregung?«, wollte Hank wissen. »Wenn Jerry vor Gericht freigesprochen wurde, gibt es doch nichts mehr, das er noch fürchten müsste, oder?«

»Träum weiter, Mann«, versetzte Will mit freudlosem Grinsen. »Der FBI-Ausschuss fällt seine Entscheidungen unabhängig von gerichtlichen Beschlüssen. Er hat allein darüber zu befinden, ob ein G-man in seiner Rolle als Vertreter der Justiz noch vertretbar ist und weiterhin moralisch glaubhaft wirkt.«

»Danke«, sagte Mr. High. »Ich hätte es selbst nicht besser ausdrücken können.«

»Und das heißt?«, wollte Hank wissen.

»Das heißt, dass es völlig egal ist, ob man Dreck am Stecken hat oder nicht«, drückte Will es rustikaler aus. »Wenn diese Leute der Ansicht sind, dass man als FBI-Agent nicht mehr tragbar ist, schmeißen sie einen raus. Das ist wie bei einem Politiker, dem Bestechung nachgesagt wird – schon der schlechte Ruf kann ausreichen, um dir das Kreuz zu brechen. Glaubt mir, ich weiß, wovon ich spreche – ich bin selbst ein paarmal haarscharf an einer Entlassung vorbeigeschrammt.«

»Glaub ich dir aufs Wort, mein Junge«, versetzte Phil.

Dann kehrte eisiges Schweigen ein.

Allen Anwesenden war klar, was das bedeuten konnte.

Auch wenn Jerry vom Gericht aus keine Gefahr mehr drohte und er nicht ins Gefängnis wanderte – wenn der FBI-Ausschuss entsprechend befand, würde man ihn aus dem FBI-Dienst entlassen.

Das würde es dann gewesen sein.

»Verdammt«, zischte Phil, »dazu darf es nicht kommen. Auf gar keinen Fall!«

»Der Ansicht bin ich auch«, pflichtete Will ihm bei. »Ich meine, ihr alle wisst, dass Jerry und ich nicht immer einer Meinung sind, aber er ist der verdammt beste G-man, den ich kenne. Und ich fände es verdammt schade, wenn er dem Bureau abhanden käme. Deshalb wollte ich helfen.«

»Ihre Bemühungen in allen Ehren, G-man«, sagte Mr. High milde, »aber Sie haben gesehen, wozu so etwas führt.«

»Werden Sie meinen Auftritt an meinen SAC in L.A. melden?«,

fragte Will. »Junge, der wird nicht schlecht staunen. Schließlich denkt er, ich sitze schon längst im Flugzeug und ...«

»Nein«, antwortete Mr. High. »Niemand außer uns weiß, dass Sie hier sind, und so wird es auch bleiben. Sie werden die nächste Maschine zurück nach Atlantic City nehmen und von dort nach Los Angeles fliegen. Ob Sie SAC Steel von Ihrem Abstecher nach New York berichten, ist Ihre Sache. Ich sehe keinen zwingenden Grund, diese Affäre zu melden.«

»Verstehe, Sir.« Will grinste breit. »Danke.«

»Schon gut. Und was Sie betrifft, Gentlemen«, wandte er sich an Phil Decker, Sid Lomax und Hank Hogan, »ich erwarte, dass Sie sich zurückhalten. In wenigen Stunden wird der FBI-Ausschuss zusammentreten, um über Jerrys weiteres Schicksal zu beraten. Natürlich steht es Ihnen frei, der Sitzung beizuwohnen, auch ich selbst werde dort sein und schauen, was ich für Jerry tun kann.«

»Dann – war alles, was wir getan haben, umsonst?«, fragte Sid Lomax enttäuscht.

»Man wird sehen«, erwiderte Mr. High. »Das Strafverfahren wurde immerhin ausgesetzt. Nun wird sich zeigen, was die Prüfungskommission zu dem Fall zu sagen hat ...«

*

Hätte mir vor ein paar Monaten jemand gesagt, dass ich mich innerhalb kurzer Zeit vor einem Prüfungsausschuss der FBI-Dienstaufsicht wiederfinden würde, der über Wohl und Wehe meiner beruflichen Laufbahn zu entscheiden hat, hätte ich ihn vermutlich für verrückt erklärt.

An diesem Nachmittag jedoch wurde es Wirklichkeit.

Unmittelbar auf die Mitteilung, dass das Strafverfahren gegen mich aus Mangel an Beweisen eingestellt worden war, hatte man mir mitgeteilt, dass die Dienstaufsicht gegen mich ermittelte.

Ich kann nicht behaupten, dass ich überrascht war.

Die Dienstaufsicht wacht darüber, dass beim FBI alles mit rechten Dingen zugeht und die Agenten des FBI in der Öffentlichkeit weiterhin hohes Ansehen genießen.

Dazu gehört es auch, den Leumund einzelner Mitarbeiter einer gründlichen Prüfung zu unterziehen, falls es nötig ist. Und in meinem Fall schien es bitter nötig zu sein, denn immerhin hatte mich Jill Webster der versuchten Vergewaltigung bezichtigt, und die Einstellung des Verfahrens war kein Freispruch. Ich wurde zwar nicht angeklagt, aber meine Unschuld war nicht erwiesen.

Also hatte man mich vom Untersuchungsgefängnis abgeholt und ins FBI-Quartier gebracht. Ich war kein Gefangener mehr, aber vorläufig vom Dienst suspendiert, bekam weder meine Marke noch meine Dienstwaffe zurück.

Der Ausschuss würde darüber zu befinden haben, ob ich beides *jemals* zurückbekam ...

Die Stimmung in dem Saal, in dem der Ausschuss tagte, war gedrückt, die Luft zum Schneiden dick.

Normalerweise wurde der Raum für Briefings oder Anhörungen genutzt, heute saß man darin zu Gericht.

Über mich ...

An mehreren Tischen, die der Länge nach aneinandergestellt worden waren, saßen sechs Mitglieder der Dienstaufsichtsbehörde, zwei Frauen und vier Männer aus Washington, die ich noch nie zuvor gesehen hatte.

Alles sechs waren elegant gekleidet und musterten mich mit Blicken, die keine Gefühlsregung erkennen ließen. Vor ihnen auf dem Tisch lagen Unterlagen und Formulare.

Ich selbst hatte an dem kleinen Tisch Platz genommen, der der Richterbank gegenüber stand. Hinter mir, auf den ansteigenden Sitzreihen, saßen einige meiner Freunde und Kollegen. Unter anderem gewahrte ich Steve Dillaggios blonden Schopf und Annie Geraldos wilde Mähne. Aber auch eine Reihe anderer bekannter Gesichter wie die von June Clark, Joe Brandenburg oder Sid Lomax sah ich.

Am meisten jedoch freute ich mich darüber, dass auch Phil und Mr. High zur Verhandlung gekommen waren, um mir moralische Unterstützung zu geben.

Einer der Vorsitzenden erhob sich, und die Sitzung wurde eröffnet. Im Saal wurde es so still, dass ich das Pochen meines eigenen Herzens hörte.

»Special Agent Jeremias Cotton«, las der Vorsitzende aus meiner Dienstakte meinen vollständigen Namen vor; früher war er unter meinen Freunden und Kollegen stets Anlass für dumme Bemerkungen und freundschaftlichen Spott gewesen, heute jedoch lachte niemand, »Ihnen wird zur Last gelegt, durch Ihr Verhalten den Ruf des FBI Field Office New York nachhaltig geschadet und Ihre eigene moralische Glaubwürdigkeit zunichte gemacht zu haben. Dieser Ausschuss wird darüber zu befinden haben, ob Sie damit für den FBI weiterhin tragbar sind oder nicht. Haben Sie das verstanden?«

»Ja«, erwiderte ich der Form halber, worauf der Vorsitzende mürrisch nickte.

»Dann möchte ich jetzt die Kollegin Warner bitten, ihre Fragen an Special Agent Cotton zu richten.«

Eine der beiden Frauen erhob sich. Sie war schlank, fast hager, und auf ihrer spitzen Nase saß eine große Hornbrille, die ihrer Erscheinung etwas Raubvogelhaftes verlieh. Das Namensschild, das vor ihr auf dem Tisch stand, wies sie als Inspector Dr. Julia Warner aus.

»Special Agent Cotton«, sprach sie mich mit schnarrender Stimme an, »können Sie dem Ausschuss in kurzen Zügen schildern, was in jener bewussten Nacht vorgefallen ist?«

Ich seufzte und zwang mich, ruhig und besonnen zu bleiben. Ich schilderte dem Ausschuss in allen Einzelheiten, was sich an jenem Abend zugetragen hatte. Da ein Großteil der anwesenden Zuhörer selbst dabei gewesen war, hatte ich keine Probleme, Zeugen zu benennen, die meine Aussage bestätigen konnten.

Anschließend ging es um das, was sich in Jill Websters Apartment abgespielt hatte, und obwohl mir die Sache ein wenig peinlich war, schilderte ich sie in allen Einzelheiten – bis zu dem Zeitpunkt, an dem mir damals der Faden riss.

»Sie können sich also an nichts mehr erinnern«, resümierte Dr. Warner und machte kein Hehl daraus, dass sie das für reichlich seltsam hielt. Ich konnte es ihr nicht verdenken; in den meisten Fällen können sich mutmaßliche Täter dann nicht mehr an die Tat erinnern, wenn sie tatsächlich schuldig sind.

»So ist es«, bestätigte ich trotzdem.

»Wie erklären Sie sich, dass am Tatort, also in Jill Websters Apartment, eine ganze Menge Spuren gefunden wurden, die Miss Websters Aussage bestätigen?«

»Ich weiß es nicht«, antwortete ich, was nicht ganz der Wahrheit entsprach. Aber um der Sache willen musste ich dabei bleiben. »Ich kann mich wirklich an nichts erinnern, Doktor.«

»Wie praktisch«, entgegnete die Inspektorin bissig, was ihr einen strafenden Blick von Seiten Mr. Highs eintrug.

»Einspruch!«, rief mein Chef und Mentor. »Es ist nicht Aufgabe dieses Ausschusses, ein Strafverfahren wieder aufzunehmen, das von der Staatsanwaltschaft aus mangelnden Beweisen eingestellt wurde.«

»Zugegeben, Sir«, räumte Dr. Warner ein, »aber es ist sehr wohl Aufgabe dieses Ausschusses, über Agent Cottons Glaubwürdigkeit als Vertreter dieser Behörde zu befinden. Und ein G-man, der sich an seine eigenen Verfehlungen nicht erinnern kann, ist in meinen Augen nicht sehr glaubwürdig.«

»Moment mal«, ließ sich jetzt eine andere Stimme vernehmen, und ich brauchte nicht hinzusehen, um zu wissen, dass sie meinem Partner und Freund Phil Decker gehörte. Wütend war er aufgesprungen. »Sie wollen was wissen über die Glaubwürdigkeit dieses Mannes? Dann sollten Sie besser mich fragen, denn ich kann darüber besser Auskunft geben als jeder andere hier!«

»Ich kann mich nicht erinnern, Sie zur Aussage aufgefordert zu haben«, sagte die Inspektorin kühl und blickte in ihre Unterlagen, »Special Agent …«

»Decker«, half mein Freund aus, »Special Agent Phil Decker. Ich bin Agent Cottons Partner, und das seit vielen Jahren. Deshalb möchte ich für ihn das Wort ergreifen.«

»Wie überraschend«, versetzte Warner sarkastisch.

»Bei allem Respekt, Ma'am«, eiferte sich Phil, »aber die Art, wie hier über einen der verdientesten und besten Agenten dieser Behörde zu Gericht gesessen wird, schmeckt mir überhaupt nicht. Jerry hat in seiner Dienstzeit mehr schwere Jungs hinter Gitter gebracht als irgendjemand sonst. Er hat diese Stadt mehrmals vor Katastrophen gerettet, und diese Stadt, dieses Land und auch der FBI verdanken ihm viel.«

»Und, Agent Decker? Wollen Sie damit sagen, dass Agent Cotton dadurch seiner moralischen Verpflichtung entbunden ist? Dass er tun darf, was ihm beliebt?«

»Das nicht«, räumte Phil ein, »aber …«

»Niemand hier zweifelt Agent Cottons Verdienste an, Agent Decker«, stellte ein anderer der sechs Inspektoren klar. »Aber nach allem, was geschehen ist, müssen wir uns fragen, ob er noch die Berechtigung besitzt, sich als Agent unserer Behörde bezeichnen zu dürfen.«

»Ist das Ihr Ernst?«, fragte Phil. »Verdammt, ist Ihnen eigentlich klar, was Sie da sagen? Wenn *überhaupt jemand* die Berechtigung hat, sich als Agent dieser Behörde zu bezeichnen, dann ist es Jerry. Ihm liegt mehr am FBI als irgendjemandem sonst, den ich kenne, von John High vielleicht einmal abgesehen. Jerry würde nie etwas tun, was dieser Behörde auch nur im Entferntesten schaden könnte.«

»Schön, wenn Sie sich so sicher sind, Agent Decker.« Dr. Warner schnaubte. »Wir jedenfalls werden darüber erst noch zu befinden haben, deshalb sind wir hier.«

»Aber Ma'am«, widersprach Phil, »Sie machen einen großen Fehler, wenn Sie …«

»Es ist genug, Phil«, unterbrach Mr. High meinen Partner. Seine Stimme klang ruhig und nüchtern.

»Bei allem Respekt, Sir …«

»Agent Decker, das ist ein Befehl«, sagte Mr. High, und noch immer klang seine Stimme ganz ruhig, doch seine Worte wirkten.

Phil verstummte, biss sich auf die Lippen und setzte sich wieder. Der Blick, den er mir sandte, sprach Bände, und ich hasste mich selbst dafür, dass ich zuließ, dass er dies durchmachen musste.

»Nachdem das geklärt ist«, sagte Dr. Warner mit säuerlicher Arroganz, »kommen wir wieder zur Sache. Ist Ihnen klar, Agent Cotton, dass Sie durch Ihr Verhalten dem Ansehen des FBI und Ihrer Glaubwürdigkeit als G-man nachhaltig geschadet haben?«

»Dem Ansehen des FBI?« Ich schürzte die Lippen. »Nun – wenn die Presse von der Sache Wind bekommen hätte, würde ich Ihnen wohl zustimmen. Aber da dieser ganze Fall intern bearbeitet wurde …«

»Bitte, Agent Cotton!«, fiel sie mir ins Wort. »Seien Sie doch nicht so naiv! Dieser Fall ist aktenkundig, das wissen Sie genau. Es ist noch lange nicht vorbei. Jemand wird die Sache ausgraben, und die Presse wird sich wie eine Meute ausgehungerter Wölfe darauf stürzen. Das Ansehen des FBI *hat* durch Ihr Verhalten Schaden genommen.«

»Das bedaure ich wirklich sehr«, sagte ich, »denn mir liegt nichts ferner, als dieser Behörde zu schaden.«

»Und doch haben Sie es getan. Ihnen muss doch klar sein, Agent Cotton, dass sich ein Agent dieser Behörde auch im Privatleben entsprechend zu benehmen hat. Sich in einer öffentlichen Bar zu betrinken und die Bekanntschaft einer wildfremden Frau zu suchen ...«

»Einspruch!«, sagte Mr. High. »Agent Cottons Privatleben hat nichts damit zu tun!«

»Im Gegenteil, SAC High«, widersprach Warner, und in ihren Augen blitzte es. »Wer Mitglied dieser Behörde ist, muss sich nicht nur durch eine gute Dienstakte auszeichnen, sondern auch durch einen makellosen Lebenswandel. Und da scheinen mir bei Agent Cotton doch ein paar Defizite vorzuliegen.«

»Einspruch«, sagte Mr. High erneut. »Ich ...«

»Man kann die Sache drehen und wenden, wie man will«, fiel Warner ihm ins Wort. »Aufgrund der Sachlage, die sich uns bietet, sehen wir uns außerstande, einen Agenten in unseren Reihen zu halten, der unter solch dubiosen Umständen in eine Affäre wie diese verstrickt wurde.«

»Was heißt das?«, fragte ich und straffte mich.

»Das heißt, Agent Cotton, dass wir Sie vom Dienst beim FBI ausschließen werden«, eröffnete mir einer der Inspektoren rundheraus.

»Ich habe mir nichts zu Schulden kommen lassen!«

»Sie meinen, Sie wurden nicht verurteilt!«

»Ja«, sagte ich, »für eine Verurteilung – sogar für eine Anklage – fehlten die Beweise. Jemand, der nicht verurteilt wurde, gilt in diesem Land als unschuldig, das sehe ich doch richtig?«

»In diesem Falle nicht«, erklärte Dr. Warner. »Nein, Mr. Cotton ...«, mir fiel sofort auf, dass sie diesmal nicht *Agent* Cotton sagte, »... durch Ihr Verhalten wurden Sie in eine Affäre verstrickt, die sich für einen FBI-Agenten nicht geziemt, das ist hier ausschlaggebend, ganz gleich, ob Sie tatsächlich versuchten, Miss Webster zu vergewaltigen oder nicht!«

»Das ist doch die Höhe!«, brauste es hinter mir auf.

Wieder war es Phil.

Mein Partner war zornesrot im Gesicht und von seinem Sitz aufgesprungen, hatte die Hände zu Fäusten geballt. Auch meinen anderen Freunden und Kollegen waren das Entsetzen und die Wut deutlich anzusehen.

»Dieser Mann hat mehr für diese Behörde getan als irgendein anderer!«, rief Phil. »Das Gericht hat ihn freigesprochen, aber Sie verurteilen ihn! Das ist nicht fair, hören Sie?«

»Mäßigen Sie sich, Agent Decker«, mahnte Dr. Warner.

»Im Gegenteil, ich habe noch nicht mal angefangen! Verdammt, sieht denn keiner, was hier los ist? Es ist doch offensichtlich, dass jemand versucht hat, Jerry diese Geschichte anzuhängen! Jemand, der ihm schaden will! Jemand, der …«

»Ihre Verschwörungstheorien sind haltlos, Agent Decker«, sagte die Inspektorin. »Und damit ist alles gesagt. Die Anhörung ist beendet. Es steht Ihnen frei, Mr. Cotton, bei der obersten Dienstaufsichtsbehörde in Washington Berufung einzulegen, aber ich versichere Ihnen, dass man dort nicht anders entscheiden wird, als wir es hier getan haben.«

»Aber das können Sie nicht machen!«, rief Phil. »Sie können nicht …!«

Ich wandte mich zu ihm um, schickte ihm einen durchdringenden Blick.

»Lass gut sein, Alter«, sagte ich ruhig. »Es ist vorbei.«

»Aber … aber das kann doch nicht dein Ernst sein, Jerry!«, stammelte Phil, während die Inspektoren bereits ihre Sachen zusammenpackten.

»Du hast gehört, was sie gesagt hat«, erwiderte ich. »Ich habe dem Ansehen des FBI geschadet. Ich habe immer gesagt, dass ich diese Behörde in dem Augenblick verlassen werde, wenn ich ihr nicht mehr nützen kann. Und dieser Fall ist eingetreten.«

»Aber … Willst du denn nicht kämpfen?«

»Wofür, Alter?« Ich schnitt eine wehmütige Grimasse. »Meine Sorge galt immer dem FBI und den Bürgern dieser Stadt. Wenn ich ihnen am meisten damit nütze, dass ich zurücktrete, tue ich auch das. Eine Alternative gibt es nicht.«

Phil machte den Mund auf, um noch etwas zu sagen, mir zu widersprechen – doch weder ihm noch irgendeinem meiner anderen Kollegen, die alle da standen und mich betroffen anblickten, fiel noch etwas ein.

Die Entscheidung stand fest, das Urteil war gesprochen.

Ich war kein G-man mehr.

*

Zu vorgerückter Stunde saß Phil allein in Sandy's Bar, starrte auf das Glas mit bernsteinfarbener Flüssigkeit, das vor ihm auf dem blank polierten Tresen stand.

Er konnte es nicht glauben.

Noch immer nicht …

Steve, Joe, Les, June und die anderen, die mit ihm gekommen waren, um auf den Schrecken hin einen Drink zu nehmen, hatten die Bar bereits verlassen. Nur er war noch hier, hielt sich an seinem Whiskyglas fest, als wäre es das Einzige, das ihm noch geblieben war.

Aus.

Vorbei.

Jerry Cotton war aus dem FBI rausgeworfen worden.

Dass es jemals dazu kommen würde, hätte sich Phil nie im Leben träumen lassen. Jetzt, da es tatsächlich passiert war, kam es ihm vor wie ein unwirklicher, schrecklicher Traum.

Als ich die Tür des Lokals öffnete, drehte sich mein Freund und Partner nicht einmal um. Er war so in seine Gedanken vertieft, dass er nicht merkte, wie ich neben ihn trat und mich auf einen der Barhocker setzte.

»Na?«, fragte ich nur.

Nur langsam wandte Phil seinen Blick vom Glas, musterte mich von Kopf bis Fuß. Schnaubend nahm er mich zur Kenntnis, dann widmete er sich wieder seinem Bourbon.

»Es ist eine Schande«, sagte er leise. »Eine Affenschande ist das …«

»Nimm's nicht so schwer, Alter«, sagte ich mit aufmunterndem Lächeln – doch Phil war nicht aufzumuntern.

»Sie wollten es«, murmelte er mit vom Alkohol schwerer Zunge.

»Sie wollten deinen Untergang. Warum, in aller Welt, hast du dich nicht dagegen gewehrt?«

»Weil es nichts genützt hätte«, gab ich zurück. »Die Leute glauben das, was sie glauben wollen. Und außerdem liegt mir tatsächlich etwas an dieser Behörde, Phil. Du weißt, dass ich für den FBI alles tun würde.«

»Aber doch nicht alles hinschmeißen! Verdammt nochmal! Diese Inspektoren sollte man alle rauswerfen, nicht dich! Indem sie dich vor die Tür setzen, schaden sie dem FBI mehr, als du es jemals könntest.«

»Wie auch immer.« Ich zuckte mit den Schultern. »Die Entscheidung ist gefallen.«

»Du gibst kampflos auf.« Phil lachte freudlos. »Das ist nicht der Jerry Cotton, den ich kenne.«

»Doch, Alter«, versicherte ich seufzend – es tat mir in der Seele weh, Phil so leiden zu sehen, und ich kam mir dabei mies und schuftig vor. »Glaub mir, es hat alles seine Richtigkeit, aber vielleicht wird es einige Zeit dauern, bis du es verstehst.«

»So?« Phil grinste freudlos, leerte sein Glas in einem Zug und stellte es geräuschvoll auf den Tresen zurück. »Das trifft sich gut. Wir werden jede Menge Zeit haben, damit du es mir erklären kannst.«

»Was meinst du?«

»Ganz einfach.« Phil lächelte wehmütig. »Weil ich morgen bei Mr. High um meine Entlassung ersuchen werde, deshalb.«

»Was? Ich höre wohl nicht richtig!«

»Ist doch wahr«, murmelte Phil. »Jahrelang riskiert man Gesundheit und Leben für diese Behörde, und diese Schlipsträger haben nichts Besseres zu tun, als über moralische Werte zu dozieren. Ich glaube an dich, Jerry. Ich weiß, dass du nichts Unrechtes getan hast, aber diese Sesselfurzer sind zu bescheuert, um einen G-man von einem Mafioso zu unterscheiden.« Er rülpste laut und brauchte einen Moment, um den Faden wiederzufinden.

»Deshalb«, verkündete er lallend und mit erhobenem Zeigefinger, »werde ich gehen. Ich schmeiß die Brocken hin und quittier den Dienst. Mit so einer Behörde will ich nichts mehr zu tun haben.«

»Das wirst du schön bleiben lassen«, sagte ich streng.

»So?« Phil blickte mich an. »Und wieso?«

Ich biss mir auf die Lippen, schaute meinen Partner eine ganze Weile lang an.

Und traf meine Entscheidung.

Ich hatte Phil nichts verraten wollen, hatte ihn in diese Sache nicht hineinziehen wollen. Doch nun, da er kurz davor stand, seine Karriere mir zuliebe zunichte zu machen, konnte ich nicht anders.

Phil mochte ein paar Gläser zu viel getrunken haben, aber er war noch klar genug, um zu wissen, was er sagte. Und ich wusste, dass sein Entschluss unverrückbar feststand, wenn ich ihm jetzt nicht reinen Wein einschenkte.

Also weihte ich ihn ein.

*

Der nächste Tag begann wie so viele vor ihm.

Mit einem Rapport in Mr. Highs Büro um acht Uhr morgens.

Doch dieser Tag sollte alles ändern ...

Phil saß bereits in einem der Besuchersessel in John D. Highs Büro, als die Tür geöffnet wurde. Auf der Schwelle stand Sidney Lomax.

»Ah, Sid, da sind Sie ja«, sagte Mr. High und nickte. »Setzen Sie sich. Agent Decker ist schon da. Was ich Ihnen zu sagen habe, betrifft Sie beide.«

»Uns beide, Sir?« Sid sandte Phil einen fragenden Blick und setzte sich zögernd. Sein Gesichtsausdruck verriet, dass er fühlte, dass etwas in der Luft lag. Unruhig wetzte er auf seinem Sitz hin und her.

»Nervös, Sid?«, fragte Mr. High mit mildem Lächeln. »Dazu besteht kein Grund. Ich habe Sie beide gerufen, um Sie über eine Entscheidung in Kenntnis zu setzen, die von mir in Absprache mit dem Washingtoner Hauptquartier getroffen wurde.«

»Aha«, sagte Sid. »Und was ist das für eine Entscheidung, Sir?«

Mr. High biss sich auf die Lippen, es war ihm anzusehen, dass es ihn Mühe kostete, die folgenden Worte auszusprechen.

»Wie Sie beide wissen«, begann er schließlich, »wurde unser langjähriger Mitarbeiter Jerry Cotton gestern vom Dienst in dieser Behörde ausgeschlossen. Sein Ausfall hinterlässt eine schmerzliche Lücke in unserer Abteilung, und als leitender Special Agent dieser Dienststelle ist es meine Aufgabe, diese Lücke so rasch wie möglich zu schließen. Ich habe daher beschlossen, Sie, Agent Lomax, mit sofortiger Wirkung von der Fahndungsabteilung abzuziehen und zurück in den aktiven Ermittlungsdienst zu beordern.«

»M-mich?«, stammelte Sid völlig perplex.

Mr. High nickte. »Wenn Sie einverstanden sind – und davon gehe ich aus, da Sie sich in jüngster Zeit mit Agent Decker sehr gut zu verstehen scheinen –, sind Sie ab sofort sein neuer Partner und nehmen Jerrys Stelle ein. Nun, was sagen Sie dazu?«

»Ich … ich …« Sid schluckte, seine Blicke flogen zwischen Phil und Mr. High hin und her. »Ehrlich gesagt, ich … ich weiß nicht, was ich sagen soll, ich meine …«

»Nun ziere dich nicht, Junge«, sagte Phil. »Jeder hier weiß, dass du ein verdammt guter G-man bist. Du hast dir diesen Job verdient. Im Grunde hättest du ihn schon vor zwei Jahren verdient gehabt, aber da hat dir meine Rückkehr einen Strich durch die Rechnung gemacht. Jetzt kriegst du deine Chance. Das war es doch, was du immer wolltest, oder nicht?«

»Das … das ist wahr«, bestätigte Sid. »Aber ich hätte niemals gedacht, dass … Ich hätte nie gewollt, dass es so kommt. Ich werde Jerry niemals ersetzen können.«

»Keiner kann das«, sagte Mr. High mit wehmütigem Lächeln. »Aber Sie sollen ihn auch nicht ersetzen, Sid. Sie sollen Phils neuer Partner werden und Ihren eigenen Stil und Ihre eigenen Methoden entwickeln. Ich bin sicher, dass Sie beide gut zusammenarbeiten werden. Anders, zweifellos – aber nicht weniger erfolgreich.«

»Hm«, machte Sid und blickte Phil fragend an. »Denkst du das auch?«

»Na ja. Ich würde lügen, wenn ich behaupten würde, dass mir die ganze Sache nicht an die Nieren ginge. Was mit Jerry passiert ist, hat mir verdammt zugesetzt, und ich bin noch immer nicht überzeugt, dass dabei alles mit rechten Dingen zugegangen ist. Aber ich muss mich der Realität beugen – und die Realität besagt, dass es keinen G-man namens Jerry Cotton mehr gibt. Und die Anweisungen aus Washington sind eindeutig. Du bist mein neuer Partner, Sid – und ich hoffe, dass wir gut zusammenarbeiten werden!«

»Das … hoffe ich auch«, erwiderte Sidney, und halb staunend, halb betroffen ergriff er die Hand, die Phil ihm reichte.

»Sehr gut«, sagte Mr. High. »Nachdem das geklärt ist, schlage ich vor, Sie beide möglichst rasch auf einen gemeinsamen Fall anzusetzen. Je eher wir hinter uns lassen, was geschehen ist, desto besser.«

»Ganz meine Meinung, Sir«, stimmte Phil zu. »Auch Jerry würde es so wollen, da bin ich ganz sicher.«

»Melden Sie sich in zwei Stunden zum Briefing. Bis dahin haben Sie Zeit, Ihr neues Büro zu beziehen, Sid.«

»Verstanden, Sir.«

»Das ist alles, Gentlemen …«

*

Sid Lomax stand in seinem kleinen Büro in der Fahndungsabteilung des New Yorker Field Office. Wie oft hatte er hier gesessen und darüber gegrübelt, wie es nur so weit hatte kommen können – und jetzt hatte sich alles gleichsam über Nacht geändert.

Lomax zückte sein Handy, wählte den Nummerncode, der ihn mit dem Mittelsmann der Domäne verband.

»Ja?«, meldete sich die bekannte, monoton klingende Stimme.

»Hier Sigma 187«, sagte Sid leise. »Es gibt Neuigkeiten.«

»Inwiefern?«

»Wer immer die Sache mit Cotton ins Rollen gebracht hat, hat uns damit einen Gefallen getan. Einen verdammt großen Gefallen sogar.«

»Worauf wollen Sie hinaus, Sigma 187?«

»Ich spreche davon, dass Jerry Cotton gestern aus dem FBI-Dienst entlassen wurde. Man hat ihn rausgeschmissen. Und so wie's aussieht, kommt er auch nicht mehr zurück.«

»Was? Sind Sie sicher?«

»Allerdings«, versicherte Sid und konnte sich ein Grinsen nicht verkneifen. »Denn gerade hat man mich zu meinem Nachfolger ernannt.«

»Zu seinem Nachfolger?«

»So ist es. Ich bin der neue Partner von Special Agent Phil Decker. Was sagen Sie nun?«

»Dass wir vorsichtig sein müssen. Das alles geht mir etwas zu schnell …«

»Unsinn«, sagte Lomax. »Ich kenne diese G-men. Ich weiß, wie sie funktionieren. Diese Idioten sind so vom eigenen Edelmut geblendet, dass sie gar nicht anders können. Der alte High hatte fast Tränen in den Augen, als er mir erzählte, ich würde von nun an Cottons Platz einnehmen. Und Decker befolgt jede Anweisung, die der Alte ihm erteilt. Mit sofortiger Wirkung bin ich im Ermittlungsdienst tätig.«

»Wir gratulieren«, sagte die Stimme am anderen Ende der Verbindung hölzern.

»Was ist?«, fragte Sid Lomax. »Freuen Sie sich gar nicht?«

»Worüber sollten wir uns freuen, Sigma 187?«

»Na, zum Beispiel darüber, dass ich ab sofort Zugang zu noch mehr Informationen haben werde. Dass sich mein Sicherheitsstatus ändern wird und dass ich noch besser für Sie arbeiten kann.«

»Oder vielleicht darüber, dass das, was Sie sich immer erträumt haben, nun endlich für Sie in Erfüllung gegangen ist?«, konterte der Mittelsmann der Domäne. »Sie sind ehrgeizig, Sigma 187, das sind Sie immer gewesen. Und jetzt sind Sie auf dem besten Weg, ein berühmter G-man zu werden.«

»Was?« Sid runzelte die Stirn. »Verdammt, was reden Sie da? Sie wissen doch ganz genau, wem meine Loyalität gehört!«

»Ich weiß es«, sagte die Stimme kalt, »aber Sie sollten vielleicht noch einmal darüber nachdenken, Sigma 187.«

»Das brauche ich nicht«, entgegnete Sidney Lomax barsch. »Meine Loyalität gehört der Domäne!«

»Man wird sehen, Sigma 187. Man wird sehen ...«

ENDE

Phil Deckers Höllenjob

Weltbild

Phil Decker saß in seinem Büro und blickte gedankenverloren aus dem Fenster, ließ seinen Blick über Central Manhattan schweifen.

Es war dasselbe Büro, das er sich über Jahre hinweg mit seinem Freund und Partner Jerry Cotton geteilt hatte.

Unzählige Fälle hatten Jerry und er gemeinsam gelöst, waren in New York etwas wie eine lebende Legende geworden.

Doch das war nun vorbei.

Eine Ära war zu Ende.

Eine dramatische Verkettung von Umständen hatte dazu geführt, dass Jerry unehrenhaft und mit sofortiger Wirkung aus dem FBI entlassen worden war. Natürlich war das für Phil ein Schock gewesen, doch er hatte die Notwendigkeit dieser Maßnahme schließlich eingesehen.

Mit Sidney Lomax war ihm ein neuer Partner zur Seite gestellt worden, der Jerrys Platz übernehmen sollte.

Sid Lomax, der vor zwei Jahren von Atlanta nach New York versetzt worden war, um eigentlich Jerrys neuer Partner zu werden – damals war Phil für tot gehalten worden, und man hatte Sid angefordert, um ihn zu ersetzen.

Nach Phils unerwarteter Rückkehr war Sid Lomax in die Fahndungsabteilung versetzt worden, wo er die letzten beiden Jahre zugebracht hatte.

Dass er nun für Jerry einsprang, war eine bittere Ironie des Schicksals, vielleicht sogar mehr als das.

Eine Woche lag Jerrys Entlassung nun zurück, und Mr. High hatte keine Zeit verloren. Der leitende Special Agent des New Yorker Field Office war der Ansicht gewesen, dass es das Beste war, Phil und seinen neuen Partner möglichst schnell auf gemeinsame Fälle anzusetzen, damit sie ein eingespieltes Team wurden.

Der Erfolg hatte nicht lange auf sich warten lassen.

Den ersten Fall, den die beiden auf den Schreibtisch bekommen hatten – es war darin um die Machenschaften eines Geschäftsmannes aus Manhattan gegangen, der im Verdacht stand, für ein Drogenkartell zu arbeiten –, hatten die beiden binnen weniger Tage gelöst. Jetzt warteten sie auf einen neuen Auftrag, und Phil war sicher, dass dieser nicht lange auf sich warten lassen würde ...

Jenseits der Tür aus Milchglas, die den Zugang zu dem kleinen Büro bildete, tauchte ein dunkler Schatten auf. Phil erkannte Sid Lomax' charakteristische Gestalt. Im nächsten Moment wurde die Tür geöffnet, und der rothaarige G-man stand auf der Schwelle. Wie immer steckte seine athletische, durchtrainierte Gestalt in einem korrekten grauen Anzug.

»Schönen guten Morgen«, rief Sid freudestrahlend, während er zu seiner Seite des Schreibtisches pilgerte. Nachdem Jerry seine persönliche Habe abgeholt hatte, hatte sich Sid dort eingerichtet.

»'n Morgen«, gab Phil zurück.

»Na, was liegt an, Partner?«, fragte Sid, der kein Hehl daraus machte, dass ihm die Beförderung auf Jerrys Posten gelegen gekommen war. Sein Ehrgeiz war weder für Phil noch für irgendjemanden sonst im New Yorker Field Office ein Geheimnis. »Ein neuer Auftrag?«

»Noch nicht, aber ich nehme an, dass Mr. High uns beiden sehr, sehr bald einen neuen Fall zuteilen wird und ...«

Das Telefon auf seinem Schreibtisch unterbrach ihn mit schrillem Klingeln.

»Decker«, meldete er sich und lauschte, um schon kurz darauf wieder aufzulegen. »Das war Helen«, gab er bekannt. »Wir sollen uns bei Mr. High melden. Er erwartet uns in Briefing-room 4 – sofort.«

»Wer sagt's denn?« Es war eine der seltenen Gelegenheiten, bei denen Sid lächelte. »Sieht nicht so aus, als würden wir lange arbeitslos bleiben, was?«

»Allerdings nicht.«

Die beiden G-men verließen ihr Büro und traten hinaus auf den Korridor, nahmen den Lift zu den Besprechungsräumen. Vor einer Woche hatte in einem solchen Raum der Ausschuss der Dienstaufsichtsbehörde getagt. Jener Ausschuss, der Jerry Cottons Entlassung beschlossen hatte ...

Mit gemischten Gefühlen betrat Phil den Saal. Fast erwartete er, ein Team von sechs hakennasigen FBI-Inspektoren mit Raubvogelgesichtern vor sich zu sehen, aber da war nur Mr. High, der sie beide bereits erwartete.

»Da sind Sie ja, Gentlemen«, sagte der SAC. »Bitte, setzen Sie sich, damit wir sofort mit dem Briefing beginnen können. Es gibt einen neuen Fall, der Ihre Aufmerksamkeit erfordert.«

Phil und Sid nahmen in der vordersten Stuhlreihe des Saales Platz – sie schienen die einzigen G-men zu sein, die der Chef zum Briefing gerufen hatte.

Daraufhin gab Mr. High ein Zeichen an den Vorführraum, der hinter der Rückwand des Saales untergebracht war. Die Beleuchtung wurde gedimmt, und auf der Leinwand, die die Stirnseite des Raumes einnahm, erschien ein projiziertes Bild.

Selbst mit viel Fantasie konnte man darauf nicht viel mehr entdecken als blendendes Weiß mit ein paar dunklen Flecken und Linien darauf.

»Schön, Sir«, sagte Phil, »und was ist das?«

»Das, meine Herren, ist das Gebiet Ihres nächsten Einsatzes.«

Phil und Sid schauten sich an, wechselten einen verständnislosen Blick.

»Was Sie hier sehen, Gentlemen«, erläuterte Mr. High, »ist die Luftaufnahme eines Landstrichs, der sich zweihundert Meilen nordwestlich von Anchorage befindet.«

»Alaska?«, fragte Sid verwundert.

»Exakt, Agent Lomax.« Der SAC zog den Zeigestock aus, den er in der Hand hielt, und deutete auf die Mitte der Projektion, wo sich mehrere dunkle Flecken abzeichneten. »Was Sie hier sehen, sind die Gebäude einer Station, die vor acht Jahren zur Wetterbeobachtung eingerichtet wurde.«

»Lauschig«, kommentierte Phil trocken. »Ich wette, die haben dort weiße Weihnachten.«

»Damit ist zu rechnen«, bestätigte Mr. High ernst. »In dieser Gegend schmilzt der Schnee oft das ganze Jahr nicht, und die Temperaturen fallen im Winter auf Rekordtiefe.«

Phil schnitt eine Grimasse – vielleicht war lauschig doch das falsche Wort. »Und was hat diese Wetterstation mit uns zu tun, Sir?«, wollte er wissen.

»Ganz einfach, Phil. Vor zwei Monaten gab es eine Unterbrechung im Funkkontakt zu dieser Station, der zwei Tage anhielt. Zunächst ging man von einem Unwetter aus, was sich aufgrund der Satellitenbilder jedoch nicht bestätigte. Als sich die Besatzung der Station wieder meldete, gab sie vor, nichts von irgendwelchen Vorfällen zu wissen.«

»Seltsam«, murmelte Phil. »Und weiter?«

»Der Kommunikationssatellit, den die Station benutzt, wurde daraufhin mehreren Sicherheitschecks unterzogen. Dabei stießen die Fachleute auf ein codiertes Signal.«

»Ein codiertes Signal, Sir?« Sid Lomax horchte auf.

»Es wurde jedes Mal dann gesendet, wenn Datensignale von der Wetterstation über den Äther gingen. Gewissermaßen reiste es Huckepack auf den offiziellen Sendungen, so dass es wohl nicht bemerkt worden wäre, hätte man keine zusätzlichen Überprüfungen durchgeführt.«

»Aha«, machte Phil. »Und was hat es mit diesem zusätzlichen Signal auf sich?«

»Wie wir wissen, bedienen sich kriminelle Organisationen des Öfteren offizieller Datenkanäle, um Informationen zu verschicken. Gewöhnlich werden die Daten von ihnen codiert, um vom Empfänger wieder decodiert zu werden.«

»Ist mir bekannt«, sagte Phil. »Und konnte man die Nachricht des Huckepack-Signals dechiffrieren?«

»Das nicht.« Mr. High schüttelte die Kopf. »Die Codierung bedient sich eines sehr komplexen Systems, dessen Entschlüsselung unseren Fachleuten bislang nicht möglich war. Dafür waren wir in der Lage, die Art der Codierung einzuordnen, indem wir sie mit anderen verglichen haben – und wir sind uns ziemlich sicher, dass es sich um ein Signal der Domäne handelt.«

»Der ... der Domäne, Sir?«

Sekundenlang war es völlig still im Raum.

Das Nächste, was man hörte, war Phil, der geräuschvoll durch die Zähne pfiff.

Die Domäne ...

Seit geraumer Zeit bedrohte diese unheimliche und mächtige Organisation nicht nur New York, sondern das ganze Land, schien ihre Finger überall im Spiel zu haben.

Mittels plastischer Chirurgie hatte die Domäne führende Persönlichkeiten von Politik und Wirtschaft durch perfekte Doppelgänger ersetzt, die genau das taten, was die Domäne ihnen vorschrieb. Zwar war es Phil zusammen mit Jerry gelungen, einige dieser Doppelgänger zu enttarnen und hinter die Machenschaften der Domäne zu kommen, doch wusste niemand, wie viele dieser Doppelgänger tatsächlich noch ihr Unwesen trieben.

Später hatte sich die Domäne mit dem Hightech-Terroristen Jon Bent verbündet, hatte Erpressungen und Entführungen und Wirtschaftsmanipulation mit Milliardengewinnen betrieben. Auch der verbrecherische Chirurg Edward Ternity, der sich selbst »Dr. Ewigkeit« genannt hatte, hatte zeitweilig der Organisation angehört.

Geld und Macht – auf diesen beiden Säulen ruhte die Domäne, deren Hintermänner dem FBI noch immer nicht bekannt waren. Wer die Mächte waren, die hinter der gefährlichen Organisation standen, und welche Ziele sie verfolgten, war noch immer ein Rätsel, während die Domäne weiter aktiv war und im Untergrund arbeitete ...

»Die Übereinstimmungen des verschlüsselten Codes mit abgefangenen Datensignalen, die wir der Domäne zuschreiben, lassen darauf schließen, dass die Organisation an dieser Sache beteiligt ist«, fuhr Mr. High fort. »Möglicherweise ist die Domäne für den Abriss des Funkkontakts vor zwei Monaten verantwortlich gewesen. Möglicherweise ist ein bewaffneter Trupp von Domäne-Killern in die Wetterstation eingedrungen und hält die Besatzung als Geiseln.«

»Wow«, rief Phil, der seine Überraschung allmählich überwand, »das wäre allerdings ein Hammer. Aber wozu sollte die Domäne so etwas tun? Was soll eine solche Organisation mit einem Wettersatelliten?«

»Ein moderner meteorologischer Satellit ist zu ungleich mehr in der Lage als nur dazu, ein paar Wolkenbilder zu senden«, erklärte Sid. »Außer zu Kommunikationszwecken könnte man ihn beispielsweise auch zur Koordination bestimmter Aktionen verwenden. Oder zur Datenmanipulation.«

»Etwas Ähnliches haben sich die Mitarbeiter des NIA auch gedacht«, bestätigte Mr. High.

»Der NIA ist an der Sache dran?« Phil hob die Brauen.

»Zusammen mit einigen anderen nationalen Sicherheitsbehörden.« Mr. High nickte. »Der FBI wurde ebenfalls hinzugezogen, weil er über die größte Erfahrung im Kampf gegen die Domäne verfügt.«

»Das ist wohl leicht übertrieben.« Phil lachte bitter auf. »Beim ganzen FBI gibt es gerade mal eine Hand voll G-men, die von sich behaupten können, ein wenig Erfahrung im Umgang mit der Domäne zu haben – und einen davon hat Washington vergangene Woche in Frührente geschickt.«

»Wie auch immer – unsere Behörde hat immer noch am meisten Erfahrung mit der Domäne. Aus diesem Grund wurden wir für diese Mission angefordert.«

»Mission? Was für eine Mission?«

»Operation ›Kaltes Herz‹«, erklärte Mr. High und deutete erneut mit seinem Stock auf den Stützpunkt im Eis. »Eine kleine, aber schlagkräftige Spezialeinheit wird sich zu dem Stützpunkt vorarbeiten und den Vorkommnissen dort auf den Grund gehen. Entsprechend dem, was sie dort vorfinden wird, wird sie handeln.«

»Verstehe«, murmelte Phil.

»Bislang waren wir, was die Domäne betraf, stets in einer passiven Haltung«, erklärte Mr. High weiter. »Diese Wetterstation könnte es uns erstmals ermöglichen, einen gezielten und erfolgreichen Schlag gegen die Domäne zu führen. Möglicherweise gehen uns dadurch mehr Hinweise ins Netz als bei irgendeinem anderen Fall, in den die Domäne verwickelt war. Darüber hinaus hat unsere Sorge natürlich den Mitarbeitern der Wetterstation zu gelten. Nach Auskunft des meteorologischen Instituts befinden sich derzeit acht Männer und Frauen in der Station. Aufgrund der aktuellen Rückmeldungen wissen wir, dass sie noch am Leben sind, aber vermutlich befinden sie sich in der Gewalt der Domäne.«

»Ein gefährliches Spiel«, sagte Phil. »Wir wissen, dass die Domäne alles andere als zimperlich vorgeht. Wenn die Sache schiefgeht, werden die Geiseln sterben.«

»Dazu darf es keinesfalls kommen. Das Risiko ist allen Beteiligten voll bewusst – es ist einer der Gründe, weshalb der New Yorker FBI um Hilfe ersucht wurde. Und ich habe bereit zugesichert, dass wir sie gewähren werden.«

»Bei allem Respekt, Sir«, schaltete sich Sid ein.

»Ja, Agent Lomax?«

»Sir, was die Domäne betrifft ... ich meine, Phil hat Recht. Keiner von uns kann behaupten, besonders viel über diese Organisation zu wissen oder über ausgeprägte Erfahrung im Umgang mit ihr zu verfügen. Der Einzige, der mehr weiß und uns helfen könnte, ist Jerry.«

Mr. High seufzte, blickte Lomax direkt ins Gesicht. »Wie Sie wissen, Agent Lomax, ist Jerry Cotton kein Mitglied dieser Behörde mehr. Die Möglichkeit, ihn in diesen Fall einzubeziehen, besteht also nicht.«

»Mit Verlaub, Sir. Wenn es für die Besatzung der Wetterstation wirklich um Leben und Tod geht, sollten wir jede Option nutzen, die wir haben. Und dazu gehört auch, Agent Cot ... ich meine Jerry mitzunehmen. Und wenn er nur als ziviler Berater an der Aktion teilnimmt.«

»Ich bedaure«, erwiderte Mr. High, »aber anders als Sie sehe ich diese Notwendigkeit nicht. Es stimmt, dass Jerry über einige Erfahrung mit der Domäne verfügt, aber Phil gewiss nicht weniger. Und was Sie betrifft, Agent Lomax, so habe ich volles Vertrauen in Ihre Fähigkeiten. Ich bin sicher, dass Sie die Ihnen übertragenen Aufgaben zu unserer vollen Zufriedenheit lösen werden.«

»Aber Sir, ich ...«

»Fühlen Sie sich der Aufgabe gewachsen, Agent Lomax?«, fragte der SAC streng. »Ja oder nein? Ich muss es wissen.«

Sid Lomax biss sich auf die Lippen, schien einen Augenblick nachzudenken.

»Ja«, sagte er dann.

»Gut.« Der SAC nickte. »Nachdem das geklärt ist, kommen wir nun zu den Einzelheiten. Sie haben den Rest des Tages Zeit, Ihre Sachen zu packen und sich auf den Einsatz vorzubereiten. Morgen früh wird Sie eine Militärmaschine nach Anchorage fliegen. Von dort wird Sie ein Hubschrauber nach Fort Kioma bringen, die am weitesten nördlich gelegene Garnison des Militärs. Dort werden Sie zu Ihrer Abteilung stoßen, einem Elitetrupp von Mountain Rangers, die für Aufgaben wie diese ausgebildet wurden. Zusammen mit den Angehörigen des Einsatztrupps bekommen Sie Ihre Einweisung. Haben Sie alles verstanden, meine Herren?«

Phil nickte. »Ich denke schon, Sir.«

»Gut, dann an die Arbeit. Vielleicht geht uns dieses Mal ein besonders dicker Fisch ins Netz …«

*

Special Agent Sid Lomax hatte die geheime Nummer gewählt.

Jene Nummer, die den Zerhackercode in seinem Handy aktivierte und die über eine nicht zurückzuverfolgende Satellitenverbindung Kontakt mit jener Organisation aufnahm, in deren Diensten er stand.

Der Domäne …

»Ja?«, meldete sich die wie immer teilnahmslos klingende Stimme des Mittelsmannes.

»Hier Sigma 187«, nannte Lomax seine Domäne-Codierung.

Innerhalb dieser großen und geheimnisvollen Organisation waren Namen ohne Bedeutung – griechische Buchstaben und Nummerierungen gaben darüber Auskunft, welche Funktion man erfüllte und mit welcher Machtbefugnis man ausgestattet war, exakter und zweckmäßiger, als ein Name es je hätte tun können. Darüber hinaus legten viele Mitglieder der Domäne großen Wert darauf, anonym zu bleiben – und dies umso mehr, je weiter man sich den Alpha-Kreisen näherte …

Auch Sid Lomax war ein Mitglied der Domäne.

Aus Eifersucht und enttäuschtem Ehrgeiz hatte er sich der Organisation angeschlossen und arbeitete für sie als Doppelagent. Er hatte die Domäne über die Ermittlungen des FBI informiert und sie so vor größerem Schaden bewahrt. Innerhalb kurzer Zeit war er dabei vom Omega- zum Sigma-Status aufgestiegen.

Das war gewesen, bevor man ihn zu Jerry Cottons Nachfolger ernannt hatte …

»Sprechen Sie, Sigma 187«, forderte die Stimme am anderen Ende der Leitung Sid Lomax auf.

»Es gibt Neuigkeiten«, berichtete Sid und musste sich zusammennehmen, um seine Aufregung zu verbergen. »Der Geheimdienst hat ein geheimes Codesignal entdeckt, das offenbar von der Domäne stammt. Ursprung ist eine Wetterforschungsstation im Norden Alaskas.«

»Verstanden«, sagte die Stimme.

»Schon in sechsunddreißig Stunden wird ein Trupp von Elitesoldaten aufbrechen, um der Station einen Besuch abzustatten. Treffen Sie alle Maßnahmen, die notwendig sind, um den Stützpunkt zu räumen.«

»Verstanden, Sigma 187«, scholl es wieder. Die Teilnahmslosigkeit in der Stimme des Mittelsmannes irritierte Sid ein wenig – immerhin war er gerade dabei, die Domäne vor einem herben Verlust zu bewahren. »Ich werde die Meldung weitergeben, damit entsprechend verfahren wird.«

»Ich werde Sie auf dem Laufenden halten«, versicherte Sid beflissen. »Einem günstigen Zufall ist es zu verdanken, dass Agent Decker und ich die Mission begleiten werden. Sie brauchen sich also keine Sorgen zu machen.«

»Wir machen uns keine Sorgen«, versicherte die Stimme. »Die Domäne wird siegen.«

»Sieg der Domäne«, antwortete Sid. »Sigma 187 Ende.«

*

Der Mann, der an der großen Speisetafel des ehrwürdigen Herrenhauses saß, führte das, was man ein Doppelleben nannte. Nur eine Hand voll Menschen gab es, die seine beiden Identitäten kannten.

Er war ein »Alpha«.

Einer jener wenigen, die an der Spitze der Organisation standen, die sie im Lauf von Jahrzehnten und unter Aufbietung all ihrer Macht, ihres Reichtums und ihres Einflusses geschaffen hatten.

Der Domäne.

Der Alpha saß an der langen Eichenholztafel im Speisezimmer seines Hauses.

Die Wände waren mit dunklem Holz getäfelt, darüber hingen Gemälde, die in pathetischen Bildern von der Geburt einer Nation zeugten.

Eines der Gemälde stellte die Schlacht von Saratoga dar, ein anderes den rauen Winter von Valley Forge, ein weiteres zeigte die Väter der Nation bei der Unterzeichnung der Unabhängigkeitserklärung.

Der Alpha lächelte.

Über zweihundert Jahre waren seither vergangen, und kaum

jemand dachte mehr daran, dass die Vereinigten Staaten, der Inbegriff von Macht und Ordnung in dieser modernen Welt, ein Land waren, das einst aus Chaos und Revolution hervorgegangen war.

Im Untergrund hatten sich die ersten Widerstände gegen die Kolonialmacht der Briten geregt, aus dem Untergrund heraus war der Umsturz erfolgt.

Und genau von dort würde er erneut erfolgen.

Die Ziele des Alphas waren ehrgeizig. Ermöglichen sollte sie ein Plan, der aus zwei Stufen bestand.

Stufe eins, in der man sich gegenwärtig noch befand, sollte der Domäne eine breite Machtbasis im Untergrund sichern. Manipulationen auf dem Geldmarkt, Doppelgängeraktionen, Entführung und Erpressung – all das waren nur Mittel zum Zweck. Alles lief im Verborgenen ab, niemand sollte sich über die Ziele der Domäne im Klaren sein.

Dann, in einer zweiten Phase, würde die Domäne offen auftreten, und das Netz von Lüge, Intrige und Korruption, das sie bis dahin gesponnen haben würde, würde Wirkung zeigen. Politik und Wirtschaft würden sich darin verstricken und einem qualvollen Todeskampf erliegen.

Dann würde die Stunde der Domäne schlagen, und ein neues Amerika würde aus den Trümmern des alten emporsteigen. Ein Amerika, in dem die Domäne herrschen würde – und von dem aus sie ihre Macht weiter vergrößern würde.

Der Alpha lächelte abermals, während er sich ein schmales Stück von dem Roastbeef abschnitt, das vor ihm auf dem silbernen Teller lag.

Das Fleisch war im Inneren noch blutig, genau wie er es am liebsten mochte.

Er schätzte es, wenn die Dinge nicht so waren, wie sie auf den ersten Blick erschienen – so war die Taktik der Domäne. Sie bediente sich des Umstands, dass die Menschen zumeist das sahen, was sie sehen wollten, und sich selten die Mühe machten, das Wesen der Dinge zu erkennen.

Die Bürger dort draußen waren borniert und dumm, begnügten sich damit, ihre langweiligen Tage mit Arbeit und Fernsehen auszufüllen.

Ein solches Volk verlangte nach Führung – und die Alphas würden ihnen diese Führung geben, im Dienst der Domäne ...

Versonnen kaute der Alpha an seinem Beef, während er hinaus auf den Potomac blickte, dessen spiegelnde Fläche sich jenseits des großen Panoramafensters abzeichnete. Noch weiter im Hintergrund waren die weißen Mauern von Arlington zu erkennen, dem Heldenfriedhof der Nation.

Opfer, dachte der Alpha.

Sie waren notwendig, um Ziele zu erreichen.

Er und die anderen Alphas hatten es stets verstanden, dass andere die Opfer brachten, während sie selbst schadlos blieben, um die Früchte ihrer Mühen zu ernten.

So wie es sein sollte ...

Verhalten wurde an die Tür des Speisesaals geklopft, der Alpha in seinen süßen Träumen unterbrochen.

»Ja?«, fragte er unwirsch.

Vorsichtig wurde die mit silbernen Beschlägen versehene Tür geöffnet, und ein livrierter Diener trat ein, der gravitätisch und blutleer wirkte.

»Sir, Sie haben soeben einen Anruf erhalten«, meldete der Mann mit leichter Verbeugung.

»Einen Anruf?«

»Ja, Sir. Im Arbeitszimmer.«

»Ich komme sofort.« Ohne Zögern legte der Alpha sein silbernes Besteck nieder. Ein »Anruf im Arbeitszimmer« bedeutete einen Anruf von der Domäne. Offenbar war etwas Wichtiges vorgefallen, wenn man sich direkt an ihn wandte ...

Der Alpha wischte sich die Hände an der Serviette ab, betätigte dann die Schaltelemente der kleinen Konsole, die in die Armlehne seines Stuhls eingelassen war.

Mit leisem Summen fuhr der Rollstuhl zurück, beschrieb eine enge Kurve auf dem blanken Parkett und folgte dann dem Diener hinaus auf den Flur.

Unheimlich hallte das Summen des Elektromotors von den hohen Wänden des Ganges wider, der wie der Speisesaal von historischen Darstellungen gesäumt war.

Das Arbeitszimmer lag am Ende des Flurs, wohin der Diener den

Alpha begleitete, um ihm die Tür zu öffnen. Kaum war der Rollstuhl über die Schwelle, schloss der Diener die Tür hinter seinem Herrn. Die Schwelle selbst zu übertreten, war ihm verboten.

Der Alpha rollte zu seinem Schreibtisch, auf dem das Telefon stand, das leise summte. Unmittelbar davor brachte er seinen Stuhl zum Stehen und beugte sich vor, angelte den Hörer von der Gabel.

»Ja?«

»Sir, hier Delta 4«, kam die sachliche Meldung und bestätigte, was der Alpha vermutet hatte: Wenn sich zu so später Stunde noch einer der Sicherheitsbeauftragten meldete, musste das einen besonderen Grund haben.

»Was gibt es?«, wollte er wissen.

»Sir, einer unserer Informanten hat uns darüber in Kenntnis gesetzt, dass das Militär und der FBI eine konzertierte Aktion gegen einen Domäne-Stützpunkt im nördlichen Alaska planen.«

»Und?«

»Sir – in dieser Gegend unterhalten wir nach meinen Informationen keinen Stützpunkt. Es sei denn, dass meine Zugangsberechtigung nicht ausreicht, um …«

»Nein«, bestätigte der Alpha kopfschüttelnd. »Sie haben Recht. Die Domäne unterhält keinen Stützpunkt in Alaska, von unserer Einsatzgruppe in Anchorage abgesehen.«

»Aber weshalb geht der FBI dann davon aus, dass es dort einen Stützpunkt von uns gibt?«

»Das ist eine gute, eine sehr gute Frage. Vom wem stammt die betreffende Information?«

»Der Informant trägt die Codebezeichnung Sigma 187.«

»Sigma 187.« Der Alpha nickte. »Das ist dieser G-man, nicht? Der FBI-Agent, der die Seiten gewechselt hat.«

»Ja, Sir.«

»Können wir ihm trauen?«

»Bislang wurde er als äußerst vertrauenswürdig eingestuft. Seit er jedoch beim FBI befördert wurde und die Nachfolge von Jerry Cotton angetreten hat, sind wir uns, was ihn betrifft, nicht mehr ganz so sicher.«

»Cotton, richtig.« Der Alpha erinnerte sich nur zu gut an den

G-man vom New Yorker FBI, mit dem er schon zu tun gehabt hatte. Cotton war für den Tod seines Schützlings Jon Bent verantwortlich, wofür der Alpha dem FBI Rache geschworen hatte.

Vielleicht bot sich nun eine Gelegenheit dazu ...

»Rekapitulieren wir also«, sagte der Alpha, dessen Verstand so scharf war wie die Bügelfalten des schwarzen Anzugs, den er trug. »Da wir genau wissen, dass es sich bei dem betreffenden Stützpunkt nicht um eines unserer Verstecke handelt, kommen nur zwei Möglichkeiten in Betracht.«

»Das sehe ich auch so, Sir.«

»Möglichkeit A: Sigma 187 meint es nicht ehrlich mir uns. Möglicherweise hat er erneut die Seiten gewechselt und denkt, uns mit einem Trick hinters Licht führen zu können.«

»Diese Möglichkeit besteht, Sir. Das Profil, das wir von Sigma 187 erstellt haben, weist seinen Ehrgeiz als seine beherrschende Motivation aus, seine Loyalität ist hingegen nicht sehr ausgeprägt. Gut möglich, dass er erneut versucht, die Seiten zu wechseln, obwohl er wissen müsste, dass ein solches Unterfangen zum Scheitern verurteilt ist.«

»Wenden wir uns Möglichkeit B zu«, sagte der Alpha. »Nehmen wir an, Sigma 187 meint es noch immer ehrlich mit uns. Dann wäre die einzig logische Schlussfolgerung, dass dieser Stützpunkt existiert, auch wenn er nicht zu unserer Organisation gehört.«

»Richtig, Sir. Aber wie kommt der FBI darauf, eine Verbindung zur Domäne herzustellen?«

»Vielleicht ist es ein Irrtum«, mutmaßte der Alpha. »Schließlich vermuten wir seit dem Zwischenfall mit Jerry Cotton, dass es eine weitere Organisation gibt. Eine Organisation, die ähnlich arbeitet wie unsere und die ebenfalls versucht, sich eine Machtbasis zu schaffen. Es ist ihr gelungen, den großen Jerry Cotton durch eine gezielte Intrige aus dem Amt zu heben, wir sollten sie also nicht unterschätzen.«

»Das sehe ich auch so, Sir. Wie also sollen wir handeln? Was sollen wir tun?«

Der Alpha antwortete nicht sofort, sondern dachte nach. Seine haarlose, fliehende Stirn legte sich in Falten, während sein messerscharfer Verstand arbeitete.

»Ich denke, ich habe eine Lösung des Problems gefunden«, verkündete er schließlich.

»Ja, Sir?«

»Wir werden Sigma 187 nicht über seinen Irrtum aufklären. Wir werden ihn und den FBI weiter in dem Glauben belassen, dass es sich bei jener Station in Alaska um einen unserer Stützpunkte handelt.«

»Verstanden, Sir. Nur sehe ich nicht, was wir damit gewinnen.«

»Wir werden abwarten«, verriet der Alpha mit selbstgefälligem Lächeln. »Diese Schwachköpfe sollen uns ruhig zu diesem Stützpunkt führen. Wir werden unsere Kontaktgruppe in Anchorage informieren. Sollte der FBI tatsächlich eine Aktion gegen diesen Stützpunkt durchführen, werden wir einen Killertrupp hinterherschicken, der im entscheidenden Augenblick zuschlagen wird. Im besten Fall werden alle unsere Feinde auf einen Schlag beseitigt – sowohl die Feds als auch unseren neuen, anonymen Gegner. Wir schlagen damit zwei Fliegen mit einer Klappe – und jeder wird annehmen, dass es die Gegenseite gewesen ist.«

»Brillant, Sir. Wirklich brillant«, lobte Delta 4. »Und was soll mit Sigma 187 geschehen?«

Der Alpha überlegte einen Moment, ehe er erneut lächelte.

»Ich bin kein Unmensch«, erklärte er. »Niemand soll behaupten, er bekäme keine faire Chance. Wir werden Sigma 187 über unseren Plan nicht informieren. Dann werden wir sehen, für welche Seite er sich entscheidet ...«

*

Am nächsten Morgen um Punkt fünf Uhr morgens startete die Maschine nach Anchorage.

Der Helikopter der FBI-Flugbereitschaft hatte Phil Decker und Sidney Lomax zum Luftwaffenstützpunkt nach Jersey gebracht, von wo die Maschine – ein schwerer Transporter vom Typ C-17A – startete.

Der Flug verlief ruhig, und die beiden G-men nutzten die Zeit, um sich weiter in die Akten einzuarbeiten, die der NIA ihnen hatte zukommen lassen, und um sich noch ein paar Mützen voll Schlaf zu gönnen. Denn in den Tagen, die vor ihnen lagen, würde Schlaf Mangelware sein.

Gegen zehn Uhr Ortszeit setzte die Maschine am Militärflugplatz von Anchorage auf.

Phil und Sid wurden von einem Mitarbeiter des örtlichen FBI Field Office in Empfang genommen, der sie kurz über den neuesten Stand der Ermittlungen in Kenntnis setzte.

Demnach war die Dechiffrierung des Signals, an der Spezialisten von NIA und FBI fieberhaft arbeiteten, noch immer nicht gelungen. Die einzige Möglichkeit schien tatsächlich ein Vorstoß zur Station zu sein.

Ein Vorstoß ins Ungewisse …

Mit Unbehagen nahm Phil die eisige Brise entgegen, die ihnen auf der Startbahn des Flugplatzes entgegenwehte. Ein Hubschrauber stand bereit, um die beiden G-men an Bord zu nehmen. Er trug die Abzeichen des Mountain Ranger Corps – einer Eliteeinheit der U.S. Army, deren Mitglieder vor allem für den Kampf im Gebirge und unter widrigen Wetterbedingungen trainiert wurden.

Mit einem wehmütigen Blick verabschiedete sich Phil vom letzten Flecken gelben Grases, den er in der Ferne sah. Schnee und Eis würden in den nächsten Tagen ihre ständigen Begleiter sein …

»Hallo, Jungs«, grüßte Phil die beiden Piloten des Hubschraubers, während er seine beiden Taschen in den Gepäcknetzen verstaute. »Hübsch habt ihr's hier oben. 'ne wirklich steife Brise.«

»Bei allem Respekt, Sir«, erwiderte einer der jungen Lieutenants, »aber das ist noch gar nichts. Wenn Sie das schon kalt finden, werden Sie im Fort Kioma keine große Freude haben.«

»Verdammt.« Phil schnitt eine Grimasse. »Ich schwör's dir, Sid – den nächsten Einsatz absolvieren wir in Florida …«

Knatternd liefern die Rotorblätter der Maschine an, und während sich seine Nase sanft nach vorn neigte, stieg der Hubschrauber in die Höhe.

Phil und Sid, die auf beiden Seiten des Fonds an den Fenstern saßen, konnten sehen, wie der Flugplatz und die fernen Gebäude von Anchorage unter ihnen zurückfielen. Der Pilot beschrieb eine weite Kurve nach Norden, ehe er auf nordwestlichen Kurs ging und den fernen Militärstützpunkt ansteuerte.

Die Anzeichen von Zivilisation, die zunächst noch überall zu sehen gewesen waren, wichen schon bald zurück, machten der Natur

Platz, die hier oben beherrschender und urtümlicher war als an jedem anderen Ort der USA.

Ausgedehnte Nadelwälder, eisblaue Seen und reißende Flüsse, die sich in dramatischen Katarakten über schroffe Felsen ergossen, prägten das Erscheinungsbild dieses Bundesstaates, der im Norden an das ewige Eis der Arktischen See grenzte.

Fort Kioma war eine der am weitesten nördlich gelegenen Garnisonen der U.S. Army – ein Stützpunkt, der vor allem zu Ausbildungszwecken genutzt wurde. Angehörige der U.S. Rangers und anderer Eliteeinheiten absolvierten hier ein hartes Kampftraining in Schnee und Eis.

Doch die bevorstehende Mission war kein Training.

Es war blutiger Ernst ...

Der Flug mit dem Hubschrauber dauerte knapp zwei Stunden. Zwei Stunden, in denen Phil immer wieder aus dem Fenster blickte und sich klein und unbedeutend vorkam angesichts der Urgewalt, mit der sich die Natur hier im Norden präsentierte.

Und für einen Moment kamen ihm Zweifel.

Zweifel an dem, was er hier tat. Zweifel daran, ob der Kampf, den sie führten, überhaupt eine Aussicht auf Erfolg hatte.

Wenn die Domäne tatsächlich so weit ging, wenn sie *so etwas* bewerkstelligen konnte – hatte es dann überhaupt noch einen Zweck, sie zu bekämpfen?

Der G-man schüttelte den Kopf, musste dabei unwillkürlich an Jerry denken.

Was sein alter Partner jetzt wohl zu ihm gesagt hätte?

Vielleicht wären auch ihm Zweifel gekommen, aber er hätte ganz sicher nicht aufgegeben. Und auch Phil würde nicht aufgeben. Nicht jetzt, nachdem sie so weit gegangen waren ...

Er wandte sich Sid Lomax zu und schickte ihm ein breites Grinsen. Als er wieder aus dem Fenster blickte, sah er die Gebäude von Fort Kioma in der Ferne auftauchen.

Die Garnison glich den anderen Militärstützpunkten, die Phil im Laufe seiner Dienstzeit schon besucht hatte – schließlich kam es immer wieder vor, dass sich FBI, Geheimdienst und Militär an gemeinsamen Operationen beteiligten.

Ein mehrere Meter hoher Maschenzaun umgab das Gelände, auf

dem längliche Blockhausbaracken einen großen Exerzierplatz umstanden. Hallen mit Fahrzeugen und ein Hubschrauberlandeplatz gehörten ebenso zum Gelände wie ein Trainingsparcours für Soldaten – aus der Luft konnte Phil unzählige, in Wintertarnanzüge gekleidete Gestalten sehen, die von ihren Drill Instructors herumgehetzt wurden.

»Wie in der Werbung«, witzelte der G-man mit freudlosem Grinsen. »Geh zur Army, dann erlebst du was.«

Fast senkrecht sank der Hubschrauber zu Boden, setzte sanft auf dem Landeplatz auf. Die G-men packten ihre Sachen und stiegen aus.

Beim Öffnen der Schiebetür erwartete Phil eine böse Überraschung – der eisige Wind, der ihm entgegenblies, war tatsächlich noch um etliche Grade kälter als der in Anchorage. Flocken von Schnee wirbelten durch die Luft.

»Na«, erkundigte sich der junge Copilot der Maschine grinsend. »Zu viel versprochen, Sir?«

»Ich sage nur Florida«, knurrte Phil, schulterte seine Taschen und sprang aus der Maschine.

Wiederum wurden sie bereits erwartet – ein breitschultriger Mann mit kurz geschnittenem schwarzem Haar und unverkennbar indianischen Gesichtszügen stand am Rand des Landeplatzes. Er trug einen Overall in Wintertarnfarben und bekleidete den Rang eines Sergeants. Als er die G-men kommen sah, schnellte seine Hand zur Kopfbedeckung.

»Willkommen in Fort Kioma, meine Herren«, bellte er. »Mein Name ist Sergeant Hawks. Colonel Harrison hat mich angewiesen, Sie sofort nach Ihrer Ankunft zu ihm zu bringen.«

»Nur zu«, sagte Phil. »Und versuchen Sie's ein bisschen weniger zackig, okay?«

»Äh ... okay, Sir«, erwiderte der Feldwebel ein wenig verunsichert. Dann bedeutete er den G-men, ihm zum Jeep zu folgen, der am Rand des Rollfelds parkte.

Phil und Sid warfen ihre Taschen auf die kurze Ladefläche und sprangen auf. Vorbei am Trainingsgelände ging es zum Stabsgebäude des Forts, dem einzigen Bau des Areals, das aus massivem Stein errichtet war. Auf dem Dach wehten die Flagge der Vereinigten Staaten sowie das Banner der Mountain Ranger Division.

Hawks, der den Eindruck eines mutigen, zum Äußersten entschlossenen Kämpfers machte, führte Phil und Sid ins Gebäude. Die Uniformierten, die in den Geschäftszimmern ihren Dienst versahen, staunten nicht schlecht – offenbar kam es nicht sehr oft vor, dass Zivilisten dem Fort einen Besuch abstatteten. Noch dazu G-men des FBI ...

Colonel Harrison, ein hochgewachsener, schlanker Mann mit ergrautem Haar und autoritären Zügen, erwartete die FBI-Agenten in seinem Büro. Wie Hawks trug auch er einen wattierten Kampfanzug – Dienstanzüge schienen in diesem rauen Teil des Landes dazu verurteilt zu sein, in den Spinden zu verrotten.

»Ah, da sind Sie ja!« Die Züge des Colonels hellten sich ein wenig auf, als er Phil und Sid erblickte. »Agent Decker und Agent Lomax, richtig?«

»Richtig, Sir«, bestätigte Phil.

»Bitte verzeihen Sie den etwas frostigen Empfang, meine Herren«, sagte Harrison grinsend, »aber das hat dieser raue Landstrich so an sich.«

»Schon gut.« Phil winkte ab. »Wir sind nicht gerade zart besaitet. Aber den nächsten Fall werde ich in Florida bearbeiten, das habe ich gerade schon meinem Partner versprochen.«

Harrison lachte jovial und wandte sich dem anderen Mann zu, der im hinteren Teil des spartanisch eingerichteten Büros gewartet hatte.

»Darf ich vorstellen, meine Herren? Das ist Captain Breaker. Er ist einer meiner erfahrensten Männer und wird das Kommando anführen, dem Sie sich anschließen werden.«

»Hallo, Captain.« Phil nickte dem Mann mit den scharf geschnittenen Zügen und dem eisigen Blick zu, der ebenfalls seine Kampfmontur trug.

»Captain Breaker ist der Zugführer des ›Stoßtrupps Eis‹, dem nur meine besten und härtesten Männer zugeteilt werden. Sie alle haben ein Überlebenstraining im ewigen Eis absolviert, sind für Winterkampf ausgebildet und verfügen ausnahmslos über Kampferfahrung.«

»Umso besser«, stimmte Phil zu. »Wenn es sich bei dem Wetterposten tatsächlich um einen Stützpunkt der Domäne handeln sollte – und davon ist zum gegenwärtigen Zeitpunkt auszugehen –, könnte es ziemlich hart werden.«

»Keine Sorge, Agent Decker«, versicherte Breaker und trat vor. »Meine Leute sind der Situation in jedem Fall gewachsen. Wenn in dieser Wetterstation tatsächlich Geiseln festgehalten werden, werden wir sie befreien. Der Geheimdienst hat uns Bilder eines Spionagesatelliten übermittelt, die es mir ermöglicht haben, einen exakten Missionsplan auszuarbeiten.«

»Sehr gut.« Phil nickte. »Aber ich sollte Sie darauf hinweisen, dass wir es hier nicht mit einem militärischen Gegner zu tun haben. Die Domäne arbeitet mit äußerst unkonventionellen Methoden und ist bisweilen unberechenbar. Verluste von Menschenleben bedeuten ihr nichts, für sie steht nur der eigene Nutzen im Vordergrund. Das sollten Sie bei allen Ihren Überlegungen stets berücksichtigen, Captain.«

»Ich sehe schon, Breaker – man hat uns nicht zu viel versprochen«, sagte Colonel Harrison. »Die Gentlemen vom FBI scheinen tatsächlich über einschlägige Erfahrungen zu verfügen, was unseren Gegner betrifft.«

»Leider, Sir«, bestätigte Phil. »Ich kann nicht sagen, dass ich besonders erfreut darüber bin. Die Domäne hat diesem Staat, hat Recht und Ordnung in diesem Land den Kampf angesagt, und sie ist ein äußerst heimtückischer und gefährlicher Gegner.«

»Dann sollten wir gut zusammenarbeiten«, meinte Captain Breaker, und zum ersten Mal zeigte sich etwas wie ein Lächeln auf den hartgesottenen Zügen des Offiziers.

»Das sollten wir«, stimmte Phil zu.

»Dann schlage ich vor, Gentlemen, Sie verlieren keine Zeit«, sagte Colonel Harrison. »Captain – Sie werden Agent Decker und Agent Lomax genau über den ausgearbeiteten Missionsplan in Kenntnis setzen. Möglicherweise gibt es noch Dinge zu berücksichtigen, die bislang übersehen wurden.«

»Verstanden, Sir.«

»Und was Sie betrifft, meine Herren« – der Colonel wandte sich an Phil und Sid – »ich wünsche Ihnen viel Glück bei der bevorstehenden Mission. Es kommt nicht oft vor, dass meine Leute Unterstützung vom FBI bekommen, ehrlich gesagt ist dies das erste Mal.

Aber ich bin mir sicher, dass Sie für meine Jungs eine wertvolle Unterstützung sein werden.«

»Danke, Sir«, erwiderte Phil. »Wir versprechen, unser Bestes zu geben.«

»Dann an die Arbeit, meine Herren. Ihr Transport startet im Morgengrauen. Operation ›Kaltes Herz‹ beginnt ...«

*

Der Mann trug einen dunklen Tarnanzug. Seine Züge waren unter einer Gesichtsmaske verborgen, die nur schmale Sehschlitze frei ließ. Er stand auf einer der Klippen, die das breite Bett des Sustina River säumten.

Er hatte ein Nachtsichtgerät in der Hand, mit dem er die im Mondlicht glitzernde Fläche des Flusses absuchte, immer und immer wieder.

Die Bucht lag knapp hundert Meilen nordwestlich von Anchorage, und nicht zufällig war sie als Treffpunkt ausgewählt worden. Sie war entlegen genug, um nicht die Blicke unerwünschter Beobachter auf sich zu ziehen, und von der Stadt aus gut zu erreichen.

Vor vierundzwanzig Stunden war die Kontaktgruppe in Anchorage angewiesen worden, alle nötigen Maßnahmen einzuleiten. Der Mann, der auf dem Felsen stand und dessen Codierung Epsilon 265 lautete, hoffte nur, dass der Anführer der örtlichen Zelle seinen Job gut gemacht hatte.

Bei dieser Mission durften keine Fehler unterlaufen, dafür stand zu viel auf dem Spiel.

Ein kurzer, nervöser Blick auf die Leuchtziffern der Uhr. Noch zwei Minuten bis Mitternacht. Wenn die Leute aus Anchorage auf Zack waren ...

In diesem Moment vernahm Epsilon 265 in der Ferne ein Geräusch. Es war das leise, kaum vernehmbare Tuckern eines Schiffsmotors, das er hörte, noch bevor er auf dem glitzernden Lauf des Flusses etwas erkennen konnte.

Der Vermummte nahm eine Reihe von Justierungen an seinem Nachtsichtgerät vor, und endlich konnte er es sehen: das Boot, das im fahlen Mondlicht den Fluss heraufkam.

Es war flach gebaut und dunkel gestrichen, so dass es in der Dunkelheit kaum auszumachen war. Außerdem verfügte es über keinerlei Kennzeichnung.

Auf dem schmalen Deck des Schiffes konnte Epsilon 265 einzelne Gestalten gewahren – Männer, die ebenso wie er selbst Kampfanzüge trugen und deren Gesichtern unter dunklen Sturmhauben verborgen waren.

Zielstrebig kam das Boot den Fluss herauf und hielt auf die Bucht zu, die der Wasserlauf unterhalb des Felsens ausgewaschen hatte.

Epsilon 265 nahm die Signallampe zur Hand, die er bei sich trug, und betätigte den Schalter in der vereinbarten Reihenfolge.

Kurz hintereinander flackerten mehrere Lichtsignale auf, die vom Wasser aus gut zu sehen sein mussten.

Die Antwort ließ nicht lange auf sich warten.

Einer der Vermummten, der am Bug des Bootes stand, erwiderte das Signal in einer bestimmten Reihenfolge.

Danach waren die letzten Zweifel beseitigt.

Dies waren die Kämpfer der in Alaska stationierten Einheit. Dreißig Mann, die für den Kampf in dieser rauen, unwirtlichen Region des Landes ausgebildet worden waren, die jeden Befehl ohne Zögern befolgten und die töteten, ohne jemals Fragen zu stellen oder auch nur einen Hauch von Reue zu empfinden.

Das Boot änderte seinen Kurs und hielt aufs Ufer zu. Epsilon 265 stieg von dem Felsen und begab sich hinab zur Bucht, die von einem breiten Kragen aus Kies gesäumt wurde.

Dort wartete er, bis das Boot das Ufer erreichte.

Knirschend lief der Kiel des Einsatzbootes auf Grund, und dunkle Gestalten sprangen an Land.

Während einige von ihnen sofort in Stellung gingen, um das Gelände mit ihren Maschinenpistolen und Sturmgewehren zu sichern, lud der Rest der Besatzung das Gepäck ab, das die Kämpfer mit sich führten.

Der Vorgang dauerte kaum zwei Minuten.

Dann war die gesamte Einheit an Land versammelt. Epsilon 265, der sich im Schutz eines Felsen verborgen gehalten hatte, zählte vierundfünfzig Mann.

Rasch nahm man die Tornister mit dem Proviant, der Munition

und dem schweren Waffengerät auf und trug sie in den Schutz der Bucht, wo die Männer Stellung bezogen.

All das ging lautlos und mit der Präzision eines Uhrwerks vonstatten, was ein bewunderndes Lächeln auf Epsilon 265s vermummte Züge zauberte.

Endlich löste er sich aus seinem Versteck und trat auf die Gruppe zu.

»Halt, stehen bleiben!«, scholl es ihm feindselig entgegen. »Wie lautet die Losung?«

»Sieg der Domäne«, erwiderte Epsilon 265, und wie er im Display seines Nachtsichtgeräts sehen konnte, ließen die Vermummten, die auf ihn gezielt hatten, daraufhin ihre Waffen sinken.

Nun teilten sich ihre Reihen, und eine Gestalt trat hervor, die wie die anderen einen gefleckten Tarnanzug trug, der sie mit der Umgebung beinahe verschmelzen ließ. Etwas jedoch war anders. Dieser Kämpfer war schmäler gebaut als die übrigen, und unter seinem Overall zeichneten sich wohlgerundete Formen ab.

Eine Frau, erkannte Epsilon 265 überrascht. Im nächsten Moment stand die Kommandantin des Einsatztrupps auch schon vor ihm und vollführte den Domäne-Gruß.

»Sieg der Domäne«, zischte sie.

»Sieg der Domäne«, erwiderte Epsilon 265.

»Kampfeinheit Anchorage unter Führung von Tau 627 ist wie befohlen angetreten, Sir«, meldete die Offizierin mit schnarrender Stimme. »Wir fühlen uns geehrt, dass die Alphas uns auserhsehen haben, ihnen unter Einsatz unseres Lebens dienen zu dürfen. Wir erwarten unsere Befehle.«

»Verstanden, Commander.« Seine anfängliche Überraschung darüber, dass eine Frau der Alaska-Einheit vorstand, hatte Epsilon 265 rasch überwunden. Die Deltas und Gammas hatten sicher ihre Gründe dafür gehabt, sie mit der Leitung dieses Trupps zu betrauen. Wenn sie ihr trauen konnten, konnte er es auch.

»Sie wurden ausgewählt, eine besonders wichtige Operation im Namen der Domäne durchzuführen. Eine Operation, die einige von Ihnen das Leben kosten könnte.«

»Das kümmert uns nicht«, versicherte die Kommandantin. »Meine Leute und ich sind bereit, im Dienst der Domäne zu sterben.«

»Eine gute Einstellung, Tau 627«, versicherte Epsilon 265, und wieder lächelte das Gesicht unter der Maske. Er war immer wieder beeindruckt, wie es der Domäne gelang, ihre Anhänger zu bedingungsloser Opferbereitschaft und Treue zu erziehen. *Das* war wahre Macht … »Ich bin hier, um Sie in die bevorstehende Operation einzuweisen. Nicht weit von hier warten mehrere Transporthubschrauber, um Sie ins Zielgebiet zu fliegen. Der Feind ist bereits auf dem Weg dorthin.«

»Verstanden, Sir!« Die Kommandantin bedeutete ihren Leuten, das Gepäck wieder aufzunehmen. Bereitwillig folgten die vermummten Kämpfer dem Befehl, und Epsilon 265 war zuversichtlich, dass sie den Auftrag zur vollständigen Zufriedenheit der Alphas ausführen würden.

Es konnte dabei nichts schiefgehen.

Der Feind war der Überzeugung, gegen eine Basis der Domäne vorzugehen, die inmitten der eisigen Wildnis Alaskas lag – dass es in Wirklichkeit der Stützpunkt einer anderen Partei war, ahnten diese Idioten vom FBI nicht einmal. Sie würden also völlig unvorbereitet sein, wenn der Killertrupp der Domäne ihnen in sicherem Abstand folgte, um im richtigen Augenblick zur Stelle zu sein.

Sowohl die Feds als auch der neue, unbekannte Gegner, der sich angemaßt hatte, mit der Domäne konkurrieren zu wollen, würden eine vernichtende Niederlage erleiden – und der blendend weiße Schnee würde sich rot färben von Blut …

*

Phil Decker fluchte entsetzlich, als ihn der Weckruf aus dem Schlaf riss. Der G-man hatte das Gefühl, gerade erst die Augen geschlossen zu haben, als er bereits wieder geweckt wurde. Draußen auf dem Gang waren laute Rufe und das hektische Getrampel von Stiefeln zu hören.

»Mist, verdammter«, wetterte der G-man und schwang sich von der kargen Pritsche, die sein Nachtlager gewesen war. »Was 'n los?«

»Der Weckruf«, gab Sid Lomax bekannt, mit dem zusammen sich Phil die Offiziersunterkunft geteilt hatte. Der rothaarige G-man hatte bereits Licht gemacht und steckte in einem der tarnfarbenen Thermoanzüge, die sie vom Zeugmeister von Fort Kioma erhalten hatten.

»Der Weckruf?« Phil warf einen Blick auf seine Uhr. »Aber es ist erst drei Uhr! Hieß es nicht, wir wollten im Morgengrauen aufbrechen?«

»Das hier ist das Morgengrauen, Phil«, konterte Sid grinsend. »Im Norden sind die Tage länger, schon vergessen?«

»Shit«, stieß Phil hervor und ließ sich noch einmal auf die karge Matratze zurückfallen, als wolle er sich von ihr verabschieden. »Ich sage nur ein Wort ...«

»Lass mich raten«, feixte Sid. »Florida?«

»Genau«, bestätigte Phil – und damit schwang auch er sich aus den Federn.

Binnen zwanzig Minuten hatte er seine Morgentoilette hinter sich gebracht und sich ebenfalls in den Kampfanzug gezwängt, dessen Hightech-Fasern und Thermofütterung einen guten Schutz gegen die Kälte boten. Der Overall selbst war weiß, mit einzelnen braunen und grünen Flecken – Schneetarnmuster, das die Kämpfer mit der von Schnee überzogenen Landschaft verschmelzen ließ.

Zur Ausrüstung gehörten außerdem eine ebenfalls tarnfarbene Splitterschutzweste sowie ein Helm mit integrierter Schneeschutzbrille und Funkgerät. Ein Tornister enthielt ein Zelt, Notrationen, Verbandszeug und Ersatzmunition.

Die Soldaten der Mountain Ranger Division trugen als Standardbewaffnung Sturmgewehre vom Typ M16, die für sie in einer mobilen Version mit einklappbarer Schulterstütze gefertigt wurden. Phil und Sid hatten zugunsten ihrer Dienstwaffen vom Typ P226 darauf verzichtet, die sie in den Hüftholstern bei sich trugen.

So ausgestattet, gingen die G-men nach draußen auf den Exerzierplatz, wo Captain Breakers »Stoßtrupp Eis« bereits dabei war, sich zu formieren. Dem Trupp gehörte auch der breitschultrige Sergeant Hawks an, der sie tags zuvor vom Landeplatz abgeholt hatte.

Wie Phil und Sid inzwischen erfahren hatten, war Hawks ein Inuit, also ein Abkömmling der Ureinwohner, die diesen kargen Landstrich seit Jahrtausenden bevölkerten. Wahrscheinlich kannte er dieses Land und seine Tücken und Gefahren besser als irgendjemand sonst im Zug.

Der Stoßtrupp selbst bestand aus einundzwanzig Mann – allesamt eisenharte, durchtrainierte Kämpfer, die zum Äußersten entschlossen wirkten.

Breakers Stellvertreter war Josh Fraser, ein junger Mann mit Bürstenschnitt, der den Rang eines Lieutenants bekleidete und seinem Captain treu ergeben schien. Sergeant Hawks schien das Herz der Truppe zu sein, die Schaltstelle zwischen den Offizieren und den einfachen Soldaten. Drei Corporals standen den Untergruppen des Stoßtrupps vor, denen je fünf Mann angehörten.

Ein kleiner, aber schlagkräftiger, gut organisierter Trupp, der für die Aufgabe, die vor ihm lag, geradezu ideal geeignet war, daran hegte Phil keinen Zweifel.

Captain Breaker registrierte die Ankunft der beiden G-men mit zufriedenem Nicken.

»Alle Achtung, Gentlemen«, anerkannte er. »In diesem Aufzug sehen Sie fast wie richtige Soldaten aus.«

»Danke sehr«, entgegnete Phil säuerlich, der nicht wusste, ob er sich über dieses Kompliment freuen sollte oder nicht. Wenn ein G-man gezwungen wurde, sich in einen Tarnanzug zu zwängen und Krieg zu spielen, bedeutete das immerhin, dass alle anderen Mittel, einem Verbrecher beizukommen, kläglich versagt hatten …

Der Stoßtrupp wurde in Marsch gesetzt.

Im Laufschritt ging es vom Exerzierplatz hinüber zum Hubschraubergelände, über dem tatsächlich bereits der Morgen heraufdämmerte.

Ein schwerer, zweirotoriger Transporthubschrauber vom Typ Chinook, der in der Nacht eingetroffen sein musste, stand auf dem Startfeld bereit, um die Soldaten und ihre Ausrüstung aufzunehmen.

Über die breite Laderampe bestiegen auch Phil und Sid die Maschine. Das Erste, was sie registrierten, als sie den bauchigen Laderaum betraten, war beißender Geruch – und das laute Gebell von Hunden.

»Was in aller Welt …?«, wollte Phil fragen.

»Schlittenhunde, Sir«, verriet Sergeant Hawks. »Da draußen in der Wildnis gibt es nichts Besseres.«

»Schlittenhunde?« Sid Lomax machte große Augen. »Aber ich dachte, Sie hätten Hightech dabei! Schneemobile oder ein Kettenfahrzeug oder …«

»Sie waren noch nie in Alaska, richtig?«, vermutete der Inuit.

»Nun – richtig …«

»Schneemobile und Raupenfahrzeuge sind gut. Aber was, wenn die Kälte den Motoren zu sehr zusetzt? Oder wenn Ihnen da draußen in der Wildnis der Sprit ausgeht? Dort gibt es keine Tankstelle, Sir – aber diese Hunde finden überall was zu fressen. Und sie kennen dieses Land besser als Sie oder ich oder irgendjemand sonst.«

»Verstehe«, sagte Sidney Lomax – und ahnte, dass dies nicht die einzige Überraschung bleiben würde, die er auf dieser Reise ins Ungewisse erlebte.

Immer mehr Männer drängten in das von Rotlicht erhellte Innere des Hubschraubers. Während die Schlitten, die Hundekäfige und das Gepäck im Zentrum des geräumigen Transportraums untergebracht waren, nahmen die Männer die Sitzplätze ein, die die gewölbten Innenwände säumten, und schnallten sich an.

Phil konnte nicht behaupten, dass ihm besonders wohl war in seiner Haut. Was vor ihnen lag, machte ihm Sorgen – schließlich beruhte alles, was sie taten, nur auf Mutmaßungen, und keiner wusste, was tatsächlich da draußen auf sie wartete.

Es war ein Spiel mit dem Feuer, bei dem keiner wusste, wie es ausgehen würde.

Aber der G-man wusste auch, dass sie keine andere Wahl hatten – und zum ersten Mal in seinem Leben hoffte er, dass sie sich irrten …

Lieutenant Fraser war der Letzte, der an Bord kam. Er schloss die Ladeluke und verriegelte sie, gab seinem Captain das Zeichen, dass alles bereit war.

»Start!«, diktierte Breaker in das Mikrofon seines Helmfunkgeräts – und im nächsten Moment hob der Chinook vom Boden ab und stieg steil in den fahlen, dämmernden Himmel.

Der Himmel im Norden wurde von Schneewolken verfinstert.

*

Der Flug dauerte etwas über drei Stunden – eine endlos scheinende Reise durch ein Land, das desto karger und unwirtlicher wurde, je weiter man nach Norden kam.

Die braunen und grünen Flecken von Gras, die in der Gegend

um das Fort noch vereinzelt zu sehen gewesen waren, waren längst unter einer geschlossenen weißen Schneedecke verschwunden, die – daran hegte Phil keinen Zweifel – mehrere Meter dick war.

Über das Eis der Gletscher bis hinauf zu den weißen Massen der Arktis legte der Winter hier oben keine Pause mehr ein, doch der G-man fragte sich, ob die Kälte, die er tief in seinem Inneren fühlte, tatsächlich nur ein Abbild des ewigen Eises war, das draußen herrschte.

Widerwillig gestand er sich ein, dass er Angst hatte.

Eine dunkle, unbestimmte Furcht – und eine Ahnung, dass die bevorstehende Mission nicht so einfach verlaufen würden, wie sie es sich erhofft hatten.

Immerhin – ihr Gegner war die Domäne. Und die Domäne hatte schon unzählige Male bewiesen, dass sie ein schrecklicher und skrupelloser Gegner sein konnte.

Als der Transporthubschrauber mit sanftem Ruck auf dem Boden aufsetzte, wurde der G-man jäh aus seinen Überlegungen gerissen.

Operation »Kaltes Herz« hatte begonnen. Alles, was er noch tun konnte, war, mit dem Strom zu schwimmen.

Die Rangers bewiesen ihre Klasse.

Innerhalb weniger Minuten waren die Männer aus dem Hubschrauber gestiegen, hatten den Landeplatz gesichert und die Schlitten und Käfige ausgeladen. Das Anschirren der Hunde nahm ein wenig mehr Zeit in Anspruch, die Phil, Sid, Captain Breaker und Lieutenant Fraser nutzten, um sich ein Bild von der Lage zu machen.

Da der verschneite Untergrund tückische Gefahren bergen konnte, hatte der Pilot des Hubschraubers die Maschine auf einem Felsplateau zur Landung gebracht, das der eisige Wind vom Schnee befreit hatte. Pfeifend strich die kalte Brise über das Plateau hinweg und gab den Männern einen Eindruck davon, was sie noch weiter nördlich erwarten mochte.

»Wir befinden uns jetzt hier«, erläuterte Captain Breaker und deutete auf eine in Plastik geschweißte Detailkarte, die er in seiner behandschuhten Linken hielt. Zu identifizieren waren die Teilnehmer des Stoßtrupps nur noch anhand ihrer Rangabzeichen und Namensschilder – die Gesichter waren unter Thermokapuze, Schal,

Schutzhelm und Schneebrille praktisch nicht mehr zu sehen. »Das Einsatzgebiet befindet sich fünfzig Meilen weiter nördlich.«

»Fünfzig Meilen?« Sid Lomax machte große Augen. »Mit den Schlitten werden wir für eine solche Distanz Tage brauchen.«

»Zwei, um genau zu sein«, gab Breaker zurück. »Wegen der Kälte ist der Aktionsradius der Hunde eingeschränkt.«

»Okay«, sagte Sid, »weshalb fliegen wir dann nicht noch ein Stück näher heran?«

»Haben Sie Ihr eigenes Briefing nicht gelesen?«, fragte Breaker. »Die Wetterstation verfügt über ein eigenes Radarsystem, das eine Reichweite von vierzig Meilen besitzt, bei günstigen Verhältnissen auch etwas mehr. Wir können es also nicht riskieren, uns dem Zielort weiter aus der Luft anzunähern.«

»Das ist richtig«, stimmte Phil zu. »Wenn es der Domäne gelungen ist, sich des Wettersatelliten und der Kommunikationsverbindungen zu bedienen, ist es anzunehmen, dass sie sich auch des Radars bemächtigt haben.«

»Also bleibt uns nur der Weg über Land«, schloss Captain Breaker. »Eine andere Option haben wir nicht.«

»Verstanden«, bestätigte Phil. »Dann lassen Sie uns keine Zeit verlieren …«

Die Rangers verloren keine Zeit.

Während eine Gruppe das Plateau nach allen Seiten sicherte, war die andere damit beschäftigt, die Schlittengespanne einsatzbereit zu machen. Der Trupp führte sieben Gespanne mit sich, die von je drei Kämpfern bemannt und von acht Hunden gezogen wurden. Der Schlitten, dem Phil und Sid zugeteilt worden waren, wurde von Sergeant Hawks gelenkt.

Nachdem das Gepäck auf den Schlitten verstaut und alles Gerät aus dem Hubschrauber entladen worden war, gab Captain Breaker das Zeichen zum Abflug. Unter infernalischem Getöse verschwand der Chinook im grauen Himmel, und die Rangers waren auf sich allein gestellt.

Captain Breaker gab den Befehl zum Abmarsch – und der Zug der Hundeschlitten setzte sich in Bewegung …

*

»Hier sind sie gewesen.«

Epsilon 265 klappte seine Schneebrille hoch und stieg von seinem tarnfarbenen Schneemobil. Es hatte ihn mit atemberaubender Geschwindigkeit über die eisige Wüste getragen. Tau 627 und zwei ihrer Späher, die ihn begleiteten, hielten ihre Schlitten ebenfalls an. Während die Späher sicherten, gesellte sich die Kommandantin des Stoßtrupps zu ihrem Vorgesetzten.

Noch in der Nacht waren sie mit Hubschraubern aufgebrochen, die sie nach Norden gebracht hatten. Sie hatten nicht genau gewusst, von wo aus die Rangers ihre Operation starten würden. Also war ihnen nichts anderes geblieben, als das in Frage kommende Gebiet in einem Gürtel von zehn Meilen Breite abzusuchen. Denn dass sich die Rangers näher als vierzig Meilen an den Stützpunkt heranwagen würde, bezweifelte Epsilon 265.

So weit nämlich reichte das Radar der Wetterstation, und die Militärs würden sicher kein unnötiges Risiko eingehen wollen. Dies umso mehr, da sie Geiseln in der Station vermuteten …

Der Domäne-Agent konnte nur lachen über so viel Dummheit und Naivität.

Er beugte sich hinab und nahm den Boden in Augenschein. Auch wenn der Wind die Spuren bereits verwischt hatte, sprach vieles dafür, dass die Rangers hier gewesen waren.

Einzelne Abdrücke hier und dort, dazu Haufen von Hundekot …

»Kein Zweifel«, stellte Epsilon 265 fest. »Das sind sie gewesen. Wir sind ihnen auf der Spur.«

»Sind Sie sicher, Sir?«, drang die besorgte Stimme von Tau 627 unter ihrer Maske hervor. Die Schneebrille, die sie trug, verbarg ihre Augen. »Möglicherweise waren das auch nur ein paar Inuit, die auf der Jagd sind oder …«

Der Domäne-Agent konterte: »Auf der anderen Seite des Plateaus finden sich keine Spuren, was darauf schließen lässt, dass der Zug hier begonnen hat. Man hat sie hier abgesetzt, weil das Plateau weit und breit der einzige Ort ist, auf dem ein Hubschrauber sicher landen kann.«

»Aber … mit Hundeschlitten?«

»So sind diese Idioten, Tau 627«, spottete Epsilon 265. »Sie verzichten auf die Errungenschaften der Technik und liefern sich den

Unwägbarkeiten der Natur aus. Das ist der Grund, weshalb sie am Ende verlieren werden – sie haben der Domäne nichts entgegenzusetzen. Wir werden sie einholen und sie in einem schnellen Schlag zermalmen.«

»Jawohl, Sir«, sagte Tau 627, und mit Genugtuung nahm der Domäne-Agent zur Kenntnis, dass ihre Stimme in Erwartung des bevorstehenden Kampfes bebte. »Allerdings dürfte es schwierig werden, ihrer Spur zu folgen. Den Wolken nach zu urteilen wird es bald Schnee geben, und dann ...«

»Keine Sorge. Ihre Spur wird für uns leicht zu lesen sein. So leicht wie die Buchstaben eines Buches.«

»Mit Verlaub – was macht Sie so sicher, Sir?«

»Die Tatsache, dass sich ein Agent aus unseren Reihen unter den Feinden befindet. Ein Agent, der uns über den jeweiligen Standort unseres Gegners informieren wird.«

»Ein ... ein Informant, Sir?«, fragte die Kommandantin ungläubig. »Ein Verräter in den Reihen der U.S. Rangers?«

»Noch besser, Tau 627. Unser Informant befindet sich in den Reihen des angeblich so mächtigen FBI. Er trägt den Codenamen Sigma 187, und er wird dafür sorgen, dass wir unserem Gegner stets auf den Fersen bleiben – bis zu dem Zeitpunkt, da wir uns entschließen, aus dem Verborgenen zu treten und zuzuschlagen.«

»Ich verstehe, Sir.« Tau 627 nickte, und wieder hatte Epsilon 265 das Gefühl, dass das Gesicht unter der Sturmmaske lächelte.

Die Feds und die Rangers hatten keine Chance ...

*

Den ganzen Tag über war der Schlittenzug der Rangers in nordwestliche Richtung marschiert und hatte ein gutes Stück Weg zurückgelegt. Mehrmals hatten die Männer den Zugtieren dabei kurze Pausen zugestehen müssen, da die Kälte und der beißende Wind bei ihnen Wirkung zeigten.

Zu Zwischenfällen war es nicht gekommen.

Ein Trupp von drei Spähern, die Skier benutzten, war dem Zug stets vorausgeeilt, um das Terrain zu erkunden. Zudem waren Wachen dazu eingeteilt, den drohend grauen Himmel zu beobachten – für den Fall, dass sich ihnen ein Helikopter oder ein Flugzeug näherte.

Gegen Nachmittag hatte Schneefall eingesetzt, der die Spuren, die die Schlitten im Schnee hinterließen, sofort wieder überdeckte.

In einem schmalen Tal machten die Männer schließlich Halt. Es wurde zu drei Seiten von steilen Felsen und verschneiten Bäumen begrenzt, die den eisigen Wind fernhielten. Wachen wurden aufgestellt, und die übrigen Angehörigen des Zuges machten sich daran, alle Vorbereitungen für das Nachtlager zu treffen.

Die kleinen, mit Thermofolie beschichteten Zelte, die die Rangers mit sich führten, verfügten über Heizungen, die die schlimmste Kälte vertrieben.

In einer Grube, so dass der Widerschein des Feuers nicht gesehen werden konnte, entfachten Breakers Männer ein Lagerfeuer, an dem sie sich wärmten. Auch Phil und Sid saßen dabei und erholten sich von den Strapazen des Tages, gönnten sich ein paar Schlucke von dem Kaffee, den einer der Männer gebrüht hatte.

»Wir haben bereits ein gutes Stück Weg hinter uns gelassen«, meinte Sergeant Hawks, der auf seinem Rundgang am Lagerfeuer vorbeikam. »Wenn wir weiter so viel Tempo machen, werden wir den Stützpunkt morgen bei Sonnenuntergang erreichen.«

»Sehr gut«, sagte Phil. »Ich muss sagen, Sergeant, Sie und Ihre Leute verstehen Ihr Handwerk.«

»Das ist unser Job, Sir.« Der Sergeant grinste breit. »Warten Sie erst mal ab, bis Sie uns kämpfen sehen.«

»Ich kann's kaum erwarten«, versicherte Phil mit einem Gesicht, das seine Worte Lügen strafte – tatsächlich war er nicht erpicht darauf, es bei diesem Einsatz auf eine bewaffnete Auseinandersetzung ankommen zu lassen.

Auch Sid schien davon nichts zu halten.

Mit sauertöpfischer Miene saß der rothaarige G-man am Lagerfeuer und blickte in die Flammen, die auf seine hageren, blassen Züge wilde Schatten warfen.

»Alles in Ordnung, Partner?«, erkundigte sich Phil.

»Natürlich. Alles läuft bestens, oder nicht?«

»So sieht es zumindest aus.«

»Hm«, machte der G-man aus Atlanta und nickte. Sein Gesicht

machte allerdings ganz und gar nicht den Eindruck, als ob alles in Ordnung wäre.

»Hey«, fragte Phil, »ist wirklich alles okay?«

»Klar, was soll schon sein?« Sids Stimme hatte einen gereizten Tonfall angenommen. »Ich habe nur einfach kein gutes Gefühl bei dieser Sache.«

»Kein gutes Gefühl? Was meinst du?«

»Ich möchte nicht darüber reden, Phil. Jetzt nicht, okay?«

»Okay …«

Irgendetwas, das konnte Phil deutlich spüren, setzte seinem Partner zu, und es schien nicht nur die Kälte und die Einsamkeit dieses öden Landstrichs zu sein.

Schweigen trat zwischen ihnen ein, in dem sie Captain Breakers gedämpfte Stimme hörten. Der Offizier setzte einen der Kontrollfunksprüche an die Basis in Fort Kioma ab, die sie zweimal am Tag kontaktierten.

»Ich glaube, ich weiß, was Sie meinen, Sir«, sagte schließlich einer der Soldaten, die mit den G-men am Feuer saßen. »Sie sind nicht der Einzige, der hier kein gutes Gefühl hat. Diese Mission steht unter keinem besonders guten Stern.«

»Wie kommen Sie darauf, Private?«, wollte Phil wissen.

»Ich weiß nicht, Sir. Ist nur so ein Gefühl. Und trotzdem … dieser Auftrag ist eine Reise ins Nirgendwo. Und wer geht schon gerne dorthin?«

Sid Lomax und Phil wechselten einen Blick.

Dann starrten sie wieder in die Flammen, die vor ihnen knackten und züngelten.

Es war die Ungewissheit, die an ihren Nerven nagte, nicht mehr und nicht weniger. Alles, was ihnen blieb, war, den Anbruch des neuen Tages anzuwarten. Er würde nicht lange auf sich warten lassen.

Der neue Tag würde die Wahrheit ans Licht bringen …

Nur einer der Männer, die am Lagerfeuer saßen, ahnte, dass sie dabei beobachtet wurden.

Niemand bemerkte den Schatten, der unweit vom Lager in der Felswand kauerte und auf die Männer herabblickte …

*

Als der Morgen dämmerte, hatte der Schlittenzug seinen beschwerlichen Zug bereits wieder aufgenommen.

Die Hunde waren frisch und ausgeruht und zogen die Schlitten mit neuer Kraft, und auch die Männer hatten sich wieder regeneriert.

Von den düsteren Befürchtungen, die in der Nacht am Feuer geäußert worden waren, schien jetzt keiner mehr etwas wissen zu wollen. Zweckoptimismus hatte sich unter den Männern breitgemacht, nur Sid Lomax schien ihn nicht zu teilen.

Phils neuer Partner wirkte unkonzentriert und war schlechter Laune. Wortlos kauerte er auf dem Schlitten und brütete vor sich hin, während die Kolonne weiter nach Norden zog, dem Einsatzort entgegen.

In der Nacht hatte es weiter geschneit, so dass die flachen Hügel, aus denen sich hier und dort schroffe Felswände erhoben, mit einer blendend weißen Schicht überzogen waren. Gegen Morgen hatte der Schneefall wieder ausgesetzt, was das Vorankommen der Schlitten erleichterte.

Wiederum schickte Captain Breaker jeweils einen der drei Corporals mit zwei Begleitern auf Spähtrupp, jedoch ohne dass sie etwas Verdächtiges bemerkten. Der öde, schneebedeckte Landstrich war so leer wie der Central Park am frühen Sonntagmorgen. Nicht einmal Tiere waren zu sehen.

Immer weiter ging die Fahrt durch Schnee und Eis – erst nach Mittag stießen die Rangers und die beiden G-men auf etwas, das ihre Aufmerksamkeit auf sich lenkte.

Es war eine Ruine.

Die Überreste von etwas, das einst eine Lodge gewesen sein mochte, ein Blockhaus, das Wanderern und Touristen als Unterkunft gedient hatte. Jetzt waren nur noch Überreste davon übrig, in deren Mitte sich ein aus Natursteinen gemauerter Kamin wie ein stummes Mahnmal erhob.

Das Beunruhigendste aber war, dass der Brand noch nicht lange zurückliegen konnte ...

Captain Breaker ließ den Zug Halt machen. Sofort schwärmten die Rangers aus und warfen sich bäuchlings in den Schnee, sicherten nach allen Seiten. Phil und Sid gesellten sich zu Lieutenant Fraser, der mit einem Stoßtrupp vorausging, um die Ruine in Augenschein zu nehmen.

Wie sie feststellten, hatte ihr erster Eindruck nicht getrogen.

Der Brand, dem das geräumige Blockhaus zum Opfer gefallen war, schien tatsächlich noch nicht lange zurückzuliegen – nach Sid Lomax' Schätzung nur einen oder zwei Tage. Die Soldaten durchsuchten die verkohlten Überreste nach Hinweisen auf Überlebende und nach Leichen, doch weder im einen noch im anderen Fall wurden sie fündig.

Dafür machte einer der Rangers eine andere Entdeckung.

»Lieutenant!«, rief er aufgeregt. »Sehen Sie sich das an!«

Fraser wies seine übrigen Leute an, auf ihren Posten zu bleiben und die Augen offen zu halten, während er sich mit Phil und Sid zu dem Soldaten gesellte, der die Entdeckung gemeldet hatte.

Der Mann kauerte auf dem Boden. Da er seinen Schal offen trug und die Schneebrille hochgezogen hatte, konnte man sehen, dass er ziemlich aufgeregt war.

»Was gibt es?«, wollte Fraser wissen.

Der Soldat deutete auf die Balken, die vor ihm auf dem Boden lagen und die einst zur Front des Hauses gehört haben mochten.

Die Flammen hatten ihnen zugesetzt und sie einstürzen lassen, doch die zahlreichen Einkerbungen darin waren noch immer deutlich zu erkennen. Und sie rührten eindeutig nicht vom Feuer her ...

»Einschusslöcher?«, fragte Fraser verblüfft.

Phil und Sid Lomax tauschten einen Blick.

»Sieht ganz so aus, Sir.« Der Ranger griff an seinen Gürtel und zückte sein Kampfmesser, bohrte damit in einer der Vertiefungen herum. Er beförderte ein deformiertes Geschoss zutage, das er an Fraser und die G-men weiterreichte.

»Neun Millimeter«, stellte Fraser fest.

»Standardmunition für Maschinenpistolen«, fügte Sid hinzu. »Offenbar wurden mehrere Garben abgegeben.«

»Offenbar.« Phil nickte. »Die Kämpfer der Domäne benutzen unter anderem Maschinenpistolen vom Typ Uzi, die dieses Kaliber haben.«

»Verstehe.« Fraser hielt argwöhnisch Umschau. »Also sollten wir sehr, sehr vorsichtig sein.«

»Allerdings«, stimmte Phil zu. »Dieses Gebäude wurde nicht durch einen Unfall zerstört. Es wurde angegriffen und niedergebrannt. Möglicherweise sind Wanderer, die in der Lodge gewohnt haben, zufällig auf einen Trupp der Domäne gestoßen.«

»Möglicherweise«, räumte Fraser ein. »Aber deshalb gleich einen Großangriff zu starten ...«

»Wir haben es hier mit der Domäne zu tun, Lieutenant, nicht mit einem Knabenchor. Ich sagte Ihnen schon, diese Leute sind äußerst skrupellos. Wenn es ihrem Vorteil und ihren Zwecken dient, gehen sie auch über Leichen, und dabei wird nicht gezählt.«

»Ich verstehe.« Fraser biss sich auf die Lippen. »Aber es gibt hier nirgendwo Leichen oder Hinweise darauf, dass jemand getötet wurde.«

»Das beweist gar nichts. Die Domäne kennt Mittel und Wege, ihre Opfer verschwinden zu lassen, glauben Sie mir.«

Fraser blickte den G-man betroffen an, schien sogar zu schaudern. Dann ergriff wieder die alte Disziplin von ihm Besitz, und er gab seinen Leuten den Befehl zum Rückzug.

»Wir rücken ab«, gab er bekannt. »Ich muss Captain Breaker von dieser Entdeckung berichten. Offenbar ist unser Gegner gewarnt und auf der Hut. Wir müssen sehr vorsichtig sein ...«

*

Der einzelne Mann, der bäuchlings im Schnee lag, hatte sich bis auf eine Viertelmeile an den Zug der Rangers herangearbeitet.

Von der Kuppe eines Hügels aus, auf dem sich mehrere verschneite Felsen erhoben, behielt er die Männer im Auge, beobachtete sie durch das Fernglas, das er bei sich trug.

Seit sie das Tal verlassen hatten, in dem die Überreste der Lodge standen, waren die Rangers in höchster Alarmbereitschaft. Ihre Sturmgewehre und Maschinenpistolen in den Fäusten, blickten sie wachsam nach allen Seiten, während sie durch die endlos scheinende Landschaft aus blendendem Weiß zogen.

Der Mann, der wie die Rangers einen Tarnanzug trug, grinste verwegen.

Vielleicht war es an der Zeit, den Jungs ein wenig einzuheizen ...

Er ließ den Feldstecher sinken und verstaute ihn im Köcher. Dann zog er das Sturmgewehr von seinem Rücken. Ein Zielfernrohr war aufgesetzt.

Der Mann lud die Waffe durch und entsicherte sie, nahm sie in Anschlag.

Ruhig blickte er durch das Zielfernrohr, zielte – und schoss …

*

Ein peitschender Knall zerriss die Stille, die eben noch über der weiten Senke gelegen hatte, die der Zug der Rangers durchquerte.

Ein Schuss!

Die Soldaten des Zuges reagierten augenblicklich und warfen sich zu Boden, rissen ihre Gewehre und Maschinenpistolen in Anschlag …

… und warteten ab.

Auch Phil und Sid hatten sich reaktionsschnell von ihrem Schlitten geworfen und lagen jetzt bäuchlings im Schnee, spähten hinauf zu den verschneiten Hügeln, die die Senke umlagerten.

Das peitschende Geräusch des Schusses geisterte zwischen den Hügelkämmen hin und her, schien dazwischen zerrieben zu werden, bis es endlich verklang.

Dann wurde es still.

So still, dass die Männer nur das Pfeifen des Windes und das Keuchen ihres eigenen Atems hörten.

Ein zweiter Schuss fiel nicht.

»Captain?«, erscholl Lieutenant Frasers fragender Ruf.

»Jemand verletzt?«, fragte Breaker.

»Niemand, Sir.«

»Verdammt, wo kam das her?«

»Ich weiß es nicht, Sir!«

»Sergeant Hawks?«

»Keine Ahnung, Sir.«

»Verdammt! McKenzie?«

»Ja, Sir?«

»Nehmen Sie sich zwei Leute und sehen Sie nach, was da los ist.«

»Verstanden, Sir.«

Der Angesprochene, einer der Unteroffiziere, tippte zweien seiner Leute auf die Schulter. Daraufhin erhoben sich die Männer und schlichen in gebückter Haltung durch den Schnee, dessen Oberfläche so harsch gefroren war, dass man nicht darin einsank.

Die Männer bezogen auf einem flachen Hügel Stellung und nahmen die Umgegend in Augenschein. Als sie nichts Verdächtiges entdecken konnten und kein weiterer Schuss fiel, gab Captain Breaker Entwarnung.

Vorsichtig erhoben sich die Soldaten wieder und blickten sich argwöhnisch um, die Finger an den Abzügen ihrer Waffen. Obgleich niemand verletzt worden war, hatte der Zwischenfall die Männer sichtlich nervös gemacht.

»Gentlemen«, wandte sich Captain Breaker an Phil und Sid Lomax, »für einen guten Rat wäre ich jetzt wirklich dankbar.«

»Schwer, einen zu geben, Sir«, gestand Phil. »Möglicherweise werden wir bereits beobachtet. Möglicherweise war dieser Schuss eine Warnung.«

»Das ergibt keinen Sinn«, widersprach Sid. »Seit wann erteilt die Domäne Warnungen? Wenn diese Kerle wüssten, dass wir hier sind, hätten sie uns längst angegriffen.«

»Schön und gut«, knurrte Breaker, »aber ich muss wissen, woran ich bin. Zuerst diese niedergebrannte Lodge und nun das hier. Die Sache gefällt mir nicht.«

»Nun dann«, versetzte Sid und schnitt eine Grimasse. »Willkommen im Club …«

»Captain!«, ließ sich plötzlich die aufgeregte Stimme von Corporal McKenzie vernehmen, der im Laufschritt herangeeilt kam. »Wir haben Spuren gefunden. Dort oben hinter den Felsen. Offenbar hat der feindliche Schütze dort gelegen. Und wir haben auch das hier gefunden …«

Atemlos kam McKenzie heran und reichte seinem Vorgesetzten ein Stück Stoff. Breaker nahm es entgegen und faltete es auseinander.

»Eine Sturmhaube«, stellte er fest.

»Ja«, sagte Phil, »von exakt der Art, die die Domäne benutzt.«

»Dann ist es also wahr«, sagte Breaker. »Sie haben uns bereits entdeckt. Sie wissen, dass wir hier sind.«

»Sollen wir den Schützen verfolgen, Sir?«, fragte McKenzie.

»Was meinen Sie?«, wandte sich Breaker an Phil und Sid.

»Ich denke, Sie verschwenden Ihre Zeit«, antwortete Phil. »Möglicherweise handelt es sich um einen Einzelgänger, vielleicht um einen Posten, auf den wir zufällig gestoßen sind. Wir sollten stattdessen unser Marschtempo beschleunigen und dafür sorgen, dass wir den Stützpunkt noch vor Einbruch der Dunkelheit erreichen. Die Domäne mag jetzt wissen, dass wir hier sind, aber solange sie nicht weiß, was unser Ziel ist, sind wir noch im Vorteil.«

»Einverstanden.« Breaker nickte. »Ist das auch Ihre Meinung, Agent Lomax?«

Sidney Lomax erwiderte nichts.

Er sandte dem Anführer des Ranger-Trupps nur einen undeutbaren Blick, in seinen Zügen spiegelte sich leises Entsetzen.

So hatte er sich diesen Einsatz nicht vorgestellt ...

*

Der fremde Schütze hatte sich zurückgezogen, kaum dass er seinen Schuss abgegeben hatte.

Dank der Skier, die er bei sich hatte, konnte er sich schnell und lautlos fortbewegen. Als die Soldaten des Ranger-Trupps die Stellung entdeckten, in der er gelegen hatte, hatte er sich längst in Sicherheit gebracht.

Er blieb jedoch in Sichtweite.

Von einem Felsen aus, auf dem er flach ausgestreckt lag, beobachtete er die Männer des Trupps durch den Feldstecher.

Er sah, wie sich Captain Breaker mit den G-men Phil Decker und Sid Lomax beriet, und er sah auch den seltsamen Ausdruck in Lomax' Gesicht.

So oder so – die Wahrheit würde bald ans Licht kommen ...

*

Er brauchte Klarheit.

Unter dem Vorwand, seinen Teil zur Sicherheit des Trupps beitragen zu wollen, hatte sich Sidney Lomax als einer der drei Späher einteilen lassen, die dem Trupp vorauseilten.

In Wahrheit ging es ihm darum, Kontakt mit seinen Auftraggebern aufzunehmen.

Der Domäne …

Sid Lomax' Blut war in Wallung.

Dieser Tag hatte einige Überraschungen gebracht. Überraschungen, die ihm ganz und gar nicht gefallen wollten.

Da waren zunächst die Überreste der Lodge, auf die sie gestoßen waren – was, in aller Welt, hatten sich die Agenten der Domäne dabei gedacht, so offen zu agieren?

Dann der überraschende Angriff auf den Zug der Rangers, der ganz offenbar auch der Domäne zuzuschreiben war. Verdammt, mussten diese Idioten so offen zeigen, dass sie über das Vorgehen des Feindes informiert waren? Was für eine idiotische Taktik sollte das sein? Wollten sie ihn mit Absicht ans Messer liefern?

In einem verschneiten Hohlweg, der zu beiden Seiten von kargem, starr gefrorenen Gestrüpp umgeben war, wähnte sich der G-man unbeachtet genug, um eine Kontaktaufnahme zu riskieren.

In aller Eile lud er seinen Tornister ab, entnahm ihm ein winzig kleines Gerät, das er mit wenigen Handgriffen auseinanderklappte. Es war ein winzig kleiner Satellitensender, der in der Lage war, einen der Domäne-Satelliten zu erreichen, die über der nördlichen Hemisphäre kreisten.

Mit Hilfe dieses Geräts vermochte Lomax ein Peilsignal auszusenden, das es der Domäne ermöglichte, die Rangers jederzeit genau zu orten. Es konnte aber auch zur direkten Kommunikation eingesetzt werden.

Das Risiko war groß, aber Sid Lomax musste es eingehen. Er musste unbedingt in Erfahrung bringen, was diese Zwischenfälle zu bedeuten hatten …

»Ja?«, meldete sich schnarrend die Stimme des Mittelsmannes. Der Empfang war nur mäßig, Sid musste sein Handy dicht an sein Ohr pressen.

»Hier Sigma 187«, nannte er seine Codierung.

»Halten Sie es für eine gute Idee, uns zu kontaktieren? Sie könnten entdeckt werden!«

»Ist mir scheißegal«, entgegnete Sid Lomax schnaubend. »Ich will wissen, was verdammt nochmal hier vor sich geht.«

»Sie vergreifen sich im Ton, Sigma 187«, beschied ihm die Stimme sachlich.

»Und wenn schon«, zischte Sid. »Ich will wissen, woran ich bin. Was hat dieser Überfall auf die Lodge zu bedeuten? Und was sollte dieser sinnlose Angriff?«

»Wovon sprechen Sie, Sigma 187?«

»Sie wissen genau, wovon ich spreche«, knurrte der G-man. »Ich spreche davon, dass sich Ihre Leute benehmen, als gäbe es weit und breit keinen FBI. Und ich spreche davon, dass auf uns geschossen wurde. Verdammt, ist Ihnen klar, dass Sie mich hätten treffen können? Ich gehöre zu Ihnen, vergessen Sie das nicht!«

»Und Sie sollten nicht vergessen, dass wir stets nichts anderes als das Wohl unserer Agenten im Auge haben.«

»Ach ja?«

»Allerdings. Ihr Anruf ist überflüssig. Sie sollten wissen, dass die Domäne nicht verantwortlich sein kann für das, was Ihnen zugestoßen ist.«

»Was?«

»Es gab keine Operationen in dem Gebiet, in dem Sie sich gegenwärtig befinden, Sigma 187.«

»Aber dann … Das muss heißen, dass …«

»… dass Sie dort draußen nicht alleine sind, Sigma 187. Offenbar gibt es noch eine weitere Partei, die an diesem Spiel beteiligt ist.«

»Sie klingen nicht sehr überrascht«, stellte Sid fest.

»Sind wir auch nicht. Seit der Sache, die mit Cotton passiert ist, vermuten wir eine weitere Partei im Spiel um die Macht. Durchaus möglich, dass einer ihrer Agenten auf die Rangers schoss.«

»Durchaus möglich? Sie meinen …?« Sid Lomax war lauter geworden, als er beabsichtigt hatte, und blickte sich erschrocken auf der Lichtung um. Von den beiden Rangers, die ihn begleiteten und die Umgebung nach Spuren absuchten, war jedoch nichts zu sehen …

»Reißen Sie sich zusammen, Sigma 187. Wir haben Ihnen bislang nichts von unserem Verdacht mitgeteilt, weil wir Sie nicht beunruhigen wollten. Offensichtlich aber war unser Verdacht begründet. Sie sind nicht allein dort oben.«

»Offenbar«, knurrte Sid missmutig.

Der G-man, der im Dienst der Domäne eine gefährliche Doppelexistenz führte, kam sich verschaukelt vor.

Wieso, in aller Welt, hatte die Domäne ihm nichts von ihrem Verdacht mitgeteilt? Wieso ließ man ihn blind ins Messer laufen, wenn man vermutete, dass sich eine feindliche Organisation hier oben eingenistet hatte?

Die Antwort, die sich ihm aufdrängte, gefiel ihm nicht.

Die Domäne traute ihm nicht mehr ...

»Hören Sie«, sagte er und beschloss, nicht lange um den heißen Brei herumzureden, »habe ich irgendetwas gesagt oder getan, das Sie zu der Folgerung bringen könnte, dass ich der Domäne gegenüber nicht mehr loyal bin?«

»Nein, Sigma 187.«

»Wozu dann die Geheimniskrämerei?«

»Eine reine Vorsichtsmaßnahme, nichts weiter. Nun, da Sie die Tatsachen kennen, werden wir Ihren Auftrag erweitern. Ihre Mission besteht jetzt zusätzlich darin, so viel wie möglich über diesen neuen, unbekannten Gegner herauszufinden. Haben Sie verstanden?«

»Natürlich.«

»Dann wünsche ich Ihnen viel Glück, Sigma 187.«

Atmosphärisches Rauschen verriet, dass der Mittelsmann die Verbindung unterbrochen hatte.

Sid Lomax lächelte grimmig, steckte sein Handy weg und packte den Minisender wieder ein.

Er hatte es satt, bevormundet zu werden. Er wollte sich nicht verschaukeln lassen, weder vom FBI noch von der Domäne. Er brauchte Klarheit, damit er sein eigenes Spiel spielen konnte, das sich weder an den Regeln des FBI noch an denen der Domäne orientierte.

Der G-man würde das tun, was für ihn am besten war – doch was das betraf, hatte die Domäne bei ihm die besseren Karten.

Er lud sich den Tornister wieder auf den Rücken und verließ den Hohlweg in dem Gefühl, die Kontrolle wieder in den Händen zu haben.

Sid Lomax ahnte nicht, dass er nur eine Spielfigur war – in einem Spiel, das ungleich größer war und in dem andere die Regeln bestimmten.

*

Der Alpha wartete.

Der Mann im Rollstuhl, der wie immer einen korrekten schwarzen Anzug trug, saß in seinem Arbeitszimmer und blickte hinaus auf die glitzernde Fläche des Potomac.

Gerade hatte man ihn darüber in Kenntnis gesetzt, dass sich der unbekannte »Mitspieler« geregt hatte. Der Stoßtrupp, der sich aus Angehörigen der U.S. Rangers und zwei G-men zusammensetzte, war angegriffen worden.

Man hatte Sigma 187 darüber informiert, dass sie nicht alleine in jener Gegend waren – vom ganzen Ausmaß des Szenarios hatte er jedoch nicht die geringste Ahnung, und das war auch gut so.

Der Alpha lachte leise in sich hinein.

Die Domäne hatte es nicht nötig, sich vor ihren Lakaien zu rechtfertigen. Wer sich ihr widersetzte, der starb einen schnellen und grausamen Tod – ebenso wie der, der es wagte, die Domäne zu verraten ...

*

Der nächste Trupp von Spähern, die Lieutenant Fraser vorausgeschickt hatte, kehrte zum Haupttrupp zurück.

Die Gebäude der Wetterstation waren in der Ferne gesichtet worden.

Nun ging alles blitzschnell.

Die Hunde wurden abgeschirrt und zusammen mit den Schlitten zurückgelassen, zwei Männer zu ihrer Bewachung abgestellt.

Der Rest des Stoßtrupps ließ das Marschgepäck zurück und nahm nur Kampfgepäck mit sich, in der Hauptsache Munition und Verbandszeug. In drei Gruppen gegliedert, rückten die Rangers gegen das Ziel vor, das sich in etwa einer Meile Entfernung befand.

Phil, der sich mit Sid an Captain Breaker und Sergeant Hawks hielt, war tief beeindruckt von der Professionalität und dem hohen Stand der Ausbildung, den die Rangers aufwiesen.

Kaum dass sich der Trupp von Lieutenant Fraser vom Hauptkontingent gelöst hatte, waren die Männer nicht mehr zu sehen. Mit ihren Tarnanzügen und ihrer Art, sich im Gelände fortzubewegen, waren sie innerhalb von Augenblicken mit der verschneiten Landschaft verschmolzen.

Auch der zweite Trupp unter Corporal McKenzie setzte sich in Bewegung. Der Missionsplan, den die Rangers ausgearbeitet hatten, sah vor, das Areal der Wetterstation in einer weiträumigen Zangenbewegung zu umgehen. Auf ein Signal hin würden Breakers Gruppe A, Frasers Gruppe B und McKenzies Gruppe C von drei Seiten gleichzeitig anzugreifen.

Die Pläne der Wetterstation hatten Breaker und seine Leute so lange studiert, bis sie das Gefühl gehabt hatten, schon hundertmal dort aus und ein gegangen zu sein. Wenn es so weit war, musste alles blitzschnell gehen. Sekunden würden über das Leben der Geiseln entscheiden ...

Vorsichtig näherte sich Breakers Trupp, der das Ziel frontal angehen und damit im Ernstfall die Hauptlast der Gegenwehr zu tragen haben würde, den gedrungenen Gebäuden der Station. Dabei hielten sich die Männer eng im Schutz der Hügel und verschneiten Büsche, die das Land sporadisch übersäten, nutzten jede Deckung, die sich ihnen bot.

Sie wussten nicht, mit wie vielen Gegnern sie es zu tun haben würden. Das Überraschungsmoment war ihre beste Waffe.

Breaker ließ seine Leute ausschwärmen, damit sie weniger leicht ausgemacht werden konnten. Mit Sicherheit hatte die Domäne Wachen aufgestellt. Möglicherweise gab es auch Kameras und andere Vorrichtungen zur Überwachung des Terrains.

Die Sonne, die bereits den Horizont berührte, tauchte das Land in ein diffuses Licht, das lange Schatten warf. Bis zum nächsten Morgen zu warten, verbot sich nach der Begegnung, die die Männer dort draußen im Schnee gehabt hatten ...

Von einem Hügelkamm aus konnten sie die Wetterstation jetzt deutlich sehen.

Die Basis war aus Geldern des nationalen Forschungsfonds finanziert worden und lag in einer weiten Senke. Sie bestand aus mehreren Gebäuden, die in Fertigbauweise errichtet worden waren – es waren lang gezogene Baracken mit dick gedämmten Wänden, die nach außen mit Wellblech verkleidet waren. Auf den gewölbten Dächern lag meterhoher Schnee.

Untereinander waren die Gebäude – Phil zählte acht – durch Gänge verbunden, die fast völlig eingeschneit waren. Das Herz der Anlage bildete ein kuppelförmiges Gebäude aus Beton, das weithin sichtbar aus dem Schnee ragte und auf dessen Dach sich eine ganze Phalanx von Antennen und Satellitenschüsseln befand.

»Sieht ruhig und friedlich aus«, raunte Phil Breaker zu, der neben ihm im Schnee lag und das Gelände durch die Optik seines Feldstechers taxierte.

»Dieser Eindruck kann täuschen«, murmelte der Offizier, »obwohl ich nirgendwo einen Hinweis sehe, dass die Anlage bewohnt ist. Keine Spuren im Schnee, kein Rauch, kein Licht.«

»Könnte auch eine Falle sein«, mutmaßte Sid.

Breaker nickte. »Wir werden sehr vorsichtig sein«. Dann gab er an die anderen beiden Stoßtrupps knappe Anweisungen durch. Der Zeitpunkt für den Angriff wurde festgelegt. Ab jetzt würden die Männer Funkstille halten, um den Feind nicht unbeabsichtigt zu warnen.

Breaker blickte noch einmal durch sein Fernglas.

Dann steckte er es weg, hob seine zur Faust geballte Rechte und stieß sie zweimal in die Höhe.

Das Zeichen zum Vorrücken.

Jetzt galt es.

Phil fühlte, wie er sich innerlich verkrampfte, und auch Sid Lomax' Gestalt verriet deutlich, unter welcher Anspannung der G-man stand.

Wenn auch die Rangers nervös waren, so zeigten sie es nicht. Mit eiskalter Präzision, die ihnen in monatelangem Training anerzogen worden war, bewegten sie sich vorwärts, legten die Strecke vom Hügelkamm bis zu den kargen Bäumen zurück, die die Senke begrenzten.

Der Eingang zur Wetterstation lag jetzt unmittelbar vor ihnen – eine breite Schleuse, die zur Hälfte eingeschneit war. Offenbar war schon seit längerer Zeit niemand mehr ein und aus gegangen, was allerdings nichts zu sagen hatte.

Breakers Stoßtrupp A würde den direkten Weg durch die Schleuse nehmen – die Gruppen B und C würden sich mit Sprengladungen Zugang durch die Wände der Verbindungsgänge verschaffen.

Mit Blicken vergewisserte sich Breaker, dass seine Leute alle bereit waren. Sergeant Hawks, der die linke Flanke sicherte, gab Zeichen, dass alles in Ordnung wäre.

Dann kam das Signal zum Angriff.

Die Männer lösten sich aus ihrer Deckung, eilten Zug um Zug auf die eingeschneiten Gebäude zu. Jeweils die Hälfte der Männer blieb zurück, um zu sichern, während die andere Hälfte weitereilte, um sich dann ihrerseits zu Boden zu werfen und den nachrückenden Kameraden Deckung zu geben.

Auch Phil und Sid reihten sich in die Taktik der Rangers ein, drangen Seite an Seite mit ihnen vor, bis zur Schleuse, die von einem schweren Metallschott verschlossen war.

Breaker gab Sergeant Hawks ein Handzeichen. Zusammen mit zwei Soldaten der Gruppe stürmte der Feldwebel vor, und in Windeseile brachten die Männer eine Sprengladung am Schott an, die per Funk gezündet werden konnte.

Den Auslöser hielt Captain Breaker in der Hand, dessen Blicke wie gebannt auf seine Armbanduhr geheftet waren.

Mit quälender Langsamkeit kroch der Sekundenzeiger über das Zifferblatt – bis er endlich die zehn Minuten voll machte, die Breaker mit Fraser und McKenzie vereinbart hatte.

Dann drückte er den Auslöser.

Es gab einen dumpfen Knall, als die Ladung explodierte.

Die Sprengkraft richtete sich hauptsächlich nach innen. Einer grellen Stichflamme folgten Schwaden von Rauch. Als sie sich lichteten, prangte ein großes Loch im Metall des Schotts.

»Vorwärts!«, gab Breaker den Befehl zum Einsatz – und die Rangers stürmten vor!

*

Ihre Sturmgewehre schussbereit im Anschlag, setzten die Männer auf den Durchgang zu und setzten hindurch, während ihre Kameraden ihnen Deckung gaben. Einer nach dem anderen drang ins Innere der Wetterstation ein.

Als Phil und Sid Lomax innen anlangten, hatte sich Sergeant Hawks bereits erfolgreich am inneren Tor der Schleuse zu schaffen gemacht und es kurzgeschlossen.

Zischend glitten die Türhälften auseinander – und die Rangers stürmten in den Korridor, der dahinter lag.

Es war ein nüchterner, von offenen Metallstreben abgestützter Gang, der von dämmrigem Licht erhellt wurde. Nur durch die schmalen Oberlichter, die in regelmäßigen Abständen in die Wände eingelassen waren, drang spärlicher Schein. Die Beleuchtung brannte nicht, zudem herrschte eisige Kälte auf dem Korridor.

»Der Generator ist nicht in Betrieb«, erklärte Corporal Smith die drückende Stille. »Sieht nicht so aus, als ob hier irgendjemand wäre, Sarge.«

»Wir werden sehen«, erwiderte Hawks rau. »Patterson, Barney – ihr bleibt zurück und behaltet das Schott im Auge.«

»Verstanden.«

»Der Rest langsam vorrücken. Und seht euch vor, Jungs!«

»Verstanden, Sarge …«

In gebückter Haltung drangen die Rangers weiter in den dunkelnden Korridor vor. Phil und Sid hatten ihre Dienstpistolen in Anschlag genommen und blickten sich argwöhnisch um. Die Station schien tatsächlich verlassen zu sein.

Die Männer kreuzten einen Nebengang, ohne dabei auf eine Menschenseele zu stoßen. Schließlich endete ihr Korridor vor einem weiteren Schott.

Mit seinem Messer entfernte Hawks die Abdeckung des Schaltkastens und zerrte einige Drähte hervor, die er abisolierte und kurzschloss.

»Leichteste Übung«, murmelte er, als sich das Schott öffnete – und den Blick auf den Kern der Anlage frei gab.

In einem kreisrunden Raum waren unzählige Computerterminals, Monitore und andere Gerätschaften aufgestellt, die für meteorologische Beobachtungen benötigt wurden. Dazwischen standen drehbare Bürosessel, und hier und dort hing ein Poster an der Wand oder lagen Reste von Essen umher.

Spuren der Menschen, die hier ihren Dienst versehen hatten – und von denen jetzt weit und breit nichts mehr zu sehen war.

»Wo, in aller Welt, sind sie alle hin?«, murmelte Breaker. Dann aktivierte er sein Helmfunkgerät und nahm Kontakt zu den beiden anderen Gruppen auf.

»Lieutenant, hier Breaker. Wie sieht es aus?«

»Wir sind drin, Captain«, drang Frasers Antwort aus dem kleinen Empfänger. »Scheint eins der Quartiere für die Mannschaft zu sein. Mal abgesehen davon, dass die Jungs hier gehaust haben wie Schweine im Stall, ist alles ruhig. Wir hatten keinen Feindkontakt, die Sektion ist gesichert.«

»Gut. McKenzie?«

»Sir, hier ist ebenfalls alles ruhig«, meldete der Unteroffizier. »Fast könnte man glauben, diese Station wäre aufgegeben worden. Wenn Sie mich fragen, Sir, ist diese Aktion eine einzige riesige Verar… *Hey*!«

Der Corporal unterbrach sich plötzlich mitten im Satz, gab einen Ausruf der Überraschung von sich – und im nächsten Moment war das heisere Bellen einer Maschinenpistole zu hören.

Phil und Breaker tauschten einen entsetzten Blick.

Wieder drang das Rattern einer MPi aus dem Empfänger, quittiert vom rauen Gebell einer M16.

»McKenzie!«, brüllte Breaker ins Mikrofon des Interkom. »Verdammt, was ist bei Ihnen los? Melden Sie sich, McKenzie!«

Augenblicke vergingen, in denen nur hektisches Geschrei zu hören war. Dann wieder das Rattern automatischer Waffen – und schließlich die gehetzte Stimme eines Soldaten.

»McKenzie ist tot, Sir!«, brüllte er. »Wir haben Feindkontakt, Sir! Wir werden angegriffen!«

»Verstanden«, bestätigte Breaker – die asketischen Züge des Offiziers hatten sich schlagartig in eine eiserne Maske verwandelt. »Sergeant, Sie werden mit Bowen, Finch und Hutchison hier die Stellung halten. Halten Sie uns den Rücken frei, egal, was passiert!«

»Verstanden, Sir.«

»Gut, der Rest kommt mit mir.«

Seinen Leuten voran stürmte Breaker aus der Zentrale, dicht gefolgt von Phil und Sid. Im Laufschritt eilten sie den Korridor entlang, hörten das Rattern der Maschinenpistolen und M16-Gewehre, das die metallenen Wandungen erbeben ließ.

Erneut erwies es sich von Vorteil, dass die Rangers ihren Einsatzort so ausgiebig studiert hatten. Obwohl es praktisch unmöglich war, sich in den Korridoren zu orientieren, die einander glichen wie ein Ei dem anderen, bereitete es Breaker keine Schwierigkeit, die Stelle zu finden, wo McKenzies Leute unter Beschuss geraten waren. Nur dem Geräusch der Schüsse zu folgen, wäre im verwirrenden Labyrinth der Verbindungsgänge unmöglich gewesen, zumal die Schussgeräusche jetzt aus verschiedenen Richtungen zu kommen schienen.

»Wir haben Feindkontakt, Sir!«, meldete jetzt auch Lieutenant Fraser, worauf das markerschütternde Rattern eines Feuerstoßes erklang, der aus dem Lauf einer M16 jagte. »Es sind viele, Sir! Sehr viele ...«

»Verdammter Mist«, wetterte Breaker. »Was ist hier nur los? Was für ein Mist ist das, Decker?«

»Ich ... ich weiß es nicht!« Das war alles, was Phil sagen konnte – dann hatten sie die nächste Biegung erreicht und fanden sich plötzlich inmitten eines hitzigen Gefechts wieder.

Der Anblick war erschreckend.

In der Mitte des Korridors lagen die blutüberströmten Leichen mehrerer Soldaten, unter ihnen Corporal McKenzie.

Die verbliebenen Angehörigen von Trupp C hatten sich zu beiden Seiten des Verbindungsganges in den Schutz der Metallstreben geflüchtet, hinter denen sie kauerten, während vom Ende des Korridors glühendes Sperrfeuer herabspuckte ...

*

»In Deckung!«, brüllte Breaker, und Phil, Sid und die anderen pressten sich eng an die kalte Wand aus gewelltem Blech, während das tödliche Blei an ihnen vorbeisengte und geräuschvoll in die Wand der Biegung nagelte.

Die Rangers rissen ihre Sturmgewehre in Anschlag und erwiderten das Feuer, entfesselten einen Sturm aus tödlichem Blei, der den engen Gang hinaufgrollte, wo sich irgendwo der unbekannte Gegner verbarg.

Hinter einer der Streben, hinter denen er die feindlichen Schützen vermutete, gewahrte Phil einen dunklen Schatten.

In einem Reflex riss der G-man seine SIG hoch und feuerte – mit einem Schrei kam der feindliche Schütze hinter seiner Deckung hervor, hielt seinen getroffenen Arm. Der Mann taumelte, geriet dabei in die Schusslinie eines der Ranger. Die Garbe erfasste ihn und warf ihn brutal zu Boden.

Phil konnte sehen, dass er einen Tarnanzug in geflecktem Grau trug, dazu eine Sturmhaube, die seine Züge verhüllte.

Ein Killer der Domäne!, schoss es dem G-man durch den Kopf. Also doch …

Die neu hinzugekommenen Rangers feuerten aus allen Rohren, trieben die Angreifer damit zurück. Den Killern blieb nichts, als sich in die Tiefe des Korridors zurückzuziehen, in die Baracke, zu der der Gang führte.

Phil biss die Zähne zusammen und schickte ihnen noch einige Kugeln hinterher, anders als Sid, der wie von Sinnen am Schlitten seiner SIG Sauer herumriss.

»Verdammt!«, schrie er laut. »Ladehemmung …«

Dann war das kurze, aber blutige Gefecht vorbei.

Der Gegner hatte sich zurückgezogen, und auch aus dem anderen Teil des Komplexes waren keine Schüsse mehr zu hören.

»Fraser?«, fragte Breaker heiser ins Mikrofon seines Helmfunkgeräts.

»Ich bin hier, Sir«, erklang die Antwort keuchend. »Es ist uns gelungen, sie zurückzuschlagen, aber der Preis dafür war hoch. Wir haben vier Mann verloren.«

»Verdammt.« Die Miene des Captains regte sich nicht, aber an seinen Augen konnte Phil sehen, wie sehr Breaker den Verlust dieser Männer bedauerte. »Rückzug, Lieutenant«, befahl er dann. »Wir treffen uns in der Zentrale.«

»Verstanden.«

»Dann los!«

Sich rückwärts bewegend und die Waffen schussbereit im Anschlag, zogen sich die Männer auf dem Weg zurück, den sie gekommen waren.

Sie standen unter enormer Anspannung. Kameraden, die eben noch an ihrer Seite gewesen waren, lagen jetzt tot im Korridor, erschossen von einem Feind, dessen Gesicht sie noch nicht einmal gesehen hatten.

Sich um die Leichen zu kümmern, dazu blieb keine Zeit. Es gab

Verwundete, die versorgt werden mussten, und es galt zu beraten, wie weiter zu verfahren war …

*

Breakers Gruppe langte gleichzeitig mit Fraser und seinen Leuten in der Zentrale an, wo Hawks inzwischen die Stellung gehalten hatte. Doch auch der Sergeant hatte eine schlechte Nachricht.

»Sir! Patterson und Barney wurden an der Schleuse angegriffen! Patterson ist tot, Barney wurde schwer verletzt.«

»Das heißt, dass der Feind jetzt den Ausgang besetzt hält?«, erregte sich Breaker.

»Ja, Sir. Es tut mir leid. Ich hatte keine Möglichkeit, es zu verhindern.«

»Schon gut, Sergeant.« Der Captain nickte. »Sie haben getan, was Sie konnten.«

»Verdammt«, knurrte Lieutenant Fraser. »Wir haben acht Leute verloren, einfach so. Wie konnte so etwas nur geschehen?«

»Ganz einfach«, erwiderte Breaker und sandte Phil dabei einen undeutbaren Blick. »Die Informationen, die wir bekommen haben, waren falsch. Man hat uns ganz bewusst in die Irre geführt.«

»Wie meinen Sie das, Sir?«, wollte Hawks wissen.

»Das ist doch offensichtlich. Es gibt hier keine Geiseln, die es zu befreien gilt. Es hat nie welche gegeben. Die ganze verdammte Station ist verlassen. Man hat uns eine Falle gestellt – und wir sind darauf hereingefallen.«

»Nicht unbedingt«, widersprach Phil. »Möglicherweise war dies tatsächlich ein Stützpunkt der Domäne – die Anwesenheit der Killer legt dies nahe. Aber offenbar wurden sie gewarnt.«

»Gewarnt? Von wem denn?« Sid Lomax schüttelte den Kopf. »Das ist doch völlig unmöglich. Nur eine Hand voll Eingeweihter wusste über diese Operation Bescheid.«

»Das ist es, was mich dabei beunruhigt.« Phil schürzte die Lippen. »Wir wissen, dass die Domäne über ausgezeichnete Informationskanäle verfügt. Aber wenn es ihren Agenten gelungen ist, an diese Information zu gelangen …«

»Offen gestanden interessiert mich das im Augenblick wenig,

Decker«, sagte Captain Breaker barsch. »Ihre Taktikspielchen haben gerade acht von meinen Jungs das Leben gekostet. Diese Vermummten haben auf uns gewartet. Sie haben uns in aller Ruhe in die Falle gehen lassen, um sie im geeigneten Augenblick zuschnappen zu lassen. Und wir sind ihnen auf den Leim gegangen wie blutige Anfänger.«

»Denken Sie, dass da draußen noch mehr von denen sind, Sir?«, fragte Sergeant Hawks.

»Allerdings.« Breaker nickte. »Ich denke, sie haben uns eingekreist und warten nur darauf, dass wir uns erneut zeigen.«

»Dann müssen wir hierbleiben«, schlug Sid vor.

»Hervorragende Idee«, versetzte der Captain sarkastisch und legte eine Karte auf einen der schmalen Computertische. »Das hier ist eine schematische Darstellung der Station. Wir befinden uns hier in der Mitte – die drei Stellen, an denen wir in die Station eingedrungen sind, befinden sich alle in der Hand des Feindes.«

»Und wenn schon«, sagte einer der Rangers. »Wir haben noch genügend Sprengstoff, um uns einen neuen Weg nach draußen zu schaffen.«

»Wir befinden uns hier in der Zentrale, Private«, erwiderte Captain Breaker. »Diese Wände bestehen aus massivem Beton. Und selbst wenn wir es irgendwie schaffen würden, nach draußen zu gelangen – wenn die Domäne-Killer die Station tatsächlich belagern, wären unsere Überlebenschancen da draußen gleich null.«

»Domäne-Killer?« Sid Lomax hob die Brauen. »Moment mal – wieso steht für jeden hier fest, dass es sich bei diesen Typen um Killer der Domäne handelt?«

»Mach die Augen auf, Partner«, sagte Phil. »Ihre Ausrüstung, ihre Bewaffnung, die Art, wie sie kämpfen, ihr brutales Vorgehen – das alles stinkt regelrecht nach der Domäne.«

»Ganz meine Meinung«, pflichtete Sergeant Hawks ihm bei, während er seinen Blick über die massive Betonkuppel der Zentrale schweifen ließ. »Der Captain hat Recht. Wir sitzen hier fest, und es gibt keinen Weg nach draußen ...«

*

Epsilon 265 war zufrieden.

So zufrieden, wie man mit Untergebenen sein konnte, die einen in erster Linie zu fürchten hatten.

»Das Areal ist gesichert, Sir«, meldete Tau 627, die zu ihm auf den Hügel gestiegen war. Von hier aus hatte der Domäne-Agent den Angriff auf die Wetterstation beobachtet wie ein antiker Feldherr eine Schlacht.

»Sehr gut.«

»Außerdem wurden die Störsender installiert und die Sendephalanxen beschädigt. Es ist nicht mehr möglich, von der Station aus einen Hilferuf abzusetzen.«

»Ausgezeichnet.« Epsilon 265 nickte.

Der Plan hatte funktioniert.

Der Killertrupp der Domäne war den Spuren der Rangers gefolgt und hatte zuletzt immer weiter zu ihnen aufgeschlossen. Da die Militärs so töricht gewesen waren, Schlittenhunde zu benutzen, war dies nicht weiter schwierig gewesen.

Die Rangers hatten Epsilon 265 und seine Leute direkt zu der Station geführt, in der sich der ominöse Feind verbarg – und die Domäne-Killer hatten nicht gezögert, den Befehl der Alphas auszuführen, und würden somit zwei Fliegen mit einer Klappe schlagen.

Sowohl die Rangers als auch die Besatzung der Station würden einen grausamen Tod sterben. Die Domäne würde sich gleich zweier unliebsamer Feinde entledigen. Und das Beste daran war, dass sie sich gegenseitig die Schuld daran zuschieben würden. Dass auch noch Agenten des FBI in die Sache verstrickt waren, sorgte nur noch für mehr Zündstoff.

Epsilon 265 liebte es, im Auftrag der Domäne Zwietracht zu sähen.

Mit etwas Glück würde der FBI danach seine Ermittlungen auf jene neue Organisation konzentrieren, und die Domäne würde der lachende Dritte sein …

Der Angriff war mit aller Härte erfolgt.

Tau 627 hatte ihre Killertrupps überall dort eingesetzt, wo die Rangers in die Wetterstation eingedrungen waren. Die U.S.-Soldaten waren hervorragend ausgebildet und harte Kämpfer – doch der Entschlossenheit der Domäne-Kämpfer, die in monatelanger Ausbildung gedrillt und konditioniert worden waren, hatten sie nichts entgegenzusetzen.

Es war zu schweren Kämpfen gekommen, die acht der Rangers, aber nur zwei der Domäne-Killer das Leben gekostet hatten.

»Unser Angriff hatte diese Idioten völlig unvorbereitet getroffen«, sagte der Domäne-Agent selbstzufrieden. »Sie hatten damit gerechnet, dass ihr Gegner in der Station auf sie lauern würde – dass man ihnen gleichzeitig auch noch in den Rücken fallen würden, konnten sie nicht ahnen.«

»Wir haben ihnen schwere Verluste zugefügt. Ihre Stärke wurde fast um die Hälfte dezimiert.«

»Gut so. Ihnen muss klar sein, dass es ein tödliches Unterfangen wäre, einen Ausbruchsversuch zu wagen. Also werden sie sich irgendwo in der Station verschanzt halten, wo sie sich gegen die Besatzung zur Wehr setzen können. Alles, was wir noch zu tun brauchen, ist, die Ausgänge besetzt zu halten und darauf zu warten, dass unsere Feinde sich gegenseitig eliminieren.«

»Klingt gut, Sir«, sagte die Kommandantin des Killertrupps. »Die Sache hat nur einen Schönheitsfehler.«

»Nämlich?«

»Es sind aus dem Inneren der Station keinerlei Kampfgeräusche zu hören, Sir.«

»So? Nun – vermutlich sammeln unsere Feinde ihre Kräfte, um sich dann in einem blutigen Gefecht gegenseitig auszulöschen.«

»Vielleicht, Sir. Aber da ist noch etwas, das mir Sorgen macht.«

»Und das wäre?«

»Als ich mit meinen Leuten in der Station war, mussten wir feststellen, dass es in den Korridoren kein Licht gibt und keine Wärme. Das heißt, Sir, dass der Generator offenbar nicht in Betrieb ist.«

»Und?«

»Sir, ohne Elektrizität kann in dieser Station niemand lange überleben. Ganz offenbar hielt sich dort niemand auf, bevor die Rangers eingedrungen sind.«

Epsilon 265 sandte seiner Untergebenen einen scharfen Blick. »Was versuchen Sie mir zu sagen, Tau 627?«

»Ich versuche Ihnen zu sagen, dass die Station offenbar verlassen wurde – und zwar schon bevor die Rangers eingetroffen sind.«

»Aber dann ... dann müsste unser unbekannter Mitspieler gewarnt worden sein.«

Die Vermummte nickte. »Möglicherweise hängt dies mit der Ruine zusammen, auf die wir unterwegs gestoßen sind. Vielleicht wurden unsere Gegenspieler zufällig entdeckt und waren deshalb gezwungen, ihren Außenposten aufzugeben.«

Epsilon 265 war gezwungen, seine Gedanken in eine Richtung zu lenken, die ihm ganz und gar nicht gefiel. »Oder aber man hat ihnen die Information zugespielt.«

»Zugespielt, Sir? Wer sollte so etwas tun?«

»Unser Informant beim FBI, der an der Expedition der Rangers teilgenommen hat, wird von der Domäne als nicht mehr hundertprozentig zuverlässig eingestuft, Tau 627. Offenbar schwanken seine Loyalitäten zwischen uns und dem FBI.«

»Und Sie denken, dass er eventuell auch für jene andere Organisation arbeiten könnte?«

»Es wäre möglich.« Epsilon 265 spürte, wie ihm kalter Schweiß auf die Stirn trat, der vom Stoff der Sturmhaube sofort aufgesogen wurde.

Wenn Sigma 187 alias Sidney Lomax tatsächlich mehreren Herren diente, konnte das die ganze Situation schlagartig verändern. Wenn die Widersacher der Domäne tatsächlich von ihm gewarnt worden waren, bedeutete das, dass sie vielleicht noch in der Nähe waren – und wie leicht konnte in dieser unwegsamen Wildnis ein Jäger zum Gejagten werden ...

Argwöhnisch ließ der Domäne-Agent seinen Blick über die verschneite Landschaft schweifen, die in karges Dämmerlicht versunken war.

Im nächsten Moment geschah es!

Ein scharfer Knall, der durch die Senke scholl, als wolle er die schlimmsten Befürchtungen des Domäne-Schergen wahr werden lassen.

Von den Männern, die unten am Zugangsschott der Wetterstation Wache hielten, gab einer einen grellen Schrei von sich. Er warf die Hände in die Luft und ließ seine Waffe fallen, brach getroffen zusammen.

Die übrigen Kämpfer warfen sich sofort zu Boden und begannen, nach allen Seiten zu feuern.

»Deckung!«, rief auch Tau 627.

Die Kommandantin warf sich bäuchlings in den Schnee, riss dabei ihren Vorgesetzten in einer blitzschnellen Reaktion mit sich.

Die nächsten Sekunden gehörten dem ohrenbetäubenden Rattern der Maschinenpistolen, mit denen die Domäne-Killer um sich ballerten.

Grelles Mündungsfeuer flackerte in der einbrechenden Dunkelheit, Kaskaden von Schnee und Eis spritzten überall dort auf, wo sich ungezielte Garben in den weißen Boden fraßen.

»Genug!«, zischte Epsilon 265 seiner Untergebenen zu. »Ihre Leute sollen aufhören! Dieses sinnlose Herumgeballere nützt niemandem!«

Tau 627 gab über Funk einen entsprechenden Befehl an ihre Leute weiter.

Sofort stellten die Domäne-Killer das Feuer ein, blickten sich wachsam um.

Keiner von ihnen wusste zu sagen, aus welcher Richtung der heimtückische Schuss gekommen war, der einen von ihnen getroffen und kampfunfähig gemacht hatte.

Erst nach und nach wagten es die Männer sich aufzurichten, und Tau 627 wies sie an, Gruppen zu formieren, die das Areal rings um die Station absuchen sollten.

Epsilon 265 war die Sache nicht geheuer.

Befürchtungen, eine schlimmer als die andere, nahmen in seinem Kopf Gestalt an.

Was, wenn dies nur eine Warnung gewesen war?

Wenn sich dort draußen noch mehr Killer dieser neuen, unbekannten Organisation befanden, die offenbar zur Domäne in Konkurrenz treten wollte?

Was, wenn sie die gleiche Taktik verfolgten wie die Kämpfer der Domäne? Wenn sie ihnen gefolgt waren, sie schon die ganze Zeit über beobachteten?

Was, wenn sie, ohne es bemerkt zu haben, bereits in einer tödlichen Falle saßen, aus der es kein Entkommen gab?

Schaudernd blickte sich der Domäne-Agent in der dämmrigen Landschaft um, über der schon bald die Nacht hereinbrechen würde.

Mit einem Mal wirkte dieses Niemandsland im rauen Norden auf ihn düster und bedrohlich, und er hatte den Eindruck, dass überall Feinde lauerten ...

Erneut peitschte ein Schuss!

Schreie waren zu hören, und wieder wurde das Feuer erwidert. Tau 627 diktierte einige hektische Anweisungen in ihr Funkgerät.

Dann, plötzlich, eine Meldung von einem der Trupps, die das Areal um die Station absuchten.

»Dort! Ich kann ihn sehen! Er flieht!«

»Feuer!«

Wieder waren Schüsse zu hören, das hämmernde Stakkato von Maschinenpistolen, deren Projektile im Halbdunkel nach dem ominösen Angreifer suchten – und ihn nicht fanden.

»Verdammt, er entkommt uns!«

»Dort ist er, Sir! Ich kann ihn sehen ...«

»Verfolgung aufnehmen, sofort!«, blaffte Tau 627 in ihr Funkgerät. »Er darf uns nicht entkommen!«

Und schon im nächsten Moment flammten Scheinwerfer auf und heulten die Motoren von vier Schneemobilen, die losrasten und hinter dem anonymen Schützen herjagten ...

*

Der Mann im Tarnanzug war auf der Flucht.

So hatte er sich diese Mission ganz gewiss nicht vorgestellt.

Etwas war schiefgelaufen, und zwar gründlich. Dass die Domäne auf den Plan treten und ihre Killer schicken würde, damit hatte er nicht gerechnet.

Immerhin bestätigte es, was er schon seit geraumer Zeit befürchtet hatte – aber in dem Augenblick, als die Motoren der Skidos aufheulten und seine Verfolgung aufnahmen, war das ein schwacher Trost.

Rasch lud sich der Schütze, der mit gezielten Kugeln zwei der Domäne-Killer außer Gefecht gesetzt hatte, das Sturmgewehr auf den Rücken, griff nach den Skistöcken, die er in den tiefen Schnee gerammt hatte, und wandte sich um. Mit aller Kraft stieß er sich ab und jagte auf seinen schmalen Skiern den Hang hinab.

Die Schneemobile folgten ihm dichtauf.

Ein Blick zurück, und er konnte die fahlen Lichtkegel der Frontscheinwerfer sehen, die jenseits des Hügels emporstachen, um ihn jäh zu erfassen, als die Skidos den Hügelkamm erreichten.

»Da ist er!«

»Knallt das Schwein ab!«

Er konnte hören, was sich die Killer der Domäne gegenseitig zuriefen – und im nächsten Moment begannen ihre Maschinenpistolen loszurattern.

Jeweils zwei Mann besetzten ein Schneemobil, und während derjenige, der vorn saß, das Ding lenkte, hatte der andere Zeit zum Zielen. Als Glücksfall erwies sich nur, dass das Gelände so uneben und der Schnee an vielen Stellen harsch gefroren war.

Die Skidos schaukelten und sprangen über Bodenwellen und Erhebungen, was den Schützen das Zielen nicht gerade einfach machte.

Dennoch feuerten sie aus allen Rohren.

Der Flüchtende sah das Mündungsfeuer der MPis in der Dunkelheit aufblitzen, und er hörte das hässliche Rattern der tödlichen Waffen.

Den Kopf zwischen die Schultern gezogen, fuhr er weiter den Hang hinab, in steiler Schussfahrt, während rings um ihn das verderbliche Blei die Luft durchpflügte.

Er spürte, wie ihn eines der tödlichen Projektile nur um Haaresbreite verfehlte, während sich eine weitere Garbe unmittelbar neben ihm in den tiefen Schnee fraß und eine Fontäne von Eis aufwirbelte.

Die Motoren der Skidos heulten auf, worauf die wendigen kleinen Mobile noch mehr beschleunigten.

Solange es bergab ging, hatte der Schütze kein Problem, die Distanz zu ihnen zu halten – doch jeder Hang hatte irgendwann ein Ende. Dann würden sie ihn innerhalb weniger Augenblicke eingeholt haben ...

Zu seinem Entsetzen war es schon wenig später so weit.

In rasanter Schussfahrt erreichte er den Fuß des Hanges, der immer weiter verflachte, um auf der anderen Seite der schmalen Senke erneut anzusteigen.

Wenn der Flüchtende diese Richtung einschlug, war er geliefert. Er musste sich etwas einfallen lassen, und das möglichst rasch.

Er änderte seine Fahrtrichtung, nutzte den wenigen Schwung, den er noch hatte, um ans Ende der Senke zu gelangen, wo mehrere tief verschneite Felsen aufragten. Wenn es ihm gelang, sie zu erreichen, würde er wenigstens ein wenig Deckung haben.

Die Domäne-Killer erkannten, was er vorhatte.

Unter wütendem Geheul fächerten sie sich auf, und in breiter Front schossen die Skidos durch die Senke. Von ihren Raupenketten getrieben, holten sie jetzt immer weiter auf, und erneut eröffneten die Schützen das Feuer.

Wieder flammte das Mündungsfeuer durch die Dämmerung, und wieder tastete heißes Blei nach dem Flüchtenden, der nun in einem wilden Slalomkurs dem Ende der Senke entgegenjagte.

Immer wieder schlugen Garben dicht neben ihm ein, ein Querschläger kreischte und verfehlte ihn nur knapp. Er bückte sich und biss die Zähen zusammen, hoffte, dass keines der Geschosse sein Ziel erreichen würde.

Die Senke verjüngte sich gegen Ende, so dass die Skidos die Abstände verringern mussten. Die Schützen hielt das nicht davon ab, weiter wie von Sinnen zu feuern. Ihre heißen Garben stachen durch die eisig kalte Luft.

Im nächsten Moment hatte der Flüchtende die schützenden Felsen erreicht.

Er fuhr hinter einen der verschneiten Felsblöcke und stoppte seine Fahrt.

Mit raschen, fließenden Bewegungen riss er sein Gewehr herab und entsicherte es, legte auf die heranrasenden Skidos an.

Um lange zu zielen, blieb keine Zeit, gleich der erste Schuss musste sitzen.

Er zögerte keinen Augenblick und zog den Stecher durch.

Zwei Schüsse jagten aus dem schmalen Lauf der M16 und stachen den Schneemobilen entgegen.

Die niedere Windschutzscheibe des vordersten Schneegefährts ging zu Bruch, der Fahrer gab einen dumpfen Schrei von sich. Er stürzte rücklings aus dem Sattel, riss seinen Bordschützen mit sich.

Der Motor des Skidos heulte auf, und von seinem Schwung getragen, raste das herrenlose Gefährt weiter, auf ein weiteres der Schneemobile zu.

Wegen des geringen Abstands zwischen den Skidos konnte der Fahrer des anderen Mobils nicht mehr rechtzeitig ausweichen. Die Fahrzeuge kollidierten.

Das zweite Skido überschlug sich, und einer der Männer wurde abgeworfen, während der andere sich krampfhaft festhielt – und im nächsten Augenblick von dem Gefährt erschlagen wurde.

Der Tank riss auf, irgendwo flog ein Funke – und das Skido explodierte in einem grellen Feuerball!

Trümmerteile flogen nach allen Seiten, Rauch stieg in einer dunklen Wolke zum Himmel.

Für einen Moment stand der Schütze unbewegt, war selbst überrascht, was für einen Schaden er mit seinen beiden Kugeln angerichtet hatte.

Einen Augenblick lang hoffte er, seine Verfolger damit losgeworden zu sein.

Doch der Schein trügte.

Denn einen Herzschlag später teilte sich der Rauch, und die zwei verbliebenen Skidos schossen daraus hervor. Es war ihren Fahrern gelungen, rechtzeitig zu bremsen und dem Hindernis auszuweichen.

»Verdammt«, knurrte der Schütze.

Zwei erledigt – blieben noch zwei …

Des Flackern des Feuers warf diffuse Schatten, sodass die Fahrer der Skidos ihn noch nicht gesehen hatten. Rasch lud er sich sein Gewehr wieder auf den Rücken und nahm die Stöcke, stieß sich mit aller Kraft ab.

Mit den Skiern an seinen Füßen vollführte er einen wilden Dauerlauf durch den Felsengarten, änderte dabei seine Richtung und stieg schräg den ansteigenden Hang hinauf, um wieder an Höhe zu gewinnen.

Die beiden verbliebenen Skidos beschrieben einen wilden Slalomkurs zwischen den Felsen. Die Scheinwerfer der Fahrzeuge stachen durch die sich immer mehr herabsenkende Dunkelheit, ließen den Schnee und das Eis unheimlich glitzern.

»Da! Ich kann ihn sehen!«, brüllte plötzlich einer der beiden Fahrer – und erneut heulten die Motoren der Skidos auf, begannen die Maschinenpistolen der Schützen zu rattern.

Die wilde Verfolgungsjagd ging weiter ...

*

Der Flüchtende, der wieder ein wenig Höhe gewonnen hatte, stieß sich ab und ging erneut in rasante Schussfahrt über, geradewegs zwischen den Felsen hindurch, die ihm gleichzeitig Deckung und Hindernis waren. Wenn er mit einem der verschneiten Riesen kollidierte, war es vorbei.

Sein einziger Trost war, dass es den Skido-Fahrern nicht anders erging.

Auch sie hatten alle Mühe, ihre heulenden Gefährte zwischen den Felsblöcken hindurch zu steuern, und die meisten Schüsse, die die Bordschützen abgaben, prallten gegen das sich auftürmende Gestein.

Der Flüchtende hatte keine Zeit, sich umzublicken, musste alle Konzentration darauf verwenden, auf den Skiern zu bleiben und nicht zu stürzen. Zur linken Seite hin fiel das Gelände noch weiter ab, und obwohl die Felsen hier noch dichter standen, schlug er diese Richtung ein.

Wenn er überhaupt eine Chance hatte zu entkommen, dann nur auf diesem Weg.

Eine der Garben, die die Killer der Domäne blindlings auf ihn feuerten, durchbrach das Labyrinth der Hindernisse und schlug unmittelbar neben ihm ein. Querschläger heulten, und er spürte einen stechenden Schmerz an seinem rechten Oberschenkel.

Ein rascher Blick hinab – er sah Blut, das seinen Tarnanzug dunkel färbte.

»Verdammter Mist ...«

Der Schmerz in seinem Bein war brennend und stechend, aber er durfte ihm nicht nachgeben. Er musste sich weiter auf den Skiern halten, sonst war er geliefert. Ganz abgesehen davon, was die Domäne-Agenten mit ihm anstellen würden, wenn sie ihn schnappten, würde auch der gesamte Plan verloren sein ...

Mit zusammengebissenen Zähnen hielt er sich auf den Beinen,

beschrieb weiter einen wilden Slalom zwischen den eng stehenden Felsen.

Und seine Ausdauer wurde belohnt.

Ein schriller Schrei und ein hässlich knackendes Geräusch kündeten plötzlich davon, dass einer der beiden Skido-Fahrer die Kontrolle über sein Fahrzeug verloren hatte.

Ein flüchtiger Blick über die Schulter – alles, was er sah, war ein Skido, das hinter einem der verschneiten Hindernisse verschwand und nicht wieder auftauchte. Ein markerschütterndes Krachen und Bersten erklang, als das Schneemobil am Felsen zerschellte.

»Da war es nur noch einer.«

Er änderte erneut den Kurs seiner rasanten Fahrt. Die Felsen fielen hinter ihm zurück, und in einem steilen Hang hielt das Gelände auf eine Abbruchkante zu.

Das war seine Chance …

Mit ein paar kräftigen Stockeinsätzen stieß er sich ab, setzte in schnurgerader Schussfahrt den Hang hinab.

Das Skido seiner Verfolger schoss hinter ihm zwischen den Felsen hervor, schanzte mehrere Meter durch die Luft, ehe es wieder aufsetzte.

Dass das Ende des Hanges eine Kante war, jenseits derer das Gelände senkrecht abfiel, schien der Fahrer in der Dunkelheit noch nicht bemerkt zu haben, ebenso wenig wie sein Bordschütze, der ohne Unterlass den Abzug seiner Waffe betätigte.

Umso besser …

Wieder spritzten Schnee und Eis rings um ihn auf. Er musste jetzt wilde Haken schlagen, um den tödlichen Garben zu entgehen.

Von der Abbruchkante trennten ihn jetzt noch vierzig Yards, ohne dass er seine Fahrt verlangsamte.

Dreißig Yards …

Das Skido blieb ihm auf den Fersen, holte aufgrund seines höheren Hangabtriebs jetzt sogar noch auf.

Noch immer feuerte der Bordschütze.

Dann gab er einen grellen Schrei von sich.

Offenbar erkannten die beiden Männer jetzt das Verderben, das sie am Ende des Hanges erwartete.

Zwanzig Yards …

Der Motor des Skidos heulte gequält, als der Fahrer einen Gang zurückschaltete und die Bremsen betätigte.

Es war zu spät.

Schlingernd und schlitternd kam das Gefährt den Hang herab, getragen von der Wucht des eigenen Gewichts.

Es würde nicht mehr rechtzeitig zum Stehen kommen!

Zehn Yards ...

Der Fahrer und sein Schütze taten das Einzige, was sie tun konnten, um ihr Leben zu retten – sie sprangen ab.

In buchstäblich letzter Sekunde ließen sie sich seitwärts von ihrem außer Kontrolle geratenen Gefährt fallen – und hatten es damit ungleich besser als der Flüchtende.

Bis zum letzten Moment war er mit vollem Tempo gefahren, um die Besatzung des Skidos nicht unbeabsichtigt zu warnen oder doch noch von einer Garbe getroffen zu werden. Doch nun musste er erkennen, dass er es damit übertrieben hatte.

Verzweifelt versuchte er, mit seinen Skiern zu bremsen, doch seine Geschwindigkeit war zu hoch.

Mit atemberaubendem Tempo raste er weiter auf die Abbruchkante zu.

Fünf Yards, vier Yards, drei ...

Er ließ sich zu Boden fallen, krallte seine behandschuhten Finger in den harschen Schnee – ohne Erfolg.

Von unwiderstehlichen Kräften wurde er zur Abbruchkante getragen und schoss darüber hinaus.

Alles, was er in der Dunkelheit sah, war gähnende Leere unter sich.

Mit einem dumpfen Schrei stürzte er in die Tiefe.

Er bekam nicht mehr mit, wie unmittelbar hinter ihm das herrenlose Skido über die Abbruchkante flog, wie es ihn in der Luft überholte und auf den Grund der Schlucht auftraf.

Mit seinem Gewicht und seiner schieren Masse schlug es ein Loch in das Eis des Sees, der unterhalb der vierzig Yards hohen Felswand lag, und versank.

Eine Sekunde später stürzte der Flüchtende in das eisige Wasser.

*

Die Stimmung in der von Taschenlampen erleuchteten Zentrale der Wetterstation war gedrückt.

»Tut mir leid, Sir«, sagte Corporal Smith. »Wir haben alles versucht, um die Kommunikationsanlage der Station wieder in Betrieb zu nehmen. Aber wir kriegen keinen Empfang. Sieht so aus, als wären die Antennen beschädigt worden.«

»Ich verstehe.« Captain Breaker nickte. »Und unser Funkgerät können wir ebenfalls nicht einsetzen, weil diese Bastarde uns diese Störsignale schicken!«

»So sieht's aus, Sir.«

Captain Breaker nahm seinen Helm ab und kratzte sich nachdenklich am Hinterkopf.

Als Anführer des Trupps hatte er stets einen beherrschten Eindruck zu machen und durfte es sich nicht anmerken lassen, wenn er nicht mehr weiter wusste. Aber Phil konnte dennoch deutlich erkennen, dass der Captain der U.S. Rangers mit seinem Latein am Ende war.

Ihm selbst erging es nicht anders.

So ziemlich alles, was hatte schieflaufen können, war schiefgelaufen.

Der Überfall der Domäne-Killer hatte acht von Breakers Männern das Leben gekostet. Operation »Kaltes Herz« war ein einziges Debakel geworden, und der G-man verwünschte sich dafür, sich je darauf eingelassen zu haben.

»Keine Sorge, Jungs«, wandte sich Sergeant Hawks aufmunternd an die Soldaten, die erschöpft und niedergeschlagen auf dem Boden kauerten. Nicht wenige von ihnen hatten bei den Schusswechseln Verletzungen davongetragen. »Wenn wir uns nicht in Fort Kioma melden, wird man uns Verstärkung schicken. Bis zum nächsten Spiel der NFL sind wir hier längst wieder raus.«

Phil sandte Breaker einen fragenden Blick.

Der Captain schüttelte kaum merklich den Kopf. »Taktik«, flüsterte er Phil zu. »Wenn die Männer den Mut und den Glauben an sich selbst verlieren, ist es vorbei.«

»Es wird also keine Hilfe aus Fort Kioma geben?«

»Früher oder später ja. Aber ob wir bis dahin noch am Leben sind, ist eine ganz andere Frage. Schließlich hat niemand damit gerechnet, dass wir hier eingeschlossen werden und ums Überleben kämpfen müssen, richtig?«

»Richtig.« Phil nickte. »Hören Sie, Captain – das alles hier tut mir verdammt leid. Wenn ich gewusst hätte, dass ...«

»Schon gut, Decker. Sie tun nur Ihre Pflicht, genau wie wir alle. Außerdem hängen Sie in dieser Sache ebenso drin wie wir. Wenn die Killer das nächste Mal angreifen, werden sie uns überrennen.«

»Wann, denken Sie, wird es so weit sein?«

»Ich weiß es nicht. Ehrlich gesagt wundert es mich, dass sie uns nicht schon längst den Rest gegeben haben. Fast hat man den Eindruck, dass sie auf etwas warten.«

»Und was könnte das sein?«

»Sollten Sie mir das nicht sagen?« Breaker lachte freudlos. »Wenn Ihr Typen vom FBI schon keine Ahnung habt, worum es bei dieser Sache geht, wie sollen wir es da wissen? Apropos – wo ist Ihr Kollege?«

»Er wollte einen Rundgang machen und nach den Wachtposten sehen.«

»Halten Sie das für eine gute Idee?«

»Er hängt in dieser Sache mit drin, Captain, genau wie wir alle. Ich fürchte, wir haben uns geirrt. In so ziemlich allen Punkten ...«

*

Leise ging Sid Lomax durch die Gänge der Wetterstation.

Unter dem Vorwand, nach den Wachtposten sehen zu wollen, hatte er sich aus der Zentrale geschlichen. Er musste mit sich allein sein, um in Ruhe nachdenken zu können.

Die jüngsten Ereignisse hatten ihn tief erschüttert, hatten sein Weltbild auf den Kopf gestellt. Was, zum Henker, ging hier vor?

Zuerst setzte er die Domäne darüber in Kenntnis, dass eine Aktion gegen einen ihrer Stützpunkte geplant war, worauf man durchblicken ließ, dass man an seiner Loyalität zweifelte.

Als Nächstes erfuhr er, dass die Wetterstation in Wahrheit gar kein Stützpunkt der Domäne war, sondern angeblich von einer anderen, bislang unbekannten Organisation besetzt wurde.

Dann stellte sich auch diese Information als falsch heraus, und nun fand sich Sid Lomax zwischen den Fronten eines tödlichen Kampfes wieder, auf dessen einer Seite der FBI stand und auf der anderen die Domäne.

Was sollte er davon halten?

Vergeblich hatte der verräterische G-man versucht, sein Handy zu gebrauchen und Kontakt zur Satellitenverbindung herzustellen – die Störsignale, die man ihnen schickte, sorgten dafür, dass auch er keine Verbindung bekam.

Er war isoliert, ebenso wie alle anderen hier, und das gefiel ihm nicht. Zu gerne hätte er jetzt mit seinem Mittelsmann gesprochen, hätte ihn gefragt, was dieser ganze Mist sollte. Doch die Domäne hüllte sich in Schweigen, und Sidney Lomax hatte das untrügliche Gefühl, dass dies ein schlechtes Zeichen war.

Bei den Gefechten auf dem Gang hätte er ebensogut verletzt oder gar getötet werden können wie alle anderen. Was hätte der Mittelsmann wohl dazu gesagt? Gehörte das zum Berufsrisiko eines Doppelagenten?

Er kam sich verraten und missbraucht vor, und er hasste dieses Gefühl.

Etwas anderes war es, wenn er selbst die Fäden bei einem solchen Spiel zog. Aber hilflos darauf warten zu müssen, dass andere entschieden, was mit ihm zu geschehen hatte, schmeckte ihm ganz und gar nicht.

Er hatte der Domäne einen Gefallen tun wollen – und sie behandelte ihn als Feind.

Wie hatte es nur dazu kommen können?

Der G-man überlegte fieberhaft.

Wenn er etwas ganz und gar nicht wollte, dann in diesem dunklen, von Schnee und Eis umgebenen Loch krepieren. Er wollte um jeden Preis am Leben bleiben. Was er dafür tun musste, war ihm völlig gleich.

Es boten sich ihm drei Möglichkeiten.

Er konnte sich an Decker und die Rangers halten, aber bei dem Kampf, der bevorstand, hatten sie wohl die schlechteren Karten.

Die andere Option bestand darin, ein Bündnis mit jener dritten Macht zu suchen, von der der Mittelsmann gesprochen hatte. Das Problem war nur, dass Sid noch weit und breit nichts von ihr gesehen hatte, so dass er ernsthaft zu zweifeln begann, ob sie überhaupt existierte.

Die dritte und letzte Möglichkeit schließlich bot die Domäne selbst. Obwohl man ihn dort offensichtlich abgeschrieben hatte, war die mächtige Organisation noch immer seine beste Option zu überleben. Er musste es nur geschickt genug anfangen.

Man zweifelte innerhalb der Domäne an seiner Loyalität. Er musste also etwas tun, womit er den Alphas endgültig und unwiderruflich seine Treue bewies.

Sid Lomax dachte kurz nach – und schon nach kurzer Zeit kannte er die Antwort auf sein Problem.

Er wusste, was er zu tun hatte.

Wenn er diesen Job erledigte, würde niemand in der Domäne mehr an seiner Loyalität zweifeln. Vielleicht würde man ihm sogar den Epsilon-Status verleihen.

Es war so einfach.

Er musste Phil Decker töten!

*

»Der unbekannte Schütze ist also tot?«, fragte Epsilon 265 skeptisch.

»Ja, Sir«, bestätigte Tau 627. »Dieser Bastard hat vier meiner Männer getötet und zwei weitere schwer verletzt, ehe er sich für immer verabschiedet hat.«

»Wie?«, wollte ihr Vorgesetzter wissen.

»Er ist in einen tiefen Abgrund gestürzt.«

»Hat man seine Leiche gefunden?«

»Nein, Sir. Es war zu dunkel, um danach zu suchen. Meine Leute hielten es für besser, zum Lager zurückzukehren.«

»Und es ist nur dieser eine Angreifer gewesen?«

»Ja, Sir. Meine Leute haben die Umgegend nach weiteren Spuren abgesucht, aber keine gefunden. Offenbar war der Mann allein.«

»Ein beauftragter Killer«, grübelte Epsilon 265. »Oder ein Späher. In beiden Fällen stellt sich die Frage, was er hier wollte. Und wer ihn geschickt hat.«

»Berechtigte Fragen, Sir. Leider werden wir keine Antworten mehr darauf bekommen.«

»Bedauerlich. Aber immer noch besser, als wenn dieser Kerl noch herumlaufen würde.« Der Domäne-Agent lächelte. »Ihre Männer sollen sich ausruhen. Schon in wenigen Stunden wird der Morgen dämmern. Dann greifen wir die Basis an und geben unseren Feinden den Rest.«

»Verstanden, Sir. Und was ist mit unserem Informanten?«

»Es spricht einiges dafür, dass er mit der Gegenseite kollaboriert hat. Wir werden mit ihm kein weiteres Risiko mehr eingehen. Genau wie alle anderen, die sich in der Station aufhalten, ist er als Feind zu betrachten. Wir haben keinen Informanten mehr beim FBI.«

»Ich verstehe, Sir.«

»Sie haben Ihre Befehle, Tau 627 …«

*

Die Nächte im Norden waren kurz.

Schon vier Stunden, nachdem das letzte Licht der Abenddämmerung verloschen war, graute im Osten der Morgen.

Und mit dem neuen Tag kamen die Killer der Domäne.

Sergeant Hawks, der mit zwei Rangers im Hauptkorridor, der die Zentrale mit der Schleuse verband, Wache hielt, sah sie als Erster.

Dutzende von vermummten Kämpfern in Tarnanzügen, die durch die gesprengte Schleuse drängten, ihre Maschinenpistolen im Anschlag.

»Alarm!«, brüllte er mit Stentorstimme. »Sie kommen!«

Im nächsten Moment spuckte seine M16 eine feurige Garbe, die den Domäne-Killern entgegenstach.

Einer der Vermummten, der so unvorsichtig gewesen war, sich in der Mitte des Korridors zu bewegen, wurde getroffen. Ächzend ging er nieder, während seine Kumpane ihrerseits das Feuer eröffneten – und den Korridor in ein lärmendes Inferno verwandelten.

»Feuer, Jungs!«, brüllte Hawks über das Hämmern der Maschinenpistolen hinweg seinen Leuten zu. »Schickt diesen Mistkerlen alles entgegen, was wir haben!«

Die Rangers bissen die Zähne zusammen und feuerten ihrerseits. Heiße Garben stachen zwischen den feindlichen Schützen hin und her, Querschläger sangen scheußlich Arien. Es klatschte hässlich, als einer von Hawks' Leuten einen Steckschuss abbekam.

»Myers! Verdammt!« Der Sergeant ließ seine Waffe sinken, um sich um den Verwundeten zu kümmern, der aus seiner Deckung zu sinken drohte.

»Ihr verdammten Hunde!«, brüllte Private Jones aus Leibeskräften. »Kommt doch, wenn ihr etwas wollt! Kommt doch her …!

Wieder wurde einer der Domäne-Killer getroffen, und über seinen Schrei und das Lärmen der Maschinenpstolen hinweg hörte Sergeant Hawks unvermittelt ein hartes, metallisches Geräusch.

In einem Reflex wandte er sich um und sah einen kleinen, faustgroßen Gegenstand auf dem Boden liegen, nur einen Schritt von ihm entfernt.

Eine Handgranate …!

*

Der dumpfe Knall einer Explosion ließ die Wetterstation erbeben.

»Verdammt!«, rief Sid Lomax aus. »Was war das?«

»Eine Handgranate«, gab Captain Breaker zurück. »Eine verdammte Handgranate!«

Der Befehlshaber der U.S. Rangers hatte seine Leute in drei Trupps eingeteilt, die die Kämpfer der Domäne in den Korridoren erwarteten und sie am Zugang zur Zentrale hindern sollten. Auf diese Weise hoffte er, den Killern trotz ihrer zahlenmäßigen Übermacht eine Weile standhalten zu können – und wenn es nur aus dem Grund war, um möglichst viele von ihnen ins Jenseits zu schicken, ehe sie selbst ihr Leben ließen.

Sergeant Hawks, Lieutenant Fraser und Corporal Smith befehligten die drei Trupps, während Breaker mit Phil und Sid in der Zentrale geblieben war, um den Einsatz zu koordinieren. Außerdem konnten sie auf diese Weise schnell dort eingreifen, wo die Verteidigungslinie zusammenzubrechen drohte …

Jetzt waren aus dem Korridor hektische Schritte zu hören. Phil und Sid rissen ihre Pistolen in den Anschlag und zielten auf das offene Schott – in dem einen Herzschlag später Sergeant Hawks' rußgeschwärzte Miene erschien.

Auf seinen Armen trug der Feldwebel den schwer verletzten Private Myers. Private Jones folgte ihm, auch er von einer Kugel verletzt.

»Hawks!«, rief Breaker. »Verdammt, was ist dort draußen los?«

»Eine Handgranate, Sir«, erwiderte Hawks knapp. Kurzerhand wischte er die Computerterminals von einem der Tische und bettete den verwundeten Soldaten darauf.

»Wird schon wieder, Myers«, raunte er ihm zu. »Beißen Sie die Zähne zusammen.«

»Okay ... Sarge ...«

»Ich konnte diesen Bastarden ihr explosives Souvenir zurückschicken, Sir«, berichtete Hawks. »Das hat ein paar von ihnen das Leben gekostet, aber es wird sie nicht lange aufhalten. Der Gang ist durch die Detonation geborsten, sie brauchen jetzt nicht mehr die Schleuse zu nehmen.«

»Verdammter Mist.« Breaker biss sich auf die Lippen. »Nehmen Sie Decker mit und kehren Sie zurück. Halten Sie die Stellung, solange Sie können. Rückzug erst dann, wenn es keine andere Möglichkeit mehr gibt.«

»All right, Sir«, bestätigte Phil grimmig und deutete einen militärischen Gruß an. Sie saßen jetzt alle im selben Boot, kämpften gegen den gemeinsamen Feind. Ob Militär oder FBI spielte jetzt keine Rolle mehr.

Zusammen mit dem verwundeten Jones stürmten Phil und Hawks aus der Zentrale, um die Killer der Domäne aufzuhalten, Sid Lomax blieb zurück.

»Sieht nicht gut aus, was?«, fragte er, während Breaker aufmerksam in sein Helmfunkgerät lauschte, um die Berichte der anderen Kampfgruppen abzuhören.

Frasers Trupp war in ein schweres Gefecht verwickelt, konnte die Stellung aber halten, während Smiths Gruppe an Boden verloren hatte. Die Übermacht der Domäne-Killer, die in die Korridore drängten, war einfach zu groß ...

»Kann man wohl sagen«, knurrte Breaker. »Mit etwas Glück werden wir uns noch eine Stunde halten können, vielleicht sogar zwei. Aber dann ist endgültig Schluss. Und die Domäne macht keine Gefangenen.«

»Nein, das tut sie nicht«, murmelte Sid Lomax, der trotz des allgemeinen Aufruhrs und des Schusslärms, der von allen Seiten zu hören war, eine seltsame Ruhe ausstrahlte.

Gerade so, als ob ihn das alles nichts anginge ...

»Was würden Sie sagen, wenn es einen Weg gäbe, die Angelegenheit zu verkürzen, Captain?«

»Zu verkürzen? Was meinen Sie?«

Aus dem Helmfunk drang die sich überschlagende Stimme von Corporal Smith, der offenbar einen Streifschuss abbekommen hatte. Seine Männer zogen sich weiter zurück ...

»Durchhalten! Durchhalten!«, rief Breaker in sein Interkom. »Halten Sie die Stellung, solange es geht, Corporal!«

»Ihre Männer leiden«, stellte Sid Lomax fest. »Das müsste nicht sein. Es gibt eine Möglichkeit, dass alles hier abzukürzen und Ihren Leuten diese Qual zu ersparen.«

»Ach ja? Und wie sieht diese Möglichkeit aus?«

»So«, gab Sid Lomax zur Antwort – und hielt plötzlich seine SIG Sauer in der Hand, deren Lauf auf Breaker zeigte.

»Was soll das? Sind Sie wahnsinnig, Mann?«

»Keineswegs, Captain. Ich suche nur nach einem Weg, diese Sache zu beenden. Und zwar auf meine Weise.«

»Aber ... aber ...«

Aus dem Helmfunk drangen entsetzliche Schreie. »Hutchison ist getroffen, Sir! Wir können uns nicht länger halten! Wir ziehen uns zurück! Wir ziehen uns zurück ...« Im Hintergrund war das Getrampel von Stiefeln und das Rattern automatischer Waffen zu hören.

»Lassen Sie den Unsinn, Mann!«, fuhr Breaker Lomax an und wollte nach seiner eigenen Waffe greifen. »Meine Männer brauchen meine Hilfe, und ich werde ihnen ...«

»Nichts werden Sie«, unterbrach ihn der G-man mit einer Stimme, die wie Eis klirrte. »Gar nichts. Dafür werde ich sorgen.«

Breaker erwiderte nichts, sah, dass der andere es ernst meinte.

Einen endlos scheinenden Augenblick lang standen sich die beiden Männer gegenüber und starrten sich an, umgeben von Geschrei und vom Lärmen der Waffen.

Dann drückte Sid Lomax ab!

Die Kugel jagte aus dem Lauf und traf Captain Breaker in den Kopf.

Der Offizier kippte von den Beinen und war tot, noch ehe er den Boden erreichte.

»Bedaure, Captain«, sagte Sid Lomax ohne Mitleid.

Dann verließ er die Zentrale. Es gab etwas, das er tun musste, um sich in den Augen der Domäne zu rehabilitieren …

*

Im Hauptkorridor tobte ein erbitterter Kampf.

Phil, Jones und Sergeant Hawks waren gerade rechtzeitig gekommen, um zu sehen, wie ein weiterer Stoßtrupp von Domäne-Killern in den Korridor eindringen wollte.

Wie Hawks gesagt hatte, hatte die Detonation der Handgranate die Wände des Verbindungsganges zum Bersten gebracht. Schnee und Eis waren eingedrungen, eisiger Wind fegte ins Innere der Anlage.

Jenseits der geborstenen Trümmer hatten sich die vermummten Kämpfer der Domäne festgesetzt, die unablässig Feuer gaben.

Phil, Jones und Hawks mussten sich eng hinter die metallenen Streben ducken, um nicht von den Kugeln getroffen zu werden. Blindlings feuerten sie den Gang hinab in der Hoffnung, dass einige der Projektile ihr Ziel finden würden.

Phil biss die Zähne zusammen, rammte ein neues Magazin in den Schacht seiner Waffe.

Die Munition seiner SIG hatte er bereits verbraucht, hatte sich das Sturmgewehr eines verwundeten Soldaten geschnappt. Eine lange Mündungsflamme schoss aus dem Lauf, während die klobige Waffe in seiner Hand ratterte. Ein schriller Schrei quittierte, dass zumindest eine der Kugeln getroffen hatte.

Der G-man hasste die Domäne.

Es war ihm ein Rätsel, wie es zu diesem Fiasko hatte kommen können, er wusste nicht, wie sie alle in diese ausweglose Situation geraten waren.

Nur eines war ihm klar.

Dass er die Killer mit ihren Sturmhauben nicht ausstehen konnte – und dass er wild entschlossen war, seine Haut so teuer wie möglich zu verkaufen.

Auch Sergeant Hawks und der verwundete Jones kämpften mit äußerster Verbissenheit. Immer wieder gaben sie Feuerstöße aus ihren Waffen ab und hielten die Killer der Domäne damit auf Distanz. Wenn es diesen Bastarden erst gelang, in den Korridor einzudringen, war der Kampf so gut wie verloren ...

Wieder fauchte eine zornige Garbe herab – und erwischte Jones am Arm.

Der Ranger schrie auf, Blut spritzte an die metallene Wand des Korridors. Der Arm des Soldaten hing in blutigen Fetzen, Jones schrie wie von Sinnen.

»Verdammt, Jones ...«

Hawks wollte sich um seinen verwundeten Untergebenen kümmern, doch Jones war wie von Sinnen.

Unablässig brüllend, sein Gewehr in seiner unverletzten Hand, trat er mitten auf den Gang und feuerte.

»Ihr Bastarde!«, schrie er den gesichtslosen Feinden entgegen. »Ihr elenden Bastarde ...!«

Zwei der Domäne-Killer verloren bei dem irrwitzigen Angriff des Rangers ihr Leben.

Dann wurde Jones von den Garben des Feindes erfasst.

Der todesmutige Ranger vollführte einen bizarren Tanz im Kugelhagel der Killer und brach leblos zusammen.

Phil und Hawks tauschten einen betroffenen Blick.

Nun lag es an ihnen, den Korridor zu halten ...

»Aaaaah ...!« Der Sergeant brüllte auf, schrie seine Frustration, seine Trauer und seinen Schmerz laut hinaus, während er Feuer gab.

Phil tat es ihm gleich, und gemeinsam trieben die beiden eine Wand aus Tod und Verderben den Korridor hinab, die die Domäne-Killer in Deckung zwang.

Rauch und der beißende Gestank von Pulver erfüllten den Verbindungsgang, während die beiden Männer weiter feuerten – so lange, bis ein leeres Klicken aus den Kammern ihrer Waffen verkündete, dass sie auch die letzte Kugel verschossen hatten.

Rasch griffen beide an ihre Gürtel, wollten nach neuen Magazinen greifen, um ihre Waffen nachzuladen, ehe der Feind zum Gegenangriff blies.

Doch da war niemand mehr.

Von den Domäne-Killern, die jenseits der gesprengten Wand verschwunden waren, kehrte keiner mehr zurück.

»Was zum Henker …?«, murmelte Sergeant Hawks leise, und auch Phil konnte es kaum glauben.

»Wir haben es geschafft, Sarge«, sagte er. »Wir haben diese Hundesöhne in die Flucht geschlagen!«

Auf den harten Zügen des Feldwebels zeigte sich ein bitteres Grinsen.

»Sieht so aus«, stimmte er zu. »Ich werde Captain Breaker sofort melden, dass wir …«

Weiter kam der Sergeant nicht.

Denn in diesem Augenblick fiel ein weiterer Schuss – diesmal nicht vom Ende des Korridors, sondern aus Richtung der Zentrale.

Hawks zuckte zusammen, blickte an sich herab.

Mit vor Staunen offenem Mund registrierte der Feldwebel das Blut, das aus einer Wunde in seiner Hüfte quoll und seinen Tarnanzug tränkte.

Dann brach er kraftlos zusammen.

Phil fuhr herum, riss instinktiv seine Waffe in den Anschlag, obwohl das Magazin leer gefeuert war.

Im Korridor stand Sid Lomax, seine noch rauchende Dienstwaffe in der Hand, die er jetzt auf Phil richtete.

*

»Sid!«, entfuhr es Phil entsetzt. »Was hast du getan?«

»Rate mal, Decker.« Der G-man grinste freudlos. »Wonach sieht es für dich denn aus? Ich bin dabei, meine Haut zu retten.«

»Du … du hast Hawks erschossen …«

»Und den guten Captain Breaker«, fügte Lomax hinzu. Die Züge des rothaarigen G-man waren zur Maske erstarrt, in seinen Blicken loderte kaltes Feuer. »Und mit dir, mein lieber Phil, werde ich mein Meisterstück abliefern. Das wird den sinnlosen Kampf um diese Station entscheidend verkürzen – und danach wird man nicht mehr zweifeln, wem meine Loyalität in dieser Auseinandersetzung gehört.«

»Du ... du ...«

»Na?«, fragte Sid und hob die Brauen.

»Du arbeitest für die Domäne.«

»Bravo, Decker.« Sid nickte anerkennend. »Hast ziemlich lange gebraucht, um drauf zu kommen.«

»Nicht lange«, erwiderte Phil bitter. »Aber ich habe es nicht glauben wollen.«

»So kann man sich irren.« Der Verräter grinste breit. »Aber keine Sorge, Phil, irren ist menschlich. Und du wirst dir über deinen Irrtum nicht lange Gedanken machen müssen, dafür werde ich sorgen.«

Lomax hob die Waffe, zielte auf Phils Kopf – und ...

*

Die Zeit schien still zu stehen.

Gefasst blickte Phil in die Mündung der Waffe, rechnete damit, dass es jeden Augenblick vorbei sein würde.

Doch Sidney Lomax drückte nicht ab.

Stattdessen ging sein Blick plötzlich an seinem Opfer vorbei, und Phil hatte das untrügliche Gefühl, dass jemand hinter ihm stand.

»Schieß nur, Sid«, sagte eine vertraute Stimme. »Aber danach werde *ich* schießen, und dein Triumph darüber, uns alle hinters Licht geführt zu haben, wird nur einen Sekundenbruchteil dauern.«

Phil wandte sich um.

In der Öffnung des geborstenen Korridors, dort, wo sich zuvor die Domäne-Killer verschanzt hatten, stand ein hochgewachsener Mann, der einen Schneetarnanzug trug. Das rechte Bein des Mannes war notdürftig verbunden, offenbar hatte er einen Streifschuss abbekommen.

Seine Züge waren unter der Sturmhaube, die er trug, nicht zu erkennen. Das Sturmgewehr mit aufgesetztem Zielfernrohr hatte er auf Sidney Lomax gerichtet.

»Nimm die Waffe runter, Sid, es ist mein Ernst. Ich zähle langsam bis drei. Eins ...«

In Sid Lomax' Zügen zuckte es. Er kannte diese Stimme!

»Zwei ...«

Aber das war nicht möglich! Er konnte nicht hier sein, war nicht einmal mehr beim FBI ...

»Drei!«, sagte der Vermummte entschlossen – und ...

»In Ordnung!«, rief Sid Lomax und sicherte seine Waffe, warf sie von sich. »Verdammt, wer bist du?«

Der Vermummte ließ ihn nicht aus den Augen.

Langsam bewegte sich seine Hand zu der Sturmmaske, die er trug ...

*

Mit einem Ruck zog ich mir die Sturmhaube vom Kopf.

Sid Lomax starrte mich an, als sähe er ein Gespenst.

»Cotton!«, entfuhr es ihm. »Jerry Cotton!«

»Genau der«, bestätigte ich. »Na, du siehst nicht so aus, als ob du mit mir gerechnet hättest. Hallo, Phil.«

»Hallo, Jerry.« Mein Freund und Partner lächelte matt. »Schön, dich zu sehen. Was hat dich aufgehalten?«

»Eine Begegnung mit alten Freunden«, erwiderte ich in Erinnerung an die Hetzjagd durch Schnee und Eis, die mich um Haaresbreite das Leben gekostet hätte.

Das Gewehr noch immer im Anschlag, trat ich ins Innere des geborstenen Verbindungsganges. Die Killer der Domäne, die die Öffnung besetzt gehalten hatte, hatte ich mit einem Überraschungsangriff ausgeschaltet.

»Cotton!«, sagte Lomax wieder, der immer noch nicht glauben konnte, was er sah. »Das ist doch nicht möglich! Verdammt, wie kommst du hierher?«

»Ich bin euch gefolgt«, sagte ich. »Die ganze Zeit über.«

»Du ... du bist uns gefolgt?« Sid Lomax machte große Augen, seine Blicke flogen zwischen Phil und mir hin und her. »Aber wieso?«

»Du wirst lachen, Sid«, sagte ich zu unserem verräterischen Kollegen mit einem freudlosen Lächeln. »Aber dieses ganze Theater wurde nur deinetwegen veranstaltet.«

»Meinetwegen? Aber ...« Er starrte uns verständnislos an, und ich konnte sehen, dass ihm tausend Fragen auf den Nägeln brannten. Aber wir hatten keine Zeit, sie alle zu beantworten.

»Genug gequatscht«, sagte ich. Ich warf Phil mein Sturmgewehr zu, damit er Lomax in Schach hielt, während ich selbst die Handschellen zückte, die ich bei mir trug. Kurzerhand legte ich sie unserem Kollegen an, der sich in der Stunde der Wahrheit als Verräter entlarvt hatte.

Sid ließ es willenlos mit sich geschehen – er war zu überrascht, als dass er Widerstand hätte leisten können.

Anschließend kümmerten wir uns um den verletzten Sergeant Hawks. Er hatte einen glatten Durchschuss. Hawks hatte eine Menge Blut verloren, aber bei seiner zähen Konstitution würde er es schaffen.

»Wird es gehen?«, fragte ich, worauf Hawks mit einem verbissenen Nicken antwortete.

Ich legte mir den linken Arm des Feldwebels über die Schultern und zog ihn auf die Beine, schleppte ihn so durch den Korridor. Phil bedeutete Lomax, sich ebenfalls in Bewegung zu setzen.

»Das war alles nur Show, nicht wahr?«, ächzte unser verräterischer Kollege. »Cotton wurde nicht wirklich aus dem FBI entlassen, oder?«

»Nein«, gab ich zur Antwort. »Die ganze Vorstellung wurde nur deinetwegen arrangiert, Sid. Weil ich dich im Verdacht hatte, für die Gegenseite zu arbeiten.«

»Und Phil wusste Bescheid?«

»Anfangs nicht«, gab mein Partner zu. »Später ja.«

»Eine Maulwurfsjagd«, stöhnte Sid Lomax. »Es war nichts als eine verdammte Maulwurfsjagd.«

»So ist es«, bejahte Phil. »Leider ist sie nicht so verlaufen, wie wir uns das vorgestellt hatten. Wir wollten, dass du dich verrätst. Was wir nicht wissen konnten, war, dass du selbst auf die Abschussliste der Domäne geraten würdest.«

Eine kurze Pause trat ein, in der man in der Ferne erneut das Rattern von Maschinenpistolen hörte.

»So wie wir alle«, fügte mein Partner leise hinzu.

*

Die Verteidigungslinie der U.S. Rangers war zusammengebrochen.

Lieutenant Fraser und seine Gruppe hatten sich noch ein wenig länger halten können als die von Corporal Smith, der im Gefecht verwundet worden war. Schließlich jedoch war auch ihr nichts anderes übrig geblieben, als sich zur Zentrale der Wetterstation zurückzuziehen.

Dort saßen sie nun – das versprengte Häuflein derer, die vom »Stoßtrupp Eis« übrig geblieben waren.

Die Nachricht von Captain Breakers Tod traf die Männer wie ein Schock. Bei den neuerlichen Gefechten waren weitere drei Soldaten ums Leben gekommen, vier waren schwer verwundet worden. Phil und mich eingerechnet, gab es damit gerade mal noch fünf Mann, die in der Lage waren, ein Gewehr zu halten und damit zu feuern.

Nicht genug, um dem nächsten Ansturm der Domäne standzuhalten.

Wir hatten den Zugang zur Zentrale mit umgestürzten Tischen verbarrikadiert, die uns Deckung geben würden. Zwei Mann hielten vorn am Schott Wache, um uns sofort zu warnen, während Phil und ich uns um die Verwundeten kümmern.

Sid Lomax kauerte auf dem Boden und starrte vor sich hin, konnte nicht glauben, dass er so getäuscht worden war.

»Und was ist mit dieser Frau, die du angeblich völlig betrunken vergewaltigen wolltest?«, fragte er lahm. »Damit fing doch alles an. Ihre Behauptung führte zu deinem Rauswurf aus dem FBI.«

»Alles nur Show«, antwortete ich. »Sie ist FBI-Agentin aus Dallas, Texas, und sie hat ihre Rolle ausgezeichnet gespielt, nicht wahr?«

»Ich hätte es wissen müssen. Diese ganze Sache war einfach zu unglaubwürdig. Allein der Gedanke, dass sich der große Jerry Cotton an einer Frau vergreift und vom FBI gefeuert wird – einfach lächerlich!«

»Du hast es geschluckt, oder nicht?«, fragte ich dagegen. In meinen Augen hatte der Verräter jedes Recht auf Rücksichtnahme verspielt.

Nicht nur, dass er uns alle verraten und den Killern der Domäne ans Messer geliefert hatte. Er hatte Captain Breaker kaltblütig ermordet und hätte das Gleiche mit Phil getan, wenn ich nicht dazwischengegangen wäre.

Und das nur, um der Domäne seine Loyalität zu beweisen …

»Ich wusste, dass es nur eine Möglichkeit geben würde, dich zu kriegen«, erklärte ich Sid. »Wir mussten deinen Ehrgeiz reizen. Ich wusste, dass du bereit sein würdest, alles zu glauben, wenn du auf meinen Platz nachrücken könntest. Und so ist es auch gewesen, oder nicht?«

Sid knirschte mit den Zähnen. Es war ihm anzusehen, dass er innerlich kochte vor Wut. »Und der Hinweis, dass die Domäne hier einen Stützpunkt unterhält?«

»Ein Täuschungsmanöver, nichts weiter. Der Plan sah vor, eine Expedition loszuschicken, der auch du angehören solltest. Ich sollte dem Zug folgen und Verwirrung stiften, damit du dich verraten würdest. Dann jedoch ist die Sache außer Kontrolle geraten, weil die Domäne ihre Killer schickte.«

»Zu dumm, nicht wahr?« Sid grinste böse. »Seit wann hast du es gewusst?«

»Es wäre übertrieben zu behaupten, dass ich es *gewusst* habe. Ich hatte einen Verdacht, das war alles. Während der letzten Fälle, die wir im Zusammenhang mit der Domäne bearbeitet haben, war uns diese gefährliche Organisation immer einen Schritt voraus, und Mr. High und ich fragten uns, woran das lag. Uns war klar, dass es eine undichte Stelle im Field Office geben musste, und Phil und ich hatten dich ja schon einmal im Verdacht, doch dann hast du uns getäuscht, indem du mir das Leben gerettet hast. Aber nun kamen die Zweifel wieder.«

»War es nicht offensichtlich? Ich war doch der Außenseiter, oder nicht? Der Eigenbrötler, der Fremde aus Atlanta!«

»Nein.« Ich schaute Sid unverwandt an. »Ich habe dich für einen guten Mann gehalten, Sid, so wie wir alle.«

»Ha!« Unser verräterischer Kollege lachte freudlos auf. »Weißt du, Cotton – vor zwei Jahren hätte ich für so ein Kompliment aus deinem Mund alles gegeben. Aber das ist lange vorbei.«

»Was war es, Sid?«, wollte ich wissen. »Weshalb hast du es getan? Hat dir die Domäne so viel bezahlt, dass es das wert war?«

»Die Bezahlung stimmte, aber das allein war es nicht«, gab Lomax zurück. »Bei der Domäne konnte ich etwas erreichen. Ihr hingegen habt mich aufs Abstellgleis geschoben. Das war euer Fehler. So etwas lässt sich ein Sidney Lomax nicht gefallen.«

»Du verdammter Schweinehund!«, rief Phil und packte Sid am Kragen. »Du hast uns alle verraten! So viele mussten deinetwegen sterben! Am liebsten würde ich dich ...«

»Ja?« Lomax sah ihn fest an. »Was würdest du am liebsten, Decker? Nur zu – ich fürchte nur, dazu reicht dein Mumm nicht aus. Ohne Cotton bist du ein Nichts, und du weißt genau, dass das stimmt.«

»Jerry und ich sind Partner. Wir sind Freunde, du Scheißkerl! Das ist etwas, was du nie begreifen wirst. Mich tröstet nur, dass du genauso im Dreck sitzt wie wir. Dein Plan, dich bei der Domäne zu rehabilitieren, ist kläglich gescheitert. Wenn sie das nächste Mal kommen, werden sie nicht nur uns massakrieren, sondern dich gleich mit.«

»Vielleicht hast du Recht.« Sid Lomax grinste. »Wir sitzen also mal wieder im selben Boot, Decker, ob es dir gefällt oder nicht. Das scheint so etwas wie unser Schicksal zu sein ...«

»Achtung!«, meldete einer der Soldaten, die vorn am Schott kauerten. »Ich höre Schritte! Sie kommen!«

»Seht ihr?« Lomax grinste noch immer. »Auf die Jungs von der Domäne ist eben Verlass. Die verstehen ihr Handwerk – und sie werden uns alle hübsch nacheinander umbringen.«

»Halt die Klappe«, versetzte Phil barsch.

»Was denn, Decker? Vertragt ihr die Wahrheit nicht? Ihr seid gerade mal fünf Mann, die noch in der Lage sind, eine Waffe zu halten. Wie lange denkt ihr, könnt ihr ihnen Widerstand leisten?«

»Sie kommen, Sir!«, rief der Posten Lieutenant Fraser zu. »Und es sind diesmal verdammt viele!«

»Gebt mir eine Waffe«, verlangte Sid Lomax. »Ich werde auf eurer Seite kämpfen.«

»Niemals«, widersprach Phil. »Hältst du uns für bescheuert?«

»Lieber bescheuert als tot, oder? Sieht nicht so aus, als ob ihr die Wahl hättet.«

»Niemals!«, brüllte der verwundete Sergeant Hawks, der das Gespräch mit angehört hatte. »Das Schwein hat Captain Breaker auf dem Gewissen. Knallt ihn ab, gleich hier und jetzt, sein Gequatsche geht mir auf die Nerven!«

»Wir werden nichts dergleichen tun«, widersprach ich entschieden. Auch in einer Situation höchster Anspannung warf ich nicht sämtliche Regeln des Rechtssystems über Bord. Wenn wir die Ordnung, in deren Dienst wir standen, mit Füßen traten, waren wir nicht besser als die Killer der Domäne.

»Ich kann sie sehen!«, meldete der Posten am Schott.

Lieutenant Fraser gesellte sich zu ihm, legte sein Sturmgewehr an, bereit, auf alles zu schießen, was sich draußen auf dem Korridor zeigte.

Ich warf einen gehetzten Blick durch das Schott, wusste, dass Sid Lomax Recht hatte. In unserer Situation konnten wir jede Schusshand brauchen.

»Versprichst du, nicht zu fliehen?«, fragte ich ihn.

»Feierlich«, versicherte Lomax grinsend.

»Halte dich daran«, sagte ich warnend – und öffnete seine Handschellen. Rasch nahm er ein herrenloses Sturmgewehr an sich und gesellte sich zu den anderen ans Schott.

»Jerry ...« Phil wollte seinen Bedenken Ausdruck verleihen – doch seine Worte gingen im Stakkato der MPi-Salven unter, mit denen die Domäne-Killer ihren Angriff eröffneten ...

*

In gebückter Haltung eilten Phil und ich ans Schott, pressten uns links und rechts davon an die Wände, während Fraser, Sid und die beiden Posten hinter den umgestürzten Tischen kauerten.

Die Köpfe zwischen die Schultern gezogen, warteten wir ab, bis der erste Ansturm von Feuer und Blei über uns hinweggezogen war.

Dann erwiderten wir das Feuer.

Blitzschnell zuckte ich aus meiner Deckung hervor und zog den Stecher des Sturmgewehrs durch.

Zwei der vermummten Killer, die sich bis auf zehn Yards an das Schott herangearbeitet hatten, prallten zurück, als die Kugeln sie erfassten.

Fraser und Phil erwischten zwei weitere der Angreifer, und auch Sid, der nun tatsächlich auf unserer Seite kämpfte, erwischte einen von ihnen.

Der Blutzoll, den der erste Angriff die Killer gekostet hatte, ließ sie für einen Augenblick zurückweichen. Doch als aus den Tiefen der Verbindungsgänge Verstärkung nachdrängte, rückten die vermummten Kämpfer erneut vor.

Es war ein Kampf auf Leben und Tod.

Heißes Blei zuckte hin und her zwischen unserer Stellung und den Domäne-Killern, die sich zu beiden Seiten des Hauptkorridors festgesetzt hatten. Die Projektile durchschlugen geräuschvoll die Wandungen aus Wellblech. Funken schlugen, als Projektile von den stählernen Verstrebungen abprallten und als heulende Querschläger endeten.

Ich zuckte zusammen, als eines der Geschosse unmittelbar neben mir einschlug. Ich konnte noch einen kurzen Feuerstoß abgeben, dann musste ich mich in meine Deckung zurückziehen, als ein wahrer Sturm von Geschossen an mir vorbeifegte.

Phil, Fraser und die anderen kämpften mit Verbissenheit – auch Sidney Lomax, der mit einem gezielten Schuss einen weiteren Domäne-Kämpfer ausschaltete.

Im nächsten Moment hatten auch wir einen Verlust zu beklagen.

Einer der beiden Rangers, die von Breakers Einheit verblieben waren, warf die Arme hoch und ließ seine Waffe fallen. Blut quoll unter seinem Helm hervor, und er kippte um.

Ich biss die Zähne zusammen und feuerte erneut, leerte mein Magazin in Richtung des erbarmungslosen Gegners, der immer weiter heranrückte – und mir dämmerte die Erkenntnis, dass dies das Ende war.

Ich hatte mich oft gefragt, wie es sein würde, hatte mir nie wirklich vorstellen können, dass es einem Gegner von außen gelingen könnte, uns zu bezwingen.

So gesehen hatte ich Recht behalten.

Es war kein Gegner von außen, der uns zum Verhängnis geworden war, sondern einer aus unseren eigenen Reihen. Ein Maulwurf mit dem Namen Sidney Lomax, der jetzt an unserer Seite kämpfte, was den Wahnsinn unserer Lage nur noch deutlicher werden ließ. Vielleicht hatten wir es nicht anders verdient, als hier unterzugehen ...

»Aaaah!« Ich hörte Phil markerschütternd brüllen, während er den Killern der Domäne seine letzten Kugeln entgegenschickte.

Auch ich trat aus meiner Deckung empor, um die letzten Projektile auf Reisen zu schicken und meinem Ende kämpfend entgegenzublicken …

… doch zu meiner Überraschung musste ich erkennen, dass sich die Lage im Korridor rapide gewandelt hatte.

Die Domäne-Kämpfer befanden sich auf dem Rückzug.

Die meisten von ihnen hatten das Feuer eingestellt, nur noch sporadisch hämmerten ihre Maschinenpistolen. Und über ihre verwirrten Schreie hinweg hörten wir das dumpfe Knattern von Rotorblättern, gefolgt vom metallischen Hämmern schwerer AK-Maschinengewehre.

»Hubschrauber!«, rief Lieutenant Fraser. »Das sind unsere Jungs! Verstärkung aus Fort Kioma!«

»Die verdammte Kavallerie«, ächzte Phil. »Die Kavallerie ist endlich eingetroffen!«

»Aber wie ist das möglich?«, fragte Sid verwirrt. »Die Sendeanlagen der Station waren doch blockiert.«

»Meine Schuld«, erwiderte ich grinsend. »Ich war so frei, einen Hilferuf nach Fort Kioma abzusetzen. Offenbar wurde er gehört.«

»Offensichtlich«, nickte Fraser und setzte über die Deckung hinweg, nahm die Verfolgung der Domäne-Killer auf, die sich panisch nach draußen zurückgezogen hatten. Der verbliebene Ranger folgte ihm, zurück blieben nur Sid, Phil und ich.

Gerade wollte ich mich unserem verräterischen Kollegen zuwenden, der sich im allerletzten Augenblick doch noch auf unsere Seite gestellt hatte, als ich sein schneidendes Organ vernahm.

»Keine Bewegung! Das gilt für alle beide!«

Ich konnte, wollte es nicht glauben – Sid Lomax hatte seine Waffe auf uns gerichtet, hatte den Finger am Abzug – und …

*

»Verdammt, Sid, was soll das? Du hast mir dein Wort gegeben!«

»Mein Wort?« Der verräterische G-man zeigte ein verächtliches Grinsen. »Inzwischen solltest du wissen, Jerry, dass davon nicht allzu viel zu halten ist. Ich habe das Gefühl, dass es mal wieder an der Zeit ist, die Seiten zu wechseln.«

»Perfektes Timing«, versetzte Phil sarkastisch. »Dort draußen wimmelt es von U.S. Rangers, und du schlägst dich auf die Seite der Verlierer.«

»Verlierer seid nur ihr bei dieser Sache, Jungs«, erwiderte Sid ungerührt. »Wenn ich euch beide erledige, wird mir die Domäne einen Orden verleihen – und in dem Chaos, das dort draußen herrscht, werde ich keine Probleme haben, mich zu verdrücken.«

»Tu's nicht, Sid«, bat ich. »Du bist kein verdammter Killer. Tief im Herzen bist du einer von uns.«

Sid Lomax starrte mich an, und für einen Moment flackerte etwas wie Wehmut in seinem kalten Blick. »Nicht mehr, Jerry«, sagte er. »Das ist längst vorbei.«

Damit schwenkte er den Lauf seiner Waffe so, dass der Lauf auf Phil zeigte, und er wollte abdrücken – doch ich ließ es nicht dazu kommen.

In einer blitzschnellen Bewegung schnellte mein unverletztes Bein hoch und traf den Lauf der Waffe, riss ihn nach oben. Der Schuss, der sich aus der M16 löste, verfehlte Phil und jagte hinauf zur Decke.

Sid fluchte und fuhr zurück, legte auf mich an und wollte nun mich niederschießen.

Ich war einen Sekundenbruchteil schneller.

Phils Gewehr war bis auf den letzten Schuss leer gefeuert, ich jedoch hatte noch eine Kugel – die mit lautem Knall aus dem Lauf meines Sturmgewehrs jagte.

Sid Lomax zuckte zusammen, als die Kugel in Höhe seines Herzens durch seinen Körper fuhr.

Er bebte, zitterte, wankte hin und her, während er mich aus weit aufgerissenen Augen anstarrte.

Das Gewehr entwand sich seinem Griff und fiel klappernd zu Boden, gefolgt von Sid, der sich nicht länger auf den Beinen halten konnte.

Ächzend brach er zusammen, sank auf den metallenen Boden, und eine Pfütze Blut bildete sich um ihn, wurde immer größer.

Ich warf mein Gewehr weg und kniete mich neben Sid.

Sid Lomax keuchte. Seine Blicke flogen umher, während das Blut nun auch aus seinen Mundwinkeln rann. Als er mich gewahrte, drang etwas wie ein heiseres Lachen aus seiner Kehle.

»Jerry … nie gedacht, dass ausgerechnet du … einmal mein großes Vorbild …«

»Es tut mir leid, Sid«, sagte ich tonlos.

»Wi-wirklich?«

»Du hast dich für die falsche Seite entschieden. Dabei warst du ein guter G-man, Sid.«

Sid Lomax wollte etwas erwidern, doch eine Welle von Schmerz durchflutete seinen Körper und ließ ihn verstummen.

»E-es tut mir leid«, würgte er schließlich zusammen mit einem Schwall von Blut hervor. »Ich wollte … wollte immer nur der Beste sein …«

»Ich weiß, Sid. Und du hättest der Beste werden können.«

»Der beste G-man …«

»Der beste G-man«, bestätigte ich.

»Einer von euch …«

»Einer von uns.«

Wieder schien Lomax schreckliche Schmerzen zu leiden. Sein Körper bäumte sich krampfhaft auf.

»Jerry«, ächzte er.

»Ja?«

Seine Lippen zuckten, und ich musste mich weit hinabbeugen, um zu hören, was er mir sagen wollte.

Es war nur ein einzelnes Wort, ohne jeden Zusammenhang.

»Atlantis«, hauchte Sid Lomax kaum hörbar.

Dann fiel sein Kopf zurück, und sein von Schmerz gepeinigter Körper entkrampfte sich.

Es war vorbei.

Der Fall Sidney Lomax war zu Ende …

*

Der Alpha saß wieder beim Dinner im Speiseraum, als er ans Telefon gerufen wurde.

Der Anrufer war Delta 4 – und er hatte keine guten Nachrichten.

Die Aktion in Alaska war fehlgeschlagen.

Jene dritte Macht, die die Domäne hinter der Affäre Cotton vermutet hatte, gab es gar nicht. Die Wetterstation war eine Falle gewesen, ein Täuschungsmanöver, das der FBI bewusst durchgeführt hatte, um den Maulwurf in den eigenen Reihen aufzuspüren.

Und der FBI hatte dabei Erfolg gehabt.

Soweit die Domäne-Agenten hatten in Erfahrung bringen könnten, war Sigma 187 im Verlauf des Gefechts um die Wetterstation getötet worden.

Außerdem war die Einheit Alaska bei Kämpfen mit Verstärkungsverbänden der U.S. Rangers nahezu aufgerieben worden. Nur die beiden Anführer – Tau 627 und Epsilon 265 – hatten fliehen können.

Der Alpha holte tief Luft.

Es war eine Niederlage – der erste schwere Rückschlag, den die Domäne im Kampf gegen den FBI bislang hinzunehmen hatte. Gewissermaßen hatten Cotton und der FBI die Organisation mit ihren eigenen Mitteln geschlagen, mit Täuschung und Verrat.

Fast amüsierte es den Alpha, wie die Gegner der Domäne mit ihr wuchsen. Er war Optimist genug, um die Vorteile zu sehen, die diese neue Situation mit sich brachte.

Cotton und seine Leute hatten ihre Trümpfe alle ausgespielt – ein zweites Mal würde sich die Domäne nicht von ihnen täuschen lassen.

Zudem war es den G-men nicht gelungen, auch nur einen Domäne-Kämpfer gefangen zu nehmen, um ihn zu verhören. Diejenigen, die gefangen genommen worden waren, hatten lieber den Freitod gesucht, als sich der Staatsgewalt zu überantworten.

Und was den Maulwurf beim FBI betraf – das Federal Bureau of Investigation war eine zu große und zu umfassende Behörde, als dass sich nicht wieder jemand finden würde, der für die Verlockungen der Domäne empfänglich war.

Die Domäne mochte eine Niederlage erlitten haben – aber der Kampf ging weiter, auch ohne Sidney Lomax.

In ihrer Beschränktheit und ihrer langweiligen Rechtschaffenheit würden Männer wie Jerry Cotton niemals erkennen, was die Domäne wirklich war und wer sich hinter ihr verbarg.

Niemals.

Und am Ende würde die Domäne siegen …

ENDE

Operation Atlantis

Weltbild

Washington, D.C., 1.30 a.m.

Es war, als würde die gepflegte Parklandschaft, die das Hauptgebäude des Atlantis-Ambassador-Hotels umgab, plötzlich zum Leben erwachen.

Wo noch vor einem Augenblick völlige Ruhe geherrscht hatte und ein einsamer Parkplatzwächter der einzige Mensch gewesen war, der weit und breit zu sehen war, wimmelte es plötzlich von dunklen Gestalten.

Hinter Sträuchern und Büschen setzten sie hervor, sprangen über Mauern, hinter denen sie sich verborgen gehalten hatten, stürmten aus Lieferwagen, die wie zufällig auf dem Parkplatz abgestellt worden waren: Männer und Frauen, die blaue Overalls und schusssichere Westen trugen, auf denen mit weißer Blockschrift die Buchstaben »FBI« geschrieben standen.

Maschinenpistolen vom Typ HK5 im Anschlag, stürmten die FBI-Agenten die Treppe des Haupteingangs und besetzten die Nebenausgänge. Bill Pherson und Nancy Morgan, die ebenfalls Einsatzkleidung trugen, folgten dem Hauptstoßtrupp. Sie waren die Beamten, deren Ermittlungen zu dieser Aktion geführt hatten.

Der Nachtportier staunte nicht schlecht, als er sich plötzlich einem Dutzend schwer bewaffneter und behelmter Polizisten gegenüber sah.

Nancy Morgan, die sofort bei ihm war, gebot ihm zu schweigen, während Bill Pherson Handzeichen gab, wie sich die Beamten im Gebäude verteilen sollten.

Das Foyer des Atlantis Ambassador war ein hoher, lang gestreckter Saal mit holzgetäfelter Decke. An der Stirnseite führte eine breite Treppe hinauf zu den Gästezimmern.

Das Foyer war um diese Zeit fast menschenleer. Die meisten der Gäste hatten sich bereits auf ihre Zimmer zurückgezogen. Um die wenigen, die die angrenzende Lounge bevölkerten, kümmerten sich zwei Beamte.

Im Laufschritt eilten die FBI-Agenten die mit rotem Teppich belegten Stufen hinauf und bemühten sich dabei, so lautlos wie möglich zu sein. Schließlich wollten sie den Verdächtigen nicht warnen.

Bill Pherson und Nancy Morgan waren mit die Ersten, die das obere Stockwerk erreichten.

Während die Beamten der Task Force sicherten, huschten sie beide durch den breiten Gang, ihre Dienstpistolen vom Typ P226 im Anschlag.

Das Zimmer mit der Nummer 18 lag vor ihnen.

Hier war Leonard McGraw dem Informanten zufolge abgestiegen …

Pherson und Nancy nahmen zu beiden Seiten der Tür Aufstellung. Die Beamten der Task Force rückten nach.

Mit den Fingern seiner linken Hand zählte Pherson einen lautlosen Countdown in der Luft.

Dann schlugen die Beamten zu!

Blitzschnell sprang Bill Pherson vor und traten die Tür ein, platzten in die Hotelsuite, die dahinter lag – luxuriös eingerichtete Räume, die jede nur denkbare Annehmlichkeit boten.

Nur von ihrem Bewohner war nichts zu sehen …

Gefolgt von den Kämpfern der Task Force drangen Pherson und seine Partnerin in die Suite ein. Der Tipp hatte als sicher gegolten – aber wo, in aller Welt, steckte McGraw?

In den Zimmern war die Beleuchtung an, der Fernseher lief noch. Ein Footballspiel flimmerte über die Mattscheibe …

Pherson teilte seine Kollegen auf. Die Beamten der Task Force nahmen sich die beiden Wohnräume und das Arbeitszimmer vor, während der G-man und seine Partnerin das Schlafzimmer überprüften.

Sich gegenseitig sichernd, schlichen sie in den geräumigen Schlafraum. Das Laken des großen Bettes, das in der Mitte des Raumes stand, war zerwühlt …

»Hey«, sagte Nancy und warf ihrem Partner einen viel sagenden Blick zu. »Wenn du mich fragst, ist McGraw nicht alleine hier gewesen. So eine Unordnung im Bett richten Männer normalerweise nur in weiblicher Gesellschaft an …«

Bill Pherson wandte sich um, wollte gerade etwas erwidern – als sich seine Augen vor Entsetzen weiteten.

Unmittelbar hinter Nancy öffnete sich die Schiebetür zum Bad. Sie hatte die gleiche Farbe wie die Wand, so dass Bill Pherson sie zunächst nicht mal registriert hatte.

Und in der Öffnung erschien kein anderer als McGraw ...

Der Mann, der sich nach außen als biederer Geschäftsmann tarnte, trug einen karierten Hausmantel. Seine Augen blitzten kalt, in seiner Rechten hielt er einen großkalibrigen Revolver – den er auf Nancy Morgan anlegte!

»Nancy!«, brüllte Bill Pherson.

Und dann ging alles blitzschnell!

Nancy Morgan fuhr herum, dass ihre langen Haare flogen, starrte entsetzt in den hässlichen Lauf der Waffe, die McGraw auf sie gerichtet hielt.

Der Finger des Gangsters krümmte sich am Abzug – doch die Kugel verließ die Kammer des Revolvers nie.

Denn in diesem Moment krachte Bill Phersons SIG.

Einmal.

Zweimal.

Und ein drittes Mal.

Leonard McGraw wurde zurückgeworfen. Dumpf schlug er gegen die Wand und sank leblos daran herab.

Die Waffe weiterhin auf ihn gerichtet, eilte Pherson heran, versetzte dem am Boden liegenden Revolver einen Stoß mit dem Fuß, so dass die Waffe davonschlitterte.

Doch alle Vorsichtsmaßnahmen waren überflüssig.

McGraw würde keinen Schaden mehr anrichten.

Er war tot.

»Danke«, sagte Nancy, die noch immer wie versteinert stand. Erst allmählich wurde ihr klar, dass ihr Partner ihr gerade das Leben gerettet hatte.

»Schon okay.« Pherson empfand keine Genugtuung darüber, dass McGraw tot war, im Gegenteil. Lebend hätte McGraw ihnen ein wichtiger Zeuge sein können.

Jedoch hatte er alles, was er wusste, mit sich genommen in den Tod.

Nun würde es noch ungleich schwerer werden, die Hintermänner des Komplotts auszumachen ...

*

New York, am nächsten Morgen ...
Es war Montag. In der vergangenen Woche hatten mein Partner Phil Decker und ich wieder mal einen brisanten Fall abgeschlossen, und zum ersten Mal seit langer Zeit hatten wir den Luxus eines freien Wochenendes genossen. Nun jedoch war es zu Ende, und wir befanden uns wieder auf dem Weg zur Federal Plaza, wo uns ein neuer Auftrag erwartete ...
»Bin gespannt, was Mr. High diesmal für uns hat«, sagte Phil, den ich wie immer an unserer Ecke aufgelesen hatte. Dabei schlürfte er an dem Kaffee, den er sich bei Starbuck's gekauft hatte. Der süßlich-würzige Duft von Cappuccino erfüllte meinen roten Jaguar XKR.
»Wer weiß? Vielleicht ein Mafioso, der aussteigen will? Oder eine Entführung? Oder ein Kronzeuge, den wir babysitten müssen ...«
»O nein.« Phil machte ein verdrießliches Gesicht. »Bitte nicht schon wieder. Ich hasse diese Babysitter-Nummern.« Damit setzte er an und leerte seinen Becher bis auf den Grund. »Wirklich nicht schlecht, dieses Zeug«, meinte er grinsend. »Auch wenn es nicht mit Helens Kaffee konkurrieren kann. Hoffe, dass sie schon ein Tässchen für uns bereitgestellt hat.«
»Du weißt, dass zu viel Koffein die Potenz gefährdet?«, fragte ich ihn.
»Wirklich?«, frage Phil erschrocken – und ich konnte mir ein schadenfrohes Grinsen nicht verkneifen.
Ich setzte den Blinker und fuhr in die Tiefgarage des Federal Buildings, stellte den Jaguar am gewohnten Stellplatz ab. Dann nahmen wir den Lift hinauf zu den FBI-Etagen, und fünf Minuten später saßen wir im Büro unseres SAC, Tassen mit dem besagten Gebräu in der Hand, das Mr. Highs Sekretärin Helen wie keine Zweite zuzubereiten verstand.
Mir entging allerdings nicht, dass Phil immer wieder misstrauische Blicke in seine Tasse warf ...

»Gentlemen«, begann Mr. High das Briefing, »es gibt Neuigkeiten!«

Da wussten Phil und ich, dass wir mit unserer Vermutung richtig gelegen hatten. Es gab einen neuen Auftrag.

Mr. High war kein Freund großer Worte. Was hinter uns lag, lag hinter uns. Ein neuer Fall wartete darauf, von uns angegangen zu werden.

»Worum geht es, Sir?«, erkundigte ich mich.

»Um einen Fall, der Sie beide sicher interessieren wird«, prophezeite unser Chef. »Vergangene Nacht ging unseren Kollegen in Washington, D.C., bei einer Razzia in einem Hotel der Atlantis-Kette ein dicker Fisch ins Netz.«

»In Washington, Sir?«

»Ja, Phil. Die ermittelnden Beamten waren Special Agent Bill Pherson und Special Agent Nancy Morgan, die Sie, wie ich glaube, persönlich kennen.«

»Das ist richtig, Sir.« Ich nickte. Vor ein paar Wochen hatten wir in der Hauptstadt einen Fall zu bearbeiten gehabt, und Bill und Nancy waren die G-men gewesen, die uns dabei unterstützt hatten.

»Agent Pherson und Agent Morgan hatten einen Fall übernommen, der die innere Sicherheit betraf. Ein Kongressabgeordneter hatte mehrfach Drohbriefe erhalten und war beschattet worden. Da man eine Entführung für möglich hielt, wurden die beiden Agenten auf den Fall angesetzt.«

»Ich verstehe, Sir.«

»Im Zuge ihrer Ermittlungen stießen sie auf einen Informanten, der behauptete, etwas über einen Geschäftsmann namens Leonard McGraw zu wissen.«

»McGraw …«, murmelte Phil nachdenklich. »Sollten wir den Knaben kennen?«

»Eigentlich nicht. McGraw ist ein Geschäftsmann aus Colorado, der im Immobilienhandel tätig ist. Er gehört nicht zu der Sorte Mensch, die man hinter einer geplanten Entführung vermuten würde …«

»… was ihn geradezu dafür prädestiniert«, fügte ich hinzu.

»Das war es wohl auch, was Agent Pherson und Agent Morgan dachten. Die beiden ermittelten im Umfeld des Senats und deckten ein Komplott auf, in das mehrere Staatssekretäre verwickelt waren. Die Suche nach dem Drahtzieher führte schließlich zu McGraw.«

»Und?«

»Vergangene Nacht kam es zum Zugriff. Ein Informant hat den beiden zugetragen, dass McGraw in einem Hotel in der Washingtoner Innenstadt abgestiegen sei. Dort rückten sie mit einer Task Force ein und stellten ihn.«

»Er wurde gefasst?«

»Leider nein, Jerry. Es kam es zu einer Schießerei, bei der McGraw Agent Morgan beinahe getötet hätte. Agent Pherson war gezwungen, McGraw zu erschießen.«

»Mmh ...«, brummte Phil. »Allerdings begreife ich noch nicht, was *wir* damit zu tun haben ...«

»Die Indizien und Hinweise, die Agent Pherson und Agent Morgan gesammelt haben, sind damit gegenstandslos, weil der letzte Beweis fehlt, nämlich McGraws Geständnis. Wahrscheinlich wären die weiteren Ermittlungen im Sande verlaufen, hätte sich nicht an einem anderen Ort etwas zugetragen, dass die Dinge in einem neuem Licht erscheinen lässt.«

»Und das wäre, Sir?«

»Die Razzia in Washington startete um exakt 1 Uhr 30 Eastern Time. Ungefähr fünf oder zehn Minuten später wurde McGraw in seiner Suite erschossen.«

»Und weiter?«

»Halten Sie sich fest, Gentlemen – gegen 11 Uhr 45 Mountain Time wurde Leonard McGraw in einem Restaurant in Denver gesehen.«

»Gegen 11 Uhr 45 Mountain Time?«, fragte Phil und begann zu rechnen. »Aber ... das sind ja gerade mal ein paar Minuten später! Der Zeitunterschied zwischen der Ostküste und den Rockies beträgt zwei Stunden.«

»Genauso ist es, Phil«, bestätigte Mr. High. »Die Frage, die sich uns stellt, ist also folgende: Wie kann ein Mann, der in Washington, D.C., von einem Agenten des FBI erschossen wird, fünf oder zehn Minuten später in einem Restaurant in Denver sitzen und sich seine Pasta schmecken lassen?«

Ich schaute skeptisch. »Eine Verwechslung ist ausgeschlossen?«
»Ich denke ja. Die Beobachtung wurde von zwei Kollegen des Fahndungsdienstes gemacht. Sie waren in der Nähe, um einen anderen Verdächtigen zu observieren. McGraw fiel ihnen jedoch auf, weil sie sein Bild von einem der Fahndungsaufrufe aus dem FBI-Computer kannten.«

»Na ja«, sagte Phil, »wenn dieser Knabe Superman wäre, dann würde es mich nicht weiter wundern, wenn er unverwundbar wäre und in ein paar Minuten von einer Ecke dieses Landes in die andere jetten könnte ...«

»Aber da das ziemlich unwahrscheinlich sein dürfte«, fuhr ich mit gepresster Stimme fort, »gibt es eigentlich nur eine Möglichkeit: Einer von beiden ist nicht der echte Leonard McGraw.«

»Richtig, Jerry. Als die Kollegen in Washington davon erfuhren, wurde eine Obduktion von McGraws Leichnam vorgenommen. Sämtliche verfügbaren medizinischen Daten über ihn wurden angefordert und verglichen, außerdem wurde ein Mikroscan seiner Gesichtspartie vorgenommen.«

»Und das Ergebnis?«

»Es kann kein Zweifel bestehen, meine Herren: Der Mann, der vergangene Nacht in Washington erschossen wurde, war nicht der echte Leonard McGraw. Sondern ein nahezu perfekter und mittels plastischer Chirurgie erstellter Doppelgänger.«

Schweigen kehrte im Büro unseres SAC ein.

Phil und ich schauten uns betroffen an, denn wir beide wussten, was das zu bedeuten hatte.

»Die Domäne ...«, sagte mein Partner leise.

»Zumindest sieht es danach aus«, sagte Mr. High.

Ich nickte.

Die Domäne war eine geheimnisvolle und mächtige Verbrechensorganisation, gegen die wir seit über zwei Jahren kämpften. In dieser Zeit hatte sie mehr Schaden angerichtet als so manches Gangstersyndikat in zwanzig Jahren.

Die Domäne war mit keiner anderen Organisation zu vergleichen, mit der Phil und ich es jemals zu tun gehabt hatten. Sie handelte weder mit Waffen noch mit Drogen noch mit Menschen. Ihre Methoden waren subtiler, aber nicht weniger kriminell.

Die Spezialität der Domäne war die Täuschung, die Unterwanderung und Manipulation.

Indem sie führende Persönlichkeiten aus Politik und Wirtschaft mit nahezu perfekten Doppelgängern ersetzt hatte, war es der Domäne gelungen, sich ein breites Netzwerk aufzubauen. Manipulationen auf dem Geldmarkt hatten der Domäne Gewinne in Milliardenhöhe eingetragen und ihr und ihren Anhängern eine breite Machtbasis beschert. Unsere Versuche, gegen sie vorzugehen, hatten bislang allenfalls Teilerfolge gebracht.

Zwar versuchte man inzwischen, der Gefahr, die durch die Doppelgänger drohte, durch weitreichende Sicherheitsmaßnahmen zu begegnen, doch niemand wusste zu sagen, wie viele Agenten der Domäne sich tatsächlich unter uns befanden. Hatte die Domäne bereits weite Teile unseres Landes unterwandert? Oder litten wir alle an Paranoia?

Wer die Hintermänner der Domäne waren, war noch immer weitgehend unbekannt. Nur ein einziges Mal waren wir mit einem ihrer ominösen Anführer in Berührung gekommen – damals, als wir den letzten Kampf gegen meinen Erzfeind Jon Bent geführt hatten, der sich mit der Domäne verbündet hatte.

Auch davor, den FBI zu unterwandern, hatte die Domäne nicht zurückgeschreckt. In unserem Kollegen Sidney Lomax hatte sie einen bereitwilligen Helfer gefunden. Fast zwei Jahre lang hatte er in unserer Fahndungsabteilung gearbeitet und der Domäne jeden unserer Schritte verraten, bis wir schließlich Verdacht geschöpft und sein Doppelspiel in einer groß angelegten Maulwurfsjagd hatten auffliegen lassen. Ich selbst war es gewesen, der Sid in Notwehr erschossen hatte.

Nichts, woran ich mich gerne erinnerte.

Dass die Domäne über erschreckendes Potenzial verfügte, hatte sie uns immer wieder bewiesen. Und im Fall von Leonard McGraw schien sie erneut zugeschlagen zu haben ...

»Moment«, verlangte Phil, »wartet mal. Irgendetwas stimmt an der Sache doch nicht. Bislang hat die Domäne das Original stets verschwinden lassen, ehe sie den Doppelgänger zum Einsatz brachte, richtig?«

»Richtig«, stimmte Mr. High zu.

»Wie kann es also sein, dass das Original und sein Double fast zur gleichen Zeit gesichtet wurden?«

»Im Grunde gibt es zwei Möglichkeiten«, erwiderte der Chef. »Möglichkeit A: Die Domäne hat geschlampt. Seit dem Fall Lomax wissen wir, dass auch ihr gelegentlich Fehler unterlaufen.«

»Oder Möglichkeit B«, fügte ich hinzu, »nämlich dass es sich nicht um einen der üblichen Doppelgänger handelt, sondern um ein Double, das vom Original ablenken sollte. Eine Art lebendes Alibi.«

»Das stimmt, Jerry. Die Geheimdienste berichten immer wieder davon, dass sich die Machthaber in Unrechtsregimen diverser Doppelgänger bedienen, um für den Fall eines Anschlags das Risiko zu minimieren.«

»Cooler Job«, versetzte Phil mit freudlosem Grinsen. »Ich lass mir die Visage von jemand anderem verpassen und hoffe, dass es mich erwischt und nicht ihn.«

»Für unser Verständnis mag diese Auffassung fremd sein – in anderen Ländern ist sie weit verbreitet. Und wieso sollte nicht auch die Domäne davon Gebrauch machen? Wir wissen, dass ihre Anhänger Fanatiker sind, die sich zum Wohle der Domäne bereitwillig opfern.«

»Das kann man wohl sagen«, bestätigte ich bitter. Einen der schwarz gekleideten Domäne-Killer lebend zu fassen war so gut wie unmöglich. Sie zogen es vor, sich selbst zu töten …

»Nehmen wir also an, wir hätten Recht mit unserer Vermutung«, sagte Mr. High, »dann können wir davon ausgehen, dass sich hinter Leonard McGraw – dem echten Leonard McGraw – ein hohes Tier der Domäne verbirgt. Möglicherweise sogar ein Mitglied des Alpha-Kreises.«

»Ich verstehe, Sir.«

»Sie beide, meine Herren, verfügen mit Abstand über die meiste Erfahrung im Kampf gegen die Domäne. Deshalb hat das Hauptquartier Sie für diesen Einsatz angefordert, und ich habe dem zugestimmt.«

»Danke für Ihr Vertrauen, Sir«, erwidert ich. »Wir werden versuchen, Sie nicht zu enttäuschen.«

»Das weiß ich, Jerry. Helen hat Ihre Plätze für den Flug nach Denver bereits gebucht. Sie fliegen in sechs Stunden. Das Field Office vor Ort wird Ihnen jede nur denkbare Hilfe zur Verfügung stellen. Arbeiten Sie sich an McGraw heran, versuchen Sie, so viel wie möglich über ihn herauszufinden. Jede Information, die wir über die Domäne bekommen können, ist wichtig.«

»Verstanden, Sir.«

»Vielleicht gelingt es uns diesmal, einen entscheidenden Schlag gegen sie zu führen. Mein Gefühl sagt mir, dass die Zeit reif dafür ist. Gute Jagd, Jungs!«

»Danke, Sir.«

Phil und ich erhoben uns aus den Besuchersesseln und wandten uns zum Gehen.

So war das mit den Montagen beim FBI – im einen Moment saß man noch gemütlich bei einer Tasse Kaffee, im nächsten saß man schon halb im Flugzeug, das einen zu einem neuen Fall nach Colorado brachte ...

»Sir?«, wandte ich mich noch einmal um, als wir schon auf der Schwelle standen. Etwas gab es noch, das mir keine Ruhe ließ.

»Ja, Jerry?«

»Dieses Hotel in Washington, in dem die Razzia stattfand ...«

»Ja?«

»Welcher Kette gehörte es an, sagten Sie?«

Unser SAC warf einen kurzen Blick in die Unterlagen, die vor ihm auf dem Schreibtisch lagen. »Es war ein Hotel der Atlantis-Kette, Ambassador-Kategorie.«

»Hm«, machte ich.

»Gibt es da etwas, das ich wissen sollte, Jerry?«

»Sir, ich musste nur gerade an das letzte Wort denken, das Sidney Lomax sagte, als er in meinen Armen starb.«

»Nämlich?«

»Es war das Wort ›Atlantis‹, Sir.«

»Mensch, Jerry!« Phil schlug sich vor die Stirn. »Du hast Recht!«

»Es könnte ein Hinweis sein«, räumte Mr. High ein. »Aber wir sollten nicht zu viel darauf geben. Immerhin war Agent Lomax ein Verräter.«

»Ich schüttelte den Kopf. Ich weiß nicht, Sir, aber ganz am Ende ... da hat Sid begriffen, worum es ging. Ich denke, er wollte uns etwas sagen, wollte uns einen Hinweis geben. Atlantis ...«

»Die Atlantis-Kette unterhält Filialen überall in den Staaten«, erklärte Phil. »Sicher gibt es auch eine Niederlassung in Denver. Vielleicht sollten wir dort mit unseren Ermittlungen beginnen.«

»Ein guter Vorschlag«, meinte Mr. High, »aber ich muss Sie bitten, vorsichtig zu sein. Falls Sie Recht haben, ist das ein weiterer Hinweis darauf, dass wir es mit der Domäne zu tun haben. Und Sie wissen, dass die Domäne keine Gefangenen macht.«

»Ja, das wissen wir, Sir«, versicherte ich.

»Viel Glück, Jungs«, sagte Mr. High, und seine Miene war plötzlich sorgenvoll. »Passen Sie gut auf sich auf …«

*

Als das Telefon in seinem Arbeitszimmer schrillte, wusste der Alpha sofort, wer ihn da anrief. Das Kürzel, das im Display des Geräts erschien, verriet es.

Es war eine kurze Kombination von Zeichen, die sich aus einem Buchstaben des griechischen Alphabets und einer Zahl zusammensetzte.

Beta 14 …

Es summte leise, als der Alpha den Motor seines Rollstuhls betätigte und damit zum Schreibtisch fuhr. Er nahm den Hörer von der Gabel.

»Ja?«

»Sir, ich bin es«, hörte er die Stimme von Beta 14.

»Bericht«, sagte der Alpha nur.

»Es hat in Washington einen Zwischenfall gegeben. Ich wurde erschossen.«

»Verdammt.«

»Keine Sorge, Sir«, beeilte sich der Anrufer zu beschwichtigen, »es ist nichts geschehen. Es war klug von mir, den Doppelgänger zu schicken. Diese dämlichen Bullen werden nie erfahren, dass alles nur ein Bluff war.«

»Trotzdem. Ein solcher Vorfall wirbelt nur unnötig Staub auf – und das, nachdem gerade ein wenig Gras über den Vorfall in Alaska gewachsen ist.«

»Alaska war eine Sache, das hier ist etwas anderes.«

»Wer bearbeitet den Fall?«

»Die Bundesbehörde.«

»Der verdammte FBI?« Der Alpha war lauter geworden, als er beabsichtigt hatte. »Verdammt, Beta 14! Wie ist der FBI auf Ihre Spur gekommen?«

»Es muss ein dummer Zufall gewesen sein, anders kann ich es mir nicht erklären. Offenbar bin ich das Opfer eines Justizirrtums geworden.«

»Wenn Sie das komisch finden, Beta 14, dann will ich Ihnen sagen, dass ich Ihren Humor nicht teile«, sagte der Alpha zähneknirschend. »Was Sie für einen Zufall halten, könnte sehr wohl auch ein gut getarntes Manöver des FBI sein.«

»Übertreiben Sie da nicht etwas, Sir?«

»Keineswegs. Immerhin haben es die Feds auch geschafft, uns glauben zu machen, es gäbe eine weitere Partei im Spiel um die Macht. Auf diese Weise enttarnten sie unseren Spion innerhalb des New Yorker FBI.«

»Nur ein einziges Mal ist es ihnen gelungen, uns zu täuschen, Sir. Ein zweites Mal werden sie es nicht schaffen.«

»Nicht, wenn wir vorsichtig sind«, stimmte der Alpha zu. »Der FBI wird allmählich gefährlich, und wir haben keinen Informanten mehr in seinen Reihen. Es ist schwierig, jemanden dort einzuschleusen, zumal die Feds jetzt gewarnt sind.«

»Keine Sorge, Sir. Das Projekt ist nicht gefährdet.«

»Das will ich hoffen, Beta 14, in Ihrem eigenen Interesse. Noch sind wir angreifbar, sind noch nicht in der Lage, unseren Plan in die Tat umzusetzen. Das ist eine gefährliche Phase.«

»Sir, ich werde mich nicht mehr in der Öffentlichkeit zeigen – schließlich bin ich tot, nicht wahr? Ich werde mich sofort zum Stützpunkt zurückziehen und dort bleiben, bis ich weitere Befehle erhalte.«

»Tun Sie das, Beta 14. – Sieg der Domäne!«

»Sieg der Domäne!«, echote es aus der Leitung.

Dann wurde die Verbindung beendet.

*

Der Flug von New York nach Denver war ziemlich unruhig gewesen. Über den Great Planes war die Maschine in einen heftigen Sturm geraten und von Turbulenzen durchgeschüttelt worden.

Während sich Phil von der Flugbegleiterin reichlich Kaffee hatte bringen lassen und ein zweites Frühstück zu sich genommen hatte, hatte ich damit zu tun gehabt, das erste bei mir zu behalten. Vielleicht waren mir die jüngsten Enthüllungen über die Domäne auf den Magen geschlagen. Oder war es doch nur der Sturm?

Dass sich die Domäne ihrer durch plastische Chirurgie erstellten Doppelgänger bediente, um unsere Gesellschaft zu unterwandern, war eine Sache. Dass sich ihre Führungsmitglieder auch noch dadurch schützten, dass sie Doubles von sich selbst herstellen ließen, war uns neu.

Bislang hatte ich solche Szenarien allenfalls aus Science-Fiction-Filmen oder aus den Horrormeldungen der Geheimdienste gekannt, sie aber zum größten Teil als Spekulation abgetan.

Nun hatten wir vom FBI damit zu tun.

Lebende Schutzschilde für die Führungsriege der Domäne …

Gleichzeitig hatte diese Erkenntnis aber auch eine positive Seite. Bisher hatten wir es mit vielen Agenten und Mittelsmännern der Domäne zu tun gehabt, die die Organisation ohne Zögern geopfert hatte. Wenn sie nun einen solchen Aufwand betrieb, um gewisse Mitglieder zu schützen, so zeigte dies, dass wir uns dem Kern der Organisation näherten – dem Kreis der Führungskräfte.

Den ominösen »Alphas« …

Ich war einigermaßen erleichtert, als die Maschine schließlich auf dem International Airport von Denver landete. Nachdem wir unser Gepäck abgeholt hatten, holten uns Phil und ich den Mietwagen, den Helen für uns reserviert hatte.

Unser Plan sah vor, uns nicht sofort mit dem örtlichen Field Office in Verbindung zu setzen. Stattdessen wollten wir als Geschäftsleute aus New York auftreten, wofür wir uns Tarnidentitäten besorgt hatten. Wenn tatsächlich die Atlantis-Hotelkette in irgendeiner Verbindung zur Domäne stand, wollten wir uns zuerst dort umhören.

Zugegeben – der Hinweis, den wir hatten, war ziemlich dünn. Eine Überprüfung der Hotelkette und ihrer Geschäftsbeziehungen hatte keine Verdachtsmomente ergeben. Dennoch hatte ich das

Gefühl, dass Sid Lomax seine letzten Worte nicht gesprochen hatte, um uns in die Irre zu führen.

Ich war überzeugt davon, dass er im allerletzten Augenblick sein Handeln bereut hatte und wieder einer von uns geworden war.

Ein G-man.

Das Atlantis-Hotel lag in einem der Außenbezirke der Stadt – ein großzügig angelegtes Ressort, das nicht nur Geschäftsreisenden offen stand, sondern auch Touristen, die im Sommer zum Hiking und im Winter zum Schifahren nach Colorado kamen. Ich stellte unseren Mietwagen – einen gediegenen Dodge – auf dem Parkplatz ab, und sofort kam ein Bediensteter des Hotels herbeigeeilt, um uns die Koffer abzunehmen.

Wir folgten ihm in die Lobby des Hotels, wo wir eincheckten. Mein Deckname war Glen Sanders, aus Phil hatte die Undercover-Abteilung Stan Fisher gemacht. Die Namen waren das, was wir im Sprachgebrauch »Instant-Identitäten« nannten – Legenden, die für den Fall erstellt und vorbereitet wurden, dass sie in laufenden Ermittlungen benötigt wurden. Natürlich waren sie nicht so hieb- und stichfest wie wenn die Abteilung ein halbes Jahr daran gearbeitet hätte, aber einer flüchtigen Überprüfung hielten sie durchaus stand.

Sanders und Fisher waren Handlungsreisende, die im Auftrag einer New Yorker Firma für Sportgeräte unterwegs waren.

Die Dame am Empfang überprüfte die Führerscheine, die wir ihr zur Identifikation vorlegten. Danach händigte sie uns die Schlüssel aus, und der Kofferträger erbot sich, uns auf unsere Zimmer zu begleiten.

Obwohl es erst Nachmittag war, beschlossen Phil und ich, uns erst einmal einzuquartieren. Später konnten wir dann Kontakt mit dem örtlichen Field Office aufnehmen und sehen, was man an Informationen für uns zusammengestellt hatte.

Wir folgten dem Bediensteten zu den Fahrstühlen, und der Lift brachte uns in den zweiten Stock des Gebäudes, wo unsere Zimmer lagen.

Aus Erfahrung weiß ich, dass in den Aufzügen der meisten Hotels Überwachungskameras installiert sind.

Was ich nicht ahnte, war, dass man uns bereits erkannt hatte …

*

Der Computer, der an die Überwachungskameras der Sicherheitsanlage angeschlossen war, schlug Alarm.

Ein schrilles Heulsignal erklang, dazu begann eine Warnlampe zu blinken in dem mit Monitoren und elektronischen Geräten vollgestopften Raum.

Der Mann, der einen schwarzen Overall und eine Maske trug, die nur schmale Sehschlitze frei ließ, sprang aus dem Drehstuhl und lief zum Terminal, das den Alarm ausgelöst hatte.

Auf dem Monitor war das Innere von Aufzug 2 zu sehen – einer der Kofferträger und zwei Hotelgäste, die korrekte Anzüge trugen und alles andere als auffällig aussahen. Eher wie zwei langweilige Vertreter, die in Denver Geschäfte zu erledigen hatten.

Doch der Schein trog.

Die Kamera, die das Innere des Aufzugs überwachte, war wie alle anderen an das Ident-Programm angeschlossen, das – nicht unähnlich den Programmen, die bei der Polizei im Einsatz waren – dazu in der Lage war, die Gesichtsmerkmale eines Menschen mit den Einträgen der Datenbank zu vergleichen.

Und das Ident-Programm war fündig geworden – gleich zweimal!

Der Vermummte fluchte, den Blick wie gebannt auf den Bildschirm geheftet. Über die Gesichter der beiden Handlungsreisenden hatten sich grün leuchtende Raster gelegt, die ihre Züge als dreidimensionales Gitternetz nachzeichneten.

Diese 3-D-Daten wurden mit jenen verglichen, die in der Datenbank gespeichert waren und die man aus Fotos und Filmaufnahmen all derer zusammengetragen hatte, die sich der Domäne jemals entgegengestellt hatten.

Diese beiden zählten offenbar dazu ...

Und nun meldete der Computer auch ihre wahren Identitäten.

Nicht nur, dass die beiden Männer nicht das waren, was sie vorgaben. Sie waren sogar G-men, Agenten des FBI.

Ihre Namen waren Jerry Cotton und Phil Decker.

Das Gesicht unter der Maske des Vermummten wurde kreidebleich. Mit bebenden Händen griff der Wachmann nach dem Telefon, das an der Wand hing, und wählte eine geheime Nummer.

»Ja?«, meldete sich eine Stimme am anderen Ende.
»Hier Sigma 142. Wir haben einen Code 7 ...«

*

Der Alpha hatte gerade sein Abendessen beendet, als ihn der Anruf erreichte.

Vom Speisezimmer der Villa aus bot sich ihm ein überwältigender Ausblick auf den Potomac und die Hügel von Arlington, und er sah, wie sich das Licht der untergehenden Sonne im Wasser des Flusses brach.

Ein wunderschöner Anblick, wäre da nicht die beunruhigende Nachricht gewesen ...

»Code 7, Sir«, sagte die Stimme von Beta 14 leise.

»Was?« Der Alpha sog scharf die Atemluft ein. »Wo?«

»Hier in Colorado, Sir. Einer unserer Wachleute hat den Alarm vor einer Stunde ausgelöst.«

»Vor einer Stunde? Und wieso erfahre ich erst jetzt davon?«

»Weil ich die Sache zunächst nicht für so wichtig hielt, Sir. Ich glaubte ...«

»Was glaubten Sie?«, fiel ihm der Alpha ins Wort. »Dass Sie Ihr Versagen unter den Teppich kehren könnten? Wenn ein Code 7 ausgelöst wurde, bedeutet das, dass man uns auf der Spur ist. Und das, Beta 14, ist allein Ihre Schuld!«

»Sir, ich ...«

»Sagen Sie mir endlich, was los ist, verdammt!«

»Der Alarm wurde ausgelöst, als einer unserer Identifikatoren zwei G-men des New Yorker FBI in einem unserer Hotels erkannte.«

»G-men? New Yorker FBI?« Die Stimme des Alpha hörte sich plötzlich heiser und kraftlos an.

»Ja, Sir.«

»Wie – wie heißen diese G-men?«

»Wir haben Sie als Jerry Cotton und Phil Decker identifiziert. Sie tarnen sich als Geschäftsreisende, aber es war uns ein Leichtes, ihre wahre Identität aufzudecken.«

»Was sagen Sie da?« Der Alpha verkrampfte die Hände zu Fäusten. »Cotton und Decker?«

»So lauten ihre Namen. Ich nehme an, dass sie wegen eines anderen Falles hier sind. Wir sollten uns also nicht von unseren Plänen abbringen lassen und …«

»So, das nehmen Sie also an!«, schnaubte der Alpha. »Wissen Sie was, Beta 14 – Sie sind ein verdammter Dummkopf und ein elender Stümper!«

»Aber ich …«

»Jerry Cotton und Phil Decker – das sind zufällig die schlimmsten und erbittertsten Feinde, die die Domäne jemals hatte! So gut wie jeder Schlag, der in den letzten zwei Jahren gegen uns geführt wurde, ging auf das Konto dieser beiden. Cotton und Decker waren es, die Jon Bent aus dem Verkehr gezogen haben und unseren Informanten beim New Yorker FBI auffliegen ließen!«

»Das … das wusste nicht nicht, Sir.«

»Wenn Cotton und Decker in Colorado sind, dann gewiss nicht, um Bergluft zu schnuppern. Sie sind Ihnen auf der Spur, Beta 14 – und das bedeutet, dass sie Verdacht geschöpft haben.«

»Wie ist das möglich?«

»Ich weiß es nicht, Beta 14«, sagte der Alpha mit drohendem Unterton in der Stimme. »Offenbar sind Sie unvorsichtig gewesen. Jemand muss Sie gesehen und erkannt haben, nachdem die Sache in Washington geschehen ist. Anders kann ich es mir nicht erklären.«

»Nein, Sir. Bitte glauben Sie mir, ich habe jede nur erdenkliche Vorsicht walten lassen. Ich weiß doch, was für uns alle auf dem Spiel steht. Die Feds dürfen nie erfahren, was in den Bergen vor sich geht.«

»So ist es. »Der Alpha nickte. »Ich bin froh, dass wir uns darüber einig sind, Beta 14.«

»Ganz sicher, Sir. Haben Sie keine Sorge, ich werde noch heute mit dem Helikopter die Stadt verlassen und ins Hauptquartier fliegen.«

»Demnach haben Sie es noch nicht getan? Sie sind zurückgeblieben und sind bewusst das Risiko eingegangen, gesehen zu werden?«

»Ich bin den ganzen Tag über auf meinem Zimmer geblieben. Aber es gab noch ein paar Dinge, die ich erledigen musste.«

»So, mussten Sie! Ist Ihnen nicht klar, Beta 14, was hier vor sich geht? Die Domäne ist nicht mehr das, was sie vor ein paar Monaten war. Die Aktion in Alaska hat uns nachhaltigen Schaden zugefügt.«

»Trotzdem, Sir – am Ende werden wir siegen. Wir müssen durchhalten. Es sind nur noch ein paar Tage bis zur Durchführung unseres großen Coups. Danach wird uns der FBI nie wieder Schwierigkeiten bereiten. Er nicht – und auch keine andere Behörde!«
»Das hoffe ich sehr.«
»Beta 14 Ende.«
»In der Tat ...«, murmelte der Alpha.

*

Leonard McGraw, dem von der Domäne der Codename Beta 14 verliehen worden war, wartete bis zum Einbruch der Dunkelheit. Dann verständigte er die Flugbereitschaft, dass er das Hotel verlassen wollte.

Der Aufzug brachte ihn hinauf zur obersten Etage, von dort nahm er die Stufen zum Dach, auf dem sich eine kleine Landeplattform befand.

Der Helikopter war startbereit.

Wie jedes Fahrzeug der Domäne trug er keine Kennung und war dunkel lackiert. Der Pilot trug einen schwarzen Overall. Das verspiegelte Visier seines Helms war geschlossen.

Der Pilot bedeutete McGraw, in den Fond der Maschine zu steigen, und im nächsten Moment stieg der Helikopter steil in den dunklen Himmel.

Beta 14 blickte zum Fenster hinaus, und ein Gefühl des inneren Triumphs erfüllte ihn. Mochten diese Idioten vom FBI tun, was sie wollten – der Domäne waren sie nicht gewachsen.

Denn der jüngste Coup, den die Organisation plante, würde der kühnste sein, den sie jemals ausgeführt hatte, und danach würde nichts mehr so sein wie bisher. Dann würde die Domäne vom FBI nichts mehr zu befürchten haben. Ganz im Gegenteil.

Beta 14 grinste. Er verstand die Unruhe des Alphas nicht. Nur noch ein paar Tage, und alle Sorgen, die die Domäne jemals gehabt hatte, würden endgültig der Vergangenheit angehören. Und daran würden auch zwei armselige G-men aus New York nichts ändern ...

Der Pilot des Hubschraubers ließ seine Maschine noch höher steigen, zog dann in einer engen Schleife über Denver hinweg und schlug nordwestliche Richtung ein, geradewegs auf die Berge zu.

Vorsichtsmaßnahmen hielt Beta 14 nicht für nötig.

Das Versteck, das die Domäne in den Bergen unterhielt, war perfekt. Kein Fed würde es jemals finden. Der Alpha machte sich grundlos Sorgen, unterschätzte ganz offenbar das Potenzial der Domäne. Wenn er, Beta 14, erst in den Alpha-Status aufgerückt war, würde er ...

Leonard McGraw kam nie dazu, diesen Gedanken zu beenden.

Denn in diesem Moment sah er eine grelle Stichflamme aus dem Cockpit stechen, die den Piloten und alles andere im Inneren der Maschine verschlang.

Noch ehe ihm bewusst wurde, was geschah, wurde der Helikopter von einer grellen Explosion zerrissen!

*

Den Rest des Tages hatten Phil und ich mit Telefonaten zugebracht – und natürlich damit, uns vor Ort ein wenig umzusehen.

Bislang gab es nichts Verdächtiges, das uns an unserem Hotel aufgefallen wäre. Abgesehen davon, dass die Hotels der Atlantis-Kette zu denen der gehobenen Preiskategorie zählten.

Am späten Abend nahmen Phil und ich noch einen Drink in der Hotelbar.

»Ich habe mit unserem Kontaktmann hier in Denver telefoniert«, teilte mir Phil mit. »Sein Name ist Neville Spencer. Er ist noch nicht lange im Field Office tätig, kommt frisch aus Quantico. Allerdings ist die Bekämpfung organisierter Kriminalität sein Spezialgebiet.«

»Wer sagt's denn?«, erwiderte ich grinsend. »Jung und engagiert. Genau was wir brauchen.«

»Leonard McGraw wurde seit gestern Nacht nicht mehr gesehen«, fuhr Phil fort. »Eine sofort ausgerufene Fahndung blieb bislang erfolglos.«

»Das wundert mich nicht. Der Kerl ist untergetaucht, nachdem er vom Tod seines Double erfahren hat. Es war unverschämtes Glück, dass er zum Zeitpunkt der Razzia gesehen wurde.«

»Und weil man so unverschämtes Glück selten zweimal hat, wird uns Neville gleich morgen früh eine Liste mit möglichen Verdächtigen zukommen lassen. Mit Leuten, die möglicherweise in Kontakt mit McGraw stehen. Die Polizei von Denver lässt sie rund um die Uhr observieren.«

»In Ordnung. Wir werden diese Leute einen nach dem anderen überprüfen und sie unter die Lupe nehmen. Wenn sich McGraw noch in Denver aufhält, werden wir ihn finden.«

»Und wenn nicht?«

Phils Frage traf den Schwachpunkt in unserem Plan.

Leonard McGraw war der einzige Anhaltspunkt, den wir hatten. Abgesehen von dem letzten Wort eines sterbenden G-man, der für die Domäne gearbeitet hatte. Der Boden, auf dem wir standen, war dünn. Aber wir waren hier, und noch gab es Hoffnung, dass wir McGraw fanden.

»Legen wir uns aufs Ohr, Partner«, schlug ich vor und leerte meinen Drink. »Ein paar anstrengende Tage liegen vor uns.«

»Sag das nicht, Jerry.«

»Warum?«

»Jedes Mal, wenn du das sagst, kriegen wir die nächsten zweiundsiebzig Stunden keinen Schlaf.«

»Was soll das, Alter?«, feixte ich. »Wirst du jetzt abergläubisch?«

Ich legte ein paar Scheine auf den Tresen, dann gingen wir zum Aufzug und fuhren hinauf zu unseren Zimmern.

»Good night, Jerry«, sagte Phil müde, während er den Schlüssel hervorkramte, um seine Zimmertür zu öffnen.

»Träum was Schönes, Alter«, erwiderte ich und tat es ihm gleich.

Der »Zimmerschlüssel« war kein gewöhnlicher Schlüssel, sondern ein Kärtchen im Taschenformat, das man durch das kleine Gerät ziehen musste, das statt eines Schlosses an der Tür angebracht war. Daraufhin sprang die kleine LED-Anzeige von Rot auf Grün, und man konnte eintreten.

Ich drückte die Klinke und öffnete die Tür, trat in das Halbdunkel, das dahinter lag.

Das Erste, was mich stutzig machte, war das Licht. Ich erinnerte mich, alle Lampen ausgemacht zu haben. In einem Reflex griff meine Rechte sofort unter das Jackett, um die SIG Sauer zu zücken –

als ich die fünf vermummten Gestalten registrierte, die vor mir im Halbdunkel kauerten.

Alle Fünf hatten Maschinenpistolen im Anschlag, die sie auf mich angelegt hatten.

Und die im nächsten Moment Feuer spuckten!

*

Phil Decker hatte gerade die Tür seines Hotelzimmers hinter sich geschlossen, als er die Schüsse hörte.

Es war das ratternde Stakkato von Maschinenpistolen, und Phil fuhr herum und zückte die Dienstwaffe.

»Jerry!«, rief er laut und wollte die Tür aufreißen.

Er kam jedoch nicht weit.

Denn kaum hatte Phil sich umgedreht, setzten mehrere vermummte Gestalten aus der Tür zum Badezimmer und fielen über ihn her.

Ein harter Fußtritt traf ihn in den Rücken und ließ ihn nach vorn taumeln. Mit dumpfem Knall schlug er gegen die Hotelzimmertür und sah Sterne.

Fluchend wollte er sich umwenden, um zu sehen, wer ihn aus dem Hinterhalt attackiert hatte, als die Vermummten bereits nachsetzten.

Der Kolben einer Maschinenpistolen hämmerte auf seine Rechte, so dass er instinktiv die SIG Sauer losließ. Die Pistole fiel mit dumpfem Poltern zu Boden, und noch ehe Phil dazu kam, sich gegen eine weitere Attacke zur Wehr zu setzen, explodierte eine Handkante eisenhart an seiner Schläfe.

Der G-man hatte das Gefühl, als würde sein Schädel bersten. Greller Schmerz erfüllte ihn für einen kurzen Augenblick – dann gingen bei ihm die Lichter aus.

Bewusstlos sackte er zusammen, sank an der Tür seines Zimmers herab.

Er bekam nicht mehr mit, wie die Kerle ihn davonschleppten, hinaus auf den Korridor und von dort aufs Dach des Hotels …

*

Ich tat das Einzige, was ich noch tun konnte. Ich warf mich zur Seite, in die offene Tür zum Badezimmer.

Die Kugeln, die aus den Mündungen der Maschinenpistolen hagelten, verfehlten mich um Haaresbreite, einige davon so knapp, dass ich ihren eisigen Hauch spüren konnte.

Krachend schlugen sie in die Hotelzimmertür und durchschlugen sie, fegten hinaus auf den Gang, während ich bäuchlings auf dem Boden des kleinen Badezimmers landete.

Ich stieß eine bittere Verwünschung aus, schoss in die Höhe – und gab unbarmherzig Feuer.

Der Umstand, dass die Innenwände amerikanischer Hotels meist nur aus wenig mehr als Gipskarton und Spanplatten bestehen, kam mir jetzt zugute. Die Kugeln, die ich blindlings abfeuerte, schlugen durch die Wand und fegten in den Schlafraum, wo sich die Killer befanden.

Ein greller Schrei zeugte davon, dass mindestens eine der Kugeln ihr Ziel gefunden hatte. Unter wüsten Flüchen brachten sich die schwarz vermummten Killer in Deckung und erwiderten ihrerseits das Feuer.

Ich hatte das Gefühl, als würde die Wand des Badezimmers zerfetzt. Ganze Garben von heißem Blei schlugen hindurch und stanzten faustgroße Löcher hinein.

Ich lag flach auf dem Boden, schirmte meinen Kopf mit den Armen, während die Luft über mir von tödlichem Blei erfüllt war. Staub, Bruchstücke von Gipskarton und Splitter von Pressspan regneten auf mich herab, Querschläger kreischten.

Ich erwiderte das Feuer.

Den Kopf behielt ich unten, hielt nur meine Rechte mit der P226 hoch und jagte ein Rudel Kugeln los.

Erneut ein Schrei. Ich hatte wieder einen der Kerle erwischt. Wie schwer, vermochte ich nicht zu sagen.

Ich erwartete, dass erneut das Rattern ihrer MPis einsetzen würde, um mir den Rest zu geben.

Ich irrte mich.

Plötzlich hörte ich ein dumpfes Geräusch neben mir, als ob etwas Schweres, Hartes auf die Fliesen gefallen wäre, und ich vernahm das hektische Getrampel von Kampfstiefeln.

Die Kerle setzten sich ab!

Hatte ich sie etwa in die Flucht geschlagen?

Als ich aufblickte, wusste ich, dass das nur ein frommer Wunsch gewesen war. Das Souvenir, das mir die Killer zurückgelassen hatten, war eine Handgranate.

Der Sicherungsstift war gezogen, und sie lag genau vor mir.

Zu spät, um zu fliehen!

*

Die Explosion war auch in den oberen Stockwerken des Gebäudes noch zu vernehmen.

Die Vermummten, die den bewusstlosen Phil Decker mit sich schleppten, scherten sich nicht darum. Sie hatten nur den Befehl ihrer Auftraggeber auszuführen.

Und dieser Befehl lautete, die Feds entweder lebend zu fassen oder – falls nicht anders möglich – sie ein für alle Mal aus dem Verkehr zu ziehen. Und genau das hatten die Kämpfer des zweiten Trupps offenbar getan.

Mit ihrer Beute eilten die Killer auf den Helikopter zu, der mit kreisenden Rotoren auf der Landeplattform stand. Die Maschine war schwarz lackiert und trug keine Kennung. Die Gestalt, die auf dem Copilotensitz saß und einen Helm mit verspiegeltem Visier trug, winkte den Killern zu und trieb sie zur Eile an. In wenigen Minuten würde es hier von Polizisten nur so wimmeln.

Die Vermummten langten bei dem Helikopter an und kletterten rasch hinein. Im gleichen Moment erreichten auch die Angehörigen des zweiten Trupps das Dach und rannten auf die Maschine zu.

Offenbar hatte ihre Zielperson mehr Schwierigkeiten gemacht als Decker, denn von den fünf Männern, die zu dem Trupp gehört hatten, kehrten nur drei zurück. Um die anderen beiden brauchte man sich keine Gedanken zu machen, die Explosion hatte nicht nur den G-man erledigt, sondern auch die verwundeten und zurückgelassenen Gefährten für immer zum Schweigen gebracht.

»Status?«, rief die Gestalt auf dem Copilotensitz den Männern zu, die nun ebenfalls in den Fond der Maschine stürzten.

»Zwei Mann verloren, Tau 627«, meldete der Anführer des Killertrupps.

»Das interessiert mich nicht. Was ist mit Cotton?«

»Die Zielperson wurde liquidiert. Cotton hatte keine Chance, der Explosion zu entgehen.«

»Gut gemacht«, lautete die lapidare Antwort – dann erfolgte das Zeichen an den Piloten, den Hubschrauber zu starten.

Die Maschinen, die bereits warm gelaufen waren, hoben den Helikopter in die Höhe. Fast senkrecht stieg er in den Nachthimmel, mit dem er schon nach wenigen Augenblicken verschmolz …

*

Der Alpha war nicht zu Bett gegangen. Er musste wissen, ob die Aktion gelungen war, brauchte Gewissheit.

Beta 14 war ein Stümper gewesen, ein Versager, der durch seine Dummheit die Sicherheit der gesamten Organisation gefährdet hatte.

Nur einem Fehler seinerseits konnte es zuzuschreiben sein, dass der FBI im Atlantis-Hotel aufgetaucht war – und die Feds hatten nicht irgendwelche Agenten geschickt, sondern die besten, die sie aufzubieten hatten.

Jerry Cotton und Phil Decker.

Die Erfahrungen, die der Alpha mit den beiden gemacht hatte, waren einschlägig. Cotton und Decker waren es gewesen, die das Brooklyn-Projekt aufgedeckt hatten, einen der größten und wichtigsten Coups, an denen die Organisation jemals gearbeitet hatte. Und sie hatten Jon Bent auf dem Gewissen – jenen Mann, in dem der Alpha einen Sohn gesehen hatte, das Produkt seiner Arbeit.

Das allein schon hätte genügt, um ihnen den Hass des Alpha einzutragen. Doch Cotton und Decker hatten noch mehr getan.

Ihnen war es zuzuschreiben, dass die Domäne einem Bluff aufgesessen war. Einem Bluff, der zum Ziel gehabt hatte, den Mittelsmann zu enttarnen, den die Organisation beim FBI unterhielt. Und der Plan der beiden G-men war aufgegangen, der Verräter Sidney Lomax war entdeckt worden, und die Domäne, deren Stärke die

Täuschung und Manipulation war, war auf ihrem eigenen Gebiet geschlagen worden.

Cotton und Decker zu unterschätzen war ein Fehler, den der Alpha zweimal begangen hatte.

Er hatte nicht vor, ihn erneut zu wiederholen. Und wer wie Beta 14 nicht bereit war, diese Lektion zu lernen, der musste verschwinden.

Der Alpha wollte nicht so lange warten, bis Cotton und Decker zuschlugen. Er war zu der Ansicht gelangt, dass die Domäne diesmal schneller sein und einen Präventivschlag führen musste …

Als das Telefon auf dem Schreibtisch endlich schrillte, setzte er sich in seinem Rollstuhl in Bewegung, fuhr auf den Schreibtisch zu, nahm den Hörer ab.

»Ja?«

»Sir, hier Epsilon 265!« Er war die Stimme jenes Domäne-Agenten, dem nach dem Ableben von Beta 14 die Sicherheit des Geheimquartiers oblag. »Unsere Rotte ist soeben zurückgekehrt.«

»Und?«

»Sie haben Decker dabei. Er ist bewusstlos, aber sonst unverletzt.«

»Und Cotton?«

»Er hat sich zur Wehr gesetzt, so dass keine andere Wahl blieb, als ihn zu liquidieren. Er ist tot.«

»Sicher?«

»Ganz sicher, Sir.«

Der Alpha gönnte sich ein leises, sadistisches Lachen. »Sieg der Domäne!«, sagte er dann.

»Sieg der Domäne!«, echote es aus dem Hörer – und das Gespräch war beendet.

Erleichtert legte der Alpha den Hörer auf.

Cotton erledigt, Decker gefangen.

Das waren in der Tat gute Nachrichten nach allem, was in den letzten Tagen und Wochen schiefgelaufen war. Zweifellos würde Cottons Tod für einigen Wirbel sorgen, aber das war die Sache wert.

Ohne findige Köpfe, die die Ermittlungen leiteten, war der FBI nichts als ein riesiger, unbeweglicher Apparat, der ohne Verstand arbeitete. Bis die Feds herausbekommen würden, wer und was tatsächlich hinter Cottons Ableben steckte, würden ein paar Tage ins

Land gehen. Genug Zeit, um das ultimative Projekt zu Ende zu bringen.

Jenes Projekt, das der Domäne die Macht sichern und ihr den Weg zum Sieg ebnen würde ...

Jetzt schon bedeutend ruhiger, griff der Alpha erneut zum Hörer und wählte eine geheime Nummer. Die Müdigkeit und die Erschöpfung, die er eben noch gespürt hatte, waren wie weggeblasen.

»Ja?«, meldete sich eine Stimme am anderen Ende der Leitung.

»Ich bin es«, sagte der Alpha leise. »Ich rufe nur an, um Ihnen zu sagen, dass alles wieder im Lot ist. Alles läuft planmäßig. Unsere Gegenspieler vom FBI wurden ausgeschaltet, und schon in wenigen Tagen werden wir triumphieren ...«

*

Special Agent Neville Spencer arbeitete erst seit kurzem im Field Office Denver. An diesen Fall war er nur gekommen, weil er sich an der FBI-Akademie von Quantico auf die Bekämpfung organisierten Verbrechens spezialisiert und als Bester seines Jahrgangs abgeschlossen hatte.

Jetzt stand er hier – in Schuhen, die nach Ansicht einiger Kollegen ein paar Nummern zu groß für ihn waren. Aber Neville war fest entschlossen, es allen zu zeigen.

In Gedanken versunken, ging der junge Ermittler in dem Hotelzimmer umher, das eher einem Kriegsschauplatz ähnelte. Eine Handgranate war im Badezimmer explodiert und hatte die Wände des kleinen Raumes förmlich zerfetzt.

Die Möbelstücke waren zertrümmert, die Wände von Ruß geschwärzt. Und überall waren noch Einschusslöcher von Kugeln zu sehen. Ein erbitterter Kampf auf Leben und Tod hatte hier stattgefunden – und Neville Spencer war fest entschlossen herauszufinden, was dahintersteckte.

»Sir?« Einer der Cops von der Denver Police trat auf ihn zu.

»Ja?« Neville wandte sich um.

»Mr. Borgasson, der Manager des Hotels, ist hier.«

»Sehr schön.« Neville nickte, ein flüchtiges Lächeln huschte über seine Züge. »Er soll reinkommen.«

»Äh ... Sir?«

»Schicken Sie ihn rein«, wiederholte Neville und machte eine einladende Handbewegung in das zerstörte Zimmer, in dem noch die Spurensicherer am Werk waren. »Er soll sich das ruhig ansehen.«

»In Ordnung, Sir.«

Der Cop verschwand, und es dauerte einen Moment, bis er wieder zurückkam, diesmal in Begleitung eines kräftigen Mannes mit blassen, etwas aufgedunsenen Zügen. Sein blondes Haar war schütter, sein Anzug sehr konservativ und teuer.

»Mr. Borgasson, wie ich annehme?«, fragte Neville.

»Das ist richtig. Und Sie sind ...«

»Special Agent Neville Spencer vom FBI.« Der junge G-man zückte seine ID-Card. »Ich leite die Ermittlungen hier. Sie sind der Manager dieses Hotels?«

»Das ist ebenfalls richtig.«

»Was können Sie mir über die Vorfälle sagen, die sich vergangene Nacht hier abgespielt haben?«

»Nichts.« Borgasson schüttelte den Kopf. »Wie meine Sekretärin Ihnen zweifellos bereits mitgeteilt hat, war ich auf einer Tagung des Hotellerie-Verbandes in Las Vegas. Ich bin erst vor einer Stunde vom Flughafen gekommen.«

»Wie günstig für Sie. Dann haben Sie von all dem Lärm ja nichts mitbekommen.«

»Mr. Spencer«, entrüstete sich der Manager, »ich kann mir nicht helfen, aber mir gefällt dieser Unterton in Ihrer Stimme nicht.«

»Das mag sein, Mr. Borgasson. Und mir gefällt es nicht, wenn in unserer schönen Stadt Killerkommandos mit vollautomatischen Waffen um sich feuern und Handgranaten werfen!«

»Hören Sie – es gibt sicher Zeugen, die Ihnen besser dienen können als ich. Wie ich Ihnen bereits sagte, bin ich erst vorhin von einer anstrengenden Geschäftsreise zurückgekehrt, und ich bin müde. Und außerdem ...«

»Mr. Borgasson«, fiel der junge Ermittler dem Manager ins Wort, »nur für den Fall, dass Sie es noch nicht bemerkt haben – hier ist ein Mord geschehen! Hätten Sie eine halbe Stunde früher Zeit gefunden, bei uns vorbeizuschauen, hätten Sie gesehen, wie ein paar ziemlich hässlich zugerichtete und zerfetzte Leichen hinausgetragen wurden. Das hier ist Ernst, Mr. Borgasson. Es ist blutiger Ernst – und es hat sich in Ihrem Hotel ereignet!«

»Und? Was soll das heißen?«, fragte Borgasson kaltschnäuzig. »Wollen Sie mir die Schuld daran geben? So bedauerlich ich diesen Zwischenfall finde, ich kann nichts für die Leute, die in meinem Hotel absteigen, noch bin ich für das verantwortlich, was sie tun. Mein Job ist es, dieses Hotel erfolgreich zu betreiben, und das kann ich nicht, solange Sie und Ihre Leute hier ermitteln. Also tun Sie gefälligst Ihre Pflicht und schließen Sie die Spurensuche ab, damit ich die Maler herschicken kann. Hier sieht es ja wirklich furchtbar aus.«

»Keine Sorge, Mr. Borgasson!« Neville hatte sichtlich Mühe, ruhig zu bleiben. »Meine Leute und ich tun, was wir können. Aber es gibt noch ein paar Details dieses Falles, in die ich Sie gerne einweihen würde.«

»Was für Details?«

»Zum Beispiel dass der ermordete Glen Sanders ebenso wie sein Kollege Mr. Fisher in Wirklichkeit gar kein Geschäftsreisender in Sachen Sportartikel war. Sondern ein G-man des New Yorker FBI, der sich in der Stadt aufhielt, um verdeckt zu ermitteln.«

»Wa-was sagen Sie da?« Zum ersten Mal ließ Borgasson eine Spur von Unsicherheit erkennen.

»Sie haben richtig gehört, Mr. Borgasson. Sanders' richtiger Name war Jerry Cotton. Er war ein Kollege, der in Denver an einem Fall arbeitete und hier in seinem Hotelzimmer brutal ermordet wurde. Von seinem Kollegen, der offenbar entführt wurde, fehlt noch jede Spur.«

»Das ... das ist schrecklich«, stammelte der Hotelmanager. »Ich verstehe nur nicht, was das mit mir zu tun hat.«

»Ich versuche nur, Ihnen die Dimensionen dieses Falles klarzumachen, Mr. Borgasson. Ein FBI-Agent wurde ermordet, ein zweiter offenbar entführt. Wissen Sie, was das bedeutet?«

»Was?«

»Dass es mit etwas frischer Farbe und einem neuen Teppich nicht getan sein wird, Sir! Ein Killertrupp ist hier aufmarschiert und hat einen FBI-Agenten liquidiert und einen anderen entführt – und der FBI wird nicht ruhen, bis man die Verantwortlichen ermittelt und zur Rechenschaft gezogen hat!«

»Weshalb sehen Sie mich dabei an? Ich kann doch nichts dafür, dass …«

»Das will ich hoffen, Sir, in Ihrem ureigensten Interesse. Wir werden Ihr Hotel einer genauen Prüfung unterziehen, und wehe, wenn wir dabei auch nur den kleinsten Hinweis darauf finden, dass Sie oder irgendjemand sonst im Hotel mit dem Mordanschlag in Verbindung steht. Ich schwöre Ihnen, Borgasson, ich mache Ihren Laden dicht, das verspreche ich Ihnen.«

»Aber … Ich …« Der Manager suchte nach Worten – ehe seine Hilflosigkeit in puren Zorn umschlug. »Verdammt, was fällt Ihnen ein?«, herrschte er den jungen G-man an. »Genügt es nicht, dass der Ruf meines Hotels durch diesen fürchterlichen Zwischenfall schon nachhaltig geschädigt ist? Müssen Sie mir jetzt auch noch mit Drohungen kommen? Tun Sie, was Sie tun müssen. Stellen Sie ruhig alles auf den Kopf in diesem Hotel. Aber Sie werden nichts finden, dafür garantiere ich Ihnen!«

»Wir werden sehen«, sagte Neville. »Was wissen Sie über einen Mann namens Leonard McGraw?«

»Wer?« Der Manager schaute den G-man aus großen Augen an, war sichtlich verwirrt über den plötzlichen Themenwechsel.

»Ich habe gefragt, was Sie über einen Mann namens Leonard McGraw wissen«, wiederholte der G-man. »Ist er ihnen bekannt?«

»N-nein«, stammelte Borgasson. »Ich weiß nichts über einen Mann dieses Namens.«

»Sind Sie sich da auch ganz sicher?«

»Natürlich bin ich mir sicher. Was, verdammt nochmal, soll die Frage?«

»Ich frage nur deshalb, weil es in Ihrem Hotel einige Bedienstete gibt, die sich an einen Mann zu erinnern glauben, der McGraw verdammt ähnlich sieht.«

»Nun, vielleicht ist er hier ein paarmal Gast gewesen. Sie werden nicht erwarten, dass ich mich an den Namen jedes einzelnen Hotelgasts erinnere, oder?«

»Das nicht, aber gewöhnliche Hotelgäste halten sich auch nicht auf der Geschäftsetage auf. Und genau dort wurde Mr. McGraw angeblich mehrmals gesehen.«

»Das ist Unsinn. Alles Unsinn!«

»Der Grund, weshalb ich danach frage, Mr. Borgasson, ist der, dass besagter Mr. McGraw vom FBI gesucht wird. Er steht im dringenden Verdacht, einer äußerst unschönen Vereinigung anzugehören, die sich ›die Domäne‹ nennt. Vielleicht haben Sie ja schon von ihr gehört?«

»Nein, das habe ich nicht«, schnaubte Borgasson. »Und ich wäre Ihnen dankbar, wenn Sie mich mit Ihren Spekulationen verschonen würden. Da kann einem ja angst und bange werden.«

»Wie Recht Sie haben, Mr. Borgasson. Denn die Domäne ist eine kriminelle Organisation, die auch vor Mord an Polizisten und FBI-Agenten nicht zurückschreckt, und wir nehmen an, dass der Anschlag von vergangener Nacht auf ihr Konto geht. Und nun sagen Sie mir, Mr. Borgasson, was jener Mr. McGraw, der mit dieser äußerst unfeinen Organisation zusammenarbeitet, in Ihrem Büro zu suchen hatte.«

Der Hotelmanager schnaubte wie ein wilder Stier, während er durch seine golden umrandete Brille starrte und den G-man am liebsten mit Blicken niedergestreckt hätte.

Doch Neville Spencer hielt seinen vernichtendem Blick stand und sagte: »Jetzt aber mal heraus mit der Wahrheit, Mr. Borgasson! Sie stehen mit dem Rücken an der Wand!«

Frank Borgassons Gesicht wechselte die Farbe. Zuerst wurde es kreidebleich, dann puterrot.

»Was fällt Ihnen ein?«, schrie er. »Was fällt Ihnen ein, in mein Hotel zu kommen und mich herzuzitieren, als wäre ich ein Laufbursche? Was fällt Ihnen ein, diese unverschämten Beschuldigungen gegen mich zu äußern? Ich bin ein unbescholtener Bürger, der regelmäßig seine Steuern zahlt – und damit auch Ihr Gehalt, Mr. Neville!«

»Oh – verzeihen Sie, dass ich mich nicht persönlich dafür bedankt habe.«

»Und ich kann es nicht leiden, wenn man mich auf so unverfrorene Art und Weise beschuldigt!«

»Ich habe Sie nicht beschuldigt, Sir. Ich habe Ihnen nur eine Frage gestellt.«

»Und ich werde Ihnen keine Fragen mehr beantworten, es sei denn in Gegenwart meines Anwalts! Ist das hier eine Festnahme?

Haben Sie vor, mich in Ihr Office zu schleppen und mich zu verhören?«

»Nein, Sir.«

»Dann ist unser Gespräch hiermit beendet. Wenn Sie weitere Auskünfte wünschen, setzen Sie sich mit meinem Anwalt in Verbindung.«

Damit machte Borgasson auf dem Absatz kehrt und stach schnaubend aus dem in Trümmern liegenden Hotelzimmer.

Neville Spencer blickte ihm hinterher, wenig beeindruckt von dem Wutausbruch des Hotelmanagers.

»Wie sagte meine Tante Eloise doch so schön«, murmelte er leise. »Wer schreit, hat Unrecht …«

*

»Agent Decker! Wachen Sie auf, Agent Decker!«

Die Stimme, die Phil wie aus weiter Ferne hörte, klang wie die eines Drill Sergeants auf einem Übungsplatz für U.S. Marines. Kalt, autoritär und erbarmungslos.

Am liebsten hätte sich der G-man weiter in den Nebeln des Vergessens verkrochen, wohin er verschwunden war, nachdem ihn die Angreifer niedergeschlagen hatten. Doch da war etwas, das ihn mit unwiderstehlicher Gewalt zurück ans Bewusstsein zerrte.

Grelles, blendendes Licht …

»Decker! Verdammt, Decker, machen Sie endlich die Augen auf!«

Das Licht fiel ihm direkt ins Gesicht, schmerzte selbst durch die geschlossenen Augenlider. Die Stimme, die er hörte, wurde lauter, und plötzlich konnte Phil auch den Geruch wahrnehmen, der ihn umgab.

Es roch feucht, nach Schimmel und Moder. Auch eine fremde, chemische Note war dabei, die nicht recht dazu passen wollte. Irgendwo hörte er Wasser tropfen.

»Decker, verdammt!«

Phil blinzelte.

Das Licht, das auf ihn herabfiel, blendete so sehr, dass es in den Augen schmerzte. Instinktiv schloss er sie wieder, um es gleich darauf erneut zu versuchen.

Diesmal ging es schon besser. Der Schmerz legte sich, und der Blick des G-man fokussierte sich. Phil nahm eine Gestalt wahr, die auf ihn herabblickte.

Er versuchte, sich zu bewegen, doch es gelang ihm kaum.

Phil erkannte, dass er an Hand- und Fußgelenken gefesselt war, dass er rücklings auf einer Pritsche lag, einem OP-Tisch nicht unähnlich. Und unangenehme Assoziationen stieg in ihm auf.

»Wo, verdammt …?«, brachte er mühsam hervor. »Wer …?«

»Ich werde Sie nicht lange auf die Folter spannen«, sagte die autoritäre Stimme, die, wie Phil jetzt feststellte, einer Frau gehörte. »Sie befinden sich in der Gewalt der Domäne, Agent Decker.«

»Wo … bin ich? Was … ist mit meinem … Partner?«

»Ich habe Ihnen alles gesagt, was Sie wissen müssen. Ab jetzt werde ich die Fragen stellen, Decker, und Sie werden antworten!«

Phil blinzelte zu der schlanken Gestalt hinauf, deren Umrisse er vor der blendenden Lichtquelle erkennen konnte. Offenbar trug sie eine Maske vor dem Gesicht – wie alle Schergen der Domäne.

»Ihnen Fragen beantworten? Vergessen Sie's«, würgte er hervor. Seine Kehle schmerzte und war völlig ausgedörrt, aber er wäre lieber verdurstet, als um einen Schluck Wasser zu betteln.

»Weshalb sind Sie und Ihr Partner nach Colorado gekommen?«, wollte die Maskierte wissen. »Was wollen Sie hier?«

Phil antwortete nicht.

Er schloss die Augen und versuchte, sich geistig an einen anderen Ort zu versetzen. An den Strand von Long Island vielleicht oder in Sandy's Bar. Irgendwohin, wo es ein paar angenehme Erinnerungen gab, von denen er zehren konnte.

»Decker!«, schnitt sich das Organ seiner Bewacherin scharf in sein Bewusstsein. »Ich will, dass Sie mir antworten, und Sie sollten mir glauben, dass es besser für Sie ist, wenn Sie meinen Wunsch befolgen. Aus welchem Grund sind Sie nach Colorado gekommen? Hat McGraw etwas damit zu tun?«

Phil gönnte sich ein freudloses Grinsen.

So brenzlig seine Lage auch war – er war gefesselt und befand sich in der Gewalt seines schlimmsten Feindes, war ihm schutzlos ausgeliefert –, doch die Nervosität, die er in der Stimme der Maskierten hören konnte, bereitete ihm bittere Genugtuung.

»Bei allem Respekt, Lady«, sagte er genüsslich, »Sie können mich mal.«

»Schön. Wie Sie wollen, Decker. Aber sagen Sie später nicht, ich hätte Sie nicht gewarnt.«

Phil sah, wie sie jemandem, der noch weiter im Hintergrund stand, ein Zeichen gab. Daraufhin erklang ein dumpfes, energetisches Summen, das dem G-man ganz und gar nicht gefiel.

Im nächsten Moment fuhr ein Stromstoß durch seinen Körper.

Der Impuls ging von den metallenen Spangen aus, die um seine Füße lagen, und er zuckte wie ein Blitz durch seinen Körper.

Phil hatte das Gefühl, als wolle sein ohnehin schon schmerzender Schädel platzen, seine Glieder erzitterten in wilden Krämpfen.

Obwohl der Schmerz nur Sekunden andauerte, hatte der G-man den Eindruck, als wären es Ewigkeiten, die er zu überstehen hatte.

Als das Summen endlich verstummte, wich mit ihm auch der Schmerz. Erschöpft lag Phil auf der Pritsche, hatte das Gefühl, als würde sein Körper in Flammen stehen.

»Decker, Sie sollten mich mehr respektieren«, sagte die Frau mit der Maske ungerührt. »Sonst wird es mit Ihnen ein böses Ende nehmen – so wie bei Ihrem Partner.«

»Wo ist Jerry? Was habt ihr mit ihm gemacht?«, stieß Phil atemlos hervor.

»Sparen Sie sich Ihren Atem, Decker«, sagte die Masken-Lady, »denn den werden Sie fürs Schreien brauchen.«

Dann kam der nächste Stromstoß …

*

»Halten Sie dort bei dem alten Haus!«

Frank Borgasson deutete durch die Windschutzscheibe des Taxis, woraufhin der Fahrer eine kurze Bestätigung murmelte und seinen Wagen an den Straßenrand lenkte.

Borgasson bezahlte und stieg aus, tat so, als würde er sich auf dem Bürgersteig die Beine vertreten.

Erst als das Taxi im fließenden Verkehr verschwunden war, wandte sich der Hotelmanager in die entgegengesetzte Richtung.

Die Straße am Rand der historischen Altstadt von Denver war

nur wenig belebt. Die Gebäude hier waren nicht restauriert und hergerichtet worden, so dass sie keine Touristen anzogen. Es gab weder Souvenirshops noch Restaurants, lediglich ein paar Büros in den oberen Etagen der alten Backsteingebäude.

Borgasson blickte sich argwöhnisch um, während er den Bürgersteig entlangging.

Mit verstohlenen Blicken vergewisserte er sich, dass ihm niemand folgte, ehe er die Straßenseite wechselte und in eine schmale Gasse verschwand. An ihrem Ende mündete eine weitere, noch schmälere Gasse, an deren Ende wiederum der Abgang zu einem verlassen wirkenden Keller lag.

Borgasson wusste, dass dieser Eindruck täuschte.

Der Manager ging die Gasse bis zum Ende und stieg die Stufen hinab. Die rostige Metalltür war nicht zugesperrt. Sie quietschte, als Borgasson sie öffnete und hindurchschlüpfte.

In den besseren Tagen des Viertels hatte dieser Keller als Lager gedient, und noch immer standen hier und dort einige Kisten mit längst verdorbener Ware. Durch schmutzige, teils zerbrochene Kellerfenster fiel spärliches Licht.

Borgassons Ziel war die gegenüberliegende Wand, die auf den ersten Blick nur aus schmutzigem Backstein bestand. Der Manager wusste es besser.

Zielstrebig trat er auf die Mauer zu und blieb dicht davor stehen. Plötzlich glühte ein Licht auf, dessen breiter Strahl ihn von Kopf bis Fuß abtastete.

Der Hotelmanager schloss die Augen und vermied es, direkt in den Laser zu blicken. Ruhig ließ er die Identifikationsprozedur über sich ergehen. Dann, plötzlich, erklang ein dumpfes Geräusch – und ein Teil der Backsteinwand klappte nach innen. Sie machte den Weg frei zu einem Korridor, der steil in die Tiefe führte, in eine Etage, die unter dem Keller lag und von der niemand wusste bis auf jene, die in das Geheimnis eingeweiht waren ...

Borgasson trat durch die Geheimtür und ging den Korridor hinab, der von fahlem Licht erhellt wurde, sobald sich die Tür wieder geschlossen hatte.

Am Ende des Stollens lag ein Raum, der nur etwa vier Meter im Quadrat maß. Fußboden, Wände und Decken bestanden aus massiven Stahlplatten. An der Stirnseite des Raums gab es einen Spiegel, in dem sich der Besucher sehen konnte.

Borgasson wusste, dass es nicht wirklich ein Spiegel war. Auf der anderen Seite stand ein Mittelsmann der Domäne, der ihn beobachtete und ihn nun auch ansprach.

»Was soll das, Sigma 78?«, fragte eine Stimme, die aus einem verborgenen Lautsprecher drang. »Sie wissen, dass Sie nur in äußersten Notfällen hierherkommen sollen.«

»Ja, Sir. Aber das hier ist ein Notfall. Im meinem Hotel hat ein Anschlag stattgefunden!«

»Das ist uns bekannt, Sigma 78.«

»Aber wussten Sie auch, dass die Zielpersonen G-men waren? Beamte des FBI?«

»Warum, glauben Sie wohl, wurden sie als Ziele ausgesucht?«

»Aber ... ich ...« Borgasson merkte, wie ihm der Schweiß auf die Stirn trat. Unwillkürlich griff er an seine Krawatte und lockerte den Knoten. Es war unerträglich warm hier unten.

»Was ist, Sigma 78? Wird Ihnen der Boden schon zu heiß? Beim ersten Anzeichen von Schwierigkeiten? Vergessen Sie nicht, *Ihr* Hotel gehört in Wahrheit der Domäne.«

»Ja, ja – ich weiß«, versicherte Borgasson schnell. »Ich dachte nur, ich würde informiert werden, wenn ...«

»Es war nicht nötig, Sie zu informieren. Sie wirken glaubhafter auf die G-men, wenn Sie von nichts wissen.«

»So, denken Sie«, knurrte der Manager. »Aber der FBI hat mir kein verdammtes Wort geglaubt! Diese verdammten Feds wissen alles! Sie wissen, wer hinter dem Mord an ihren Kollegen steckt!«

Die Stimme, deren Besitzer sich hinter dem riesigen Einwegspiegel verbarg, antwortete nicht sofort.

»Berichten Sie!«, forderte sie dann.

*

»... dann sahen wir nur noch, wie er in eine Hinterhofgasse ging, und er war verschwunden«, drang die Stimme des Observierungsspezialisten aus dem Lautsprecher des Telefons. »Ecke Lauritson/Callahan.«

»Das muss es sein«, war ich überzeugt. »Ich bin sicher, Borgasson trifft dort einen Kontaktmann der Domäne, um ihm alles zu berichten. Gute Arbeit.«

»Gern geschehen!« Mit diesen Worten beendete der Kollege, der die Beschattung von Frank Borgasson übernommen hatte, das Gespräch.

»Nicht schlecht, Jerry«, sagte Neville Spencer anerkennend, der das Gespräch mitgehört hatte. »Für jemanden, der tot ist, haben Sie einen verdammt guten Riecher.«

»Tja«, versetzte ich grinsend, »es geht doch nichts über gutes amerikanisches Gusseisen. Wenn ich mich nicht rechtzeitig in die Badewanne geworfen hätte, die mich vor der Explosion schützte, hättet ihr meine Überreste von den Wänden spachteln müssen.«

Es war verdammt knapp gewesen. Ich hatte die Handgranate direkt vor mir gesehen und gewusst, dass mir nur noch Augenblicke blieben. Fliehen hatte ich nicht mehr gekonnt, denn die Explosion hätte mich erwischt, noch ehe ich die Tür hätte erreichen können.

Also hatte ich das Einzige getan, was mir noch eingefallen war – mit einem Sprung hatte ich mich in die Badewanne gerettet, die meine Deckung gewesen war. Sie bestand aus Gusseisen und hatte der Explosion standgehalten.

Mit einem entsetzlichen Donnern und Krachen war die Handgranate hochgegangen. Ein furchtbarer Schlag hatte die Wanne getroffen.

Ich war darin durchgeschüttelt worden wie in einer verdammten Achterbahn und hatte nicht mehr gewusst, wo mir der Kopf stand.

Als ich mich schließlich wieder hervorgewagt hatte, war alles vorbei gewesen. Die Killer waren verschwunden – und Phil mit ihnen ...

»Sie scheinen richtig gelegen zu haben mit Ihrem Verdacht«, holte mich Neville Spencer, unser Kontaktmann beim FBI Field Office von Denver, wieder in die Gegenwart zurück. »Ich war zuerst skeptisch, ob es richtig wäre, uns von Borgasson in die Karten schauen zu lassen, aber offenbar hat Ihr Plan funktioniert.«

»Ich dachte mir, dass er dem Druck nicht standhalten würde. Die Domäne ist streng hierarchisch organisiert, Fehler einzelner Mitglieder werden sofort geahndet. Ich dachte mir, dass Borgasson nervös werden würde, und da wir ihn im Verdacht hatten, für die Domäne zu arbeiten, ging ich davon aus, dass er die gewonnenen Informationen sofort weitergeben würde.«

»So wie es aussieht, hat Borgasson in der Old Town einen Kontaktmann aufgesucht.«

»Dann sollten wir keine Zeit verlieren«, sagte ich, während ich aufsprang und bereits in mein Jackett schlüpfte. »Wir müssen herausfinden, was mit meinem Partner geschehen ist. Und Borgassons Kontaktmann ist der Einzige, der es uns vielleicht sagen kann …«

*

Mit vor Erregung zitternder Stimme hatte Frank Borgasson dem Kontaktmann alles berichtet, was er wusste.

Dass der FBI sehr wohl darüber im Bilde war, mit wem er es zu tun hatte. Dass die Ermittlungen in Richtung Domäne liefen. Dass der ermittelnde Agent – ein gewisser Neville Spencer – ein ehrgeiziger junger G-man war, der sich nicht leicht einschüchtern ließ. Und dass er ihn – Borgasson – verdächtigte, in diesem schmutzigen Spiel eine tragende Rolle zu spielen.

Der Mann, der sich hinter dem Einwegspiegelglas befand und den Hotelmanager aus finsteren Augen taxierte, hörte sich alles an. Als Borgasson mit seinem Bericht geendet hatte, antwortete er nicht sofort.

»Sagen Sie mir, was ich unternehmen soll!«, sagte der Manager drängend. »Ich habe keine Lust, für McGraws Fehler zu bezahlen. Die verdammten Feds verdächtigen mich, und ich weiß nicht, was ich dagegen tun kann.«

»Sie werden gar nichts tun, Sigma 78«, beschied ihm der Mann hinter dem Spiegel kalt. »Sie werden zurückkehren auf Ihren Posten und so tun, als wäre nichts geschehen.«

»Zurückkehren auf meinen Posten? Aber …«

»Fühlen Sie sich der Herausforderung etwa nicht gewachsen? Sind Sie der Ansicht, dass ein anderer Ihre Stelle einnehmen sollte?«

Borgasson schluckte. Ihm war klar, was diese Frage bedeutete. Wenn er sie bejahte, würde er nicht mehr lange leben. Man würde ihn killen, seine Leiche verschwinden lassen und ihn ersetzen – vielleicht von einem Doppelgänger, den es möglicherweise sogar schon gab. Die Domäne bezahlte gut. Aber sie war auch unnachsichtig, wenn eines ihrer Mitglieder Schwächen zeigte.

»Nein, natürlich nicht«, versicherte er mit heiserer Stimme. »Wenn Sie es wünschen, werde ich augenblicklich ins Hotel zurückkehren. Ja, und ich werde so tun, als ob nichts geschehen wäre. Ich bin nur gekommen, um Sie vor dem FBI zu warnen.«

»Das haben Sie hiermit getan, und Ihre Informationen werden weitergegeben. Kehren Sie jetzt unverzüglich auf Ihren Posten zurück und tragen Sie dafür Sorge, dass Sie niemand dabei ...«

Der Mittelsmann unterbrach sich, als aus dem oberen Stockwerk plötzlich Geräusche zu hören waren.

»Was war das?«, drang es schnarrend aus dem Lautsprecher.

»I-ich weiß es nicht ...« Borgassons aufgedunsene Züge wurden kreidebleich.

»Ist Ihnen etwa jemand gefolgt?«

»Nicht, dass ich wüsste. Ich war sehr vorsichtig und habe das Taxi mehrmals gewechselt.«

»Die Bewegungsmelder müssten längst angesprochen haben, wenn sich ein Eindringling ...«

Weiter kam der Domäne-Agent nicht – denn in diesem Augenblick erklang ein dumpfer Knall, der das Gebäude in seinen Grundfesten zu erschüttern schien!

Borgasson fuhr herum und erblickte eine Wolke von Rauch und Staub, die aus dem Korridor drang – und im nächsten Moment sah er die in blaue Overalls gehüllten Männer, die durch den steilen Gang setzten, Maschinenpistolen in den behandschuhten Fäusten.

Und er sah die drei Buchstaben, die auf ihren Kampfanzügen prangten.

FBI ...

*

Mit Bleifuß und wie die Irren waren wir durch die Innenstadt von Denver gebraust – zwei Transporter der Einsatzbereitschaft, an Bord zwanzig Kämpfer der FBI Task Force.

Neville und ich hatten keine Zeit mehr gehabt, uns umzuziehen. In aller Eile hatten wir nur schusssichere Westen über unsere Klamotten gezogen und uns wie die anderen mit HK5-Maschinenpistolen bewaffnet, wie sie zur Standardbewaffnung der FBI-Eingreiftrupps gehörten.

Innerhalb weniger Minuten hatten wir das Viertel erreicht, in dem Frank Borgasson zuletzt gesehen worden war. Die Gasse und den Kellerabstieg zu finden, in dem der Hotelmanager verschwunden war, war nicht weiter schwierig gewesen. Schon wesentlich mehr Kopfzerbrechen hatten uns die lasergesteuerten Bewegungsmelder bereitet.

Da ich wusste, dass die Domäne mit Hightech arbeitete, hatte ich die Männer entsprechend vorgewarnt. Ich war überzeugt davon, dass überall in der Halle Sprengvorrichtungen und Selbstschussanlagen angebracht waren, die jedem, der nicht den genauen Weg kannte, zum Verhängnis werden sollten.

Ein mit Spezialbrillen ausgerüstetes Team ging uns deshalb voran und wies uns den Weg, was uns zwar wertvolle Sekunden kostete, sich aber nicht vermeiden ließ. Durch ihre Brillen mit Spezialgläsern konnten sie die für uns unsichtbaren Laserstrahlen sehen, die sich durch den dunklen Raum zogen. Wurden ihre Lichtbahnen unterbrochen, löste das die Sprengfallen oder Selbstschussanlagen aus.

So hatte ich es damals schon erlebt, auf der Todesinsel des Domäne-Schergen Jon Bent.

Ich kannte mich aus und wusste, welcher Tricks sich die Domäne bediente, um ihre Geheimverstecke zu tarnen. So ahnte ich, dass sich hinter einer der Wände ein verborgener Gang befinden musste. Die Spezialisten setzten einen Infrarotsucher ein und entdeckten einen Hohlraum.

Der Rest war Routine, der tägliche Job eines Eingreifteams.

Die Kollegen aus Denver sprengten ein Loch in die betreffende Wand, dann stürmten wir in einen Gang, eingehüllt in Staub und Rauch.

»FBI! Keine Bewegung!«, brüllte ich, als ich unten anlangte und außerhalb der Rauchschwaden eine schemenhafte Gestalt sah.

Sofort riss der Angesprochene die Hände hoch, wurde schon

einen Herzschlag später von Neville Spencer überwältigt. Es war kein anderer als Frank Borgasson, der Manager des Atlantis-Hotels.

Während sich der Rauch lichtete, wurden mir die geringen Abmessungen des Raumes bewusst, in dem wir uns befanden. Er maß nur an die vier Meter im Quadrat, und die Wände waren mit Metallplatten verkleidet.

An der Stirnseite des Raumes befand sich ein großer Spiegel in der Wand, der offenbar von der gleichen Art war wie jene, die in den Vernehmungsräumen des FBI angebracht sind – nur dass ich gewohnt war, auf der anderen Seite zu stehen. Ich zweifelte nicht daran, dass sich ein Mittelsmann der Domäne jenseits der Scheibe verbarg.

»FBI!«, brüllte ich. »Sie sind umstellt! Kommen Sie sofort raus da! Ergeben Sie sich, oder ...«

Ich kam nicht dazu, den Satz zu beenden.

An mehreren Stellen taten sich kleine Öffnungen in den Wänden auf, und aus ihnen schoben sich die hässlichen Läufe automatischer Waffen – die im nächsten Moment lärmend Feuer spuckten!

Zwei Beamte, die unmittelbar neben mir standen, wurden getroffen und gingen schreiend zu Boden. Einem Reflex gehorchend, warf ich mich bäuchlings zu Boden, ebenso Neville und die übrigen Kollegen, während ich Borgasson laut schreien hörte.

»Nicht schießen!«, brüllte er aus Leibeskräften. »Feuer einstellen! Sie könnten mich treffen ...«

Wer immer sich auf der anderen Seite des Spiegels aufhielt, es schien ihn reichlich wenig zu kümmern, ob Borgasson getroffen wurde.

Garben fegten aus den Läufen der Schussanlagen, verwandelte den engen Raum in ein Inferno aus ohrenbetäubendem Knattern und kreischenden Querschlägern, weil die Geschosse von den Metallplatten abprallten und quer durch den Raum zuckten. Hier und dort hörte man es hässlich klatschen, wenn eine der verirrten Kugeln doch noch ein Ziel fand.

Ich biss die Zähne zusammen und feuerte auf den Spiegel in der Hoffnung, ihn mit meinen Kugeln zu zerstören.

Vergeblich.

Das verdammte Ding bestand aus massivem Panzerglas.

Neville und seine Leute versuchten, die Selbstschussautomaten mit gezielten Garben auszuschalten, was sich jedoch als unmöglich erwies. Sprengen konnten wir nicht aufgrund des geringen Abstands. Also blieb uns nur die Flucht nach vorn.

»Vorwärts!«, schrie ich über das ohrenbetäubende Stakkato der Abwehrwaffen hinweg. »Zur Stirnwand! Dort können uns die Kugeln nicht erreichen …!«

Damit sprang ich auf, eilte in halb gebückter Haltung auf die Stirnseite des Raumes zu, während mir das Blei nur so um die Ohren flog. Einen Herzschlag später hatte ich die Wand erreicht, und jetzt befand ich mich im toten Winkel der Schussanlagen, so dass mich ihre Kugeln nicht mehr erreichen konnten.

Neville befahl seinen Leuten, es mir gleich zu tun. Auf den ersten Blick mochte es wie nackter Wahnsinn erscheinen, sich in die Richtung zu flüchten, aus der die Kugeln kamen, aber es war unsere einzige Chance.

Ein paar der Task-Force-Kämpfer schafften es, sich in den Korridor zu flüchten. Der Rest trat zusammen mit Neville die Flucht nach vorn an. Bis auf einen Agenten, der durch einen Querschläger verletzt wurde, schafften es alle.

»Schön«, raunte mir der junge G-man zu, während wir uns eng an die Wand kauerten und die Läufe über uns weiter Feuer gaben. »Und jetzt?«

»Sprengstoff«, sagte ich. »Der Spiegel ist die Schwachstelle …«

Alles ging blitzschnell.

Sofort war einer der Task-Force-Kämpfer zur Stelle und brachte eine Ladung Plastiksprengstoff an der Scheibe an, drückte die Zünder hinein.

Wir anderen – zusammen mit Neville und mir waren es sechs – zogen uns in die Ecken zurück und pressten uns eng an die Wand, um der Druckwelle der Explosion zu entgehen.

Dann ein ohrenbetäubender Knall, eine grelle Stichflamme – und der Spiegel zerbarst!

»Vorwärts!«, befahl ich, und nacheinander lösten wir uns aus der Deckung und stürmten durch die entstandene Öffnung, Neville und ich an der Spitze.

Auf der anderen Seite erwartete uns das, was ich erwartet hatte: Ein kleiner, mit Hightech vollgestopfter Raum, der einer Kommandozentrale aus einem Science-Fiction-Film glich. Terminals und Monitore überall, dazu ein Drehstuhl in der Mitte, der allerdings unbesetzt war.

»Verdammt«, stieß Neville hervor und blickte sich hektisch in der Enge um. »Wohin ist der Kerl verschwunden?«

»Ich bezweifle, dass es ihn je gegeben hat«, entgegnete ich gepresst. »Dieser Posten kann bemannt werden, er kann aber auch ebenso gut von jedem beliebigen Punkt des Domäne-Netzes aus ferngesteuert werden.«

»Cool«, sagte Neville mit freudlosem Grinsen. »Spart Personal und minimiert das Risiko.«

»Ja«, versetzte ich, »und wir wissen immer noch nicht, wo sich mein Partner ...«

»Sir!«, sprach mich plötzlich einer der Task-Force-Kämpfer an. »Sehen Sie sich das an!«

Der Mann stand an einem der Terminals, über dessen Monitore eine Anordnung von Zeichen huschte.

»Shit!«, knurrte Neville. »Haben Sie eine Ahnung, was das zu bedeuten hat, Jerry?«

»Allerdings. Das sind Löschungsprotokolle. Die sind dabei, Daten von den Festplatten zu löschen. Offenbar haben wir hier einen Volltreffer gelandet. Hier gibt es mehr zu holen, als wir vermutet hatten.«

»O Mann«, stieß mein junger Kollege hervor, »das gibt's doch nicht!« Dann sprach er hastig in sein Funkgerät: »Zentrale, hier Special Agent Neville Spencer. Ich brauche hier sofort einen Computerspezialisten! – Was? – Ist mir egal! Ich brauche einen verdammten Hacker, und ich brauche ihn jetzt!«

»Hat keinen Zweck, Neville«, sagte ich. »Bis der Spezialist eintrifft, sind die Daten alle gelöscht.«

»Schön, aber was sollen wir Ihrer Ansicht nach unternehmen, Jerry?«

»Der Löschbefehl scheint von außerhalb zu kommen. Wenn es uns gelingt, die Verbindung zu kappen, könnte das den Prozess unterbrechen.«

Neville sandte mir einen erstaunten Blick. »Ich muss sagen, von Ihnen kann ich tatsächlich noch was lernen.«

»Freut mich, wenn ich helfen kann«, erwiderte ich mit freudlosem Grinsen und schaute mich eiligst um.

Beim Hauptterminal verlief ein armdicker Strang von Kabeln durch eine Öffnung in der Decke. Gut möglich, dass diese Kabel zu einer Satellitenanlage führten, die man unauffällig auf einem der benachbarten Dächer installiert hatte.

Kurz entschlossen hob ich meine Maschinenpistole und zog den Stecher durch.

Die Projektile stachen aus dem Lauf und fetzten in den Kabelstrang. Funken sprühten, und einer der Monitore implodierte.

Dann war die Datenleitung gekappt.

»Die Zeichen sind vom Bildschirm verschwunden«, meldete der Task-Force-Mann. »Sieht so aus, als wäre der Spuk vorbei.«

»Sehr gut«, sagte ich und ließ die MPi sinken. »Dann überlassen wir jetzt den Spezialisten das Feld. Ich bin gespannt, was sie in den Eingeweiden dieser Computeranlage finden …«

*

Phil merkte, wie etwas durch seinen Körper floss – und diesmal war es nicht die vernichtende Kraft der Elektrizität.

Es war leiser, sanfter – aber nicht weniger gefährlich.

Eine Droge.

Der G-man wusste, dass man sie ihm verabreichte, aber es gab nichts, was er dagegen unternehmen konnte.

Die Folter war die Hölle gewesen. Immer wieder hatten ihn die Stromstöße durchzuckt, und er hatte entsetzliche Qualen gelitten.

Wie lange die Folter gedauert hatte, vermochte Phil nicht zu sagen. Dann hatte er den Einstich gefühlt – und die einschläfernde Macht der Droge.

Zuerst hatte Phil versucht, sich dagegen zu wehren. Doch die Droge sorgte dafür, dass der Schmerz verschwand. Das Gefühl, am ganzen Körper lichterloh zu brennen, wich unsagbarer Erleichterung, die allmählich zur Gleichgültigkeit wurde.

Gleichgültigkeit gegenüber sich selbst. Gleichgültigkeit gegenüber seinem Auftrag. Gleichgültigkeit gegenüber dem FBI ...

»Spüren Sie es?«, hörte Phil die maskierte Frau sagen. Er hatte die Augen geschlossen, und es kam ihm so vor, als schwebte ihre Stimme um ihn herum. »Spüren Sie, wie Ihre Schmerzen verschwinden? Ein gutes Gefühl, nicht wahr?«

»Ja ...«

»Wer sind Sie?«

»Special Agent Phil Decker.«

»Sie arbeiten für den FBI?«

»Ja.«

»Wer ist Ihr Partner?«

»Special Agent Jerry Cotton.«

»Was ist der Grund für Ihren Aufenthalt in Colorado?«

Phil stutzte. Er hatte die Frage gehört, und er verstand sie auch, aber etwas in ihm hinderte ihn daran zu antworten. Er vermochte den Grund dafür nicht zu benennen. Es war eine Hemmschwelle, die tief in seinem Inneren verborgen lag.

»Was ist, Decker? Wollen Sie auf meine Frage nicht antworten?«

Phil schüttelte den Kopf.

»Wollen Sie wieder leiden? Wollen Sie wieder den Schmerz spüren?«

Erneut schüttelte der G-man den Kopf.

»Dann sollten Sie mir antworten. Sonst werden Sie noch mehr Schmerzen leiden.«

Phil merkte, wie ein wohliges Kribbeln seinen Körper durchlief. Ein Teil von ihm wusste, dass es die Wirkung der Droge war, aber es war ihm gleichgültig. Sein letzter Widerstand schmolz wie Eis in einem Glutofen.

»Also – weshalb sind Sie nach Colorado gekommen?«

»Um einen Mann namens Leonard McGraw zu suchen«, gab Phil zur Antwort.

»Aus welchem Grund?«

»Er steht im Verdacht, mit Ihnen zu kooperieren.«

»Mit der Domäne?«

»Ja.«

»Was bringt Sie darauf?«

»Ein Doppelgänger McGraws wurde bei einer Schießerei mit FBI-Agenten in Washington, D.C., erschossen.«
»Und jetzt suchen Sie nach dem echten McGraw?«
»Ja.«
»Weshalb sind Sie im Atlantis-Hotel abgestiegen?«
»Weil wir einen Zusammenhang vermuten.«
»Mit der Domäne?«
»Ja …«

Die maskierte Frau, die die Befragung führte, lächelte zufrieden. Decker war jetzt so weit.

Er würde ihr jede Frage beantworten, die sie ihm stellte, würde ihr alles sagen, was er wusste. Die Bedrohung durch den FBI würde schon bald der Vergangenheit angehören, und die Domäne konnte ihre letzte und größte Operation ungestört ausführen.

Jerry Cotton würde der Domäne nicht mehr gefährlich werden können, und auch Phil Decker stellte keine Gefahr mehr da. Schon bald …

Plötzlich wurde die Tür zu der Kammer geöffnet, und eine Gestalt trat ein, die ebenso vermummt war wie die Frau.

»Was gibt es, Epsilon 265?«
»Ein bedauerlicher Zwischenfall, Beta 1. Es ist etwas geschehen, das Ihre sofortige Aufmerksamkeit erfordert …«

*

»… deshalb sind im Augenblick sechs Informatikspezialisten dabei, die Daten zu sichten, die auf den Festplatten verblieben sind.«
»Ich verstehe, Jerry. Und wie viel, denken Sie, kann von den verbliebenen Daten noch gelesen und ausgewertet werden?«
»Nach den ersten Schätzungen dürfte es noch rund ein Drittel sein«, erwiderte ich. »Die Menge sagt allerdings nichts über die Qualität der Informationen aus. Noch haben wir keinen Schimmer, was das für Daten sind, die wir in dem Geheimversteck sichergestellt haben.«
»Trotzdem – gute Arbeit, Jerry«, drang die Stimme von Mr. High lobend aus meinem Handy. »Das ist bislang der größte Schlag, der uns gegen die Domäne gelungen ist. Noch nie hat es jemand

geschafft, dieser Organisation irgendwelche Geheimnisse zu entlocken.«

»Danke, Sir«, sagte ich.

Unter anderen Umständen hätte mich das Lob meines Chefs und Mentors gefreut. Doch in Anbetracht der Umstände sah ich dazu keinen Grund. Zwei FBI-Beamte hatten den Angriff auf das Geheimversteck nicht überlebt, vier weitere waren verletzt worden. Und von meinem Freund und Partner fehlte noch immer jede Spur …

»Schon etwas Neues von Phil?«, erkundigte sich der SAC, der den Grund für meine gedrückte Stimmung genau kannte.

»Nein, Sir«, erwiderte ich niedergeschlagen. »Noch nicht. Wir bearbeiten alle Informationen, die wir bekommen, aber bislang hat sich daraus kein Aufschluss auf Phils Verbleib ergeben.«

»Kopf hoch, Jerry. Die Domäne wird Phil nichts tun, dafür ist er ein zu wertvoller Gefangener für sie.«

»Möglich, aber er ist auch gefährlich für sie. Und nach unserem Einsatz hier werden die Alphas vielleicht wenig Zurückhaltung üben.«

»Was befürchten Sie, Jerry? Dass Ihr Fahndungserfolg dazu führen könnte, dass man Phil etwas antut?«

»Ja, das ist meine Befürchtung, Sir.«

»Nun, sosehr ich Ihre Meinung sonst zu schätzen weiß, Jerry – diesmal hoffe und bete ich, dass Sie Unrecht haben.«

»Ich weiß, Sir«, erwiderte ich gepresst. »Geht mir genauso.«

»Viel Glück, Jerry.«

»Danke, Sir – wir können es brauchen.«

Ich drückte die Unterbrechungstaste meines Handys und wandte mich wieder den Spezialisten des Field Office Denver zu, die noch immer fieberhaft damit beschäftigt waren, die Festplatten und Speichereinheiten der Computer zu untersuchen, die wir erbeutet hatten.

Sorgenvoll fragte ich mich, was geschehen würde, wenn die Domäne von dieser Sache Wind bekam.

Ich war überzeugt, dass die Reaktion nicht lange auf sich warten lassen würde …

*

»Es ist *was* passiert?«

Die rechte Hand des Alpha zitterte, während sie den Hörer hielt.

»Ein Code-2-Zwischenfall ist eingetreten«, erwiderte die Stimme am anderen Ende der Leitung. Es war die Stimme einer jungen Frau, die dem Alpha nur zu vertraut war.

»Ein Code 2 …«, echote er fassungslos. Die Züge des Mannes im Rollstuhl waren blass geworden. Er hatte nie geglaubt, dass es dazu kommen würde.

Code 2 bedeutete, dass es Unbefugten gelungen war, an interne Daten der Domäne zu gelangen. Wie und in welchem Umfang, danach hätte der Alpha am liebsten gar nicht gefragt. Aber in der Position, die er bekleidete, musste er es tun.

»Wie konnte es passieren, Beta 1?«, fragte er leise. »Sie … du hattest mein volles Vertrauen.«

»Es tut mir leid. Es war nicht vorherzusehen. Einer unserer Mitarbeiter bekam schwache Nerven und hat eines unserer Verstecke aufgesucht. Im Zuge der Umstrukturierungen, die wir nach der Alaska-Mission vornehmen mussten, befanden sich einige Daten auf den dortigen Rechnern, die …«

»Was für Daten?«, wollte der Alpha wissen.

»In dem Augenblick, als der Zugang zur Zentrale gesprengt wurde, haben wir die Löschung der Daten in Gang gesetzt. Wir gehen davon aus, dass über zwei Drittel …«

»Was für Daten?«, wiederholte der Alpha energisch.

»Wichtige Daten«, antwortete sie kleinlaut. »Listen mit Namen. Doppelgängerverzeichnisse. Missionsbriefings.«

Der Alpha keuchte vor Erregung. Das Gerät, das seine Herzfrequenz ständig überwachte, meldete verstärkte Aktivität.

»Wer?«, fragte er nur.

»Der FBI«, antwortete Beta 1. »Offenbar hatten die Feds unseren Mittelsmann im Verdacht. Sie sind ihm gefolgt und fanden so den Zugang zu unserem Versteck.«

»Niemandem konnte das ohne Weiteres gelingen. Unsere Verstecke sind perfekt getarnt. Nur wer die Vorgehensweise der Domäne genau kennt, konnte so schnell herausfinden, wo sich das Versteck befand. Ist Phil Decker noch immer in unserer Gewalt?«

»Natürlich.«

»Dann ist es Cotton gewesen.«

»Cotton?« Die junge Frau lachte laut auf, und es klang ein wenig hysterisch. »Der ist doch tot!«

»Niemand hat seinen Leichnam gesehen, oder?«, fragte der Alpha. »Ich sage dir, er lebt! Jemand anders hätte das Versteck niemals ausfindig machen können. Er wusste, wie er vorzugehen hatte. Er kennt unsere Schwächen und hat sie eiskalt genutzt. So wie schon einmal.«

»Ich kann mir das nicht vorstellen. Wie sollte Cotton die Explosion überlebt haben?«

»Das weiß ich nicht, und es ist mir auch egal. Alles, was ich weiß, ist, dass er uns auf den Fersen ist. Und wenn du das für unvorstellbar hältst, dann erinnere dich an das, was in Alaska geschehen ist. Ein solches Fiasko hatten wir vorher auch für unmöglich gehalten.«

»Ich verstehe.«

»Ab jetzt dürfen wir uns keinen Fehler mehr leisten. Ich ordne hiermit die höchste Sicherheitsstufe an. Niemand wird das Quartier mehr verlassen.«

»Verstanden.«

»Der Verlust dieser Daten ist bedauerlich, aber die Sache ist nicht mehr rückgängig zu machen. Hoffen wir, dass ihre Auswertung den FBI lange genug beschäftigen wird, so dass wir unser Projekt zum Abschluss bringen können.«

»Es steht kurz vor der Vollendung, Sir. Nicht mehr lange, und die Domäne wird triumphieren.«

»Sehr gut.« Der Alpha nickte, und erleichtert registrierte er die Anzeige, die ihm darüber Aufschluss gab, dass sich seine Herzfrequenz wieder senkte. »Der FBI ist uns dicht auf der Spur, aber er wird dieses Duell nicht gewinnen.«

»Nein, das wird er nicht. Selbst wenn Cotton noch leben sollte – die Feds haben keine Chance. Und sollten sie uns dennoch in die Quere kommen wollen, haben wir noch einen Trumpf in der Hinterhand.«

»Decker«, sagte der Alpha – und ein sadistisches Grinsen huschte dabei über seine Züge …

*

Trotz des benebelten Zustands, in dem er sich befand, war Phil nicht verborgen geblieben, dass ihn seine maskierte Peinigerin ziemlich überstürzt verlassen hatte.

Der Kerl, der ihn jetzt bewachte, hörte auf die Bezeichnung Epsilon 265. Das bedeutete, dass er in der Hierarchie der Domäne ziemlich weit oben stand, vergleichbar etwa einem hohen Offizier in einer Armee.

Sie hatten damit aufgehört, ihn mit Fragen zu löchern. In einem Moment der Klarheit lachte Phil bitter auf.

»Was gibt es da zu lachen, Gefangener?«, schnauzte der Maskierte ihn an.

»Nichts. Eigentlich gar nichts. Ich weiß, dass Sie mir jederzeit das Lebenslicht ausblasen können. Und ich weiß auch, dass ich geplaudert habe unter dem Einfluss dieser verdammten Droge.« Ihre Wirkung klang jetzt langsam ab.

»So ist es. Es gibt nichts, das sich vor uns verheimlichen lässt. Wir sind die Domäne. Wir wissen alles.«

»Verzeih, wenn ich widerspreche, Epsy«, erwiderte der G-man und verzerrte sein Gesicht, was ein Grinsen sein sollte, »aber Ihre Kollegin machte einen ziemlich hektischen Eindruck, als sie die Party verließ. Dabei fing es grade an, so richtig nett zu werden.«

»Sie machen sich über uns lustig«, stellte der Domäne-Agent fest.

»Erraten«, bestätigte Phil. »Über euren ganzen lächerlichen Haufen. Mal ehrlich – Masken vor der Visage zu tragen, das ist doch ziemlich altmodisch. Lasst euch mal was Neues einfallen.«

»Sie wollen, dass wir uns etwas Neues einfallen lassen?«, versetzte der andere. »Nun gut, Decker. Lassen Sie sich gesagt sein, dass wir an etwas Neuem arbeiten. An etwas, das Sie und *Ihren* lächerlichen Verein in Zukunft obsolet machen wird.«

»Und was soll das sein?«, fragte Phil.

»Das braucht Sie nicht mehr zu interessieren. Nur so viel noch: Wenn wir unser neuestes Projekt erst gestartet haben, wird kein Fed uns mehr aufhalten können, dafür garantiere ich Ihnen.«

»Vorsicht«, mahnte Phil, »versprechen Sie nichts, was Sie nicht halten können.«

»Keine Sorge«, knurrte Epsilon 265. »Doch bis es so weit ist, werden wir uns weiter der alten Methoden bedienen.«

Damit gab er ein Zeichen, und Phil hörte erneut das hässliche Summen.

Im nächsten Moment hatte er wieder das Gefühl, als würden seine Glieder mit glühenden Zangen gefoltert. Ein erneuter Stromstoß jagte durch seinen Körper. Phil gab einen unterdrückten Schrei von sich, bäumte sich in seinen Fesseln auf.

»Genug gequatscht, Decker«, sagte sein Peiniger. »Sorgen Sie sich lieber um sich selbst, als irgendwelchen Unsinn zu erzählen. Ihr Leben hängt an einem seidenen Faden …«

*

Wir waren auf eine Goldader gestoßen.

Ja, so konnte man es nennen, und es wurde immer offenkundiger, je mehr die Computerspezialisten aus den Eingeweiden der Domäne-Computer herausholten.

Die Arbeit der Spezialisten gestaltete sich schwierig, weil die Domäne-Hacker mit allen Wassern gewaschen waren. Die Datensätze waren mehrfach durch Codezugänge gesichert. Wurde ein falsches Codewort eingegeben, sorgten Viren-Programme dafür, dass Daten gelöscht oder so beschädigt wurden, dass sie nicht mehr lesbar waren.

Doch unsere Computerspezialisten, die via Telefon und Internet Hilfe von allen Field Offices des Landes bekamen, leisteten ganze Arbeit. Mittels spezieller Suchroutinen und Antiviren-Programme gelang es ihnen, die Sicherungen und Fallen der Domäne-Programmierer zu umgehen. Und Stück für Stück zogen sie streng gehütete Geheimnisse von den Festplatten auf die Monitore.

Zum ersten Mal bekamen wir Einblicke, wie die Domäne ihre Operationen organisierte. Die Datenbank enthielt Missionsbriefings, die zeigten, wie minutiös die Domäne jeden ihrer Schritte plante.

Erpressung, Entführung, groß angelegter Betrug – das alles gehörte zum Tatspektrum der Domäne. Doch anders als gewöhnliche kriminelle Organisationen tat sie das alles nicht mit dem kurzsichtigen Ziel, den Reichtum ihrer Gründer zu mehren. Der Domäne ging es um mehr, nicht in erster Linie um Geld.

Sie wollte Macht. Wirtschaftliche Macht. Und auch politische Macht.

Ihr Ziel – so größenwahnsinnig es klingen mag – war es, die Kontrolle über unser Land zu gewinnen und von hier aus die westliche Welt zu beherrschen. Eine schlagkräftige Organisation, die aus dem Verborgenen heraus arbeitete und deren Möglichkeiten unsere bisherigen Annahmen noch bei weitem überstiegen.

Über Jahre hinweg hatte die Domäne alles haarklein vorbereitet, hatte sich Stück für Stück ein Netzwerk der Lüge und der Korruption aufgebaut, das unsere Gesellschaft bereits unterwandert hatte. Doppelgänger, Agenten, bezahlte Spitzel – ihre Zahl ging in die Hunderte, und man fand sie überall dort, wo wichtige Entscheidungen getroffen wurden.

In den Führungsetagen von Behörden. In den Chefzimmern von Firmen. In den Aufsichtsräten von Aktiengesellschaften.

Die Menschen draußen hatten nicht bemerkt, was vor sich gegangen war, und im Laufe der letzten Jahre hatte die Domäne ihr Netzwerk beständig ausgeweitet, und in manchen Bereichen unserer Gesellschaft war es längst nicht mehr der freie Wille, der die Entscheidungen der Menschen bestimmte.

Es war die Domäne …

Die Erkenntnisse, die wir gewannen, waren wie ein Schock. Mein junger Kollege Neville Spencer und ich fühlten uns, als würden wir in einen gähnenden Abgrund blicken.

Doch so schockierend die Erkenntnisse waren, die wir gewannen – mit diesen Daten und Informationen eröffnete sich uns die Chance, diesem Spuk ein Ende zu machen!

Wir stießen auf ganze Datensätze mit Listen, in denen die Namen von Personen genannt wurden, die durch Doppelgänger ersetzt worden waren – Geschäftsleute aus dem ganzen Land, an deren Stelle die Domäne ihre durch plastische Chirurgie umgewandelten Marionetten eingesetzt hatte.

Wir gaben sofort Fahndungsmeldungen an alle Field Offices des Landes aus und ließen nach den besagten Doppelgängern suchen und sie einbuchten. Je schneller wir handelten, desto weniger Zeit würde die Domäne haben, ihre Agenten zu warnen. Dann hatten wir die Chance, einige Mitglieder der Organisation festnehmen zu können und auf diese Weise noch mehr Informationen über den Aufbau und die Aktivitäten der Domäne zu erhalten. Wir mussten die Chance nutzen – auch wenn es bedeutete, Phil dabei zu gefährden.

Was die Domäne mit meinem Partner angestellt hatte, konnte ich nicht wissen, aber ich hatte schlimmste Befürchtungen.

Ich hoffte, dass Mr. High mit seiner Vermutung Recht hatte und sie Phil am Leben ließen, um ihn notfalls als Geisel einzusetzen. Was dies jedoch für uns vom FBI bedeuten konnte, darüber wollte ich gar nicht nachdenken. Die Hauptsache war, dass Phil lebte.

Informationen über den möglichen Aufenthaltsort meines Partners konnten wir den erbeuteten Daten nicht entnehmen. Dafür fanden wir zahlreiche Hinweise auf die Atlantis-Hotelkette, die offenbar eine zentrale Rolle in der Strategie der Domäne spielte.

In jedem Bundesstaat und in nahezu jeder größeren Stadt von Miami bis Seattle und von Boston bis San Diego unterhielt sie Filialen, und schenkten wir der Aussage von Frank Borgasson Glauben, der sich gegen die Zusicherung von Strafmilderung äußerst gesprächig zeigte, war jeder der Hotelmanager ein Mitarbeiter der Domäne.

Die Infrastruktur der Hotelkette gestattete es der Domäne, unauffällig zu arbeiten. Fahrzeuge, Personal, Kommunikationseinrichtungen – das alles konnte eingesetzt und genutzt werden, ohne dass jemand stutzig wurde.

Sid hatte mir das mitteilen wollen, als er in meinen Armen starb, mit einer Kugel im Leib, die ich ihm verpasst hatte. Ganz zum Schluss hatte er erkannt, dass er seine Seele dem Teufel verkauft hatte, und im Angesicht des Todes hatte er diesen höllischen Deal wieder rückgängig machen wollen ...

Jetzt starteten wir die »Operation Atlantis«. Überall im Land wurden nun Razzien durchgeführt. Die Hotels der Atlantis-Kette wurden gestürmt, die Manager samt Stab festgenommen. Wer zur Domäne gehörte und wer nicht, würde später noch zu klären sein. Für den Augenblick kam es darauf an, den Vorteil, den wir so unverhofft gewonnen hatten, zu nutzen und die Organisation möglichst nachhaltig zu schwächen.

»Operation Atlantis« verlief erfolgreich. Jetzt wollte ich mal sehen, wie diese verdammten Killer ohne ihr Netzwerk zurechtkamen ...

»Agent Cotton«, meldete einer der Kollegen, die an den Terminals in der Zentrale des Field Office von Denver saßen. »Unsere Abteilung in Atlanta meldet einen ersten Erfolg. Die dortige Niederlassung der Atlantis-Hotelkette wurde gestürmt und acht Verdächtige festgenommen.«

»Kansas City meldet ebenfalls Erfolg, Sir«, gab eine junge Kollegin bekannt. »Auch aus Rapid City und Dallas werden gelungene Zugriffe gemeldet.«

Neville Spencer, der neben mir in der Zentrale stand, wo alle eintreffenden Informationen zusammenliefen, jubelte. »Das lässt sich wirklich nicht schlecht an. Sieht so aus, als würde das ein ziemlich schwarzer Tag für die Domäne werden.«

»Hoffen wir das Beste, Neville«, erwiderte ich.

Die Art, wie mein junger Kollege die Sache nahm, behagte mir nicht. Er glaubte wohl, der Kampf gegen die Domäne wäre bereits jetzt schon gewonnen. Doch noch hatte die Domäne ihr wahres Gesicht nicht gezeigt.

Was Neville bisher mitgekriegt hatte, war nichts im Vergleich zu den Verbrechen und Gräueltaten, die bereits im Auftrag der Domäne begangen worden waren. Mit jeder Erfolgsmeldung, die eintraf, mit jedem Verdächtigen, der gefasst, und mit jedem Doppelgänger, der enttarnt wurde, empfand ich grimmige Genugtuung. Doch gleichzeitig war mir auch klar, dass wir die Domäne damit bis aufs Blut reizten, und ich fragte mich, was die Organisation als Gegenmaßnahme unternehmen würde.

Ich machte mir Sorgen um Phil. In seinem Interesse wäre es vernünftiger gewesen, mit den Ermittlungen gegen die Domäne hinter dem Berg zu halten und der Organisation einen Handel anzubieten.

Doch die Befehle aus Washington waren eindeutig.

Keine Verhandlungen. Keine Zeit verlieren.

Wir hatten eine geradezu historische Chance wie noch niemals zuvor. Mit der »Operation Atlantis« konnten wir ihrem Netzwerk schweren Schaden zufügen und es vielleicht sogar ganz in Stücke reißen. Dahinter musste das Wohl eines einzelnen G-man zurückstehen.

Phil wusste das, und ich war mir sicher, dass er nicht gewollt hätte, dass wir seinetwegen diese enorme und einmalige Chance vergaben. Mein Partner hatte wie ich sein Leben in den Dienst des Kampfes gegen das Verbrechen gestellt. Und das konnte im äußersten Fall auch bedeuten, sein Leben in diesem Kampf zu verlieren.

Doch obwohl ich all das wusste, fühlte ich mich ziemlich elend, während ich in der Zentrale stand und das weitere Vorgehen der Einsatzkräfte koordinierte. Ich sah ein, dass dieser Job getan werden musste – aber es kam mir so vor, als würde ich Phils Grab damit schaufeln.

Immer wieder musste ich fieberhaft daran denken, wie ich ihm vielleicht helfen konnte, doch ich kam auf keine Lösung.

Auch Bergassons Verhör hatte in dieser Hinsicht keine Aufschlüsse ergeben. Der Hotelmanager redete zwar wie ein Wasserfall, gestand alles ein, aber er hatte bis zuletzt nichts von der Entführung meines Partners gewusst, hatte nur das Geheimversteck gekannt, in dem er gelegentlich zur Domäne Kontakt aufgenommen hatte.

Was aber war mit Phil geschehen? Bergasson hatte uns bestätigt, dass er von der Domäne entführt worden war, doch wohin hatte man ihn gebracht?

Unseren Erkenntnissen nach unterhielt die Organisation unzählige Stützpunkte, und theoretisch konnte mein Partner überall stecken.

»Sir«, meldete sich die junge Kollegin wieder. »Eine Meldung aus Billings, Montana. Bei der Stürmung des dortigen Atlantis-Hotels ist es zu einer bewaffneten Auseinandersetzung gekommen. Mehrere Agenten wurden dabei verletzt oder gar getötet.«

»Verdammt«, knurrte ich. Die Domäne-Schergen begannen die Nerven zu verlieren. Die Situation eskalierte.

»Konnten sie diese Masken-Heinis wenigstens verhaften?«, erkundigte sich Neville.

»Negativ, Sir. Offensichtlich ist einigen Agenten der Domäne die Flucht in einem ungekennzeichneten Helikopter gelungen. Es war nicht möglich, die Maschine zu verfolgen.«

»Verdammt!«, knurrte mein junger Kollege frustriert. »Gibt es denn keine Radarüberwachung in Montana?«

»Natürlich, Sir, aber der Helikopter ist kurz nach dem Start von den Schirmen verschwunden.«

»Hm«, machte ich – und hatte plötzlich eine Idee. »In welche Richtung ist die Maschine geflogen, als sie verschwand?«

»Ich weiß nicht, Sir. Ich müsste nachfragen.«

»Tun Sie das«, sagte ich und stach quer durch den Raum zu der großen Landkarte, die dort an der Wand hing und die die Rocky-Mountains-Region mit den angrenzenden Bundesstaaten zeigte. Neville folgte mir neugierig.

»Was ist los, Jerry?«

»Werden Sie gleich sehen.«

Als die Kollegin die gewünschte Information an mich weitergab, nahm ich ein Lineal und einen Stift und trug die Flugroute des verschwundenen Helikopters ein.

»Was machen Sie da, Jerry?«, wollte Neville wissen.

»Ganz einfach«, erklärte ich. »Hier in Billings ist der Helikopter gestartet und ist Richtung Süden geflogen. Mit anderen Worten: genau auf die Berge zu.«

»Und?«

»Ich denke nicht, dass es sich um eine völlig planlose Flucht handelt. Ich denke, dieser Helikopter hatte ein Ziel. Einen Stützpunkt der Domäne, ein Geheimversteck, was auch immer.«

»Gut möglich, aber der Pilot war gewitzt genug, um das Radar zu unterfliegen. Wir wissen also nicht, wohin er genau geflogen ist, und die Rocky Mountains sind groß.«

»Richtig. Was wir also brauchen, ist eine zweite Richtungsangabe.«

»Schön. Aber woher?«

»Erinnern Sie sich, was Borgasson uns über McGraw erzählt hat? Dass er von der Domäne liquidiert wurde?«

»Allerdings.«

»Rufen Sie bei der zivilen Luftraumüberwachung des Flughafens an, Neville. Lassen Sie nach Informationen über einen Helikopter suchen, der gestern unvermittelt von den Schirmen verschwunden ist.«

»Okay«, sagte mein junger Kollege. »Ehrlich gesagt kapier ich nur nicht, was das bringen soll.«

»Nun – offenbar hat der Helikopter aus Montana die Berge angesteuert. Wenn auch McGraw versucht hat, sich in die Berge abzusetzen, legt das nahe, dass es dort einen geheimen Stützpunkt der Domäne gibt. Einen zentralen Fluchtpunkt, der als Sammelpunkt für Notfälle dient. Verstehen Sie, was ich meine?«

»Einen zentralen …?« Neville starrte mich mit weit aufgerissenen Augen an. Dann fiel auch bei ihm der Groschen. »Verstanden, Jerry! Ich werde sofort nachfragen …«

*

Die Stimmung des Alpha hatte sich nicht gebessert.

Im Gegenteil.

Auf die Nachricht, die Beta 1 ihm übermittelt hatte, waren weitere Meldungen eingetroffen, eine davon schlimmer als die andere.

Es war die zweite Nacht in Folge, in der der Alpha keinen Schlaf fand.

Offensichtlich war es dem FBI gelungen, die Daten, die ihm in die Hände gefallen waren, auszuwerten. Überall im Land waren Razzien angelaufen, und das so schnell, dass der Domäne kaum Zeit zum Reagieren blieb. Die G-men nannten die Aktion »Operation Atlantis«.

Dallas, Billings, Phoenix, San Francisco … Überall ging der FBI mit äußerster Entschlossenheit gegen die Niederlassungen der Atlantis-Kette vor und enttarnte Doppelgänger, die viele Monate lang wertvolle Arbeit im Dienste der Domäne geleistet hatten.

Dies war mit Abstand der schwerste Schlag, den die Feds der Domäne jemals beigebracht hatten, und es war noch nicht zu Ende. Welche Folgen die Verhaftung so vieler Domäne-Mitglieder haben würde, ließ sich im Augenblick noch gar nicht abschätzen.

Zwar war es die Philosophie der Domäne, dem Einzelnen möglichst wenig vom großen Ganzen zu verraten, doch ergaben viele kleine Puzzlestücke, die sich zusammenfügten, am Ende auch ein großes Bild.

Was der FBI bislang über die Domäne wusste, ließ sich schwer beurteilen. Nur eines war sicher: Dass die Feds in den letzten acht

Stunden mehr Informationen über die Domäne gewonnen hatten als in den vergangenen fünf Jahren.

Von nun an würde es schwierig, wenn nicht sogar unmöglich werden, Coups zu planen und erfolgreich durchzuführen, und die Domäne würde einige Zeit brauchen, um die Lücken in ihrem Netzwerk zu flicken, die durch die große Zahl der Festnahmen entstanden waren.

Normalerweise hätte der Alpha nicht gezögert, die Schuldigen an diesem Debakel der Reihe nach zur Rechenschaft zu ziehen, so wie er es bei Beta 14 getan hatte.

In diesem Fall jedoch konnte er es nicht.

Zum einen, weil sich dieser Versager Borgasson im Gewahrsam des FBI befand und damit unerreichbar für ihn war. Zum anderen, weil Beta 1, die sich in dieser Situation alles andere als souverän verhalten hatte, keine gewöhnliche Agentin war.

Das Telefon auf dem Schreibtisch seines Arbeitszimmers klingelte. Er hatte den Anruf erwartet.

Die anderen Alphas. Sie hatten von den Vorfällen erfahren ...

Fast zögerlich nahm der Alpha den Hörer auf.

»Ja?«

»Wir sind beunruhigt«, sagte eine Stimme am anderen Ende.

»Das geht mir ebenso.«

»Unsere Gegner haben Informationen erhalten, die sie nie hätten erringen dürfen.«

»Ich weiß. Und ich versichere, dass die Schuldigen bestraft werden.«

»Das bezweifle ich, Alpha 5. Im Gegenteil befürchten wir, dass Sie Beta 1 für ihr Versäumnis nicht zur Rechenschaft ziehen werden, und ich frage Sie, ob wir mit dieser Vermutung richtig liegen.«

»Wenn es der Wille der Alphas ist, werde ich es tun.«

»Ihre Loyalität ist lobenswert, aber nutzlos, wenn Sie nicht umgehend handeln, Alpha 5«, sagte die Stimme, die seltsam hohl und tonlos klang. »Lassen Sie uns darüber nachdenken, wie wir den Schaden begrenzen können.«

»Abwehrmaßnahmen wurden bereits ergriffen. Einige der Doppelgänger wurden aufgefordert, Suizid zu begehen, und sie kamen diesem Befehl auch umgehend nach. Andere wurden von unseren

Spezialeinheiten liquidiert. Sie werden keine Geheimnisse mehr verraten können.«

»Und – das Projekt?«

»Das Projekt hat nach wie vor grünen Status. Die Vorbereitungen sind fast abgeschlossen, so dass die Aktion schon bald anlaufen kann.«

»Die Zeit wird allmählich knapp.«

»Man hat mir versichert, dass alles wie geplant durchgeführt werden kann«, erwiderte der Alpha.

»Das hoffe ich sehr. Wir riskieren viel bei dieser Operation, Alpha 5. Unsere Feinde sind uns dicht auf den Fersen. Möglicherweise sollten wir eine Evakuierung des Verstecks in Erwägung ziehen.«

»Und damit alles aufgeben, woran wir all die Jahrzehnte gearbeitet haben?« Der Alpha schüttelte energisch den Kopf, auch wenn sein Gesprächspartner dies nicht sehen konnte. Es war eine unwillkürliche Reaktion, mit der er seine nächsten Worte unterstreichen wollte. »Niemals. Es muss uns gelingen, das Projekt zum Abschluss zu bringen. Wenn es erst angelaufen ist, werden unsere Feinde uns nicht mehr gefährlich werden können. Dann wird die Domäne ihr Ziel endgültig erreicht haben, und der FBI wird kein Problem mehr für uns darstellen.«

»Ich hoffe, dass Sie Recht haben, Alpha 5. Wenn nicht, werden Sie der Einzige sein, den der FBI identifizieren kann. Wir anderen werden leugnen, jemals mit Ihnen in Kontakt gestanden zu haben.«

»Ich weiß.«

»Sieg der Domäne!«

»Sieg der Domäne, Alpha 1!«

*

Es war, wie ich vermutet hatte – auch der Helikopter, mit dem sich Leonard McGraw hatte absetzen wollen, war in Richtung der Berge geflogen, ehe er schlagartig von den Radarschirmen verschwunden war.

Was die offiziellen Stellen als Unfall abgetan hatten, war in Wahrheit eine Liquidierung gewesen. Wieder einmal hatte die Domäne einen in Ungnade gefallenen Mitarbeiter beseitigt – doch diesmal hatte sie uns damit unbeabsichtigt einen Hinweis gegeben.

Sowohl der Flug, der von Billings aus gestartet war, als auch McGraws Flug hatten die gleiche Gegend zum Ziel gehabt – eine Gegend in den Rocky Mountains, die sich jedoch nur sehr ungenau eingrenzen ließ. Nach unserem jetzigen Kenntnisstand waren es rund vierhundert Quadratkilometer raues, verschneites Bergland, in denen sich irgendwo der mutmaßliche Stützpunkt der Domäne befinden mochte.

»Mist«, knurrte Neville. »Was wir bräuchten, wäre ein dritter Vektor. Vielleicht ließe sich damit die Gegend enger eingrenzen, und wir könnten ...«

In diesem Moment hörten wir erneut die Stimme unserer jungen Kollegin, die am Kommunikationsterminal saß. »Sioux City und Pittsburgh melden ebenfalls Festnahmen, Sir. Außerdem gab es eine heftige Schießerei in Cheyenne. Einige Agenten der Domäne befinden sich offenbar auf der Flucht.«

»Cheyenne?, hakte Neville nach. »Cheyenne in Wyoming?«

»Äh ... ja, Sir.«

Mein junger Kollege sandte mir einen viel sagenden Blick, und ein breites Grinsen legte sich auf seine Züge.

»Agent Watson«, wandte ich mich an die junge Frau, »geben Sie durch, dass man die Domäne-Leute entkommen lassen soll.«

»Sir?«

»Es darf nicht auffallen. Man soll es so aussehen lassen, als wäre es den Killern gelungen, unsere Leute abzuhängen. Und weisen Sie die Luftraumüberwachung an, dass sie die Gegend um Cheyenne im Auge behalten soll.«

»Äh ... gut, Sir ...«

Unsere junge Kollegin wusste nicht, was sie von dieser Anweisung halten sollte, dennoch führte sie meinen Befehl aus. Die G-men, die in Cheyenne die Domäne-Agenten jagten, zeigten sich alles andere als begeistert von der Idee, die gefährlichen Verbrecher entkommen zu lassen – doch wenn mein Plan aufging, würden wir uns schon bald über einen sehr viel dickeren Fang freuen können ...

Es kam, wie ich es erwartet hatte.

Die Domäne-Agenten, die unseren G-men »entkamen«, steuerten mit ihrem Fluchtwagen den nahen Flugplatz an. Dort erwartete sie bereits ein Helikopter der Domäne, der sie abholte und ausflog.

Bis zu dem Zeitpunkt, in dem die Maschine von den Radarschirmen verschwand, verfolgten wir genau ihren Kurs – und hatten nun jenen dritten Vektor, den wir noch gebraucht hatten, um das Zielgebiet enger einzugrenzen.

Mittels der drei Flugrouten, die wir jetzt hatten, gelang es uns, das in Frage kommende Gebiet auf eine Größe von hundert Quadratkilometern einzugrenzen. Nun begann die Suche ...

»Neville«, sagte ich, »lassen Sie die Fahndungsabteilung die verdächtige Gegend überprüfen. Wir brauchen Informationen über jede Ortschaft, jede Siedlung, jede verdammte Hundehütte, die dort steht.«

»Verstanden, Jerry. Das Gebiet liegt mitten in den Rockies und ist nicht sehr dicht besiedelt.« Neville griff erneut zum Telefon, um die entsprechenden Informationen an die Fahndungsabteilung zu geben, während ich nachdenklich vor der Karte stand und auf das Gebiet starrte, um das ich einen großen roten Kreis gezogen hatte.

Mein Gefühl sagte mir, dass sich Phil irgendwo dort befand. Ich konnte nur hoffen, dass es ihm gut ging ...

*

Phil Decker fühlte sich miserabel.

Die erneute Folter hatte den G-man an den Rand der Bewusstlosigkeit getrieben. Schmerz war alles, das er empfand, während er stöhnend auf der Pritsche lag. Keinen Hass, keinen Zorn, keine Furcht und auch kein anderes Gefühl. Nur Schmerz ...

»Ihr Leben hängt am seidenen Faden, Decker«, beschied ihm Epsilon 265 gnadenlos. »Sie haben beim besten Willen keinen Grund, über uns zu spotten.«

Phil erwiderte nichts. Der Domäne-Scherge nahm dies jedoch als Zustimmung.

»Wissen Sie, Decker«, sagte er, »ich kenne Sie. Sie werden sich nicht an mich erinnern, aber ich erinnere mich an Sie. Ich war dabei in Alaska. Es war meine Einheit, die von Ihnen und der Abteilung U.S. Rangers aufgerieben wurde. Ich sah viele Kameraden sterben.«

»S-sorry ...« Das war alles, was der G-man hervorbrachte – und es klang nicht sehr aufrichtig.

»Sie geben niemals auf, was?«, fragte der Domäne-Agent. »Ich muss zugeben, dass ich Sie beinahe bewundere, Decker. Fast bedauerlich, dass Sie für die falsche Seite arbeiten. Ein Mann Ihres Schlages kann es in der Domäne weit bringen.«

»Leck mich ...«

»Ich sehe schon, mit Ihnen ist nicht zu reden. Wozu auch? Sie haben uns alles verraten, was Sie wissen, mehr ist aus Ihnen nicht herauszuholen. Wenn Sie sich nur sehen könnten, Decker – Sie sind ein Wrack. Das ist aus Ihnen geworden. Sie sind jetzt wertlos für uns, und ich brauche Ihnen nicht zu sagen, was das bedeutet.«

»Mistkerl ...«, brachte Phil mühsam hervor, und es kostete ihn alle Kraft.

Der Domäne-Agent lachte nur.

Phil hörte, wie seine Schritte über kaltem Stein verklangen, und zum ersten Mal bezweifelte er, dass er Jerry und all seine anderen Freunde jemals wiedersehen würde ...

*

»Also«, fasste Neville Spencer den Bericht zusammen, den die Fahndungsabteilung ihm gerade durchgefaxt hatte, »so sieht es aus: In der betreffenden Gegend befinden sich zwei Ortschaften. Eine, die die Bezeichnung Ortschaft auch verdient, und eine, die nur aus ein paar Häusern oder Bretterbuden besteht. Außerdem eine Geisterstadt aus der Zeit des großen Goldrauschs, die uns aber weniger interessieren dürfte.«

»Wie sieht es mit Hotels aus?«, fragte ich. »Mit öffentlichen Einrichtungen oder Geschäftsniederlassungen?«

»Fehlanzeige«, sagte Neville. »Dort oben in den Bergen kann man froh sein, eine Tankstelle zu finden. Aber die Jungs von der Fahndung sind auf etwas anderes gestoßen, das überaus interessant ist – und zwar hier!«

Der junge G-man deutete auf eine Stelle der Karte, die ziemlich genau im Zentrum des Kreises lag, den ich mit einem roten Filzstift gezogen hatte. Dabei machte Neville ein Gesicht, als wäre er dem Weihnachtsmann persönlich begegnet.

»Es ist ein ehemaliger Atombunker der U.S. Army.«

»Ein Atombunker?«

»Genau.« Neville nickte, in seinen Augen blitzte es. »Bereits in den Siebzigern wurde das Ding wegen baulicher Mängel von der Army aufgegeben. Danach stand es eine Zeitlang leer, bis eine Privatfirma den Bunker anmietete – angeblich um dort chemische Abfälle zu deponieren.«

»Wieso angeblich?«

»Weil es keinen einzigen Beweis dafür gibt, dass der Bunker tatsächlich als Mülldeponie verwendet wird. Und jetzt halten Sie sich fest, Jerry: Melnik Enterprises, die Firma, die den Bunker gemietet hat, ist zufällig auch für die Müllentsorgung sämtlicher Hotels der Atlantis-Kette verantwortlich ...«

»... was den Verdacht nahe legt, dass es sich um eine Strohfirma der Domäne handelt«, ergänzte ich.

»Exakt.«

»Gute Arbeit, Kollege«, sagte ich.

Das war es. Das musste es sein. Die Verbindung, nach der wir gesucht hatten. Der geheime Stützpunkt der Domäne – ein alter Bunker in den Bergen, fast vergessen und geradezu ideal als geheime Basis einer kriminellen Organisation!

Der Bunker schien etwas wie eine zentrale Anlaufstelle zu sein, vielleicht sogar das Hauptquartier dieser gefährlichen Organisation, die wir seit über zwei Jahren bekämpften. Ich ahnte, dass wir kurz davor standen, einen wichtigen Schlag gegen die Domäne zu führen. Und vielleicht fanden wir dort auch einen Hinweis auf Phil ...

»In Ordnung«, sagte ich entschlossen und stand auf. »Das genügt. Mehr brauchen wir nicht!«

»Der Ansicht war ich auch. Ich habe bereits eine Vollmacht beantragt, damit wir ...«

»Was für eine Vollmacht?« Ich schüttelte den Kopf. »Ich werde nicht warten, bis wir diese Vollmacht kriegen.«

»Aber dieser Bunker ist Privatbesitz, und wenn wir uns irren ...«

»Wir haben die Domäne herausgefordert, ihre Revanche wird nicht lange auf sich warten lassen. Unsere einzige Chance besteht darin, ihr zuvorzukommen. Ich jedenfalls werde nicht däumchendrehend hier sitzen und warten, während mein Partner dort vielleicht in Lebensgefahr schwebt.«

»Schon okay, Jerry«, sagte Neville. »Ich verstehe sehr gut, was in Ihnen vorgeht. Wenn mein Partner in so einer Gefahr schwebte, würde ich auch sofort handeln. Aber dennoch ...«

Ich ließ ihn nicht ausreden, sondern fiel ihm ins Wort. »Wir haben es hier mit einer verfassungsfeindlichen und terroristischen Organisation zu tun, Neville! Ein Bundespolizist wurde entführt und befindet sich in Lebensgefahr! Nach dem Patriotengesetz, das nach den Anschlägen des 11. Septembers in Kraft gesetzt wurde, dürfen wir jedem Hinweis nachgehen und dabei auch absolut radikal vorgehen. Wenn sich herausstellen sollte, dass sich in dem Bunker nichts befindet, ist das egal, man wird uns keinen Strick daraus drehen. Das Gegenteil ist der Fall, denn wenn wir nicht zuschlagen, wird man uns dieses Versäumnis ankreiden. Also lassen Sie uns keine Zeit mehr verlieren und aufbrechen!«

Neville hatte mir genau zugehört, und nun nickte er. »Patriotengesetz – ja, Sie haben Recht, Jerry. Sorry, aber man merkt wohl, dass ich erst seit ein paar Monaten G-man bin und eigentlich frisch aus Quantico komme. Sie haben die größeren Erfahrungen.«

Trotz der Anspannung, unter der ich stand, musste ich lächeln. »Da machen Sie sich mal keine Gedanken, Neville. Sie haben gute, sogar sehr gute Arbeit bisher geleistet. Ja, Sie waren mir eine große Hilfe, und Sie werden sich bestimmt auch weiterhin als erstklassiger G-man erweisen!«

Meine Worte taten ihm gut, das sah ich ihm an, aber er erwiderte nichts darauf.

Das war auch nicht nötig, und außerdem hatten wir jetzt nicht mehr die Zeit für eine nette Unterhaltung unter Kollegen.

Und im nächsten Moment waren wir auch schon unterwegs ...

*

Der Alpha hatte genug gehört. Genug alarmierende Nachrichten. Genug Hiobsbotschaften, die den ganzen Tag und die Nacht über eingetroffen waren.

Er war nicht in diese Position gelangt, weil er stets nur abgewartet hatte. Im Gegenteil, er hatte immer gewusst, wann die Zeit des Handelns gekommen war.

Es mochte sein, dass sein Alter und seine Behinderung diesen Instinkt ein wenig hatten abstumpfen lassen. Aber er war noch immer willens und in der Lage, das, was er sich sein Leben lang aufgebaut hatte, zu verteidigen.

Mit allen nötigen Mitteln.

Die Domäne war sein Lebenswerk. Er würde es sich nicht zerstören lassen. Nicht vom FBI und auch von niemand anderem.

»Beta 1«, sprach er mit gedämpfter Stimme in den Telefonhörer. »Ich habe soeben Nachricht von unserer Satellitenüberwachung erhalten.«

»Was ist es?«

»Ein Hubschrauberverband, der die Region um das Geheimquartier ansteuert.«

»Ein – ein Hubschrauberverband?«

»So ist es. Wir haben allen Grund zu der Annahme, dass es dem FBI gelungen ist, die Position des Verstecks ausfindig zu machen.«

»Der FBI? Aber ... wie ist das möglich?«

»Ich hatte es Ihnen gesagt«, erwiderte der Alpha tonlos. »Ich hatte Sie gewarnt, dass der FBI nicht unterschätzt werden darf. Jetzt befinden sich mehrere Hubschrauber auf dem Weg.«

»Wir werden sie gebührend empfangen.«

»Das will ich hoffen. Ich brauche nicht zu betonen, wie wichtig dieser letzte Coup ist. Unser aller Überleben hängt davon ab, und ich erwarte, dass dem Feind erbitterter Widerstand entgegengebracht wird, egal, welche Opfer dafür nötig sein werden.«

»Verstanden«, sagte die junge Frau am anderen Ende der Leitung, doch ihre Stimme klang gepresst. Ihr war klar, was dieser Befehl bedeuten konnte.

»Ich erwarte, dass Sie und Ihre Leute alles geben, Beta 1«, sagte der Alpha. »Das Projekt muss um jeden Preis geschützt werden.«

»Keine Sorge. Die Vorbereitungen sind fast abgeschlossen. In wenigen Stunden ...«

»In wenigen Stunden wird es das Quartier vermutlich nicht mehr geben«, versetzte der Mann im Rollstuhl scharf. »Wir müssen evakuieren! Jetzt!«

»Evakuieren? Aber die Versuchsreihe ist noch nicht abgeschlossen!«

»Zum Teufel mit der Versuchsreihe!«, brüllte der Alpha, und das Gerät, das seine Herztöne überwachte, piepte alarmierend. »Die Feds dürfen nichts von dem Projekt erfahren! Wenn sie es doch tun, ist unser größtes und wichtigstes Unternehmen gescheitert!«

»Ich verstehe. Machen Sie sich keine Sorgen, Sir – ich werde mich um alles kümmern.«

»Das hoffe ich sehr. Denn wenn nicht, wird dich auch mein Einfluss nicht mehr vor der Rache der Alphas schützen können.«

»Ja, das ist mir klar.«

»Es geht jetzt um alles oder nichts, Beta 1«, sagte der Alpha, jetzt wieder förmlich. »Monate lang waren wir dem FBI um Längen voraus – doch nun, da unser Projekt in die entscheidende Phase geht, werden wenige Stunden über unser Schicksal und das unserer Gegner entscheiden.«

»Keine Sorge. Wir werden das Projekt mit unserem Leben schützen – und mit dem der Geisel, die sich noch immer in unserer Gewalt befindet. Die Feds werden das Projekt nicht gefährden können, dafür werde ich sorgen.«

»Der Stützpunkt muss um jeden Preis gehalten werden, bis das Projekt evakuiert und jeder Hinweis darauf vernichtet ist. Habe ich mich klar genug ausgedrückt?«

»Vollkommen, Sir. Ich werde die Selbstvernichtung aktivieren. Die Domäne wird siegen.«

»Ich verlasse mich auf dich«, sagte der Alpha. »Du bist jetzt meine ganze Hoffnung.«

»Ich weiß«, drang es aus dem Hörer. »Ich weiß, Vater ...«

Wir befanden uns im Anflug.

Drei Hubschrauber der FBI-Einsatzbereitschaft, besetzt mit G-men der Bereitschaft und Beamten aus dem Innendienst, die ihre Terminals und Kugelschreiber gegen kugelsichere Westen und HK5-Maschinenpistolen eingetauscht hatten.

Die Sonne war gerade dabei, über den Bergen aufzugehen. Als ich einen Blick aus dem Seitenfenster warf, sah ich die Silhouetten der beiden anderen Hubschrauber, die sich eindrucksvoll gegen den leuchtenden Himmel abzeichneten.

Eine winzige Streitmacht, die es mit einem Giganten aufnehmen wollte. Die Neuauflage des klassischen Kampfs von David gegen Goliath.

Wir hatten keine Zeit gehabt, auf weitere Unterstützung zu warten. Wir mussten sofort zuschlagen. Was die Chancen unseres Einsatzes betraf, machte ich mir keine Illusionen.

Der Verlust der Daten und die vielen Festnahmen im Land mussten der Domäne schwer zugesetzt haben. Die Organisation stand mit dem Rücken zur Wand, und ich zweifelte nicht, dass wir auf erbitterten Widerstand stoßen würden. Wenn der Stützpunkt, den wir in der alten Bunkeranlage ausgemacht zu haben glaubten, tatsächlich ein zentrales Geheimversteck der Domäne war, würde die Organisation ihn bis zum letzten Mann verteidigen.

Es würde eine blutige Mission werden, das war mir klar, und ich wusste, dass nicht wenige der G-men, die mit mir im Fond der Maschine saßen, diesen Tag nicht überleben würden.

Die Kollegen wussten es ebenso.

Man konnte es ihren versteinerten Mienen entnehmen, dem starren Blick ihrer Augen. Dennoch taten sie ihre Pflicht, taten das, was von ihnen erwartet wurde und was sie im Diensteid geschworen hatten: das Recht und die Verfassung in diesem Land zu verteidigen.

Die Domäne hatte beides unzählige Male mit Füßen getreten, war absolut skrupellos über Leichen gegangen, um ihre Ziele zu verwirklichen. Sie musste gestoppt werden.

Wieder musste ich an Phil denken. Aus irgendeinem Grund war ich sicher, dass er dort im Stützpunkt festgehalten wurde, und das machte mir Sorgen. Die Domäne würde sich nicht scheuen, ihn als Geisel einzusetzen, falls es nötig sein sollte. Was dann?

»Nein! Wir brauchen die Unterstützung der U.S. Army sofort! Jetzt, hören Sie? – Nein, wir können nicht auf die verdammte Zustimmung des Gouverneurs warten. Der Einsatz ist sofort erforderlich ...«

Neville, der neben mir auf der Bank im Fond des Helikopters saß, schrie laut in sein Handy, um den Fluglärm im Inneren der Maschine zu übertönen.

Da uns allen klar war, dass drei Hubschrauber und ein Aufgebot von knapp dreißig G-men nicht genügen würde, um die Domäne in die Knie zu zwingen, wollten wir die Unterstützung von US-Streitkräften, was allerdings nicht einfach war.

»Hören Sie, General«, hörte ich Neville brüllen, »wenn Sie Ihre Hubschrauber nicht in zehn Minuten in der Luft haben, können Sie den Einsatz gleich ganz vergessen. Also, wie entscheiden Sie sich? – Ich will Ihre Antwort, General! Jetzt sofort! Wir kämpfen gegen die größte Bedrohung, die dieses Land je erlebt hat, und wenn Sie uns nicht helfen wollen, dann ... – Danke, General. Das war die Antwort, die ich hören wollte.«

Der junge G-man beendete das Gespräch und ballte triumphierend die Faust. »Na also. Die Mountain Ranger Division schickt uns eine Staffel Kampfhubschrauber. Außerdem werden wir Unterstützung durch eine Einheit des Airborne Corps erhalten, die sich zu einem Manöver in Colorado aufhält.«

»Klingt gut«, sagte ich.

»Ja. Ich kann nur hoffen, dass die Jungs ihre Ärsche bald in die Höhe kriegen, sonst ist die Show vorbei, ehe sie aufkreuzen.«

»Allerdings«, bestätigte ich.

Ich hätte mir gewünscht, dass wir mehr Zeit gehabt hätten, um die Aktion vorzubereiten. Mit einer Einheit von Squad-Kämpfern oder Navy Seals wäre es vermutlich kein Problem gewesen, den Bunker zu stürmen. Es mit einer Hand voll G-men zu versuchen, von denen nicht wenige aus dem Innendienst abberufen worden waren, das kam einem Selbstmordversuch gleich.

Doch wir hatten keine andere Wahl.

Die Domäne hatte inzwischen mitbekommen, dass wir im Besitz wichtiger Daten waren, und zweifellos war sie in diesem Augenblick dabei, sich zurückzuziehen und undichte Stellen zu schließen. Schon waren aus mehreren Städten Mordanschläge auf Geschäftsleute gemeldet worden, die eindeutig die Handschrift der Domäne trugen.

Die Organisation liquidierte ihre Agenten, bevor sie uns in die Hände fielen und möglicherweise auspackten. Auf diese Art und Weise wollte man verhindern, dass wir an weitere Informationen über die Domäne gelangten, und sicherlich gehörte auch die Evakuierung des Bunkers dazu. Was immer wir also unternahmen, wir mussten es schnell tun. Und im Falle des Bunkers gab es keine andere Möglichkeit, als sofort anzugreifen ...

»Sir, wir haben uns dem Zielgebiet bis auf hundert Meilen genähert«, meldete der Pilot über Bordfunk, während er die Maschine durch schroffe Felsentäler steuerte.

Ich sprach in mein Helmmikro: »Geben Sie an die Besatzungen der anderen Hubschrauber weiter: Bereit machen zum Angriff!«

»Verstanden, Sir.«

Der Pilot gab meinen Befehl weiter. Dann legte er die Maschine in eine steile Rechtskurve, lenkte sie um einen felsigen Hang in ein weites Tal, das sich vor uns erstreckte.

Unmittelbar unter uns breitete sich das endlose Grün der Wälder aus, dahinter die einsamen Gipfel der Berge, die im fahlen Licht des Sonnenaufgangs glühten.

Irgendwo dort, inmitten dieser unwegsamen Wildnis, befand sich der Bunker, von dem wir annahmen, dass er ein Versteck der Domäne war, vielleicht so eine Art Hauptquartier.

Würden wir dort auch Phil finden?

»Halte durch, Alter«, murmelte ich leise, »wir sind unterwegs ...«

*

Irgendwann hatte die Folter aufgehört, und die Frau war zurückgekehrt.

Die Frau mit der Maske, die die Codebezeichnung »Beta 1« trug. Dieses gewissenlose Scheusal, das ihm die Droge verabreicht und ihn verhört hatte.

Phil konnte nicht anders, als diese Frau zu hassen. Kaum ließ der Schmerz der Folter nach, kehrte diese negative Empfindung zurück.

Doch seine Sinne waren noch immer halb betäubt. Wie durch eine Wand registrierte er, wie Beta 1 und der Epsilon-Agent, der ihn gefoltert hatte, sich in gedämpftem Ton unterhielten. Er bekam nicht mit, was sie sprachen, aber die Unruhe, die dabei von ihnen ausging, war beinah körperlich zu spüren.

»Was ist ... los?«, presste er mühsam hervor. »Gibt es ... Schwierigkeiten?«

Beta 1 wandte sich zu ihm um. Durch die Sehschlitze ihrer Maske blickte sie auf ihn herab. »Allerdings, Decker. Schwierigkeiten, ja. Aber nicht für uns. Es sieht so aus, als wären Ihre Freunde auf dem Weg hierher.«

Phil konnte nicht anders, trotz der Schmerzen und seiner Erschöpfung und obwohl der Großteil seiner Muskeln wie paralysiert war, musste er grinsen.

»Ich wusste es«, sagte er leise. »Ich wusste, dass auf die Jungs Verlass ist. Ich danke dir, Jerry ...«

»Ihr verdammter Partner scheint mehr Leben zu haben als eine Katze«, zischte Beta 1. »Um Sie selbst steht es allerdings nicht so gut, Decker. Sie müssten sich sehen. Sie sind jetzt schon halb tot, Decker. Und ich bin bekannt dafür, keine halben Sachen zu machen.«

»Reden Sie, was Sie wollen«, entgegnete Phil, in dem der Widerstand wieder aufflammte. Das Wissen, dass Jerry auf dem Weg hierher war, um ihn rauszuhauen, gab ihm wieder Hoffnung und Kraft. »Sie können mich nicht einschüchtern. Töten Sie mich, wenn Sie müssen. Immerhin werde ich mit der Aussicht sterben, dass Ihrem verdammten Betrieb die Luft abgelassen wird.«

Er lachte leise, was sich eher wie ein Rasseln anhörte. Ein Hustenkrampf schüttelte ihn daraufhin, was seine gute Laune jedoch nicht zu mindern schien.

»Ich weiß nicht, wo ich hier bin, aber ich hätte Ihnen gleich sagen können, dass Jerry diesen Ort ausfindig machen wird. Er wird hierherkommen und Ihnen allen kräftig in den Hintern treten, darauf können Sie sich verla...«

Er verstummte, als eine behandschuhte Faust mitten in seinem Gesicht explodierte.

Der G-man stöhnte auf. Blut schoss aus seiner Nase, und Phil sah die verschwommenen Umrisse von Epsilon 265 über sich.

»Hören Sie sofort auf, sich über uns lustig zu machen, Decker!«, herrschte der Domäne-Agent ihn an. »Dazu haben Sie weder das Recht noch sind Sie dazu in der Position.«

»Was denn?« Phil blieb gelassen, trotz der gebrochenen Nase, ließ sich den Schmerz nicht anmerken. »Verlieren Sie jetzt die Nerven? Das lässt tief blicken, Epsy.«

»Sie elender …«

Der Domäne-Agent holte erneut aus, um zuzuschlagen und seine Wut an dem wehrlosen Gefangenen auszulassen, doch Beta 1 stoppte ihn.

»Lassen Sie das!«, wies sie ihren Untergebenen zurecht.

»Aber Beta 1 …«

»Glauben Sie mir, ich würde nichts lieber tun, als Ihnen die Erlaubnis zu geben, ihm sämtliche Knochen zu brechen. Aber noch ist es nicht so weit. Wir brauchen ihn.«

»Wir brauchen ihn? Wozu?«

»Er ist unsere Geisel. Er wird dafür sorgen, dass das Projekt unbeschadet bleibt und wir entkommen können.«

Phil schüttelte den Kopf. »Eher sterbe ich, als dass ich Ihnen helfe. Schlagen Sie sich das aus dem Kopf, Teuerste.«

»Sie haben keine Wahl, Decker. Sie werden unser Schutzschild sein, denn ich bin mir sicher, dass Ihr Partner nicht auf Sie schießen wird.« Die Maske verhüllte ihr Gesicht, trotzdem war sich Phil Decker sicher, dass sie breit grinste. Er hörte es am Klang ihrer Stimme.

»Nein, verdammt«, knurrte Phil, der sich nicht als Werkzeug der Domäne missbrauchen lassen wollte. Er wollte seinen Peinigern nicht auch noch zur Flucht verhelfen. »Jerry wird auf so einen miesen Trick nicht hereinfallen! Er wird Sie trotzdem aufhalten, ob es Ihnen gefällt oder nicht, und er wird …«

»Wenn es so ist, brauchen Sie sich ja nicht aufzuregen, Decker«, sagte Beta 1 und beugte sich so tief zu ihn, dass er ihr Parfüm riechen konnte, dessen süßlicher Duft in völligem Gegensatz zu ihrer rauen Erscheinung stand. »Aber ich garantiere Ihnen, dass Ihr Partner nicht schießen wird, dafür kennen wir Sie beide zu gut.«

Damit erhob sie sich und wandte sich ab, gab ihrem Untergebenen einen Wink.

»Lassen Sie ihn in den Hangar bringen!«
»Jawohl, Beta 1.«
»Ich bin in der Kommandozentrale. Unsere Feinde werden jeden Augenblick hier eintreffen, und wir werden ihnen einen feurigen Empfang bereiten. Sieg der Domäne!«

*

Als wir aus einem lang gezogenen Tal über einen bewaldeten Bergrücken flogen und danach in ein weiteres Tal einschwenkten, an dessen Ende sich ein von Bäumen und Felsen übersäter Hang erhob, konnten wir das Ziel erkennen.

Den Bunker.

Am Fuß des Berges konnte man den Bunkereingang sehen – eine klobige Betonpforte, die geradewegs ins Innere des Berges zu führen schien. Eine schmale Schotterstraße führte zum Bunkereingang, davor entdeckte ich halb verfallene Army-Baracken. Der Bunker sollte auf zufällige Beobachter wohl einen verlassenen Eindruck machen, aber verlassen war er nicht.

Wir merkten es in dem Augenblick, als uns heftiges Abwehrfeuer entgegenschlug.

Unser Pilot reagierte augenblicklich und zog die Maschine hoch – die Garbe von Leuchtspurmunition fegte unter uns hindurch und stach in den blauen Himmel.

Überall in den steilen Felshängen befanden sich Abwehrstellungen. Der Bunker schien sich durch den ganzen Berg zu ziehen, und es gab zahlreiche Geschützstellungen, die so gut getarnt waren, dass sie völlig unsichtbar waren.

Eine Felsenburg, die die Domäne zu ihrem Stützpunkt erkoren hatte und die auf den ersten Blick so gut wie uneinnehmbar schien ...

Unser Pilot gab eine bittere Verwünschung von sich, als eine zweite Garbe Leuchtspurmunition nach uns tastete. Es sah aus, als stünden wir unter Laserbeschuss, wie in einem Star-Wars-Film. Aber das hier war keine Science-Fiction, sondern blutige Realität. Auch die beiden anderen Hubschrauber gerieten unter Feuer und waren gezwungen, den Garben auszuweichen.

»Keine Frage«, meinte Neville trocken, »diese Typen meinen es ernst.«

Unser Pilot ging noch höher und ließ die Maschine dabei zurückfallen, um sie aus der Gefahrenzone zu bringen.

»Was soll ich tun?«, fragte er über Bordfunk.

»Suchen Sie sich einen Anflugwinkel, und dann gehen Sie runter!«, befahl ich. »Alles bereit machen zum Aussteigen!«

»Sir«, widersprach der Pilot, »das wird nichts. Das hier ist eine Transportmaschine und kein Kampfhubschrauber. Wir sind nicht gepanzert. Wenn wir getroffen werden, sind wir erledigt!«

»Dann sollten Sie zusehen, dass wir *nicht* getroffen werden!«, erwiderte ich.

Verdammt, ich wusste selbst, wie gefährlich die Sache war. Jeder von uns wusste es. Aber wir mussten den Einsatz durchziehen, zu viel hing davon ab. Wir durften nicht zulassen, dass die Domäne diese Basis evakuierte und das brisante Material, was sich vermutlich in diesem Stützpunkt verbarg, vernichtete.

»Also gut, Sir! Sie wollen es ja so!«

Die G-men, die mit mir im Fond der Maschine saßen, hielten sich fest, als der Hubschrauber seine Nase neigte – um im nächsten Moment in steilem Sturzflug hinabzuschießen, auf den Bunkereingang zu.

Das Abwehrfeuer verstärkte sich, konzentrierte sich auf den Hubschrauber, in dem ich saß.

Durchs Fenster sah ich, wie grell leuchtende Geschosse an uns vorbeistachen und uns nur knapp verfehlten. Die anderen beiden Maschinen schlossen sich unserem Angriff an.

Es rumpelte kräftig, und einen Augenblick lang befürchtete ich, wir wären getroffen worden.

Der Pilot biss die Zähne zusammen und setzte den Sturzflug fort – bis plötzlich ein grell leuchtender Schweif an uns vorbeizischte.

Eine Flugabwehrrakete!

»Verdammt!«, hörte ich den Piloten brüllen. »Rückzug! Nichts wie weg hier …!«

Einen Augenblick später kippte die Maschine zur Seite und zog in steiler Bahn davon, ließ den Bunker hinter sich zurück.

»Die haben Stingers, Sir«, erklärte der Pilot. »Luftabwehrraketen. Dagegen haben wir keine Chance! Wir können froh sein, dass uns das verdammte Ding nicht vom Himmel gepustet hat!«

»Ich will nichts hören von Abwehrraketen!«, entgegnete ich störrisch. »Ich habe Ihnen einen Befehl erteilt, und ich verlange, dass Sie ihn befolgen!«

»Jerry«, sagte eine Stimme neben mir – es war Neville, der mich mit einer Mischung aus Vorwurf und Entsetzen anblickte.

»Was?« erwiderte ich gereizt. »Dort unten ist ein Stützpunkt der Domäne, und wir haben die einmalige Chance, dieser Organisation den schwersten Schlag seit Jahren zuzufügen. Möglicherweise gelingt es uns sogar, diese Verbrecherbande endgültig in die Knie zu zwingen und …«

»Geht es Ihnen tatsächlich einzig und allein darum, die Domäne zu zerschlagen, Jerry?«, fragte Neville. »Oder riskieren Sie nicht in Wirklichkeit unser aller Leben, um Ihren Partner zu befreien?«

»Was soll das heißen?«

»Sie wissen genau, was das heißen soll!«

Ich holte tief Luft, um Neville meine Gegenargumente ins Gesicht zu schleudern. Nur – mir fielen keine Argumente ein, denn mein junger Kollege hatte absolut Recht.

Ich wollte unbedingt runtergehen, weil ich meinen Partner dort unten vermutete und ihn um jeden Preis befreien wollte. Aber hatte ich das Recht, zwei Dutzend Leben aufs Spiel zu setzen, nur um einen guten Freund zu retten?

Ich kannte die Antwort. Auch wenn es mir nicht behagte, sie lautete Nein!

Gerade wollte ich mich wieder an den Piloten wenden, um ihm den Befehl zum Rückzug zu geben, als einer unserer Kollegen einen lauten Schrei von sich gab und aus dem Fenster deutete.

»Da! Seht euch das an!«

Ich blickte hinaus – und traute meinen Augen nicht!

In steilem Anflug, dunklen Raubvögeln gleich, stürzte eine Staffel Kampfhubschrauber aus dem Himmel – Maschinen von Typ Apache, die sofort das Feuer auf die Bunkeranlage eröffneten.

»Die Verstärkung!«, ächzte Neville. »Die verdammte Verstärkung ist da! Die haben tatsächlich auf mich gehört!«

»Du bist eben ziemlich überzeugend«, gab ich zurück – und meinte damit nicht nur Nevilles Bitte um Unterstützung von Seiten der Armee.

Die Apaches gaben Feuer.

Leuchtende Garben von MG-Munition stachen aus den seitlichen Auslegern, Luft-Boden-Raketen lösten sich und rasten mit weißem Schweif auf die Geschützstellungen zu.

An den Flanken des Berges flammten gewaltige Explosionen auf. Mehrere der Geschützstellungen wurden in glühenden Kaskaden zerfetzt, was die G-men an Bord der Maschine mit begeistertem Jubelrufen quittierten.

»Die räumen uns den Weg frei, Sir!«, rief der Pilot. »Die schalten systematisch alle Abwehrstellungen aus!«

»Sehr gut.« Ein grimmiges Lächeln glitt über meine Züge. »Dürfte ich dann um einen erneuten Anflug bitten?«

»Aye, Sir!«, bestätigte der Pilot.

Erneut neigte sich der Bug unserer Maschine, und der Hubschrauber setzte zu einem neuen Angriff an ...

*

Es war ein wahrer Höllenritt.

Noch immer hagelten uns Garben glühender Geschosse entgegen, doch die Piloten der Apaches verstanden es, uns Deckung zu geben. Die Stellungen der Stinger-Raketen wurden als Erstes von ihnen ausgeschaltet, so dass uns nur noch leichtes Abwehrfeuer entgegenschlug. Ein Volltreffer hätte jedoch immer noch ausgereicht, unsere Maschine zum Absturz zu bringen. Bei dem schroffen Gelände würde das niemand im Hubschrauber überleben.

Doch obwohl uns der Anflug auf die Bunkeranlage wie eine Ewigkeit vorkam, dauerte er in Wahrheit nur Sekunden.

»Dort vorn!«, rief Neville und deutete durch das Kanzelglas. »Die Abwehrstellung! Möglicherweise kommen wir auf diese Weise ins Innere des Bunkers. Dann brauchen wir uns nicht durch den Haupteingang zu sprengen!«

»Gute Idee«, entgegnete ich. »Wir werden uns durch die Hintertür schleichen.«

Ich informierte den Piloten über das, was wir vorhatten, und er steuerte daraufhin die betreffende Stellung an. Sie war als eine der ersten getroffen worden. Dort, wo vorhin noch eine doppelläufige Flugabwehrbatterie aus dem zerklüfteten Gestein gestarrt hatte, klaffte jetzt eine rauchende Wunde in der Bergflanke.

Das Abwehrfeuer hatte nachgelassen. Offenbar befanden sich die Verteidiger auf dem Rückzug, und die Evakuierung der Domäne-Basis hatte begonnen. Uns konnte das nur recht sein ...

Unser Pilot brachte die Maschine noch näher an den Berg heran, hielt auf die zerstörte Geschützstellung zu. Er sank hinab, und der Rotorwind trieb den dicken schwarzen Rauch auseinander.

»Okay, Jungs!«, rief ich den anderen G-men zu. »Da wären wir! Alles aussteigen und rein in die gute Stube! Gebt euch gegenseitig Deckung und haltet Funkkontakt!«

Neville und ich waren die Ersten, die aus dem Hubschrauber sprangen. Zwei Meter tiefer kamen wir auf dem felsigen Boden auf. Wir rollten uns ab, kamen halb hoch, blieben aber in geduckter Haltung und sicherten die Umgebung mit unseren MPis, während unsere Kollegen nachfolgten. Dann schickten wir uns an, ins Innere der Bunkeranlage einzudringen.

Meine HK5 im Anschlag, wollte ich die Führung des Trupps übernehmen, als Neville einen erfreuten Laut ausstieß und zum Himmel zeigte.

Wir blickten hinauf und sahen winzig kleine Punkte am Himmel, die sich jäh vergrößerten, als sich trichterförmige Gebilde öffneten.

Fallschirme.

Das Airborne Corps war eingetroffen.

Jetzt waren wir auf dem Vormarsch ...

*

Phil Decker wurde durch die Gänge gezerrt und geschoben.

Der G-man war so geschwächt, dass er ständig zwischen Bewusstsein und Ohnmacht taumelte. Da er sich selbst nicht auf den Beinen halten konnte, schleppten ihn die Domäne-Schergen mit sich.

Epsilon 265 hielt sich dicht hinter ihm.

Phil wusste, weshalb. Er war sein Schild. Seine verdammte Geisel.

Aber da würde er nicht mitspielen ...

In den Gängen – wo, zum Henker, befand er sich überhaupt? – herrschte das blanke Chaos. Alarmsirenen schrillten, schwarz gewandete Domäne-Killer rannten umher, hektische Befehle wurden gebrüllt.

Was immer dort draußen vor sich ging, Jerry schien mal wieder ganze Arbeit zu leisten ...

»Los, schneller!«, trieb Epsilon 265 seine Komplizen und den Gefangenen an. »Beeilt euch! Wir müssen den Hangar erreichen!«

»Sie bekommen es jetzt also mit der Angst zu tun, was?«, lallte Phil. »Planen Sie, sich abzusetzen?«

»Wir sind nicht so verrückt, uns von Ihrem Partner fangen lassen, Decker«, entgegnete Epsilon 265. »Wir werden entkommen – und am Ende werden wir triumphieren!«

Plötzlich öffnete sich auf der rechten Seite des Korridors ein Schott. Phil, der alles nur wie durch Milchglas wahrnahm, erkannte verschwommen mehrere vermummte Gestalten in weißen Kitteln. Sie schoben eine große Truhe, die auf Rädern rollte.

Das Ding war etwa zwei Meter lang und hatte ein Sichtfenster an der Oberseite. Die Ahnung überfiel Phil Decker, dass ein Mensch darin lag. Er wusste nicht warum, aber er war sich dessen so sicher, dass er seine Bewacher darauf ansprach. »Wen habt ihr da drin? Vielleicht Hannibal Lecter?«

»Ihnen wird das Witzemachen noch vergehen, Decker«, zischte Epsilon 265, und seine Schergen zerrten Phil weiter mit sich ...

*

»In Deckung, Leute!«

Mein Warnschrei gellte durch den Korridor, als unvermittelt Killer der Domäne vor uns im Korridor auftauchten.

Direkt nach unserem Eindringen in das Bunkersystem hatten wir es mit drei MPi-Schießern zu tun bekommen, die sich jedoch zurückgezogen hatten. Jetzt traten uns erneut Domäne-Kämpfer in den Gängen des Bunkersystems entgegen.

Die Killer waren in typischer Domäne-Manier ausgestattet: schwarze Kampfanzüge mit Stiefeln, dazu Sturmhauben, die die

Gesichter der Kämpfer verhüllten. Bewaffnet waren die Domäne-Killer mit Maschinenpistolen der neuesten Bauart, die ohrenbetäubend Feuer und Tod zu spucken begannen.

Schlagartig verwandelte sich der Gang, dessen Wände sowohl aus nacktem Fels als auch gegossenem Beton bestanden, in ein wahres Inferno aus heißem Blei.

Ich riss meine HK5 in den Anschlag und gab eine ratternde Garbe ab, worauf einer der Domäne-Killer die Arme hochwarf, seine Waffe fallen ließ und dann zu Boden ging. Er stand nicht wieder auf.

Einer unserer Leute bekam eine Kugel ab und brach zusammen. Noch ehe ich etwas unternehmen konnte, war Neville bei ihm und gab ihm Deckung, schleifte den Verletzten aus der Gefahrenzone.

Der junge Special Agent rang mir alle Bewunderung ab. Neville Spencer verhielt sich wie ein altgedienter G-man.

Meine Kollegen ließen ihre Waffen sprechen, schickten heißes Blei den Korridor hinab. Ein weiterer Domäne-Killer wurde getroffen, worauf sich die verbliebenen Kämpfer zurückzogen.

Auch aus anderen Korridoren war Kampflärm zu hören. Die G-men und die neu hinzugestoßenen Fallschirmspringer setzten den Domäne-Agenten gehörig zu. Unsere Gegner führten ein Rückzugsgefecht. Ihnen schien klar zu sein, dass sie den Bunker nicht halten konnten, aber sie wollten möglichst viel Zeit gewinnen.

»Los, hinterher!«, rief ich, und bis auf den verwundeten Kollegen setzten alle mit mir den Korridor hinab.

Wir durchliefen ein verschlungenes System von Gängen, links und rechts mehrere metallene Schotts, die verschlossen waren. Was sich dahinter befand, wussten wir nicht. Zunächst mussten wir die Kontrolle über das Bunkersystem erlangen, ehe wir uns darum kümmern konnten.

Immer wieder trafen wir auf verbissene Gegenwehr, doch Zug um Zug rückten wir weiter vor, schalteten mehrere Gegner aus. Zweimal steckten wir fest, doch dann warf ich jeweils eine Handgranate, deren Explosion uns den Weg freiräumte.

Ich hasse solche Einsätze, denn es ging zu wie im Krieg. Die Devise hieß töten oder getötet werden, und ich war gezwungen, mit äußerster Rücksichtslosigkeit vorzugehen.

Okay, der Feind hätte sich ergeben können, doch das tat er nun mal nicht, und so starb er Mann um Mann unter unserem Feuer, was mir nicht gefallen konnte. Ich bin Polizist und kein Soldat und sehe es als meinen Job an, Leben zu beschützen und zu retten, nicht es gnadenlos auszulöschen.

Hier aber war es umgekehrt. Wieder warf ich eine Handgranate um eine Gangbiegung, und in das Krachen der Explosion mischten sich die Todesschreie des Gegners.

Weiter ging es, immer weiter.

Ein ganzer Trupp von Domäne-Killern stand uns plötzlich gegenüber, die Waffen im Anschlag. Es waren Domäne-Agenten, aber auch vermummte Kerle in Arztkitteln, die eine Art stählernen Sarg mit sich führten.

Und ich sah Phil.

Mein Partner sah fürchterlich aus. Er befand sich mitten unter den Vermummten und konnte sich kaum auf den Beinen halten ...

»Nicht schießen!«, brüllte ich, und bange Sekunden lang standen wir uns auf dem breiten Gang gegenüber – die Kämpfer des FBI und die Killer der Domäne, jede Seite zum Äußersten entschlossen.

»Jerry?«, hörte ich Phil rufen. »Jerry, bist du das?«

»Ja, Kumpel!«, rief ich zurück, meine Waffe weiterhin auf die Domäne-Schergen gerichtet.

»Lassen Sie uns durch, Cotton!«, forderte einer der Vermummten, der hinter Phil stand, ihn als lebenden Schild missbrauchend. »Wenn Sie Dummheiten machen, ist Ihr Partner tot – und das wollen Sie doch nicht?«

Ich zögerte, hatte meine Waffe noch immer im Anschlag.

Der Kerl meinte es ernst, keine Frage ...

»Was ist, Cotton?«, tönte der Vermummte. »Wollen Sie, dass Ihr Partner stirbt? Ist es Ihnen das wirklich wert?«

»Hör nicht auf ihn, Jerry!«, brüllte Phil heiser. »Knall ihn nieder, den verdammten Drecksack!«

»Nur zu, versuchen Sie's!«, höhnte der maskierte Verbrecher. »Opfern Sie Ihren Partner, Cotton, wenn Sie glauben, das unbedingt tun zu müssen!«

Mein Finger krümmte sich um den Abzug.

Was sollte ich tun? Und was befand sich in dem stählernen Container, der mir fast vorkam wie ein Sarg?

Wenn ich jetzt nachgab, würde die Domäne neue Verbrechen begehen. Dann würden wieder unschuldige Menschen sterben. Menschen, die ich durch meinen Amtseid zu schützen geschworen hatte.

Aber sollte ich kaltblütig meinen Partner opfern?

Ich konnte es nicht.

Resignierend ließ ich meine Waffe sinken, und Neville und die anderen taten es mir gleich.

»Na also«, sagte der Domäne-Agent, der hinter Phil stand. Dann schickten er und seine Leute sich an, den Korridor zu passieren.

Wir gaben den Weg frei und traten zur Seite, mussten tatenlos zusehen, wie unsere Erzfeinde entwischen wollten.

Erst als sie um die Biegung des langen Korridors verschwunden waren und ich sicher sein konnte, dass sie uns nicht mehr sehen konnten, nahmen wir die Verfolgung auf ...

*

Beta 1 wartete ungeduldig im Hangar.

Während sie nervös auf die Uhr blickte, sagte sie sich, dass es besser gewesen wäre, sich selbst um das Projekt zu kümmern, als Epsilon 265 diese verantwortungsvolle Aufgabe zu übertragen.

Sie hatte ihren Vater und seine Verbündeten einmal enttäuscht – sie wollte es kein zweites Mal tun.

Drei Helikopter standen im Hangar, der sich am höchstgelegenen Punkt des Bunkersystems befand. Sie waren aufgetankt und abflugbereit.

Sobald die Ladung eintraf, würden sie starten.

Beta 1 hörte das Kreischen der Sirenen, das entfernte Hämmern von Maschinenpistolen, den dumpfen Knall detonierender Handgranaten. Das Unvorstellbare war geschehen – es war dem FBI gelungen, das Hauptversteck der Domäne ausfindig zu machen.

Allerdings würden sie nicht lange Freude damit haben.

Beta 1 hatte den Selbstzerstörungsmechanismus aktiviert, bevor sie die Kommandozentrale verlassen hatte.

Jetzt konnte sie nichts tun als warten. Und ihre Geduld wurde belohnt.

Endlich trafen Epsilon 265 und sein Tross im Hangar ein. Die Ärzte, die den Trupp begleiteten, führten den Container mit sich, der die Zukunft der Domäne barg. Das Projekt, das alles ändern und selbst diese bittere Niederlage nachträglich in einen Triumph verwandeln würde ...

»Schnell!«, wies Beta 1 ihre Untergebenen an. »Alles aufladen. Wir starten sofort!«

»Cotton ist auf dem Weg hierher!«, erstattete Epsilon 265 Bericht. »Wir sind ihm begegnet!«

»Cotton!«, zischte Beta 1 hasserfüllt. »Immer wieder höre ich diesen elenden Namen.«

»Er wird bezahlen«, versicherte Epsilon 265. »Sie werden alle bezahlen – wenn wir erst am Potomac sind und unsere Zeit gekommen ist.«

Beta 1 nickte. Ihr Untergebener hatte Recht. Jetzt war nicht die Zeit für Rache – der Gegner war überlegen und befand sich auf dem Vormarsch. Doch sie wollte Cotton eine Nachricht hinterlassen. Sie würde ihn lehren, dass er sich besser nicht mit der Domäne angelegt hätte.

»Wir brauchen die Geisel nicht mehr«, sagte sie. »Decker soll hier bleiben. Mit ihm als Geisel könnt ihr unseren Rückzug decken. Wenn wir in der Luft sind, bringt ihn um!«

»Verstanden«, antwortete Epsilon 265 und wandte sich an Tau 627, die seine Leibgarde befehligte. »Tau 627, Sie haben gehört, was Beta 1 befohlen hat. Sie werden hier bleiben und mit Hilfe der Geisel unseren Rückzug decken. Dann werden Sie Decker liquidieren.«

»Ich soll bleiben und Decker ...?« Die Gesichtsmaske der Domäne-Kämpferin blähte sich, weil sie so heftig ausatmete. »Aber ich dachte ...«

»Was dachten Sie, Tau 627? Dass für Sie Sonderrechte gelten, nur weil Sie eine Frau sind? Die Domäne verlangt von jedem ihrer Mitglieder bedingungslosen Einsatz und Opferbereitschaft, unabhängig vom Geschlecht.«

»Ich weiß, Sir.«

»Sie werden also bleiben und den Befehl ausführen, Tau 627. Sie werden alles in Ihrer Macht Stehende tun, um den Feind aufzuhalten. Und Sie werden dem FBI nicht lebend in die Hände fallen. Haben Sie mich verstanden?«

»Jawohl, Sir.«

»Dann führen Sie Ihre Befehle aus, Tau 627!« Damit ließ der Domäne-Agent sie stehen und bestieg einen der Helikopter.

Das Dach des Hangars öffnete sich langsam. Tau 627 musste ihre Augen gegen das Licht der Morgensonne schirmen, das ins Innere des Hangars strömte. Kaum waren die beiden Hälften des mechanischen Dachs weit genug auseinander geglitten, erhoben sich die Helikopter unter donnerndem Getöse und stiegen in den fahlen Morgenhimmel, der sich über dem Hangar ausbreitete.

Schon kurz darauf waren sie verschwunden. Tau 627 blieb allein zurück.

Allein mit dem Gefangenen, den sie liquidieren sollte ...

*

Phil war wie in Trance. Sein Kreislauf stand kurz vor dem Zusammenbruch.

Die Folter, dann die teuflische Droge, die Erschöpfung – all das setzte dem G-man zu. Er konnte sich kaum auf den Beinen halten, nahm nur verschwommen wahr, was sich rings um ihn ereignete.

Als er die dunkle Gestalt sah, die auf ihn zukam und einen blitzenden Gegenstand in der Hand hielt, war es fast schon zu spät.

In einer Reaktion, die ihn alle verbliebene Kraft kostete, riss der G-man seine mit Handschellen gefesselten Hände hoch – und fing gerade noch die rasiermesserscharfe Klinge des Messers ab, die sich in seinen Hals hatte bohren sollen.

»Stirb, du verdammter Hund!«, hörte er jemanden zischen. Es war die Stimme einer jungen Frau, und die schien ihn abgrundtief zu hassen, obwohl er sie nicht mal kannte. Eine namenlose Killerin, die im Auftrag der Domäne mordete.

Irgendwie gelang es Phil, sie von sich wegzustoßen.

Er wollte zurückweichen, aber es gelang ihm nicht, denn er stolperte über seine eigenen Beine und verlor das Gleichgewicht.

Er kippte nach hinten und schlug auf den Boden.

Wieder spürte er Schmerzen, und im nächsten Moment war die Domäne-Kämpferin schon über ihm, um ihm ihre Klinge ins Herz zu rammen.

Phil wusste, dass es vorbei war, wenn er nicht reagierte, und obwohl ein Teil von ihm den Gedanken, der Schmerz könnte endlich aufhören, als tröstlich empfand, wälzte er sich zur Seite. Er wollte nicht sterben, wollte nicht hier krepieren, niedergestreckt von einer fanatischen Mörderin.

Bäuchlings versuchte er, davonzurobben und ihr zu entkommen, doch seine Peinigerin kannte keine Gande.

»Bleib hier, du verdammter Fed! Jetzt wirst du bezahlen für das, was du getan hast!«

Er spürte, wie sie sein Bein packte und ihn festhielt. Im nächsten Moment fühlte er einen heißen, stechenden Schmerz in seinem Unterschenkel.

Sie hatte zugestochen, ihm die Klinge ins Bein gerammt.

»Na?«, rief sie wild und spöttisch. »Wie fühlt sich das an? Das ist meine Rache, Decker! Ihr verdammten Feds habt uns reingelegt, damals in Alaska. Und nun wirst du dafür bezahlen!«

Sie packte ihn und drehte ihn herum, und es gab nichts, was Phil dagegen tun konnte. Seine Kräfte waren verbraucht, sein Widerstand gebrochen.

Er konnte nichts anderes tun, als dazuliegen und darauf zu warten, dass sie ihm den Rest gab. Mit weit aufgerissenen Augen sah er die Klinge näher kommen, spürte dann, wie sie sich an seine Brust legte, um im nächsten Augenblick zuzustoßen.

Halbherzig versuchte er, sie abzuwehren – doch seine Peinigerin lachte nur. Die Drogen und die Folter hatten Phil Decker fertiggemacht. Er hatte seiner Mörderin nichts mehr entgegenzusetzen, wartete nur noch darauf, dass die Klinge seine Brust durchstoßen und dem Schmerz ein Ende setzen würde.

Sie tat es nicht.

Ein peitschender Knall scholl plötzlich durch den Hangar, und die Klinge verschwand von Phils Brust.

Verblüfft und verschwommen sah der G-man, wie sich die Gestalt der Killerin an die Brust griff. Sie gab einen fassungslosen Laut von sich.

Dann kippte sie zurück und blieb leblos auf dem Boden liegen. Die Gefahr war gebannt ...

*

»Phil!«

Mit ausgreifenden Schritten rannte ich in den Hangar, gefolgt von Neville Spencer und einem halben Dutzend G-men, die sich sofort daranmachten, die Halle zu sichern.

Neville hielt seine noch rauchende Dienstpistole in der Hand – er war es gewesen, der geschossen und damit meinem Partner das Leben gerettet hatte.

Während ich mich um Phil kümmerte, der hilflos am Boden lag, trat Neville zu dem maskierten Killer, den er niedergeschossen hatte.

»Phil«, stieß ich atemlos hervor. »Wie geht es dir, Partner? Alles okay?«

Die Frage war ein einziger Witz.

Phil sah elend aus. Seine Nase war gebrochen und sein Gesicht blutverschmiert, ebenso sein linkes Hosenbein. Seine Hand- und Fußgelenke wiesen Brandverletzungen auf, die darauf schließen ließen, dass sie ihn mit Elektroschocks gefoltert hatten. Außerdem hatten sie ihm offenbar eine Droge eingeflößt, damit er plauderte – sein entrückter Blick und der seltsame Ausdruck in seinem Gesicht deuteten jedenfalls darauf hin.

»Je-Jerry«, brachte mein Partner schwach hervor. »Dem Himmel sei Dank, dass du da bist! Verdammt, diesmal dachte ich wirklich, ich schaffe es nicht ...«

»Ich auch, Alter«, gestand ich ehrlich. »Ich auch.«

Wir G-men sind harte Kerle, die aus ihrem Gefühlsleben meist ein Geheimnis machen und ihren Schmerz gut zu verbergen wissen. Aber ich gestehe gern, dass meine Augen ein wenig feucht wurden, als ich Phil lebend und vergleichsweise wohlbehalten wieder bei uns wusste.

Ich sandte Neville einen dankbaren Blick – und sah, dass auch der junge Kollege erschüttert und schrecklich aufgewühlt war.

Aus einem anderen Grund allerdings.

»Sie war eine Frau«, sagte er, auf die Person deutend, die vor ihm auf dem Boden lag. Er hatte ihr die Maske abgenommen, und es waren die leblosen Züge einer jungen Frau darunter zum Vorschein gekommen. »Ich habe sie erschossen«, murmelte der junge G-man leise. »Ich habe eine Frau erschossen ...«

Um Phil zu retten, hatte Neville ohne zu zögern gefeuert. Er hatte keine andere Wahl gehabt, und er hatte auch so schnell schießen müssen, dass er nicht die Zeit gehabt hatte, sauber zu zielen, um ihr die Kugel in den Arm oder nur ins Bein zu verpassen. Ich wusste, dass es nicht einfach war, das zu verdauen, aber wie jeder G-man würde auch er sich abfinden müssen damit, dass er in bestimmten Situationen auch töten musste, um unschuldiges Leben zu retten. Ja, er würde es akzeptieren oder den Job aufgeben müssen, denn es würde wieder geschehen ...

»Tut mir leid, Junge«, sagte ich.

»Mir nicht«, versetzte Phil und brachte die Sache damit auf den Punkt. »Hätte er dieses Miststück nicht erschossen, wäre *ich* jetzt tot.« Er schaute den jungen Kollegen an und fuhr fort: »Du hast sie getötet, ja – aber mich hast du damit gerettet, so hart das auch klingen mag. Für sie zählte ein Menschenleben nichts.«

Phil streckte seine Hände aus, und ich half ihm dabei, auf die Beine zu kommen. Ich musste ihn stützen, damit er nicht sofort wieder zusammenbrach.

»Keine Sorge, Alter«, raunte ich ihm zu, »das wird schon wieder. Ein paar Tage Krankenhaus, und du bist wieder auf dem Damm.«

»Von wegen Krankenhaus«, konterte mein Partner. »Ich werde ins Hotel fahren, 'ne Aspirin einwerfen und etwas schlafen. Und danach ...«

Einer der G-men, die mit Neville und mir den Stützpunkt der Domäne gestürmt hatten, kam in den Hangar gelaufen.

»Jerry!«, rief er. »Unsere Luftunterstützung meldet den Abschuss von einem der drei Helikopter. Den anderen beiden ist die Flucht geglückt.«

»Verdammt!«, knurrte Phil. »Dann ist dieses Teufelsweib wahrscheinlich entkommen.«

»Welches Teufelsweib?«, fragte ich.

»Sie nannte sich Beta 1. Scheint ein ziemlich hohes Tier innerhalb der Hierarchie der Domäne zu sein. Faselte dauernd etwas von einem Projekt. Damit meinte sie wohl diese Sardinenbüchse.«

»Sardinenbüchse?«, fragte ich.

In diesem Moment durchlief eine schwere Erschütterung die Hangarhalle. Ich wankte hin und her und hatte Mühe, Phil dabei noch zu stützen.

»Was war das?«, fragte Neville.

»Eine Explosion«, sagte einer der G-men. »Irgendwo tief unter uns.«

»Die haben die Selbstvernichtung in Gang gesetzt«, mutmaßte ich. »Die Domäne will keine Spuren hinterlassen.«

Eine erneute Erschütterung, gefolgt von einem dumpfen Knall.

»Neville – geben Sie an alle Gruppen durch, dass wir uns zurückziehen, sofort! Unser Job hier ist erledigt, wir können nichts mehr tun!«

»Jawohl, Jerry!«, bestätigte der junger Kollege und zückte sein Funkgerät, um die Anweisung weiterzugeben.

Das Bunkersystem war zu robust, um von einer einzigen Explosion zerstört zu werden, aber ich war mir sicher, dass weitere folgen würden, so wie bei einer Kettenreaktion, und schließlich würde dieser Stützpunkt nur noch ein Trümmerhaufen sein. Wir hatten keine Zeit zu verlieren, mussten die Anlage unverzüglich räumen.

»Okay, Phil«, sagte ich zu meinem Partner, den ich stützte, »machen wir den Abgang!«

»Das ist das erste vernünftige Wort, das ich heute höre«, murmelte Phil, während er an meiner Seite aus dem Hangar humpelte. »Raus aus diesem ungastlichen Laden und den bösen Jungs hinterher!«

»Bedaure, Alter«, erwiderte ich, »aber sie sind uns entkommen, schon vergessen?«

»Na und? Dafür wissen wir, wohin sie fliegen.«

Ich starrte ihn an. »Tun wir das?«

»Na klar.« Über die malträtierten Züge meines Partners huschte ein jungenhaftes Lächeln. »Die dachten wohl, ich kriege nicht mehr mit, was sie reden, aber ich habe deutlich gehört, wie jemand sagte, dass sie sich am Potomac treffen.«

»Was? Bist du sicher?«

»Ganz sicher, Jerry.«

Am Potomac also. Damit war alles klar.

Während Phil, ich und die anderen G-men aus dem Bunker flüchteten, ging mir auf, dass sich der Kreis allmählich schloss. Die Spur führte dorthin, wo dieser Fall begonnen hatte.

In die Hauptstadt unseres Landes.

Ins Zentrum der Macht.

Nach Washington, D.C. ...

ENDE

Ich – und der falsche Mr. High

Weltbild

Ich genoss es, in Mr. Highs Büro zu sitzen.

Die vertraute Umgebung und der Duft von Helens Kaffee wirkten auf mich beruhigend, was ich nach all den Fährnissen, die hinter uns lagen, gut gebrauchen konnte.

Nach den Vorfällen in Colorado waren mein Freund und Kollege Phil Decker und ich nach New York zurückgekehrt, um unserer Dienststelle Bericht zu erstatten. Danach wollten wir sofort weiter nach Washington, D.C. Denn genau dorthin, in die Hauptstadt unseres Landes, führte die Spur der Domäne – jener Organisation, die den Begriff des organisierten Verbrechens völlig neu definiert hatte.

Als wir vor fast drei Jahren auf die Spur der Domäne gestoßen waren – damals waren überall im Land anonyme Mordopfer gefunden worden –, hatten wir noch nicht ahnen können, dass sie unser mächtigster und gefährlichster Gegner werden würde. Eine Organisation, die vorhatte, unseren Staat und unsere Gesellschaft zu unterwandern. Mit dem Ziel, unser Land zu beherrschen.

Die Methoden, derer sich die Domäne dabei bediente, waren ebenso kompromisslos wie erschreckend. Mord, Entführung und Erpressung gehörten nur am Rande zu ihrem Repertoire. Auch Wirtschaftskriminalität zählte dazu.

Die Spezialität der Domäne war die Täuschung und Manipulation. Schon mehrfach war es ihr gelungen, durch plastische Chirurgie erstellte Doppelgänger in Firmen und Behörden einzuschleusen, die fortan im Auftrag der Domäne handelten und entsprechende Entscheidungen durchdrückten. Auf diese Weise war es der Domäne gelungen, sich ein landesweites Netzwerk aufzubauen.

Bis vor wenigen Tagen.

Eine Razzia in Washington, die von unseren Kollegen Bill Pherson und Nancy Morgan durchgeführt worden war, hatte dazu geführt, dass wir einem dieser Domäne-Netzwerke auf die Spur gekommen waren.

Ein Doppelgänger war entlarvt worden, und die Hinweise hatten Phil und mich nach Colorado geführt. In einem Hotel der Atlantis-Kette, die ebenfalls zum Netzwerk der Domäne gehörte, hatte man uns überfallen, und Phil war entführt worden.

Mit Hilfe meines jungen Kollegen Neville Spencer vom FBI Field Office Denver war es mir gelungen, den Ort ausfindig zu machen, wo Phil gefangen gehalten wurde – ein verlassener Bunker in den Bergen, den die Domäne zu ihrem Geheimversteck erkoren hatte. Dort, in der rauen Bergwelt der Rocky Mountains, war es zum Kampf zwischen uns und der Domäne gekommen.

Trotz heftiger Gegenwehr von Seiten der Domäne-Schergen war es uns gelungen, den Stützpunkt einzunehmen und Phil zu befreien. Doch obwohl wir den Kampf für uns entschieden hatten, war einigen führenden Domäne-Agenten die Flucht gelungen, so dass die Jagd weiter ging ...

»Wie geht es Phil?«, war das Erste, was Mr. High interessierte, nachdem er meinen Bericht überflogen hatte.

»Soweit ganz gut, Sir. Die Ärzte im Krankenhaus haben sich um ihn gekümmert. Die Droge, die Phil verabreicht wurde, ist noch nicht vollständig abgebaut. Aber er hat versprochen, so schnell wie möglich wieder auf dem Damm zu sein.«

»Ich verstehe.« Mr. High nickte. »Und die einzige Spur, die wir haben ...«

»... führt nach Washington, Sir«, sagte ich. »Da die Domäne die Selbstzerstörung ihres Bunkersystems initiiert hat, sind wir leider nicht mehr dazu gekommen, die Bunkerräume zu durchsuchen. Wir können von Glück sagen, mit allen Leuten rausgekommen zu sein, ehe er Bunker einstürzte. Deshalb ist die Spur, die wir haben, ziemlich dünn.«

»Dieser Hinweis, dass sich die Domäne-Agenten am Potomac treffen wollten, könnte auch ein Täuschungsmanöver sein«, gab Mr. High zu bedenken.

»Die Möglichkeit besteht, Sir«, räumte ich ein. »Aber mein Instinkt sagt mir, dass es nicht so ist. Und wir wissen, dass es Macht ist, was die Domäne will, die absolute Kontrolle. Und

Washington D.C. ist das Zentrum der Macht in unserem Lande, richtig?«

»Sie haben Recht, Jerry«, erwiderte Mr. High, »und ich muss zugeben, dass mir die Vorstellung, was die Domäne dort anrichten könnte, Angst macht.«

»Geht mir nicht anders, Sir.« Ich nickte. »Nach allem, was Phil in seiner Gefangenschaft mitbekommen hat, bereitet die Domäne wohl tatsächlich etwas vor. Einen letzten, großen Coup, der ihr dauerhaft die Macht in unserem Land sichern soll.«

»Ich habe diese Information bereits an alle wichtigen Dienststellen weitergegeben. Auch die Geheimdienste und der Secret Service wurden informiert. Die Sicherheitsvorkehrungen rund um das Weiße Haus und das Parlament wurden verschärft.«

»Eine vernünftige Maßnahme«, sagte ich, »aber ich denke nicht, dass die Domäne einen Anschlag oder etwas Ähnliches plant. Ihre Vorgehensweise ist anders. Die Domäne arbeitet nicht mit lauten, spektakulären Mitteln. Sie kommt durch die Hintertür, was sie noch gefährlicher macht.«

»Dieser Coup, wie Sie es nannten – was wissen wir darüber, Jerry?«

»Leider nicht viel, Sir. Nach allem, was Phil mitbekommen hat, gibt es eine Art Notfallplan, den die Domäne vorbereitet hat für den Fall, dass sie ins Hintertreffen gerät. Ein Projekt, wie ihre Agenten es nennen. Im Bunker haben wir einen metallenen Container gesehen, der auch mich wirkte wie ein stählerner Sarg und den die Domäne-Kämpfer mit ihrem Leben beschützten. Offenbar scheint er eine wichtige Rolle bei diesem Projekt zu spielen.«

»Ein metallener Container ...«, grübelte Mr. High.

»Ja, Sir. Phil und ich vermuten, dass sich ein Mensch darin befunden hat.«

»Ein neuer Doppelgänger?«

»Es wäre möglich, Sir. Vielleicht plant die Domäne, jemanden in Washington durch einen Doppelgänger zu ersetzen. Jemanden in verantwortungsvoller Position. Jemanden, der genug Macht und Einfluss hätte, um der Domäne eine entscheidende Machtposition zu sichern ...«

»... der aber wiederum nicht so im Licht der Öffentlichkeit steht, dass es sofort auffallen würde, wenn er ersetzt würde.«

»Genau, Sir«, stimmte ich zu. »Danach zu suchen ist bei den vielen Amts- und Würdenträgern, die es in Washington gibt, allerdings so, als wollte man die berühmte Nadel im Heuhaufen finden. Ich habe mich bereits mit Bill Pherson und Nancy Morgan vom FBI-Hauptquartier in Verbindung gesetzt. Sie kennen die Gegebenheiten vor Ort und werden uns bei den Ermittlungen unterstützen.«

»Sehr gut, Jerry.« Mr. High, in dessen Stirn sich einmal mehr tiefe Sorgenfalten eingegraben hatten, nickte. »Aus dem ganzen Land, von allen Field Offices treffen Erfolgsmeldungen im Kampf gegen die Domäne ein. Zahlreiche Doppelgänger wurden enttarnt, die Hotels der Atlantis-Kette geschlossen. Dennoch sind all diese Erfolge nutzlos, wenn es uns nicht gelingt, den Kopf der Bestie abzuschlagen. Wenn die Domäne überlebt, werden früher oder später auch ihre Arme wieder nachwachsen, und alles wird sein wie zuvor.«

Ich biss mir auf die Lippen. Mr. High hatte Recht.

Die Alphas, die anonymen Anführer der Domäne, waren uns nach wie vor unbekannt, zogen aus dem Verborgenen heraus die Fäden. Entweder, es gelang uns, bis zu ihnen vorzudringen und die Domäne endgültig zu zerschlagen, oder alles würde von vorn beginnen, und alle Opfer, wie wir gebracht hatten, würden vergeblich gewesen sein.

Das durfte nicht geschehen. Entschlossen schüttelte ich den Kopf.

»Sir«, sagte ich leise, »ich versichere Ihnen, dass Phil und ich alles daransetzen werden, diese Sache erfolgreich zum Abschluss zu bringen. Die Chancen, die Domäne zu zerschlagen, sind so gut wie nie zuvor. Wenn sich die Alphas tatsächlich in Washington aufhalten, werden wir sie ausfindig machen und zur Rechenschaft ziehen, das verspreche ich Ihnen.«

»Danke, Jerry.« Mr. High lächelte. »Ich weiß Ihr Engagement sehr zu schätzen. Nur fürchte ich, Sie werden dabei auf Phil verzichten müssen.«

»Was? Aber ...«

»Ich habe den Bericht gelesen, Jerry. Phil ist noch nicht fit genug, um die Ermittlungen wieder aufzunehmen. Er hat eine Stichwunde erlitten und wurde grauenhaft mit Elektroschocks gefoltert. Sein Körper ist völlig dehydriert, und sein Kreislauf ist instabil, außerdem leidet er noch unter den Folgen der Wahrheitsdroge, die ihm verabreicht wurde. Habe ich irgendetwas vergessen? Es tut mir leid, Jerry. Ich weiß, dass Phil nichts lieber tun würde, als zusammen mit Ihnen nach Washington zu fliegen, aber im Augenblick kann ich es nicht gestatten. Dieser Fall ist zu wichtig, als dass ich einen angeschlagenen G-man darauf ansetzen könnte.«

»Hm«, machte ich. Alles in mir sträubte sich dagegen, es einzusehen, aber natürlich hatte Mr. High Recht.

Die Gefangenschaft durch die Domäne hatte meinem Partner schwerer zugesetzt, als er zugeben wollte, und natürlich war er noch nicht fit genug für einen Fall wie diesen. Ein G-man, der nicht hundertprozentig fit und bei der Sache ist, gefährdet nicht nur sich selbst, sondern auch das Leben anderer.

»Wie Sie wollen, Sir«, sagte ich also. »Ich fürchte nur, es wird Phil nicht gefallen.«

»Mir gefällt es ebenso wenig, glauben Sie mir, Jerry. Mir wäre es lieber, wenn ich Sie beide auf den Fall ansetzen könnte, aber in meiner Eigenschaft als leitender Special Agent dieser Behörde kann ich nicht anders entscheiden.«

»Ich weiß, Sir«, erwiderte ich. Ein flüchtiges Lächeln huschte über meine Züge, das Mr. High erwiderte.

»Viel Glück, Jerry«, sagte er. »Um unser aller willen.«

»Danke, Sir«, erwiderte ich. »Wir können es brauchen …«

*

Das Haus, das in einer der besten Gegenden von Washington stand, stammte noch aus der Zeit der Plantagenbesitzer. Weißer Stein, hohe Fenster und ein von weißen Säulen getragenes Portal.

Von dem parkähnlichen Garten aus bot sich ein herrlicher Ausblick über den Potomac und das Regierungsviertel sowie über die Hügel von Arlington. In dieser Gegend hatten sich all jene niedergelassen, die in ihrer aktiven Zeit machtvolle Positionen besetzt hatten und sich nicht mehr von der Hauptstadt trennen konnten. Senatsabgeordnete im Ruhestand, altgediente Staatssekretäre, mächtige Lobbyisten.

Brooke Johansson nahm all das nicht wirklich wahr. Sie war damit aufgewachsen, und für sie war der Anblick der Privatparks und Villen mit ihren Gärtnern, Chauffeuren und Butlern so vertraut wie anderen Leuten die Tankstelle oder der Seven-Eleven-Shop um die Ecke.

Die junge Frau trug ein champagnerfarbenes Kostüm, dazu hochhackige Schuhe und einen großen Sonnenhut. Ihr dunkelblondes Haar quoll darunter hervor und fiel auf ihre schmalen Schultern.

Ihren Porsche ließ Brooke Johansson auf dem großzügig angelegten Vorplatz der Villa stehen. Über die breiten Stufen gelangte sie zum Portal und betätigte die Klingel.

Sie brauchte nicht lange zu warten. Ein livrierter Butler öffnete ihr die Tür.

»Guten Tag, Clifford«, grüßte sie freundlich, und ein unverbindliches Lächeln glitt über ihre makellosen Züge. »Ist mein Vater zu Hause?«

»Ja, Miss Johansson.« Der Butler deutete eine Verbeugung an. »Bitte, treten Sie ein.«

Er öffnete die Tür und trat zur Seite. Die junge Frau trat in die weite Halle, von der eine breite Treppe in die oberen Etagen des Herrenhauses führte.

»Ihr Vater ist im Salon«, sagte Clifford dezent. »Wenn Sie gestatten, Miss …«

Der Butler ging ihr voraus, um sie zum Salon zu geleiten – jenem Ort, an dem sich Brookes Vater immer dann aufhielt, wenn er über etwas nachzudenken hatte oder sich über etwas Sorgen machte.

An diesem Morgen war wohl beides der Fall, wie die junge Frau vermutete.

Der Butler öffnete ihr die Tür, und sie betrat den mit dunklem Holz getäfelten und von Zigarrenrauch geschwängerten Raum, in dessen offenem Kamin trotz der milden Temperaturen ein Feuer knisterte.

Vor dem Kamin saß ein Mann im Rollstuhl. Die Last seiner Jahre war ihm anzusehen, doch noch nie zuvor hatte Brooke Johansson ihren Vater in einem so schlechten Zustand gesehen.

Sein Kopf war nach vorn gebeugt, sein spärliches graues Haar hing in Strähnen. In den letzten Tagen und Wochen war dieser Mann um Jahre gealtert, und die junge Frau wusste, wem sie die Schuld daran zu geben hatte.

Nackte Wut machte sich in ihr breit. Wut auf den FBI. Wut auf Jerry Cotton ...

»Hallo, Vater«, sagte sie.

Mit einem hellen Summton des Motors kreiste der Rollstuhl herum. Der Mann, der darin saß, hob den Kopf, blickte der Frau, die er seine Tochter nannte, gefasst entgegen.

»Hallo, Brooke«, erwiderte er.

Sie kam auf ihn zu und beugte sich zu ihm hinab, umarmte ihn so herzlich sie es vermochte. Er erwiderte ihre Umarmung nicht, und sie fragte sich, woran es lag. War er zu schwach dazu? Oder war sie in Ungnade gefallen nach allem, was geschehen war?

»Schön, dass du hier bist«, sagte er und entkräftete damit die zweite Möglichkeit.

»Ja, Vater«, sagte sie. »Und nicht nur ich. Auch alles andere ist wohlbehalten in Washington eingetroffen und befindet sich bereits an Ort und Stelle.«

»Das ist gut.« Das Gesicht des Mannes verzerrte sich, als ob er Schmerzen litte. Sie wusste, dass ihm die Krankheit an manchen Tagen mehr zu schaffen machte. Das alte Leiden, das er schon so viele Jahre mit sich herumtrug und das ihn an den Rollstuhl fesselte.

»Wir befinden uns in einer tiefen Krise, Brooke«, murmelte er düster. »Immer wieder denke ich darüber nach und frage mich, wie es so weit kommen konnte. Wir haben uns an den Plan gehalten und immer einen Schritt nach dem anderen getan. Wir haben uns nicht von der Gier nach Macht verleiten lassen.«

»Nein, Vater, das haben wir nicht. Aber es ist jemand aufgetaucht, den wir in unseren Plänen nicht berücksichtigt hatten. Und dieser Jemand heißt Jerry Cotton.«

»Cotton«, echote der Alte. »Dieser elende, verdammte Jerry Cotton. Als ich zuerst von ihm hörte, dachte ich: Das ist nur ein einfacher G-man. Er hat ein paar üble Jungs einkassiert, ein paar heikle Fälle gelöst. Der Junge hat einfach ein bisschen mehr Glück gehabt als seine Kollegen. Aber als er dann deinen Bruder tötete ...«

»Jon Bent war nicht mein Bruder!«, wehrte sie ab.

»Er war ebenso mein Sohn wie du meine Tochter bist. Und ich

will, dass Cotton bezahlt für das, was er ihm angetan hat. Was er uns allen angetan hat.«

»Das wird er, Vater, keine Sorge. Die Vorbereitungen sind fast abgeschlossen. Wir haben einige bittere Niederlagen hinnehmen müssen, aber besiegen wird uns der FBI niemals. Nicht mehr lange, und das Projekt wird anlaufen. Dann, Vater, werden wir endgültig über den FBI triumphieren, und es wird niemanden mehr geben, der sich uns in den Weg stellt.«

»Ich hoffe es, meine Tochter. Denn nach allem, was geschehen ist, hat meine Position gelitten. Die Alphas sind misstrauisch geworden. Sie bezweifeln, dass ich die Dinge noch im Griff habe.«

»Dann sind sie Idioten«, sagte Brooke aufgebracht. »Nicht mehr lange, Vater, und sie werden alle beschämt schweigen, weil du es sein wirst, der am Ende Recht behält. Und Sie werden nicht anders können, als deinen Führungsanspruch anzuerkennen.«

»Wir werden sehen«, erwiderte der Alte, und ein Lächeln, das weder Milde noch Zuneigung, sondern unverhohlenen Machthunger verriet, verzerrte seine kantigen Züge. »Alles zu seiner Zeit.«

»Für wann ist die Versammlung anberaumt worden?«
»Für morgen Nacht.«
»Ich werde dich begleiten, Vater. Gemeinsam werden wir den Alphas das Projekt vorstellen. Und wir werden gemeinsam triumphieren ...«

*

Das Krankenzimmer meines Freundes und Partners Phil Decker sah ziemlich trostlos aus. Klinisches Weiß, nur ein kleiner Blumenstrauß, den unsere Kolleginnen Annie Geraldo und June Clark vorbeigebracht hatten, bildete den einzigen Farbtupfer.

»Mensch, Jerry«, begrüßte mich Phil. »Bin ich froh, dass du da bist. Ich dachte schon, ihr hättet vor, mich hier versauern zu lassen.«

»Wie geht es dir, Alter?«, fragte ich.

»Ganz gut. Der Doc sagt, mein Kreislauf sei noch ziemlich angeschlagen, aber ...«

»War's denn sehr schlimm?«

»Es war die Hölle, Jerry.« Mein Partner schürzte die Lippen. »Ganz ehrlich, Jerry – es gab ein paar Augenblicke, in denen ich dachte, dass dies das Ende wäre. Und das wäre es auch gewesen, wenn du und Neville mich nicht rausgehauen hättet.«

»Ehrensache«, sagte ich und lächelte matt. »Ich war vorhin bei Mr. High und soll dich von ihm grüßen.«

»Besten Dank auch. Wie geht's denn Big Daddy?«

»Er macht sich Sorgen darüber, was die Domäne als Nächstes aushecken könnte.«

»Das kann er sich sparen. In ein paar Minuten bin ich hier raus, und wir fliegen zusammen nach Washington. Dann werden wir diesen vermummten Idioten von der Domäne den Rest geben, wollen wir wetten?«

»Lieber nicht«, sagte ich ausweichend.

»Wieso? Was hast du, Jerry? Du bist so ernst ...«

»Das liegt daran, dass mir nicht zum Lachen zumute ist, Partner«, erwiderte ich. »Und dir wird es wahrscheinlich auch gleich vergehen.«

»Mir? Wieso?«

»Weil du nicht mitfliegen wirst nach Washington.«

»Weil ich nicht ...?« Auf Phils Züge legte sich ein ungläubiger Ausdruck. »O komm schon, Jerry, das ist nicht fair! Einen armen kranken Kerl wie mich so auf die Rolle zu nehmen ...«

»Ich nehme dich nicht auf die Rolle. Es ist mein Ernst.«

»Aber ...«

»Mr. High ist der Ansicht, dass du noch nicht wieder auf dem Damm bist, und er hat Recht damit, Phil.«

»Was soll das heißen?«, begehrte mein Partner auf. »Ich bin in der Form meines Lebens.«

»Das bist du nicht, Partner, und das weißt du auch. Die Domäne hat dir ordentlich zugesetzt. Ich meine die Folter und die Droge, die sie dir eingeflößt haben.«

»Zum Henker damit«, wetterte Phil. »Ich fühle mich gut, kann sogar schon wieder klar sehen. Ich schwör's dir, Jerry, ich bin fit für den Einsatz. Ich komme mit dir nach Washington, und wenn ich die Strecke laufen muss.«

Damit schlug Phil die Decke zurück und wollte trotz der Schläuche und Kanülen, die in seinem Unterarm steckten, aufstehen. Es gelang ihm jedoch nicht.

Noch auf der Bettkante wurde ihm so schwindlig, dass er stöhnend wieder zurück aufs Laken sank, wo er liegen blieb und eine ganze Kanonade wüster Verwünschungen vom Stapel ließ.

»Siehst du, Partner?«, sagte ich leise. »So etwas im Einsatz, und wir sind beide geliefert.«

Phil wandte den Kopf und blickte zu mir auf. Es war ihm anzusehen, wie elend es ihm ging, und ich konnte ihn gut verstehen. Wäre die Sache umgekehrt gewesen, hätte ich ebenfalls alles darangesetzt, um bei dem Einsatz dabei zu sein.

Aber Mr. High hatte Recht. Ein G-man, der nicht einsatzbereit war, war ein Risiko für sich und seine Kollegen. Ein Risiko, das wir nicht eingehen durften. Nicht in dieser Phase ...

»Ist ja schon gut«, stöhnte Phil und machte eine abwehrende Handbewegung. »Ich hab's kapiert.«

»Tut mir leid, Alter. Ich hätte dich gern dabei gehabt.«

»Schon gut. Jerry?«

»Ja, Phil?«

»Kannst du mir einen Gefallen tun?«

»Welchen?«

Über die Züge meines Freundes huschte ein jungenhaftes Lächeln. »Bestell diesen Armleuchtern von der Domäne schöne Grüße von mir, wenn du sie in den Hintern trittst.«

»Das mach ich doch gerne«, versprach ich grinsend. »Wir sehen uns, Alter.«

»Mach's gut, Jerry. Und pass auf dich auf.«

»Versprochen.«

Ich verließ das Krankenzimmer. Dabei kam ich mir vor, als ob der bessere Teil von mir zurückblieb.

Wenn man wie Phil und ich jahrelang zusammengearbeitet hat, wenn man seinen Partner genau kennt und weiß, dass man sich zu jeder Zeit hundertprozentig auf ihn verlassen kann, dann ist es verdammt schwierig, allein zu arbeiten. Gerade jetzt, wo der Kampf gegen die Domäne in eine entscheidende Phase trat, hätte ich Phil lieber an meiner Seite gewusst, aber es war nunmal nicht möglich.

Ich würde unseren schlimmsten Feinde allein gegenübertreten

müssen, und ich gestehe gerne ein, dass mir bei dem Gedanken nicht gerade wohl war.

Zu Recht, wie sich herausstellen sollte ...

*

Sie waren gekommen, um sich über die Fortschritte zu informieren, die das Projekt machte, und was sie sahen, erfüllte sie mit tiefer Zufriedenheit.

Die junge Frau, die einen engen Overall trug und eine Gesichtsmaske, die ihre Züge verdeckte, nickte anerkennend, während sie durch die große Glasscheibe blickte, durch die man das Labor überblicken konnte.

In der Mitte des antiseptischen, mit zahllosen Geräten vollgestopften Raums stand ein OP-Tisch, auf dem eine Gestalt lag. Jene Gestalt, die in Domäne-Kreisen nur als »das Projekt« bekannt war.

Mehrere Männer und Frauen in weißen Kitteln huschten umher. Zwischen OP-Hauben und Mundschutz waren nur schmale Schlitze zu erkennen. Sie waren dabei, die letzten Korrekturen vorzunehmen.

»Gute Arbeit, Epsilon 265«, lobte die Frau. »Die Alphas werden zufrieden sein.«

»Nicht wahr?« Der Domäne-Agent, der an ihrer Seite stand und dessen Züge ebenfalls verhüllt waren, nickte. »Die Ähnlichkeit ist verblüffend.«

»Es ist der perfekteste Doppelgänger, der jemals von uns geschaffen wurde. Er wird seinen Zweck erfüllen und das Ziel erreichen.«

»Sie können den Alphas mitteilen, dass das Projekt kurz vor der Vollendung steht. Nur die üblichen Abgleiche mit dem Original stehen noch aus. Danach wird Agent Gamma 14 seine Arbeit aufnehmen.«

»Sehr gut. Inzwischen zeigen die Maßnahmen, die wir im Vorfeld ergriffen haben, bereits erste Erfolge. Das Gift, das wir ausgebracht haben, beginnt zu wirken. Alles läuft nach Plan ...«

*

Die Schlagzeile stach mir ins Auge, als ich am Domestic Terminal des International Airport von Washington, D.C., die Ankunftshalle passierte. Ich sah sie gleich auf mehreren Zeitungen gleichzeitig, und sie traf mich wie ein Schock.

FBI-DIREKTOR IN SEX-SKANDAL VERWICKELT, stand dort in großen blockigen Lettern zu lesen. HAT SICH DER OBERSTE FBI-CHEF AN PRAKTIKANTIN VERGRIFFEN?

Obwohl ich Schlagzeilen wie diese normalerweise verabscheue, konnte ich nicht anders, als mir eine der Zeitungen zu kaufen. Der Vorwurf, der in diesen wenigen Zeilen erhoben wurde, war so ungeheuerlich, dass ich wissen musste, was dahintersteckte.

In Gedanken versunken, durchquerte ich die Ankunftshalle, meinen Koffer in der einen, die Zeitung in der anderen Hand, während ich die Zeilen des Hauptartikels überflog.

Melanie Roberts, eine Angestellte des Justizministeriums, die im Washingtoner Hauptquartier des FBI ein Praktikum absolviert hatte, hatte gegen den obersten Chef des FBI Anzeige erstattet. Er hätte sie mehrfach sexuell belästigt und außerdem versucht, sie im Anschluss an eine Dienstbesprechung zu vergewaltigen.

Noch während ich die Zeilen las, sträubte sich in mir alles dagegen zu glauben, was in der Zeitung stand. Nicht, dass Mitarbeiter des FBI über jedem Verdacht erhaben seien – der Fall des Verräters Sidney Lomax hatte deutlich genug gezeigt, dass auch G-men alles andere als unfehlbar sind. Doch ein FBI-Direktor, der alle Moral und Verhaltensregeln aus den Augen verlor und sich sexhungrig auf eine Praktikantin stürzte, das kam mir doch ziemlich abenteuerlich vor.

Andererseits waren es nicht nur die Revolverblätter, die die Sache auf der Titelseite hatten. Auch die renommierten Zeitungen berichteten darüber.

Einen Skandal und Presserummel konnte der FBI im Augenblick ganz und gar nicht brauchen. Dafür war die Aufgabe, die uns bevorstand, einfach zu wichtig.

Einigermaßen schockiert ging ich zum Ausgang, wo ich bereits erwartet wurde. Bill Pherson und Nancy Morgan, unsere Washingtoner Kollegen, mit denen Phil und ich schon einmal zusammengearbeitet hatten und die mit ihrer Razzia den letzten Kampf gegen die Domäne ausgelöst hatten, standen dort, um mich abzuholen.

»Hi, Jerry!«, rief Nancy mir zu und winkte, und ich gesellte mich zu unseren beiden Kollegen.

Bill Pherson war ein eher robuster Typ mit kantigen Zügen, Nancy eine bildhübsche Frau von sechsundzwanzig Jahren, die auch gut als Model hätte durchgehen können. Ich gebe gerne zu, dass die Sympathie, die Phil und ich für sie hegten, nicht nur dienstlich motiviert war ...

»Hallo, ihr beiden«, grüßte ich.

Bills Blick fiel auf die Zeitung unter meinem Arm. »Du hast schon davon gehört?«

»Ich hab's grade gelesen«, erwiderte ich. »Was ist an der Sache dran?«

»Wenn wir das wüssten.« Nancy zuckte die Schultern. »Die Presse belagert seit heute Morgen das Hauptquartier, und die Leute reden von nichts anderem mehr. Offiziell hat unser Chef bislang keine Stellung zu der Sache bezogen.«

»Hm«, machte ich. »Was glaubt ihr persönlich?«

»Machst du Witze?«, fragte Bill. »Unser alter Herr ist noch nicht lange genug im Amt, um sich so etwas zu leisten. Er ist ein Workaholic, und manchmal ist es nicht gerade purer Spaß, für in zu arbeiten – aber er ist der korrekteste Mensch, den ich kenne. Die haben gut daran getan, ihn zum FBI-Chef zu machen.«

»Genau«, pflichtete Nancy ihm bei. »Was in den Zeitungen steht, ist Unsinn. So etwas würde er nie tun.«

»Okay«, räumte ich ein, »aber woher haben die es dann? Irgendjemand muss diese Sache doch in die Welt gesetzt haben?«

»Wie es anfing, ist doch jetzt nicht mehr wichtig«, sagte Bill. »Die Sache hat sich längst verselbstständigt. Keiner dieser Pressefritzen fragt mehr, ob es wirklich so passiert ist, die wollen jetzt Schlagzeilen machen. Je schmutziger, desto höher die Verkaufsauflage!«

»Allerdings«, erwiderte ich nachdenklich – und merkte, wie mich ein böser Verdacht beschlich.

»Was hast du, Jerry?«, fragte Nancy.

»Nichts«, gab ich zurück. »Ich habe mich nur gefragt, wieso diese Schlagzeile gerade jetzt auftaucht ...«

*

Mit Bills und Nancys Dienstwagen fuhren wir vom Flughafen zum FBI-Hauptquartier in der Anapolis Street.

Dort herrschten Zustände wie auf einem Jahrmarkt.

Menschenmengen standen auf den Straßen, die meisten davon Reporter. Sämtliche Blätter und Nachrichtenagenturen der Hauptstadt hatten ihre Leute auf den Fall angesetzt. Man sah Männer und Frauen, die hektisch mit Fotoapparaten und Mikrofonen hantierten, mehrere Ü-Wagen hatten am Straßenrand Stellung bezogen, Kamerateams waren im Einsatz.

Der angebliche Sex-Skandal des FBI-Chefs war für sie alle ein gefundenes Fressen – uns hingegen erschwerte er nur die Arbeit bei einem der wichtigsten und schwersten Fälle, die wir je zu lösen hatten.

Zum Glück mussten wir den Vorplatz des FBI-Gebäudes nicht passieren. Bill setzte vorher den Blinker und steuerte den Chevy in die Tiefgarage. Von dort gelangten wir mit dem Aufzug zu Bills und Nancys Büro.

Die Stimmung im FBI-Hauptquartier war gedrückt. Nirgendwo wurde gescherzt oder gelacht, die Blicke, die die Männer und Frauen sich gegenseitig zuwarfen, waren verunsichert.

Es war ein seltsames Gefühl, das wir alle hatten. Tag für Tag gaben wir alles im Dienst, riskierten unser Leben im Kampf gegen das Verbrechen – und nun genügte eine unbewiesene Anschuldigung, um den ganzen FBI in der Öffentlichkeit in Misskredit zu bringen. Und das gerade jetzt, da wir den Rückhalt und die Unterstützung der Bevölkerung nötiger gehabt hätten denn je.

Wir suchten das kleine Büro auf, das meine Kollegen sich teilten, und schlossen die Tür. Danach berichteten Bill und Nancy, die meinen Bericht über die Vorfälle in Colorado bereits erhalten hatten, über den Stand ihrer Ermittlungen.

»Nach den Enthüllungen über die Atlantis-Kette haben wir eine zweite Razzia im Atlantis Ambassador durchgeführt«, sagte Bill, »sind dabei jedoch auf keine weiteren Hinweise gestoßen. Offenbar hatte die Domäne bereits Verdacht geschöpft und ihre Leute von dort abgezogen.«

»Das würde auch erklären, wieso ein Doppelgänger dorthin

geschickt wurde und nicht der echte Leonard McGraw«, fügte Nancy hinzu.

Ich nickte. Die Erkenntnis, dass die Domäne die Doppelgänger-Technik mitunter auch dazu benutzte, um ihre eigenen Leute vor Anschlägen und Festnahme zu schützen, hatte uns nach Colorado geführt. Irgendwie schien das alles zusammenzuhängen. Die Frage war nur wie.

»Dieser Fall, in dem ihr ursprünglich ermittelt habt«, fragte ich, »hatte mit der Domäne nichts zu tun, oder?

»Nein«, antwortete Bill, »es war reiner Zufall, dass wir dabei auf einen Domäne-Agenten stießen. Wir dachten, dass McGraw in ein Komplott gegen einen Kongressabgeordneten verwickelt wäre. Harmon Finnegan, der Abgeordnete von Rhode Island, hatte mehrfach Drohbriefe erhalten und fühlte sich verfolgt. Der Tipp eines Informanten führte uns zu McGraw.«

»Habt ihr die Sache weiterverfolgt?«

»Dazu hatten wir keine Möglichkeit«, sagte Nancy. »Nachdem McGraw ganz offensichtlich nicht der war, den wir suchten, verliefen unsere Ermittlungen im Sande.«

»Habt ihr schon mal die Vermutung angestellt, dass McGraw tatsächlich in diese Sache mit dem Kongressabgeordneten verwickelt gewesen sein könnte? Möglicherweise plante die Domäne, Finnegan durch einen Doppelgänger zu ersetzen, und McGraw sollte die Sache vorbereiten. Es ist schon wiederholt vorgekommen, dass Doppelgänger dadurch ins Spiel gebracht wurden, dass Opfer entführt und dann scheinbar wieder frei gelassen wurden.«

»Natürlich gingen unsere Überlegungen auch in diese Richtung«, sagte Nancy, »aber wir fanden keinen Hinweis darauf, dass es so gewesen sein könnte.«

»Aber auch keinen, dass es nicht so gewesen ist, richtig?«

»Richtig, Jerry.« Bill nickte. »Worauf willst du hinaus?«

»Ich will darauf hinaus, dass das alles irgendwie zusammenhängt, Bill. Es kann kein Zufall gewesen sein, dass euer Informant euch zu McGraw geführt hat. Er wusste etwas über die Domäne, also denke ich, wir sollten uns mit ihm unterhalten.«

»Das dachten wir uns auch«, sagte Nancy. »Leider ist es nicht mehr möglich.«

»Weshalb nicht?«

»Weil unser Informant noch in der gleichen Nacht, in der McGraw erschossen wurde, bei einem Autounfall ums Leben kam. Ein Wagen hat ihn auf offener Straße überfahren, der Fahrer ist flüchtig.«

»Verdammt«, knurrte ich, »wenn das nicht verdächtig ist. Die Sache stinkt. Ebenso wie diese Geschichte, die sie unserem Direktor anhängen wollen.«

»Du glaubst wirklich, dass das alles zusammenhängt, Jerry?« Nancy schaute mich aus großen Augen an. »McGraw, der Tod unseres Informanten, die Ereignisse in Colorado, die Sache mit unserem Chef?«

»Ich weiß, dass es nach einem schweren Anfall von Paranoia klingt«, gab ich zu, »aber wenn man lange genug mit der Domäne zu tun hatte, fängt man an, in anderen Bahnen zu denken. Das ist ihre Art, die Dinge anzupacken. Mehrere Ereignisse, die scheinbar nichts miteinander zu tun haben. Komplotte und Intrigen, die schwer zu durchschauen sind. Das ist die Methode, mit der sie uns seit drei Jahren immer wieder zu schaffen macht – und ich habe keine Lust mehr, mich von ihr zum Narren halten zu lassen. Wir werden einen Schlussstrich ziehen, hier und jetzt. Ich fühle, dass wir noch nie so nahe dran waren.«

»Okay«, sagte Bill und sah ziemlich beeindruckt aus. »Aber wo sollen wir anfangen? Ich meine, wir wissen mit ziemlicher Sicherheit, dass diese Domäne-Typen in der Stadt sind, aber keiner unserer Informanten hat einen Hinweis auf die Burschen. Entweder sie wissen nichts …«

»… oder sie haben Angst«, vervollständigte ich. »Das wäre fast schon ein Beweis dafür, dass die Domäne hier ist.«

»Theoretisch könnte sie ihre Agenten überall sitzen haben«, sagte Nancy schaudernd. »Irgendwo dort draußen – oder auch hier beim FBI. Möglicherweise sitzen sogar schon Marionetten der Domäne im Kongress. Oder gar im Weißen Haus.«

»Moment mal!« Bill hob abwehrend die Hände. »Keine Panik, okay? Wenn ihr mir als Nächstes einzureden versucht, dass der Präsident in Wahrheit ein Strohmann der Domäne ist …«

»Keine Sorge«, beschwichtigte ich. »Das ist nicht ihr Stil. Die Leute, die hinter der Domäne stehen, sind nicht dumm. Sie wissen, dass sie nicht zu auffällig agieren dürfen, und den Präsidenten durch einen Doppelgänger zu ersetzen, übersteigt selbst ihre Möglichkeiten. Die Domäne arbeitet subtiler. Den Angeordneten eines kleinen Bundesstaates auszutauschen würde ich ihr unter Umständen zutrauen.«

»Dann denkst du, dass an der Sache mit Finnegan wirklich etwas dran ist?«

»Nicht nur das – ich vermute, dass die Domäne dahintersteckte. Deshalb sollten wir uns bei unseren Ermittlungen zunächst an den Abgeordneten Finnegan halten. Ich nehme an, dass die Domäne vorhatte, ihn zu ersetzen, und vielleicht will sie das immer noch. Wir sollten ihn rund um die Uhr observieren lassen. Und wir sollten ihn besuchen, um ihm ein paar Fragen zu stellen.«

»Weshalb?«, fragte Bill. »Er hat seine Aussage bereits gemacht, und die Briefe, die er erhalten hat, wurden sichergestellt und von unseren Spezialisten untersucht.«

»Ganz einfach«, erwiderte ich düster. »Weil er die einzige Verbindung zur Domäne ist, die wir im Augenblick haben …«

*

Der Alpha lächelte.

Zum ersten Mal seit Tagen.

Sein alter Körper fühlte sich an diesem Morgen nicht ganz so schwach und zerbrechlich an. Was der Alpha in der Zeitung las, gab ihm neue Kraft.

FBI-DIREKTOR IN SEX-SKANDAL VERWICKELT
HAT SICH DER OBERSTE FBI-CHEF AN PRAKTIKANTIN VERGRIFFEN?

Die Schlagzeile war wie Balsam für ihn. Endlich war es der Domäne wieder gelungen, im Kampf gegen den FBI einen Vorteil zu erringen. Es war ein Teilerfolg, wenn auch nur ein kleiner. Aber er bewies, dass die Domäne noch immer willens und fähig war zu handeln.

Die B-Abteilung, die auf Erpressung und Verleumdungskampagnen spezialisiert war, hatte ganze Arbeit geleistet. Die Presse war auf den Zug aufgesprungen, und die Öffentlichkeit, wie immer durstig nach neuen Sensationen, war wie Wachs in der Hand der Domäne.

Natürlich war dem Alpha klar, dass nicht alle die Sache widerspruchslos hinnehmen würden. Vor allem beim FBI würde sich Widerstand regen, und vermutlich würde dieser verfluchte Cotton kein Wort von der Geschichte glauben.

Doch selbst Cotton konnte sich der öffentlichen Meinung nicht widersetzen, und wenn man im Justizministerium zu der Einsicht gekommen war, dass der FBI-Chef nicht länger tragbar war, würde man ihn aus dem Amt entfernen.

Dies würde dann der Auftakt zum letzten großen Coup der Domäne sein. Die Realisierung des Projekts, das seit über einem Jahr vorbereitet wurde und das der Organisation den Weg zur Macht ebnen würde.

Den Sieg ...

*

Wenn sich der Abgeordnete Harmon Finnegan in Washington aufhielt, wohnte er in einem noblen Stadthaus unweit der Innenstadt. Dorthin fuhren Bill Pherson, Nancy Morgan und ich.

Ich wollte Finnegan ein paar Fragen stellen – Routinefragen, die sich auf die Domäne bezogen. Möglicherweise hatten die Agenten der Organisation schon zuvor versucht, mit ihm in Kontakt zu treten, vielleicht hatte es ungeklärte Vorfälle gegeben, die uns Aufschlüsse über das Netzwerk gaben, das die Domäne in Washington unterhielt.

Nachdem wir den Domäne-Bunker in Colorado hatten verlassen müssen, ohne auch nur ein einziges Beweismittel gesichert zu haben, standen wir ohne jeden Hinweis da. Jedes noch so kleine Puzzlestück konnte helfen.

Harmon Finnegan sah genauso aus, wie man sich den Abgeordneten von Rhode Island vorstellte, ein gut gekleideter Mann in den Vierzigern, dessen Haar allzu offensichtlich gefärbt war und der ein Gutteil seiner wenigen Freizeit auf der Sonnenbank verbrachte. Auf den ersten Blick wirkte er eher wie ein Gebrauchtwagenhändler für Nobelkarossen, aber ich wusste, dass ihn seine politischen Gegner respektierten.

»Abgeordneter Finnegan«, sagte ich, nachdem wir ein paar höfliche Worte gewechselt hatten, »ich würde Ihnen gerne ein paar Fragen stellen bezüglich des Falles, den Agent Pherson und Agent Morgan bearbeiten.«

»Gerne«, erwiderte der Kongressmann höflich und deutete auf die weiße Ledercouch in seinem Wohnzimmer. »Bitte setzen Sie sich.«

»Danke, Sir«, erwiderte ich, und wir nahmen Platz. »Was mich interessiert, ist, wann Sie auf den Gedanken kamen, die Drohbriefe könnten ernst gemeint sein.«

»Wissen Sie, Mr. Cotton«, erwiderte Finnegan, »wenn man wie ich in der Politik tätig ist, kann man es unmöglich allen Menschen recht machen. Eine unausweichliche Folge davon ist, dass man fast täglich Briefe erhält, in denen einem schlimmste Strafen angedroht werden, wenn man so oder so entscheidet. Jene Briefe jedoch waren anders.«

»Inwiefern?«

»Meine bevorstehende Entführung wurde darin angekündigt, und kurz darauf merkte ich, dass ich von einem Unbekannten verfolgt wurde. Aber das müssten Agent Pherson und Agent Morgan Ihnen eigentlich schon alles erzählt haben.«

»Sind den Briefen besondere Geschehnisse vorausgegangen?«, fragte ich unbeirrt weiter. »Irgendwelche seltsamen Vorfälle, an die Sie sich vielleicht erinnern?«

»Nun – eigentlich nicht.«

»Bitte versuchen Sie, sich genau zu erinnern, Sir. Wir haben Grund zu der Annahme, dass hinter den Drohbriefen noch viel mehr steckt, als wir bislang angenommen haben.«

»Wie ich schon sagte, ich kann mich an keine besonderen Vorkommnisse erinnern.«

»In was für Ausschüssen sind Sie im Zuge Ihrer Parlamentsarbeit tätig?«

»In was für Ausschüssen ich …? Ich wüsste nicht, was das damit zu tun hat.«

»Bitte, Sir«, sagte Nancy und ließ ihren Charme spielen. »Es ist wichtig, dass Sie Agent Cotton jede seiner Fragen gewissenhaft beantworten. Ihr Leben könnte davon abhängen.«

»Nun – ich bin in verschiedenen Ausschüssen tätig. Unter anderem in einer der Rüstungskommissionen. Aber ich weise jeden Vorwurf der Bestechlichkeit weit von mir.«

»Darum geht es nicht«, versicherte ich, gleichzeitig arbeiteten bereits meine kleinen grauen Zellen. Der Rüstungsausschuss. War das die Antwort, nach der wir suchten? Hatte die Domäne vorgehabt, im Waffengeschäft mitzumischen?

Es war eine Möglichkeit ...

Ich wollte gerade weiter nachhaken, als draußen auf dem Gang Schritte zu hören waren. Wir wandten uns um und gewahrten eine junge Frau, die auf der Schwelle zum Wohnzimmer stand und die geradezu atemberaubend aussah.

Sie trug ein eng anliegendes, champagnerfarbenes Kostüm, das ihre weiblichen Formen gut zur Geltung brachte, dazu hochhackige Schuhe. Ihr langes, dunkelblondes Haar hatte sie hochgesteckt, was ihr ein damenhaftes Aussehen verlieh. In ihrer Hand hielt sie mehrere Einkaufstüten mit den Aufdrucken sündhaft teurer Boutiquen.

»Ah, da bist du ja!«, rief Finnegan erfreut. »Meine Herren, meine Dame – darf ich vorstellen? Miss Brooke Johansson.«

»Sehr erfreut«, erwiderte ich, und wir alle erhoben uns artig, um die junge Frau zu begrüßen, die uns durch die Gläser ihrer Sonnenbrille musterte.

»Kollegen von dir, Honey?«, fragte sie Finnegan.

»Nein, mein Täubchen. Die beiden Gentlemen und die Lady sind vom FBI. Sie sind um meine Sicherheit besorgt.«

»Sieh an.« Brooke Johansson zog ihre Sonnenbrille ein wenig herab, schickte uns über den Rand der Gläser einen scharfen, ja geradezu anklagenden Blick. »Dabei hat man das Gefühl, dass der FBI derzeit eher um die Sicherheit seiner Praktikanten besorgt sein sollte, nicht wahr?«

Das saß.

Nancy, Bill und ich schauten uns an und wussten nicht, was wir darauf erwidern sollten. Finnegan, dem das Ganze ziemlich peinlich zu sein schien, lachte unsicher.

»Machen Sie sich nichts daraus«, sagte er, »Brooke liebt es zu provozieren. Eine Eigenschaft, die alle Lobbyisten so an sich haben, glauben Sie mir.«

»Tatsächlich?«, fragte Nancy spitz, die sich keine Mühe gab zu verhehlen, dass die junge Frau ihr nicht gefiel. »In was für einer Lobby sind Sie denn, Miss Johansson? In der der Kosmetikindustrie? Oder vertreten Sie die vereinigten Boutiquenbesitzer Amerikas?«

»Ich vertrete die Umwelt, Schätzchen«, lautete die lapidare Antwort. »Im Gegensatz zu Ihnen verbringe ich meine Tage nicht damit, sinnlose Fragen zu stellen. Ich packe die Probleme an, die diese Welt betreffen.«

»So sind sie, die Lobbyisten«, versuchte Finnegan krampfhaft, die Situation zu entschärfen. »Versuchen immer, die Welt zu verbessern. Was würden wir nur ohne sie tun?«

»Ja«, knurrte Nancy. »Was nur?«

»Wenn Sie nichts dagegen haben, würde ich jetzt gerne mit Miss Johansson allein sein«, sagte der Abgeordnete. »Sollten Sie noch weitere Fragen an mich haben, faxen Sie sie doch an mein Büro. Meine Mitarbeiter werden Sie so schnell wie möglich an mich weiterleiten.«

»Verzeihe Sie, Sir«, wandte ich ein, »aber es gäbe da tatsächlich noch einige Fragen, die ich …«

»Später«, sagte Brooke Johansson und fuhr mir damit ins Wort. »Haben Sie nicht gehört, was Harmon gesagt hat. Er möchte mit mir allein sein, Mister …?«

»Cotton«, stellte ich mich vor und hielt dem Blick ihrer unergründlichen blauen Augen stand. »Jerry Cotton.«

»Jerry Cotton«, echote sie mit unverhohlener Faszination, während sie mich vom Scheitel bis zur Sohle taxierte.

»Das reicht jetzt«, schnaubte Nancy entnervt. »Wir gehen!« Und damit zog sie Bill und mich auch schon aus Finnegans Wohnung.

Unverrichteter Dinge verließen wir das Haus des Kongressabgeordneten. Was unseren Fall betraf, waren wir nicht wesentlich weitergekommen. Nur die Bekanntschaft, die wir gemacht hatten, ging mir nicht mehr aus dem Kopf …

*

John D. High saß in seinem spartanisch möblierten Büro.

Der SAC des New Yorker Field Office war so in seine Arbeit vertieft, dass er zusammenzuckte, als das Telefon auf seinem Schreibtisch schrillte.

»Ja?«, fragte er, nachdem er abgenommen hatte.

»Sir«, ließ sich die Stimme seiner Sekretärin Helen vernehmen, »da ist ein Anruf für Sie.«

»Wer ist es?«

»Der Justizminister, Sir.«

»Der Justiz…? Stellen Sie durch.«

Es klickte in der Leitung, und im nächsten Moment hatte John D. High seinen obersten Vorgesetzten am Apparat. Anders als die übrigen Polizeibehörden war das Federal Bureau of Investigation unmittelbar dem Justizministerium unterstellt, was den Minister automatisch zum Dienstherrn des FBI machte.

»Was kann ich für Sie tun, Sir?«, fragte Mr. High, der ahnte, dass dieser Anruf nichts Gutes zu bedeuten hatte.

»Haben Sie es schon gehört, John?«

»Sie meinen die Sache mit dem Direktor? Sir, Sie glauben doch nicht, dass etwas an den Vorwürfen dran ist?«

»Kein Wort davon«, kam die Antwort ohne Zögern. »Aber die Öffentlichkeit glaubt es. Und wir leben in einer Demokratie, John. Der Druck der Öffentlichkeit ist ein Faktor, den man nicht unterschätzen darf.«

»Es ist nicht der Druck der Öffentlichkeit, Sir«, widersprach Mr. High, »es ist der Druck der Medien. Die Presse hat sich wie eine Meute hungriger Geier auf die Story gestürzt und diktiert die Vorstellungen der Leute.«

»So oder so – es gibt in der Bevölkerung eine feste Meinung, mit der wir uns auseinandersetzen müssen. Vor allem ich, der ich die Verantwortung für das trage, was innerhalb meines Amtsbereichs geschieht.«

»Aber noch ist nichts bewiesen …«

»Das nicht«, gestand der Minister ein, »aber die Vorwürfe stehen im Raum. Und ich kann und will mir keinen FBI-Direktor leisten, der durch derartige Vorwürfe gegen seine Person beeinträchtigt ist. Wir brauchen den FBI mehr denn je, John, und das wissen Sie.«

»Ich weiß, Sir, aber …«

»Ich habe mir meinen Entschluss nicht leicht gemacht«, versicherte der Minister. »Der jetzige Direktor ist ein Ehrenmann, der mein volles Vertrauen verdient. Aber unabhängig davon, was ich als Privatmann von ihm halte, die Fakten besagen, dass er aufgrund der Vorfälle nicht länger als FBI-Direktor tragbar ist. Ich habe mich daher entschlossen, Sie mit sofortiger Wirkung zu befördern, John. Ich ernenne Sie hiermit zum FBI-Direktor. Ihre formelle Beförderungsurkunde und Ihre Versetzung nach Washington werden Ihnen umgehend zugestellt.«

»Aber Sir!«, rief Mr. High. »Ich danke Ihnen für Ihr Vertrauen, aber ist dieser Schritt nicht etwas übereilt?«

»Was würden Sie an meiner Stelle tun, John? Wenn Ihnen zwei gute Männer zur Verfügung stünden und einer davon angeschlagen wäre? Würden Sie ihn dennoch in den Einsatz schicken? Oder würden sie ihm befehlen, sich zurückzuziehen und abzuwarten?«

Unwillkürlich musste John D. High an Phil Decker denken, der in einem Krankenhaus in Manhattan lag, während sein Partner in Washington ermittelte. Das war seine – John D. Highs – Entscheidung gewesen.

»Ich brauche Sie, John«, sagte der Minister. »Ich brauche Ihre Erfahrung und Ihre Besonnenheit.«

»Also gut, Sir«, erklärte der SAC. »Ich werde mich Ihrer Entscheidung beugen. Aber ich weise ausdrücklich darauf hin, dass ich die Geschäfte des FBI-Direktors nur kommissarisch übernehmen werde. So lange, bis die Unschuld des Direktors zweifelsfrei erwiesen und er in der Öffentlichkeit vollständig rehabilitiert ist.«

»Wenn Sie darauf bestehen …«

»Unbedingt, Sir.«

»Gut, John. Ich bin einverstanden. Ihre Entscheidung ehrt Sie, und ich danke Ihnen. Sie werden noch heute Nacht nach Washington reisen und Ihren Dienst dort antreten.«

»Verstanden, Sir.«

»Ich wünsche Ihnen alles Gute, John.«

*

Auf dem Weg zurück zum FBI-Hauptquartier beschäftigte uns vor allem ein Thema.

Brooke Johansson.

»Dieses Gehabe«, ereiferte sich Nancy Morgan. »Dieses ganze Auftreten. Die Frau hat es faustdick hinter den Ohren, so viel steht fest.«

»Nicht nur hinter den Ohren«, sagte Bill Pherson, worauf er sich einen harten Rippenstoß seiner Kollegin einfing.

»Sag bloß, dieses Weibsbild hat dir gefallen?«, fragte sie ungläubig.

»Na ja«, meinte Bill, »sie hatte Biss.«

»Kann man wohl sagen. Möchte wissen, was sich dieses blonde Gift einbildet. Die brauchte nur mit den Wimpern zu klimpern, und schon hat uns Finnegan hinauskomplimentiert. So viel zur Unabhängigkeit unserer Parlamente. Ein gekonnter Augenaufschlag, und unsere Volksvertreter schmelzen dahin wie Eis in der Sonne.«

»Ja«, stimmte ich zu, »die Lady schien nicht sehr erbaut über unsere Anwesenheit zu sein.«

»Möchte wissen, worüber du dich zu beschweren hast«, knurrte Bill. »Von dir schien sie doch geradezu fasziniert zu sein. Dieser Blick, mit dem sie dich angesehen hat – also wirklich!«

»Bill hat Recht, Jerry«, pflichtete Nancy ihm bei. »Wenn ich es nicht besser wüsste, würde ich sagen, die Lady steht auf dich.«

»Danke für die Blumen. Ich fühle mich geschmeichelt.«

»Findest du etwa auch, dass dieses blonde Gift gut ausgesehen hat? An der war doch so gut wie nichts wirklich echt, angefangen von ihren Lippen bis hin zu ihrem Busen.«

»Also«, feixte Bill, »falls ein Freiwilliger gesucht wird, um diesbezüglich die Wahrheit herauszufinden, würde ich mich gerne zur Verfüg…«

Weiter kam er nicht – Nancy hatte ihm erneut einen Stoß mit dem Ellbogen verpasst, diesmal so hart, dass Bill am Lenkrad riss und der Wagen einen Satz zur Seite machte.

»'tschuldigung«, sagte Nancy. »Aber bei Frauen dieses Typs sehe ich nun mal rot.«

»Seid ihr Brook Johansson schon einmal begegnet?«, wollte ich wissen.

»Noch nie«, erwiderte Bill. »Ehrlich gesagt wussten wir nicht einmal, dass Finnegan eine Freundin hat. Bislang gingen wir eher davon aus, dass er auf der anderen Seite des Potomac siedelt, wenn du verstehst.«

Ich verstand durchaus. »Hattet ihr Gründe für die Annahme, dass Finnegan homosexuell ist?«, fragte ich.

»Wir hatten den Tipp eines Informanten.«

»Und wenn es stimmt?«, fragte ich. »Wenn sich Finnegan deshalb wegen der Drohbriefe an den FBI gewandt hat, weil er fürchtete, dass sein Geheimnis auffliegen könnte?«

»Das ergebe Sinn«, stimmte Nancy zu. »Rhode Island ist einer der konservativsten Bundesstaaten. Wenn herauskäme, dass sein Kongressabgeordneter anders gepolt ist, könnte das für ziemlich viel Wirbel sorgen ...«

»... und Finnegan könnte seine Koffer packen«, vervollständigte Bill. Er schüttelte den Kopf. »Dass so was heutzutage noch eine Rolle spielt. Ich versteh's nicht.«

»Die Leute sind manchmal rückständiger, als man denkt«, sagte ich.

»Die Frage ist nur, wie das alles zusammenhängt«, überlegte Nancy. »Und wie passt Brooke Johansson in dieses Bild?«

»Da sehe ich zwei Möglichkeiten«, entgegnete ich. »Entweder, Finnegan hat eine Absprache mit ihr getroffen, derzufolge sie die Frau an seiner Seite mimt und ihm so ein Alibi verschafft ...«

»Wie eine Lobbyistin wirkte sie jedenfalls nicht auf mich«, stimmte Nancy zu. »Und die zweite Möglichkeit?«

»Brooke Johansson steht mit den Leuten in Verbindung, die Finnegan bedrohen.«

»Das wäre ein Ding«, meinte Bill.

»Allerdings. In jedem Fall sollten wir Miss Johansson gründlich überprüfen ...«

*

Der Presserummel, der vor dem J. Edgar Hoover Building herrschte, war noch schlimmer geworden. Immer mehr Pressevertreter trafen ein, und das Gerücht ging um, dass der Direktor bereits vom Dienst suspendiert worden sei.

Meine Kollegen und ich versuchten alles, um uns von diesen Nachrichten nicht ablenken zu lassen. Wir hatten Licht in einen äußerst undurchsichtigen Fall zu bringen, mussten Spuren der Domäne finden, ehe es zu spät war. Und die Anhaltspunkte, die wir bislang hatten, waren äußerst dürftig.

Die Überprüfung von Brooke Johansson, die wir mittels Computer durchführten, brachte einige Informationen an den Tag. Danach entstammte sie einer an der Ostküste äußerst einflussreichen Familie. Ihr Vater Willard Johansson war eine wichtige und mächtige Persönlichkeit der Waffenlobby und auch in der Waffenindustrie tätig gewesen. Er hatte in Aufsichtsräten verschiedener Rüstungsunternehmen gearbeitet und zeitweise auch für die Regierung.

»Schon seltsam«, sagte Nancy, während sie den Datensatz über Brookes Vater am Bildschirm überflog.

»Was meinst du?«, fragte Bill.

»Na ja – laut diesen Aufzeichnungen ist Willard Johansson Jahrgang 1917.«

»Und?«

»Rechne doch mal nach! Das bedeutet, dass er fünfundachtzig ist, richtig?«

»Richtig«, stimmte Bill zu. »Ich verstehe nur nicht, worauf du hinauswillst.«

»Diese Brooke Johansson ist achtundzwanzig.«

»Na und? Mit siebenundfünfzig noch Vater zu werden, das ist doch heute nicht mehr ungewöhnlich.«

»Das vielleicht nicht – aber laut den Aufzeichnungen der Gesundheitsbehörde leidet Willard Johansson seit Jahrzehnten an einer äußerst seltenen Immunschwäche-Krankheit. Schon seltsam, was?«

»Hm«, machte ich. »Möglicherweise ist Brooke nicht seine leibliche Tochter.«

»Davon steht hier nichts. Sheila Johansson, seine vierte Ehefrau, brachte sie zur Welt. Ihre Kindheit verbrachte die kleine Brooke zum größten Teil in einem Internat in der Schweiz, wie das höhere Töchter eben tun. Danach studierte sie an verschiedenen europäischen Universitäten. Eine Zeitlang lebte sie in Deutschland, zuletzt war sie in London, ehe sie in die Staaten zurückkehrte.«

»Was macht sie im Augenblick?«, wollte ich wissen.

»Laut ihrem Sozialversicherungseintrag ist sie für eine Corporation namens GCA tätig – die Global Concern Agency. Das ist eine Interessengemeinschaft, die sich für den Erhalt und Fortbestand der Urwälder dieser Welt einsetzt.«

»Also stimmt es«, folgerte Bill. »Sie hat die Wahrheit gesagt, was ihre Tätigkeit als Lobbyistin betrifft. Sie engagiert sich für die Umwelt.«

»So sieht es jedenfalls aus.« Ich nickte. »Vielleicht sollten wir noch ein paar Erkundigungen über diese Vereinigung einholen, nur um ganz sicherzugehen.«

»Kein Problem, Jerry«, bestätigte Nancy und schickte eine entsprechende Anfrage ans Archiv.

»Du kaufst ihr die Sache nicht ab, oder?«, fragte Bill.

»Ich weiß nicht«, sagte ich. »Ohne Nancys Abneigung gegen Miss Johansson zu teilen, gibt es da doch ein paar Dinge, die mir bedenklich scheinen.«

»Aha«, kommentierte unsere junge Kollegin. »Endlich fangt ihr wieder an, mit dem Kopf zu denken.«

»Brooke Johansson entstammt einer äußerst wohlhabenden und einflussreichen Familie, die im Waffengeschäft tätig war oder vielleicht noch ist«, führte ich aus. »Von Harmon Finnegan wissen wir, dass er in seiner Eigenschaft als Abgeordneter in diversen Rüstungsausschüssen sitzt. Das scheint mir doch ein zu großer Zufall zu sein, als dass nicht irgendetwas dahintersteckt. Vielleicht tarnt sich Brooke Johansson auch nur als Umweltlobbyistin, um ein paar lukrative Geschäfte zwischen Finnegan und der Rüstungsindustrie zu vermitteln. Ich bin sicher, dass ihre Familie noch immer weitreichende Verbindungen hat.«

»Das wäre möglich«, sagte Bill. »Aber es würde noch keinen Bezug zur Domäne herstellen.«

Dem stimmte ich zu mit den Worten: »Vielleicht sind wir, was das betrifft, ja auch auf dem Holzweg. Aber schließlich ist da noch die Sache mit den Drohbriefen, die Finnegan erhalten hat. Ich spüre förmlich, dass da noch mehr im Busch ist.«

»Dein Gefühl in allen Ehren, Jerry«, sagte Nancy, »aber davon können wir uns nichts kaufen. Was wir brauchen, sind Fakten. Beweise. Oder zumindest ein Indiz.«

»Ich weiß. Und die einzige Person, die uns weitere Aufschlüsse geben kann, ist Brooke Johansson.«

»Ich denke nicht, dass sie mit uns sprechen wird«, sagte Bill. »Einen sehr kooperativen Eindruck hat sie nicht gerade auf mich gemacht. Und einen Grund, sie zum Verhör vorzuladen, haben wir auch nicht.«

»Stimmt«, bestätigte ich. »Ich hatte auch mehr an ein Treffen im privaten Rahmen gedacht, ganz ungezwungen …«

»Schwerenöter«, knurrte Nancy.

»Du … du willst dich privat mit ihr treffen?«, fragte Bill fassungslos.

»Warum nicht? Sagtet ihr nicht selbst, dass die Lady eine Schwäche für mich hätte?«

»Das schon, aber …«

»Findet heraus, wo ich sie ganz zufällig treffen kann. Ich will sie nicht anrufen und um ein Date betteln müssen. Das Treffen soll ganz ungezwungen zustande kommen.«

»Okay, Jerry. Wir werden die Lady beschatten lassen und dir Bescheid sagen, sobald sich die Gelegenheit zu einem kleinen Plausch ergibt.«

»Tut das. In der Zwischenzeit werde ich diese Global Concern Agency überprüfen …«

*

»Du hast ihn gesehen?« Der Alpha keuchte, und die Anzeige des Geräts, das seine Herzfrequenz überwachte, wechselte in den roten Bereich.

»Ja, Vater«, kam die Antwort aus dem Hörer. »Ich bin ihm begegnet, als ich Finnegan besuchte.«

»Dann ist der FBI uns also weiterhin auf der Spur«, folgerte der Alpha. »Und Cotton ist hier. Hier in Washington.«

»Ich weiß nicht, wie er herausgefunden hat, dass wir hier sind, aber er ist in der Stadt, also müssen wir uns damit auseinandersetzen.«

»Wir dürfen ihn auf keinen Fall unterschätzen«, ächzte der Alpha. »Cotton ist gefährlich. Gefährlicher als alle anderen zusammen.«

»Keine Sorge, Vater. Ich werde den Fehler, ihn zu unterschätzen, nicht noch einmal begehen. Ich bin mir sicher, dass Cotton und seine Leute im Augenblick noch nichts über unsere Pläne wissen, und ich werde nicht zulassen, dass sie etwas herausfinden.«

»Was hast du vor?«

»Ich habe bereits einen Plan entwickelt. Ich bin mir sicher, dass Cotton versuchen wird, zu mir Kontakt aufzunehmen. Ich habe ihn bewusst provoziert, und ich denke, dass ich seinen Verdacht erregt habe.«

»Du hast *was* getan?« Das Überwachungsgerät begann leise zu piepen. »Du spielst mit dem Feuer!«

»Mag sein. Aber es ist ein kalkuliertes Risiko. Cotton wird zu mir kommen, und ich werde ihn aus dem Verkehr ziehen. Diesmal wird er uns nicht mehr gefährlich werden, keine Sorge. Er wird unseren Plan nicht vereiteln.«

»Ich hoffe, du weißt, was du tust.«

»Keine Sorge, Vater. Cotton ist so gut wie erledigt. Die Alphas werden diesmal keinen Grund zur Beschwerde haben. Die Domäne wird siegen.«

»Viel Glück, Beta 1.«

*

Es dauerte nicht lange, bis unsere Kollegen fündig wurden.

Ein Mitarbeiter des Überwachungsdienstes war Brooke Johansson gefolgt, nachdem sie Harmon Finnegans Stadthaus verlassen hatte. Nachdem sie ein paar Besorgungen gemacht hatte, war sie mit ihrem Porsche zu einem kleinen griechischen Restaurant in der Innenstadt gefahren, wo sie offenbar zu Abend essen wollte.

Dort sollte ich sie treffen. Ganz zufällig, verstand sich.

Von der Fahrbereitschaft des FBI-Hauptquartiers erhielt ich einen Wagen, der in der Tiefgarage auf mich wartete. Ich ging in den Bereitschaftsraum, um mich für mein Date ein wenig frisch zu machen, dann machte ich mich auf den Weg.

Gerade als ich den Aufzug betreten wollte, kam mir aus der Liftkabine jemand entgegen. Jemand, den ich an diesem Ort am allerwenigsten erwartet hätte.

Es war Mr. High.

»Äh ... *Sir*!«, rief ich verblüfft und machte wohl ein ziemlich dämliches Gesicht. »Was – was tun Sie denn hier?«

»Fragen Sie mich das lieber nicht, Jerry«, antwortete Mr. High, der auf mich irgendwie unglücklich wirkte, doch dann schob er die Antwort gleich hinterher. »Ich wurde mit sofortiger Wirkung nach Washington versetzt, um kommissarisch die Amtsgeschäfte des Direktors zu übernehmen.«

»Die Amtsgeschäfte des Direktors?« Ich schnappte nach Luft. »Dann – dann ist es wahr, was in den Zeitungen steht?«

»Was in den Zeitungen steht, ist eine Sache, was im Justizministerium beschlossen wird, noch einmal etwas ganz anderes. Angesichts der schweren Vorwürfe, die gegen den Direktor vorgetragen werden, sah sich der Justizminister außerstande, ihn noch länger im Amt zu behalten. Bis zur Klärung der Sache wurde er vom Dienst suspendiert. Mir fällt die Rolle zu, seinen Posten inzwischen kommissarisch zu besetzen.«

»Mann!« Ich pfiff durch die Zähne. Das waren Neuigkeiten, die schwer zu verdauen waren.

Einerseits ärgerte es mich ebenso wie Mr. High, dass unser Direktor suspendiert wurde, noch ehe seine Schuld erwiesen war. Andererseits hatte der Justizminister eine kluge Wahl getroffen, indem er Mr. High zum Nachfolger ernannt hatte. Immerhin war so gewährleistet, dass der FBI trotz dieser Krise weiter handlungsfähig blieb. In Anbetracht der Bedrohung, der wir uns gegenübersahen, war das von immenser Bedeutung.

Es sprach für Mr. High, dass er sich nicht sofort auf den frei gewordenen Posten gestürzt hatte, sondern ihn nur kommissarisch übernehmen wollte. Dennoch machte ich mir keine Illusionen darüber, dass er FBI-Direktor bleiben würde, wenn sich der Verdacht gegen seinen Vorgänger bestätigte.

Es sah so aus, als würden wir am Anfang eines radikalen Umbruchs stehen, was den FBI betraf ...

»Ich sehe, Sie sind sich der Tragweite dieser Ereignisse durchaus bewusst, Jerry«, deutete Mr. High mein bewegtes Mienenspiel. »Es ist doch seltsam, dass sich diese Krise gerade jetzt ereignet, finden Sie nicht?«

»Allerdings, Sir.«

Mr. High nickte, und seine Stirn kräuselte sich sorgenvoll. »Ich werde meinen Verdacht nicht aussprechen, denn ich kann ihn nicht beweisen«, sagte er leise. »Aber wir sollten vorsichtig sein, Jerry. Sehr vorsichtig. Selbst innerhalb des FBI geschehen plötzlich Dinge, die wir nicht mehr kontrollieren können. Es hat den Anschein, als würde eine fremde Macht in die Geschehnisse eingreifen, und wir wissen beide, von welcher Macht ich spreche.«

»Ja, Sir«, grummelte ich. »Was soll ich tun?«

»Nichts, Jerry. Machen Sie weiter wie bisher. Setzen Sie Ihre Ermittlungen fort, das ist alles, was wir tun können. Und halten Sie Ihre Augen und Ohren offen.«

»Das werde ich, Sir.«

»Verlieren Sie zu niemandem ein Wort darüber, was zwischen uns gesprochen wurde. Ich sage es nur ungern, Jerry – aber in diesen unsicheren Tagen können wir niemandem mehr trauen.«

»Sieht so aus, Sir«, erwiderte ich und merkte, wie sich meine Nackenhaare sträubten.

Mr. High versuchte ein Lächeln, das Zuversicht ausstrahlen und mir Mut machen sollte, aber es wirkte in Anbetracht der Umstände recht gequält.

Dann trennten sich unsere Wege.

Jeder von uns hatte eine Aufgabe zu erfüllen …

*

Der Wagen, den man mir zugeteilt hatte, war ein dunkelblauer, ziemlich gediegen aussehender Oldsmobile. Wehmütig musste ich an meinen roten Flitzer denken, den ich nur zu gern dagegen eingetauscht hätte. Aber der Jaguar war in New York geblieben, zusammen mit meinem Partner, den ich jetzt so gern an meiner Seite gehabt hätte.

Ich erwog, Phil anzurufen und ihn über den Stand der Ermittlungen in Kenntnis zu setzen, ließ es aber bleiben. Vom Krankenhaus aus konnte mein Partner mir ohnehin nicht helfen, und vermutlich hätte es ihn nur halb wahnsinnig gemacht, das Bett hüten zu müssen, während Mr. High und ich hier in Washington die Dinge zu regeln versuchten.

Die Begegnung mit Mr. High und das Gespräch, das wir geführt hatten, gingen mir nicht aus dem Kopf. Obwohl der SAC seinen Verdacht nicht offen ausgesprochen hatte, war klar gewesen, was er meinte. Er befürchtete, dass die Domäne in Washington noch um vieles einflussreicher war, als wir es bislang angenommen hatten. Dass sie es war, die hinter der Kampagne gegen den FBI-Direktor steckte. Und dass ihr Einfluss inzwischen schon bis in die Ministerien reichte.

Der Gedanke war ebenso erschreckend wie alarmierend.

Sicher, in den letzten Tagen und Wochen war es uns gelungen, einige erfolgreiche Schläge gegen die Domäne zu führen. Doch was bedeutete das, wenn die Organisation bereits ganze Teile der Regierung unterminiert hatte?

Bei der Razzia in Colorado war nur knapp ein Drittel der gespeicherten Domäne-Daten in unseren Besitz gelangt. Den überwiegenden Teil davon hatte ein Sicherheitsprogramm vorher noch löschen können, so dass wir davon ausgehen mussten, dass der größte Teil des Domäne-Netzwerks nach wie vor intakt war und arbeitete.

Gegen uns. Gegen den FBI. Und gegen die Regierung.

Mir war, als hätte mir Mr. Highs Ankunft in Washington erst die Augen für die Dimension dieses Falles geöffnet. Waren wir alle inzwischen zu Spielbällen der Domäne geworden?

Ich verdrängte diese schlimmsten Befürchtungen, während ich den Dienstwagen nach Downtown lenkte. Wir alle mussten versuchen, einen kühlen Kopf zu bewahren, und mussten die Sache ruhig angehen, mussten weiterermitteln, Schritt für Schritt.

Und der nächste konsequente Schritt hieß für mich Brooke Johansson.

Die Überprüfung der Organisation GCA, für die Johansson arbeitete, hatte keine Verdachtsmomente ergeben. Die GCA war eine von unzähligen Lobbys, die sich im Umfeld der Regierung für ihre Belange engagierten. Dabei war Brooke Johansson wohl eher der Kategorie »reiche Sponsorin« zuzuordnen, denn sie stand ganz oben auf der Liste der Honoratioren, denen die GCA ihre Tätigkeit verdankte.

Das Restaurant lag im Herzen der Innenstadt, in einem schmalen Backsteinbau, der zwischen zwei modernen Bürohäusern eingekeilt war. Es hieß »Zorba's« und war eine kleine Taverne im mediterranen Stil.

Auf der Straße war es bereits dunkel geworden, so dass man durch die hohen Scheiben ins hell erleuchtete Innere des Restaurants blicken konnte. Ich sah Brooke Johansson an einem der Fenstertische sitzen. Sie saß allein an einem Zweiertisch und schien bereits bestellt zu haben.

Perfekt ...

Ich stellte den Wagen am Straßenrand ab und überquerte die Straße. Kaum hatte ich die Taverne betreten, als ein freundlicher Ober kam und mir die Jacke abnahm. Ich steckte ihm eine Fünf-Dollar-Note zu und fragte ihn, ob Miss Johansson an ihrem Tisch noch Gesellschaft erwartete. Als er verneinte, machte ich mich zielstrebig auf den Weg zu ihr.

»Miss Johansson?«

»Ja?« Die junge Frau mit dem hochgesteckten blonden Haar, die still vor sich hingestarrt hatte, blickte auf. Es dauerte einen Moment, bis sie mich erkannte.

»Mr. Cotton, richtig?«, fragte sie, und ich nickte. Wenn sie überrascht war, so zeigte sie es nicht.

»Essen Sie öfter hier zu Abend?«, fragte ich.

»Manchmal ja. Zorba, der Besitzer des Lokals, ist ein alter Freund von mir.«

»Das Lokal wurde mir empfohlen«, sagte ich beiläufig. »Da ich fremd bin in der Stadt, bin ich auf die Tipps meiner Kollegen angewiesen.«

»Man hat Ihnen einen guten Tipp gegeben«, erwiderte Brooke und lächelte. »Möchten Sie sich zu mir setzen?«

»Ich bin mir nicht sicher«, log ich. »Ehrlich gestanden hatte ich nicht den Eindruck, dass Sie viel für Leute meines Berufes übrig haben.«

»Es geht«, erwiderte sie und setzte ein charmantes Lächeln auf. »Und in Ihrem Fall will ich eine Ausnahme machen.«

»Danke«, sagte ich und setzte mich ihr gegenüber.

»Sie sind also fremd in der Stadt?«, erkundigte sie sich.

»Das stimmt.«

»Woher kommen Sie?«

»Aus New York.«

»Hätte ich mir denken können. Sie haben dieses typische New Yorker Gehabe an sich.« Sie griff in ihre Handtasche und beförderte eine Schachtel Zigaretten zutage, steckte sich eine davon an. »Möchten Sie auch?«

»Nein danke. Ich bin froh, damit aufgehört zu haben.«

Sie lächelte, blies mir eine blaue Rauchschwade über den Tisch ins Gesicht. »Sehen Sie? Genau was ich meine. Typisch New York.«

»Nicht zu rauchen soll typisch New York sein?«

»Es ist in und politisch korrekt, genau wie der Big Apple«, sagte sie. »Washington ist mir lieber. Es ist weniger korrekt und dafür politisch. Und man darf hier rauchen, wo man will.«

»Sie sind in Washington aufgewachsen?«

»Eigentlich nicht. Meine Eltern haben mich weggeschickt, als ich noch ziemlich jung war.«

»Wohin?«

»Auf diverse Internate. In der Schweiz, England – so ziemlich überall. Als ich achtzehn war, hatte ich schon mehr von der Welt gesehen als unser Präsident am Beginn seiner Amtszeit.«

»Autsch«, sagte ich.

»Oje.« Sie schnitt eine bedauernde Grimasse. »Schon wieder bin ich unkorrekt gewesen.«

»Reißen Sie sich zusammen«, riet ich ihr, »sonst muss ich Sie festnehmen.«

»Ich bin überzeugt, dass Sie das tun würden.« Sie lächelte und blickte mich prüfend an. »Was für eine Sorte G-man sind Sie, Cotton? Sind Sie gut bei dem, was Sie tun?«

»Ich versuch's«, erwiderte ich.

Brooke zuckte mit den Schultern. »Das sagen alle. Aber bei den meisten reicht der Versuch nicht aus, um zu überzeugen.«

»Was ist mit Harmon Finnegan?«, fragte ich.

»Was soll mit ihm sein?«

»Ist er gut genug?«

»Es geht. Harmon ist interessant, weil er nicht so ein verdammter Spießer ist wie diese anderen Typen aus Neuengland.«

»Sie kennen wohl viele Politiker?«

»Ein paar schon. Das bleibt nicht aus, wenn man einen Vater hat, der in der Rüstungslobby tätig ist. Aber das wissen Sie ja sicher schon längst. Geben Sie's zu, Mr. Cotton – Sie sind gar nicht zufällig hier. Sie sind hier, weil Ihre Kollegen mich beschatten und Ihnen gesagt haben, dass ich hier bin. Und Sie sitzen an meinem Tisch, weil Sie mich über Finnegan aushorchen wollen.«

Ich muss zugeben, ich war sprachlos.

Nicht nur, dass Brooke Johanssons Schönheit mich betörte und ihr Parfüm halb meine Sinne betäubte – diese junge Frau war darüber hinaus auch noch eine intelligente und fordernde Gesprächspartnerin, die mein kleines Täuschungsmanöver mühelos durchschaut hatte.

Irgendwo in meinem Kopf klingelte eine Alarmglocke, aber ich nahm sie nur halb wahr. Die Frau, die mir gegenüber saß, hatte mich in ihren Bann geschlagen.

»Was wollen Sie von Harmon?«, fragte sie. »Er ist ein guter Mann, einer der wenigen Politiker, die ihren Job anständig machen. Und wie ich schon sagte – ich kenne eine Menge von ihnen.«

»Nichts«, versicherte ich. »Es geht uns nur darum herauszufinden, weshalb er bedroht wird.«

»Und dabei haben Sie an mich gedacht? Wirke ich denn so gefährlich auf Sie?«

Es war gut, dass der Kellner an unseren Tisch kam, so dass ich nicht zu antworten brauchte. Der Ober brachte Brooke, was sie bestellt hatte, und ich gab ebenfalls eine Bestellung auf. Danach waren wir wieder allein, und das verbale Duell ging weiter.

»Sie sind eine faszinierende Frau«, sagte ich, was ihr ein freudloses Lachen entlockte.

»Entschuldigen Sie«, erwiderte sie. »Aber das aus Ihrem Mund zu hören, entbehrt nicht einer gewissen Ironie.«

»Weshalb?«

»Weil ich mit Männern Ihres Schlages – wie soll ich es nennen? – schlechte Erfahrungen gemacht habe.«

»Das könnte sich ändern«, sagte ich, und unsere Blicke begegneten sich irgendwo über der Tischplatte.

»Ja«, sagte sie leise. »Ich schätze, das könnte es …«

Wir aßen, und die Spannung, das prickelnde Knistern, das dabei in der Luft lag, war beinahe körperlich zu spüren. Es prickelte zwischen uns auf eine Art und Weise, die weder dienstlich war noch besonders professionell. Ich wusste es, und dennoch konnte ich nichts dagegen tun.

Ich war fasziniert von dieser Frau. Ihr Charme betörte mich, und plötzlich war die Frage nicht mehr, wann dieses Treffen seinen Abschluss finden würde, sondern nur noch, wo. Ich wusste es, und Brooke Johansson wusste es auch.

Wir verstanden uns, ohne es auszusprechen.

Wir unterhielten uns weiter, und je mehr ich über die junge Frau mit dem ominösen Background erfuhr, desto mehr interessierte ich mich für sie. Alles, was Brooke mir erzählte, deckte sich mit dem, was wir aus den Archiven über sie herausgefunden hatten, und mein Misstrauen, das ich noch zu Anfang verspürt hatte, schwand.

In was für einem Verhältnis sie zu Harmon Finnegan stand, konnte ich nur vermuten. In jedem Fall schien es ziemlich lockerer Natur zu sein, da sich beide auch mit anderen trafen.

»Stimmt es, dass Finnegan homosexuell ist?«, fragte ich indiskret.

»Und wenn?«, fragte sie dagegen. »Ist das in New York etwa auch verboten?«

»Es ist nur eine Frage«, beschwichtigte ich.

»Ich weiß es nicht. Ich könnte es mir vorstellen.«

»Dann darf ich davon ausgehen, dass Sie beide nicht – wie soll ich sagen …?«

»Dass wir keinen Sex miteinander hatten?«, nannte sie die Sache beim Namen. »Richtig, Jerry, das dürfen Sie. Unsere Beziehung zueinander ist rein platonisch.«

»Dann muss etwas an den Gerüchten dran sein«, platzte es aus mir heraus, und Brooke lachte laut.

»Wie steht es, G-man?«, fragte sie. »Wären Sie als politisch korrekter New Yorker schockiert, wenn ich Sie noch zu mir einladen würde?«

»Wir New Yorker sind mit allen Wassern gewaschen«, versicherte ich. »Uns schockiert so leicht nichts, glauben Sie mir.«

Sie lächelte wieder – ein Lächeln, dass so verheißungsvoll und verführerisch war, dass ich mich ihm nicht entziehen konnte. Natürlich war es dienstliche Neugier, die mich dazu trieb, auf ihren Vorschlag einzugehen, aber es war auch eine ganze Menge privaten Interesses dabei …

»Einverstanden«, sagte ich nur.

Ich winkte den Ober und bezahlte, dann verließen wir das Lokal. Ich ließ meinen Wagen stehen, wir nahmen Brooks Porsche, um zu ihr nach Hause zu fahren.

Ich wurde in den Sitz gepresst, als die junge Frau Gas gab und wir die schmale Straße hinunterbrausten.

»Ups«, machte ich.

»Was denn? Schon wieder unkorrekt? Verhaften Sie mich jetzt wegen zu schnellen Fahrens?«

»Ich bin G-man, Miss, kein Verkehrspolizist.«

»Ach ja? Gut, das zu wissen …«

Wir erreichten eine Kreuzung, die um diese Zeit nicht mehr befahren war. Mit atemberaubendem Tempo hielt Brooke darauf zu, um im letzten Moment die Handbremse zu ziehen und das Lenkrad herumzureißen.

Auf quietschendem Gummi schlitterte der Porsche herum, ehe er mit röhrendem Motor die Seitenstraße hinabstach.

»Versuchen Sie, mich zu beeindrucken?«, fragte ich.

»Könnte ich das denn?«

»Sie tun es bereits – auch ohne neue Geschwindigkeitsrekorde zu brechen.«

»Verzeihen Sie.« Sie nahm den Fuß vom Gas, und die Fahrt des Porsche verlangsamte sich ein wenig, was allerdings nicht viel heißen mochte. Wir pflügten noch immer mit knapp fünfzig Meilen durch die menschenleeren Straßen.

»Das ist so meine Art«, erklärte Brooke. »Ich provoziere gern.«

»Ist mir nicht entgangen«, versicherte ich. »Was sagt Ihre Familie dazu?«

»Aha, jetzt kommt die Familie an die Reihe!«

»Was dagegen?«

»Nein, gar nicht. Fragen Sie ruhig, was Sie wissen möchten.«

»Ihr Vater …«

»Was ist mit ihm?«

»Er leidet unter einer seltenen Krankheit?«

»Ja. Er hat sie sich zugezogen, als er noch in Regierungsdiensten tätig war.«

»Ihr Vater hat für die Regierung gearbeitet?«

»Vor langer Zeit, ja.«

»In was für einer Funktion?«

»Sie stellen viele Fragen.«

»Das ist mein Job.«

»Muss ich Ihnen auf jede Frage antworten?«

»Nur wenn es Ihnen nichts ausmacht.«

»Und wenn es mir doch etwas ausmacht?« Sie warf mir einen aufreizenden Blick von der Seite zu. Im Licht einer vorbeihuschenden Straßenlaterne sah ich ihre makellosen Züge.

»Sie spielen mit mir«, stellte ich fest.

»Was Sie nicht sagen.«

»Gehört das auch zu Ihren Angewohnheiten? Hat man Ihnen das in der Schweiz beigebracht?«

»Nein.« Sie schüttelte den Kopf. »Das ist genetisch bedingt, wenn Sie so wollen.« Sie stieg in die Eisen und brachte den Porsche abrupt zum Stehen. »Es ist das Erbe meines Vaters.«

»Ist er auch ein Spieler?«

»Er war es.«

»Was ist passiert?«

»Ich weiß es nicht, Jerry. Vielleicht hat er das falsche Spiel gespielt…«

Sie hatte den Motor abgestellt und sich zu mir herübergebeugt. Unsere Gesichter schwebten dicht voreinander, der Duft ihres Parfüms stieg in meine Nase und umnebelte meine Sinne.

»Wir sind da«, sagte sie leise.

»Wie schön«, erwiderte ich.

Wir stiegen aus, und ich stellte fest, dass wir uns in einer der besseren Wohngegenden befanden. Kleine, zweistöckige Reihenhäuser säumten die von Bäumen bestandene Straße. Ein typisch amerikanisches Vorstadt-Idyll.

»Hier wohne ich, wenn ich in Washington bin«, erklärte Brooke, während wir zur Veranda gingen. »Gefällt es Ihnen?«

»Sieht nach einer hübschen Gegend aus.«

»Der Eindruck täuscht. Die meisten Leute, die hier wohnen, sind

Diplomaten und Politiker. Es ist eine Schlangengrube, glauben Sie mir.«

Wir erreichten die Haustür, und Brooke sperrte sie auf. Sie machte Licht und bedeutete mir einzutreten.

Die Wohnung war geschmackvoll eingerichtet, wenn auch ein wenig gediegen für eine so junge Frau. Brooke führte mich ins Wohnzimmer. Regale mit Büchern säumten die Wände.

»Sie lesen gerne, was?«, fragte ich.

»Es gibt nichts Schöneres«, sagte sie voller Überzeugung. »Bücher sind etwas ungeheuer Spannendes, und gleichzeitig kann man beim Lesen auch ungemein entspannen. Man schaltet sozusagen völlig ab, taucht ein in eine andere Welt. Lesen Sie nicht?«

»Doch, sicher«, antwortete ich.

»Was für Literatur?«

Ich grinste. »Hauptsächlich Krimis.«

Sie lachte. »Machen Sie es sich bequem, Jerry«, forderte sie mich dann auf. »Ich gehe nur rasch nach oben, um mich ein wenig frisch zu machen.«

Damit ließ sie mich allein, und ich hatte Zeit, mich im Wohnzimmer umzusehen.

Die meisten der Bücher in den Regalen waren wissenschaftliche Werke. Medizinische Fachbücher und diverse Bände über angewandte Psychologie – nicht gerade das, was man im Haus einer Umweltlobbyistin vermuten sollte.

Andererseits hatte Nancy ja gesagt, dass Brooke Johansson ziemlich viel herumgekommen war. Wahrscheinlich hatte sie die verschiedensten Studiengänge angefangen und dann wieder abgebrochen, wie Kinder wohlhabender Eltern das des Öfteren tun.

Ich schlenderte zum Fenster, vor dem ein großer Schreibtisch aus Eichenholz stand. Darauf lagen einige Unterlagen und geöffnete Briefe. Einen Augenblick lang widerstand ich der Versuchung, die Briefe zu lesen. Dann jedoch gewann die dienstliche Neugier Oberhand.

Ich griff nach einem der Kuverts und zog den Inhalt hervor, erheischte einen Blick auf den Briefkopf, wo der Name Ben Morris geschrieben stand – als ich hinter mir plötzlich leise Schritte hörte.

»Hatte ich Ihnen nicht gesagt, dass Sie es sich bequem machen sollen?«

Ich fuhr herum und sah Brooke, die leise eingetreten war.

Sie sah atemberaubend aus.

Ihr Haar, das streng hochgesteckt gewesen war, hatte sie jetzt gelöst, so dass es in schimmernden Locken auf ihre Schultern fiel. Ihr Kostüm hatte sie gegen ein Negligé aus reiner Seide vertauscht, das tief ausgeschnitten war und zudem fast durchsichtig. Im gedämpften Licht der Wohnzimmerbeleuchtung konnte ich erkennen, dass sie nichts darunter trug.

»Sie spionieren mir nach, Jerry«, stellte sie fest.

»Nur ein wenig«, gab ich zurück – die Flucht nach vorn schien mir der beste Ausweg zu sein.

Brooke lächelte rätselhaft. Dann wandte sie sich ab und trat an die kleine Bar, die eine Ecke des Wohnraums einnahm.

»Martini?«, fragte sie, und ich nickte.

Ich hörte das Eis im Glas klirren, während sie unsere Drinks zurechtmachte. Dabei konnte ich nicht anders als auf ihren vollendeten Körper zu starren, der sich durch den dünnen Stoff in seiner ganzen kaum verhüllten Schönheit präsentierte. Nancy hatte sich geirrt – all das war echt, von Silikon keine Spur …

»Gefällt Ihnen, was Sie sehen?«, fragte Brooke provozierend, während sie mit den beiden Gläsern auf mich zukam.

»Sehr«, gestand ich.

»Das dachte ich mir.«

Sie reichte mir eines der Gläser und stieß mit mir an.

»Cheers, Mr. Cotton.«

»Cheers«, erwiderte ich – und wir beide tranken.

Ich fühlte das kalte Getränk meine Kehle hinabrinnen, während ich nur Augen hatte für die Frau, die mir lächelnd gegenüberstand. Ihr blendendes Aussehen, ihre perfekte Figur, ihre kaum verhüllten Reize – all das betörte mich in einer Weise, die ich kaum zu beschreiben vermag. Ich merkte, wie mir schwindlig wurde und sich die Wände um mich zu drehen begannen.

»Was haben Sie?«, erkundigte sich Brooke.

»Nichts«, erwiderte ich. »Es ist nur …«

Es wurde immer schlimmer.

Ich sah Brooke vor mir stehen, und ihre Gestalt begann zu verschwimmen. Ich hatte das Gefühl, den Boden unter den Füßen zu verlieren, wankte hin und her.

Das Glas entwand sich meinem Griff und fiel zu Boden. Ich nahm es kaum wahr. Suchend tasteten meine Hände umher, versuchten, einen Halt zu finden, irgendetwas, woran ich mich anklammern konnte.

Sie griffen ins Leere.

Mit einem Mal wurde mir schwarz vor Augen, und ich verlor das Gleichgewicht. Ich konnte mich nicht länger auf den Beinen halten und stürzte, schlug der Länge nach hin. Stöhnend wälzte ich mich auf den Rücken, während meine benebelten Sinne zu begreifen versuchten, was mit mir geschah.

Wie durch einen Schleier sah ich Brookes schlanke Gestalt über mir stehen.

Und ich sah das Grinsen in ihrem Gesicht.

»Was hast du, Jerry?«, fragte sie, wobei sich ihre Stimme seltsam verzerrt anhörte.

»Weiß ... nicht ...«

»Nein? Dann lass mich dir helfen, Cotton. Du hast gerade ein Gift getrunken.«

»Ein ... ein Gift?«

»Genau. Es ist ein Betäubungsmittel, das ziemlich schnell wirkt. Du müsstest jetzt schon merken, wie es dich bewegungsunfähig macht.«

Entsetzt stellte ich fest, dass sie Recht hatte!

Meine Muskeln gehorchten mir nicht mehr, ich konnte nicht mehr aufstehen.

Eine Falle!, dämmerte es mir. Man hatte mir eine Falle gestellt. *Sie* hatte mir eine Falle gestellt ...

»Was ...?«, stöhnte ich. »Wer ...?«

Sie lachte laut – ein hemmungsloses, böses Lachen, das ihre wahre Natur offenbarte.

»Ich kann mir vorstellen, dass du das gerne wissen würdest, Cotton«, tönte sie, »aber ich werde es dir nicht verraten. Es hat mir Spaß gemacht, mit dir zu spielen, aber jetzt ist das Spiel vorbei.«

»Vorbei ...«, echote ich tonlos, und trotz der Benommenheit, die sich über mich gesenkt hatte, wurde mir allmählich klar, was geschehen war.

»Falle gestellt«, würgte ich hervor – auch das Sprechen fiel mir immer schwerer. »Alles geplant … ist nicht … Ihre Wohnung …«

»Nein«, gab sie unumwunden zu. »Sie gehörte einem ziemlich langweiligen Typen namens Ben Morris, der den Plänen der Domäne weichen musste.«

»Der Domäne …«, keuchte ich.

Dann gingen bei mir die Lichter aus.

Das Letzte, was ich vernahm, war Brooke Johanssons triumphierendes Gelächter.

Dann wurde es dunkel …

*

Normalerweise brauchte der Alpha die Nächte. Er brauchte den Schlaf und die Erholung, um seinen alten Körper so leistungsfähig wie möglich zu halten.

Doch in letzter Zeit bekam er nur wenig Schlaf. So wie in dieser Nacht. Der Alpha saß in seinem Arbeitszimmer und wartete auf den Anruf. Auf die Erfolgsmeldung. Auf die erlösende Nachricht, dass alles in Ordnung wäre …

Die Medikamente, die er genommen hatte, halfen ihm dabei, wach zu bleiben und seinen Kreislauf stabil zu halten. Trotzdem spürte er, dass sein Leiden ihn schwächte, mehr als je zuvor. In den letzten Monaten war er um Jahre gealtert.

Zuerst der Tod von Jon Bent. Dann das unrühmliche Ende des verbrecherischen Arztes Dr. Ewigkeit. Danach folgte die Entlarvung des Spions, den die Domäne beim New Yorker FBI gehabt hatte. Und nun das …

Der Alpha merkte, dass seine Kräfte allmählich nachließen, aber noch war er nicht gewillt aufzugeben. Er war entschlossen, den Kampf gegen den FBI bis zum Ende zu führen und letztendlich zu triumphieren.

»Sieg der Domäne« lautete sein Wahlspruch – und das war keine hohle Phrase, keine leere Formel, sondern sein Programm. Fast sein ganzes Leben hatte er davon geträumt, dieses Programm in die Tat umzusetzen, hatte sein Vermögen investiert, um es Wirklichkeit werden zu lassen, zusammen mit jenen, die seine Vision teilten.

Seine Vision von absoluter Herrschaft und Macht.

Der Weg dahin war lang und steinig gewesen, und am Ende war ihnen nichts geblieben, als alles zu wagen. Die Geschichte würde zeigen, ob ihrem Plan Erfolg beschieden sein würde oder nicht ...

Als das Telefon endlich anschlug, zuckte der Alpha zusammen. Zitternd ging seine Rechte zum Hörer und hob ihn ab.

»Ja?«

»Hier ist Beta 1«, erklang die Stimme, die er die ganze Zeit herbeigesehnt hatte. »Ich melde den erfolgreichen Abschluss der Unternehmung.«

»Dann ... befindet er sich in unserer Gewalt?«

»Ja. Cotton ist in unserem Gewahrsam. Wir werden ihn sofort zum Labor bringen, um die letzten Tests durchzuführen.«

»Sehr gut, Beta 1. Hervorragende Arbeit.« Der Alpha atmete tief durch – zum ersten Mal seit Stunden.

Cotton war eine Unwägbarkeit bei diesem letzten, großen Coup gewesen, eine Unbekannte, die sich schlecht kalkulieren ließ. Der G-man aus New York hatte der Domäne wiederholt schwer zugesetzt, doch nun sah es so aus, als wären seine Ermittlungen ein für alle Mal zu den Akten gelegt.

Doch bevor er sterben würde, würde Jerry Cotton der Domäne noch einen letzten Dienst erweisen.

Nun endlich würde sich zeigen, was das Projekt wert war, in das die Organisation ihre ganze Hoffnung setzte ...

*

»Jerry? Jerry, sind Sie wach ...?«

Die Stimme drang wie aus weiter Ferne an mein Ohr. Es war nur ein Flüstern, doch immer drängender bohrte sich dieses Flüstern in mein Bewusstsein, bis ich endlich aus der Ohnmacht erwachte.

»Jerry ...«

Ich kannte diese Stimme. Sie beruhigte und entsetzte mich zugleich.

Beruhigend war sie deswegen, weil ihr Klang vertraut war und trotz der Autorität, die in ihr schwang, voll innerer Ruhe und Gelassenheit. Doch es entsetzte mich, sie ausgerechnet jetzt zu hören ...

Ich erinnerte mich, was geschehen war. Da war zunächst mein »zufälliges« Rendezvous mit Brooke Johansson. Vieles von dem, was die junge Frau mit dem atemberaubenden Aussehen gesagt hatte, erschien mir jetzt in anderem Licht.

Ich hätte es wissen müssen, hätte es ahnen können. Doch ich war blind gewesen, hatte es nicht sehen *wollen*. Ich gestand es mir nicht gerne ein, doch mit ihren Reizen hatte mir Brooke Johansson die Sinne umnebelt, hatte mich bewusst getäuscht, und das nach allen Regeln der Kunst. Ich war darauf hereingefallen wie ein blutiger Anfänger.

Im Bestreben darauf, etwas über die junge Frau zu erfahren, war ich ihr nach Hause gefolgt – nicht ahnend, dass sie für die Domäne arbeitete und mir eine Falle stellte. Erst als ich am Boden gelegen hatte, vom Gift niedergestreckt, das sie mir verabreicht hatte, war mir die schreckliche Wahrheit aufgegangen.

»Jerry.«

Ich konnte nicht, wollte nicht aufwachen. Mein Schädel dröhnte, und dort, wo der Schmerz herkam, war nichts als Betrug und Täuschung ...

»Jerry, wachen Sie auf!«

Der fordernde Klang der Stimme brachte mich dazu, dass ich schließlich doch die Augen öffnete und mich umblickte.

Das Erste, was ich wahrnahm, war blendendes Licht, das in meinen Augen schmerzte. Ich blinzelte, bis sich meine Augen daran gewöhnt hatten, spähte dann vorsichtig umher.

Ich lag auf einer Pritsche und befand mich in einer Art Labor oder Operationssaal. Die Wände waren mit weißen Kacheln bedeckt, technische Apparaturen standen umher, und ich sah auch flackernde Monitore.

»Da sind Sie ja endlich, Jerry ...«

Ich erinnerte mich an die Stimme, die mich ins Bewusstsein zurückgeholt hatte. Ihr Ursprung befand sich unmittelbar neben mir, und ich wandte meinen Kopf.

Die Erkenntnis traf mich wie ein Schock.

Neben mir, auf einer Pritsche ähnliche der meinen, lag Mr. High.

»Sir!«, entfuhr es mir halb laut. »Was tun Sie hier?«

»Das Gleiche könnte ich Sie fragen, Jerry«, gab mein Chef mit einem Hauch von Resignation in der Stimme zurück. »Ich hatte keine Chance. Sie waren zu fünft. Zwei von ihnen konnte ich niederschlagen, danach kann ich mich an nichts mehr erinnern. Ich nehme an, dass sie mich betäubt haben.«

»Wer?«, fragte ich.

»Domäne-Killer«, gab mein Chef und väterlicher Freund zur Antwort. »Oder glauben Sie, dass es irgendjemanden sonst gibt, der für all das hier verantwortlich sein könnte?«

»Nein, Sir.« Ich schüttelte schwach den Kopf, während ich die vielen Eindrücke und Erkenntnisse in meinem hämmernden Schädel zu verarbeiten versuchte.

Nicht nur ich war der Domäne also in die Falle gegangen, auch Mr. High – und damit das frisch ernannte Oberhaupt des FBI!

»Jerry«, raunte mir Mr. High zu, der meine Gedanken erraten zu haben schien, »ich bin nicht sicher, ob diese Leute wissen, welches Amt ich neuerdings beim FBI bekleide, deshalb sollten wir es auf jeden Fall für uns behal…«

Mr. High brach ab, denn das Schott, das den Zugang zum Laboratorium darstellte, glitt mit lautem Zischen beiseite, und zwei vermummte Gestalten traten ein. Beide trugen schwarze Overalls und hatten Wollmasken über den Köpfen.

Die eine der Gestalten war kräftiger und hoch gewachsen, die andere schmäler und kleiner und offenbar eine Frau. Als sie uns ansprach, erkannte ich sie sofort an der Stimme.

Es war Brooke Johansson.

»Willkommen, G-men«, sagte sie mit einer Eiseskälte, dass ich eine Gänsehaut bekam. »Willkommen in der Obhut der Domäne. Ich hoffe, Sie verzeihen uns, dass wir Sie zusammen hier untergebracht haben – Einzelunterkünfte können wir uns in diesen turbulenten Zeiten leider nicht mehr leisten. Und daran sind Sie nicht ganz unschuldig, Gentlemen.«

»Waren wir beide nicht schon beim Du?«, fragte ich provozierend und grinste freudlos. »Wie steht es, Brooke? Willst du diese dämliche Maskerade nicht lassen?«

Die Vermummte blickte auf mich herab. Einen Augenblick sagte sie gar nichts. Dann griff sie kurzerhand nach der Sturmhaube, die sie trug, und zog sie sich mit einem Ruck vom Kopf.

Brooke Johanssons schönes Gesicht kam darunter zum Vorschein. Ihr blondes Haar hatte sie zum Pferdeschwanz gebunden.

»So besser?«, fragte sie.

Ihr vermummter Begleiter wich entsetzt zurück.

»Beta 1«, stöhnte er entsetzt. »Was tun Sie da? Sie dürfen nicht …«

»Schon gut, Epsilon 265«, beschwichtigte sie. »Agent Cotton und ich kennen uns bereits. Es ist an der Zeit, Farbe zu bekennen.«

»Reichlich spät«, erwiderte ich gepresst.

»Was denn, Jerry? Du wirst mir meine kleine List doch nicht verübeln?«

»Was geht hier vor, Jerry?«, fragte Mr. High verwundert. »Kennen Sie diese Person etwa?«

»Leider, Sir«, erwiderte ich – und jeder einzelne Funke Zuneigung, den ich insgeheim für diese Frau gehegt hatte, tat mir im Nachhinein leid.

Brooke Johansson hatte mich bewusst getäuscht und hinters Licht geführt. Sie hatte mit mir gespielt, und ich war auf sie hereingefallen. Ich wusste nicht, worüber ich mich mehr ärgern sollte, über ihre Arglist oder über mein eigenes Unvermögen.

»Sei nicht traurig, Jerry«, sagte sie. »Bei diesem Spiel kann nur einer gewinnen – und das wird diesmal nicht der FBI sein, das versichere ich dir.«

»Abwarten«, entgegnete ich. »Ihr habt euch mehr Ärger eingehandelt, als ihr vertragen könnt. Ihr habt zwei Beamte des FBI entführt und haltet sie gegen ihren Willen fest. Dafür wird man euch zur Rechenschaft ziehen, ebenso wie für alles andere.«

»Man wird es zumindest versuchen«, erwiderte Brooke kalt. »Zumal wir beide wissen, dass John D. High kein gewöhnlicher FBI-Beamter ist, nicht wahr? Immerhin haben wir es hier mit dem frisch ernannten Direktor des FBI zu tun.« Sie schaute Mr. High an, betrachtete ihn aus eisig kalten Augen. »Versuchen Sie nicht, die Wahrheit zu leugnen. Es gibt nur einen Grund, weshalb Sie sich in Washington befinden. Sie wissen das, und wir wissen es auch, und wir werden sehen, wie der FBI reagiert, jetzt, nachdem er seiner beiden führenden Häupter beraubt wurde.«

»Zu viel der Ehre«, knurrte ich. »Ich bin nur ein einfacher G-man aus New York.«

»Mag sein. Aber dafür hast du unserer Organisation ziemlichen Ärger bereitet. Wie auch immer, damit ist jetzt Schluss. Wir werden uns euch beide dauerhaft vom Hals schaffen.«

»Ich warne dich, Honey«, sagte ich, obwohl ich wusste, dass es zwecklos war. »Wenn ihr uns auch nur ein Haar krümmt, wird jeder verdammte G-man in den Staaten hinter euch her sein.«

»Das bezweifle ich. Wir sind kurz davor, den endgültigen Sieg davonzutragen, Jerry. Wenn du nur wüsstest.«

»Die Domäne macht einen entscheidenden Fehler«, konterte Mr. High und wirkte völlig unbeeindruckt. »Sie feiert Siege, die noch nicht errungen sind. Das war schon immer so.«

»Wollen Sie mich provozieren? Vergessen Sie's, High! Diesmal sitzen wir am Drücker.« Sie lächelte, und es war ein kaltes, boshaftes Lächeln. »Ich habe mich für die Seite der Sieger entschieden. Und Sie für die der Verlierer. Das macht den entscheidenden Unterschied. Und dieser Unterschied liegt zwischen Leben und Tod!«

Sie gingen, ohne uns zu sagen, was sie mit uns vorhatten oder was die Domäne plante, ließen uns weiter im Ungewissen.

Zischend schloss sich das Schott, und Mr. High und ich waren wieder allein.

»Sie wussten es also«, sagte mein Chef in die Stille. »Sie haben mich entführt, weil sie von der Beförderung wussten. Es ging ihnen darum, den FBI seiner Führung zu berauben, und das ist ihnen geglückt.«

»Es tut mir leid, Sir«, erwiderte ich.

»Was, Jerry?«

»Das alles hätte niemals geschehen dürfen. Ich bin leichtsinnig gewesen. Ich habe mir von dieser Frau den Kopf verdrehen lassen.«

»Das sollte einem G-man nicht passieren«, sagte Mr. High, »aber wir sind beide lange genug dabei, Jerry, um zu wissen, dass wir alle nur Menschen sind. Sie brauchen sich keine Vorwürfe zu machen, mein Junge. Viel eher sollten wir darüber nachdenken, was wir jetzt tun.«

Dem konnte ich nur zustimmen. Es musste uns gelingen, uns

irgendwie zu befreien und zu entkommen. Doch wir waren mit Lederriemen auf die Pritschen geschnallt.

Aber ich wollte nicht aufgeben, begann an den Fesseln zu zerren, meine Hände zu drehen und mich zu winden. Ich musste hier raus, musste mich und vor allem Mr. High befreien.

Sonst würde die Domäne zum Schluss doch noch den Sieg davontragen …

*

»Jerry …?«

Phil Decker riss die Augen auf, blickte sich gehetzt um – nur um festzustellen, dass er sich in einem tristen Krankenhauszimmer befand.

Offenbar hatte er geträumt. Er hatte den Namen seines Partners laut im Schlaf gerufen und war davon selbst aufgewacht.

Immer das Gleiche, dachte Phil. Der verdammte Job lässt mir nicht mal im Schlaf Ruhe …

Er wälzte sich herum und wollte weiterschlafen, doch es ging nicht. Irgendetwas hielt ihn wach, ein Gefühl, eine Ahnung, eine Art mentale Verbindung vielleicht.

Jerry …

Phil musste immerzu an seinen Partner denken, der ohne ihn nach Washington geflogen war, um dort den Kampf gegen die Domäne weiterzuführen. Phil vermochte nicht zu sagen, weshalb, aber der Gedanke an Jerry erfüllte ihn mit einer seltsamen inneren Unruhe.

Was, wenn Jerry in Gefahr geraten war? Was, wenn er seine Hilfe brauchte?

Es war schlimm genug für Phil gewesen, zurückzubleiben, während sein Partner in Washington ermittelte und sich in Gefahr begab im Kampf gegen die Domäne. Jetzt war da auch noch das bohrende und quälende Gefühl, Jerry könnte etwas zugestoßen sein, und das brachte den G-man fast um den Verstand. Nein, es war tatsächlich schon mehr eine Ahnung als nur ein Gefühl. Die düstere Ahnung, dass sein Partner in Lebensgefahr schwebte und dass er dringend Phils Hilfe brauchte.

Was sollte er tun? Sollte er Jerry anrufen und fragen, ob alles in Ordnung wäre?

Blödsinn – wahrscheinlich würde er ihn nur wecken und ihn um seinen verdienten Schlaf bringen.

Andererseits war da noch immer dieses Gefühl oder diese düstere Ahnung, und es wurde nicht besser, im Gegenteil.

Schließlich hielt es Phil nicht mehr aus. Er zog die obere Schublade des Nachtkästchens auf und nahm sein Handy heraus, rief Jerrys Nummer aus dem Speicher ab.

Es tutete ein paarmal, bis sich eine elektronisch klingende Stimme meldete: »Der gewünschte Teilnehmer ist zurzeit nicht erreichbar …«

»Mist«, knurrte Phil und drückte die Unterbrechungstaste.

Jerry hatte sein Handy abgeschaltet. Entweder, er befand sich gerade im Einsatz und wollte sich durch das Dudeln des Mobiltelefons nicht verraten, oder aber es war ihm tatsächlich etwas zugestoßen …

Phil hielt es nicht aus. Die Ungewissheit machte ihn fast wahnsinnig. Die Unruhe in ihm legte sich nicht, sondern wurde immer schlimmer. Er beschloss, Mr. High anzurufen und sich bei ihm nach Jerry zu erkundigen. Vielleicht hatte der SAC ja Nachricht von Jerry erhalten, die Phil ein wenig beruhigen konnte.

Natürlich kam sich Phil einigermaßen dämlich vor, seinen Vorgesetzten mitten in der Nacht aus den Federn zu klingeln, nur weil er selbst nicht schlafen konnte und von einem schlimmen Gefühl geplagt wurde. Andererseits würde Mr. High sicher Verständnis dafür haben.

Phil rief auch Mr. Highs Nummer aus dem Speicher ab und wartete wiederum. Doch statt der sonoren Stimme seines Vorgesetzten meldete sich nur der aktivierte Anrufbeantworter.

»Sie sind verbunden mit dem Anschluss von John High. Ich befinde mich in einem dringenden Auftrag in Washington, D.C. In dringenden Fällen wählen Sie bitte die Rufnummer …«

Mr. High war in Washington? Das hatte Phil nicht gewusst.

Verdammt, was war hier los? Wieso meldete sich Jerry nicht, und wieso war Mr. High nach Washington beordert worden, in einem dringenden Auftrag, wie es geheißen hatte? Wie hing das zusammen?

Mann, dachte Phil verstört, kaum bin ich mal zwei Tage außer Gefecht, rasten gleich alle aus. Was ist nur los mit euch, Jungs?

Der G-man dachte kurz nach – und fällte einen Entschluss.

Vom Krankenbett aus würden sich die Fragen nicht beantworten lassen, und auch sein schlechtes Gefühl würde sich nicht beruhigen.

Einmal hatte sich Phil dazu überreden lassen, das Bett zu hüten, während sich sein Partner in Gefahr begab. Doch jetzt war keiner mehr da, der ihn überreden konnte, weder Jerry noch Mr. High.

»Verdammt, Jerry«, murmelte Phil im Halbdunkel des Krankenzimmers. »Du brauchst mich, Partner. Ich kann es fühlen, dass du mich brauchst ...«

Phils Entschluss stand fest. Er musste raus aus dem Krankenhaus, musste nach Washington, so schnell wie möglich. Was der Arzt, Jerry oder Mr. High oder sonst wer dazu sagen würde, war ihm reichlich egal. Alles, was entscheidend war, war, dass sein Partner seine Hilfe brauchte. Und dieses Gefühl, diese Ahnung waren für den G-man nun schon zur Gewissheit geworden.

Er musste nach Washington!

Der G-man schlug die Bettdecke zurück. Er packte die beiden Kanülen, die aus seinem Unterarm ragten, und riss sie kurzerhand heraus. Dann schwang er sich aus dem Bett und stand auf.

Und diesmal sank er nicht auf die Matratze zurück ...

*

Ich zerrte an den Lederriemen, mit denen meine Handgelenke an die Pritsche gefesselt waren, drehte die Hände, wand mich – und allmählich gelang es mir, meine linke Hand aus der Lederschlaufe zu ziehen.

Ich riss mir die Haut dabei vom Fleisch, Blut quoll hervor, und die Tränen traten mir in die Augen. Doch trotz des Schmerzes machte ich weiter.

Und schließlich konnte ich meine blutige Hand herausziehen!

Diesmal hatte ich wirklich verdammtes Glück gehabt. Oder der Himmel hatte ein Einsehen mit mir und unterstützte mich. Die Domäne-Agenten hatten mich nicht richtig gefesselt, hatten die linke Lederschlaufe nicht direkt über meinem Handgelenk festgezurrt, sondern über meiner Armbanduhr. Und sobald ich die Hand genug gedreht und gezerrt hatte, so dass der Riemen von der Uhr gerutscht war, hatte ich genug Bewegungsspielraum.

Wahrscheinlich hatten sich die Domäne-Agenten bei mir keine besondere Mühe gegeben, denn sie hatten auf die Wirkung des Betäubungsmittels vertraut, dass mir Brooke verabreicht hatte. Doch als G-man, der ständig im Training steht, habe ich eine ziemlich gute Kondition, so gelang es meinem Körper, mit dem Gift besser zurechtzukommen und die Wirkung schneller zu verdrängen, als es bei einem Menschen gewesen wäre, der nicht so fit gewesen wäre wie ich.

So kamen zwei Komponenten zusammen, die mir halfen, mich zu befreien, hinzu kamen noch meine Zähigkeit und mein unbeugsamer Wille, auch wenn es eine ziemlich schmerzhafte Angelegenheit war, meine Hand aus der Schlaufe zu winden.

Kaum hatte ich die Linke frei, schnallte ich mir die anderen Fesseln auf.

Ich erhob mich von der Pritsche und dehnte meine Muskeln. Sie fühlten sich noch ein wenig steif an, und ich war auch noch immer wackelig auf den Beinen, aber es würde schon gehen.

Ich kümmerte mich um Mr. High und befreite auch ihn von den Fesseln.

»Besser?«, fragte ich, als sich Mr. High erhob.

»Danke«, erwiderte er und rieb sich seine Gelenke. »Wenn wir jetzt noch einen Weg finden, wie wir von diesem Ort entkommen können …«

Ich blickte mich um. Die Domäne war eine Organisation, die auf Hightech setzte. Ihre Stützpunkte waren gewöhnlich voller Abhöranlagen und Überwachungskameras, doch in diesem Raum sah ich nichts davon.

Ich fragte mich, woran es liegen mochte. Vielleicht hatten wir der Domäne in den vergangenen Tagen tatsächlich so zugesetzt, dass sie auf weniger gut gesicherte Stützpunkte hatte ausweichen müssen. Wenn dies so war, hatten Mr. High und ich eine reelle Chance zu entkommen.

Ich ging zu dem Schott. Es gab kein Schloss und keinen Hebel, lediglich ein Bedienerfeld, das links von der Tür in die Kacheln eingelassen war.

»Der Öffnungscode«, zischte ich. »Irgendwelche Ideen?«

»Warten Sie, Jerry«, sagte Mr. High, »vielleicht gelingt es mir, den Mechanismus kurzzuschließen.«

Der SAC, der so unverhofft zum FBI-Direktor befördert worden war, griff nach einem der Skalpelle, die auf einem metallenen Tablett bereitlagen, und begann, die Abdeckung der Schalttafel damit abzuschrauben. Er legte die Drähte darunter frei und zerrte einige davon hervor, entfernte die Isolation mit dem Skalpell.

»Mal sehen«, murmelte er, »wenn wir diese beide Drähte ...«

Funken sprühten, und das Schott bewegte sich und glitt ein Stück beiseite. Zwar blieb es in der Mitte der Türöffnung stehen und bewegte sich nicht weiter, doch die Öffnung war groß genug, dass wir hindurchschlüpfen konnten.

Ich huschte als Erster hinaus in einen hell beleuchteten Korridor. Auch hier keine Überwachungskameras und keine Wachen. Offenbar handelte es sich tatsächlich um einen weniger gut gesicherten Posten der Domäne ...

Ich bedeutete Mr. High, mir zu folgen. Unsere zu Fäusten geballten Hände waren die einzigen Waffen, die wir hatten – unsere Dienstpistolen hatten Brookes Schergen uns abgenommen.

Uns eng im Schutz der Wand haltend, huschten wir den Korridor hinab, auf der Suche nach einem Ausgang ...

*

»Sehr gut, Beta 1. Gute Arbeit.« Der Alpha nickte zufrieden, und zum ersten Mal seit langer Zeit huschte wieder etwas wie ein Lächeln über seine verhärmten Züge.

»Danke, Vater«, drang die Antwort aus dem Hörer. »Der Doppelgänger hat den ultimativen Test bestanden und ist jetzt im Spiel. Nun kann uns nichts mehr aufhalten.«

»Sehr gut«, wiederholte der Alpha. »Dann können wir den anderen Alphas von einem großen Erfolg berichten. Das Projekt ›Final Victory‹ hat begonnen ...«

*

In einem Nebengang waren wir auf einen Wachtposten getroffen, den wir jedoch ausgeschaltet hatten.

Mr. High war nun mit der Maschinenpistole des Wachmannes bewaffnet, ich hatte mir seine Pistole geschnappt.

Danach war der Weg frei gewesen.

Über eine steile Treppe gelangten wir auf eine höher gelegene Ebene, die offensichtlich der Keller eines Hauses war. Von dort führte eine weitere Treppe hinauf, und wir erreichten das Erdgeschoss einer weiträumigen Villa, die etwas von einem alten Herrschaftshaus hatte.

Es war Nacht. Fahles Mondlicht fiel durch die Fenster in die von Statuen und Gemälden gesäumten Gänge. Von Wachen war weit und breit nichts zu sehen, und so schlichen wir unbehelligt durch die Korridore, gelangten durch eine geräumige Halle zur Pforte.

Wir verloren keine Zeit und huschten hinaus, fanden uns in der schwülwarmen Nachtluft wieder. Das Haus, in dem wir festgehalten worden waren, war tatsächlich ein riesiges Anwesen, das im alten Plantagenstil gehalten war. Es war von einem großen Park umgeben und stand in einer piekfeinen Gegend. In der Ferne konnte man das glitzernde Band des Potomac erkennen, in dem sich das Mondlicht brach, jenseits davon die Hügel von Arlington.

Mr. High und ich nahmen uns jedoch nicht die Zeit, um die Gegend genauer zu erkunden. Kurzerhand schnappten wir uns eines der Fahrzeuge, die auf der freien Fläche vor dem Haus parkten – es war Brooke Johanssons Porsche.

Mit dem Kolben seiner Maschinenpistole schlug Mr. High das Beifahrerfenster ein und entriegelte die Tür. Ein weiterer Hieb entfernte die Verkleidung unterhalb der Lenkradsäule, und ich schloss die Zündung kurz. Ich dankte meinem Schöpfer dafür, dass der Wagen über keine elektronische Sperre verfügte, und rammte den Rückwärtsgang ein. Mit einem Satz sprang der schnittige Wagen zurück, und im nächsten Moment stachen wir auch schon die Auffahrt hinab.

Das große, schmiedeeiserne Tor war geschlossen, doch ich kümmerte mich nicht darum. Es war ja nicht mein Wagen, den ich fuhr.

Ich behielt den Fuß auf dem Gas, biss die Zähne zusammen, und im nächsten Moment durchbrach der Porsche mit Urgewalt das Tor.

Es krachte fürchterlich, und jede Menge teures Blech wurde verbogen – doch einen Herzschlag später hatten wir das Hindernis hinter uns gelassen und waren auf der Straße. Aus dem kleinen Wachhaus, das neben dem Tor stand, kamen schreiend mehrere Bewaffnete gelaufen, die schwarze Overalls und Sturmhauben trugen – Killer der Domäne!

Sie eröffneten das Feuer auf uns, schickten unserem Fluchtwagen mehrere Salven hinterher, doch wir waren bereits zu weit entfernt, als dass sie uns noch hätten gefährlich werden können.

Ich behielt den Fuß auf dem Gas, und mit knapp hundert Sachen schossen wir davon, ließen die Domäne-Schergen hinter uns.

Mr. High und ich tauschten einen Blick.

»Gute Arbeit, Jerry«, sagte er, und ein Lächeln glitt dabei über seine Züge.

*

Unser Weg führte uns direkt ins FBI-Hauptquartier.

Als frisch ernannter kommissarischer Direktor löste Mr. High Alarm aus, und es dauerte exakt sieben Minuten, bis alle drei Bereitschaftsmannschaften im Briefing-room parat standen. Bill Pherson und Nancy Morgan waren ebenfalls darunter, nicht weil sie Bereitschaft hatten, sondern weil sie die ganze Zeit über auf eine Rückmeldung von mir gewartet hatten.

In knappen Worten schilderte ich ihnen, was sich seit meinem Rendezvous mit Brooke Johansson zugetragen hatte und wer die Lady in Wirklichkeit war.

Die Nachricht schlug im Hauptquartier ein wie eine Bombe, und sofort wurden diverse Maßnahmen ergriffen.

Zum einen wurde die Fahndung nach Brooke Johansson in Gang gebracht. Unsere weitere Aufmerksamkeit galt Harmon Finnegan – da sich Brooke so um ihn bemüht hatte, stand zu befürchten, dass die Domäne etwas mit ihm vorhatte. Weil nicht auszuschließen war, dass die Organisation plante, ihn durch einen Doppelgänger zu ersetzen, ließen wir ihn von einer Einheit unserer Bereitschaft bewachen.

Als Allererstes jedoch hatte Mr. High dafür gesorgt, dass die Villa gestürmt wurde, aus der er und ich geflohen waren. Das hatte er gleich, nachdem wir das Hauptquartier erreichten, veranlasst. Eine kurze Nachforschung ergab, dass die Villa keinem anderen als Willard Johannson gehörte, Brooke Johanssons Vater. Da seine Tochter ihn mehrfach erwähnt hatte und wir von seinen Verbindungen zur Rüstungslobby wussten, war davon auszugehen, dass Johansson ebenfalls zur Domäne gehörte. Zumindest wusste er vielleicht etwas über den Verbleib seiner Tochter und war ein wichtiger Informant für uns.

Während Mr. High im Hauptquartier blieb, um die einzelnen Aktionen zu koordinieren, brach ich auf, um zur Villa zurückzukehren und sie zu durchsuchen, sobald die Erstürmung abgeschlossen war.

»Und was sollen wir tun?«, fragte mich Bill Pherson.

»Für euch beide habe ich einen Spezialauftrag«, sagte ich meinem Kollegen, »aber bitte sagt niemandem ein Wort darüber, nicht einmal Mr. High.«

»Mann.« Bill pfiff durch die Zähne. »Klingt ja ziemlich geheimnisvoll. Und worum geht es?«

»Ich möchte, dass ihr in Mr. Highs Hotel fahrt und euch sein Zimmer anseht.«

»Wir sollen *was* tun?«

»Bitte«, sagte ich drängend. »Lasst eure Marken sehen und gebt vor, in einer dringenden Sache zu ermitteln, was auch nicht falsch ist. Danach lasst euch sein Zimmer zeigen.«

»Aber der Direktor ...«

»Keine Sorge, er wird davon nichts mitkriegen. Mr. High hat genug damit zu tun, die Einsätze zu koordinieren.«

»Okay, Jerry«, sagte Bill. »Und was sollen wir in Mr. Highs Hotelzimmer tun?«

»Gar nichts«, erwiderte ich. »Fahrt nur hin und seht euch um. Dann erstattet mir Bericht.«

»Verstanden«, sagte mein Kollege. Die Verblüffung war ihm anzumerken, doch er widersprach mir nicht, was ich ihm hoch anrechnete.

Wir wünschten uns gegenseitig Glück und verabschiedeten uns ...

*

Das Geheimtreffen fand an einem Ort statt, den es offiziell gar nicht gab. Tief unter der Erde lag dieser Ort, der längst vergessen war. Nur diejenigen, die hier zusammentrafen, wussten von seiner Existenz.

Fünf Männer, die ihre gemeinsame Gier nach Einfluss zusammengeführt hatte. Fünf Männer, die sich nichts mehr wünschten, als ihren Reichtum in Macht umzutauschen. Fünf Männer, die dafür bereit waren, jede Untat zu begehen.

Die Alphas.

Schon zuvor waren sie an diesem Ort zusammengekommen, doch waren immer nur Einzelne von ihnen einander begegnet. In dieser Nacht kam es erstmals zur Zusammenkunft aller, sahen sich die fünf Gründungsmitglieder der Domäne zum ersten Mal seit so vielen Jahren von Angesicht zu Angesicht.

Mehr oder weniger. Denn keiner von ihnen trug an diesem finsteren, verborgenen Ort seine Gesichtszüge zur Schau. Alle fünf Männer, die in schweren, ledernen Sesseln saßen, die in einem weiten Kreis aufgestellt waren, trugen Masken.

Masken, die in der spärlichen Beleuchtung mit dem Schwarz ihrer Anzüge verschmolzen und ihnen ein unheimliches Aussehen verliehen. Dunkle Gestalten, aus deren Gesichtern fahle Augenpaare stachen.

Es waren nicht die Augen junger Menschen.

Die Alphas hatten ihr Leben lang an ihrer Vision gearbeitet. Auch wenn sie erst vergleichsweise spät in Erscheinung getreten war, existierte die Domäne bereits seit Jahrzehnten. Sie war so alt wie der Hass, der tief in den versteinerten Herzen der fünf Alphas brannte.

Hass auf die Gesellschaft. Hass auf dieses Land. Hass auf alle, die sich ihrem Willen widersetzten.

Die Domäne war nur aus einem Grund gegründet worden: Um diesen fünf vom Hass zerfressenen Männern uneingeschränkte Macht zu verleihen. Auch andere Organisationen mochten sich mit dem Vorsatz tragen, den gesamten Planeten beherrschen zu wollen, doch für die Domäne war es Teil ihrer Realität.

Es war der Anlass ihrer Gründung, der Zweck ihrer Existenz.

Alle fünf Alphas wollten Macht, und sie waren bereit, jeden Preis dafür zu zahlen.

»Die erste Plenumssitzung ist eröffnet«, sagte Alpha 1, der den Vorsitz der Versammlung führte. »Zum ersten Mal sind wir alle zusammengekommen.«

»Ich halte das noch immer für unklug«, ereiferte sich Alpha 2. »Es liegt ein zu großes Risiko darin, dass wir uns alle zugleich an einem Ort aufhalten.«

»Das ist Unsinn.« Alpha 4 schüttelte den Kopf. »Trotz der Niederlagen, die unsere Organisation in letzter Zeit hinnehmen musste, sind wir noch immer sehr wohl in der Lage, uns zu verteidigen. Wenn Sie es vorziehen, sich feige zu verkriechen und dem Gegner das Feld zu überlassen, Alpha 2 …«

»Ich bin nicht feige!«, entgegnete der Gescholtene. »Nur vorsichtig. Und etwas mehr Vorsicht würde uns allen guttun in dieser bewegten Zeit. Nicht wahr, Alpha 5?«

Der Angesprochene, der bislang noch kein Wort gesagt hatte, ließ sich mit seiner Antwort Zeit.

Als einziger Teilnehmer der Runde saß er nicht in einem Sessel, sondern in seinem Rollstuhl. Sein hagerer Körper steckte in einem schwarzen Anzug, sein Gesicht war verhüllt wie das seiner Mitverschwörer.

»Ich gebe zu, dass wir einige Probleme hatten«, räumte er schließlich ein, »aber ich darf Ihnen und allen anderen anwesenden Alphas versichern, dass diese Probleme endgültig der Vergangenheit angehören, Alpha 2.«

»Ist das so? Und woher nehmen Sie Ihre Sicherheit?«

»Es ist ganz einfach: Weil das Projekt, von dem ich Ihnen schon einzeln berichtet habe, inzwischen erfolgreich angelaufen ist. Jener letzte Coup, der uns den endgültigen Triumph über unsere Feinde bringen und der uns den Weg zur Macht ebnen wird. Projekt Final Victory.«

»Projekt Final Victory ist … ist bereits angelaufen?«, fragte Alpha 1 erstaunt. »Ohne unsere Zustimmung?«

»Es musste sein«, erklärte Alpha 5. »Wenn Sie die näheren Umstände kennen, werden Sie dem zustimmen. Es ist etwas geschehen, das es unvermeidbar machte, Projekt Final Victory sofort anlaufen zu lassen.«

»Sie müssen gute Gründe haben«, sagte Alpha 3. »Durch Ihre

Unvorsicht gefährden Sie alles, was wir uns in Jahrzehnten aufgebaut haben.«

»So war es mit allen großen Männern, nicht?«, sagte Alpha 5. »Sie setzten alles auf eine Karte. Entweder gewannen sie oder sie verloren. Was wäre gewesen, wenn Kolumbus nicht weitergesegelt wäre? Oder wenn Hannibal den Rubikon nie überschritten hätte?«

»Ich hoffe, Sie haben sich Ihre Aktion besser überlegt als Ihre Vergleiche, Alpha 5«, rügte der Vorsitzende. »Denn *weil* Hannibal den Rubikon überschritt, wurde er von den Römern vernichtend geschlagen.«

»Was ich meine, ist, dass wir etwas wagen müssen, meine Freunde«, verteidigte sich Alpha 5. »Die Domäne befindet sich deswegen auf dem Rückzug, weil wir zu lange gezögert haben. Wir haben geglaubt, den Schritt zur endgültigen, absoluten Macht immer weiter vorbereiten zu müssen, bis wir ihn ohne Risiko wagen können. Doch das war ein Irrtum. Wir hätten wissen müssen, dass uns früher oder später ein ebenbürtiger Gegner erwachsen würde, der unseren Vormarsch zu stoppen versucht. Es ist keine Frage, meine Freunde – der FBI ist für uns zur Bedrohung geworden, und ein G-man namens Jerry Cotton hat daran nicht unwesentlichen Anteil.«

»Das ist uns bekannt, Alpha 5«, gestand Alpha 2 ein. »Was ich mich immer gefragt habe, ist, weshalb Sie diesen impertinenten Cotton nicht einfach haben beseitigen lassen.«

»Weil er dadurch zum Märtyrer geworden wäre«, gab Alpha 5 zurück. »Cotton und sein Kollege Phil Decker sind die besten Agenten des New Yorker FBI. Sie zur Legende zu machen, kann nicht in unserem Interesse sein. Stattdessen haben Beta 1 und ich einen Plan entwickelt, der uns den FBI für immer vom Hals schaffen, ihn sogar zu unserem Verbündeten machen wird.«

»Tatsächlich?«, fragte Alpha 1. »Das wäre in der Tat ein Triumph ohnegleichen. Und wie soll es dazu kommen?«

»Lassen Sie sich den Plan von Beta 1 selbst erläutern. Sie war maßgeblich an seiner Entwicklung beteiligt.«

Damit gab Alpha 5 ein Zeichen, und eines der Schotts, die hinter den fünf Sesseln in die Wände eingelassen waren, öffnete sich. Daraus hervor trat eine schwarz vermummte Gestalt, deren schlanker Wuchs sie als Frau verriet.

»Sie wagen es, Alpha 5?«, zischte Alpha 2. »Dies ist ein streng geheimes Treffen. Keiner, der unterhalb des Alpha-Status steht, darf den Kreis der Alphas betreten.«

»Das ist richtig«, bestätigte Beta 1, »und ich bin mir darüber im Klaren, dass ich gegen ein ehernes Gebot verstoßen habe. Ich weiß, welche Strafe mich erwartet, sollte ich jemals mein Schweigen brechen, was Sie oder diesen Ort betrifft, und ich bin dieses Risiko ganz bewusst eingegangen, um Ihnen persönlich den Plan zu erläutern, den Alpha 5 und ich entwickelt haben.«

»Was soll das Versteckspiel?«, murrte Alpha 4. »Warum sagen Sie nicht, dass er Ihr Vater ist? Dass Sie Ihre Kenntnis von diesem Ort nur diesem Umstand verdanken?«

Beta 1 und Alpha 5 tauschten einen Blick. Dann griffen sie beide nach ihren Masken und zogen sie sich vom Kopf. Die Mienen, die darunter zum Vorschein kamen, starrten in die Runde der Vermummten.

»Vielleicht haben Sie Recht, Alpha 4«, sagte der Mann im Rollstuhl mit bebender Stimme. »Vielleicht sind wir an einem Punkt angelangt, da wir uns zu dem, was wir sind, bekennen sollten.«

»Da-dazu haben Sie kein Recht!«, ereiferte sich Alpha 2. »Tun Sie, was Sie wollen, ich jedenfalls werde meine Identität nicht preisgeben. Auf keinen Fall!«

»Dann sind Sie doch ein verdammter Feigling«, erwiderte Alpha 5 ungerührt. »Glauben Sie im Ernst, es macht einen Unterschied? Glauben Sie, wir könnten wieder zu einem normalen Leben zurückkehren nach allem, was wir getan haben und wissen? Nein, meine Freunde. Für uns alle gibt es nur die Flucht nach vorn. Ich bin zur Überzeugung gelangt, dass wir uns nicht länger Zeit lassen dürfen, um zu handeln. Der Sieg, für den wir alle so lange und so schwer gearbeitet haben, muss jetzt erfolgen, die Zeit ist reif dafür. Und mein Vertrauen in das Projekt ist so groß, dass ich dafür alles aufgegeben habe.«

»Große Worte«, spottete Alpha 4. »Wollen Sie uns nun endlich sagen, worum es bei diesem Projekt geht? Vielleicht ist es uns dann ja möglich, Ihre Zuversicht zu teilen.«

»Gerne«, sagte Brooke Johansson. »Wie mein Vater Ihnen schon sagte, handelt es sich um einen Plan, der die bisherigen Gegebenheiten völlig verändern wird. Ganz einfach dadurch, dass sich die Machtverhältnisse in diesem Land verschieben werden, und zwar zu unseren Gunsten!«

»Große Versprechungen«, stichelte Alpha 4. »Wie wollen Sie so etwas zustande bringen?«

»Ganz einfach – indem wir einen unserer Doppelgänger zum Direktor des mächtigen FBI machen!«

»Unmöglich, ganz unmöglich!«, begehrte Alpha 2 auf.

»Wie soll so etwas gelingen?«

»Es *ist* möglich«, versicherte die junge Frau, »und es ist sogar bereits geschehen.«

»Was? Wie?«

»Durch eine Verleumdungskampagne, die von einer unserer Abteilungen initiiert wurde, wurde der bisherige Leiter des FBI gezielt in Misskredit gebracht. Wir wussten, dass dem Justizministerium vor dem Hintergrund der gegenwärtigen Sicherheitslage nichts anderes übrig bleiben würde, als ihn trotz nicht erwiesener Schuld aus dem Amt zu entfernen. Und mit Hilfe einiger Mittelsmänner im Umfeld des U.S.-Kongresses ist es uns gelungen, Einfluss auf seine Nachfolge zu nehmen. Vor einigen Stunden wurde John D. High, der bisherige Leiter des FBI Field Office New York, als sein kommissarischer Stellvertreter eingesetzt.«

»John D. High!«

»Ausgerechnet!«

Die Alphas protestierten wild.

»Was versprechen Sie sich davon?«

»Natürlich«, fuhr Brooke Johansson unbeirrt fort, »haben wir dabei nicht an den echten John D. High gedacht, sondern an den echtesten und perfektesten Doppelgänger, den unsere Chirurgen je erschaffen haben. Perfekter noch als jene Doppelgänger, die Edward Ternity einst in unserem Auftrag erstellt hat.«

»Perfekter als die Kreationen von Dr. Ewigkeit?«, fragte Alpha 1 skeptisch. »Das ist unmöglich!«

»Ist es nicht, und wir haben den denkbar besten Bewies dafür. Denn unser Doppelgänger ist bereits im Spiel und hat die härteste Überprüfung bestanden, die man sich vorstellen kann: Er wurde mit Jerry Cotton zusammengebracht, seinem Untergebenen aus New York.«

»Mit Cotton? Das – das ist Wahnsinn!«

»Eher ein kalkuliertes Risiko«, gab Brooke Johansson zurück. »Es ist uns mittels einer List gelungen, Cotton gefangen zu nehmen und ihn auf diesem Wege ganz unauffällig mit Highs Doppelgänger zusammenzubringen. Für den Fall, dass er den Betrug durchschaut hätte, hätte unser Agent Cotton sofort getötet.«

»Das wäre so oder so das Beste gewesen«, beharrte Alpha 2.

»Mein Vater hat Ihnen bereits erläutert, weshalb wir das nicht tun sollten«, sagte Brooke Johansson. »Außerdem wäre uns Cotton tot nicht mehr von Nutzen. Nun aber könnte er unser wertvollster Verbündeter werden.«

»Wie meinen Sie das?«

»Ganz einfach. Cotton hat den Köder geschluckt. Er hat die Täuschung nicht bemerkt und ist gemeinsam mit dem Doppelgänger aus unserer Obhut geflohen. Natürlich haben wir es ihnen leicht gemacht und haben sie absichtlich entkommen lassen, aber das spielt keine Rolle. Cotton und High sind ins FBI-Hauptquartier zurückgekehrt, und in der allgemeinen Aufregung wird niemand den Betrug bemerken. Im Gegenteil – Cotton selbst trägt durch seinen guten Ruf noch zur Glaubwürdigkeit unseres Agenten bei.«

»Schön und gut«, sagte Alpha 2, »aber was versprechen Sie sich davon?«

»Ist das nicht offensichtlich?«, ergriff jetzt der Vorsitzende wieder das Wort. »Dadurch, dass wir einen Agenten an der Spitze des FBI haben, wird die gesamte Behörde für uns ungefährlich. Mehr noch – wir haben in ihr jetzt einen Verbündeten. Wir haben bereits festgestellt, wie nützlich ein einzelner Verräter in den Reihen des FBI sein kann, von einem Mann an der Spitze der Behörde ganz zu schweigen.«

»Das ist richtig«, stimmte Brooke Johansson zu. »In Zukunft können Ermittlungen gegen die Domäne einfach eingestellt werden, ebenso wie sich der FBI als Waffe gegen andere Organisationen benutzen lässt. Durch das Patriots Act wurde der FBI mit umfassenden Sonderrechten ausgestattet, die ihn zu einem idealen Verbündeten für uns machen und uns den Weg zur Macht ebnen werden.«

»Gütiger Himmel«, stieß Alpha 4 hervor, »Sie haben Recht!«

»Unsinn, alles Unsinn!« Alpha 2 schüttelte sein maskiertes Haupt. »Jedes einzelne Wort davon ist Blödsinn. Ein solcher Plan kann nicht funktionieren. Mit Ihren Spielchen gefährden Sie alles, woran wir so lange gearbeitet haben!«

»Ihre Haut haben andere für Sie zu Markte getragen, Alpha 2«, beschied Alpha 5 ihm mit geringschätzigem Blick. »Alles, was Sie getan haben, war Geld in unsere Organisation zu pumpen.«

»Genau wie Sie, Alpha 5. Oder irre ich mich da?«

»Nein«, gab Willard Johansson zurück, »Sie irren sich nicht. Aber anders als Sie habe ich mich dazu entschlossen, meine Zurückhaltung und Lethargie aufzugeben und der Domäne zum Sieg zu verhelfen – egal, was dazu nötig sein wird!«

»So ein Wahnsinn! Sie hätten das nie tun dürfen! Ich jedenfalls hätte nie meine Zustimmung zu einem Vorhaben wie diesem gegeben!«

»Dafür ist es zu spät«, sagte Brooke Johansson kalt. »Projekt Final Victory ist angelaufen, als sich Agent Cotton in unserer Gewalt befand. Die Gelegenheit hätte nicht günstiger sein können.«

»Was für ein Wahnsinn!«, zeterte Alpha 2. »Ich bestehe darauf, dass im Nachhinein eine Abstimmung durchgeführt wird. Sollte sich die Mehrheit der Alphas gegen das Projekt entscheiden, wird die Aktion sofort beenden, ehe größerer Schaden ent…«

»Ich fürchte, dafür ist es schon zu spät«, erwiderte Willard Johansson, den alle in dieser Runde nur als Alpha 5 gekannt hatten, und warf einen Blick auf seine Uhr. »In diesen Minuten wird meine Villa in Westgate gerade von Einheiten des FBI gestürmt und durchsucht. Es gibt kein Zurück mehr, meine Freunde …«

*

Die Villa, aus deren unterirdischen Katakomben Mr. High und ich geflüchtet waren, lag in Westgate, einer noblen und wohlhabenden Gegend von Washington.

Villen und Herrschaftshäuser reihten sich entlang gepflegter Alleen, waren umgeben von weitläufigen Parks. Auf den Auffahrten und in den Garagen standen schwere Limousinen und europäische Sportwagen.

Wer hier lebte, hatte am Tisch der ganz Großen mitgespielt und gepokert oder tat es immer noch. Und Willard Johansson, Brooke Johanssons Vater, war einer von ihnen.

Ich war gespannt darauf, dem Mann zu begegnen, der dieses Haus sein Eigen nannte. Was würde er sagen, wenn wir ihn mit der Existenz der unterirdischen Basis konfrontierten? Wusste er davon? Oder hatte Brooke ohne sein Wissen gehandelt und mit der Domäne paktiert?

Ich hatte keine Ahnung, wer Willard Johansson war. Wäre mir mehr Zeit geblieben, darüber nachzudenken, wäre ich vielleicht auf des Rätsels Lösung gekommen. So jedoch ahnte ich noch nichts, als wir mit dem Wagen aus dem FBI-Fuhrpark bei dem Anwesen ankam.

Ein Einsatzkommando hatte das Anwesen umstellt und abgeriegelt. Keiner kam raus oder rein. Als ich dazukam, gab der Einsatzleiter gerade den Befehl zur Stürmung.

»Los!«, gellte der Befehl des Kommandoführers. »Trupp eins sichern, Trupp zwei vorstoßen! Kommt schon, Leute, bewegt euch!«

Die Männer des Bereitschaftskommandos waren ein eingespieltes Team. In gebückter Haltung rückten sie auf das Gebäude vor, das sich trutzig im fahlen Mondlicht erhob. Ich war beim vordersten Stoßtrupp dabei, hatte mir in aller Eile eine schusssichere Weste übergeworfen und hielt meine P226 im Anschlag.

Im Laufschritt nahmen wir die Stufen.

Verblüfft stellten wir fest, dass die Hauptpforte unverschlossen war.

Was hatte das zu bedeuten? War es eine Falle?

Oder hatten sich die Agenten der Domäne bereits zurückgezogen?

Ich beschloss, Vorsicht walten zu lassen, und wies den Kommandoführer an, zunächst nur eine kleine Vorhut ins Haus zu schicken. Während die übrigen Beamten der Bereitschaft zurückblieben, drang ich mit zwei Kollegen in das Gebäude ein.

Wir stießen nicht auf Widerstand.

Wir schalteten unsere Taschenlampen an und schwenkten die Lichtkegel durch die geräumige Eingangshalle.

Nichts. Niemand.

Alles schien ruhig zu sein.

Wir bedeuteten den anderen nachzukommen, und die Kollegen von der Bereitschaft verteilten sich auf die unterschiedlichen Gänge und Korridore, um das Haus zu sichern und zu durchsuchen.

Ich selbst drang mit dem Haupttrupp weiter ins Innere des Hauses vor, dorthin, wo ich den Abgang zum Keller wusste. Wir fanden ihn auf Anhieb, und vorsichtig stiegen wir hinab, drangen in die Dunkelheit vor, die dort herrschte.

Im Keller der Villa erwartete uns eine Überraschung.

Es gab keine Treppe, die weiter in die Tiefe führte, in den Domäne-Stützpunkt, aus dem Mr. High und ich entkommen waren.

Zuerst wollte ich es nicht glauben und ließ das Kellergeschoss zweimal sorgfältig durchkämmen, doch nirgendwo führten Stufen in den geheimen Stützpunkt.

Es gab nur zwei Möglichkeiten.

Entweder, ich war einem Irrtum erlegen, und wir befanden uns im falschen Haus. Doch das war Unsinn. Ich wusste genau, dass dies der Ort war, wo Mr. High und ich gefangen gehalten worden waren.

Die Domäne hatte das zusätzliche Stockwerk versiegelt, um ihre Spuren zu verwischen. Und das wiederum bedeutete, dass die Agenten der Organisation darauf gefasst gewesen sein mussten, das Gebäude fluchtartig zu verlassen. Offenbar war alles gut vorbereitet worden …

Ich stieß eine leise Verwünschung aus.

»Truppführer?«, sagte ich leise.

»Ja, Sir?«

»Lassen Sie das ganze Haus durchsuchen. Die Spurensicherung soll antanzen und sich alles genau ansehen.«

»Verstanden.«

»Und lassen Sie einen Suchtrupp kommen. Irgendwo auf dieser Etage muss sich der Eingang zu dem Stützpunkt befinden, in dem sich Mr. High und ich befanden. Offenbar wurde er verschlossen. Je eher wir ihn finden und wieder öffnen, desto besser. Vielleicht finden wir dort noch nützliche Hinweise auf die Domäne.«

»Verstanden, Sir.« Der Kommandoführer zückte sein Funkgerät, um die Anweisungen an die Zentrale weiterzugeben, während ich die Kellerräume noch einmal in Augenschein nahm.

Offenbar hatte die Domäne die Villa unmittelbar nach unserer Flucht verlassen. Sie war darauf vorbereitet gewesen.

Fast hätte man glauben können, dass es zum Plan der Domäne gehört hatte, uns entkommen zu lassen. Das hätte auch erklärt, weshalb Mr. High und mir die Flucht so leicht gelungen war.

Was aber hatte die Domäne damit bezweckt? Welchen Vorteil versprach sie sich davon?

Die Antwort auf diese Frage ließ mich erschauern ...

*

Ich wartete in Johanssons Villa ab, bis die Kollegen von der Spurensicherung und der Suchtrupp eingetroffen waren. Vielleicht würden sie noch weitere Spuren finden, obgleich ich in dieser Hinsicht wenig Hoffnung hatte.

Die Domäne war berüchtigt dafür, nur verbrannte Erde zu hinterlassen, wenn sie sich zurückzog. Ich bezweifelte, dass wir *irgendetwas* finden würden, das uns Aufschluss über ihre Pläne gab.

Das Haus war verlassen, von Willard Johansson, dem Besitzer, fehlte jede Spur. Ein Anruf in der Zentrale genügte, um auch ihn zur Fahndung auszuschreiben. Es war durchaus möglich, dass der ehemalige Regierungsmitarbeiter von den krummen Geschäften seiner Tochter wusste, und es konnte auch sein, dass er ebenfalls ein Mitglied der Domäne war.

Während meine Kollegen vor Ort weiter nach Spuren suchten, fuhr ich zurück ins FBI-Hauptquartier. Unterwegs erreichte mich der Anruf von Bill Pherson und Nancy Morgan, die ihre Mission ebenfalls beendet hatten.

»Jerry«, teilte mir meine junge Kollegin mit, »wir sind in Mr. Highs Hotel gewesen, wie du es wolltest.«

»Und?«, fragte ich. »Seid ihr auf seinem Zimmer gewesen?«

»Ja, Jerry. Stell dir vor, dort war alles in Unordnung. Kleider lagen überall verstreut, einige Möbelstücke waren umgestürzt. So, als ob dort ein Kampf stattgefunden hätte.«

»Hm«, machte ich nur.

»Das scheint dich nicht sehr zu überraschen.«

»Eigentlich nicht. Wo seid ihr jetzt?«

»Noch immer am Hotel. Ehrlich gesagt haben wir den Eindruck, dass wir beschattet werden. Was sollen wir tun? Sollen wir versuchen, den Kerl zu schnappen?«

»Auf keinen Fall. Kommt zurück zum Hauptquartier. Wenn man euch folgt, tut ihr so, als würdet ihr es nicht merken.«

»Ist das dein Ernst?«, fragte Bill, der mitgehört hatte. »Wir sollen so tun, als ob wir so dämlich wären?«

»Mein voller Ernst«, versicherte ich. »Eine alte Kriegslist. Sorge dafür, dass dich dein Gegner unterschätzt, und du hast ein leichtes Spiel.«

»Das werd ich mir merken«, sagte Bill. »Wir sehen uns im Hauptquartier.«

»Bis später«, sagte ich und beendete das Gespräch.

Zwei Blocks später hatte ich das Edgar J. Hoover Building erreicht.

Seit Bekanntwerden der Suspendierung des FBI-Direktors hatte das Interesse der Medien an dem Fall merklich nachgelassen. Nun, da kein Skandal mehr in der Luft lag, hatten die meisten Blätter und Agenturen ihre Reporter abgezogen und auf andere Storys angesetzt. Uns konnte das nur recht sein.

Ich setzte den Blinker und fuhr den Dienstwagen in die Tiefgarage, nahm von dort den Lift zum Büro des Direktors. Mehrere hochrangige Beamte und Inspectors des FBI-Hauptquartiers waren bei Mr. High und diskutierten mit ihm gerade das weitere Vorgehen gegen die Domäne, als ich dazukam.

»Hallo Jerry«, grüßte mich Mr. High, der so unverhofft zum obersten Leiter unserer Behörde befördert worden war. »Was gibt es für Neuigkeiten?«

»Nicht viele, Sir«, antwortete ich. »Wir haben Willard Johanssons Villa gestürmt, dort aber keine Spuren gefunden. Der Domäne-Stützpunkt ist nicht mehr zugänglich.«

Mr. High hob seine schlohweißen Brauen. »Was soll das heißen, Jerry?«

»Die Domäne-Agenten haben sich zurückgezogen und den Zugang zum Stützpunkt versiegelt. Wir haben einen Suchtrupp vor

Ort, der ihn aufspüren und wieder öffnen wird, aber das wird eine Weile dauern. Und selbst wenn wir ihn gefunden haben, bedeutet das noch nicht, das wir dort wertvolle Hinweise finden werden. Die Domäne ist sehr geschickt darin, ihre Spuren zu verwischen.«

»Hm«, machte Mr. High und tauschte betroffene Blicke mit den anwesenden Beamten. »Ich fürchte, Gentlemen, das wirft uns in unseren Ermittlungen zurück. Wir haben die Fahndung nach Brooke Johansson und ihrem Vater an die Kollegen der City Police weitergegeben, aber ich bezweifle, dass sie zum Erfolg führen wird.«

»Allerdings nicht, Sir«, sagte ich und konnte mir dabei einen sarkastischen Unterton nicht verkneifen. »Vor allem nicht, weil das alles ein abgekartetes Spiel war.«

»Ein abgekartetes Spiel?« Einer der Inspektoren schaute mich aus großen Augen an. »Was meinen Sie damit, Agent Cotton?«

»Ich meine damit, dass das alles zum Plan der Domäne gehört hat«, erklärte ich. »Die Domäne war darauf vorbereitet, diesen Stützpunkt zu verlassen, und sie hat es unmittelbar nach unserer Flucht getan.«

»Was bringt Sie darauf, dass die Domäne es so geplant hat?«, wollte ein anderer Inspektor wissen.

»Ganz einfach, Gentlemen – weil uns unter anderen Umständen niemals so leicht die Flucht gelungen wäre. Glauben Sie mir, ich hatte schon mehrfach das zweifelhafte Vergnügen, Stützpunkte der Domäne kennen zu lernen. Gewöhnlich wimmelt es dort von Wachpersonal und schießwütigen Killern. Auch sind überall Überwachungsanlagen angebracht.«

»Aber wir wurden doch beschossen, Jerry«, wandte Mr. High ein. »Am Tor der Villa, wissen Sie nicht mehr?«

»Ja«, stimmte ich zu, »als die Flucht fast schon gelungen war. Nicht eine Kugel hat unseren Wagen getroffen, und ich frage mich, ob es überhaupt richtige Kugeln waren, mit denen man auf uns gefeuert hat.«

»Anspielungen, Andeutungen«, sagte der Inspektor und machte eine resignierende Handbewegung. »Wollen Sie uns nicht endlich sagen, worauf Sie hinauswollen, Agent Cotton?«

»Nur zu gern, Gentlemen. Ich will damit sagen, dass es zum Plan der Domäne gehörte, uns entkommen zu lassen. Man wollte, dass wir fliehen und zurück zum Hauptquartier fahren.«

»Schön und gut, Jerry«, wandte Mr. High ein, »aber welchen Grund sollte die Domäne haben, etwas so Unsinniges zu tun?«

»Das ist eine gute Frage, Sir.« Ich nickte, während ich langsam unter mein Jackett griff, meine SIG Sauer hervorzog – und sie mit einer entschlossenen Handbewegung auf meinen Chef und Mentor richtete!

Alle im Raum zuckten erschrocken zusammen, auch Mr. High.

»Es gibt nur eine Antwort auf diese Frage«, sagte ich zu Mr. High. »Weil Sie nicht der sind, der Sie sein sollten, sondern ein Doppelgänger der Domäne …«

*

»In diesen Minuten«, führte Brooke Johansson ihren Plan vor den Alphas weiter aus, »findet vermutlich im Hauptquartier des FBI eine Krisensitzung statt, bei der über das weitere Vorgehen der Domäne beraten wird. Dabei sind einige hochrangige Inspektoren des FBI-Präsidiums. Und natürlich unser Doppelagent, unter dessen Vorsitz die Besprechung abgehalten wird. Schon bald, Gentlemen, wird der FBI für uns keine Bedrohung mehr darstellen. Unser Agent wird dafür sorgen, dass der FBI seine Aufmerksamkeit auf andere Bedrohungen richtet, und die Domäne wird künftig freies Spiel haben.«

»Ein gewagter Plan«, quittierte Alpha 1 ihre Ausführungen. »Gewagt vor allem deshalb, weil er initiiert wurde, ohne das Plenum um Erlaubnis zu fragen.«

»Ich bedaure das sehr, Alpha 1«, versicherte der alte Johansson, »aber wir hatten keine andere Wahl. Wir mussten handeln, als sich Cotton in unserem Gewahrsam befand. Eine Gelegenheit wie diese, unseren Doppelgänger vorab einem derartigen Test zu unterziehen, hätten wir nicht wieder bekommen, also nutzten wir sie. Und als sich zeigte, dass Cotton den Betrug nicht durchschaute, ließen wir Projekt Final Victory anlaufen.«

»Ich muss zugeben, dass ich beeindruckt bin«, gestand nun auch Alpha 2. »Sie alle wissen, dass ich gegen risikoreiche Operationen bin, doch in diesem Fall scheint der in Aussicht stehende Gewinn das Risiko zu rechtfertigen. Wenn wir diesmal erfolgreich sind, werden wir Cotton und den FBI vernichtend schlagen.«

»So ist es, Alpha 2«, bestätigte Brooke, »und wenn wir ...«

Sie unterbrach sich, als sie plötzlich etwas hörte.

Eine Stimme in ihrem Ohr.

Der winzige, nach außen unsichtbare Empfänger, den sie bei sich trug und mit dem sie Verbindung zu Epsilon 265 hielt, begann plötzlich zu rauschen, und die aufgeregte Stimme des Domäne-Agenten war zu hören.

»Ich habe einen Vorfall zu melden, Beta 1 ... wissen nicht, ob es etwas zu bedeuten hat, aber ... ist in jedem Fall beunruhigend ... zwei Beamte von Cottons Dienststelle ... in dem Hotel gesichtet, in dem John D. High abgestiegen ist ... werden die Sache klären ... Epsilon 265 Ende.«

»Was ist?«, fragte Alpha 2 die junge Frau, deren Gesichtsausdruck sich plötzlich verändert hatte. »Ist alles in Ordnung mit Ihnen, Beta 1?«

»Ja, alles bestens«, versicherte Brooke – doch ein Gefühl tief in ihrem Inneren sagte ihr, dass es nicht so war.

*

»Was soll das, Jerry?«, fragte Mr. High entgeistert. »Haben Sie den Verstand verloren?«

»Es tut mir leid, Sir«, sagte ich. »Nehmen Sie die Hände hinter den Kopf und treten Sie zwei Schritte zurück.«

»Verdammt, Cotton!«, blaffte einer der Inspektoren mich an. »Sind Sie verrückt geworden?«

»Ich hoffe nicht, Sir«, antwortete ich. »Aber ich denke, dass dieser Mann hier nicht der echte John D. High ist, sondern ein Doppelgänger, der in unsere Reihen eingeschleust wurde. Man hat mich nur aus einem Grund entführt – um mich mit ihm zusammenzubringen. Man wollte testen, ob ich auf den Schwindel hereinfalle. Anschließend sollte ich derjenige sein, der den falschen Mr. High beim FBI einführt und ihm so einen guten Leumund verschafft.«

»Jerry«, ächzte Mr. High entsetzt. »Das – das ist doch nicht Ihr Ernst ...«

»Mein voller Ernst«, versicherte ich. »Ich weiß nicht, wer Sie sind – aber Sie sind nicht Mr. High, so viel steht fest.«

»Verdammt«, grollte Mr. High verärgert, »ich bin der oberste Leiter Ihrer Behörde, und als solcher befehle ich Ihnen …«

»Tut mir leid, Sir.« Ich schüttelte erneut den Kopf. »Keine Chance.«

Die Inspektoren und hochrangigen Beamten, die uns umstanden, tauschten ratlose bis entsetzte Blicke. Dann zückten auch sie ihre Dienstwaffen, doch sie schienen sich alles andere als einig darüber zu sein, auf wen sie ihre Pistolen richten sollten.

Ein Teil meiner Vorgesetzten zielte auf mich, ein anderer Teil tat es mir gleich und nahm Mr. High ins Visier.

»Cotton«, sagte der Inspektor, der schon zuvor zu mir gesprochen hatte – jetzt hatte er seine SIG Sauer auf mich gerichtet. »Nehmen wir mal an, Sie hätten Recht. Gehen wir davon aus, der Domäne wäre tatsächlich daran gelegen, einen Doppelgänger bei uns einzuschmuggeln. Wer sagt uns, dass nicht Sie dieser Doppelgänger sind?«

Der Gedanke des Inspektors war durchaus berechtigt, doch ich war darauf vorbereitet gewesen, dass jemand diese Frage stellte. Genauer gesagt, ich hatte darauf *gewartet* …

»Sehr einfach, Sir«, erwiderte ich. »Weil ich Ihnen zweifelsfrei beweisen werde, dass nicht ich, sondern dieser Mann dort ein Verräter ist. Ein Doppelgänger, der sich als John D. High ausgegeben hat …«

*

Brooke Johansson und ihr Vater waren weiter damit beschäftigt, den Alphas die Vorteile ihres Plans zu erläutern, als plötzlich das hektische Trillern eines Handys erklang.

Brooke Johansson wandte sich um.

Es war das Gerät ihres Vaters, das klingelte, und die junge Frau ahnte, dass dieses Klingeln Unheil bedeutete. Der Plan war gefährdet …

»Entschuldigen Sie mich, Gentlemen«, sagte der alte Johansson, griff nach dem Mobiltelefon und aktivierte es. »Ja?«

»Bin ich mit der Domäne verbunden?«, drang es unverwandt aus dem kleinen Gerät.

Willard Johanssons Stirn legte sich in Falten. »Wer spricht dort?«, fragte er leise.

»Hier spricht Jerry Cotton!«

*

Der Mann am anderen Ende der Verbindung sagte nichts mehr, aber er beendete das Gespräch auch nicht, und ich konnte seinen keuchenden, rasselnden Atem hören.

»Hören Sie«, sprach ich in das Handy, während ich meine Waffe weiter auf Mr. High gerichtet hielt. »Ich weiß nicht, wer Sie sind, aber ich weiß, für wen Sie arbeiten. Und ich möchte Ihnen etwas mitteilen. Nämlich dass Ihr Plan gescheitert ist!«

»Wa-was?«

»Sie haben richtig gehört«, versetzte ich zur Verblüffung meiner Vorgesetzten, die mich in weitem Rund umstanden. »Ihr Plan, einen Doppelgänger zum Direktor des FBI zu machen, ist gescheitert. Der Agent, den Sie als John D. High bei uns einschleusen wollten, wurde enttarnt und befindet sich in unserem Gewahrsam.«

»Ich ... ich weiß nicht, wovon Sie sprechen«, sagte die Stimme, die mir entfernt bekannt vorkam. Doch durch den Zerhacker wurde sie elektronisch verzerrt, so dass ich mich auch irren konnte.

»Doch«, widersprach ich, »Sie wissen ganz genau, wovon ich spreche. Die Frage ist jetzt also, wie wir dieses kleine Spiel fortsetzen. Wir haben den falschen Mr. High, Sie den echten.«

Wieder entstand eine Pause am anderen Ende, in der ich nur rasselndes Keuchen hörte. Dann dumpfe Worte, die gemurmelt wurden und die ich nicht verstehen konnte.

Dafür verstand ich die Stimme, die sich danach zu Wort meldete, umso besser. »Verdammt, wer spricht da?«, fragte sie, und ich erkannte sie sofort.

»Hallo, Brooke«, sagte ich. »Hier ist Jerry. Schätze, du hast nicht damit gerechnet, dass wir uns so bald wieder sprechen werden.«

»Cotton«, schnaubte sie. Der Hass, der in ihrer Stimme schwang, ließ mich erschauern.

»Es tut mir leid, Brooke«, log ich. »Euer kleines Täuschungsmanöver ist misslungen. Der Betrüger, den ihr uns unterjubeln wolltet, wurde enttarnt. Jetzt ist es an euch, den nächsten Schritt zu machen.«

»Was willst du?«

»Dämlich Frage – ich will den echten John D. High, lebend und unversehrt.«

»Was bringt dich darauf, dass wir ihn haben?«

»Komm schon, Brooke, versuch nicht, mich für dumm zu verkaufen. In seinem Hotelzimmer hat offenbar ein Kampf stattgefunden. Er wurde von euren Agenten entführt, doch ihr solltet ihn so schnell wie möglich wieder frei lassen.«

Brooke Johanssons Antwort bestand zunächst aus einem hämischen Lachen, dann rief sie wild: »Ganz ehrlich, Jerry – glaubst du wirklich, du könntest mich einschüchtern? Denkst du, nur weil ihr einen unserer Agenten enttarnt habt, habt ihr gewonnen?«

»Ich weiß nicht, was ihr sonst noch auf Lager habt«, erwiderte ich. »Aber diese Aktion sieht mir ganz nach einer Verzweiflungstat aus. Der Domäne geht wohl allmählich die Luft aus.«

»Täusche dich nicht, Jerry«, zischte sie. »Wie du schon sagtest – der echte John D. High befindet sich in unserer Gewalt. Und ich würde dir raten, keine zu große Lippe zu riskieren, weil es ihm sonst sehr schlecht ergehen wird.«

»Damit würdest du deinen eigenen Untergang besiegeln. Noch ist Zeit zu verhandeln, Brooke. Sag uns, wo ihr Mr. High versteckt haltet, und wir werden reden. Euer Spiel ist vorbei, Brooke, sieh es ein!«

»Es ist nicht vorbei«, kam die Antwort trotzig. »Und wenn ich bis zum letzten Atemzug gegen euch kämpfen muss, die Domäne wird sich nie geschlagen geben.«

»Wir werden Mr. High finden«, versprach ich. »Und wir werden ihn befreien!«

»Das bezweifle ich«, lautete die lapidare Antwort. Dann zeugte ein hohles Tuten davon, dass Brooke das Gespräch beendet hatte.

Ich ließ das Handy sinken, hielt meine SIG aber noch immer auf Mr. High gerichtet …

Jetzt, liebe Leser, fragen Sie sich sicherlich, woher ich jene Handynummer hatte, mit der ich zum inneren Zirkel der Domäne hatte Kontakt aufnehmen können. Und wahrscheinlich fragen Sie sich auch, warum ich mir so sicher sein konnte, den falschen Mr. High vor mir zu haben.

Oder war es gar nicht der falsche Mr. High, den ich mit der Waffe bedrohte? War es vielleicht doch der echte John D. High?

Wenn Sie sich als aufmerksamer Leser diese Fragen stellen, dann kommen Sie zwangsläufig auch zu der Frage, ob ich vielleicht ein falsches Spiel trieb. Und ob *ich* der echte Jerry Cotton war oder ein Doppelgänger der Domäne.

Nun, so viel darf ich Ihnen verraten, ich trieb tatsächlich ein falsches Spiel.

Und auf all Ihre anderen Fragen werden Sie Antwort erhalten, wenn Sie weiterlesen …

*

Sekundenlang war es völlig still in dem kreisrunden Raum, in dem die Alphas zusammengekommen waren.

Alpha 2 war der Erste, der das Schweigen brach. »Wer … wer war das?«, stammelte er unsicher. »Sie haben den Namen Cotton genannt …«

»Er war es«, bestätigte Brooke Johansson, die das Handy ihres Vaters noch immer in der Hand hielt.

»Er hat Sie angerufen? Auf einem geheimen Kanal der Domäne?«

»Nun«, versetzte Alpha 4 sarkastisch, »offenbar ist es kein Geheimkanal mehr, nicht wahr?«

Brooke Johansson wankte. Sie hatte Mühe, ihre Fassung zu wahren, während sie wieder zu sprechen begann. »Cotton hat angerufen«, begann sie leise, »um uns darüber zu informieren, dass Projekt Final Victory gescheitert ist. Der Doppelgänger wurde enttarnt.«

»Was?«

»Nein!«

»Eine Katastrophe!«

Die Alphas waren außer sich, schrien wild durcheinander. Vergeblich versuchte ihr Vorsitzender, sie zur Ruhe zu bringen. War vorher noch die Gier nach Macht und Einfluss die vorherrschende Empfindung gewesen, griff jetzt nackte Furcht um sich. Die Angst davor, entlarvt und für alle Untaten zur Rechenschaft gezogen zu werden.

Brooke und ihr Vater tauschten einen langen Blick.

Es war ein Blick, der unendliche Enttäuschung enthielt. Enttäuschung darüber, dass der Plan misslungen war. Aber auch unbändige Wut.

Wut auf diesen elenden Jerry Cotton, der nun schon zum wiederholten Mal ihre Pläne durchkreuzt hatte. Wut aber auch auf die Alphas, die nun völlig kopflos und in wilder Panik reagierten, wie es der Domäne unwürdig war.

Mit einem kaum merklichen Nicken verständigten sich Vater und Tochter. Auch für einen Fall wie diesen hatten sie vorgesorgt …

»Bitte«, versuchte Brooke noch einmal, sich vor den wild durcheinander redenden Oberhäuptern der Domäne Gehör zu verschaffen – doch damit zog sie sich den Zorn der Alphas nur noch mehr zu.

»Schweigen Sie!«, herrschte Alpha 1 sie an. »Ihren hochfliegenden Plänen und Ihrem eigenmächtigen Handeln haben wir diese Katastrophe zu verdanken!«

Und Alpha 2 schrie: »Wir hätten niemals auf Sie hören dürfen! Sie sind genauso verrückt wie Ihr Vater!«

»Mein Vater ist nicht verrückt!«, rief Brooke. »Im Gegensatz zu Ihnen ist er ein Mann mit Visionen!«

»Was für Visionen? Sich in die Todeszelle zu bringen?«, keifte Alpha 2. »Ich habe Millionen in diese Organisation investiert, habe dafür gesorgt, dass sie sich ein mächtiges Netzwerk aufbauen konnte, und nun haben Sie alles zunichte gemacht! Mit Ihrer Unfähigkeit und Ihrem Größenwahn haben Sie uns alle in Gefahr gebracht!«

»Sie sind Feiglinge!«, beschied Willard Johansson seinen Komplizen. »Allesamt!«

»Aus dem Mund eines größenwahnsinnigen Psychopathen kommt mir das fast wie ein Lob vor!«, konterte Alpha 4. »Seht sie euch an, meine Freunde! Diejenigen, die ohne unser Wissen und ohne unsere Zustimmung gehandelt und die Domäne damit in größte Gefahr gebracht haben. Versagen wurde in unserer Organisation stets mit dem Tod geahndet, und ich sage, setzen wir diese Tradition nun fort!«

»Ja«, pflichtete Alpha 2 ihm sofort zu. »Die beiden müssen sterben, sofort! Sie müssen bezahlen für ihr Versagen!«

»Sie kannten die Regeln und haben sie akzeptiert«, stimmte auch Alpha 1 zu. »Der Tod ist all jenen gewiss, die im Dienst der Domäne versagen und ...«

Weiter kam er nicht.

Denn mit vor Schreck geweiteten Augen sah er, wie aus den Lehnen von Willard Johanssons klobigem Rollstuhl grünlicher Nebel wölkte. Gleichzeitig zogen er und seine Tochter kleine Gegenstände aus ihren Taschen, die sie sich auf Mund und Nase pressten. Es waren kleine, handliche Atemmasken.

Als die Erkenntnis den anderen Alphas dämmerte, war es auch schon zu spät. Die Alphas wurden von Hustenkrämpfen geschüttelt, wanden sich in ihren Sesseln, während ihre Körper in wilden Krämpfen zuckten.

Johansson und seine Tochter wohnten dem grausigen Schauspiel unbewegt bei.

Zwei der Alphas kamen noch dazu, die Alarmknöpfe zu drücken, die in ihre Sessellehnen eingearbeitet waren. Die Schotts hinter den Sesseln glitten daraufhin beiseite, und vermummte Domäne-Killer stürmten hervor, Maschinenpistolen im Anschlag.

Doch die Leibwachen der Alphas waren ebenso wenig auf das Gas vorbereitet wie ihre Herren. Keuchend ließen sie ihre Waffen fallen, sanken nieder und wanden sich am Boden in schmerzvollen Krämpfen.

Die Alphas zuckten in einem bizarren Todeskampf.

Alpha 2 griff an seine Wollmaske und riss sie sich vom Gesicht im verzweifelten Bemühen, Luft zu bekommen. Brooke Johansson blickte in die Züge eines ältlich aussehenden Mannes mit grauem Haar, den man auf den ersten Blick für einen Versicherungsvertreter im Ruhestand gehalten hätte.

Niemand wäre wohl darauf gekommen, dass er einer der gefährlichsten Verbrechensorganisationen der Welt vorgestanden hatte.

Aus weit aufgerissenen Augen starrte er seine Henker an. Dann kippte er vornüber von seinem Sessel und blieb in grotesker Verrenkung auf dem Boden liegen.

Das Keuchen der Alphas und ihrer Beschützer verstummte.

Stille erfüllte den Raum.

Brooke Johansson und ihr Vater warteten genau drei Minuten, dann nahmen sie die kleinen, handlichen Atemmasken ab, die sie sich auf Mund und Nase gepresst gehalten hatten. Drei Minuten, so lange brauchte das Gas, um seine tödliche Wirkung zu verlieren.

»Was jetzt, Vater?«, erkundigte sich Brooke Johansson.

Der Mann, der einst auf den Codenamen Alpha 5 gehört hatte, antwortete nicht sofort. Ausdruckslos blickte er auf die Leichen, die kreuz und quer auf dem Boden lagen.

»Es ist vorbei«, sagte er leise.

»Ja«, stimmte seine Tochter zu, »und es wird auch für uns vorbei sein, wenn wir nicht rasch verschwinden. Noch ist Zeit, Vater. Wir können die Maschine nehmen und uns ins Ausland absetzen. Wir haben dort Freunde, die uns Unterschlupf gewähren werden.«

»Hm«, machte der Alpha, und ein freudloses Lächeln glitt über sein Gesicht. »Du hast Recht, meine Tochter. Flieh, solange noch Zeit dazu ist. Ich hingegen werde bleiben.«

»Bleiben? Um was zu tun? Zu sterben?«

»Ich habe ohnehin nicht mehr lange zu leben. Mein Körper befindet sich im Stadium eines zunehmenden Verfalls. Die Ärzte geben mir nur noch Wochen.«

»Und die willst du im Gefängnis verbringen?«

Willard Johansson lachte leise und schüttelte den Kopf. »Dazu wird es nicht kommen. Ich werde vorher sterben – und ich werde den Mann mit in den Tod nehmen, der all dies zu verantworten hat. Der alles zerstört hat, was wir uns aufgebaut haben.«

»Jerry Cotton«, zischte Brooke hasserfüllt.

»Jerry Cotton«, bestätigte ihr Vater. »Ich weiß, wo er nach mir suchen wird, und dort werde ich ihn erwarten …«

*

Ich wusste nicht, was mein Anruf bewirkt hatte, aber ich war sicher, dass ich damit in ein Wespennest gestochen hatte.

Wenn der Plan, Mr. High durch einen Doppelgänger zu ersetzen, tatsächlich eine so zentrale Rolle in der Strategie der Domäne gespielt hatte, wie wir vermuteten, dann musste sein Scheitern für die Organisation eine Katastrophe sein.

Diesen Umstand mussten wir für uns nutzen.

Unsere Ermittlungen konzentrierten sich jetzt auf Brooke Johansson und ihren Vater.

Nicht nur Brooke, auch Willard Johansson schien eine zentrale Position innerhalb der Domäne zu besetzen. Je mehr wir über ihn in Erfahrung brachten, desto besser. Und vielleicht gelang es uns auch, einen Hinweis auf ihren Verbleib zu erhalten.

Die Computer in der Fahndungsabteilung des FBI-Hauptquartiers liefen heiß, während wir die Archive nach Hinweisen durchkämmten. Anfangs fischten wir noch im Trüben. Doch je mehr wir über die Johanssons zutage beförderten, desto klarer sahen wir.

»Dieser Johansson hat eine ziemlich bewegte Zeit hinter sich«, berichtete Bill Pherson, der vor einem der Computerterminals saß. »Laut einem Datensatz, den die CIA uns hat zukommen lassen, war er kurz nach Kriegsende für den Geheimdienst tätig. Arbeitete wohl an einigen streng geheimen Regierungsprojekten.«

Ich horchte auf. »An Geheimprojekten, sagst du?«

»Ja, wieso? Irgendwelche Ideen, Jerry?«

»Nein, nicht.« Ich schüttelte den Kopf. »Nur eine ziemlich unangenehme Erinnerung.«

»Bis in die 70er-Jahre hinein arbeitete er an verschiedenen Projekten mit, die alle als topsecret eingestuft sind«, berichtete Nancy Morgan weiter. »Ich sage euch, Leute, dieser Typ hat es faustdick hinter den Ohren. Er hatte tiefe Einblicke in die Arbeit des Geheimdienstes und des Verteidigungsministeriums. Offenbar hat er dieses Wissen später genutzt.«

»Gibt es ein Bild von dem Knaben?«, fragte ich.

»Nein.« Bill schüttelte den Kopf. »Ich habe mich auch schon darüber gewundert. Es gibt ein paar Aufnahmen, die ihn als jungen Mann zeigen, aber kein einziges Bild, das jünger als vierzig Jahre wäre. Seltsam, nicht?«

»Allerdings.« Ich nickte. »Habt ihr noch etwas über diese rätselhafte Krankheit herausfinden können, unter der er leidet?«

»Ja«, bestätigte Nancy. »Offenbar ist sie die Folge eines Unfalls, der sich irgendwann in den 60er-Jahren ereignet hat.«

»Ein Unfall, der zu einer dauerhaften Krankheit führte?«, fragte ich verblüfft.

»Näheres steht hier auch nicht, aber seither ist Johansson an den Rollstuhl gefesselt und ...«

»Moment mal!«, fiel ich meiner Kollegin ins Wort. »Was hast du gerade gesagt?«

»Ich sagte, dass Johansson seit seinem Unfall an den Rollstuhl gefesselt ist«, wiederholte Nancy.

Ich starrte meine Kollegin an.

Diese eine Information hatte ich noch gebraucht, um endlich durchzublicken. Eine wahre Kettenreaktion wurde in meinem Kopf in Gang gesetzt, und endlich verstand ich, wie alles zusammenhing. Warum, in aller Welt, war ich nicht früher darauf gekommen?

»Bill«, wies ich meinen Kollegen an, »sieh nach, ob eines der Forschungsprojekte, für die Johansson gearbeitet hat, ein Projekt namens ›Brooklyn‹ war.«

»Da stimmt«, bestätigte Bill verblüfft. »Woher weißt du ...?«

»Weil ich den Mistkerl kenne«, knurrte ich, während ich innerlich triumphierte. *Deshalb* war mir die Stimme am Telefon so bekannt vorgekommen. »Ich bin Johansson bereits begegnet. Als Phil und ich den Superterroristen Jon Bent jagten. Bent war ein Produkt des Projekts Brooklyn, er wurde gezüchtet. Er sollte einen neuen Menschentyp darstellen, eine Art Supermensch oder Übermensch. Was dabei herauskam, war ein geisteskrankes Genie. Johansson war für das Projekt Brooklyn verantwortlich, das im Grunde die rassistischen Forschungen der Nazis fortsetzte. Es war ein Geheimprojekt des amerikanischen Geheimdienstes während des Kalten Krieges und wurde dann eingestellt. Aber Johansson hat einfach weitergemacht. Damals ist er uns entkommen, wenn auch nur knapp. Er hat selbst zugegeben, dass er hinter der Domäne steht. Er ist einer der Alphas, ganz sicher!«

»Himmel«, murmelte Bill. »Wenn du Recht hast, Jerry ...«

»Ich *habe* Recht«, sagte ich. »Wir sind kurz davor, die Domäne vernichtend zu schlagen. Alles, was wir brauchen, ist Johansson. Findet heraus, ob er irgendwo in der Stadt oder in der Nähe weitere

Immobilien besitzt. Eine weitere Villa vielleicht, Mietshäuser, eine Ferienwohnung in der Umgebung von Washington oder ...«

»Es gibt ein Landhaus«, sagte Nancy.

»Was?«

»Ein Stück außerhalb der Stadt, in der Nähe von Pimmit Hills, gibt es ein Landhaus, das Willard Johnson gehört.

»Dann schlage ich vor, dass wir uns dieses Landhaus näher ansehen«, sagte ich entschlossen.

Das Jagdfieber hatte von mir Besitz ergriffen ...

*

Der Landsitz, von dem Nancy gesprochen hatte, befand sich eine halbe Fahrstunde westlich von Washington, in einer ländlich geprägten Gegend im angrenzenden Bundesstaat Virginia.

Mit einem Dienstwagen der FBI-Fahrbereitschaft waren Bill, Nancy und ich sofort aufgebrochen, ein Einsatztrupp war bereits angefordert. Andere Kollegen waren in der Zwischenzeit dabei, weitere Lokalitäten zu überprüfen, die man mit den Johanssons in Verbindung brachte.

Schon von weitem konnten wir das Landhaus sehen, das auf einer von Birken gesäumten Anhöhe stand.

Inzwischen war es bereits Morgen, und der neue Tag kündigte sich als fahler Lichtstreif am Horizont an.

Der Anblick machte mir Hoffnung. Noch hatten wir den Kampf gegen die Domäne nicht gewonnen. Aber erstmals hatten wir eine reelle Chance dazu ...

Am Fuß des Hügels brachte Bill den Wagen zum Stehen. Wir stiegen aus, eilten im Laufschritt die Schotterstraße hinauf, die zum Haus führte.

Es war ein im Kolonialstil erbautes Landhaus mit weiß gestrichener Holzverschalung und hohen Fenstern, deren Läden geschlossen waren. Kein Licht drang durch die Lamellen, das Haus sah verlassen aus.

Wir ließen trotzdem Vorsicht walten.

In sicherer Entfernung suchten wir hinter einer Ansammlung von Büschen Deckung und spähten vorsichtig zum Haus.

»Was sollen wir tun?«, fragte Bill. »Den Laden hochnehmen?«

»Ich habe kein gutes Gefühl dabei«, sagte Nancy. »Nach allem, was ich über die Domäne gehört habe, riecht das geradezu nach einer Falle. Wir sollten warten, bis die Verstärkung eintrifft.«

Ihr Partner schüttelte den Kopf. »Schon vergessen, dass es um Mr. Highs Leben geht? Wir sollten nicht warten, sondern sofort eingreifen.«

»Nancy hat Recht, Bill«, widersprach ich. »Es könnte tatsächlich eine Falle sein.«

»Na und? Es geht um Mr. Highs Leben, oder nicht?«

»Trotzdem«, erwiderte ich. »Er würde nicht wollen, dass ihr seinetwegen euer Leben riskiert.«

»Was heißt das?«, fragte mich Bill mit scharfer Stimme. »Willst du hier im Gebüsch sitzen und warten, bis die Verstärkung eintrifft?«

»Nein. Ich werde reingehen, und zwar allein, während ihr beide hier bleibt und auf die Kavallerie wartet.«

»Was?« Bill schnappte nach Luft. »Das kommt nicht in Frage, wir ...«

»Das war keine Bitte, Agent Pherson«, sagte ich streng, und mein Kollege verstummte. Als Leiter der Ermittlungen hatte ich die Befehlsgewalt.

»Ja, *Sir*«, sagte er grimmig.

Ich nickte und zückte meine SIG, überprüfte sie mit wenigen Handgriffen. Dann huschte ich davon, schlich auf das Landhaus zu.

Nebel war vom nahen Fluss heraufgezogen und umlagerte das Haus, ließ es ziemlich unheimlich aussehen.

Einer Ahnung folgend, nahm ich den Hintereingang des Gebäudes.

Er war nicht abgeschlossen ...

*

Phil Decker konnte vor Müdigkeit kaum die Augen offen halten.

Mit einem Dienstwagen des FBI, den er sich kurzerhand zum Krankenhaus bestellt hatte, war der G-man von New York nach Washington gefahren – eine Strecke von rund zweihundert Meilen, die er in knapp vier Stunden hinter sich gebracht hatte.

Sein direkter Weg hatte ihn zur Anapolis Street geführt, wo man sich über sein Auftauchen zwar gewundert, ihn jedoch in aller Eile über die neueste Entwicklung des Falles informiert hatte.

Phil hatte nicht schlecht gestaunt.

Ein Doppelgänger als FBI-Direktor, Mr. Highs Entführung, der Fall Willard Johansson, die Domäne mit dem Rücken zur Wand – das alles war zu viel, um es auf einmal zu verarbeiten.

Noch immer spürte Phil, dass er nicht ganz auf dem Damm war, aber das hielt ihn nicht davon ab, seinem Partner zur Hilfe zu eilen.

Man hatte ihm gesagt, dass Jerry mit Nancy Morgan und Bill Pherson raus nach Pimmit Hills gefahren war, um einen verdächtigen Landsitz zu überprüfen. Dorthin fuhr der G-man aus New York, kaum dass er in der Hauptstadt eingetroffen war.

Die Sorge um seinen Partner hielt ihn wach ...

*

Auf der anderen Seite der Tür erwartete mich graues Halbdunkel.

Vorsichtig, die SIG Sauer schussbereit im Anschlag, durchquerte ich die geräumige Küche und gelangte von dort in einen schmalen, langen Korridor.

Es gab zwei Türen.

Eine am Ende des Korridors, eine zweite an der rechten Seite. Links führte eine Treppe in steilen Stufen hinauf in den ersten Stock.

Die Lippen vor Spannung zusammengepresst, ging ich weiter. Leise knarzten die Planken des Parketts unter meinen Füßen, und ich bewegte mich noch langsamer.

Ich beschloss, mein Glück bei der Tür zu versuchen, die am nächsten lag. Wie ich feststellte, lag hinter der Tür das geräumige Esszimmer des Hauses, das klassisch eingerichtet war und dessen Wände mit Holz getäfelt waren.

Die Mitte des Raumes nahm ein langer Tisch aus Eichenholz ein, der von vielen Stühlen umstellt war.

Am Ende des Tisches saß eine graue, hagere Gestalt, die mit dem Halbdunkel des Raumes fast verschmolz. Ich nahm sie erst wahr, als sie mich ansprach.

»Guten Morgen, Mr. Cotton. Sie haben mich also gefunden.«

Ich zuckte zusammen, als ich die Stimme vernahm.

Kein Zweifel – sie gehörte dem Mann, mit dem ich vorhin kurz telefoniert hatte. Dem Mann, der der »Vater« meines Erzfeindes Jon Bent gewesen war. Der deutsche Akzent war unüberhörbar.

»Willard Johansson«, sagte ich leise.

Ein mechanisches Summen war zu hören, als Johansson seinen Rollstuhl vom Tisch zurückfuhr, und als dann das spärliche Licht, das durch die Fensterläden drang, auf ihn fiel, konnte ich sehen, dass er eine Maske trug.

»Sie erinnern sich also«, sagte er selbstgefällig.

»Sie haben sich verändert«, erwiderte ich in Anspielung auf die hagere Gestalt des Vermummten – das letzte Mal, als wir uns begegnet waren, waren seine Körpermaße um einiges fülliger gewesen.

»Die Krankheit zehrt an mir«, gab Johansson zurück. »Die Krankheit, die ich mir zugezogen habe, als ich für Ihre Regierung tätig war, Agent Cotton. Für Ihr Land.«

Ich erinnerte mich, dass der Mann im Rollstuhl einst Wissenschaftler gewesen war. Ein Deutscher, der als blutjunger Kerl während des Krieges noch unter den Nazis gearbeitet und menschenverachtende Experimente durchgeführt hatte, die zum Ziel gehabt hatten, den perfekten Menschen zu erschaffen, einen Supersoldaten, der an allen Fronten hatte siegen sollen.

Beschämenderweise hatte der CIA ihn nach dem Krieg angeworben, und Johansson hatte an einem streng geheimen Projekt namens »Brooklyn« gearbeitet, das die Erschaffung eines »perfekten« Menschen zum Ziel gehabt hatte. Das verwerfliche Experiment war gestoppt worden, was Johansson jedoch nicht davon abgehalten hatte, eine Generation von gezüchteten Kindern hervorzubringen. Unter ihnen war der spätere Hightech-Terrorist Jon Bent gewesen, der sich zeitweise mit der Domäne verbündet hatte.

Der vermummte Mann im Rollstuhl und ich starrten uns an, während ich meine Waffe auf ihn richtete.

»Sie sind verhaftet«, sagte ich mit klirrender Stimme.

»Wissen Sie noch, Agent Cotton?«, fragte Johansson, meine Worte überhörend. »Erinnern Sie sich noch, dass Sie mich fragten, ob ich das Oberhaupt der Domäne wäre?«

»Ich erinnere mich.«

»Jetzt bin ich es«, erklärte der Mann mit der Maske.

»Was soll das heißen?«

»Meine Mitverschwörer haben es vorgezogen, aus der Organisation auszuscheiden – vorzeitig gewissermaßen. Und das ist allein Ihre Schuld, Cotton. Sie haben alles zerstört, woran wir all die Jahre gearbeitet haben.«

»Mir kommen gleich die Tränen. Wovon genau sprechen Sie eigentlich? Von den Entführungen? Den Morden? Den Erpressungen und Verleumdungen?«

»Ich erwarte nicht, dass Ihr beschränkter Horizont ausreicht, um die Genialität unseres Planes auch nur ansatzweise zu erfassen. Die Domäne wird siegen, Cotton, ob es Ihnen gefällt oder nicht.«

»Vergessen Sie's«, entgegnete ich hart. »Die Zeit der Domäne ist abgelaufen, ebenso wie Ihre. Wer, verdammt nochmal, sind Sie wirklich?«

»Wer ich bin?« Johansson lachte. Dann, plötzlich und für mich völlig unerwartet, riss er sich die Maske vom Kopf.

Darunter kam das eingefallene und von Falten zerfurchte Gesicht eines alten Mannes zum Vorschein. Sein Schädel war kahl und fast haarlos, seine Erscheinung von Krankheit gezeichnet. In seinen Augen funkelte kalter Hass, und es machte auf mich den Anschein. als wäre dieser Hass das Einzige, was diesen alten Körper noch am Leben hielt.

»Ich werde Ihnen sagen, wer ich bin, Cotton«, zischte er. »Mein Name ist Wilhelm Johan. Ich wurde im Jahr 1921 geboren, einem Jahr der Krise und des Niedergangs. Ich hatte eine elende Kindheit, erst in meiner Jugend lernte ich Wohlstand und wahre Ideale kennen.«

»Wahre Ideale.« Ich lachte freudlos auf. »Sie sprechen von einer Schreckensherrschaft, die die ganze Welt in einen blutigen Krieg gerissen hat.«

»Der Krieg gab mir Gelegenheit, mein Talent unter Beweis zu stellen«, fuhr Johansson fort. »Ich wurde an die Akademie der Wissenschaften berufen und diente dort unter Professor Lauber, einer anerkannten Kapazität auf dem Gebiet der beschleunigten Evolution. Es dauerte nicht lange, und ich wurde sein bester Schüler.«

»Ich weiß. Ihr Ziel war die Erschaffung eines perfekten Soldaten für Führer und Vaterland.«

»Das ist richtig. Doch noch ehe meine Forschungen in die Praxis umgesetzt werden konnten, war der Krieg zu Ende, und ich wurde von Ihrem Geheimdienst in die USA geholt. Man gab mir einen neuen Namen und eine neue Identität, und ich arbeitete am Projekt Brooklyn, wie Sie wissen.«

»Ja, ich weiß«, knurrte ich.

»Wir waren erfolgreich in dem, was wir taten. Wir entwickelten neue Strategien, entwarfen chemische und biologische Kampfstoffe. Was Sie vor sich sehen, Cotton, ist das Ergebnis eines Unfalls, den ich in jener Zeit erlitt. Eine Chemikalie wurde freigesetzt, die mein Immunsystem schwer schädigte. Mein Körper verfiel, bald war ich sogar auf einen Rollstuhl angewiesen. Ich versuchte, Schadenersatz einzufordern, doch es fühlte sich niemand zuständig, denn offiziell hat es jenes Forschungsprojekt nie gegeben. Also begann ich, für mich selbst zu arbeiten. Offiziell blieb ich für die Regierung tätig, während ich mir private Investoren suchte – Männer, die von diesem Staat ebenso angewidert waren wie ich und die alles daransetzten, ihn eines Tages zu stürzen.«

»Allmachtsfantasien«, erwiderte ich. »Jeder Größenwahnsinnige hat sie.«

»Vielleicht«, räumte Johansson ein, »aber unser Traum war viel realer. Dies war die Geburtsstunde der Domäne. Fünf Männer, die sich zusammenschlossen, um diesen Staat und die gesamte westliche Welt zu übernehmen. Das und nichts anderes war unser Ziel. Wir gründeten eine Organisation, die ihresgleichen suchte. Ausgestattet mit enormen finanziellen Ressourcen war es uns möglich, überall in den Staaten Stützpunkte zu errichten und ein flächendeckendes Kommunikationsnetz aufzubauen. Die Ausrüstung einer eigenen Armee, die Unterwanderung von Behörden und Wirtschaft – all das war Teil des Plans, den wir in langen Jahren entwickelten …«

»… und der gerade geplatzt ist wie eine Seifenblase«, fiel ich ihm ins Wort.

So also war die Domäne entstanden. Sie war hervorgegangen aus einem Zusammenschluss von verbitterten Männern, deren krankhafter Hass und Machthunger sie dazu bewogen hatten, die Zerstörung nicht nur unserer Nation, sondern der gesamten freien Welt zu betreiben. Einziges Ziel der Alphas war es gewesen, absolute Macht zu gewinnen, nur darum hatte sich alles gedreht.

Ich starrte in die Züge des alten Willard Johansson, konnte weder Wut noch Zorn dabei verspüren.

Als mir die Domäne nach so langer Zeit endlich ihr Gesicht zeigte, war Verachtung alles, was ich empfand. Verachtung für einen Mann, der seine Seele verkauft hatte, um Macht und Einfluss zu gewinnen.

Doch damit war es nun vorbei. Die Domäne war am Ende.

Indem ich Willard Johansson verhaftete, würde ich den letzten der Alphas aus dem Verkehr ziehen. Dies würde das Ende der Organisation sein, die uns so lange genarrt hatte und der so viele Menschen zum Opfer gefallen waren.

Gerade wollte ich mich Johansson nähern, als ich plötzlich Schritte hörte.

Ich blickte auf – und starrte in die Mündung einer Maschinenpistole, mit der mich eine schlanke, schwarz gekleidete Gestalt bedrohte, die hinter Johansson aus dem Halbdunkel aufgetaucht war.

Es war Brooke, und sie trug keine Maske.

Dafür hatte sie eine HK5 bei sich, die sie schussbereit auf mich gerichtet hielt …

*

»Verzeih, Vater«, sagte Brooke Johansson leise, »aber ich werde dich nicht im Stich lassen.«

Der alte Johansson zuckte zusammen. »Beta 1«, zischte er entsetzt. »Ich hatte dir befohlen zu gehen!«

»Tut mir leid, Vater. Ich kann erst gehen, wenn ich weiß, dass Cotton bekommen hat, was er verdient.«

»Er ist es nicht wert«, zischte Johansson. »Geh, Tochter, ich werde das übernehmen!«

»Nein, Vater. Ich will es selbst tun. Ich will selbst den Stecher durchziehen und sehen, wie dieser Bastard stirbt.«

»Schlag dir das aus dem Kopf, Brooke«, sagte ich, während ich meine Waffe weiterhin auf ihren Vater gerichtet hielt. »Ich werde noch dazu kommen, mindestens eine Kugel abzufeuern, bevor ich sterbe.«

»Und wenn schon«, gab sie zurück. »Mein Vater stirbt so oder so. Aber du hast es verdient zu sterben, die elender Bastard. Du hast alles zerstört.«

Hass loderte in ihren Augen. Der gleiche grundlose, wahnsinnige Hass, den ich auch in den Augen ihres Vaters sah und den ich in denen von Jon Bent gesehen hatte. Hass, der keinen Zweifel daran ließ, dass Brooke abdrücken würde.

In aller Eile wog ich meine Chancen ab.

Ich musste Zeit gewinnen. Wenigstens so lange, bis die Verstärkung eintraf …

Langsam ließ ich meine Waffe sinken, als ich erneut Schritte vernahm – diesmal hinter mir.

»Nicht so eilig«, sagte eine vertraute Stimme, und mein Herz machte vor Freude einen Sprung.

Denn es war die Stimme meines Freundes und Partners Phil Decker!

*

»Wenn es recht ist, würde ich auch gern mitmischen«, sagte Phil und trat neben mich, die SIG Sauer beidhändig im Anschlag.

Ich hatte keine Ahnung, wie mein Freund hierher kam, ich war nur heilfroh, dass er jetzt hier war. Jetzt war die Situation wieder ausgeglichen.

»Siehst du, Jerry«, raunte Phil mir zu, »ich wusste doch, dass du mich brauchen würdest.«

Unsere Waffen im Anschlag, standen wir einander gegenüber und taxierten uns, die Finger an den Abzügen unserer Waffen. Die Luft zwischen uns schien vor Spannung und Energie explodieren zu wollen.

»Gib auf, Brooke«, sagte ich beschwörend, »noch ist Zeit dazu.«
»Niemals, Jerry.« Sie schüttelte energisch den Kopf. »Die Domäne wird siegen!«

Dann fiel der erste Schuss.

Es war weder Phil, noch war es Brooke noch ich, der den ersten Schuss abgab – es war der alte Johansson.

Im Bruchteil eines Augenblicks öffnete sich eine der Lehnen seines Rollstuhls, und der kurze Lauf einer automatischen Waffe stach daraus hervor – die einen Herzschlag später Feuer spuckte!

Darauf ging alles blitzschnell.

In einem Reflex warfen Phil und ich uns zu Boden, landeten bäuchlings auf dem Parkett, während auch Brooke ihre MPi loshämmern ließ.

Haarscharf zuckten die Projektile aus Brooks MPi und der Rollstuhllehne ihres Vaters über uns hinweg und nagelten geräuschvoll in die Wand, während die SIGs in unseren Händen zuckten und ihrerseits Blei verschickten.

Es klatschte hässlich, als sich zwei unserer Projektile in Willard Johannsons Brust bohrten und sie durchschlugen.

Der letzte Alpha zuckte, das hasserfüllte Lodern in seinen Augen erlosch. Dann sank er leblos in sich zusammen.

»Neeein!«, hörte ich Brooke brüllen. »Ihr verdammten Hunde! Ihr elenden Bastarde!«

Die Maschinenpistole in ihren Händen spuckte Feuer, quer über den Boden fraß sich die Garbe auf uns zu. Phil und ich hatten keine Chance zur Gegenwehr, konnten uns nur zur Seite wälzen, um dem zornigen Blei zu entgehen.

Haarscharf pflügte es an uns vorbei, Holzsplitter regneten auf uns herab.

Dann war es vorbei.

Wir blickten auf, um zu sehen, dass Brooke Johansson verschwunden war.

»Hinterher!«, brüllte Phil.

Wir rafften uns beide auf und setzten der jungen Frau nach. Wenn es stimmte, was Willard Johansson gesagt hatte – dass er der letzte Alpha gewesen war –, dann war sie als seine Tochter und Erbin die letzte Hoffnung der Domäne.

Sie durfte uns nicht entkommen …

*

Im Laufschritt setzten wir durch das im Dämmerlicht liegende Haus, ohne dabei auf einen Wächter zu treffen und auf Gegenwehr zu stoßen. Wir durchquerten die Eingangshalle. Die Tür nach draußen stand halb offen, also hatte Brooke diesen Weg genommen.

In diesem Moment hörten wir Schüsse.

»Verdammter Mist!«, stieß Phil hervor.

Phil war bestimmt noch nicht wieder auf der Höhe, aber er gab alles, holte die letzten Kraftreserven aus seinem Körper.

Wir erreichten die Haustür und stürzten nach draußen, sahen, wie Bill Pherson und Nancy Morgan den Hang heraufkamen und mit ihren Dienstwaffen Feuer gaben.

Oben am Haus heulte der Motor eines Wagens auf, und einer jener schwarzen, ungekennzeichneten Vans, mit denen wir es bei unseren Ermittlungen gegen die Domäne so oft zu tun gehabt hatten, schoss aus der Garage des Anwesens und fuhr mit mörderischem Tempo die Schotterstraße hinab.

»Verdammt!«, brüllte Phil. »Da fährt sie!«

Wir standen auf der Veranda und rissen unsere SIGs in den Anschlag, wollten schießen, um Brooke aufzuhalten – als mein Partner einen grellen Warnruf ausstieß.

»Nicht schießen – sie hat eine Geisel bei sich!«

Im nächsten Moment schoss der Van an uns vorbei.

Brooke hatte das Fenster heruntergekurbelt und lachte wie von Sinnen. Neben ihr auf dem Beifahrersitz kauerte John D. High, gefesselt und geknebelt.

»Verdammt, Jerry! Sie hat Mr. High in ihrer Gewalt!«

»Hinterher, Partner!«, rief ich – und wir rannten beide zur Garage, wo noch ein weiterer Van parkte. Die Tür war offen, der Schlüssel steckte. Ich warf mich auf den Fahrersitz und ließ den Motor an.

Im nächsten Moment schoss der Lieferwagen aus der Garage, Brooke hinterher.

»Mensch, Jerry!«, stieß Phil hervor, während wir in dem Gefährt kräftig durchgeschüttelt wurden. »Ich hätte nie gedacht, dass wir beide mal in so einem Scheißding fahren würden!«

Mein Partner hatte Recht.

So oft hatten wir uns mit den Einsatzwagen der Domäne wilde

Verfolgungsjagden geliefert. Nun selbst am Steuer eines dieser verhassten Gefährte zu sitzen entbehrte nicht einer gewissen Ironie.

Mit atemberaubendem Tempo schossen wir die Zufahrt hinab. Bill und Nancy hatten auf Phils Warnung reagiert und das Feuer eingestellt, waren zurück zu ihrem Wagen gelaufen. Ihr Buick schoss knapp hinter uns auf die Schotterstraße, und gemeinsam nahmen wir die Verfolgung von Brooke Johansson auf, der letzten Anführerin der Domäne ...

*

Die Gedanken jagten sich in Brooke Johanssons Kopf.

Für Schmerz und Trauer war kein Platz, nur für Enttäuschung. Für maßlose, abgrundtiefe Enttäuschung – und für den zerstörerischen Drang nach Rache.

»Sie sind tot«, murmelte sie vor sich hin, während sie den Lieferwagen mit Vollgas durch den Nebel steuerte, der über der Landstraße lag. »Mein Vater, auch die anderen Alphas – alle sind tot. Alles wurde zerstört, und es ist allein Jerry Cottons Schuld. Er wird dafür bezahlen. Ich schwöre, er wird dafür bezahlen ...«

Sie bedachte den Mann mit dem schlohweißen Haar, der gefesselt und geknebelt neben ihr auf dem Beifahrersitz saß, mit vor Hass lodernden Blicken.

John D. High, der Chef des mächtigen FBI, befand sich in ihrer Gewalt. Es war ihr letzter Trumpf, und sie gedachte ihn gnadenlos auszuspielen.

»Cotton hat meinen Vater getötet. Du bist so etwas wie ein Vater für ihn, also werde ich dich töten.« Sie lachte böse, versuchte, sich vorzustellen, wie der Tod seines Chefs und Mentors auf Jerry Cotton wirken würde. »Er hat alles zerstört, was mir etwas bedeutet hat. Nun werde ich ihn zerstören, indem ich dich töte!«

Die Augen ihres Gefangenen weiteten sich, und er schüttelte den Kopf, verzweifelte Laute drangen aus seiner Kehle, doch sie wurden von dem Knebel gestoppt.

»Was sagst du? Ich kann dich nicht hören, du elender Bastard. Was immer du mir zu sagen hast, spar es dir für das Jenseits auf. Denn dort wirst du landen, du verdammter ...«

Es ging schnell.

Mit Entsetzen registrierte Brooke Johansson die beiden Lastwagen, die die Straße heraufkamen – plumpe, gepanzerte Einsatzfahrzeuge des FBI, die sich auf dem Weg zum Landhaus befanden.

Die Scheinwerfer der Panzerfahrzeuge blendeten auf, und die Fahrer scherten aus, versperrten dem Van die Straße.

»Verdammter Mist!«

Brooke Johansson reagierte in einem Reflex und riss am Steuer. Der Van brach zur Seite aus und kam von der schmalen Straße ab, die sich durch die hügelige Landschaft wand, raste die Uferböschung zum Fluss hinunter, an dem entlang die Straße verlief.

Die junge Frau, die ihr Leben in den Dienst der Domäne gestellt hatte, verfiel in entsetztes Geschrei.

Hilflos riss sie am Lenkrad und trat auf die Bremse, doch das Fahrzeug gehorchte ihr nicht mehr. Der Van geriet ins Schleudern und stürzte um, überschlug sich mehrmals, während er dem Fluss entgegenrollte – und schließlich im seichten Uferwasser liegen blieb.

Brooke Johansson, die sich den Kopf gestoßen hatte und aus einer Wunde an der Stirn blutete, hörte das Heulen der Polizeisirenen und wusste, dass es vorbei war.

Alles.

Die Domäne war geschlagen, ihr großer Traum von grenzenloser Macht war zerplatzt.

Dennoch – von ihrem Plan, John D. High mit sich in den Tod zu nehmen, wollte Brooke Johansson nicht ablassen.

Mit bösem Grinsen griff sie in die Tasche ihrer Jacke und beförderte einen kleinen Gegenstand zu Tage, den sie einen Augenblick lang betrachtete.

Dann zog sie den Sicherungsstift der Handgranate und wartete …

*

»Verdammt, Jerry! Sieh dir das an! Der Wagen hat sich überschlagen!«

Ich stoppte unseren Van am Straßenrand und sprang hinaus.

Das Fahrzeug, mit dem Brooke Johansson geflohen war, war von der Straße abgekommen und die Uferböschung hinabgerollt, lag jetzt seitlich im Fluss. Per Handy hatte ich unserer nahenden Verstärkung befohlen, Brooke den Weg abzuschneiden, doch dass es so gekommen war, hatte ich nicht gewollt.

Wir rannten die Böschung hinab, gefolgt von Bill und Nancy, die knapp nach uns eintrafen. Auch die beiden gepanzerten Einsatzfahrzeuge hatten angehalten, und die Beamten sprangen heraus.

Wir waren noch nicht weit gekommen, als es passierte – ein greller Lichtblitz flammte auf und zerriss den Lieferwagen in einer gewaltigen Explosion.

»O nein!«, hörte ich Bill Pherson rufen.

Wir warfen uns zu Boden, denn brennende Wrackteile wurden bis zu uns hochgeschleudert.

Sekunden später war es vorbei.

Ich blickte auf, und wo noch vor Augenblicken der umgestürzte Van gelegen hatte, war jetzt nur noch ein lichterloh brennendes Wrack.

Ich schluckte hart.

Brooke Johansson war lieber gestorben, als in Gefangenschaft zu geraten ...

»Verdammt«, schluchzte Phil. Halb aufgerichtet kauerte er auf dem Boden, starrte auf das Wrack, aus dem die Flammen meterhoch züngelten. »Mr. High ... er war in diesem verdammten Van! Er hatte nicht die geringste Chance! Sie hat ihn kaltblütig umgebracht ...«

Ich ging zu meinem Freund und Partner und legte meine Hand auf seine Schulter. »Keine Sorge, Phil«, sagte ich. »Es ist alles in Ordnung.«

»Alles in Ordnung? Aber Jerry, du hast doch gesehen, was gerade passiert ist. Sie ... sie hat ...«

Ich antwortete nicht, sondern deutete nur wortlos die Böschung hinauf. Phil wandte sich um.

Als er dort oben keinen anderen als unseren Mr. High erblickte, lebendig und unverletzt, kannte sein Erstaunen keine Grenzen.

»Aber was ...? Wie ist das möglich?«, stammelte er. »Ich habe doch mit eigenen Augen gesehen ... ich meine, ich war mir sicher, dass ...«

»Nicht nur du, Alter«, erwiderte ich lächelnd.
Und ich fand, dass ich Phil eine Erklärung schuldig war ...

*

Sechs Stunden zuvor ...
Im Laufschritt eilten Mr. High und ich durch die Gänge des Domäne-Stützpunkts.
Offenbar hatte ich Recht mit meiner Vermutung. Es handelte es sich um ein weniger gut ausgestattetes Versteck der Domäne, das weder über Überwachungskameras noch über ausreichende Bewachung verfügte.
Das war unser Glück.
Ich eilte ein Stück voraus und erkundete die vor uns liegenden Gänge, auf die zu beiden Seiten verschlossene Schotts mündeten. Wenn die Luft rein war, bedeutete ich Mr. High, mir zu folgen.
Plötzlich jedoch hielt ich inne.
Vor mir auf dem Boden war ein Schatten zu sehen, der aus einem Nebenkorridor fiel und unverkennbar einem bewaffneten Posten gehörte.
Ich hob die Hand, um Mr. High zu warnen, doch mein Chef und Mentor ließ sich nicht aufhalten. Er warf mir einen entschlossenen Blick zu und schlich an mir vorbei.
Im nächsten Moment, noch ehe ich etwas dagegen unternehmen konnte, war Mr. High auch schon um die Biegung und griff den Posten an.
Der Mann hatte keine Chance.
Noch ehe ich reagieren konnte, sah ich, wie mein Chef den Posten überwältigte. Allerdings begnügte er sich nicht damit, ihn kampfunfähig zu machen.
Atemlos sah ich, wie Mr. High den Kopf des Postens packte und mit roher Gewalt herumriss. Es knackte hässlich, als das Genick des Mannes brach.
Mr. High bettete ihn lautlos zu Boden und nahm die Maschinenpistole des Wächters an sich.
»Was haben Sie, Jerry?«, fragte er flüsternd, als er meinen entsetzten Blick bemerkte.

»Nichts, Sir. Es ist nur ...«

»Diese Domäne-Agenten gewähren anderen keine Gnade. Warum also sollten wir sie ihnen gewähren?«

Es schien kein Thema zu sein, über das mein Chef diskutieren wollte. Die Waffe des Postens im Anschlag, übernahm er jetzt die Führung.

Durch den Nebengang gelangten wir auf den Hauptkorridor, von dem wir annahmen, dass er zum Ausgang führte – als sich unvermittelt eines der Schotts öffnete, die auf den Gang mündeten.

Eine Gestalt wankte benommen daraus hervor – und ich traute meinen Augen nicht, als ich Mr. High erkannte!

Für einen Moment schien die Zeit still zu stehen.

Alle drei standen wir wie versteinert, starrten uns verständnislos an.

Dann sah ich wie in Zeitlupe, wie mein Begleiter seine Waffe hob und sich sein Finger am Abzug krümmte – und ich handelte.

Blitzschnell wirbelte ich herum. Mein Fuß schnellte in die Höhe, traf die Hand des Bewaffneten. Seine Waffe fiel klappernd zu Boden. Sofort war ich bei ihm, setzte mit einem mörderischen Fausthieb nach, der in der Magengrube meines Gegners landete und ihn zu Boden schickte.

»Ich hätte es wissen müssen«, stieß ich hervor, während der falsche SAC benommen niedersank. »Der echte Mr. High würde niemals einen Mann töten, wenn es sich vermeiden lässt.«

Damit wandte ich mich zu dem Mann um, der aus dem Nebenraum getreten war und mich staunend und voller Dankbarkeit anblickte.

»Hallo, Sir«, sagte ich.

»Hallo, Jerry«, kam es erleichtert zurück.

*

»... und so hast du Mr. High befreit?«, fragte Phil fassungslos.

»Nun, befreit hat sich Mr. High selbst, sonst hätte ich ihn nicht getroffen. Es war offensichtlich, was die Domäne geplant hatte. Sie hatten Mr. High aus seinem Hotelzimmer entführt und ihn dazu benutzt, die letzten Abgleiche am Duplikat vorzunehmen, wie sie das gewöhnlich taten. Anschließend wollten sie mich dazu missbrauchen, den falschen Mr. High im FBI-Hauptquartier einzuführen.«

»Aber daraus wurde nichts«, vermutete Phil.

»Richtig. Wir brachten den Doppelgänger in die Zelle, aus der Mr. High geflüchtet war, und stellten ihn mit ein paar Medikamenten ruhig. Dann fesselten und knebelten wir ihn und zogen uns zurück. Da man uns entkommen lassen wollte, war es kein Problem zu fliehen.«

»Und die Domäne hat den Schwindel nicht bemerkt?«

»Auf dem Rückweg zum FBI-Quartier legten wir uns in aller Eile einen Plan zurecht, der von einer wagemutigen Theorie ausging«, erläuterte Mr. High, der sich inzwischen zu uns gesellt hatte. »Mein Doppelgänger war der perfekteste, den ich je gesehen hatte. Was, wenn er so perfekt wäre, dass die Domäne selbst den Unterschied nicht bemerken würde? Wir hofften jedenfalls, dass Johansson und seine Komplizen den Tausch nicht bemerken würden, wenn sie unter enormem psychischen Druck standen …«

»Also haben wir jede Menge Druck gemacht«, führte ich weiter aus. »Denn im Jackett des Doppelgängers fanden wir ein Handy, das er bei sich trug. Im Menü fand sich jedoch nur eine einzige gespeicherte Nummer, die eines weiteren Handys. Wir ahnten, dass die Nummer dazu diente, mit der Domäne in Kontakt zu treten. Damit habe ich seine Auftraggeber verständigt und eine Kettenreaktion ausgelöst.«

»Und die ganze Zeit über war die Domäne in dem Glauben, der echte Mr. High wäre der falsche?«

»Und umgekehrt«, stimmte ich zu.

»Nicht zu glauben«, ächzte Phil.

»Allerdings.« Mr. High nickte. »Am Ende ist die Domäne ihrer eigenen Täuschungslist zum Opfer gefallen.«

»Genial«, sagte Phil und klopfte mir auf die Schulter, und auch Bill und Nancy bedachten mich mit anerkennenden Blicken.

Doch ich wollte nichts davon wissen.

Ich wandte mich ab, blickte hinunter zu den Trümmern, die das Ufer übersäten und musste an Brooke Johansson denken.

Trotz ihres Hasses und ihres kriminellen Wesens war Brooke eine attraktive und intelligente Frau gewesen. Vielleicht, unter anderen

Umständen, wenn sie keine Domäne-Agentin gewesen wäre und ich kein G-man ...

»Komm schon, Jerry«, sagte Phil, »lass uns gehen. Ich bin sicher, nach allem, was passiert ist, gibt uns Mr. High ein paar Tage frei.«

»Worauf Sie sich verlassen können, Phil«, antwortete Mr. High lächelnd. »Ein paar freie Tage haben Sie sich wirklich redlich verdient, denn dieser Fall ist abgeschlossen. Die Domäne wurde besiegt, und das ist Ihr Verdienst. Also wird Jerry ein paar Tage lang zu Hause oder sonstwo die Füße hochlegen und es sich gut gehen lassen können – und Sie, Phil, kehren zurück ins Krankenhaus!«

Seltsam, aber Phil war der Einzige, der über Mr. Highs Worte nicht herzhaft lachen konnte ...

*

Der Teufelskreis der Alphas war gebrochen.

Der Domäne-Fall war der größte und umfassendste, an dem Phil und ich je gearbeitet hatten. Jetzt war er abgeschlossen, und natürlich kehrte Phil nicht ins Krankenhaus zurück – Mr. Highs Worte waren ja auch nicht ernst gemeint gewesen –, sondern wir G-men veranstalteten in New York eine große Siegesfeier.

Und danach gönnten sich Phil und ich tatsächlich eine ganze Woche Urlaub.

Nachdem der Domäne der Kopf abgeschlagen war, wurden in der Folgezeit auch die einzelnen Zellen, die die Organisation unterhalten hatte, nach und nach enttarnt und zerschlagen. Dabei gelangten immer mehr Daten in unseren Besitz, die es uns ermöglichten, auch die restlichen Doppelgänger zu entlarven, die die Organisation in Behörden, in Politik und Wirtschaft eingeschleust hatte.

Bei Bauarbeiten in der Kanalisation von Washington wurden ungefähr ein halbes Jahr später die Leichen mehrerer Männer in einer Art unterirdischer Bunkeranlage gefunden. An ihrer Kleidung war zu erkennen, dass sie Mitglieder der Domäne gewesen waren, und Nachforschungen ergaben, dass eine Vergiftung durch Gas die Todesursache gewesen war.

Ich zweifelte nicht daran, dass dies die Alphas waren, die ein grausames Ende gefunden und ihrem eigenen Machthunger zum Opfer gefallen waren.

Der Fall war abgeschlossen, die Bedrohung durch die Domäne, die die Freiheit unseres Landes und unserer Bürger bedroht hatte, existierte nicht mehr.

Doch bis auf den heutigen Tag frage ich mich, ob die Domäne auch Erben hinterlassen hat. Dunkle Elemente, die sich verborgen halten und nur auf eine Gelegenheit warten, erneut zuzuschlagen.

Dann, wenn wir es nicht erwarten …

ENDE